WILLIAM V. CROCKETT

Das Vermächtnis der Keltin

Buch

Neeve, die schöne, eigenwillige Keltin, steht vor dem Nichts. Zwar haben die keltischen Stämme die römischen Kastelle entlang des Antoninuswalls vernichtet, doch als sie den Sieg schon mit Händen greifen konnten, müssen sie sich der überraschenden Übermacht der römischen Legionen geschlagen geben. Die Morgendämmerung enthüllt nur noch ein grausames Blutbad. Hab und Gut der Kelten sind zerstört, die Freunde Neeves tot. Ihr Bruder Taranis, der Anführer der Kelten, wird zur Krönung des Triumphzugs als Sklave nach Rom gebracht. Und so macht sich auch Neeve auf die beschwerliche Reise ins Herz des Römischen Reiches. Denn dort hofft sie nicht nur ihren Bruder retten zu können, sondern auch ihrer großen Liebe wieder zu begegnen: Tribun Vectis, der sich vor dem römischen Senat für den Verlust des Antoninuswalls verantworten muss. Doch die Reise nach Rom birgt viele Gefahren ...

Autor

William V.Crockett unterrichtet römische Geschichte an einer Universität in Nyack, New York.

Von William V. Crockett bereits erschienen:
Die Keltin. Roman (35701)

1,60,–

William V.
Crockett

Das Vermächtnis der Keltin

Roman

Deutsch von Joachim Peters

blanvalet

Umwelthinweis:
Alle bedruckten Materialien dieses Taschenbuches
sind chlorfrei und umweltschonend.

Der Blanvalet Verlag ist ein Unternehmen
der Verlagsgruppe Random House GmbH.

Einmalige Sonderausgabe Oktober 2005

Umschlaggestaltung: Design Team München
Umschlagmotiv: Agt. Luserke/J.P. Fournier
Druck: GGP Media GmbH, Pößneck
Titelnummer: 36417
ES · Herstellung: LW
Made in Germany
ISBN 3-442-36417-5
www.blanvalet-verlag.de

1

Ein Schatten glitt an ihrem Fenster vorbei.

Neeve lag stocksteif auf ihrer Pritsche, wagte kaum zu atmen. Sie hatte bereits mehr als fünf Minuten so ausgeharrt und fragte sich, ob jemand draußen herumschlich oder ihr Rundhaus sogar schon betreten hatte. Ihre Blicke schossen in dem dunklen Raum herum, doch sie sah nichts.

Sie atmete flach und versuchte, ihr hämmerndes Herz zu beruhigen. Keine Panik, beschwor sie sich. Es konnte niemand in ihr Rundhaus eingedrungen sein, während sie schlief, denn die Tür war mit einem Riegelbalken gesichert. Sie drehte vorsichtig den Kopf zur Seite, inspizierte die Raumteiler und die in der Dunkelheit nur undeutlich erkennbaren Rundmauern. Es gab viele Möglichkeiten, sich zu verstecken. Sie lauschte. Aber außer ihrem flachen Atem war nichts zu hören. Ihr Blick glitt über die dunkleren Bereiche, jede Ecke, jeden Winkel. Nichts.

Sie schalt sich selbst. Ihre Fantasie war mit ihr durchgegangen. Wie konnte jemand hier drin sein? Könnte jemand ein Messer zwischen den Rahmen und die Tür geschoben und den schweren Riegel angehoben haben? Sie musterte die Schatten, die wie kauernde Männer aussahen, die darauf warteten, dass sie wieder einschlief. Das war natürlich alles Unsinn, und sie wusste es auch. Hätte jemand die Tür geöffnet, hätte sie schließlich die eisernen Türangeln quietschen hören. Sie hätte etwas gehört.

Sie starrte zum Fenster. Die Nachtluft wehte durch den Raum, strich kalt über ihre bloße Haut. Sie bekam eine Gänsehaut. Das Fenster war lang und schmal. Niemand hätte sich durch eine so enge Öffnung zwängen können. Aber irgendetwas stimmte nicht. Irgendetwas stimmte ganz und gar nicht. Sie war nicht allein. Im Schein der Mondsichel war jemand an ihrem Fenster vorbeigehuscht.

Draußen knackte ein Ast.

Neeve schoss hoch.

Sie meinte, jemanden atmen zu hören.

Ihre Finger krallten sich in die Strohmatratze. Ihre Züge wurden starr. Wenn nur ihr Bruder Taranis in seinem Haus wäre! Dann könnte er sie hören, wenn sie schrie. Aber er war mit seinen Kriegern unterwegs, um die versprengten römischen Soldaten aufzuspüren, die sich entlang den Flussläufen und in den Wäldern versteckt hielten. Nein, Taranis war weit, weit weg. Sie war allein.

Da – wieder hörte sie etwas.

Draußen vor der Tür.

Kein Atmen. Es war lauter. Mehr ein Pfeifen. Als ob jemand nach Luft ringe. War es ein keltischer Krieger?, fragte sich Neeve. Oder vielleicht ein Römer?

Römische Soldaten waren seit zwanzig Jahren immer wieder in kaledonisches Gebiet eingedrungen. Sie wollten die Stämme des Nordens ebenso unterwerfen wie die des Südens. Sie nannten die Insel sogar »Britannia« ob ihrer Zinn- und Kupfervorkommen, die sie prompt ausbeuteten. Rom forderte von jedermann Gehorsam, doch die Kaledonier weigerten sich, Lakaien des Imperiums zu sein. Sie kämpften mit den römischen Eroberern um jeden Zoll ihres Bodens, und ihr Bruder Taranis war der Anführer der Kaledonier. Die Römer nannten ihn »Blutgott«, weil sie ihn für einen blutrünstigen Barbaren hielten. Aber mit Barbar bezeichneten die Römer jeden Fremden, jeden Nichtrömer. Für die keltischen Stämme war er der Anführer der Kaledonier und ein Held – einer der wenigen, die sich gegen die Römer auflehnten. Ein Jahr lang kämpfte sie nun schon an der Seite ihres Bruders gegen Rom. Von Kelten hatte sie nichts zu befürchten, vor allem nicht von kaledonischen Kelten.

Aber von römischen Soldaten …

Sie hassten die Kaledonier und hätten keine Skrupel, sie hier in ihrem Haus umzubringen. In ihrer Angst hatten sie sogar einen gewaltigen Erdwall quer über die ganze Insel gezogen und nach ihrem Kaiser Vallum Antonini, Antoninuswall, genannt. Der Wall hatte sie vor den Stämmen des Nordens schützen sollen, doch nun waren ihre Kastelle am Wall zerstört. Der mörderische Sturm der

Kelten hatte nur Ruinen hinterlassen. Versprengte Überreste des einst so mächtigen römischen Heeres waren in die Berge geflohen und versuchten, sich nach Süden zu den ihren durchzuschlagen.

Neeve neigte den Kopf seitwärts und lauschte.

Verschiedene Geräusche drangen an ihr Ohr. Das Zirpen der Grillen. Das Quaken eines Frosches. Und plötzlich das schwere Schlagen gewaltiger Schwingen. Irgendetwas hatte die beiden grauen Eulen hinter ihrem Rundhaus aufgeschreckt. Vor Einbruch der Dunkelheit hatte sie die beiden großen Vögel in einer Gruppe von Kiefern sitzen sehen, und ihre Anwesenheit wirkte beruhigend, als wären sie Riesenwächter.

Sie blickte um sich. Der bloße Gedanke, römische Soldaten könnten um ihren Hof schleichen, jagte ihr Angst ein. Es gab Berichte, dass Bauern schon wegen einer Hand voll Eier von Römern umgebracht worden waren. Sie war zwar eine Frau, aber auch eine kaledonische Kriegerin, eine Grundbesitzerin, die zum Waffengang verpflichtet war. Und sie hatte nicht die Absicht, für eine Hand voll Eier zu sterben.

Neeve blinzelte in die Finsternis. Sie konnte kaum ihre Kleider an den Wandhaken erkennen – auch nicht ihr großes keltisches Messer. Sie stand auf, tappte auf bloßen Füßen über die Eichendielen hinüber zur Tür. Der Balken war an seinem Platz. Obwohl sie gewusst hatte, dass dem so war, beruhigte sie der Anblick.

Es war vernünftig, im Haus zu bleiben, bis die Gefahr vorüber war. Aber das hieße, ihr Pferd unbewacht zu lassen, den einzigen Wertgegenstand neben dem Haus. Wenn sie ihr Eigentum nicht schützte, war es nur eine Frage der Zeit, bis sie keines mehr hatte. Sie legte ihr Nachthemd auf einen Tisch, schlüpfte in ihre langen Lederhosen und die Stiefel, zog ihren Kittel über, schnallte sich ihre Messer um, das kleinere oberhalb des rechten Knöchels im Stiefel.

Sie presste ihr Auge an den Türschlitz und inspizierte den Hof mit seiner Ringmauer und dem kleinen Tor. Niemand. War er hinter dem Haus? Oder schaute er vielleicht gerade wieder zum Fenster herein? Sie warf einen Blick auf die grob gearbeitete Öffnung in der Hauswand, sah aber niemanden. Sie wünschte, ihr Bruder hätte die versprochenen Fensterläden schon angebracht, aber der

Krieg hatte nun einmal Vorrang. Sie legte die Stirn an den Türrahmen und atmete ein paarmal tief durch, um sich zu beruhigen.

»Nemetona«, betete sie flüsternd zur Kriegsgöttin, »ich brauche dich. Erhöre mich. Gib mir Kraft.« Dann packte sie den zwei Fuß langen Nussholzknüppel, der für solche Fälle immer neben der Tür lag, und entfernte den Sicherheitsriegel.

Beißend kalte, vom Kiefernduft erfüllte Nachtluft drang ihr in die Nase. Dünne Wolken jagten am fahlen Mond vorbei, im Hof wehte dagegen nur ein leichter Wind. An die Hauswand gedrückt, tastete Neeve sich zur Rückseite vor, wo die riesigen grauen Eulen gesessen hatten. Mehr als einmal hörte sie am Fuß des steinernen Sockels etwas sich regen, und sie nahm sich fest vor, noch vor dem ersten Schnee etwas gegen das hier hausende Ungeziefer zu unternehmen. Als sie die Koppel erreichte, auf der ihr Rotschimmel tagsüber seinen Auslauf hatte, ging ihr Blick über die Weide zu den Kiefern an ihrem hinteren Ende, von den Kiefern über die Koppel und wieder zu den Kiefern, bis sie ganz sicher war, dass sich niemand dort versteckt hielt.

Ein leises Schnauben ließ sie aufhorchen.

Die Scheune! Sie biss sich auf die Lippe. Die große Tür des Gebäudes stand offen. Sie war ganz sicher, dass sie sie vor Einbruch der Dunkelheit verschlossen hatte. Ihr Pferd schnaubte erneut und trat gegen die Seitenwand seines Stands. Neeve packte den Knüppel fester und ging wild entschlossen auf die Scheune zu.

Dann blieb sie stehen.

»Nein«, sagte sie sich. Sie konnte nicht einfach in die dunkle Scheune hineingehen. Dort drinnen waren – sie spürte es förmlich – Pferdediebe. Vielleicht einer, vielleicht auch mehrere. Also machte sie noch einmal die Runde, um sich zu vergewissern, dass sich nicht noch jemand irgendwo versteckt hielt. Dann schlich sie wieder zur Scheune, drückte sich an die Wand.

Neeve hörte jemanden im Stroh, das den Boden bedeckte, wühlen. Er schien etwas zu suchen. Vielleicht den Sattel? Sie hatte ihn über den Mittelbalken gehängt, der in der Querrichtung des Daches entlanglief. Relativ hoch oben, aber selbst im Dunklen war er nicht zu übersehen. Der Jemand stolperte über ein Hindernis auf dem Boden. Sie lauschte. Er rappelte sich auf und ging zurück zum Stand. Es war nur ein Mann, da war sie sich sicher. Sie hörte, wie er leise und beruhigend auf das Pferd einredete, als er es hinausführte. Es klang wie die Sprache der Römer, aber sicher war sie sich nicht.

Neeve trat einen Schritt zurück und wartete. Der Schimmer einer Rüstung sagte ihr, dass der Mann ein römischer Soldat war. Sie schluckte und überlegte, ob sie ihn angreifen sollte. Er wirkte jung und kräftig, war ihr weit überlegen, selbst bei einkalkuliertem Überraschungseffekt. Er hatte Schwierigkeiten, das Pferd aus der Scheune zu führen, strauchelte ein- oder zweimal.

Neeve zog sich wieder in die Dunkelheit zurück und beobachtete ihn. Sie überlegte, ob er verwundet sein könnte. Aus irgendeinem Grund hatte er dem Rotschimmel nicht das lederne Zaumzeug aus dem Stall angelegt, er führte ihn an einer Leine. Und den Sattel hatte er auch nicht genommen.

Er strauchelte wieder.

Sie strich über den glatten Knüppel, wartete.

Er streckte die Hand aus, um die Tür zu schließen.

Neeve sprang vor, schwang den Knüppel gegen den Kopf des Mannes. Der Soldat aber wich zur Seite aus, riss die Arme hoch und wehrte den Schlag ab. Für einen Verwundeten bewegte er sich mit einer unglaublichen Schnelligkeit. Neeve konnte sich fangen, schlug ein zweites Mal zu. Diesmal traf sie seinen Rücken. Der Soldat wirbelte herum und ging in die Hocke. Sie sprang zurück, als er sein Schwert zog.

»Die Götter sind mit mir«, murmelte sie.

»Eine Frau«, sagte er.

Neeve schwieg.

»Nur wollen Pferd«, sagte er in gebrochenem Keltisch. »Ich jetzt gehen.« Er drehte den Kopf in alle Richtungen, als wollte er sich vergewissern, dass nicht noch jemand auf dem Hof war.

»Ich bin nicht allein«, sagte Neeve in der Sprache der Römer. »Die anderen werden bald hier sein.«

»Ein Grund mehr, so schnell wie möglich zu verschwinden«, antwortete er in sauberem Lateinisch und schnitt eine Grimasse. Seine Sprache gab ihn als einen Gebildeten zu erkennen. Er zog an dem Seil. »Das Pferd nehme ich mit«, fügte er hinzu. »Geh, und dir geschieht nichts.« Er blinzelte stark, als er sich erneut umsah.

»Du scheinst verletzt zu sein«, sagte sie und musterte ihn, den Knüppel fest in der Hand.

Er hob das Schwert. »Glaub mir, mir geht's gut. Und jetzt geh in deine Hütte. Ich will nur das Pferd.«

Neeve bewegte sich behutsam in einem Bogen auf seine linke Seite zu.

»Ich habe römisches Geld«, fügte er hinzu.

Sie ging langsam weiter.

Er blinzelte und kniff die Augen zusammen.

»Du kannst nichts sehen«, bemerkte Neeve.

»Ich will nur das Pferd«, wiederholte er.

»Blind.«

»Nicht blind. Ich sehe nur noch verschwommen, aber dich sehe ich deutlich genug.« Er leckte sich die Lippen und blinzelte erneut, versuchte, schärfer zu sehen. »Vergegenwärtige dir deine Lage«, sagte er. »Dein erster Angriff ging daneben, weil ich dich kommen gehört habe.« Er streckte sein Schwert vor. »Wenn du es noch mal versuchst ...«

Neeve schlug ihm das Schwert aus der Hand. Das Pferd bäumte sich auf und ging durch. Ohne das Pferd im Rücken schien der Soldat die Orientierung zu verlieren. Hölzern drehte er den Kopf und blinzelte in alle Richtungen. »Dich kann man nicht reinlegen«, sagte er mit einem schiefen Lächeln.

»Sei still! Bei dir gehe ich kein Risiko ein, Tribun.« Neeve ließ sich nicht von der scheinbaren Freundlichkeit eines Feindes täuschen. Blind oder nicht – ein einziger Fehler, und er hatte sie in seiner Gewalt, und was würde er dann wohl tun?

Er hob seine flachen Hände, um ihr zu bedeuten, dass er ihr nichts tun wolle. Dann sagte er mit sanfter Stimme: »Hör mir zu ...«

»Nein, du hörst mir zu«, rief Neeve. »Wenn dir dein Leben lieb ist, dann nimmst du jetzt deinen Dolch ganz vorsichtig mit den Fingerspitzen heraus und lässt ihn fallen. Dann gehst du langsam in die Scheune zurück und legst dich auf den Boden.«

Er tat, was sie von ihm verlangt hatte.

Sie ließ ihn nicht aus den Augen, während sie Stroh in eine Kohlenpfanne füllte, in der noch ein Rest der Glut des vergangenen Tages glomm. »Keine Bewegung«, befahl sie und holte mehrere Laternen in die Mitte der Scheune. Sie zündete sie mit den Strohhalmen an und leuchtete mit einer in sein Gesicht. Er hatte Brandwunden um seine Augen.

»Dir hat wohl jemand ein glühendes Schwert an die Augen gehalten?«, fragte sie.

»Britannien ist eine feine Provinz«, entgegnete er.

»Das haben wir von euch Römern gelernt.«

»Das bezweifle ich nicht.«

Sie warf ihm ein Stück Seil zu. »Binde deine Füße zusammen«, sagte sie. »Und zwar schön fest.«

Er tat wie befohlen.

Sie warf ihm ein weiteres Stück Seil zu. »Und jetzt deine Hände, und leg dich hin.«

Als er fertig war, trat sie hinter ihn und legte ihm das Messer in den Nacken. »Kaledonische Messer sind ziemlich scharf«, warnte sie ihn. »Eine Bewegung ...«

Er legte die Hände zusammen und streckte sie nach oben, er wusste, was sie von ihm erwartete. Neeve wickelte das Seil fest um seine Handgelenke.

»Du kannst dich jetzt aufsetzen«, sagte sie.

»Gute Arbeit«, lobte er und drückte gegen die Fesseln. »Und was hast du jetzt mit mir vor?«

»Das weiß ich noch nicht«, antwortete sie.

»Kelten, die römische Offiziere zu ihren Truppen zurückbringen, erhalten eine Belohnung«, sagte er hoffnungsvoll. »Die Zwanzigste ist keine zwei Tagesreisen entfernt.«

»Du wolltest in den Süden?«

»In Britannia haben sie ein großes Militärhospital und eine spezielle Augensalbe aus phrygischem Pulver. Collyrium heißt sie. Soll eine wahrhaft göttliche Arznei sein, wie ich gehört habe.« Er hielt inne. »Woher wusstest du, dass ich Tribun bin?«

»Das habe ich an dem Streifen an deiner Tunika erkannt«, erklärte sie.

»Eine Keltin, die unsere Sprache spricht und unsere Rangabzeichen kennt«, sagte er und rieb sich mit seinen gefesselten Händen die Augen. »Eine unserer nichtrömischen Arbeitskräfte in den Kastellen?«

»Faustina«, bestätigte sie, »bevor wir es zerstört haben.« Dann, nach kurzem Nachdenken, fügte sie hinzu: »Der Präfekt von Faustina hieß Vectis Trebellius. Hast du mal von ihm gehört?«

Er zuckte mit den Schultern. »Seltsamer Name, Vectis. Der Familienname?«

»Quadratus«, antwortete sie. »Sein Name war ... ist Vectis Trebellius Quadratus.« Sie schluckte. Sie merkte, dass sie ihre verborgene Angst, Vectis könne tot sein – getötet von keltischen Kriegern, bevor er den von Römern beherrschten Süden hatte erreichen können, offenbart hatte. »Also«, bellte sie, verärgert über ihren Lapsus.

»Vectis Trebellius Quadratus«, wiederholte er und grübelte über jeden einzelnen Namen.

Neeve wünschte sich, die Frage nicht gestellt zu haben. Es war das erste Mal nach einem Jahr, dass sie seinen Namen ausgesprochen hatte. Noch heute konnte sie es kaum glauben, einen Römer geheiratet zu haben. Sie spielte mit ihrem römischen Ehering und versuchte, ruhig zu bleiben.

»Da war mal ein Mann ...«, sagte der Tribun und hielt inne, um nachzudenken. »Ja, genau, Gaius Trebellius Quadratus hieß er. Er war einer von Roms besten Soldaten ... verschiedene Kaiser haben ihn immer dann eingesetzt, wenn es darum ging, einen Aufstand in irgendeiner Provinz zu unterdrücken ... Er war Erster Centurio der Ersten Kohorte. Er starb vor drei Jahren in Rom. Er hatte einen Sohn. Meine Familie hat an den Trauerfeierlichkeiten teilgenommen.«

Neeve schloss für einen Moment die Augen und fragte dann weiter: »Und hast du je wieder etwas von Vectis gehört? Ich meine, ob er den Aufstand der Kelten überlebt hat?«, fügte sie zur Verdeutlichung hinzu.

Selbst im schwachen Schein der Laterne entging Neeve nicht der fragende Ausdruck im Gesicht des Römers. Sie wusste genau, dass er sich gerade Gedanken darüber machte, was wohl eine Kaledonierin mit einem römischen Präfekten zu tun hatte. Manchmal fragte sie sich das selbst.

»Du sagst, der jüngere Trebellius war in Faustina stationiert.« Er sprach langsam, als müsse er die Information erst verarbeiten. »Weißt du, ober er …«

Hufschlag unterbrach ihn.

Neeve sprang zur Tür und schaute zum Tor. »Kaledonische Krieger«, sagte sie. »Sind sie hinter dir her?«

»Die sind hinter allen Römern her«, sagte er mit ausdrucksloser Stimme.

Eine Gruppe kaledonischer Krieger band ihre Pferde ans Eingangstor, hinter ihnen trotteten mehrere Pferde, auf denen die Leichen ihrer Reiter lagen. Sie wandte sich an den Römer: »Bist du mit kaledonischen Soldaten zusammengestoßen?«

Er verweigerte die Antwort.

»Hast du heute Nacht Kaledonier getötet?«, fragte sie mit erhobener Stimme.

Er aber schwieg.

Neeve schaute wieder zu den Kaledoniern hinüber, die ihre langen keltischen Schwerter gezogen hatten und über den Hof ausschwärmten. Sie erkannte etliche der Krieger, sah ihre entschlossenen Mienen, die Gier nach Blut in ihren Augen.

Sie stieß die Tür weit auf und ging zu dem Römer zurück. Sie riss ihn auf die Beine und zog ihn halb zur Tür, als er stolperte und das Gleichgewicht zu verlieren drohte.

»Hierher!«, rief sie und stieß den Mann zu Boden.

2

Gaius Balbinus erschien in seiner feinsten Toga auf dem Palatin. Er hatte den Walker angewiesen, die teure Wolle so lange zu bleichen, bis sie wie die Sonne leuchtete, und sie dann mit Kreide einzureiben, um ein unvergleichliches Weiß zu erzielen. Er zitterte vor Aufregung. Obwohl er keine bedeutende gesellschaftliche Stellung einnahm, war ihm die Ehre einer Privataudienz bei Kaiser Antoninus Pius in dessen Palast auf dem Palatin zuteil geworden. Balbinus kannte altgediente Senatoren, die noch nie über eine Gruppenaudienz hinausgekommen waren.

Der Schweiß tropfte von seinem feisten Gesicht, als er der Kutsche entstieg. Er verfluchte die Götter und die Priester, die er für angenehmes Wetter bezahlt hatte. Mit einem finsteren Blick bedachte er die strahlende Sonne, die auf ihn herniederbrannte. »Das ist ja wie im Monat des Augustus«, murmelte er. Er wünschte sich das aristokratische Auftreten des einflussreichen Senators Titus Severus, doch dem stand sein unstillbarer Appetit nach den guten Dingen des Lebens entgegen. Severus und seinesgleichen genossen ihre Macht, waren aber verbitterte Menschen, die aufstrebende Männer wie ihn fürchteten. In entscheidenden Momenten stemmten sie sich gegen jede Art von Veränderung und hielten verzweifelt an ihrer bröckelnden Macht fest.

Balbinus winkte einen Sklaven heran, der ihm Nacken und Stirn trockentupfte und dezent sein erhitztes Gesicht puderte. Er nahm ein weiches Baumwolltuch entgegen, ließ es in den Falten seiner Toga verschwinden, und dann stand er mit seinem strahlendsten Lächeln vor den vier scharlachrot gekleideten Prätorianern, die die Marmortreppe bewachten, die zum Kaiserpalast hinaufführte.

»Mögen die Götter dem Kaiser auch in Zukunft gewogen sein«, grüßte sein Sekretär floskelhaft, um dann hinzuzufügen: »Das ist Gaius Balbinus, Freund des Kaisers. Er ist zur sechsten Stunde zu einer Audienz bei Kaiser Antoninus Pius geladen.«

Die Prätorianer waren nicht sonderlich beeindruckt. Abschätzend musterten sie Balbinus mit seinem Tross von Sklaven und berieten sich dann mit einem weiteren Prätorianer, dem Centurio vom Tor, der seinen Namen mit denen auf einem rechteckigen Blatt Pergament verglich. Inmitten der Wache, wie man die Prätorianer kurz nannte, fühlte sich Balbinus ein wenig unwohl. Die Männer der Wachkohorte im Kaiserpalast waren düster dreinblickende Männer, sprachen selten ein Wort und lächelten nie. Ihr einziger Auftrag bestand darin, das Leben des Kaisers zu schützen.

Sie waren einen ganzen Kopf größer als der durchschnittliche Soldat, und ihre Körper wirkten, als wären sie aus ägyptischem Granit gehauen. Als der Centurio vom Tor auf ihn zutrat, strich Balbinus die Falten seiner Toga glatt. Er nickte dem riesenhaften Prätorianer zu, als ob er ihm sagen würde: Wir wissen beide, dass alles in Ordnung ist. Seine Geste wurde lediglich mit einem versteinerten Blick beantwortet.

»Die nicht«, sagte der Prätorianer und deutete mit einem fleischigen Finger auf Balbinus' Sklaven.

»O ja, natürlich«, stimmte Balbinus eilfertig zu. »Die können hier warten. Selbstverständlich«, fügte er mit dünnerer Stimme hinzu.

»Nicht hier«, widersprach der Prätorianer. »Bei den anderen Wagen unten am Circus Maximus.«

»Selbstverständlich«, wiederholte Balbinus und biss sich auf die Lippe. Wie albern er doch klingen musste! Was war nur los mit ihm? Er hätte schließlich wissen müssen, dass die Prätorianer schon aus Sicherheitsgründen keine größere Menschenansammlung vor dem Eingang zum Palast des Antoninus zulassen konnten. Und dann noch sein serviles Gestammel. Er benahm sich ja wie ein Diener! Dabei war er doch ein wohlhabender Mann geworden, machte er sich Mut. Würde etwa Senator Severus vor einem gemeinen Soldaten buckeln, Prätorianer hin oder her? Er kannte die Antwort und erinnerte sich an den Rat seiner Geliebten Calpurnia: »Benimm dich wie ein Senator, dann wirst du ein Senator sein.«

Balbinus schluckte schwer, wandte sich zu dem Prätorianer um und sagte mit wichtigtuerischer Stimme: »Wenn ich mein Gespräch mit dem Kaiser beendet habe, lasse ich einen seiner Sklaven meinen Wagen holen.« Mit diesen Worten entließ er seinen Kutscher zu den Stallungen am Circus Maximus.

Ganz allein erklomm Balbinus die marmornen Stufen. Ohne Diener um sich herum kam er sich geradezu nackt vor. Wenigstens einen hätten sie ihm doch zugestehen können. Ein lächerlicher Sklave hätte doch wahrhaftig keine Bedrohung für den Kaiser dargestellt. Wenn es nach den Prätorianern gegangen wäre, hätte wahrscheinlich überhaupt nie jemand Zutritt zum Palatin bekommen.

Er schnaubte verächtlich. Die wussten wohl nicht, wer er war! Schließlich war er im Rom dieser Tage zu einem bedeutenden Mann aufgestiegen, zu einem Mann der Zukunft. Und wie steil war dieser Aufstieg gewesen! Noch vor zwei Jahren war er lediglich der Privatsekretär eines Senators gewesen. Aber jetzt ... jetzt war er ein reicher Mann. Ein Plebejer, ja, aber ein Plebejer, der sich den Lebensstil eines Patriziers leisten konnte. Doch er wollte mehr. Er wollte Respekt. Er wollte unbedingt eine höhere Stellung in Roms klassenbewusster Gesellschaft. War ihm das zu verdenken?

Die Unterschiede zwischen Patriziern und Plebejern waren in den vergangenen hundert Jahren verschwunden. Jeder, auch ein Plebejer, konnte aufsteigen. Doch die Arroganz der Patrizier war noch immer allgegenwärtig und unübersehbar, selbst wenn sie sich nur in einem wissenden Nicken und einem viel sagenden Blick ausdrückte. Er knirschte mit den Zähnen. Als ob die etwas hätten leisten müssen, um ihre Positionen zu erlangen. Aber heute hatte er eine Audienz bei Antoninus Pius, dem römischen Kaiser, und wenn es ihm gelang, sein Anliegen richtig vorzubringen, konnte sich so manches ändern.

Schwer schnaufend kam Balbinus oben an der Treppe an. Als die Götter die Hügel Roms auftürmten, hatten sie wohl nicht an die korpulenteren Menschen gedacht. Er wischte sich kleine Schweißbächlein vom Gesicht, als er sich bei einer zweiten Gruppe von Prätorianern auswies. Dann erschien ein Sekretär des Kaisers und bat ihn, auf einer Liege unter einem Dach aus Weinreben Platz zu nehmen.

Große Pokale mit Wein, verdünnt mit kaltem Wasser aus den Kellern tief unten im Palast, stillten seinen Durst und trugen zur Beruhigung seiner angespannten Nerven bei. Er sog die süße Luft ein, die sanft über die Hügel wehte. Über dem sich vor ihm ausbreitenden Land türmten sich strahlend weiße Wolken, und am östlichen Horizont bewunderte er die im Dunst liegende, endlos scheinende Kette der Berge. Zu seinen Füßen lagen die stattlichen Gebäude des Alten Forums, vergoldete Dächer, leuchtende Marmorsäulen, farbenprächtige Säulengänge, Obelisken und Tempel. Aus einigen stiegen Weihrauchsäulen in den Himmel, andere waren vom Grün heiliger Gärten umgeben. Jenseits des Forums lag das Capitolium, auf dem Roms bedeutendstes Heiligtum stand, der große Tempel des Jupiter Optimus Maximus.

Den kühlen Wein im Mund genießend, betete Balbinus, der Kaiser möge ihm doch eine Rolle in jenem ewigen Drama zugestehen, das sich Rom nannte.

»Verzeiht mir, wenn ich störe«, sagte eine Stimme.

Verträumt wandte Balbinus sich um und richtete den Blick auf die Person über ihm. »Oh!«, rief er aus und sprang auf, als er erkannte, dass es sich um Kaiser Antoninus handelte.

»Ein wirklich schöner Anblick, nicht wahr?«, sagte Antoninus und deutete zum Himmel. »Außer auf der Insel Rhodos gibt es nirgendwo ein leuchtenderes Blau als hier in Rom.«

»Ja, richtig, da bin ich ganz Eurer Meinung«, pflichtete ihm Balbinus verlegen bei. Es war ihm peinlich, dass der Kaiser ihn ausgestreckt auf einer Liege vorgefunden hatte. Er blickte sich nach den Prätorianern um, die sich unweit postiert hatten. »Es betrübt mich, dass ...«

»Das könnt Ihr Euch sparen«, winkte Antoninus ab. »Eigentlich wollte ich Euch in der kaiserlichen Bibliothek empfangen, aber es sind noch andere Gäste dort.« Er lächelte nachsichtig. »Senatoren, um genau zu sein. Zweifellos werden sie meine Abwesenheit noch nicht einmal bemerkt haben.«

Balbinus lachte, aber zu laut. Er griff nach seinem Pokal, zog dann die Hand zurück, weil er fürchtete, dass es sich nicht ziemte, in Gegenwart des Kaisers zu trinken.

»Möchtet Ihr eine Kleinigkeit?«, fragte Antoninus, »vielleicht Melone? Oder etwas Pfau in Honig?«

Balbinus lehnte dankend ab, denn er wusste, dass dieses Angebot nur eine Geste der Höflichkeit war, lediglich ritueller Bestandteil einer gepflegten Konversation. »Ich bin Euch sehr dankbar, dass Ihr mir die Gelegenheit gegeben habt, Euch zu sprechen«, sagte er. »Zumal ich weiß, wie knapp bemessen Eure Zeit ist.«

»In der Tat«, räumte Antoninus ein.

Balbinus nickte und versuchte, zum Thema zu kommen. »Ich bin zutiefst betrübt«, begann er, »über das schwere Los der Waisen in unseren Städten. Ich weiß, dass Eure verstorbene Gemahlin, die göttliche Faustina – vergebt mir, wenn die Erwähnung ihres Namens Euch grämt, denn mir bereitet die Erinnerung an sie große Freude, das versichere ich Euch –, die göttliche Faustina hatte, wie Ihr nur zu gut wisst, kaum einen sehnlicheren Wunsch als den, das Leid der armen Waisen auf unserer Halbinsel zu lindern.« Er legte eine kurze Pause ein, um Luft zu holen. »Nun bin auch ich tief betroffen von dem noch immer unendlich traurigen Schicksal verwaister Kinder, wenngleich natürlich nicht so tief betroffen, wie es die göttliche Faustina war. Also habe ich mich gefragt, was ich am besten ihrem werten Namen zu Ehren tun könnte … und als hätten die Götter einem so unbedeutenden Diener wie mir die Tore des Himmels geöffnet, weiß ich nun, was ich zu tun habe.«

Der Kaiser schien interessiert zu sein.

»Mit Eurer Erlaubnis würde ich mich geehrt fühlen, der Waisenkasse zwei Millionen Sesterze spenden zu dürfen, im Namen der göttlichen Faustina selbstverständlich.« Er verlagerte das Gewicht auf den anderen Fuß und wartete die Antwort des Kaisers ab.

Antoninus dankte Balbinus und sagte: »Mein Vater starb, als ich noch sehr jung war, und ich blieb allein zurück. Ich weiß nicht, ob Euch das bekannt ist.«

»Nein, das wusste ich nicht«, erwiderte Balbinus. Dass der Kaiser ihm so persönliche Dinge anvertraute, schmeichelte ihm sehr. »Das war sicher eine sehr schwere Zeit für Euch.«

»Allerdings. Dabei kümmerten sich meine Großväter um meine Erziehung, und mir fehlte es an nichts; die meisten Menschen dagegen«, sagte er und deutete auf die winzigen Häuser mit ihren roten Ziegeldächern in der Ferne, »leben in wahrlich erbarmungswürdigen Verhältnissen. Sie rackern sich für das Lebensnotwendigste ab, und wenn ein Vater stirbt, vegetieren die Kinder in unseren so genannten Waisenhäusern dahin. Ich versuche, daran etwas zu ändern … und Eure Großzügigkeit wird ein wertvoller Beitrag sein.«

Balbinus überschlug sich fast vor Dankbarkeit für die freundlichen Worte.

»Also, was kann ich für Euch tun?«

»Oh, bitte«, beteuerte Balbinus, »mein ganzen Denken dreht sich um die Waisen in diesem Land.«

»Wohltätigkeit sollte nicht unbelohnt bleiben.«

Balbinus senkte respektvoll den Blick. »Nun ja, da gäbe es eine Kleinigkeit, an der ich interessiert wäre«, sagte er leise und, wie er hoffte, mit der nötigen Bescheidenheit, »und sei es nur, um meinen damit gewonnenen Einfluss zur Unterstützung Eurer weisen Politik zu nutzen.«

»Lasst hören.«

Balbinus zögerte. Er wollte vermeiden, übertrieben selbstsüchtig oder anmaßend zu erscheinen. »Ich würde gern, wenn es Euch gefällt, Senator werden ... wenn es Euch gefällt.«

Antoninus strich sich über seinen kurz geschnittenen Bart. »Damit habt Ihr die einzige Bitte vorgetragen, die ich nicht erfüllen kann«, sagte er. »Ihr müsst wissen, dass der Senat seine Autonomie ebenso entschlossen hütet wie die heiligen Vestalinnen ihre Jungfräulichkeit. Und ich bin sogar weitgehend damit einverstanden. Ihr erinnert Euch sicher noch an das Chaos gegen Ende der Herrschaft des göttlichen Hadrian. Senatoren mussten um ihr Leben fürchten, und allenthalben wurden Verschwörungen ausgeheckt. Das war keine gute Zeit für das Reich. Deshalb habe ich beschlossen, mich nicht in die Angelegenheiten des Senats einzumischen, sondern ihm volle Autonomie zu gewähren ... und ich denke, es ist nicht allzu unbescheiden, wenn ich heute sage, dass ich mit meiner Überzeugung richtig lag.«

»Ganz Rom verehrt Euch für Eure Weisheit«, pflichtete ihm Balbinus bei. »Kaiser Antoninus der Fromme nennt Euch das Volk voller Bewunderung, und es hat vollkommen Recht damit.« Er hielt inne, suchte nach einer neuen Formulierung seiner Bitte. »Ich hatte lediglich gehofft ... dass ein so beliebter Kaiser ... wie Ihr es unbestritten seid ... dass Ihr eventuell Euren Einfluss auf den Senat zu meinen Gunsten geltend machen könntet, damit die noch unentschiedenen Mitglieder zumindest wissen, wie der kaiserliche Wille lautet.«

»Euer Anliegen liegt auch mir sehr am Herzen«, versicherte Antoninus, »aber im Augenblick möchte ich meinen Einfluss lieber nicht geltend machen. Vielleicht solltet Ihr Euch besser erst einmal um ein Magistratsamt bewerben. Das ist der übliche Weg, über den man in den Senat gelangt.«

»Unter den gegebenen Umständen ist das zweifellos ein weiser Rat«, sagte Balbinus, dem es schwer fiel, sich seine Enttäuschung nicht anmerken zu lassen. »Ihr wart wirklich außergewöhnlich freundlich …« Er hielt inne, als plötzlich eine Gruppe von Senatoren in einem der Säulengänge unweit des Tempels der Victoria auftauchte. Sie hatten offenbar ihre Angelegenheiten in der kaiserlichen Bibliothek erledigt und genossen jetzt den atemberaubenden Ausblick, den der Palatin bot.

Kaiser Antoninus war tatsächlich recht beliebt, aber wie alle Kaiser auch gefürchtet. Wenn er Senatoren zu einem Gespräch in seiner Bibliothek einlud, dann tat er das nicht aus reiner Freundlichkeit. Er folgte damit lediglich einer Tradition, die schon vor längerer Zeit von einem seiner Amtsvorgänger eingeführt worden war: dem Brauch, Senatoren auf den Palatin einzuladen, um sie dort näher kennen zu lernen. Ihre bloße Anwesenheit war für Balbinus der beste Beweis für die Macht des so sanftmütig wirkenden Mannes, mit dem er gerade sprach.

»Eine ausgewählte Gruppe von Senatoren«, sagte Antoninus. »Sie diskutieren gerade über die Affäre Atilius Titianus.« Er bezog sich damit auf den Senator, der zwei Jahre zuvor versucht hatte, den Kaiser zu stürzen.

Balbinus errötete. Er war damals die rechte Hand des Atilius gewesen, hatte aber Antoninus über dessen Verschwörung in Kenntnis gesetzt. Zur Belohnung für seine Verdienste um das Reich hatte Balbinus ein Viertel der umfangreichen Besitzungen des Atilius erhalten. So war er ein reicher Mann geworden, auch wenn ihm dies das Misstrauen des notorisch skeptischen Senators Titus Severus eingebracht hatte. Balbinus blickte zu Severus hinüber und fragte: »Und, sind sie schon zu einem Ergebnis gelangt?«

»Sie vermuten, dass Atilius Titianus die Verschwörung nicht allein geplant hat, sondern dass auch andere hohe Staatsdiener darin verwickelt gewesen sein dürften.«

»Aha.« Balbinus runzelte die Stirn. »Aber warum beschäftigen sie sich erst jetzt mit dieser schrecklichen Zeit? Das ist doch schon über zwei Jahre her!«

»Richtig, aber ich habe gelernt, mich in Geduld zu üben. Am Ende wird die Wahrheit siegen, aber das braucht seine Zeit.« Antoninus' Gesicht verfinsterte sich. »Atilius Titianus hat mich in Britannien wie einen Narren aussehen lassen. Ich habe immer gesagt, das Reich ist schon groß genug; man braucht ja jetzt schon ein ganzes Jahr, um von einem Ende zum anderen zu reisen. Ich wollte nicht die abenteuerliche Politik meiner Vorgänger fortführen, die uns nur einen Berg an Schulden eingebracht hat.« Er seufzte. »Aber dann ließ ich mich in meiner Eitelkeit doch überreden, eine kleinere Expansion auf der britannischen Insel zu genehmigen. Ich dachte, wenn wir die Unruhestifter in unserer Provinz auf das Gebiet nördlich des Hadrianswalls vertreiben und einen zweiten Grenzwall errichten, würde das den Frieden fördern. Aber das war leider nicht der Fall, nicht wahr?«

Balbinus hielt es für klüger, sich jedes Kommentars zu enthalten.

»Im ganzen Reich nannte man meinen Erdwall Vallum Antonini, Wall des Antoninus, und ich muss zugeben, dass mir das gut gefallen hat. Meine Eitelkeit ging sogar so weit, den äußersten Vorposten Roms nach meiner schönen Faustina zu benennen.« Er stieß ein bitteres Lachen aus. »Und jetzt haben die Kelten das Kastell wie die meisten anderen in Schutt und Asche gelegt.«

»Eine Katastrophe«, murmelte Balbinus. »Das ist wahrhaftig eine Katastrophe.«

»Allerdings. Und jetzt haben wir auch noch diesen Blutgott, wie er genannt wird, diesen Taranis, von dem es heißt, dass er römischen Frauen und Kindern das Blut direkt aus den Adern saugt, zum Gegner.« Er schüttelte den Kopf. »Und natürlich muss ich mich nun persönlich der Sache annehmen ...«

»Was für ein Segen für das Reich«, schmeichelte Balbinus.

»Atilius Titianus hat wirklich ganze Arbeit geleistet, hat die Kelten zum Aufstand provoziert, in Rom das Gerücht verbreitet, ich sei in dieser Angelegenheit völlig inkompetent ... und so stand ich dann auch da, als unsere Grenztruppen sich in panischer Flucht hinter den Hadrianswall zurückzogen. Aber die Wahrheit wird siegen. Senator Severus hat ein paar aufschlussreiche Briefe von Atilius auffinden können.

»Briefe?« Balbinus versuchte, gelassen zu bleiben.

»Ja, und vielleicht findet er ja noch mehr«, sagte Antoninus zufrieden.

Balbinus kamen Hunderte Gedanken, die allesamt nicht sonderlich beruhigend waren. Bleib vernünftig, beschwor er sich. Wie hoch war die Wahrscheinlichkeit, dass Severus ausgerechnet jene Briefe fand, die seine Verwicklung in die Verschwörung belegten?

Der Kaiser schaute Balbinus direkt in die Augen. »Ich habe Severus aufgefordert, tiefer zu graben.« Er wandte den Blick zu den fernen Bergen. »Mag man mich auch der Fromme nennen – aber wenn es darum geht, diesen Abschaum zu beseitigen …«

Balbinus traten Schweißperlen auf die Stirn, und er fingerte in seiner Toga nach dem Baumwolltüchlein.

3

»Holt euch euren Römer!«, rief Neeve.

Dann ging sie zurück in die Scheune und kam mit einer eisernen Laterne wieder. Das flackernde gelbe Licht warf gespenstische Schatten auf den Boden. Die kaledonischen Krieger bildeten mit gezückten Schwertern einen Kreis um den hingestürzten Römer, als könne er ihnen noch etwas tun, gefesselt wie ein Huhn.

»Er wollte mein Pferd stehlen«, sagte Neeve und trat ihm mit dem Stiefel in den Bauch. »Er ist ein bedeutender Mann, ein Tribun.« Sie versetzte ihm noch einen Tritt.

Die Männer nickten zustimmend. Sie wussten, dass sie Taranis' Schwester war, und hatten schon deswegen großen Respekt vor ihr.

»Hab ich euch nicht gesagt, dass er ein Offizier ist?«, meinte ein Krieger mit zerzaustem Bart.

»Schwer zu erkennen, wenn sie alle wie die Karnickel davonrennen«, meinte der Mann neben ihm.

»Wer ist euer Anführer?«, fragte Neeve nun.

»Das bin ich.« Ein untersetzter Mann mit abgebrochenen Zähnen trat vor.

»Was ist passiert?«

»Wir waren auf Erkundung im Hochland, als wir auf drei Römer stießen, die sich zum Wall durchschlagen wollten. Wir haben sie ins Teutonental gejagt.«

»Weiter.«

Er zuckte mit den Schultern. »Als der Weg immer enger wurde, dachten sie, sie seien in einer Schlucht, und beschlossen zu kämpfen. Einen haben wir getötet ... und den anderen ... na ja, den haben wir auch getötet.«

»In Stücke gehackt haben wir ihn«, rief der bärtige Krieger. »Und zwar schön langsam, damit er immer daran denkt, was passiert, wenn ein Römer seinen Fuß auf kaledonischen Boden setzt.«

Die Männer lachten, und ihre Augen funkelten im Schein der Laterne.

»Und was ist mit dem da?«, fragte Neeve und stieß dem Römer ihren Nussholzknüppel in die Rippen.

»Wir hatten gerade damit begonnen, ihm ein paar Brandmale zu verpassen, aber dann ist er uns entkommen«, gestand einer der Männer.

»Entkommen?«

Die Männer redeten jetzt alle auf einmal.

»Wir hatten ihn gut gefesselt«, beteuerte der eine.

»Aber nur an den Händen«, sagte ein anderer.

»Stimmt, nur an den Händen«, räumte der Erste ein. »Aber gut gefesselt haben wir ihn schon.«

Dann fasste der Anführer das Ganze zusammen. »Wir haben ihn mit den Händen an einen Pfahl gebunden, und Chulainn hat ihm die Augen verbrannt, um ihn zu blenden. Dann haben wir ein Lamm gekocht, das Drogglu von einem Hof unweit der Gabelung gestohlen hatte ... wir haben uns so gelangweilt, dass wir dachten, es könnte nicht schaden, wenn wir uns einen kleinen Spaß gönnten.«

»Aber er konnte sich befreien«, sagte Neeve.

»Ja, er konnte sich befreien ... irgendwie.«

»Und ihr habt ihm nicht Schwert und Dolch abgenommen?«, fragte Neeve ruhig.

Der Anführer machte ein äußerst unglückliches Gesicht. »Wie ich schon sagte, wir haben ihn geblendet, und deswegen dachten wir ...« Er hielt inne, als sei sein Schweigen Erklärung genug.

Neeve aber forderte ihn mit einer Handbewegung auf fortzufahren.

»Er tötete drei unserer Männer und floh auf einem Pferd«, gestand der Anführer. »Wir haben das Pferd gefunden ...«

Neeve starrte ihn an. »Der Mann ist blind! Wie ist es möglich, dass ein Blinder auch nur einen einzigen kaledonischen Krieger töten kann?«

Der Anführer saugte an seinen abgebrochenen Zähnen.

»Taranis hat den klaren Befehl gegeben«, sagte sie, »den Feinden die Kehle durchzuschneiden. Keine Mätzchen, keine Verzögerungen. Ihr solltet ihnen die Kehle durchschneiden!«, erinnerte sie die Männer mit finsterem Blick. »Wegen eurer Dummheit mussten drei Kaledonier sterben. Und wenn Taranis erst erfährt, dass dieses römische Schwein trotz eurer Anwesenheit auf meinem Hof herumschleichen konnte ...« Sie ließ ihre Worte eine Weile wirken, um die gewünschte Reaktion zu erzielen.

Der Anführer schnitt eine Grimasse. »Das ist das erste Mal, dass wir ... äh ... na ja, ich bin der Führer von diesem Haufen, und ich ... ich übernehme die Verantwortung für alles, was heute Nacht schief gelaufen ist.« Er blickte sich zu den anderen um und sagte niedergeschlagen: »Schafft ihn fort, und erledigt ihn im Wald.«

»Nein, das wäre viel zu gefährlich«, sagte Neeve sarkastisch. »Sonst tötet er womöglich unterwegs noch einen von euch.« Nachdenklich blickte sie sich auf dem Hof um. Ihr Bruder hatte sie gebeten, eine Möglichkeit zu finden, in das römisch besetzte Gebiet zu gelangen und Truppenbewegungen auszukundschaften. Das Auftauchen des Tribuns war ein Geschenk der Götter. Sie wandte sich wieder den Männern zu und sagte: »Ich weiß jetzt, was wir tun. Werft ihn in meinen Karren und verschwindet. Vielleicht kann er uns ja noch von Nutzen sein.« Dann ließ sie sie stehen und machte sich an der Laterne zu schaffen.

Eine Stunde vor Tagesanbruch spannte Neeve ihr Pferd vor den Karren und fuhr nach Süden, die alte Heerstraße entlang, die vor rund hundert Jahren der skrupellose römische Feldherr Agricola im Rahmen seiner blutigen Eroberung Britanniens hatte bauen lassen. Wie oft hatte sie wohl die ernsten Gesichter römischer Soldaten gesehen, wenn sie Zoll für Zoll ihre Straße inspiziert hatten? Nun aber waren sie verschwunden – nach Süden hinter den Wall, vertrieben von den tapferen keltischen Stämmen, die sich gegen ihre Unterwerfung zur Wehr setzten. Geblieben waren nur die ausgebrannten Überreste ihrer einstigen Vorposten hinter dem Grenzwall.

Neeve entfernte die dicken Stricke, mit denen die kaledonischen Krieger den Gefangenen zusätzlich gefesselt hatten – sei es, weil sie seine Gefährlichkeit fürchteten oder weil sie beweisen wollten, dass sie trotz allem verantwortungsvolle Krieger waren. Aber die Fesseln behinderten seine Durchblutung, und sie wollte nicht, dass der Tribun unterwegs starb. Sie riss ein Stück Stoff auseinander, um seine Augen damit zu bedecken. Sie wusste noch, wie die Ärzte in Faustina verletzte Augen verbunden hatten, um sie ruhig zu stellen und vor dem Sonnenlicht zu schützen. Er fiel bald in einen tiefen Schlaf, aus dem er nur ein einziges Mal erwachte, um sich zu erleichtern. Neeve löste seine Fußfesseln und erklärte ihm, er könne ruhig davonlaufen, wenn er unbedingt wolle, riet ihm aber, besser bei ihr zu bleiben. Er schien einverstanden, denn er kam anstandslos und ohne ein Wort zurück.

Die ganze Zeit über dachte Neeve an Vectis und fragte sich, ob es ihm gelungen war, wohlbehalten zu seinen römischen Kameraden zu gelangen. Zu hören, wie jemand seinen Namen aussprach, hatte tief in ihrem Innern verborgene Gefühle wachgerufen, die sie mit aller Kraft zu unterdrücken versucht hatte. Das letzte Mal, als sie Vectis gesehen hatte, war er mit seinen verwundeten Soldaten Richtung Süden geritten, die Trümmer seines nördlichsten Vorpostens, der Grenzbefestigung Faustina, hinter sich lassend. Neeve war hin und her gerissen gewesen zwischen ihrem Volk und dem Mann, den sie liebte. Am Ende hatte sie sich schweren Herzens für ihr Volk entschieden, nachdem sie Taranis hatte überreden können, Vectis am Leben zu lassen. Beim Aufstand der Kelten waren so viele Römer ums Leben gekommen, dass Neeve den Göttern gegenüber eine tiefe Dankbarkeit empfunden hatte. Sie – und nicht Taranis – hatten Vectis gerettet. Sie wusste aber auch, dass etliche keltische Stämme das Gebiet nördlich des Grenzwalls durchstreiften, und fürchtete, die Götter könnten sich von Vectis abgewandt und ihn den bösen Geistern überlassen haben.

Neeve kam auf der verlassenen Römerstraße schnell voran und machte nur gelegentlich Halt, um ihrem Pferd eine Ruhepause zu gönnen und es zu tränken. Hin und wieder musterte sie den schlafenden Tribun. Er hatte Fieber, wirkte auf sie aber nicht, als sei er in unmittelbarer Lebensgefahr. Vorsichtshalber legte sie eine dicke Decke über ihn und gab ihm zu trinken, wann immer er danach verlangte.

Die Kelten im Norden benötigten dringend Informationen. Nachdem sie die Kastelle am Antoninuswall zerstört hatten, hatten die Römer ihre Grenzen geschlossen und verweigerten allen Kelten, die außerhalb der Reichsgrenze lebten, den Zugang. So wussten die Kelten so gut wie nichts über die verbliebene Schlagkraft der römischen Streitkräfte noch darüber, ob diese mittlerweile Verstärkung erhalten hatten. Neeve war überzeugt, dass es kaum eine bessere Tarnung für sie geben konnte, als wenn sie mit einem verwundeten Tribun gen Süden fuhr. Sie wollte ihn nicht einfach gegen eine armselige Belohnung in irgendeiner vorgeschobenen Garnison abliefern, sondern ihn benutzen, um sich in das gefürchtete Kastell Trimontium einzuschleichen, in dem die XX. Legion lag. Dazu musste sie den Tribun davon überzeugen, dass sie Gold wollte, aber das war wohl kein Problem. Schließlich kam es oft genug vor, dass skrupellose Kelten verwundete römische Offiziere bei den Garnisonen ablieferten – wegen der satten Belohnung. Warum nicht auch sie?

Neeve wusste aber, dass sie sich gegenüber in diesem Punkt nicht ganz ehrlich war. Informationen über römische Truppen und Stellungen waren für Taranis und seine Befehlshaber tatäschlich von großer Bedeutung, aber in Wirklichkeit hatte sie den Römer aus persönlichen Gründen vor ihren Leuten beschützt. Mit ihm hatte sie eine – wenn auch geringe – Aussicht, die Spur ihres geliebten Vectis wieder aufnehmen zu können. Der Tribun kam aus Rom und kannte die Familie von Vectis, und wenn sie nun diesen römischen Offizier verschonte, so hoffte sie, würden die Götter vielleicht ihr gutes Herz zu würdigen wissen und ihrerseits ihren, Neeves, römischen Offizier beschützen.

Bei Einbruch der Dunkelheit nahm Neeve dem Tribun die Binde von den Augen, fesselte ihn an den Füßen und löste dafür die Fesseln an seinen Händen. Auf einem mit Steinen übersäten Hochmoor machte sie ein Feuer und kochte Hafergrütze mit getrocknetem Schweinefleisch. Dann goss sie ihm einen Becher mit warmem keltischem Bier ein und setzte sich.

»Wie viel römisches Geld hast du bei dir?«, fragte sie.

Er hustete, als er an seinem Bier nippte. Seine Haut war aschfahl geworden. Mit kratziger Stimme fragte er: »Wo bringst du mich hin?«

»Beantworte meine Fragen«, mahnte sie, »sonst bringe ich dich nirgendwohin, sondern lasse dich hier allein zurück.«

»Alles, was ich habe, ist in meinem Gürtel.«

»Hol es raus.« Sie reichte ihm ihren leeren Becher. Er tat, wie ihm geheißen. »Fünf Sesterze und ein Denar! Ist das alles?«, fragte sie, als sie dann die Münzen in ihrer Hand musterte.

»Vielleicht könnte ich ja …«

»Du bildest dir also ein, ich würde dich für eine lächerliche Hand voll Münzen zur Zwanzigsten bringen – zwei ganze Tagesreisen weit!«

»Sind wir auf dem Weg dorthin?«

»Das hatte ich eigentlich vor, aber wenn ich mir das so anschaue …« Sie schüttelte den Kopf und warf die Münzen wieder in den Becher.

»Ich kann mehr beschaffen«, sagte er.

»Wie viel mehr?«

»Zehn, vielleicht auch zwanzig Aurei.«

»Ich will aber hundert«, erwiderte sie.

»Hundert!« Selbst in seinem Zustand war er von ihrer dreisten Forderung entsetzt. »Sogar ein Prätorianer in Rom verdient nur vierzig im Jahr«, beteuerte er.

Zufrieden mit ihrer Vorstellung aß Neeve mehrere Löffel Haferbrei. Der Tribun betrachtete sie jetzt zweifellos als eine jener geldgierigen Kelten. »Du bist doch direkt aus Rom«, sagte sie langsam, »bist Offizier und Grundbesitzer ... wahrscheinlich aus einer bedeutenden Familie ... also hundert Aurei, oder ich lasse dich hier zurück. Du hast die Wahl.«

»Also gut, hundert.«

In der Nacht wehte ein eisiger Wind über das Moor. Mit ihrem Messer schnitt Neeve von einem Dutzend Heidesträucher Zweige und bereitete damit für den Tribun ein Nachtlager, bevor sie sich selbst ein Lager richtete. »Auf dem Boden ist es wärmer als im Karren«, sagte sie, als sie seine Hände an das Wagenrad band. Dann breitete sie eine Decke über ihn und legte sich, in ihren langen Umhang gewickelt, ans offene Feuer.

»Im Karren war nur eine Decke«, sagte er.

»Schlaf jetzt.«

»Warum hast du sie mir gegeben?«

»Weil ich eine Kaledonierin bin«, erklärte sie, »und kein verweichlichter Römer.«

»Das ist keine Antwort.«

»Tot nützt du mir nichts«, sagte sie. »Und jetzt schlaf endlich.«

In der Nacht warf Neeve sich im Schlaf unruhig hin und her. In Traumfragmenten sah sie Taranis – oder war es Vectis? – tot am Boden liegen. Windböen fegten über das offene Moor und durch ihr winziges Feuer, und die Kälte drang ihr bis ins Mark. Mehr als einmal stopfte sie sich den Umhang zwischen die Knie, doch immer, wenn sie aufwachte, flatterte er ihr erneut um den zitternden Leib. Sie hatte so viel Holz gesammelt, wie sie finden konnte, aber am Morgen war von ihrem Feuer nur noch Asche übrig.

Mit einem Schlag war sie wach. Irgendetwas stimmte nicht.

Sie war in einen tiefen Schlaf gefallen, und sie hatte Mühe, die Träume der Nacht aus ihrem Bewusstsein zu verscheuchen. Eine schwere Wolldecke rutschte von ihrem Körper, als sie sich aufsetzte. Ihr Kopf schnellte herum. Der Tribun! Er lag reglos auf dem Rücken, die Binde noch immer über den Augen. Aber ohne Decke! Sie sprang auf und riss ihr keltisches Messer heraus.

»Keine Angst, ich liege noch nicht im Sterben«, sagte er und streckte die Beine aus, um ihr zu zeigen, dass er frei war.

Sie ließ den Blick über ihr Lager schweifen und sah die Fesseln, die säuberlich über einen Heidestrauch ausgebreitet waren. »Bleib, wo du bist!«, befahl sie, doch schon im nächsten Augenblick wurde ihr klar, wie lächerlich das klang. Er hätte sie im Schlaf spielend leicht töten können.

»Ich hörte, wie dir die Zähne klapperten«, erklärte er. »Selbst ein verweichlichter Römer kann ein paar Stunden Kälte aushalten.«

Geräuschlos ließ sie ihr Messer wieder in die Scheide gleiten. Es war schon schlimm genug, dass er sie verspottete, und sie wollte nicht, dass er auch noch wusste, dass sie mit dem Messer in der Hand vor ihm gestanden hatte.

»Willst du mich nicht fesseln? Ich habe schließlich versucht, dein Pferd zu stehlen.« Er streckte ihr die Hände entgegen. Selbst krank, wie er war, konnte er es nicht lassen zu spotten.

»Wir kommen bald auf römisches Gebiet«, sagte sie, ohne ihn weiter zu beachten. Sie gönnte ihm nicht die Genugtuung, die er zweifellos empfunden hätte, wenn sie ihn gefragt hätte, wie er die Fesseln hatte abstreifen können. Offenbar besaß er in dieser Hinsicht eine besondere Begabung; erst war er den kaledonischen Kriegern entkommen, und jetzt hatte er sie überrascht. »Ich hatte sowieso vor, dir heute Morgen die Fesseln abzunehmen. Die Mühe hast du mir erspart.«

Eine Stunde später kam der Antoninuswall in Sicht. Aus der Ferne sah er für Neeve noch immer so aus wie damals, als sie noch ein kleines Mädchen war: eine riesige, finstere Sperre, die den südlichen Horizont Kaledoniens beherrschte, von einer Seite der Insel bis zur anderen verlief. Es war schon ein gewaltiges Bauwerk – ein dreizehn Fuß hoher Erdwall mit einem wuchtigen Pfahlwerk drauf, das sich weitere zehn Fuß hoch in den Himmel erstreckte. In regelmäßigen Abständen war die Verschanzung durch gewaltige, mit Erdwällen umgebene, quadratisch angelegte feste Militärlager mit imposanten Toren und Wachttürmen verstärkt, und die Hauptgebäude waren mit roten Ziegeln gedeckt. Die Straße durchquerte einen großen Fichten- und Kiefernwald, und der Wall verschwand aus ihrem Blickfeld. Die Römer waren, wie Neeve feststellte, nicht untätig gewesen. Sie hatten zu beiden Seiten der Straße jeweils einen Streifen von über hundert Fuß Breite gerodet. Sie waren vorsichtig und mochten keine Überraschungen.

Erneut kam der Wall in Sicht, die zerstörten Tore, die ausgebrannten Gebäude und die zerstörten Umwehrungen. Der Geruch nach verbranntem Holz wurde immer stärker, je näher sie dem verlassenen Kastell kamen. Im Innern der Ruine angelangt, starrte Neeve ungläubig auf das Durcheinander auf dem großen zentral gelegenen Platz, wo die Römer ihre Katapulte, Heiligtümer, Waffen und alles andere verbrannt hatten, was für die Angreifer hätte von Wert sein können. Die aneinander gereihten Werkstätten, von denen der Seiler bis zu denen der Gerber, waren ebenso bis auf die Grundmauern niedergebrannt wie die Backstube, die Stallungen und die Unterkünfte der Soldaten. Mochten die Römer auch in größter Eile das Kastell verlassen haben, so hatten sie sich doch noch die Zeit genommen, dem Feind nichts Brauchbares zu hinterlassen.

Jenseits des Walls traf Neeve bald auf römische Kundschafter und Kontrollgänger. Der Tribun lag unter der Decke hinten im Karren. Seine nächtlichen Bemühungen, sich zu befreien, hatten ihn offenbar so viel Kraft gekostet, dass er nun den größten Teil der Fahrt über schlief. Neeve stellte sich den Kontrollen als nichtrömische Arbeitskraft vor, als Kartenzeichnerin vom zerstörten Vorposten Faustina nördlich des Antoninuswalls. Sie wolle, so erklärte sie, den blinden Tribun ins Hospital des Kastells Trimontium bringen, wo ihm hoffentlich das Augenlicht wiedergegeben werden könne. An jedem Kontrollpunkt wurde sie von den Soldaten recht zuvorkommend behandelt, und sie nutzte jede Gelegenheit, sie darüber zu befragen, welche Gefahr von den benachbarten Stämmen der Briganten und Selgover im Augenblick ausgehe. Man versicherte ihr, die XX. Legion habe wieder Sollstärke. Zu ihrem Entsetzen erfuhr sie, dass sämtliche drei Legionen in der Provinz Britannien durch Truppeneinheiten aus den germanischen Provinzen verstärkt worden waren und die II. und VI. Legion nur noch wenige Tagesmärsche entfernt südlich des Antoninuswalls standen.

Am späten Nachmittag erblickte Neeve die drei Bergspitzen, die dem Kastell Trimontium seinen Namen – »befestigter Platz der drei Berge« – eingebracht hatte. Im Osten schlängelte sich ein Fluss am Kastell vorbei, das auf einem Steilhang am südlichen Flussufer errichtet worden war. Um die Garnison herum lagen verstreut Dutzende von Gebäuden für Frauen und Kinder sowie für die zahlreichen Kaufleute und Händler, die zur Versorgung eines großen Kastells unabdingbar waren. Jeder römische Stützpunkt hatte ein aus unzähligen einheimischen Arbeitskräften bestehendes ziviles Gefolge. Bei näherem Hinsehen erkannte Neeve, dass keltische Stämme die gewaltige Anlage angegriffen hatten. Überall waren Soldaten und Zivilisten fieberhaft darum bemüht, die beschädigten Gebäude des »Wachtpostens des Nordens« zu reparieren.

»Du warst Kartenzeichnerin im Vorposten Faustina?«

Als Neeve sich umdrehte, setzte sich der Tribun gerade auf. Es schien ihm schon besser zu gehen. »Ich habe ein Talent zum Zeichnen«, sagte sie. »Der Präfekt des Kastells hat mich angestellt, um Karten von Sektoren nördlich des Walls zu fertigen.«

»Präfekt Vectis Trebellius«, sagte er.

»Genau«, bestätigte sie, »Präfekt Vectis Trebellius. Im Grunde kann ich so ziemlich alles zeichnen – Menschen, Landschaften, Bilder von Göttern.« Sie wollte das Thema wechseln.

»Vielleicht könntest du eines Tages auch ein Bild von mir zeichnen.«

»Ich kann mir nicht vorstellen, dass ich dich je wiedersehen werde«, wandte sie ein.

»Und selbst wenn dem so sein sollte«, meinte er, »könntest nur du mich wiedererkennen.«

»Da ist wohl was dran.«

Er schwieg. Neeve schaute auf die Binden über den Augen des Tribuns und verspürte den Impuls, ihm zu versichern: »Keine Angst, du bekommst dein Augenlicht schon wieder. Ich habe irgendwie das Gefühl, dass die Götter dir wohlgesinnt sind.«

Sie sprach den Centurio am Tor an und erklärte, was sie auf dem Herzen hatte. Auf ihre Bitte hin händigte er ihr ein Schriftstück aus, das ihr für ihre Rückkehr zum Grenzwall freies Geleit zusicherte. Nachdem sie sich nach dem Weg zum Hospital erkundigt hatte, fuhr sie in das riesige Kastell Trimontium ein. An dem großen rechteckigen Gebäude angekommen, half Neeve dem Tribun aus dem Karren und in den Empfangsbereich. Zwei Krankenpfleger legten ihn auf eine Liege und versicherten ihm, dass sich bald ein Arzt um ihn kümmern werde.

»Kartenzeichnerin«, sagte er, »komm näher, damit niemand mich hören kann.«

Neeve beugte sich zu seiner Liege hinunter und berührte seinen Arm, um ihm zu bedeuten, dass sie bei ihm war.

»Du hattest Recht«, gestand er, »ich bin ziemlich reich, und du sollst deine hundert Aurei bekommen, bevor du wieder zurückfährst.«

Murmelnd dankte sie ihm.

»Ich weiß, weshalb du hier bist«, sagte er plötzlich.

Neeve schluckte.

»Du forderst Gold, aber du fragst hier nicht nach deiner Belohnung. Dann befragst du die Soldaten zu Stärke und Verteilung unserer Legionen und sicherst dir anschließend freies Geleit nach Hause zurück zu deinem Stamm.«

Neeve zog die Hand zurück.

»Von mir hast du nichts zu befürchten«, beruhigte er sie. »Die keltischen Stämme können nichts ausrichten – mit deiner oder ohne deine Information. Der Aufstand dieses so genannten Häuptlings, dieses Taranis, war nur erfolgreich, weil der Gegner lediglich aus Hilfstruppen bestand und die überrascht und schlecht vorbereitet waren. Jetzt aber sind die Legionen im Anmarsch.« Er hielt inne. »Verstehst du, was das heißt? Das sind drei Legionen mit allem, was dazugehört – Reiterei, Hilfstruppen und Flotte. Etwas Vergleichbares hat Britannien seit den Legionen Agricolas vor hundert Jahren nicht mehr erlebt.«

Der Name des blutrünstigen Agricola, im selben Atemzug wie der ihres Bruders Taranis ausgesprochen, ließ Neeve erschauern.

»Geh nicht zurück«, sagte er unvermittelt.

Sie starrte auf sein bandagiertes Gesicht.

»Bist du noch da?«

»Ja«, bestätigte sie.

»Willst du noch mehr Informationen? Dann hör mir zu. Der Kaiser hat seinen Wall verloren und ist fest entschlossen, ihn Zoll für Zoll wieder aufzubauen. Er hat dazu seinen besten Feldherrn, Julius Verus, von der Grenze zum freien Germanien abgezogen. Verus ist ebenso brillant wie skrupellos. Und jetzt hat er auch noch verstärkte Legionen unter seinem Befehl. Kampferprobte Soldaten aus den Kriegen gegen die Germanen. Innerhalb von drei Monaten wird von den Kelten kaum mehr etwas übrig sein. Geh nicht zurück.«

»Warum erzählst du mir das alles?«

»Du hast mir das Leben gerettet.«

»Und jetzt kann ich mein eigenes nicht retten.«

»Kartenzeichnerin … du musst mir glauben.«

Sie legte ihm noch einmal die Hand auf den Arm. »Auf Wiedersehen«, sagte sie.

4

Der Wind pfiff am Ufer entlang, peitschte das Schilf und wirbelte durch das Riedgras, das in Büscheln am Fluss wuchs. Taranis zog sich den schweren Umhang über und dirigierte sein Pferd zum Rand des engen Tals.

»Hier werden sie rüberkommen«, sagte Cronn. »Das ist die einzige Furt weit und breit.«

Taranis' Blick wanderte den Fluss entlang. Cronn hatte seine Arbeit als Kundschafter gut gemacht. Sein Stellvertreter, mit dem er schon seit über zehn Jahren zusammen war, hatte bislang noch jede Aufgabe erfüllt, die er ihm übertragen hatte. Bei einer Streitigkeit zwischen den Stämmen hatte ihm ein Krieger den Schädel mit der Axt gespalten, und Cronn war tot zu Boden gesunken. Nur wenige Augenblicke später jedoch hatten die Götter ihn aufstehen lassen und ihm sogar die Kraft verliehen, seinen Gegner in die ewigen Wälder zu schicken. Auf den Rat der Druiden hin stellte Cronn den Schädel jenes Kriegers in einen Schrein, um seine Macht noch zu verstärken und den Mann daran zu hindern, wiedergeboren zu werden. Von diesem Augenblick an kämpfte Cronn mit der Stärke eines Gottes. Um ihn an seine Wiedergeburt zu erinnern, hatten die Götter ihn mit einer zerklüfteten Narbe gezeichnet, die sich über seine ganze rechte Wange zog.

»Die Römer werden den Fluss überqueren und unweigerlich unsere Lager sehen«, sagte Cronn.

Taranis nickte. »Sie werden annehmen, dass wir diesen Platz wegen unserer Streitwagen ausgewählt haben.«

Cronn rieb sich seine dicken Finger an seinen langen ledernen Hosen. »Im Tal gibt es keine Felsen und nur wenige Bäume, wie du es wolltest. Die Römer werden unsere Pläne nicht durchschauen.«

»Gute Arbeit«, lobte Taranis. Dann drehte er sich um, musterte die Hügel jenseits des Tals, um herauszufinden, wo die Römer ihr Lager aufschlagen würden.

»Auf der Kuppe da?«, fragte Cronn, der seine Gedanken erriet.

»Zu nah am Tal«, sagte Taranis. »Eher dort drüben.« Er deutete auf eine Bodenerhebung rund eine Meile entfernt. »Sie werden ihr Lager auf diesem Hügel errichten. Der einzige Nachteil für sie ist die Ostflanke. Zu viele Bäume für ihren Geschmack, aber sie haben kaum eine andere Wahl.«

Cronn tätschelte seinem Pferd den Hals. »Die Vorbereitungen laufen gut«, sagte er. »Die Befehlshaber berichten, wir hätten Hunderte von Brücken, Seilen und Unterständen ... und Boote, um sie hierher zu bringen.«

»Plane zwei oder drei Tage ein, um das Gerät in Position zu bringen«, riet Taranis. »Und wie steht's mit Teerpfeilen und Fackeln für das Vieh?«

»Die Karren werden soeben damit beladen«, sagte Cronn.

»Und denk dran, dass es sich hier nicht um Hilfstruppen handelt«, mahnte Taranis. »Wir haben zwar wenig Informationen, aber es heißt, die Zwanzigste verfüge wieder über Sollstärke.«

»Und was ist mit den Legionen im Süden?«

Taranis schnitt eine Grimasse. »Keine Ahnung. Ich habe gehört, sie sollen im Süden bleiben als Schutz gegen Briganten und Selgover.«

»Wir werden keine drei Tage brauchen, sondern nur zwei, Truppenführer.«

Taranis legte ihm die Hand auf die Schulter. »Ich habe volles Vertrauen in deine Planung«, sagte er. Dann ließ er den Blick über das Tal schweifen, dessen Hänge steil abfielen, sich dann aber sanft abflachten. »Dieses Tal werden sie mögen. Mit seinen abgeschrägten Berghängen und dem breiten Talgrund kommt es ihnen zupass, um uns mit ihrer Reiterei in die Flanken zu fallen. Ja, hier werden sie die Entscheidung suchen.«

Es war Nacht geworden. Zehntausend kaledonische Krieger saßen an ihren Lagerfeuern und dachten an ihre Frauen und Kinder, an Festtage oder an das Fischen in den kalten Bächen des Hochlands. Einst hatte Freiheit geherrscht und der Widerhall von Lachen das Hochland erfüllt, doch dann waren die Soldaten des Römischen Reiches gekommen. Weit weg in Rom hatte ein gesichtsloser Kaiser angeordnet, dass alle Völker sich ihm zu beugen hätten, und er würde keine Ruhe geben, bevor er nicht auch den letzten Stamm versklavt hatte. Doch die Krieger, die nun an den Lagerfeuern saßen, waren fest entschlossen, den Norden von der Bedrohung durch die Römer zu erlösen. Schon einmal hatten sie die Römer aus dem Norden vertrieben, doch jetzt kamen sie zurück. Der Landhunger ihres Kaisers war unstillbar. Rom schien immer mehr Heere, mehr Soldaten, mehr Waffen zu haben.

»Der Himmel brennt!«, schrie jemand.

Krieger sprangen auf und eilten an den Talrand.

»Ruft die Götter an«, riefen einige.

»Die Götter haben den Himmel in Stücke gerissen!«

Taranis bahnte sich seinen Weg durch die Reihen der Krieger an den Talrand. Er starrte auf den langen Riss im Himmel, aus dem Feuer und Rauch hervorquollen, und wartete schon fast darauf, dass der Gott des Donners und des Blitzes, dessen Namen er trug, aus dem feurigen Spalt trat.

»Druiden?«, fragte Cronn.

»Sie haben die Götter angerufen«, bestätigte Taranis, der noch immer an den Himmel starrte.

»Hast du je einen Gott gesehen?«

Taranis schüttelte den Kopf. »Die Druiden habe ich oft genug gesehen und dabei auch alle möglichen seltsamen und Furcht erregenden Dinge, aber einen Gott habe ich noch nie zu Gesicht bekommen.« Er beobachtete, wie seine Krieger auf das Spektakel reagierten. Sie alle hatten Geschichten über die Druiden gehört, ihre überirdischen Kräfte und ihre Menschenopfer, aber viele von ihnen erlebten zum ersten Mal selbst eine Manifestation dieser Kräfte. Kreischend und wild umherspringend deuteten sie auf den Riss im Nachthimmel.

»Ich glaube an die Götter«, sagte Taranis, »und auch daran, dass die Druiden über besondere Kräfte verfügen, um die Götter zu beeinflussen, aber ich glaube nicht, dass sie diese Kräfte immer zum Wohl des Volkes nutzen.«

Cronn blickte sich um. »Aber ihre Geheimnisse haben sie zweifellos.«

»Allerdings«, bestätigte Taranis bedächtig, »sie haben ihre Geheimnisse – alte Geheimnisse.«

»Die Götter haben die Druiden auserwählt«, sagte Cronn.

Taranis zögerte. »Ich glaube eher«, meinte er, »dass vor langer Zeit einmal ein Druide im Wald über einen Gott gestolpert ist, der gerade ein Schläfchen hielt oder vielleicht durch einen Zauber an diesen Ort gefesselt war. Da hat er ihn gefangen genommen und gezwungen, ihm ein Geheimnis über die Götter zu offenbaren – eines, das seither den Druiden eine gewisse Macht über diese unsterblichen Wesen verliehen hat.«

»Bist du sicher, dass das stimmt?«

»Nein«, räumte Taranis ein, während die Flammen zu Rauch

wurden. »Die Druiden betreiben Magie«, meinte er, »und das ist oft genug finstere, böse Zauberei. Ich kann mir nicht vorstellen, dass die Götter davon begeistert sind. Und trotzdem zeigen sie sich, wenn die Druiden sie rufen. Sie zeigen sich jedes Mal.« Er blickte Cronn an. »Die Druiden haben ihre Geheimnisse, so viel ist sicher.«

Auf der gegenüberliegenden Seite des Tals erschienen tief am Himmel Feuerkugeln, und Krieger schrien auf vor Furcht. »Die Götter sind hier!«, riefen sie und: »Ich sehe Götter im Feuer!« Taranis hatte zwar beste Sicht auf die Feuerbälle, aber Götter sah er darin keine. Er glaubte zwar an die Götter, fragte sich aber nicht zum ersten Mal, wie viel von dem, was er sah, lediglich geschickte Täuschungsmanöver der Druiden waren. Die Druiden waren Mittler zwischen Göttern und Menschen und verliehen den Kriegern vor dem Kampf Mut und Stärke, aber Taranis fühlte sich bei ihrem ganzen Zauber – und vor allem bei ihren Menschenopfern – nie recht wohl.

Nacheinander erloschen die Feuerkugeln, und bald hatte die Dunkelheit das Tal wieder fest im Griff. Mit ihrem unheimlichen, immer eindringlicher werdenden Sprechgesang riefen die Druiden die Götter an. Eine Frau stieß einen schrillen Schrei aus, um gleich wieder zu verstummen. Tiefe Stille senkte sich über das Tal. Niemand wagte zu sprechen oder sich auch nur umzusehen, um nicht als Opfer an die Götter auserwählt zu werden; niemand schien erpicht darauf, sich enthauptet und seinen Schädel in einem Heiligtum im Wald zur Schau gestellt zu wissen. Schreie durchdrangen die Stille. Urplötzlich fielen ein Dutzend brennende Fackeln vom Himmel, woraufhin dunkel gewandete Druiden über den Boden huschten, um die heiligen Gegenstände aufzusammeln. Auf dem Grund des Tals tanzten sie um einen einzeln stehenden Baum und riefen in einem altertümlich klingenden Singsang die Götter an. Über einem wogenden Meer aus Druidenkapuzen bewegten sich Fackeln auf und nieder. Flammen schossen aus dem Baum. Kreischend stießen die Priester die Namen von Göttern hervor, und unter hohen Luftsprüngen umkreisten sie den brennenden Baum. Zwanzig Fuß vor dem Baum loderten Flammen aus einem gewaltigen Holzstapel, und bald hatte sich das Feuer zu einem tosenden Inferno entwickelt, aus dem wütend die Funken gen Himmel stoben.

Die Druiden versammelten sich in einem engen Kreis um das Feuer. Sie warfen sich auf den Erdboden und warteten.

Überall reckten sich die Krieger, um nichts von dem zu verpassen, was sich auf dem Grund des Tals tat. Das riesige Feuer zischte und knackte und loderte rötlich im Wind. Dann öffnete sich inmitten des Feuers eine unsichtbare Tür, und der Hohepriester Cathbad trat aus den Flammen, als schreite er von einer Welt in eine andere. Das gewaltige Feuer hinter ihm hatte seine Gewandsäume in Brand gesetzt, und mehrere Priester waren damit beschäftigt, die Flammen zu ersticken.

Taranis atmete tief durch und fragte sich, wie die Priester immer wieder das scheinbar Unmögliche schafften. Er zweifelte nicht daran, dass sie Zugang zu den Mysterien der Götter hatten, und schon oft hatte er flüsternd um Vergebung für seine skeptische Haltung gegenüber diesen Mittlern zwischen Göttern und Menschen gebetet. Aber wenn die Druiden die Gestalt von Tieren annahmen oder, so wie eben, in Flammen wandelten, wurde er den Verdacht nicht los, dass diese Magier mit irgendwelchen Kunstgriffen arbeiteten. Er hatte zwar keine Ahnung, wie sie das alles im Einzelnen bewerkstelligten, aber welchen Zweck sie damit verfolgten, war ihm klar. Die Druiden setzten solche Inszenierungen ganz gezielt ein, um ihre Macht über das Volk zu festigen. So einfach war das.

Trotz allem hütete Taranis sich ebenso wie jeder Befehlshaber vor ihm, etwas zu sagen oder zu tun, das die Autorität der Druiden untergraben hätte. Schließlich kannten sie die Geheimnisse ihrer Vorfahren und verliehen den Kriegern einen Kampfesmut, der nur aus der Welt der Schatten kommen konnte.

Cathbad stand mit dem Rücken zum Feuer, und vom Rand des Tals sah es aus, als züngelten die Flammen schon am Saum seines Umhangs. Unter seiner Kapuze sprach er mit unnatürlich hoher Stimme, die ihn in seiner ganzen Macht noch unheimlicher erscheinen ließ.

»Die Götter sind unter uns«, rief er und sah sich um, als erwartete er, dass jeden Augenblick einer vor ihnen auftauchte. »Und sie sind nicht erfreut. Sie sind verbittert … und wütend … und sie lechzen nach der warmen Milch von Menschen. Wessen Blut werden sie trinken? Ohne Blut sind sie nicht zu besänftigen, und ohne Blut gibt es für uns keine Gnade und keine Ruhe. Ohne Blut kein Gleichgewicht zwischen dem Himmel über uns und der Erde unter uns. Die Berge und Felsen brüllen vor Schmerz, Leid und tiefer Verzweiflung, und der Boden, auf dem ihr steht, sehnt sich nach dem Fluss des süßen Trankopfers.«

Dann deutete er mit ausgestrecktem Zeigefinger auf zwei nackte Knaben, die sich am Rand des Feldes verzweifelt gegen ihr Schicksal aufbäumten. Die Druiden hatten sie weiß angemalt, damit sie im schwachen Licht besser zu sehen waren. Eine Gruppe von Druiden trieb sie mit angespitzten Stöcken vorwärts, während andere die Stricke hielten, die um den Hals der beiden geschlungen waren, um zu verhindern, dass sie vor den immer wieder zustechenden Spitzen zurückweichen konnten.

»Die Bösen werden heute Nacht den Durst von Tutorix, des Herrn der Opferung, stillen«, intonierte Cathbad.

Alle Kaledonier hielten den Atem an, als die Opfer zum rauchenden Baum getrieben wurden, vor dem Cathbad jetzt stand. Einer der Jungen weinte und murmelte Gebete in der Sprache der Römer, woran Taranis erkannte, dass die beiden offenbar in einer römischen Siedlung unweit des Walls gefangen genommen worden waren. Weit mehr verstörte Taranis aber der zweite Junge, der hoch erhobenen Hauptes versuchte, selbst beim Anblick der tanzenden Druiden noch tapfer zu bleiben.

»Ihr Blut soll die Erde tränken, ihr Fleisch die Vögel am Himmel erfreuen«, sang Cathbad mit seiner Fistelstimme.

Dann näherten sie sich dem Baum, von wo aus Cathbad ihnen entgegenkam. Er holte ein dünnes Messer aus seinem Umhang und zog es jedem der beiden über die Brust. Der eine Junge schrie und kämpfte gegen die Stricke an; der andere aber hielt, wie Taranis sehen konnte, die Augen geschlossen und gab keinen Laut von sich. Trotz seiner jungen Jahre schien er fest entschlossen, mutig in den Tod zu gehen.

Cathbad nahm eine Hand voll Erde und vermengte sie mit ihrem

Blut zu einer Paste. Diese strich er den Jungen auf Stirn, Schultern und Füße. Er trat zurück, bevor die Priester die beiden zu Boden zwangen. Nun wurden die Halsstricke entfernt und den Jungen die Hände auf dem Rücken gefesselt. Mit noch längeren Stricken fesselten die Priester ihnen die Füße. Während Cathbad wieder in seinen Singsang verfiel, warfen seine Priester diese langen Stricke über einen verkohlten Ast über den Jungen. Ein halbes Dutzend Priester zog an jedem Strick, bis die beiden kopfunter sechs Fuß über dem Boden hingen. Der ängstlichere der beiden Jungen schluchzte hysterisch und wand sich hin und her, als könnte ihn das retten.

»Jeden Fuß Boden, auf dem ihr wandelt, haben die Götter euch gegeben«, übertönte Cathbad sein Weinen und Schluchzen. »Kein Heer soll über euch stehen, und die Bösen sollen in ihrem eigenen Blut ertrinken. So haben die Götter gesprochen.« Mit diesen Worten warf er seine Kapuze zurück, packte den weinenden Jungen an den Haaren und schnitt ihm die Kehle durch, sodass wieder Ruhe im Tal einkehrte. Blut ergoss sich auf den Hohepriester, während er fachgerecht den Kopf des Jungen abtrennte und in eine bereitgehaltene Schale legte. Dann wandte sich der Druide mit verklebtem Haar und blutigem Gesicht dem zweiten Jungen zu. In diesem Augenblick brach dessen scheinbare Gefasstheit in sich zusammen. Er begann zu weinen.

Taranis wandte sich ab und bahnte sich seinen Weg durch die Krieger. Er hatte genug gesehen.

5

Vectis Trebellius wartete vor der Kurie.

Er und sein alter Freund, Julian Quintillius, warteten noch auf die anderen, um sich mit ausgewählten Senatoren zu treffen. Als sich schließlich die wuchtigen Bronzeflügel öffneten und die Senatoren herausströmten, drehte sich ihr Gemurmel noch immer um eine soeben in ihrer Sitzung gefallene Entscheidung – eine Entscheidung, die ihn betraf.

Julian schüttelte den Kopf. »Mir schwant nichts Gutes«, meinte er. »Der Senat braucht einen Sündenbock, und da kommst du ihnen gerade recht.«

»Zumindest haben sie jetzt endlich den Bericht des Statthalters bekommen, und der sollte eigentlich positiv ausfallen.«

»Da bin ich mir sicher. Statthalter Verus ist zwar eitel, aber im Grunde seines Herzens ein ehrenwerter Mann.«

»Und trotzdem hast du Angst, dass seine Aussage nicht ausreichen wird.«

Julian verzog das Gesicht. »Britanniens Norden liegt in Schutt und Asche, und dafür muss schließlich einer verantwortlich gemacht werden. Statthalter Verus kommt dafür nicht in Frage, denn er ist ein hochrangiger Soldat und Freund des Kaisers. Der Senat kann auch nicht schuld sein, obwohl er alle Depeschen ignorierte, in denen du vor der drohenden Katastrophe gewarnt hast, und sich auch noch weigerte, Britanniens Legionen zu verstärken; aber die Senatoren sind ja schließlich diejenigen, die die Lage beurteilen sollen.«

»Bleibe also nur noch ich«, sagte Vectis.

»Zur Not gibt's ja auch noch die Priester«, versuchte Julian ihn mit einem mitfühlenden Lächeln zu trösten, »auch wenn es nicht so einfach sein dürfte zu beurteilen, was ein wirksames Opfer ist und was nicht.«

Vectis lächelte. Julian verlor selbst in der aussichtslosesten Situation nicht den Humor, und seine Worte munterten Vectis auf. Julian war ein nordafrikanischer Soldat aus Kyrene, ein Weißer, und er klagte ununterbrochen darüber, sein süßes Leben einfach so aufgegeben zu haben – die Nachmittage im Badehaus, das Theater und die Frauen, die seine Gesellschaft suchten. An der Seite von Vectis schien es sein Los, von einer Provinz in die andere zu ziehen, von einem Desaster zum anderen … und jetzt wartete auch noch der Senat auf ihn, dessen Mitglieder darauf aus waren, den Verantwortlichen für das britannische Desaster auszumachen.

Vectis ging auf Julians Lamentos nur selten ein, er wusste, dass sie nicht ernst gemeint waren. Kaum einer war so loyal wie Julian Quintillius. Vectis hatte ihn vor zwölf Jahren in Afrika kennen gelernt, wo beide ihre militärische Laufbahn begonnen hatten. Viele Male hatte Julian für ihn sein Leben riskiert, wo manch ein anderer einen guten Freund im Stich gelassen hätte. Hinter seinem Grinsen und seiner scheinbaren Oberflächlichkeit steckte ein grundsolider und zuverlässiger Charakter.

Wenige Minuten später bedeutete ein Senatsgehilfe Vectis, ihm durch den langen Saal der Kurie in einen angrenzenden Versammlungsraum zu folgen. Julian blieb allein zurück, brummelte weiter über die Scheinheiligkeit der Senatoren, die erst die nötigen Verstärkungen für Britannien verweigert hatten und dann, als ihr Irrtum offensichtlich geworden war, nach einem Sündenbock suchten.

Die zehn Senatoren, die Vectis erwarteten, saßen steif auf ihren Liegen. Ganz offensichtlich hatten sie heftig debattiert, denn er hatte gedämpfte Ausrufe gehört, als er sich der geschlossenen Tür näherte.

»Mein Name ist Servius Sulpicius Tertullus«, stellte sich ein Senator mit buschigen Augenbrauen vor. »Konsul von Rom.«

Vectis nickte dem Senator zu. Das schien kein freundlicher Empfang zu werden. Niemand hatte ihn aufgefordert, Platz zu nehmen, und etliche runzelten die Stirn. Zwei Schreiber saßen in der Ecke und zeichneten jedes Wort auf.

»Wir sind nicht hier, um über die Katastrophe in Britannien zu diskutieren«, begann Konsul Tertullus mit einem missratenen Versuch eines Lächelns, »und auch nicht, um einen Verantwortlichen für den Verlust des Antoninischen Walls auszumachen, wenngleich mir in all meinen Jahren als Mitglied des römischen Senats noch nie ein derartig inkompetenter militärischer Führer begegnet ist.«

»Nur ein Feigling, wenn ihr mich fragt«, rief ein Senator verächtlich dazwischen.

»Ein Römer, der vor einem Haufen Pöbel flieht und seinen Posten preisgibt!«, warf ein anderer ein.

»Es gab Meldungen, Ihr wärt in Britannien gefallen«, sagte ein weiterer. »Zumindest das wäre ehrenhaft gewesen!«

Gemurmel erfüllte den Raum.

Dann aber mischte sich Senator Titus Severus ein und sagte:

»Darf ich fragen, warum der ehrwürdige Konsul einzelnen Senatoren erlaubt, ihre Meinung zu äußern, wo wir uns doch soeben darauf geeinigt haben, bezüglich der Katastrophe in Britannien keinerlei Schuldzuweisungen vorzunehmen?«

Ein oder zwei Senatoren brummten zustimmend.

Tertullus räusperte sich.

»Vielleicht wünscht der Konsul ja, dass ein unparteiischer Senator der Versammlung vorsitzt«, schlug Severus vor.

»Der Konsul kann und wird diese Versammlung mit strikter Neutralität leiten«, entgegnete Tertullus mit einem Anflug von Verärgerung in der Stimme. »Aber gewisse Tatsachen müssen schon beim Namen genannt werden dürfen, wenn wir unserer Aufgabe gerecht werden wollen.« Er beugte sich auf seiner Liege vor und sagte mit gönnerhafter Stimme zu Vectis: »Wir sind Eure Freunde, nicht Eure Richter. Wir haben diesen Rahmen gewählt, weil der Senat geteilter Meinung ist, dort sogar tiefe Verbitterung herrscht, und wir meinen, dass diese Versammlung führender Senatoren Euch eine Gelegenheit gewährt, die jüngsten Vorfälle in Britannien zu erklären. Versteht Ihr, was ich meine?«

»Ich verstehe.«

»Nennt dem Protokoll führenden Schreiber Euren Namen.«

»Vectis Trebellius Quadratus.«

»Eure Aufgaben in Britannien?«

»Präfekt der fünf Vorposten nördlich des Antoninuswalls.«

»Und nach dem Fall des Walls?«

»Diente ich als Tribun im Stab von Legat Julius Verus, Statthalter von Britannien.«

»Und das mit Auszeichnung«, bekräftigte Severus. »Uns liegen Empfehlungsschreiben vom Statthalter vor. Ich weise für das Protokoll darauf hin, dass diese uneingeschränkt positive Bewertung sich auf die gesamte Zeit bezieht, die der Präfekt in Britannien gedient hat.« Er hielt die entsprechenden Papyrusrollen hoch.

»Seid bedankt, Senator Severus«, sagte Tertullus betont höflich. Dann wandte er sich Vectis zu. »Wenn Ihr jetzt die Güte hättet, uns zu erklären, warum der Senat Euch zum Präfekten der fünf Vorposten ernannt hat.«

»Unter den keltischen Stämmen hatte es große Unruhe gegeben«, erklärte Vectis, »besonders unter den Briganten südlich des Hadrianswalls, den Selgovern nördlich und den kaledonischen Stämmen am Antoninuswall. Der Senat fürchtete deshalb, wir könnten die fünf Vorposten und möglicherweise sogar den Antoninuswall verlieren.«

»Und wie lautete Euer Befehl?«

»Die Abwehr der fünf Vorposten zu stärken«, erklärte Vectis.

»Und kann man sagen, dass Ihr versagt habt?«

»Das Urteil überlasse ich Euch; Tatsache ist, dass ich die Vorposten beträchtlich verstärkte.«

»Offensichtlich nicht ausreichend«, erwiderte der Konsul.

»Richtig, nicht ausreichend.«

»Vielleicht wäre es hilfreich«, wandte Severus ein, »wenn diese Kommission die mangelnde Unterstützung der Führer der Grenztruppen durch den Senat eingesteht. Ich für meinen Teil habe damals argumentiert, wir hätten in Britannien wenig zu befürchten. Die meisten der hier Anwesenden stimmten gegen eine Entsendung von Verstärkung aus unseren germanischen Provinzen, weil wir uns mehr über die germanischen Horden Sorgen machten, die an die Tore des Reiches klopften, als über Aufstände in Britannien.« Er legte eine kurze Pause ein. »Ich fürchte noch immer die Heftigkeit der germanischen Horden und die aufsässigen Stämme in Dakien, aber es besteht kein Zweifel, dass wir in Britannien einen Fehler gemacht haben.«

»Ich denke, keiner von uns würde ernsthaft abstreiten, dass wir die Bedrohung in Britannien unterschätzt haben«, meinte der Konsul.

»Wenn ich dazu etwas sagen dürfte«, mischte sich ein jüngerer Senator namens Publius Coelius ein. Im Nacken hatte er Speckfalten, und sein schwabbeliges Gesicht erinnerte Vectis an jene Männer, die ihr halbes Leben in den Thermen verbrachten. Er fragte sich, wie ein derart junger Patrizier es wohl geschafft hatte, in eine Gruppe älterer, führender Senatoren aufgenommen zu werden. Er tippte auf ererbten Reichtum.

»Tribun«, begann Coelius mit fragendem Blick. »Ich fürchte,

ich muss noch sehr viel lernen, was die Lage in Britannien anbelangt, und hoffe, dass Ihr mir dabei behilflich sein könnt.«

»Selbstverständlich«, sagte Vectis.

»Ich danke für Eure Geduld.«

Vectis antwortete mit Schweigen. Coelius' höfliche Art konnte seine Verachtung nicht verbergen. Er hätte Vectis mit dem weit höheren Titel Präfekt anreden können, wie es üblich war, er aber hatte den niedrigeren Dienstgrad Tribun gewählt, um den Ton zu bestimmen.

»Eine Frage zum Antoninuswall«, sagte Coelius. »Würdet Ihr mir zustimmen, dass der Fall der fünf Vorposten zum Fall des Walls beigetragen hat?«

»Ja, dem würde ich zustimmen.«

»Somit war Euer Versagen«, fuhr Coelius fort, während er die Lippen schürzte und einen Fremdkörper aus dem Auge rieb, »die unmittelbare Ursache für den Fall des Walls.«

»Ich würde es so formulieren: Nach der Preisgabe der Vorposten war der Wall in großer Gefahr.«

Triumph sprach aus der Miene des Senators. »Also, dann brauchen wir nichts mehr zu fragen. Tribun Trebellius gibt zu, mit seinen Handlungen den Antoninuswall in große Gefahr gebracht zu haben. Er hat versagt, und sein Versagen verursachte das Debakel in Britannien.« Zufrieden lehnte er sich auf seiner Liege zurück und blickte die anderen Senatoren an.

Jetzt erhob sich Severus und sagte: »Senator Coelius fragt sich, was wir noch zu fragen bräuchten. Mit Erlaubnis des Konsuls werde ich gern seine Neugier befriedigen.« Er wandte sich Vectis zu. »In welchem Zustand befanden sich die fünf Vorposten bei Eurer Ankunft?«

»Vor dem Fall.«

»Wir brauchen Einzelheiten«, fuhr Coelius ihn an, »und keine selbstgerechten ...«

»Präfekt«, fuhr Severus fort, indem er Vectis bewusst mit seinem Rang als Befehlshaber von Britanniens fünf Vorposten ansprach, »der Senator Coelius möchte Einzelheiten hören.«

Vectis wandte Coelius den Blick zu und erklärte: »Meine monatlichen Berichte an den Senat enthielten alle Einzelheiten über den Zustand der Vorposten, aber, um es kurz zu machen: Die Kastelle hatten schlecht ausgebildete Soldaten, keine Kampfmoral, kaum Kundschafter, Ingenieure oder Bautrupps und Handwerker, keine Nachtkontrollgänger, Hunderte nichtrömische Arbeiter, die unsere militärischen Operationen ausspionierten …«

»Schon gut, schon gut«, unterbrach ihn Coelius und winkte ab. »Wenn ich Euch richtig verstehe, dann habt Ihr also die Situation in den Griff bekommen.«

»Weitestgehend, ja«, bestätigte Vectis, den die selbstgefällige Art des Senators zunehmend ärgerte.

»Dann könnt Ihr sicher auch erklären, wie diese … Stämme, falls das das richtige Wort ist, in der Lage waren, so mir nichts, dir nichts fünf römische Vorposten zu erobern.«

»Sie eroberten lediglich einen Vorposten, Senator«, widersprach Vectis.

»Einen?« Ein Ausdruck des Schmerzes lag auf dem Gesicht des Senators Coelius, als ärgere es ihn, noch eine zusätzliche Information verarbeiten zu müssen. »Ich verstehe nicht.«

»Drei Vorposten hatten den Befehl, sich zum Wall zurückzuziehen, damit waren die beiden am weitesten vorgeschobenen Posten, Stragenia und Faustina, ihrem Schicksal überlassen. Die Soldaten von Stragenia versuchten – größtenteils vergeblich –, sich nach Faustina durchzuschlagen, um sich uns anzuschließen … sodass nur Faustina als Bastion übrig war.«

»Euer Befehl«, warf Coelius mit vorwurfsvoll erhobenem Zeigefinger ein, »lautete, die Vorposten um jeden Preis zu halten. Ist das richtig?«

»Das ist richtig.«

»Ihr aber seid bei der erstbesten Gelegenheit davongelaufen – wenn ich mir den Ausdruck erlauben darf – und habt Euch hinter dem Antoninuswall in Sicherheit gebracht. Oder irre ich mich?«

Vectis musterte Coelius und fragte sich, ob dieser jemals gedient hatte. Er kannte natürlich die Antwort. Das Gefährlichste, was der Mann je getan hatte, war, sich mit einer silbernen Pinzette die Augenbrauen zu zupfen.

Coelius redete immer noch. »Ihr habt Euren Posten preisgegeben, um Euren Hals zu retten!«

»Senator, ich halte es nicht für produktiv ...«, warf Konsul Tertullus ein.

»Eure Feigheit hat tapfere Männer das Leben gekostet!«, rief Coelius und schob zornig das Kinn vor.

Vectis konnte die Beleidigungen nicht länger hinnehmen. »Senator«, sagte er, »selbst wenn ich Euch erklären würde, was geschehen ist, bezweifle ich, ob Ihr es versteht. Krieg wird von Männern geführt – nicht von rückgratlosen Weichlingen, die auf Kissen herumlümmeln und viel reden.«

Senator Coelius sprang wütend auf, unzusammenhängende Worte sprudelten lautstark über seine Lippen, Senatoren umringten ihn, versuchten, ihn zu beschwichtigen, aber er brüllte weiter, dabei immer mit dem Finger auf Vectis zeigend. Nach einer Weile erst war er in der Lage, seinen Antrag zu stellen, Vectis in Ketten abführen zu lassen.

»Unsinn!«, brüllte Senator Severus.

»Jawohl!«, warf einer von hinten ein.

»Senator Coelius hat bekommen, was er verdient hat«, erklärte Severus. »Er hat Vectis Trebellius einen Feigling genannt – einen Mann, der sich in Nordafrika und in den Kriegen in Ägypten große Verdienste erworben und in Britannien unzählige Male für Rom sein Leben riskiert hat – hier sind die Belobigungen von Roms größtem lebenden Feldherrn!«, und er wedelte mit den Briefen Statthalter Verus', bevor er mit gedämpfter Stimme fortfuhr. »Nun, der Präfekt hätte natürlich ... äh ... den Senator nicht mit diesen Worten bedenken dürfen, selbst wenn er provoziert wurde. Ich gehe davon aus, dass er sich dafür entschuldigen wird.« Severus warf Vectis einen Blick zu.

»Ich entschuldige mich«, erklärte Vectis ohne jede Reue in der Stimme.

»Na also«, sagte Severus erleichtert.

Ein verlegenes Schweigen folgte. Die Senatoren begaben sich wieder auf ihre Liegen, und der Konsul legte dem Senator Coelius die Hand auf den Ellbogen und redete beruhigend auf ihn ein. Als der Konsul geendet hatte, wirkte Senator Coelius, als sei er soeben auf dem Marktplatz ausgepeitscht worden. Er nahm den von einem Senatsdiener gereichten Becher Wein, räusperte sich und sagte: »Ich bleibe dabei, dass dieser Mann seinen Posten preisgegeben hat, aber vielleicht war ich zu harsch.« Er schluckte. »Ich versuchte nur, ihm für das Protokoll Informationen zu entlocken.«

Der Konsul dankte dem Senator und sagte: »Präfekt Vectis, wir sprachen über Eure Befehle aus Rom hinsichtlich der Verteidigung der Vorposten. Fahrt bitte fort.«

Vectis blickte sich im Raum um. Seine Entschuldigung hatte die allgemeine Anspannung kaum verringert. Von Coelius und mehreren anderen Senatoren bekam er wütende Blicke; offensichtlich warteten sie nur darauf, dass er einen Fehler machte. Er fixierte Coelius, um ihm zu zeigen, dass er nicht die Absicht hatte, sich von ihm einschüchtern zu lassen. »Ich wiederhole«, sagte Vectis, »mein Befehl lautete zunächst, die Vorposten um jeden Preis zu halten. In diesem einen Punkt liegt Senator Coelius richtig. Im Laufe der Feindseligkeiten aber erhielten drei Vorposten den Befehl, ihr Lager niederzubrennen und sich hinter den Wall zurückzuziehen. Damit waren mein Kastell, der Vorposten Faustina, und die Überreste von Stragenia ihrem Schicksal überlassen. Des Weiteren ...«

Der Konsul hob die Hand und sagte: »Ihr müsst nicht wiederholen, Präfekt. Wir verstehen Eure Verteidigung. Ihr glaubt, dass jemand die ursprünglichen Befehle abänderte und die drei Vorposten anwies, sich hinter den Wall zurückzuziehen.«

»Das ist korrekt.«

»Dann erklärt uns doch bitte«, warf Senator Coelius ein, »wer diesen Befehl gegeben haben soll?«

»Das weiß ich nicht«, erklärte Vectis. »Der ehemalige Senator Atilius Titianus und andere möglicherweise.«

»Grotesk!«, schrie ein Senator.

»Unerhört«, meinte ein zweiter.

Andere gaben zustimmendes Gemurmel von sich.

Konsul Tertullus starrte Vectis durch seine buschigen Augenbrauen an. »Wisst Ihr das mit Sicherheit?«

Vectis antwortete: »Der Befehlshaber von Stragenia erklärte mir, dass ein Senator …«

»Genau das habe ich befürchtet«, warf Coelius ein. »Der Befehlshaber von Stragenia ist tot und soll jetzt aus dem Grab heraus den Senat verurteilen. Dieser Mann missbraucht nicht nur den verbannten Senator Titianus dazu, von seinen eigenen Fehlern abzulenken, er unterstellt auch noch, dass einige Mitglieder des Senats in die Verschwörung verwickelt waren.«

»Schändlich!«, schrie ein Senator.

»Jawohl!«, brüllte ein älterer Amtskollege.

Konsul Tertullus erhob sich von seiner Liege. »Senatoren«, sagte er, »ich muss daran erinnern, dass wir nicht hier sind, um jemanden zu verurteilen, sondern um Informationen zu sammeln. Präfekt Vectis hat das Recht, seine Meinung zu äußern. Und wenn er sagt, dass ein Senator – oder meinetwegen auch ein Gott – neue Befehle erlassen hat, die Vorposten preiszugeben, dann ist das sein Recht.«

»Wir haben kein Dokument, das neue Befehle bezeugt«, wandte Coelius ein.

»Richtig«, pflichtete ein Senator ihm bei.

Konsul Tertullus runzelte die Stirn und fragte nachdrücklich: »Präfekt Vectis, wisst Ihr mit Sicherheit, dass der Senator Atilius Titianus neue Befehle ausgegeben hat?«

»Nein, aber ich habe den starken Verdacht, dass …«

»Mit einem bloßen Verdacht kann sich der Senat nicht zufrieden geben«, erklärte Tertullus. »Habt Ihr irgendeinen Beweis dafür, dass einer der anwesenden Senatoren an der Absendung geänderter Befehle beteiligt war?«

»Schriftliche Befehle liegen mir nicht vor, falls Ihr darauf anspielen solltet«, räumte Vectis ein, »aber …«

»Ich denke, damit ist Eure Frage beantwortet«, warf Coelius mit erhobener Hand ein, um Vectis am Weiterreden zu hindern.

Konsul Tertullus blieb stehen und sagte: »Es dürfte allgemein bekannt sein, dass ich unsere Befehlshaber immer unterstützt habe. Es ist nicht einfach, sich mit Barbaren herumzuschlagen und dabei seine römische Ehre zu wahren, aber …«, er ließ den Blick über die Gruppe von Senatoren wandern, »der Senat braucht Beweise. Und während unser ehemaliger Präfekt offensichtlich eine sehr entschiedene Meinung hat, hat er, wie ich fürchte, nicht viel in der Hand.« Er hielt inne.

»Wer hat den drei Vorposten den Befehl erteilt abzuziehen? Gab es überhaupt anders lautende Befehle? Wir werden es womöglich nie erfahren«, endete er und gab Senator Severus ein Zeichen.

Severus erhob sich und erklärte an Vectis gerichtet: »Entsprechend dem im Senat bereits gefassten Beschluss werdet Ihr von jeglicher Schuld an den unglücklichen Vorgängen in Britannien freigesprochen. Man hat Euch eine Aufgabe als Militärtribun in den Provinzen zugeteilt. Ihr werdet Rom in einer Woche verlassen.«

Als die Senatoren gegangen waren, dankte Vectis Severus für seine Unterstützung.

Der Senator nickte. »Ich hoffe, Euch ist klar, was hier geschehen ist«, sagte Severus. »Ihr habt nicht näher genannte Mitglieder des Senats beschuldigt, die Befehle des Kaisers in Britannien eigenmächtig abgeändert zu haben.«

»Ich beschuldige niemanden«, berichtigte ihn Vectis. »Ich verteidige mich lediglich gegen den Vorwurf, ich hätte meinen Posten preisgegeben, genau das Gegenteil ist der Fall.«

»Ich habe keine Zweifel«, beschwichtigte ihn Severus. Dann fragte er: »Wäre es denkbar, dass sich im Archiv in Londinium Aufzeichnungen – beispielsweise Anweisungen vom Senat – befinden?«

»Das nehme ich an«, meinte Vectis. »Sämtliche Aufzeichnungen der Vorposten, niedergebrannt oder nicht, wurden gesammelt und dorthin geschickt.«

»Könntet Ihr Euch vorstellen, nach Britannien zurückzugehen?«

Vectis musste an Neeve denken. »Selbstverständlich«, versicherte er.

»Dann wollen wir Eure Rückkehr in die Wege leiten«, sagte Severus. »Unglücklicherweise hat man Euch im Augenblick einen Posten in der Provinz Dacia zugewiesen.«

»Dacia?« Vectis war wie vor den Kopf geschlagen. Einen Augenblick lang hatte er schon geglaubt, man würde ihm erlauben, wieder nach Britannien zu gehen. Irgendwo in dieser Provinz im äußersten Norden des Reiches würde sich Neeve gerade fragen, ob er überhaupt noch am Leben war. Er aber sollte sich nun in die entgegengesetzte Richtung aufmachen, in die Berge Dakiens.

»Ganz schön schlau, Euch nach Dakien zu schicken, das muss ich schon sagen«, meinte Severus. »Zumal ich nicht gut etwas gegen die Logik von Konsul Tertullus und Senator Coelius einwenden konnte, dass Ihr der beste Militärtribun seid, der geeignetste Mann, um mit den Problemen an der Grenze zu Germanien fertig zu werden. Ihr habt schließlich in Britannien und Nordafrika große Grenzprovinzerfahrung gesammelt, und wenn wir die Situation nicht bald unter Kontrolle bekommen, könnte es brenzlig werden. Aber in Wirklichkeit gibt es natürlich im Senat eine Menge Leute, die es gar nicht erwarten können, Euch eine Weile aus dem Verkehr zu ziehen. Sie haben Angst vor dem, was Ihr wissen könntet. Schließlich wäre jeder, der an gegenteiligen Befehlen beteiligt war, auch an dem vor zwei Jahren gescheiterten Sturzversuch des Kaisers durch Senator Atilius Titianus beteiligt gewesen. Ich untersuche gerade die Affäre Atilius Titianus.«

Ein Häuflein von Senatsdienern kam durch die offene Tür. Severus wartete, bis er ungestört weiterreden konnte. »Der Weg, den wir gehen, ist äußerst gefährlich. Nehmt Euch in Acht. Die Feinde liegen schon wie die Wegelagerer auf der Lauer.« Er fuhr sich mit den Fingern durch sein graues Haar. »Ich reise bald ab, um in Gallien nach meinen Besitzungen zu sehen, und glaubt mir, ich fahre nicht ohne eine ganze Kohorte Leibwächter. Ich treffe jede nur mögliche Vorsichtsmaßnahme, und das solltet Ihr auch tun.«

»Seid bedankt für die Warnung«, sagte Vectis.

»Ich weiß, Ihr seid ein Soldat«, erklärte Severus, beugte sich vor und fuhr in väterlichem Ton fort, »und als solcher habt Ihr keine allzu hohe Meinung von Leibwächtern. Ich verstehe das. Aber Ihr seid in Gefahr. Erlaubt mir deshalb, Euch die Dienste eines erstklassigen Beschützers ans Herz zu legen.«

»Ich danke, Senator, aber ...«

»Niemand würde von seiner Anwesenheit erfahren.«

»Ich werde schon in angemessener Weise für meine Sicherheit sorgen.«

Severus seufzte. »Das will ich hoffen.« Dann widmete er seine Aufmerksamkeit einem Papyrus, der mit dem Siegel des Senats versehen war. Er überreichte ihn Vectis mit den Worten: »Hier sind Eure Befehle. Strengt Euch an. Mit entsprechenden Erfolgen könnt Ihr jeder möglichen Kritik an Eurer Person begegnen, und ich hätte dann gute Argumente dafür, Eure Rückkehr nach Rom vorzubereiten. Dann könnten wir auch, falls Ihr daran interessiert seid, über jene Briefe in Britannien reden. Was Dakien anbelangt, so werdet Ihr im Stab eines Mannes namens Commodus dienen.«

Vectis wurde blass. »Gaius Jovius Commodus?«, fragte er.

»Ja, ich glaube, so heißt er.«

Vectis starrte auf das Dokument.

»Irgendwelche Probleme?«

»Nein«, sagte Vectis, »nein, natürlich nicht. Alles in Ordnung.«

6

Kundschafter der XX. Legion ritten am späten Morgen durch die Furt.

Von seinem Aussichtspunkt über dem Tal beobachtete Taranis, wie die vier platschend den Fluss durchquerten, die Flanken ihrer Pferde im kalten Gebirgswasser zitterten. Sie machten Halt bei dem angesengten Baum mit den beiden baumelnden kopflosen Körpern. Einer der Männer schnitt die Stricke durch, zog die Leichen flussaufwärts, wo er sie im Gebüsch ablud. Die anderen verschwendeten keine Zeit. Sie bewegten sich wie erfahrene Soldaten, jeder konzentriert auf eine andere Aufgabe. Falls sie Taranis sahen, schien es ihnen egal zu sein. Sie waren es gewohnt, in Sichtweite des Feindes zu operieren.

Als Krieger konnte Taranis nicht umhin, ihre Effizienz zu bewundern. Einer saß ab und ging jeden Winkel des Tales ab, jede Hangneigung abmessend. Ein anderer zählte die Felsen und erkundete den Talgrund. Er überprüfte sogar die Festigkeit des Bodens, indem er in vollem Galopp durch das Tal jagte. Sie maßen das hoch liegende Land dahinter auf, das baumbestandene Land an seinem östlichen Zugang und den Winkel des Tals zur aufgehenden Sonne. Sie notierten auch den Rauch, der von den Feuern der Kaledonier aufstieg, und wagten sich so nahe an sie heran wie erlaubt. Zufrieden gestellt, ritten sie durch den Fluss zurück zu ihren Truppen, die noch immer nach Norden marschierten.

Zwei Stunden später tauchte eine größere Gruppe berittener syrischer Bogenschützen mit fünf Offizieren auf. Auch sie durchquerten den Fluss und inspizierten das Gelände. Offensichtlich wussten sie, wo die Kaledonier lagen, und schickten Reiter aus, um ihre Stärke festzustellen. Wenige Minuten später entdeckte Taranis, wie zwei Offiziere die Erhebung in der Ferne auf ihre Eignung als Gelände für ihr Feldlager überprüften. Als Taranis sicher war, dass sie sich für sie entschieden hatten, schickte er Reiter zurück, um die in den Wäldern befindlichen Belagerungensgeräte einsatzbereit zu machen.

Die Soldaten der XX. Legion versammelten sich um das Feldzeichen, das sie aufgepflanzt hatten, stießen einen lauten Schrei aus und begannen mit der Errichtung ihrer Feldbefestigung. Eine Gruppe von Legionären hob einen kreisrunden Graben, fünf Fuß breit und drei Fuß tief, aus und türmte den Aushub zum Wall als weiteren Schutz vor einem möglichen Angriff auf. In diesen rammten wieder andere sieben Fuß hohe Schanzpfähle. Dann fällten sie Bäume für weitere Pfähle und banden die ganze Umwehrung mit Lederriemen zusammen. Am späten Nachmittag war das Lager fertig.

Neeve erreichte eine Stunde vor Sonnenuntergang das Lager der Kaledonier. Sie traf Taranis im Eingang seines Zelts an, wo er seinen Truppenführern letzte Anweisungen erteilte. Sie stellte sich hinter die Männer, ihrem Bruder direkt gegenüber. Seine Größe überraschte sie immer wieder. Selbst für einen Kaledonier war er groß gewachsen zu nennen – ein unerschrocken dreinblickender Krieger mit langem blondem Haar und durchdringenden blauen Augen. Er war breitschultrig und schlank, sein entschlossenes Gesicht glatt rasiert und trotz seiner zahlreichen Kämpfe erstaunlicherweise narbenfrei. Er trug einen leuchtend roten Waffenrock, wie sein Vater es getan hatte, bevor er von den Römern hingerichtet worden war.

Taranis' und Neeves Blicke trafen sich, und er gab Cronn ein Zeichen, die Versammlung aufzulösen.

»Stimmt was nicht?«, fragte er, nachdem er sie auf die Stirn geküsst hatte. Selbst in Augenblicken der Anspannung ließ Taranis es sich nicht nehmen, seine Schwester zu küssen oder zu umarmen.

»Ihr müsst den Angriff abblasen.«

Taranis warf einen Blick auf seine Truppenführer. Dann musterte er intensiv ihr Gesicht und fragte ruhig: »Du warst auf römischem Gebiet?«

»Ja.«

»Und, sieht es schlecht für uns aus?«

»Drei Legionen sind im Anmarsch«, stieß sie hervor.

Taranis wandte den Blick ab zu den Hunderten von vorbeifahrenden Karren, die mit Rampen, Seilen und Trinkwasser beladen waren. »Hast du diese Legionen mit eigenen Augen gesehen?«, fragte er und wandte sich wieder ihr zu.

»Ich habe eine Zwanzigste in Sollstärke gesehen.«

Taranis nickte und sagte: »Sie ist bereits hier. Sie und ihre Hilfstruppen liegen drüben auf der anderen Talseite.«

Automatisch blickte Neeve zu den Feuern des Römerlagers hinüber.

»Erzähl mir von den anderen Legionen«, forderte er sie auf.

»Sie haben nach wie vor drei Legionen, um die gesamte Insel zu kontrollieren«, sagte sie, »aber jetzt sind alle drei verstärkt auf Sollstand.«

»Und sie bereiten sich auf den Kampf vor.«

»Ja.«

»Wo sind die Zweite und Sechste?«

»Auf dem Weg nach Norden.«

»Auf unsere Stellungen zu?«

»Ich bin mir da nicht ganz sicher«, gestand sie. »Aber ich weiß, dass sie nur wenige Tagesmärsche entfernt sind.«

»Nur wenige Tagesmärsche?« Er wirkte besorgt.

Sie nickte.

Er nahm sie am Arm und fragte: »Und wie hast du von ihren Truppenbewegungen erfahren?«

»Ein Römer, ein Tribun, hat es mir erzählt.« Sie hielt seinem Blick stand und beantwortete seine nächste Frage schon, bevor er sie stellen konnte. »Er hat nicht gelogen«, sagte sie. »Da bin ich mir ganz sicher.«

Neeve sah, wie Taranis versuchte, ihre Informationen zu verarbeiten. Er fragte sich, wie die Römer die Provinz beherrschen wollten, wenn sie ihre Legionen südlich des Hadrianswalls abzogen. Ungezählte Male hatte ihr Bruder ihr versichert, dass die römischen Feldherren beim Einsatz ihrer Legionen sehr bedächtig vorgingen. Sie schützten ihre Basis und gingen bei der Verfolgung aufsässiger Stämme keine unkalkulierbaren Risiken ein. Selbst ins Gefecht schickten sie nur zwei Drittel ihrer Kräfte, das letzte Drittel blieb zur Bewachung ihres befestigten Feldlagers zurück, in das die Truppe sich notfalls zurückziehen konnte.

»Das ist noch nicht alles«, sagte sie.

Er verschränkte die Arme und wartete.

Dann berichtete Neeve, dass Julius Verus Roms Legionen befehligen werde, und von der Entschlossenheit des Kaisers Antoninus, seinen Wall zurückzuerobern.

»Wir können unseren Angriff nicht einfach abblasen«, sagte Taranis. »Dafür ist es jetzt zu spät. Aber vielleicht rächt sich ja Roms neue aggressive Politik. Wenn sie zwei weitere Legionen schicken in der Erwartung, die Zwanzigste in den kommenden Tagen zu unterstützen, werden sie nur noch römische Leichen vorfinden.« Er schaute sie an. »Wir werden ihnen gegenübertreten, aber nicht in diesem Tal hier – und nicht auf die Weise, wie sie es erwarten.«

»Taranis«, sagte sie und nahm ihren Bruder in den Arm, »ich habe die Götter angefleht, dir beizustehen, aber ich habe Angst.«

Er legte ihr eine seiner großen Hände auf die Schulter und zog sie näher zu sich heran. »Verzweifle nicht«, sagte er, »die Götter werden uns den Sieg schenken.«

»Manchmal«, entgegnete sie leise, »fürchte ich, die Götter könnten taub sein.«

In den warmen Räumen des Badehauses von Senator Coelius roch es nach ätherischen Ölen, Puder und Schweiß, brennenden Spänen aus Zitronenholz, dampfenden Tüchern und ungezügelter Machtgier.

Balbinus lag, in dampfende Tücher gehüllt, auf einem schweren Kirschholztisch. Alle paar Minuten legten Sklaven behutsam frisch erwärmte Auflagen an, hüllten seinen massigen Leib ein, entfernten geschickt die bereits abgekühlten. Andere Sklaven rieben seine Füße mit kostbarem Olivenöl aus Patavium ein und tupften sein Gesicht trocken. Auf einem Massagetisch daneben lag Senator Coelius, die Augen halb geschlossen.

»Müde?«, fragte Coelius und versuchte, den Blick auf Balbinus zu richten.

»Todmüde.«

Gähnend bekundete Coelius sein Mitgefühl. »Mich müssen die Sklaven oft in mein Schlafgemach tragen und ins vorgewärmte Bett legen.«

»Eine Wohltat an einem kalten Herbsttag.«

»Die Wärme ... ein Wundermittel für die Haut.«

»Wie können Barbaren das nur überleben?«

Coelius lächelte träge und antwortete: »Sie kennen nichts anderes als ihre schlammigen Löcher.« Dann fragte er beiläufig mit geschlossenen Augen: »Aber Ihr seid doch nicht nur gekommen, um mit mir ein Bad zu nehmen. Was bekümmert Euch?«

Balbinus starrte hoch zu der mit Fresken bemalten Decke. »Ich habe einmal gelesen, dass Julius Cäsar als junger Mann einer Statue von Alexander dem Großen gegenübergestanden habe. Er soll sein Gesicht bedeckt und geweint haben ... weil ihm in diesem Augenblick bewusst geworden war, dass Alexander in seinem Alter bereits die ganze Welt erobert hatte.«

»Ihr sprecht von Göttern, nicht von Menschen.«

»Sicher, aber auch Menschen bekleiden mal eine bedeutendere, mal eine weniger bedeutende Stellung im Leben.«

Coelius verscheuchte mit einer Geste die Frau, die sich mit seinen Füßen beschäftigte. »Und diese bedeutenderen reizen Euch, was?«, fragte er und musterte Balbinus.

»Ihr seid ein junger Cäsar«, sagte Balbinus langsam und deutlich. »Was die Götter im Einzelnen für Euch vorgesehen haben, wissen nur sie selbst, aber dass der Himmel Euch wohlgesinnt ist, kann niemand bezweifeln.« Er blickte dem Senator in die Augen. »Ich dagegen bin nur ein Diener, der von einem gütigen Kaiser unverdiente Gnade empfangen hat.«

»Vielleicht hat ja die Güte unseres Kaisers damit zu tun, dass Ihr Euch gerade noch rechtzeitig von Atilius Titianus abgesetzt habt«, meinte Colius lachend.

»Ja, ich gestehe, Kaiser Antoninus hat mich für meine ... ich nenne es lieber Loyalität zu Rom ... großzügiger belohnt, als ich zu träumen gewagt hätte. Ich bin jetzt außergewöhnlich reich, natürlich nicht wie Ihr, aber mir fehlt es an nichts.«

»Aber ein paar Wünsche habt Ihr trotzdem.«

»Gleich mehrere, wenn ich das so sagen darf.«

Coelius winkte seinem Privatsekretär. Unverzüglich half ein ganzes Dutzend Sklaven dem Senator und seinem Gast, sich aufzusetzen. Dann nahmen sie ihnen die heißen Tücher ab, rieben sie mit duftendem Öl ein und brachten ihnen Umhänge und Sandalen. Andere kamen mit silbernen Pokalen und Amphoren voll Wein, gekühlter Ziegenmilch und einer Mischung aus Pfirsich- und Orangensaft. Balbinus wählte den Saft und wartete, bis Coelius seine Sklaven weggeschickt hatte. Der Senator zog es vor, mit seinem jeweiligen Gegenüber unter vier Augen zu sprechen.

»Ich war Euch schon einmal behilflich«, begann Coelius, als sie allein waren, »und vielleicht kann ich es wieder sein.«

»Ja, das wart Ihr. Alles, was ich habe, verdanke ich Euch.«

Coelius ging nicht darauf ein.

»Senator, ich will heute nichts als die reine Wahrheit sagen«, erklärte Balbinus feierlich, »aber ich fürchte, Ihr könntet vielleicht denken, ich möchte mich nur bei Euch einschmeicheln. Nichts läge mir ferner als das! Große Männer haben keine Geduld mit Schmeichlern. Aber dennoch muss ich riskieren, Euer Wohlwollen zu verlieren, und Euch mein Herz ausschütten.« Er beugte sich vor und sagte: »Ich nenne den Kaiser meinen Wohltäter, doch mein eigentlicher Wohltäter seid in Wahrheit Ihr.«

»Jetzt aber …«

»O doch, o doch«, beteuerte Balbinus. »Als ich niemanden hatte, an den ich mich wenden konnte, wart Ihr meine einzige Hilfe. Ich vertraute Euch Titianus' Umsturzpläne an, und Ihr habt mich in Eurer Weisheit zu Senator Titus Severus geschickt, und durch seine gute Beziehung zum Kaiser … kurz und gut, ohne Euch wäre ich nicht das, was ich heute bin.«

Coelius bestätigte mit einem Kopfnicken, dass er verstanden hatte. Dann sagte er: »Diese Wünsche, von denen Ihr spracht … könnte einer davon vielleicht sein, in eine noch höhere Stellung aufzusteigen, etwa in den Rang eines Senators?«

»Euer Scharfsinn war schon immer eine Eurer größten Stärken«, schmeichelte Balbinus. »Ihr habt ganz beträchtlichen Einfluss …«

»Ich kann mich gut in Eure Lage versetzen und fühle mit Euch«, unterbrach Coelius und nippte an seinem Wein, »aber lasst uns dieses Thema erst einmal aufschieben. Nennt mir zunächst Euern anderen Wunsch. Vielleicht ist er ja im Augenblick dringlicher.«

Balbinus lockerte seinen Griff um den Pokal. Seine Hand zitterte vor Wut. Niemand – weder der Kaiser noch Coelius – nahm seinen Wunsch, in den Senat aufzusteigen, ernst. Und dabei zeigten sie sich auch noch so ausnehmend höflich. Sie lächelten und sprachen mit ihm wie von Gleich zu Gleich und luden ihn manchmal sogar zu ihren Landpartien ein; hinter vorgehaltener Hand aber machten sie sich über ihn lustig wie über einen Ackersklaven, der sich in ein elegantes Speisezimmer verirrt hat.

Balbinus stürzte einen weiteren Saft hinunter. Nun wünschte er, er hätte sich für Wein entschieden. »Sie untersuchen jetzt den Fall Atilius Titianus«, sagte er, »um herauszufinden, wer sonst noch darin verwickelt sein könnte.« Er suchte im Gesicht von Coelius nach einer Reaktion. Er hatte den Verdacht, dass auch der Senator an der Verschwörung des Atilius Titianus gegen den Kaiser beteiligt gewesen war, aber er hatte keinen Beweis. Wenn er behutsam vorging, gelang es ihm vielleicht, Coelius dazu zu bringen, die Nachforschungen zu ersticken.

»Und wer führt diese Untersuchungen durch?«

»Senator Severus.«

»Aha.« Jetzt wirkte Coelius tatsächlich beunruhigt.

Balbinus schöpfte wieder Hoffnung. Vielleicht war Coelius wirklich in die Verschwörung verwickelt gewesen. Und wenn das der Fall war, musste er ein Interesse daran haben, die Untersuchung zu behindern.

Coelius stellte seinen Pokal auf den Tisch. »Darf ich fragen, wie Ihr an diese Information gekommen seid?«

»Ich hatte eine Audienz beim Kaiser und fand dabei ganz zufällig heraus, dass Senator Severus die Korrespondenz von Titianus prüft, um an Namen zu kommen.«

Coelius wischte sich die Lippen mit einem Leinentüchlein ab. Er schien tief in Gedanken versunken. Dann änderte sich seine Miene, und er sagte langsam: »Ihr wart doch die rechte Hand von Senator Titianus, nicht wahr?«

»Ja, aber das wisst Ihr doch.«

Er ignorierte diese Bemerkung und fragte: »Befürchtet Ihr vielleicht, Euer Name könnte in diesen Briefen allzu häufig auftauchen?«

»Ich habe schließlich die Verschwörung gegen den Kaiser aufgedeckt«, sagte Balbinus fast ein wenig trotzig. Die Richtung, in die die Frage zielte, gefiel ihm nicht.

»Schon«, räumte Coelius ein, »aber nehmen wir einmal an, aus den Briefen geht hervor, dass Ihr ebenso versessen auf den Sturz des Kaisers wart wie der verdammungswürdige Senator Titianus, aber Grund zu der Annahme hattet, dass die Verschwörung zum Scheitern verurteilt war, und nur deshalb den Kaiser gewarnt habt, um Eure jämmerliche Haut zu retten.« Er lächelte. »Natürlich schenke ich diesen verleumderischen Fantasien keinen Glauben. Ich fürchte allerdings, dass das Severus' Sichtweise ist.«

Balbinus schluckte. »Ich war derjenige, der die Verschwörung gegen den Kaiser aufgedeckt hat«, wiederholte er. »Und der Kaiser war mir dankbar dafür.« Er stieß sich vom Tisch ab und starrte geistesabwesend durch den Korridor zum Badehaus hinüber, wo der Dampf über dem Wasser schwebte.

Coelius zuckte mit den Achseln. »War nur so eine Überlegung«, meinte er. Dann hielt er inne. »Da fällt mir noch etwas ein ... habt Ihr Euch je gefragt, ob es noch andere Briefe geben könnte, etwa von Vectis Trebellius aus Britannien, als er den Kaiser vor Titianus' Verrat zu warnen versuchte?«

»Ich wüsste nicht, was mich das anginge.«

»Oh, ich bin sicher, das beträfe Euch ganz und gar nicht ... außer ... nun ja, ist ja auch nicht weiter wichtig ... die ganze Idee ist pure Fantasie, wie ich schon sagte. Macht Euch keine Sorgen.«

»Nein, bitte, ich bin sehr interessiert daran.« Und sehr wütend war er auch. Coelius hatte dem ganzen Gespräch eine neue Richtung gegeben.

Coelius runzelte die Stirn. »Ich habe mir nur meine Gedanken gemacht, wie Severus wohl auf einen solchen Brief von Trebellius reagieren würde – falls wirklich einer auftauchen sollte. Würde er nicht annehmen, Ihr hättet allen Grund gehabt, Euch über solche Briefe Sorgen zu machen, und deshalb aus Angst oder Verzweiflung den Titianus verraten, um Euch selbst zu schützen?«

Balbinus schwieg.

»Severus ist ein harter Mann«, erinnerte ihn Coelius. »Und gerissen ist er auch. Von dem Augenblick an, als Vectis Trebellius wieder in Rom war, hat Severus versucht, sich an den Wicht heranzumachen. Warum wohl? Weil Severus glaubt, Trebellius könnte ihm bei seinen Nachforschungen behilflich sein. Zum Glück hat der Senat Trebellius nach Dakien geschickt. Aber eines garantiere ich Euch: Sobald er zurück ist, wird Severus nicht eher Ruhe geben, als bis er jede Zeile gefunden hat, die je aus Britannien gekommen ist.«

»Ich hatte mit der Verschwörung nicht das Geringste zu tun«, beteuerte Balbinus wenig überzeugend.

»Natürlich seid Ihr in dieser Sache unschuldig«, sagte Coelius, »aber das hat in Rom nicht viel zu bedeuten.« Und mit erhobenem Zeigefinger fügte er hinzu: »Hier ist Scharfblick gefragt. Wenn Ihr in den Senat wollt, müsst Ihr das begreifen.«

Balbinus ging unruhig im Raum auf und ab. »Was schlagt Ihr vor?«, fragte er schließlich kleinlaut.

»An Eurer Stelle würde ich mit den einfacheren Sachen anfangen«, schlug Coelius vor. »Vectis Trebellius ist möglicherweise im Besitz von Informationen, die Euch schaden können. Ihr könntet natürlich einfach abwarten und hoffen, dass Severus nichts findet ... oder Ihr könntet handeln.«

Balbinus starrte den Senator an. »Das verstehe ich nicht.«

»Ich denke doch. Trebellius ist nach Dakien entsandt worden, in ein ziemlich unsicheres Land. Ihr seid jetzt ein vermögender Mann. Solche Männer müssen nur einen Finger heben, und schon verschwinden andere.«

»Ich kannte seine Familie ...«

»Ihr könnt sicher sein, dass er keine Sekunde zögern würde, wenn er eine Möglichkeit sähe, Euch über den Styx zu schicken.«

Balbinus nickte. »Wahrscheinlich ohne Münze für Charon, damit er mich nicht an das Tor des Hades bringt.«

»Ganz bestimmt.« Coelius tätschelte Balbinus aufmunternd den Arm. »Ich weiß, dass Ihr so etwas verabscheut, und finde das durchaus lobenswert. Das zeigt mir, dass Ihr die Sensibilität eines Patriziers habt. Und dass Euch die Macht zu Eigen ist, die man als Senator benötigt.«

»Ich danke Euch«, sagte Balbinus und versuchte zu lächeln.

»Dem einen fallen Privilegien und Macht mit der Geburt zu, andere wie Ihr wachsen in sie hinein.«

»Eure Worte geben einem Hoffnung.«

»Ihr braucht Euch wegen dieses Vectis Trebellius keine Gewissensbisse zu machen«, meinte Coelius mit finsterer Miene. »Er ist ein einfacher Mann, der sich anmaßt, andere, die weit über ihm stehen, zu belehren ... und deshalb ist er zu einer Bedrohung geworden. Wie bei allen wichtigen Dingen werdet Ihr auch diesmal Eure Sache gut machen. Ich habe vollstes Vertrauen zu Euch.«

»Ich werde Euch nicht enttäuschen.«

Coelius seufzte. »Dann sind da natürlich immer noch Senator Titus Severus und seine Untersuchung. Aber im Senat gibt es einige, die nicht besonders unglücklich wären, wenn diese Untersuchung aus Mangel an Beweisen im Sande verliefe. Aber das nehme ich besser selbst in die Hand.« Er rief durch den Korridor nach seinen Sklaven. »So haben wir also beide alle Hände voll zu tun«, endete er.

Balbinus trat zu den Amphoren, die in Bottichen mit kaltem Wasser standen, und sagte: »Jetzt hätte ich gern einen Becher Wein.«

7

Neeve zwirbelte nervös ihr Haar. Die Sonne war schon fast untergegangen. Schatten legten sich über die Felsen, und in der Ferne hoben sich die Gipfel gegen den purpurnen Himmel ab.

Taranis stand noch immer einsam neben seinem Zelt. Er musste Gewissheit haben. Aber es war zu spät. Die Truppenführer waren bereits zu ihren Männern zurückgekehrt und hatten ihre Befehle gegeben. Neeve hatte kein gutes Gefühl, was die bevorstehende Schlacht anging, und sie fragte sich, ob sie es ihm sagen sollte. Wenn er wüsste, dass dies seine letzte Nacht in einem freien Kaledonien sein würde, gäbe er dann auf? Sie kannte die Antwort.

»Sattle dein Pferd«, sagte jemand hinter ihr. »Du wirst mich bei meinen Erkundungen begleiten.«

»Ich dachte, du wärst bei Taranis«, antwortete Neeve mit gesenktem Blick. Sie hatte Cronn sofort an der Stimme erkannt.

»Ich leite unsere Operationen im Tal.«

Sie nickte. »Ich nehme an, Taranis hat dich gebeten, nicht von meiner Seite zu weichen.« Sie drehte sich zu dem baumlangen Krieger um, dessen wilder Blick immer, wenn er sie sah, ein wenig sanfter zu werden schien. Ihr Bruder hatte nie verhohlen, dass er sie beide gern als Paar gesehen hätte. Und Cronn selbst hatte mehr als einmal seinen ganzen Mut zusammengenommen und sie zu den Dorffesten begleitet. Wenn Väter ihre Töchter in zweideutigen Tanzritualen öffentlich zur Schau stellten, nahm Cronn von ihnen kaum Notiz. Er versuchte zwar, nicht unhöflich zu sein, bekundete den herumwirbelnden Mädchen gelegentlich mit einem Nicken sein scheinbares Interesse, doch in Wirklichkeit galt seine ganze Aufmerksamkeit ihr. Oft war er in ihrer Nähe, wenn er ebenso gut anderswo seine Pflichten hätte erledigen können, und da Sicherheit in diesem kriegsgebeutelten Norden ein hohes Gut war, nannte sie ihn manchmal ihren »Beschützer«.

Sein Lächeln enthüllte ein ebenmäßiges Gebiss. »Ich bin nicht geschickt worden, um dich zu beschützen, falls du das glaubst. Ich soll den Angriff im Tal koordinieren.«

Sie erwiderte sein Lächeln. Er war im Grunde ein guter Mann, unter dessen rauer Schale ein weicher Kern steckte, und trotz seiner Narbe im Gesicht keineswegs unattraktiv. Und sie musste zugeben, dass sie sich in seiner Gegenwart sicher fühlte. Kein Mann, den sie kannte – Taranis vielleicht ausgenommen –, hätte es mit ihm aufnehmen können. Sie mochte und respektierte Cronn, aber Liebe empfand sie für ihn nicht. Ihr Herz war anderswo, tief im Land der Römer. Und Cronn wusste das.

»Taranis macht sich Sorgen«, sagte sie und zwang sich, wieder an die nahe liegenden Dinge zu denken.

»Nach deinem Bericht über die beiden Legionen machen sich alle Truppenführer Sorgen«, erklärte er. »Aber wir haben keine andere Wahl. Die Römer sind fest entschlossen, uns zu vernichten. Wenn wir uns in die Berge zurückziehen und abwarten, haben wir es bald mit allen drei Legionen auf einmal zu tun. Jetzt haben wir wenigstens noch das Überraschungsmoment auf unserer Seite, und vielleicht gelingt es uns ja, die Zwanzigste aufzureiben, bevor die Zweite und Sechste eintreffen.«

»Ohne die anderen Stämme gehen wir ein großes Risiko ein«, mahnte Neeve. Sie spielte damit auf die kleineren keltischen Stämme an, die um die Kaledonier herum siedelten. Zwei Jahre zuvor hatten sich Carnonacer, Cornavier, Smerter und Lvgier den Kaledoniern angeschlossen, als sie den Antoninuswall erstürmt und die Römer nach Süden getrieben hatten. Jetzt waren diese Stämme wieder über den ganzen Norden verstreut, immer noch ihren Triumph feiernd.

»Die Häuptlinge haben ihre Krieger nicht mehr unter Kontrolle«, erklärte Cronn. Dann, nach einer langen Pause, fragte er: »Hast du im Kastell Trimontium irgendjemanden aus der Zwanzigsten etwas über unsere Nachbarn im Süden, über die Briganten und Selgover, reden hören? Wir hatten eigentlich gehofft, sie könnten den Vormarsch der Römer aufhalten.«

Der Wind hatte gedreht und blies nun den Rauch eines nahen Feuers in ihre Richtung. Neeve blinzelte und sagte: »Ich durfte die Hauptstraße nicht verlassen. Ich habe nur gehört, dass die zweite und sechste Legion auf Sollstand sind und schnell nach Norden vorrücken ... und dass einige Stämme der Briganten sie bei Petuaria in ein Scharmützel verwickelt haben.«

»Die Briganten?«

»Ein paar Stämme, glaube ich. Die römische Flotte hat sie von der Bucht her überrascht, aber wie es ausgegangen ist, weiß ich auch nicht.«

»Hast du das Taranis erzählt?«

Sie bejahte und fügte hinzu: »Ich habe ihm auch erklärt, dass ich bezweifle, ob die Briganten oder die Selgover die Legionen aufhalten können.«

Cronn schaute zu den Feuern des Römerlagers hinüber. »Die beiden Legionen sind sicher nicht nah genug, dass sie eingreifen können, jedenfalls nicht heute Nacht.« Er klang, als wollte er unbedingt daran glauben. Dann fügte er hinzu: »Und wenn die Zwanzigste da drüben auf sich allein gestellt ist, kommt sie in große Schwierigkeiten.«

»Glaubst du, dass sie es sein wird?«

Er zögerte, bevor er weitersprach. »Wir haben zwar Kundschafter von den anderen beiden Legionen ausgemacht, aber die Truppen waren noch über fünfzig Meilen weit entfernt.«

»Wir gehen ein großes Risiko ein.«

»Allerdings.«

Sie sah sich im leeren Lager um. Eine Hand voll Krieger – meist ältere Frauen, die nicht mehr kampffähig waren – kümmerte sich um die mehreren hundert Feuer. Die Römer sollten aus der Ferne den Eindruck gewinnen, dass die Kaledonier noch immer an ihren Feuern lagen und auf die Schlacht am nächsten Morgen warteten.

»Taranis sagt, wir hätten Spurensucher von den Ikenern hier.«

»Ja, seit ein paar Stunden«, bestätigte Cronn mit einem Blick zu einer Gruppe im Halbdunkel kaum zu erkennender Gestalten am Fuß eines grasbewachsenen Hügels. »Sie warten nur noch, bis es ganz dunkel ist.«

Neeve folgte seinem Blick. Die Ikener kauerten um ein winziges Feuer. Ihr blondes Haar fiel ihnen auf die Schultern, schimmerte im Feuerschein. Man sah sie nie mit einem Bogen oder einem Schwert, ihre Waffen waren zwei Messer, die sie an den Hüften trugen. Ihre Kleidung bestand aus einem dunkelgrünen Kittel, langen ledernden Beinkleidern und weichen Lederschuhen, die unterm Knie zusammengebunden wurden. Sie waren immer zu zweit unterwegs, sprachen nie, flüsterten nicht einmal. Sie verständigten sich ausschließlich mit Handzeichen.

Neeve hatte sie erst einmal gesehen, als sie am Wall durch das ausgeklügelte Schanzsystem der Römer geschlüpft waren und Dutzenden von Wachtposten die Kehle durchgeschnitten hatten. Die Ikener lebten Hunderte von Meilen südlich der beiden Wälle in der Provinz Britannia, im besetzten Land, und es war schwierig, sie anzuwerben. Für einen erfolgreichen Kampf aus dem Hinterhalt waren die Kaledonier auf die Ikener angewiesen. Bald schon würden sie durch den Wald kriechen, an den Flussufern entlangschleichen und durch Schluchten streifen auf der Suche nach römischen Kundschaftern. Ihre bloße Gegenwart ließ die Feinde erzittern, und selbst erfahrene römische Kundschafter waren schon desertiert, als sie hörten, dass ihnen Ikener auf den Fersen waren.

Wenige Minuten später war die Nacht hereingebrochen, und Sterne funkelten wie Edelsteine auf die zum Äußersten entschlossene Männer herab.

Cronn und Neeve hielten bei mehreren Heimstätten an, wo Hunderte von Kühen, Schafen und Ziegen in engen Verschlägen zusammengepfercht waren. Der Gestank von Exkrementen und Schweiß traf Neeve wie ein Schlag ins Gesicht, und so ging sie in die Richtung, aus der der Wind kam. An den Hörnern der Tiere waren harzgetränkte Kienspäne befestigt. Krieger waren dabei, die Tiere an einen festgelegten Platz zu treiben, um sie auf den Angriff vorzubereiten.

Ein Überraschungsangriff auf ein römisches Feldlager – selbst auf ein nur für eine Nacht errichtetes – war keine einfache Sache. Die Legionäre waren Meister darin, leicht zu verteidigende Lagerplätze auszusuchen, und ihre Kundschafter durchstreiften die ganze Nacht über das umliegende Gelände auf der Suche nach möglichen Bedrohungen. Ihre Gräben und Erdwälle, ihre auf den Wällen aufgesetzten fest verbundenen Palisadenpfähle und ihre aufmerksamen Wachtposten beschützten sie bestens. Den wenigsten Feinden gelang es, die wachsamen Soldaten Roms zu überraschen.

Aber in dieser Nacht sollte alles anders sein. Die Spurensucher, die Ikener, hatten bereits ihre Signalfeuer entzündet. Die römischen Kundschafter waren ausgeschaltet, die XX. Legion war blind. Verborgen im Wald am östlichen Zugang zu ihrem Lager lagen Tausende kaledonischer Krieger mit ihren vierrädrigen Karren, beladen mit Rampen, Seilen und Unterständen. Sie hatten sich mit blauer Farbe bemalt, um den Zorn der Götter zu verstärken, und waren wild entschlossen, ihr Land von den römischen Eindringlingen zu befreien.

Eine Stunde vor Tagesanbruch ordnete Cronn an, die Fackeln anzuzünden. Von hinten tauchte eine Gruppe kleiner Jungen mit abgedeckten Laternen auf. Sie rannten zu den Kriegern, die an den Laternen ihre Fackeln anzündeten und mit diesen wiederum die unzähligen Fackeln an den Hörnern der Tiere. Der stechende Geruch brennenden Harzes erfüllte die Luft, und Fackeln loderten auf, bewegten sich auf und ab, wogten, als die Tiere sich der Westseite des römischen Lagers näherten. Krieger hatten Mühe, das verwirrte Vieh auf das Lager zuzutreiben; sie stießen mit ihren Speeren auf sie ein, und zuweilen warfen sie sogar mit ihren Fackeln nach ihnen.

Als die Riesenherde sich der Anhöhe näherte, auf der das Feldlager errichtet war, schlugen die von Panik ergriffenen Wachtposten mit ihren Signalhörnern Alarm. Schlaftrunkene Legionäre, mit und ohne Rüstung, gingen in Verteidigungsstellung.

Auf der Ostseite des Lagers, die Neeve zwar nicht überblicken konnte, waren, was sie aber wusste, Dutzende von Ikenern dabei, die Riemen durchzuschneiden, die die Schanzpfähle zusammenhielten. Bald schon würden sie durch den Zaun schlüpfen und wie Rachegeister den römischen Wachtposten an die Kehle gehen.

Rund tausend Tiere stampften, einem Heer vierfüßiger blutrünstiger Krieger gleich, zur Westseite den Hang des Römerlagers hinauf. Die Kaledonier schrien, kreischten, heulten, um das Vieh wie wild gewordene Krieger klingen zu lassen und so den Feind einzuschüchtern. Eine Phalanx von Bogenschützen ließ flammende Pfeile herabregnen, um die römischen Offiziere abzulenken, zu verhindern, dass sie sich allzu genau die heranstürmende Viehherde ansahen. Viele der Pfeile steckten Zelte und Karren in Brand oder schlugen in den offenen Stallungen ein, in denen die Pferde der Legionsreiterei standen. Die verängstigten Tiere rissen sich los, rasten durch das brennende Lager und vergrößerten das Durcheinander noch mehr.

In diesem Augenblick stürmten Tausende kaledonischer Krieger, von Osten aus den Wäldern kommend, die beschädigte Umwehrung. Centurionen brüllten Befehle, und Soldaten versuchten verzweifelt, die Flut schreiender, blau bemalter Krieger einzudämmen. Aber es war zu spät. Die Kaledonier bahnten sich ihren Weg ins Römerlager, kletterten über die Rampen, die sie über die Gräben gelegt hatten. Sie schwangen ihre langen Schwerter und stürzten sich kreischend auf die überraschten Legionäre. Ins Wanken gebracht, versuchten die Römer, innerhalb des Lagers einen Verteidigungsring zu errichten in der Erwartung, jeden Augenblick von Westen, woher das Vieh kam, überrannt zu werden.

Neeve jubelte, als sie sah, wie Taranis und seine Krieger die Schanzmauern überwanden. Im Verlauf der Schlacht sah sie immer wieder einmal ihren Bruder in seinem roten Kittel sein Schwert wie eine Sense führen, die die Römer ummähte wie Halme auf einem Feld. Dann schloss sie sich den Bogenschützen an und ließ Pfeile auf die hinteren Reihen der Römer regnen. Das Bogenschießen, nicht gerade ihre stärkste Seite, hatte sie in den letzten Jahren zunehmend verbessern können. Sie traf einen Gegner auf hundert Fuß Entfernung, in Zeiten wie diesen eine überlebenswichtige Fähigkeit.

Inzwischen hatte das Vieh das Lager erreicht und rannte – nun von den Kriegern nicht mehr kontrolliert – wild durcheinander, die Köpfe hin und her werfend versuchten die Tiere, die brennenden Fackeln abzuschütteln, rammten gegeneinander.

Jetzt bemerkten die Römer das Täuschungsmanöver. Eine schrille Trompete ertönte, das Signal wurde von mehreren Tuben wiederholt. Neeve sah, wie sie die Palisadenpfähle herausrissen und sich zu Reihen formierten. Dann marschierten sie aus dem Lager, die Schilde gegen den Pfeilregen erhoben. Sie schienen davon auszugehen, nur Bogenschützen und einer Hand voll Krieger gegenüberzustehen.

»Bogenschützen!«, schrie Cronn und ruderte mit den Armen, »Hier rüber!«

Neeve rannte mit den anderen zu einer Kuppe, von der aus man den möglichen Rückzugsweg der Römer überblicken konnte. Die ersten Sonnenstrahlen brachen durch und beleuchteten den Bogenschützen die Ziele. Die halbe Legion war bereits aufgerieben. Neeve sah unzählige Soldaten über den Schanzpfählen hängen oder in den Gräben und auf dem Boden liegen. Sie sah aber auch, dass die Centurionen ihre verwirrten Soldaten jetzt besser unter Kontrolle hatten. Der Adlerträger hatte das umgestürzte Feldzeichen wieder aufgerichtet – die Fahne der Legion. Solange eine Legion ihr Feldzeichen führte, war sie nach römischer Vorstellung noch nicht besiegt.

Neeve starrte beunruhigt auf dieses Feldzeichen: ein Adler, der mit ausgebreiteten Schwingen auf einem Blitzbündel hockte. Eine andere Standarte schmückte ein quadratisches leinenes, mit einem kämpfenden Eber bemaltes Fahnentuch – das Zeichen der XX. Legion. Sie hatte diese Standarte schon oft gesehen und kannte ihre stolze Vergangenheit. Ihr war unwohl. Die Legion umgab ein Nimbus der Unbesiegbarkeit. Ihr war der Ehrenname *Valeria victrix,* die Siegreiche, verliehen worden, weil sie hundert Jahre zuvor mit nur 10 000 Mann das 230 000-Mann-Heer der Boudicca besiegt hatte. Am Ende des Tages war das Schlachtfeld von 80 000 toten Kelten bedeckt, und der Rest flüchtete in Panik.

Aber heute wird es anders sein, sagte sich Neeve.

Trotzdem wurde sie ihr ungutes Gefühl einfach nicht los.

Unter ihr hatten sich die Römer um den Centurio versammelt, der die Standarte aufrecht vor sich hielt und Siegesparolen rief. Langsam bildete die Legion eine nicht ganz geschlossene Verteidigungslinie gegen Taranis' anstürmende Krieger. Jetzt erklangen die Signalhörner, tief und drängend. Urplötzlich war das Chaos aufgelöst, die angeschlagene Legion formierte sich zu einem hohlen Rechteck mit den Offizieren und den Standarten in der Mitte. Die Soldaten des vordersten Gliedes und auch der äußersten rechten und linken Reihe setzten ihre Schilde zu einer geschlossenen Wand zusammen, alle übrigen erhoben die Schilde über den Kopf, um sich gegen den Pfeilhagel zu schützen. Von Neeves Standort aus sah dieses geschlossene Ganze wie ein metallener Kasten mit Beinen aus, der rasch auf den Fluss zumarschierte, weg von Taranis' Kriegern.

Aber sie waren stark in der Unterzahl. Tausende von Kaledoniern schwappten wie eine Welle über die Ebene und kreisten die fliehenden Römer nach und nach ein. Die blauen Krieger steigerten sich in einen wahren Rausch und schrien und heulten wie von Sinnen, um ihre Feinde zu zermürben. Dann plötzlich, als ob ein Damm gebrochen sei, stürmten sie auf die Römer zu. Sie warfen sich in die Mauer aus Schilden, die Schwerter wie Streitäxte schwingend, und ein gewaltiges Getöse erfüllte die Luft.

Die Bogenschützen stellten ihren Beschuss ein, um nicht die eigenen Leute zu treffen. Bald würden die Schwertkämpfer dem Feind den Rest geben.

Die Bogenschützen feuerten ihre Krieger an.

Sie schlugen sich gegenseitig auf die Schultern.

Verblüfft beobachtete Neeve, wie heldenhaft sich die Kaledonier schlugen. »Die Götter sind wahrlich auf unserer Seite«, rief sie.

Die Römer, noch immer in ihrer kastenförmigen Formation, schienen zu ahnen, dass sie die Schlacht nicht mehr gewinnen konnten. Sie rammten ihre Schilde in die anstürmenden Kaledonier und stießen mit ihren Schwertern von unten zu, womit sie den einen oder anderen Gegner überraschten. Verbissen versuchten sie, ihre kompakte Rechteckformation beizubehalten. War ein Legionär gefallen, trat immer gleich ein anderer vor und an seine Stelle. Staub und Dampf stiegen von dem Schlachtfeld auf, und es wurde immer schwieriger, einzelne Kämpfer zu erkennen. Unübersehbar aber war, dass das Rechteck schon beträchtlich geschrumpft war.

»Jetzt dauert es nicht mehr lange!«, rief ein Bogenschütze, und seine Augen funkelten vor Begeisterung.

Ein anderer wirbelte lachend im Kreis herum.

Plötzlich brach eine große Gruppe von Kaledoniern ihren Angriff ab und eilte in das Tal hinter ihnen. Neeve blinzelte in die aufgehende Sonne. Cronn führte die Krieger auf das Tal zu. Irgendetwas stimmte nicht, aber sie konnte nicht sehen, was Cronn dazu bewogen hatte, so abrupt auf das Tal zuzustürmen. Sie wandte sich wieder der Schlacht zu, die unter ihr tobte. Taranis kämpfte unverdrossen. Seine Krieger griffen das römische Rechteck an, aber sie waren wenig erfolgreich. Entweder waren sie jetzt weniger an der Zahl oder die Legionäre kämpften mit frischen Kräften.

»Noch eine Legion!«, schrie ein Bogenschütze und zeigte mit seinem Bogen auf das Tal.

Im Morgenlicht sah Neeve zu ihrem Entsetzen eine vollständige Legion mit Hilfstruppen, Bogenschützen und Reitern das Tal hochmarschieren. Kaledonische Kundschafter mussten das Nahen der Kolonne gemeldet haben, und Cronn war ihr entgegengeschickt worden, um sie aufzuhalten, bis Taranis mit der XX. Legion fertig war.

Wieder riefen die Bogenschützen, doch diesmal zeigten sie auf den Fluss.

Eine dritte Legion!

Neeve wurde übel. Die II. und VI. Legion hatten in Gewaltmärschen zur XX. Legion aufgeschlossen, um dieser bei einer Schlacht im Morgengrauen zur Seite zu stehen. Die Zwanzigste war als Köder für die Kaledonier eingesetzt worden. Die Römer hatten sich zwar verrechnet, hatten es nie für möglich gehalten, dass Taranis einen nächtlichen Angriff wagen würde. Das Ergebnis aber war dasselbe: eine Niederlage der Kaledonier.

Spontanes Triumphgeschrei stieg aus den Reihen der Zwanzigsten auf. Sie hatten die anderen Legionen gesehen. Sie wurden ihrem Mythos gerecht: Die *Valeria victrix* war unbesiegbar.

Neeve wusste, dass auch Taranis die beiden Kolonnen gesehen hatte, denn seine Krieger brachen den Angriff ab und zogen sich so rasch wie möglich zu Cronns leichter zu verteidigender Stellung auf einem felsigen Gefälle zurück. Auch Neeve rannte auf das Tal zu, wo die Kaledonier sich in Schlachtordnung aufgestellt hatten. Die Bogenschützen waren aufgrund der Wendung so verwirrt, dass Neeve bei ihrem panischen Bemühen, sich in den Schutz der Schwertkämpfer zu begeben, von ihnen beinahe niedergetrampelt worden wäre.

Erneut wurden die Bogenschützen auf eine Steigung hinter den Kriegern befohlen. Wald schützte die Flanken der in Stellung gegangenen Kaledonier sowie das hinterste Glied, und vor ihnen erstreckte sich eine offene Ebene, ein geeigneter Kampfplatz. Aber mit der Ankunft der II. und VI. Legion hatte sich das Blatt gewendet.

Hinten auf der grasigen Ebene löste sich die enge Aufstellung der Zwanzigsten auf, um die Schlachtordnung neu zu formieren. Einen Augenblick lag fürchtete Neeve, sie würden die fliehenden Kaledonier verfolgen, aber sie warteten geduldig, bis die II. Legion, die den Fluss durchquerte, zu ihnen aufgeschlossen hatte. Dann verschmolzen die beiden Legionen miteinander zu einem gewaltigen Soldatenkörper. Signalhörner ertönten. Abteilungen bewegten sich vorwärts, andere rückwärts, als befänden sie sich auf einem Exerzierplatz. Dann trennten sie sich abrupt und formierten sich zu drei Schlachtreihen, jede acht bis zehn Mann tief. Jede dieser Linien bestand aus einzelnen Blöcken, gewaltigen Rechteckformationen von jeweils rund achtzig Mann mit einem Offizier dahinter und Zwischenräumen. Die Zwischenräume der ersten Linie deckten die Soldaten der zweiten Linie und so weiter.

Das Signal der Legionstuba durchschnitt die Luft.

Die vorderste Reihe stieß geschlossen vor, als seien die Soldaten aneinander gebunden. Die Ebene dröhnte unter den genagelten Stiefeln, hallte wider von den Schritten, wie dumpfer Trommelschlag. Das seltsamste Geräusch machte der Schmuck, der an den breiten Gürteln angesetzt war. Dutzende senkrecht herabfallende, mit Bronzeplättchen verzierte Lederstreifen rieben beim Gehen aneinander und erzeugten dabei ein merkwürdiges Klingeln und Klappern, das zur weiteren Einschüchterung des Feindes beitragen sollte.

Die zweite und dritte Linie warteten, bis sie in Abständen von rund sechzig Fuß aufgestellt waren, dann stampften sie als geschlossene Formation über die Ebene. An den Flanken kämpften gallische Reiter sowie eine gewaltige Zahl berittener Bogenschützen und Lanzenträger. Nach etwa hundert Schritten kam der Vormarsch zum Stillstand, die Soldaten standen absolut unbeweglich da, Steinfiguren gleich. Aus der stählernen Masse ragten zwei Legionsstandarten, und zwei Zeugfahnen flatterten im Wind, das geflügelte Pferd und der kämpfende Eber. Die II. Legion hatte sich mit der XX. Legion vereinigt.

Die Soldaten der VI. Legion rückten so langsam talaufwärts vor, als wollten sie von den Kaledoniern gesehen werden. Über tausend Mann germanischer Hilfstruppen marschierten drohend vor der Legion her, die glitzernden Streitäxte fest in der Hand. Dann sah Neeve den Legionsadler und eine Zeugfahne mit dem Minotaurus, das Zeichen der VI. Legion, das an Julius Cäsar erinnerte, den ersten römischen Eroberer britannischen Bodens. Und dann sah sie noch etwas anderes: den Legaten Julius Verus – auf einem Schimmel, umgeben von Leibwächtern, einem Dutzend schwer bewaffneter sarmatischer Reiter, die er vom Festland mitgebracht hatte. Einer von ihnen trug eine Standarte, die sie noch nie gesehen hatte. Ein Feldzeichen in Gestalt eines farbigen Stoffdrachens auf einer Stange. Der Wind blies in das Maul und ließ den Schwanz hin und her schlagen.

Trompeten ertönten. Die Legion hielt an. Die Germanen stützen ihre Streitäxte auf den Boden. Die Hörner wurden geblasen, die Bewegungen setzten ein: Die Legionäre stellten sich in ihrer üblichen Blockformation auf. Die Blöcke schlossen sich zu einer undurchdringlichen Reihe metallener Schilde. Dann stand auch die VI. Legion ebenso stumm da wie die II. und XX. Legion. Keiner regte sich, und keiner sprach ein Wort.

Rom malte gern das Bild der Unbesiegbarkeit. Römische Soldaten galten gern als emotionslos. Sie waren eine Vernichtungsmaschine, und sie hatten keine Angst, weil sie den Ausgang der Schlacht kannten.

Die in der Morgensonne schimmernden Rüstungen schienen die Kaledonier aufzufordern, sich dieses Heer genau anzusehen, das die ganze Welt unterworfen hatte. Sie wollten, dass ihre Gegner nachdenklich wurden und ihre Angst wuchs. Über den Köpfen der VI. Legion wand sich zischend der Drache.

Neeve hatte noch nie so viele Soldaten auf einmal gesehen. Sie schätzte, dass die drei Legionen einschließlich Hilfstruppen und Reiterei zwanzigtausend Mann stark sein mussten. Und die Kaledonier standen ihnen mit nicht einmal zehntausend gegenüber. Sie nahm ihren Pfeil und steckte ihn zurück in den Köcher.

Dann trank sie aus einem Wasserschlauch, murmelte ein Gebet und wartete ab.

8

Balbinus schaute aus dem Fenster seiner Kutsche. Unter normalen Umständen hätten die üppigen Getreidefelder seines Landguts, die braunen Viehherden auf den sanft gewellten grünen Weiden, der intensive Duft gebratenen Wildschweins und der Rauch Dutzender von Feuerstellen, die das Landhaus heizten, sein Herz mit Freude erfüllt. Heute aber kochte er vor Wut, und sein Magen krampfte sich zusammen. Sein Blick schweifte über die Weizenfelder zu beiden Seiten der Straße, und er schaute den Sklaven zu, wie sie mit den Sicheln durch das Korn fuhren und ganze Berge goldgelber Halme auf die Karren luden. Überall beugten sich sonnengebräunte Rücken in Ausübung ihrer Pflicht – überall außer auf dem Feld unmittelbar vor ihm.

»Anhalten!«, brüllte er. »Sofort anhalten!«

Er sprang aus der Kutsche und kämpfte sich über das Feld, ohne Rücksicht auf seine Toga, die sich immer wieder in den Stoppeln verfing, die aus der schwarzen Erde ragten. Der Oberaufseher, ein

Freigelassener germanischer Abstammung, kam auf seinen Herrn zugaloppiert.

»Was macht ihr mit meinen Feldern?«, fragte Balbinus wütend.

Der Freigelassene saß ab und sagte: »Herr?«

»Der Sklave da! Dieser Sklave!«, schrie Balbinus. »Der da hinten, der im Korn liegt und schläft! Bring ihn her.«

Der Freigelassene gab ein Zeichen, und zwei Männer packten den schlafenden Sklaven an den Füßen und zerrten ihn über das Feld zu Balbinus. »Du meinst wohl, du wärst auf den griechischen Inseln, was?«, zischte Balbinus und spuckte dem Mann ins Gesicht. »Ich werde dir beibringen, was es heißt, auf meinen Feldern zu schlafen.« Dann drehte er sich zu seinem Freigelassenen um und befahl: »Auspeitschen. Zehn Hiebe.«

»Herr, dieser Mann …«, wandte der Freigelassene ein.

»Auspeitschen!«

Der Freigelassene machte die Peitsche von seinem Sattel los und versetzte dem Mann einen leichten Fußtritt, sodass er auf den Bauch fiel.

Zufrieden beobachtete Balbinus, wie der Mann sich schreiend unter den Peitschenhieben wand. Dann schaute er seinen Freigelassenen an. »Du warst recht sanft«, bemängelte er.

»Herr, dieser Mann da hat Blut gespuckt, und da habe ich ihn in den Schatten geschickt in der Hoffnung, dass er nach einer kurzen Pause wieder umso besser für Euch arbeiten könnte.«

»Ich mag den Kerl nicht«, sagte Balbinus. »Wenn er morgen nicht arbeiten kann, lässt du ihn zu Schweinefutter klein hacken.«

Balbinus verließ das Feld noch wütender, als er es betreten hatte. Er zog sich in die Kutsche hoch und schlug die Hände weg, die ihm behilflich sein wollten. Undankbares Sklavenpack, dachte er. Er hatte so viel für sie getan, und sie ließen ihn im Stich. Er rieb sich den Bauch. Seine Milz brannte vor Zorn. Sein Leiden war diesen Kerlen gleichgültig. Ohne die Peitsche würden sie alle nur noch schlafen.

»Worauf wartest du noch?«, schrie er den Kutscher an.«Du siehst doch, dass ich schon sitze.« Unbehaglich lehnte er in dem gepolsterten Sitz, während die Kutsche über den Feldweg rumpelte. Den Rest der Fahrt über schaute er aufmerksam aus dem Fenster, um nicht eventuelle weitere Unregelmäßigkeiten zu übersehen.

Ein Dutzend Sklaven eilte beflissen aus seiner Villa, als die Kutsche am Eingang hielt. Seine Stimmung erkennend, wichen sie schnell beiseite, als er durchs Vestibül und den Flur ins Atrium und zum Lararium, zum Hausaltar, stampfte. Nach einem mehr als flüchtigen Gebet zu den Hausgöttern ließ er seine Wut an den versammelten Sklaven aus.

»Rauch!«, brüllte er, während sein Blick über die Reihe gebeugter Köpfe schweifte. »Warum brennt mir der Rauch von Pinienholz in der Nase?« Er zeigte zur Dachöffnung und fügte hinzu: »Wir sind hier im Atrium! Wenn sogar schon ein offener Raum nach Rauch stinkt, möchte ich nicht wissen, wie es im Speisezimmer und in meinem Schlafraum riecht. Ist es zu viel verlangt, wenn ich erwarte, dass der Rauch draußen bleibt, wenn die Fußböden beheizt werden?« Dann rief er nach dem Haushofmeister und bellte ihn an: »Und wenn der Wind nicht mitspielt und doch einmal Rauch in diese Räume dringt, dann nimm einen Fächer, um die Luft zu reinigen.«

»Ja, Herr.«

»Oder muss ich dich erst einen Monat lang an die Getreidemühle ketten lassen, damit du meinen Bedürfnissen gegenüber aufmerksamer wirst? Willst du das? Es würde mir nämlich das größte Vergnügen bereiten …«

»Balbinus«, flötete eine Stimme vom Gartenhof herüber, »hör endlich auf, die Sklaven zu beschimpfen, und komm her zu mir.«

Balbinus wandte sich augenblicklich um. »Ich esse heute draußen«, sagte er zum Haushofmeister, und seine Stimmung heiterte sich schlagartig auf. Er war schon auf dem Weg ins Peristyl, als er noch einmal stehen blieb. Die Sklaven verstanden ihn womöglich falsch und nutzten seine Gutmütigkeit aus. Es war doch immer dasselbe. Kaum behandelt man sie gut, werden sie auch schon nachlässig. Zu ihrem eigenen Besten musste er konsequenter werden. Er warf dem Haushofmeister einen finsteren Blick zu und zischte: »Dass du dir das nie wieder erlaubst!« Dann stolzierte er an seinen eingeschüchterten Sklaven vorbei.

Im Gartenhof fand er seinen Gast auf einer gepolsterten Liege vor, die unter einem üppigen Feigenbaum stand. »Calpurnia, ich bin ja so froh, dass du hier bist«, sprudelte es aus ihm heraus. »Das war ein Tag ...«

»Unsinn. Ein frischer Herbstnachmittag wie der heutige ist schließlich ein Geschenk der Götter«, entgegnete sie.

»Ich schwöre bei Jupiter, dass ich einen salischen Priester erdolchen könnte.«

Calpurnia strich über die breite Liege und sagte: »Komm her, und lass mich den Schmerz dieses schrecklichen Tages vergessen machen.«

»Ich trau mich nicht«, entgegnete er und ließ sich auf der steinernen Umrandung eines großen Fischteiches nieder.

Calpurnia neigte verführerisch den Kopf und blickte ihm in die Augen. Trotz ihres weiten Gewands und der wärmenden Wolldecke um ihre Füße waren die Rundungen ihres Körpers deutlich zu erkennen. Sie überragte ihn um einen halben Kopf, was aber kaum jemandem auffiel, so geblendet waren alle von ihrer strahlenden Schönheit. Sie sah aus, als könnte sie für eine der zahlreichen Statuen der Aphrodite in der Hauptstadt Modell gestanden haben. Mit ihrem flachsblonden Haar und ihren leuchtend blauen Augen unterschied sie sich von den schwarzhaarigen Schönheiten Roms ebenso deutlich wie durch ihren scharfen Verstand.

»Nein«, sagte Balbinus zu der Frau, die seit einem Jahr seine Geliebte war. »Ich lasse mich jetzt nicht verführen. Ich muss einen kühlen Kopf behalten, um meinen dringenden Verpflichtungen nachzukommen.«

»Haben diese Verpflichtungen vielleicht etwas mit dem Senator Publius Coelius zu tun?«

Er starrte sie verblüfft an.

»Du redest im Schlaf«, erklärte sie.

»Und außerdem erzähle ich dir sowieso viel zu viel«, sagte er. »Deshalb habe ich nichts Besseres verdient als das, was die Schicksalsgöttinnen für mich bereithalten.«

»Und was soll das sein, mein Liebster – die Verbannung in die tiefsten Tiefen des Hades?«, erwiderte sie lachend, und ihre Stimme klang wie ein Glockenspiel im Wind. »Aber jetzt, da wir herausgefunden haben, welch furchtbares Schicksal dich erwartet«, neckte sie ihn, »hält dich ja nichts mehr davon ab, endlich dein Schweigen über die Ereignisse des Tage zu brechen.«

»Sieh dich um«, sagte er. »Ich bin ein reicher Mann ... und ein großzügiger noch dazu.«

»Das bist du wirklich.«

»Und trotzdem stellt man sich allen meinen Versuchen entgegen aufzusteigen.« Er schüttelte den Kopf. »Und jetzt bin ich auch noch in höchster Gefahr, die mich verfolgt wie ein hungriges Tier.«

»Und welche Gesichter haben diese Verfolger?«

Balbinus seufzte. »Das eines Soldaten namens Vectis Trebellius und ...«

»Ein Soldat? Ein einfacher Soldat?«

»Ja, aber ...«

»Balbinus, sieh mich an«, sagte sie und neigte den Kopf. »Wie kann es sein, dass ein Mann von so niederem Stand für eine Persönlichkeit wie dich ein Problem darstellt?«

Balbinus rang sich ein Lächeln ab. Calpurnia hatte Recht. Er war ein bedeutender Mann. »Meine angeborene Bescheidenheit verbietet mir zu wiederholen, was Senator Coelius zu mir gesagt hat, aber es zielte in dieselbe Richtung. Er möchte, dass ich ... nun, den Kerl beiseite schaffe ... indem ich jemanden dinge, du weißt schon.«

»Klingt vernünftig.«

»Ja ... stimmt schon ... dann bliebe nur noch ein Verfolger übrig.«

»Und wer sollte das sein?«

Er öffnete den Mund, doch der Name wollte ihm nicht über die Lippen.

Sie wartete.

»Senator Titus Severus«, sagte er, »führt eine Untersuchung durch, die auch mich betreffen könnte.«

Calpurnia machte demonstrativ mehr Platz auf der Liege.

»Nicht doch«, sagte er, »ich bin betrübt. Ich muss ...«

»Na komm schon.«

Wie ein Kind gehorchte er, sank in ihre geöffneten Arme und schmiegte den Kopf an ihre Brust. Er schloss die Augen und vertraute ihr alles an, was sich in den vergangenen Wochen zugetragen hatte, wie Kaiser Antoninus und Senater Coelius ihm die Bitte um einen Sitz im Senat abgeschlagen hatten und was er bezüglich der Untersuchung in Erfahrung gebracht hatte.

»Und das Schlimmste daran ist«, stöhnte er, »dass ich dem Kaiser zwei Millionen Sesterzen angeboten habe, um den Waisen des Reiches, diesen elenden Kindern, zu helfen.«

»Zwei Millionen«, wiederholte Calpurnia. »Du bist in der Tat ein großzügiger Mann.«

»Und jetzt, da ich es einmal angeboten habe, werde ich wohl auch zahlen müssen.«

»Ja, schließlich ist er der Kaiser.«

»Du wärst stolz auf mich gewesen«, meinte er. »Ich stand vor dem Kaiser höchstpersönlich, und wie ein Gladiator, der den Tod vor Augen hat, zögerte ich keinen Augenblick, meinen Hals hinzuhalten. Schneller, als du dir vorstellen kannst, habe ich mich selbst in den Schuldnerkerker gebracht.« Er stieß ein verbittertes Lachen aus. »Ich habe ihm nämlich das Geld im Namen der göttlichen Faustina angeboten ... dieser toten Kuh.«

Calpurnia strich ihm beruhigend übers Haar. »Und der Kaiser hat dir im Gegenzug gar nichts gegeben?«, fragte sie.

»Nein.«

»Also gut«, murmelte sie, »aber er kann ja kaum von dir erwarten, dass du den gesamten Betrag seinen eigenen Wohltätigkeitseinrichtungen übergibst. Du könntest beispielsweise eine Million seinen Waisenhäusern zur Verfügung stellen und die andere Million solchen Häusern, die du dir selbst ausgesucht hast.«

»Was denn für Häuser ...« Er hielt inne.

Sie lächelte.

»Ja, natürlich, das ist es«, sagte er. Er biss sich auf die Lippen und dachte nach. »Mit einer Million mehr in der Tasche hätte der Kaiser auch keinen Grund, sich zu beklagen.«

»Oder deine anderen Spenden allzu genau unter die Lupe zu nehmen.«

Balbinus spürte, wie ihm eine schwere Last von den Schultern fiel. Er kuschelte sich an sie und sog das kostbare spanische Parfüm ein, mit dem sie sich den Nacken betupft hatte. Calpurnia als Geliebte zu haben war alles andere als billig, aber sie war jeden einzelnen Sesterz wert.

»Das ist ein Tag des Triumphes für mich«, erklärte sie. »Der Kaiser hat dir eine Privataudienz gewährt, was in der Tat nicht jedem vergönnt ist. Und du hast dich prächtig gehalten. Wann immer er künftig den Namen Gaius Balbinus hört, wird er Mitgefühl und Menschenliebe damit verbinden.«

»Das stimmt«, pflichtete Balbinus ihr bei. »Waisenhäuser liegen ihm sehr am Herzen. Und wer außer mir hat sich schon so großzügig gezeigt?«

»Und was hat der Kaiser über gute Taten gesagt?«

»Dass sie nicht unbelohnt bleiben sollen«, sagte er erleichtert. Die Wärme, die sie ausstrahlte, war wohltuend bei der kühlen Luft im Gartenhof. Calpurnia war Balsam für sein wundes Herz. Ihre Vorschläge waren immer sehr vernünftig, und sie fürchtete sich vor nichts. Ihre Stärke vermittelte ihm Selbstvertrauen.

»Herr?« Der Haushofmeister war gekommen, flankiert von vier Sklaven mit Brettern, auf denen sich dampfende, mit Speck und Lattich umhüllte Entenschenkel befanden, ganze Wachteln, mit Honig gesüßter Spargel und Artischocken, geröstete Mandeln und mit Walnüssen bestreute Pfirsichspalten, winzige, frisch gebackene Brötchen und Krüge mit Wein und Wasser.

»Na endlich«, sagte Balbinus und rieb sich seinen umfangreichen Leib. »Der Tag war so anstrengend, dass ich weniger gegessen habe als ein Bettler in Athen.«

»Erzähl mir von Senator Coelius«, sagte Calpurnia, während sie an einer Spargelspitze knabberte.

Balbinus stopfte sich ein Brötchen in den Mund und erklärte mit gedämpfter Stimme: »Eines steht fest: Coelius findet die Untersuchungen des Severus höchst interessant. Er denkt, ich hätte keine Ahnung, aber glaub mir, Coelius' Name taucht in der Korrespondenz von Atilius oft genug auf. Wie tief er in die Verschwörung verwickelt war«, fuhr er, mit einem Entenschlegel gestikulierend, fort, »weiß ich zwar nicht, aber auf jeden Fall hat er allen Grund, vor Severus Angst zu haben.«

Calpurnia tupfte ihm das Gesicht mit einem Tuch ab. Dann sagte sie: »Wir werden genau verfolgen, wie sich die Dinge entwickeln, aber vorerst solltest du es Coelius überlassen, die Sache mit Severus zu regeln.«

»Und Vectis Trebellius wird in den Bergen Dakiens auf Nimmerwiedersehen verschwinden«, fügte er hinzu. Zum ersten Mal an diesem Tag verspürte er so etwas wie inneren Frieden.

»Ich glaube, du wirst einen guten Senator abgeben«, sagte sie.

»Die Götter stellen sich gegen mich.«

»Du solltest nicht so früh aufgeben.«

»Du bist und bleibst eine Träumerin.«

Calpurnia befeuchtete ihre Lippen mit Wein. Dann fragte sie leise: »Was gibst du dieser Träumerin, wenn sie dir deinen Traum wahr macht?«

Er versuchte zu antworten, aber schon spürte er ihren heißen Atem auf seinem Mund, und ihre Lippen flüsterten eindringlich: »Was gibst du mir dafür?«

9

»Kaledonier! Hört mich an!«, rief Taranis. Er stand auf einem flachen Felsen unweit der offenen Ebene. Um ihn waren Cronn und mehrere andere hohe Truppenführer versammelt, alle mit finsterer, aber entschlossener Miene.

Neeve hielt die Hände an die Ohren, um besser hören zu können. Etliche Truppenführer wiederholten, was Taranis sagte, doch der Wind rauschte so laut in den Blättern hinter ihr, dass sie Schwierigkeiten hatte, alles zu verstehen.

»Dort drüben steht das mächtige römische Heer!«, brüllte Taranis und zeigte auf das schier endlos scheinende Meer von Eisenrüstungen. »Sie wollen Sklaven aus uns machen! Auf ihren Karren liegen schon die Ketten bereit, in denen sie uns ans andere Ende der

Welt verschleppen wollen, damit wir wie Maultiere unsere Tage im Dienst an ihrem Reich beschließen können. Aber ich lasse mich nicht in Ketten legen … ich nicht.«

Von allen Seiten ertönten zustimmende Rufe.

»Die Römer werden uns nie in Frieden lassen«, fuhr er fort. »Ich habe immer daran geglaubt – und ich glaube nach wie vor daran –, dass dieses Land eines Tages frei sein wird.« Die Krieger jubelten ihm zu. »Sie wollen uns zwingen, in ihren Bergwerken und auf ihren Feldern zu arbeiten, damit sie selbst in ihren heißen Bädern herumsitzen und Befehle brüllen können. Aber wir«, rief er und hob sein eisernes langes Schwert, »sind freie Kaledonier und nehmen keine Befehle entgegen! Nicht von denen«, und er deutete auf die Legionen hinter ihm. »Von niemandem!«

Neeve unterdrückte eine Träne und lächelte. Sie war ja so stolz auf ihren Bruder.

»Wie viele von euch gingen über das Schlachtfeld am Mons Graupius?«, schrie er. »Und wie viele konnten ihre Tränen beim Gedanken an die Tapferkeit von Kalgakus und seinen dreißigtausend Kriegern nicht zurückhalten? Ja, ihr habt geweint. Wie ich. Kalgakus weigerte sich davonzulaufen. Er weigerte sich niederzuknien. Er weigerte sich, in die Erinnerung seines Volkes einzugehen als ein Schoßhündchen, das zu seinem Herrn gekrochen kommt. Er rammte sein Schwert in den Boden und sagte: ›Nein, ich beuge mich nicht!‹ Er zog es vor zu sterben, statt fremden Herren zu dienen.«

Die Krieger und die Bogenschützen um Neeve riefen: »Wir werden niemals den Römern dienen. Mögen die Götter uns den Tod schenken!«

Neeve erinnerte sich an ihre Vorahnung. Sie hatte im Traum Taranis am Boden liegen sehen, während die Römer sich wie die Wölfe um seinen Leichnam scharten. Auch Taranis musste eine Art Vorahnung gehabt haben. Warum sollte er sonst den vom Schicksal ereilten Kalgakus und seine dreißigtausend Mann erwähnen? Er musste wohl das Schlimmste befürchten und wollte seine Krieger auf eine grausame Schlacht vorbereiten.

»Wir sind von Feinden umgeben«, sagte Taranis. »Seht sie euch an! Sie stehen da in Reih und Glied wie Zinnstatuen beim Händler. Und sie können da stehen bleiben, bis sie einschlafen. Wir greifen nicht an. Wir bewegen uns nicht. Wir zwingen sie, zu uns zu kommen, und dann holen wir uns zehn Römer für jeden gefallenen Kaledonier.«

Die Krieger stimmten ihm brüllend zu.

»Versteht ihr mich?«, fragte er. Er wartete, bis alle Truppenführer den Kriegern die Lage erklärt hatten, und wiederholte dann: »Wir werden diesen Hang nicht verlassen, bevor ich den Befehl dazu gebe. Ihr wisst, wie ein römisches Heer vorgeht ... es bewegt sich nicht, wartet, bis wir die Geduld verlieren. Wenn das nicht funktioniert – und heute brauchen sie es gar nicht erst zu versuchen –, werden sie ihre Hilfstruppen vorausschicken. Wir werden uns nicht bewegen!«

Überall mahnten die Befehlshaber zu Geduld.

Mit einer weit ausholenden Geste fuhr Taranis fort: »Seht euch diesen steinigen Hügel ganz genau an. Noch nach vielen Generationen werden große wie kleine Kaledonier sagen: ›Hier hat es sich zugetragen! Hier haben eure Väter sich drei Legionen des römischen Heeres entgegengestellt, auf den Boden gespuckt und gesagt: Wer sind diese Römer, dass sie glauben, sie könnten unsere Kinder versklaven?‹ Ja, viele von uns werden heute sterben, aber ich sage euch: Weit mehr noch ... viele Tausende Römer werden, wenn sie zu Boden stürzen, ihre Führer dafür verfluchen, dass sie sie nach Kaledonien marschieren ließen. Und wann immer die Herren in Rom mit dem Gedanken spielen, weitere Heere in den Norden zu entsenden, werden sie erzittern, wenn sie an diesen Tag denken. Seht euch diesen Hügel ganz genau an.«

Neeve jubelte ihm zu, auch wenn ihre Stimme im Gebrüll tiefer Männerstimmen unterging.

»Ich gebe euch heute mein Ehrenwort«, rief Taranis unter tosendem Beifall, »dass ich mich als wahrer Krieger dieses heiligen Bodens erweisen werde. Und wenn ihr mir heute Nacht in den Wäldern der Ewigkeit begegnet, werde ich euch in die Augen schauen und euch sagen können, dass ich mein Ehrenwort gehalten habe. Ich werde euch sagen, dass es nicht leicht war, mich zu töten, und dass ich Hunderte von Römern mit ins Grab genommen habe! Ich werde sagen, dass dieses Schwert hier« – er stieß es wieder in den Himmel – »diesen zischenden Drachen von seiner Stange gehauen hat!«

Die Kaledonier antworteten mit großem Geheul, schlugen die Schwerter gegen die Schilde und riefen die Götter um Kraft an. Einige ritzten sich die Arme auf oder boten den Göttern ihr Leben als Opfer an; andere warfen sich zu Boden, während wieder andere die Rufe ihrer Befehlshaber ignorierten und hinunter und über die Ebene auf den Feind zurannten. Sie rissen sich die Kleider vom Leib und stürmten fluchend und mit hoch erhobenen Schwertern auf die römischen Linien zu. Als sie auf die Mauer aus Schilden stießen, öffnete sich diese, verschluckte ihre Opfer und schloss sich gleich wieder, als sei nichts geschehen. Die Truppenführer mahnten sofort zur Disziplin. Das kaledonische Heer sollte auf den Angriff der Römer warten. Das Leben eines Kaledoniers sollte die Römer teuer zu stehen kommen.

Taranis suchte nach Anzeichen eines baldigen Angriffs – auch wenn er wusste, dass dies wenig Sinn hatte. Ihre Schlachtordnung war immer dieselbe, Strategie und Taktik blieben immer die gleichen, und Vernichtung war das Ziel.

Ein keltisches Heer war nicht straff organisiert, seine Stärke lag in der Kraft und Kampfmoral des Einzelnen.

Taranis wandte sich einem seiner »Übersetzer« zu, der römische Zeichen deuten konnte. »Was tut sich?«, fragte er.

»Nicht abzusehen, Truppenführer«, antwortete der Zeichendeuter. Er hielt den Blick auf die Offiziere an Legat Verus' Seite geheftet, die schwelende Reisigbündel als Signalgeber benutzten. Im Süden des Reiches bediente sich das römische Heer einer verschlüsselten Buchstabenübermittlung, aber hier im Norden erwartete man nicht, dass jemand ihre Schrift lesen konnte.

Taranis' Mann machte sich mit einem Griffel Notizen auf einer Wachstafel. Er hatte Schwierigkeiten, die Zeichen der VI. Legion zu verstehen. Schließlich wandte er sich an Taranis.

»Und?« Taranis verlor allmählich die Geduld.

Der »Übersetzer« stöhnte. »Ich habe vieles nicht verstanden.«

»Wir haben nicht mehr viel Zeit«, sagte Taranis schroff. »Falls du etwas weißt, solltest du es besser gleich sagen.«

Der Mann wischte sich den Schweiß vom Gesicht. »In einem Punkt bin ich mir sicher«, sagte er. »Die VI. Legion bleibt in der Defensive.«

»Ein Täuschungsmanöver?«

»Ja. Der Befehl lautet, dass die Sechste angreift und dann in die Defensive geht.«

»Sonst noch was?«

Der Mann holte tief Luft. »Da war noch was in der Richtung, dass die Zweite und die Sechste die Stellung halten sollen, bis sie ein Zeichen von Legat Verus bekommen, aber ... ich bin mir da nicht so ganz sicher«, erklärte er mit entschuldigendem Blick.

Taranis klopfte ihm auf die Schulter. »Das hast du gut gemacht«, sagte er.

Der Mann bedankte sich murmelnd, zog sich aber mit hängendem Kopf zurück. Er hatte gehofft, Taranis eine größere Hilfe zu sein.

Taranis schaute Cronn an. »Was hältst du davon?«

Cronn zuckte mit den Schultern. »Sieht ganz so aus, als wollte Verus, dass wir denken, der erste Angriff käme von seiner eigenen Legion.«

»Was ganz natürlich wäre«, bestätigte Taranis. »Die meisten römischen Feldherren wollen den Ruhm für sich.«

»Er ist ein gerissener Hund. Und er geht davon aus, dass du denkst, er sei genau so einer wie die anderen.«

»Das ist er auch.«

»Aber warum sollte er dann anordnen, dass sich die Sechste zurückfallen lässt und lediglich die Stellung hält?«

Taranis schaute zu den Formationen hinüber und sagte bedächtig. »Er lässt sich zurückfallen, weil er will, dass wir uns ihm mit allem entgegenwerfen, was wir haben. Und wenn wir dann mit ihm beschäftigt sind, gibt er der Zweiten und Zwanzigsten Befehl, uns an unserer linken Flanke anzugreifen.«

»Gute Strategie«, sagte Cronn, aber er wirkte verwirrt.

»Was beschäftigt dich?«

»Bei dieser Strategie bleibt Verus nur eine rein defensive Aufgabe. Mir kommt es seltsam vor, dass ein derart eitler Feldherr rangniederen Befehlshabern den Ruhm überlassen sollte.«

»Das stimmt schon«, bestätigte Taranis, »aber ich denke, er will uns in die Zange nehmen, dann die Sechste schwenken und in der Mitte des Feldes die Falle zuschnappen lassen. Er will den entscheidenden Schlag selbst führen.«

Cronn nickte. »Wenn Verus das vorhat, können wir dann seine Pläne durchkreuzen?«

»Ich denke schon. Gib den Befehl aus, möglichst dicht zusammenzurücken, damit unser Heer kleiner wirkt. Und dann holst du die wichtigsten Truppenführer her. Ich habe einen Plan.«

Neeve stand in der eng formierten Abteilung von Bogenschützen, die hinter den Schwertträgern aufgestellt war. Die meisten Krieger hatten sich mit blauer Farbe bestrichen. Mit dem Rücken zum Wald standen sie zu Tausenden dicht an dicht auf einem felsigen Abhang. Viele trugen nur lange Hosen und Stiefel, kämpften mit nacktem Oberkörper. Einige trugen Helme mit Hörnern oder hatten ihr Haar mit Kalk zu Stacheln geformt, um auf den Gegner noch größer zu wirken, als sie ohnehin schon waren.

Selbst Neeve war größer als die meisten römischen Männer, und neben ihr dienten noch zahlreiche andere Frauen im kaledonischen Heer. Grundbesitzerinnen kämpften neben den Männern, wenngleich die meisten als Bogenschützen oder beim Nachschub eingesetzt waren. Auch sie trugen Kittel, lange Hosen, Stiefel und Helme. Alle Krieger mit Ausnahme der Bogenschützen waren mit langen eisernen Schwertern bewaffnet.

»Da, ein Befehlshaber.« Ein Bogenschütze stupste Neeve an.

Neeve sah, wie sich ein massiger Mann seinen Weg durch die Schwertkämpfer bahnte. Die Anführer waren leicht zu erkennen. Über ihren Kitteln trugen sie Panzer, und ihre Helme hatten irgendetwas Auffälliges, damit ihre Männer sie im Schlachtgetümmel besser erkennen konnten. Der Anführer, der nun auf die Bogenschützen zukam, trug einen gelb-schwarzen Tartan, und seinen Helm zierte eine Elchschaufel.

Er wechselte ein paar Worte mit dem Führer der Bogenschützen, der daraufhin dreihundert von ihnen auswählte, die dem Befehlshaber im Tartan in den Wald folgten, wo bereits mehrere andere Führer warteten. Tausend Krieger lagen schon entlang eines Bergrückens über einer Schlucht. Der Plan war einfach: Taranis wollte sich die Ereignisse der vergangenen Nacht zunutze machen. Die XX. Legion war schon einmal überlistet worden und war jetzt vermutlich besonders wachsam, was den Schutz ihrer Flanken anging. Es musste möglich sein, die II. und XX. Legion davon zu überzeugen, dass die Hauptkraft der kaledonischen Streitmacht nicht etwa auf dem felsigen Anstieg lag, sondern hinter ihnen in den Wäldern – also genauso wie in der Nacht zuvor. Die Krieger auf dem Berg sollten sich in die Schlucht hinunterschleichen, in den Rücken der Legionen, unter dem Lärm von einem Dutzend Signalhörnern und Kriegsgeheul aus dem Wald stürmen und dabei Staub aufwirbeln. Wenn dann die Zweite und Zwanzigste schwenkten, um ihre Flanke zu schützen, sollte Taranis mit der Hauptkraft seiner Streitmacht über sie herfallen. Zurückbleiben sollten gerade so viele Krieger, wie erforderlich waren, um gegen die VI. Legion die Stellung zu halten.

Neeve starrte auf die Elchschaufel, während sie zuhörte, wie der Anführer den Plan erklärte. Sie fröstelte und trat aus dem Schatten in die Sonne. Ihre Blicke schweiften durch den Wald. Weiße Birken mit gelb gefleckten Blättern vermischten sich mit den Rot- und Orangetönen der Eichen und der Haselsträucher. Drehwurz rankte sich über den Moosteppich unter alten Kiefern, und hoch oben bogen sich Äste unter dem Gewicht schwarzer Eichhörnchen, die spielerisch von Baum zu Baum sprangen. Neeve sog die frische, wohlriechende Luft ein und ermahnte sich, dass sie eine kaledonische Kriegerin war. Jede Generation musste sich gegen die Tyrannei stemmen, und nun war eben ihr Tag gekommen.

»Die Krieger zuerst«, sagte der Befehlshaber. Schon war die Hälfte der Krieger in der Schlucht verschwunden.

Schließlich gab er den Bogenschützen das Zeichen, den Schwertkämpfern zu folgen. Viele der Männer hatten schon in diesen Wäldern gejagt und waren zuversichtlich, unbemerkt hinter die römischen Linien zu gelangen. Den Legionen seien die Wälder des Nordens fremd, sagten sie, und deshalb seien sie leicht zu überraschen. Neeve hatte zwar keinen Grund, ihre Behauptungen anzuzweifeln, wusste aber aus ihrer jahrelangen Erfahrung als Kartenzeichnerin bei den Römern, wozu diese Soldaten in der Lage waren. Ob es ihnen nun gelang, die Römer zu überraschen oder nicht – in jedem Fall sahen sie sich drei kampferprobten Legionen gegenüber. Selbst Taranis war klar, dass die Kaledonier auf verlorenem Posten standen.

Ein beunruhigender Gedanke ging Neeve durch den Kopf, als sie die Schlucht entlanghastete – ein Gedanke, der so gar nicht zu ihrem kaledonischen Blut passen wollte und so absurd und beschämend war, dass sie ihn sich kaum eingestehen mochte. Angst hatte sie zwar schon des Öfteren gehabt, aber noch nie hatten ihre Ängste sie dazu gebracht, das Undenkbare zu denken. Sie wusste, dass ein einzelner Mensch leicht im tiefen Wald verschwinden konnte, wenn gerade niemand auf ihn achtete. Bald schon würde der Kampf beginnen, und wer sollte in dem Chaos, das dann folgte, schon bemerken, dass sie sich am äußersten Rand des Schlachtfelds aufhielt? Eine Bogenschützin mehr oder weniger – was machte das schon aus? Und hinterher konnte sie ja lügen und den anderen erzählen, sie hätte bis zum bitteren Ende gekämpft. Wenn sie aber blieb … würde sie dann vielleicht der Streitaxt eines Germanen zum Opfer fallen? Oder würde ein Römer ihr sein Schwert in den Bauch stoßen?

Sie erschauerte.

»Schluss jetzt!«, ermahnte sie sich. »Auf der Stelle Schluss!« Sie war schließlich schon oft in Gefahr gewesen und hatte sich noch nie vor ihrer Pflicht gedrückt. Warum sollte es diesmal anders sein? Aber natürlich wusste sie genau, was diesmal anders war … sie hatte Zeit zum Grübeln und die Gefahr unmittelbar vor Augen.

Sie versuchte, die verhassten Gedanken abzuschütteln. Feiglinge, die sich in den Wäldern versteckten, waren innerlich schon so gut wie tot. Sie lebten ein Leben in Schande und sollten besser unter der Erde liegen. Wie konnte sie auch nur einen Augenblick mit der Idee spielen, ihren Bruder im Stich zu lassen?

Der Wind wirbelte durch die Blätter und schien den teuren Namen von Nemetona, der Kriegsgöttin, zu flüstern. Neeve ließ den Blick in die Tiefe des Waldes schweifen. Sicher schaute Nemetona ihr in diesem Augenblick zu. Die Göttin kannte ihre Ängste. Nemetona würde sie beschützen. Und falls sie beschlossen hatte, Neeves Seele an diesem Tag zu ernten, würde sie in die ewigen Wälder kommen – gleichgültig, ob sie sich tapfer schlug oder sich durch den Wald davonmachte.

»Vorwärts! Vorwärts!«, zischte ein Befehlshaber den Kaledoniern zu, die an ihm vorbeiströmten. Er zeigte auf ein halbes Dutzend Stellen am Hang, wo hundert Füße Wurzeln abgebrochen und den Boden aufgewühlt hatten. Die Krieger kletterten hinauf und verschwanden im Wald. Als Neeve am oberen Ende der Schlucht ankam, erteilten weitere Führer Befehle – Krieger hierher, Bogenschützen warten, bis der Anführer im Tartan kommt. Im Gras lagen die Leichen zweier römischer Kundschafter, die den Wald durchsucht hatten.

Taranis inspizierte die drei Legionen vor ihm. Mit dem Rücken zum Wald nahm er zwar eine leicht zu verteidigende Position ein, aber keine, die die keltische Art zu kämpfen begünstigt hätte. Die Kelten liebten es, überfallartig unter Hörnerklang und lautem Geschrei anzugreifen und dem Feind mit ihrer wilden Attacke Angst einzuflößen, doch dafür brauchten sie einen gewissen Bewegungsspielraum. Jetzt aber hatten sie keine Streitwagen, und eine offene Feldschlacht stand bevor. Gegen disziplinierte römische Legionen, die nur selten die Flucht ergriffen, blieb ihnen keine andere Wahl, als jeden Schritt genau im Voraus zu planen. Taranis murmelte ein Gebet zu den Göttern, dass sein Täuschungsmanöver gelingen möge. Zwar hatte er nicht mehr allzu viel Vertrauen in die Möglichkeit der Götter, ihnen noch zu einem Sieg zu verhelfen, doch er wusste, dass ohne ihr Zutun alles verloren war.

»Julius Verus mag zwar ein sehr guter Feldherr sein«, meinte Cronn, »aber ich glaube, du hast seine Taktik durchschaut. Mag er auch noch so angriffslustig sein – heute wird er eine Überraschung erleben.«

Taranis musterte mit zusammengekniffenen Augen die endlosen Reihen von Soldaten der VI. Legion. Hinter der dritten Reihe am rechten Flügel saß Verus siegessicher auf seinem Schimmel, umgeben von seinen sarmatischen Leibwächtern und mehreren berittenen Offizieren. Einer der Leibwächter – ein stämmiger Mann mit kurzen, dicken Armen – trug eine ihm unbekannte Feldstandarte.

Tausende von Legionären standen reglos da, die Beine gespreizt, an den Militärgürteln Kurzschwert und Dolch. In den Händen Wurflanzen mit Spitzen aus Eisen. Ihre auf dem Boden stehenden halbzylindrischen, rechteckigen Schilde waren fast so lang wie die Soldaten groß. Alle trugen die gleichen Panzer sowie genagelte Schuhe und Helme mit Kinnriemen. Die mit Bronzeplättchen verzierten, an ihren Gürteln befestigten Lederstreifen klingelten und klapperten beim Gehen. Vor ihnen standen die germanischen Söldner mit ihren Äxten. Sie wirkten zweimal so groß wie die Legionäre, und obwohl ein römischer Centurio sie in Reihen aufgestellt und ihnen zweifellos befohlen hatte, still zu stehen, waren sie ständig in Bewegung, scheuchten Fliegen weg und verlagerten das Gewicht von einem Fuß auf den anderen. Sie waren zwar gedungene Krieger, aber man sah ihrem selbstsicheren Auftreten an, dass sie sich nicht als solche fühlten. Die ganze Legion war flankiert von Hunderten weiteren Söldnern – von Schleuderern, Bogenschützen und syrischen Reitern, deren schlanke Pferde scharrten, als könnten sie es gar nicht erwarten.

»Verus hat zwei Legionen über fünfzig Meilen geführt«, sagte Taranis. »Er zielt auf Vernichtungsangriff.«

»Und er hat kein befestigtes Lager errichten lassen«, stellte Cronn fest.

»Wozu Schanzen, wenn du drei Legionen hast?« Taranis hatte die römische Art der Kriegführung nie ganz verstanden, aber er respektierte sie. Ein paar Jahre zuvor hatten die Stämme der Briganten im Süden, in der Provinz, versucht, die Methoden der Römer nachzuahmen, aber ihre Krieger nicht unter Kontrolle halten können. Die Kelten kämpften spontan und aus dem Herzen heraus; sich in Reihen aufzustellen fanden sie schlicht unmöglich. Früher oder später warf immer irgendein tapferer Kämpfer die

Rüstung beiseite und stieß sein keltisches Kriegsgeheul aus, und schon im nächsten Augenblick stürmten Hunderte von Kriegern blind nach vorn, die Schwerter schwingend und den Feind verfluchend.

»Wir hatten sie schon so gut wie besiegt«, sagte Cronn mit grimmigem Lächeln. »Wir hatten eine ganze Legion so weit, dass sie drauf und dran war, vor uns davonzulaufen.«

Taranis nickte. Er wusste, dass dies Cronns Art war, sich zu verabschieden. Es konnte jetzt nicht mehr lange dauern. Innerlich verfluchte er die Druiden dafür, dass es ihnen wieder nicht gelungen war, die Götter richtig anzurufen. Sie liebten Menschenopfer, aber deren Wirkung schien zweifelhaft zu sein. Und wenn es dann so weit war und die Schlacht begann, hatten sich die Druiden längst in die tiefsten Tiefen des Waldes zurückgezogen. Er schnaubte verächtlich. Cronn hatte Recht. Hätten sie auch nur zwei Stunden mehr gehabt, wäre das Schicksal der Zwanzigsten besiegelt gewesen. Danach hätten sie sich im Hochland neu formieren und ihr Heer um Streitwagen sowie Krieger aus anderen keltischen Stämmen ergänzen können, um irgendwann der Zweiten und Sechsten an einem Ort ihrer Wahl gegenüberzutreten. Jetzt aber standen sie drei Legionen gegenüber, hatten einen Wall aus Bäumen hinter sich und zum Kämpfen nur einen schmalen Streifen Land zur Verfügung.

Taranis wandte sich wieder der Zweiten und Zwanzigsten zu. Sie hatten sich zu drei gewaltigen Reihen vereinigt, die fast die gesamte Ebene ausfüllten. An ihrer linken Flanke, in der Lücke zwischen ihnen und der Sechsten, hatten sie ihre gallischen Hilfstruppen platziert, um den Kaledoniern jeden Fluchtweg abzuschneiden.

Die Hörner der VI. Legion ertönten. Die Germanen schwangen ihre Streitäxte. Weitere Hörner folgten. Die Germanen griffen an.

Taranis drehte sich zu seinen Kaledoniern um. Sie waren bereit. Ihre Augen funkelten, als sie ihr Kriegsgeschrei anstimmten und sich mit den Schwertern auf die Schilde schlugen. Überall erinnerten Truppenführer die Krieger daran, dass sie auf dem Hang bleiben sollten, und das ganze Heer hielt die Stellung.

Taranis strich sein blondes Haar zurück und sagte mit erhobener Stimme: »Ich verlange viel von dir, Cronn. Wenn du die sechste Legion nicht aufhalten kannst ... du musst unbedingt überleben.«

»Ich werde überleben.«

»Und du wirst dich nicht darum kümmern, was aus mir wird.«

Cronn rieb sich das Gesicht und sagte: »Du wirst die anderen beiden Legionen überrumpeln und vernichten ...«

»Und wenn nicht, wirst du meinen Wünschen entsprechend handeln.«

»Das werde ich«, versprach Cronn.

10

Balbinus strahlte Calpurnia an, als sie durch die Halle der hundert Säulen im Norden Roms schlenderten. Auf einmal lief sein Leben in den gewünschten Bahnen. Er hatte zwar noch ein gutes Stück Weg vor sich, bis sich sein Traum, Senator zu werden, erfüllen würde, aber jetzt lag sein Ziel zumindest in erreichbarer Nähe. In den letzten zwei Jahren hatte er es vom Privatsekretär zum wohlhabenden Mann in Rom gebracht. Tag für Tag verkehrte er mit den Berühmten und Mächtigen des Reiches, der Kaiser gewährte ihm Audienzen, und nun hatte er es auch noch geschafft, die begehrenswerteste Frau in der ganzen Stadt für sich zu gewinnen. Balbinus hatte Calpurnia während eines Festmahls bei Senator Saufeius Ahala kennen gelernt, der für seine verschwenderischen Gelage bekannt war. Er hatte sie allein unter einer Laterne stehend neben dem breiten Weg angetroffen, der zu den Brunnen und den exakt zugeschnittenen Hecken von Ahalas weitläufigem, prächtigem Garten führte.

»Ist das nicht ein wunderschönes Fest?«, hatte er verlegen gefragt. Trotz seines neu erworbenen Reichtums fühlte er sich neben einer derart schönen Frau plump und unattraktiv. Sie sah ihn an, sagte aber lange nichts, bis Balbinus vor Verlegenheit ganz rot wurde. Er bereute es schon, ausgerechnet sie angesprochen zu haben, fuhr sich mit einer fleischigen Hand über die Wangen und wollte sich bereits entschuldigen, sie belästigt zu haben, als sie ihm plötzlich antwortete. Und ihre ersten Worte hatte er bis zum heutigen Tag nicht vergessen.

»Bist du's?«, fragte sie.

Er versuchte, etwas von sich zu geben, aber es reichte nur zu einem verwirrten Blick.

Sie forschte in seinem Gesicht nach einer Antwort.

Als ihre Blicke sich trafen, fiel es ihm schwer, sie nicht anzustarren. Ihre Augen waren unendlich klar und blau, und es schien, als könne er durch sie in ihre Seele schauen. »Ich ... Ich verstehe nicht«, stammelte er schließlich. »Habt Ihr jemanden erwartet?«

Sie wandte den Blick ab, als müsse sie nachdenken. Dann sagte sie mit leiser Stimme: »Verzeiht mir. Ihr müsst mich jetzt ja für ziemlich dumm halten.«

»Aber nein, ganz und gar nicht.«

»Ich komme mir jedenfalls dumm vor.« Sie wandte sich zum Gehen.

»Wartet doch.«

Sie starrte den Weg hinunter.

»Bitte«, flehte Balbinus, der verzweifelt versuchte, ihre Aufmerksamkeit zu gewinnen. »Ich bin derjenige, der um Verzeihung bitten muss. Ihr habt auf jemanden gewartet, und ich habe Euch dabei gestört.«

»Ihr seid sehr freundlich.«

»Ihr habt auf jemanden gewartet, stimmt's?«

»Ja«, sagte sie mit einem geheimnisvollen Lächeln auf den Lippen.

Balbinus unterdrückte seine Neugier. Wie kam er eigentlich dazu, mit einer Frau von solcher Anmut und Bildung ein Gespräch zu beginnen? Er sollte besser gehen, bevor er sich noch mehr blamierte. Doch wie ein Seefahrer, dem nach langer Fahrt eine Sirene begegnet, konnte er sich weder von ihr losreißen noch seinen innersten Impulsen widerstehen. Er wollte dafür sorgen, dass diese Zufallsbegegnung ein gutes Ende nahm. Aber da ihm nichts Besseres einfiel, wiederholte er, es sei doch in der Tat eine herrliche

Nacht für ein Gartenfest. Als sie nicht antwortete, musterte er mit vorgetäuschtem Interesse die Rosen und Hyazinthen, die den Weg säumten, und beschloss seine Inspektion mit einer Lobpreisung der Treibhäuser, in denen selbst außerhalb der Saison solche Wunder an Schönheit gediehen.

»Ja«, sagte sie, »sogar im Tiefland hat der Frost schon fast alle Blumen ereilt.« Dann schaute sie sich im Garten um. »Ich liebe diese Zeit am Abend, wenn das Licht schwindet und die Laternen angezündet werden. Das erinnert mich an Kindermärchen.«

Balbinus konnte es kaum fassen, dass sie auf seinen Versuch, Konversation zu machen, eingegangen war. Er zog den Bauch ein und versuchte, gebildet zu wirken, indem er erklärte: »Meine Lieblingsgeschichten waren immer griechische, Abenteuergeschichten aus fernen Ländern.«

»Ich mag die griechischen Erzähler ebenfalls.«

Weiter ermutigt, fuhr er fort: »Bei Äschylus ist an einer Stelle die Rede von Laternen am Meer. Er nannte sie ›flammende Fackeln auf hohen Bastionen‹.«

»Das klingt schön.«

»Ja.«

»Ihr habt ein gutes Gedächtnis für schöne Worte.«

»Ich danke«, stammelte er, denn er war sich nicht recht sicher, ob er Äschylus auch nur halbwegs korrekt wiedergegeben hatte. Aber das war ja auch egal; sie jedenfalls schien erfreut.

»Glaubt Ihr wie der Philosoph Diogenes, dass unter dem Licht einer Laterne ein reiner Mensch zu finden ist?«

Er blickte nach oben. »Ihr meint, unter einer Laterne wie dieser?«

»Ja.«

Balbinus schluckte. Das war definitiv ein ungewöhnliches Gespräch. Warum hatte sie ausgerechnet Diogenes zitiert, dessen Lehre zufolge Licht durchs Auge dringen und die Seele bloßlegen könne? Im Schein der Gartenlaternen erforschten ihn ihre strahlenden Augen, und einen Augenblick lang fragte er sich, ob er nicht wirklich einen Blick in die Seele dieser Frau hatte werfen dürfen.

Da sie sich der Wirkung ihrer Augen durchaus bewusst war, rettete sie ihn aus seiner Verlegenheit. »Ihr hattet Recht«, sagte sie und wandte sich ab. »Ich habe auf jemanden gewartet … auf einen ganz besonderen Menschen.«

»Und wer soll das sein?«

»Das weiß ich selber nicht.«

Balbinus drehte seinen Kopf, um ihr Gesicht sehen zu können. »Wenn Ihr das nicht wisst, wie wollt Ihr dann merken, wenn er kommt?«, fragte er im verzweifelten Bemühen, geistreich zu wirken.

Sie aber lächelte nicht.

Er hatte alles falsch gemacht. Bei einem ernsthaften Gespräch mit einer schönen Frau versucht man nicht, geistreich zu sein. Er machte ein nachdenkliches Gesicht und sagte: »Ich hoffe, es stört Euch nicht, wenn ich Euch sage, dass Ihr ein faszinierender Mensch seid.«

»Ich bin vor allem ein einsamer Mensch«, erwiderte sie.

Er war sprachlos. Einsam – eine so schöne Frau wie sie? Seine Gefühle schlugen Purzelbäume. War es möglich, dass eine solche Frau deswegen einsam war, weil andere sich ihr derart unterlegen fühlten, dass sie gar nicht erst wagten, sie anzusprechen? Sollte das der Fall sein, hatte er ja vielleicht doch eine Chance. Er nahm seinen ganzen Mut zusammen und fragte: »Was habt Ihr damit gemeint, als Ihr fragtet, ob ich es sei?«

»Warum seid Ihr in den Garten gekommen?«, entgegnete sie.

»Das weiß ich auch nicht. Ich nehme an, ich habe Saufeius' Garten bewundert, und dann habe ich Euch gesehen und gedacht, wie seltsam es doch ist, dass Ihr allein seid.«

Erneut nickte sie, als wolle sie seine Antwort abwägen. »Glaubt Ihr, dass die Sterne unser Schicksal lenken?«, fragte sie.

»Ja, das glaube ich.«

»Dann werdet Ihr meine Anwort erhalten.« Sie hielt inne. »Auf den Tag genau vor einem Jahr lenkte mich eine Sternschnuppe zu einem Wahrsager, der mir prophezeite, dass mir in derselben Nacht im kommenden Jahr … wenn ich allein unter einer Laterne stünde … meine große Liebe begegnen würde.«

Balbinus stockte fast der Atem.

»Ein ganzes Jahr lang«, fuhr sie fort, »habe ich seither auf diese Nacht gewartet.«

»Und darauf, dass die Schicksalsgöttinnen Euch etwas enthüllten.«

»Ja.«

Balbinus streckte den Rücken.

»Ich habe bewusst eine Laterne in diesem abgelegenen Teil des Gartens gewählt«, ergänzte sie, »um jeden Irrtum auszuschließen.«

Und nun, viele Monate später, schlenderte Balbinus mit der faszinierendsten Frau Roms durch die Halle der hundert Säulen, in der es vor Menschen nur so wimmelte. Sie hatte nichts von ihrer geheimnisvollen Art verloren, und ihre Schönheit war für ihn beinahe zur Belastung geworden. Alle schienen sie anzustarren, besonders die Männer. Doch Calpurnia war nicht nur außergewöhnlich schön, sondern ebenso klug. Sie erinnerte sich an jede Einzelheit eines jeden Gesprächs, das sie je geführt hatten. Namen, Rang, Klatsch über die Berühmtheiten Roms – sie merkte sich einfach alles. Und sie tat alles, um ihn in seinem Ehrgeiz zu unterstützen.

Calpurnia drückte fest Balbinus' Arm.

Sie genoss diese Spaziergänge durch die Parks und Gärten und die kolonnadengesäumten Straßen Roms, während ihr in respektvoller Entfernung eine Gruppe von Sklaven folgte und der reiche Mann an ihrer Seite ihr keinen Wunsch abschlug.

Sie war praktisch mittellos nach Rom gekommen und hatte sich zuerst unter den Senatoren nach einer passenden Partie umgesehen. Je mehr sie über Balbinus hörte, den reichen Plebejer, desto sicherer wurde sie, dass die Götter diesen Mann für sie ausgesucht hatten. Auch wenn er, wie sie sich eingestehen musste, ein wenig schwerfällig war und seinen neu erworbenen Reichtum trug wie eine schlecht sitzende Tunika, passte er in idealer Weise zu ihren Begabungen. Er war nicht wie jene patrizischen Männer, die über das Forum stolzierten in der Überzeugung, auf niemanden angewiesen zu sein, und die Geliebten wechselten wie schmutziges Leinen. Balbinus war anders. Im Grunde seines Herzens war er ein einfacher Mensch – ein Diener, der durch eine Laune des Schicksals nun in der Villa seines ehemaligen Herrn wohnte. Natürlich hatte sein kometenhafter Aufstieg ihn auch eitel und eingebildet werden lassen, aber wem wäre das nicht so ergangen? Innerlich aber kämpfte er gegen einen Strudel von Ängsten an, in dem er unterzugehen drohte. Er benötigte unbedingt eine helfende Hand. Und obwohl es nicht ganz einfach gewesen war, hatte sie es in einem knappen Jahr geschafft, diese Rolle auszufüllen und zu einem unverzichtbaren Bestandteil seines Lebens zu werden. In den folgenden Jahren, so ihr Ziel, wollte sie ihn in Schwindel erregende Höhen führen und dafür sorgen, dass man ihm selbst in den allerhöchsten Kreisen nicht mehr den Respekt versagte.

Aber im Treibsand der römischen Stadtpolitik war Balbinus höchst gefährdet. Senatoren wie Publius Coelius konnten Balbinus spielend leicht vernichten, was sich wiederum auf ihr, Calpurnias, eigenes Schicksal ausgewirkt hätte. Sie hatte Coelius besucht, um zu sehen, ob sie vielleicht die Schicksalsgöttin Fortuna dazu bringen könnte, ihr zu helfen. Calpurnia erinnerte sich noch daran, wie sie vor dem prächtigen Anwesen des Senators Coelius aus ihrer Kutsche gestiegen war. Auch ohne Einladung hatte sie das Risiko nicht gescheut.

»Die liebe Calpurnia!«, hatte Coelius sie begrüßt, weil ihm keine bessere Anrede eingefallen war. »Ich hoffe, es geht Euch gut.«

Sie lächelte und hielt ihm die Wange zum Kuss hin. Sie war sich ihrer Schönheit und ihrer Wirkung auf Männer seit langem bewusst. »Ich hoffe, ich störe nicht«, sagte sie.

»Ganz und gar nicht.« Er geleitete sie in seine Bibliothek. »Möchtet Ihr etwas Hammel oder Austern ... oder vielleicht ein Schlückchen Wein?«

»Wein wäre schön«, sagte sie. Die Bibliothek war mit niedrigen Tischen, bequemen Liegen und jener Art von Skulpturen ausstaffiert, wie man sie nur von den repräsentativen öffentlichen Gebäuden Roms kannte. Vom Fußboden bis zur Decke reichten die mit alten Büchern, Schriftrollen und Dokumenten gefüllten Regale, und am hinteren Ende sah man durch ein großes Fenster auf einen marmornen Brunnen und kunstvoll zugeschnittene Bäume – eine Aussicht, die eher wie ein Gemälde als wie ein Garten wirkte. Trotz des offenen Fensters war es in der Bibliothek angenehm warm. Sämtliche Fußböden und Korridore in Coelius' Villa strahlten, wie ihr aufgefallen war, Wärme ab. Er musste allein zwanzig Sklaven haben, die die Öfen heizten, die Quellen der heißen Luft, die unter dem Boden zirkulierte.

Coelius wartete, bis sie unter einem üppig gestalteten Wandgemälde Platz genommen hatte, auf dem Alexander der Große an der Spitze seines gewaltigen Heeres irgendwo in Parthien ritt. Dann zog er eine kleine Liege heran, damit sie sich unterhalten konnten. »Ich glaube, wir haben noch nie miteinander gesprochen«, merkte er an, »obwohl mir sehr wohl aufgefallen ist, welch ein Glück der gute Gaius Balbinus hat. Ihr schmückt diesen alten Raum mit Eurer unglaublichen Schönheit.«

»Und Ihr mit Euren großzügigen Worten«, erwiderte sie.

Dann unterhielten sie sich über die Provinzen, das jüngste Stück im Marcellustheater und die kühle Witterung, die so unvermutet über Rom hereingebrochen war. Nach solchen Höflichkeiten und mehreren Bechern der besten Weine aus seinem Keller hatte Coelius keine Hemmungen mehr, sie zu fragen, wie sie denn Balbinus' Geliebte geworden sei, um hinzuzufügen, dass die Schicksalsgöttinnen sie ebenso gut zu seiner Tür hätten geleiten können. Calpurnia lachte und erwiderte, die Schicksalsgötinnen hätten ihn wahrscheinlich davor bewahren wollen.

Etwa um diese Zeit bat Calpurnia um die Erlaubnis, ihm ihr Herz ausschütten zu dürfen.

»Ich stehe Euch ganz zur Verfügung«, antwortete er mit weit ausgebreiteten Armen.

Sie dankte ihm für sein Verständnis und sagte dann schlicht: »Ich brauche Eure Hilfe.« Sie hatte das Gefühl, dass es richtig war, ihre Bitte persönlich zu formulieren. Auf diese Weise wirkte sie hilfloser, und gleichzeitig bestätigte sie ihm sein Machtgefühl. Als Senator war Coelius ein einflussreicher Mann und somit an Leute gewöhnt, die versuchten, ihn zu manipulieren. Sie merkte, wie sehr er die Situation genoss. Vor ihm saß eine Frau in Not – eine wunderschöne Frau –, die seine Hilfe brauchte.

Sie beobachtete, wie er sich auf seiner Liege zurücklehnte, bevor er in spielerisch-tadelndem Ton sagte: »Meine liebe Calpurnia, ich hoffe doch, Ihr habt die Großzügigkeit des guten Balbinus nicht über Gebühr in Anspruch genommen – was man fast meinen könnte, wenn man sieht, welch exklusiven Geschmack Ihr bei Kleidung und Schmuck an den Tag legt.« Er lachte über seine eigene Bemerkung und fügte dann hinzu: »Eine Frau wie Ihr könnte einen Mann mit bescheidenen Mitteln recht teuer zu stehen kommen. Vielleicht solltet Ihr, was die Wahl Eurer Geliebten angeht, etwas anspruchsvoller werden. Einer von meinem Stand würde besser zu Euch passen.«

Sie musterte ihn länger als angemessen. Ja, jetzt war sie ganz sicher, dass er sich zu ihr hingezogen fühlte. »Ich gebe gern Geld aus, das stimmt schon«, sagte sie mit einem Lächeln auf den Lippen, »aber das ist nicht der Grund für mein Kommen.«

Mit einer Geste bedeutete er ihr fortzufahren.

»Es geht um die Sache Vectis Trebellius«, sagte sie mit leiser Stimme.

»Aha.« Er setzte ein ernstes Gesicht auf. »Es überrascht mich, dass Balbinus Euch mit einem so schwierigen Thema belastet. Ihr solltet Euch in den Thermen verwöhnen lassen, neue Frisuren ausprobieren oder ins Theater gehen, statt Euch mit den ... unangenehmen Dingen des Lebens zu befassen. So etwas sollte eigentlich der Mann in Eurem Leben ganz allein übernehmen.«

»Wenn ich, wie Ihr meint, mich an der Seite eines Mannes von höherem Stand wüsste, würde ich vielleicht andere Interessen entwickeln – aber so, wie die Dinge stehen, muss ich diese Angelegenheiten wohl selbst in die Hand nehmen.« Sie holte tief Luft und ließ die Finger über die kunstvoll bestickten Kissen gleiten. »Balbinus ist ein guter Mann«, fuhr sie fort, »aber ich fürchte, er hat ... nun, er verfügt wohl weder über Eure Fähigkeiten noch über Eure Weisheit. Deshalb muss immer ich dafür sorgen, dass alles seine Ordnung hat.«

Coelius trank einen großen Schluck Wein. »Ich bin mir nicht

ganz sicher, ob ich verstehe, was Ihr damit sagen wollt«, erklärte er.

»O doch, Ihr versteht mich schon.« Sie schaute ihm direkt in die Augen.

Er schürzte die Lippen. »Ihr habt Recht«, sagte er, »und ich werde Euch dabei behilflich sein. Wie ich schon sagte, das ist Männersache, auch wenn es noch so unappetitlich sein mag.«

»Ich danke Euch für Eure Freundlichkeit.« Sie tätschelte seinen Arm. Das war zwar keine große Geste, aber sie wusste sehr wohl um die Wirkung einer solchen Berührung. »Ich brauche Rat. Ich benötige den Namen eines Mannes, der auf seinem Gebiet einen erstklassigen Ruf genießt. Damit könntet Ihr mir einen unschätzbaren Dienst erweisen.«

Coelius stand auf und schloss die Tür der Bibliothek. Sie lächelte innerlich. Jetzt spielte er den Gönner, als er langsam ans Fenster trat und so tat, als müsse er seine Worte sorgfältig abwägen. Dann wandte er sich unvermittelt um, das Kinn nachdenklich in die Hand gestützt. »Es gibt da einen Mann«, sagte er bedächtig, »einen Syrer namens Brutus. Ich glaube zwar nicht, dass Brutus sein richtiger Name ist, aber in jedem Fall gilt er auf seinem Gebiet als hervorragender Mann und diskret noch dazu. Manche meinen sogar, er wäre der Beste im ganzen Reich. Ihr könntet einen Boten schicken, der sich beim Olivenölimporteur gegenüber vom Amphitheater nach ihm erkundigt.«

Calpurnia nickte. Sie hatte schon von Brutus gehört, brauchte aber einen glaubwürdigen Vorwand für ihren Besuch beim Senator. Sie wollte geduldig bis zur letzten Minute warten, bevor sie zur Sache kam. »Es war wirklich sehr großzügig von Euch, mir so viel Zeit zu schenken«, sagte sie und stand auf.

»Das habe ich doch gern getan. Wollt Ihr nicht zum Essen bleiben?«

»An einem anderen Tag nähme ich das Angebot gerne an«, antwortete sie.

»Dann sollten wir das unbedingt festhalten.« Er nahm ihren Arm und begleitete sie durch die Tür und einen breiten Flur ins Vestibül zum Eingang seiner Villa.

»Ihr habt mir wirklich eine schwere Last abgenommen«, sagte sie.

»Und Ihr habt mir mit Eurem Besuch in meinem bescheidenen Haus eine große Freude bereitet«, erwiderte er. Dann legte er seine Hand auf die ihre und fügte hinzu: »Ich würde mich sehr geehrt fühlen, wenn Ihr es Euch noch einmal überlegen und vielleicht doch noch ein Weilchen bleiben würdet.«

Calpurnia wusste genau, wie er das meinte, war aber nicht bereit, den treuen Balbinus – so plump er auch sein mochte – zu verlassen, um die vergänglichen Gelüste eines Senators zu befriedigen. Selbst wenn er ernsthaft an ihr interessiert sein sollte, wäre die Sache zweifellos in einem Monat zu Ende. Und was sollte dann aus ihr werden?

Sie blieben an der großen Tür aus Nussbaumholz stehen. »Ihr seid sehr liebenswert«, sagte sie und bot ihm ihre Wange zum Kuss. Er beugte sich zu ihr vor, doch in diesem Augenblick drehte sie das Gesicht ein wenig, sodass ihre Lippen sich wie bei sehr engen Freunden an den Mundwinkeln berührten.

Dadurch ermutigt, versuchte er es noch einmal, diesmal mit Humor. »Wenn Ihr bleibt, schicke ich jedes weibliche Wesen in diesem Haus fort, damit ich nur Euch allein zu Diensten sein kann.«

Sie lachte. »Und wer ist dann uns zu Diensten?«

»Ihr habt Recht. Ich kaufe besser ganze Hundertschaften neuer Sklavinnen, aber lauter alte und runzlige.«

»Ihr seid schuld, wenn ich den Schicksalsgöttinnen demnächst verüble, dass sie mich an eine andere Tür geführt haben«, seufzte Calpurnia. Dann fügte sie ernst hinzu: »Ihr habt mir heute neue Kraft gegeben. Bald schon wird diese scheußliche Trebellius-Geschichte nur noch eine ferne Erinnerung sein, und dann können wir uns wieder angenehmeren Dingen zuwenden.«

»Ich hätte nichts dagegen«, bekräftigte Coelius.

Sie senkte den Blick auf die leuchtend weiße Marmortreppe, die in elegantem Schwung hinunter zur gepflasterten Einfahrt und den fruchtbaren Feldern dahinter führte. Dann stählte sie sich innerlich für das, was nun folgen würde. Sie ließ sich von Coelius' Freundlichkeit nicht hinters Licht führen. Sie wusste von seiner tyrannischen Art und seinen versteckten Drohungen gegenüber Balbinus. Nun, da er nicht mehr so auf der Hut war, war es an der Zeit, die Situation zu klären und Coelius zu zeigen, vor wem er sich wirklich zu fürchten hatte.

»Ich bedanke mich noch einmal«, sagte sie. »Ich werde diesen Syrer namens Brutus finden, und wenn wir uns das nächste Mal sehen, stellt Vectis Trebellius hoffentlich für niemanden von uns mehr eine Bedrohung dar.« Sie hielt inne. »Aber ich denke, Euch ist auch klar, dass es neben diesem einen Soldaten noch mehr Leute gibt, die Zugang zu gefährlichen Schreiben haben. Erst gestern bin ich zufällig auf diverse Briefe gestoßen, die eine Verbindung zwischen mehreren Senatoren und den Plänen des früheren Senators Atilius Titianus belegen.« Mit entschuldigendem Blick fügte sie hinzu: »Es bekümmert mich, aber Euer Name taucht gleich mehrfach auf.«

Coelius wischte das Gesagte mit einer wegwerfenden Geste beiseite. »Das kann nur darauf zurückzuführen sein, dass Titianus die Verantwortung für sein verbrecherisches Tun auf möglichst viele Leute verteilen wollte«, meinte er. »Ein üblicher Vorgang.«

»Vom Senat habe ich wenig Ahnung«, sagte sie, »aber ich bin mir sicher, dass dem so ist.«

»Die Briefe sind zwar ohne Bedeutung, aber ich weiß es trotzdem zu schätzen, dass Ihr mich über sie informiert habt.«

Trotz seiner scheinbaren Ruhe entging Calpurnia nicht die Anspannung um seine Augen.

»Was habt Ihr mit diesen Briefen gemacht?«, fragte er.

»Ich habe diejenigen verbrannt, die Euch irgendwelche falschen Verdächtigungen hätten einbringen können«, sagte sie stolz.

»Und die anderen?«

»Die habe ich zusammen mit Balbinus' Testament in einem versiegelten Paket an einen Notar von Kaiser Antoninus geschickt mit der Anweisung, das Paket zu öffnen, falls Balbinus unerwartet etwas zustoßen sollte. Ich traue nämlich gewissen Senatoren nicht, und je früher sie davon wissen, desto sicherer ist Balbinus.«

»Ihr seid eine kluge Frau«, merkte Coelius anerkennend an.

Sie lächelte ein wenig. »Ich glaube an Loyalität. Ihr habt Balbinus schon öfter geholfen, und jetzt habe ich im Gegenzug die Briefe verbrannt, die Euch in Schwierigkeiten gebracht hätten, auch wenn sie falsche Beschuldigungen enthalten sollten. Unsere Freunde brauchen wir nicht zu fürchten, meint Ihr nicht auch?«

»Es gibt kein größeres Geschenk als die Freundschaft«, bestätigte der Senator.

Als Calpurnia sich an jenem Nachmittag verabschiedete, war sie guten Mutes, dass der intrigante Senator Coelius es sich zweimal überlegen würde, bevor er etwas gegen Balbinus unternahm. Er wusste zweifellos, dass sie niemals die Dummheit besäße, derart belastende Briefe zu verbrennen. Vielleicht hielt es Coelius jetzt sogar für vorteilhaft, Balbinus in seinem Streben nach einem Senatorenposten behilflich zu sein, aber das war im Augenblick noch nicht aktuell. Jedenfalls zweifelte Calpurnia nicht daran, dass es dem Senator lieber war, wenn man nicht allzu tief in seiner Vergangenheit stöberte.

Als Calpurnia ihm den Arm drückte, reagierte Balbinus mit einem Lächeln. Sie hatte ihm große Freude gebracht, und er verließ sich mehr und mehr auf ihre Urteilsfähigkeit. Sie schien instinktiv die Gefahren zu erkennen, denen er in der römischen Intrigenschmiede ausgeliefert war. Nachdem sie ihn wiederholt vor Senator Coelius gewarnt hatte, überraschte es ihn zu hören, dass sie dem Senator einen Besuch abgestattet hatte. Coelius, erklärte sie, sei zwar kein Freund, aber er könne womöglich dazu gebracht werden, sich wie einer zu verhalten. Coelius' Bedenken in Bezug auf Vectis Trebellius allerdings waren nicht von der Hand zu weisen. Nach der üblen Geschichte um Atilius Titianus konnte Trebellius neben anderen auch ihrer beider Leben zerstören, und so hatte Balbinus ihr die Erlaubnis erteilt, sich nach einem dingbaren Mörder umzusehen. Und wie immer leistete Calpurnia gründliche Arbeit. Genau das bewunderte er so an ihr: ihre Fähigkeit, auch mit schwierigen Situationen fertig zu werden.

Balbinus staunte nicht wenig, als sie ihm erklärte, sie habe nicht nur Roms besten Berufsmörder engagiert, sondern dies auch noch über verschiedene Mittelsmänner getan, damit die Sache nie bis zu ihnen zurückverfolgt werden könnte. Sie hatte sich zudem für diesen speziellen Auftragsmörder entschieden, weil er größten Wert darauf legte, selbst im Hintergrund zu bleiben und seinerseits Mittelsmänner einzusetzen. Und obwohl Coelius von ihren Plänen wusste, den Mörder zu dingen, war sie sich ganz sicher, dass weder er noch der lästige Senator Severus in der Lage sein würde zu beweisen, dass sie etwas mit Trebellius' Tod zu tun hatten.

Der Mann selbst, erklärte sie, sei auf seinem Gebiet unübertroffen. Er nenne sich Brutus. Niemand kenne seinen wahren Namen, aber einige meinten, er müsse Syrer sein. Vor allem aber habe er noch nie versagt.

Aber teuer war er schon, wie Balbinus bald feststellen sollte. Er musste persönlich bei seinen Bankiers erscheinen, um die Abhebung dieser großen Summe in Gold zu autorisieren.

Calpurnia machte sich über die Kosten kaum Gedanken. Von Anfang an – nur wenige Tage nach ihrem ersten Aufeinandertreffen unter der Gartenlaterne – hatte sie ihm von ihren finanziellen Schwierigkeiten erzählt. Sie stamme aus einer vornehmen Familie in Germania Inferior, erklärte sie, aber Kriege hätten ihr Vermögen in Colonia, einer Stadt am Rhenus, wo sie gelebt habe, zunichte gemacht. Mit nichts außer ihrem guten Namen sei sie dann aufgebrochen, um sich in Rom eine neue Existenz aufzubauen. Selbstverständlich bot Balbinus ihr an, für ihre Schulden aufzukommen, was ihm als äußerst geschickter Schachzug erschien. Durch die Begleichung ihrer lächerlichen Schulden würde er besonders großzügig erscheinen. Wie hoch konnten diese Schulden schon sein? Kein Kaufmann würde schließlich einer Fremden allzu viel Kredit einräumen. Doch dann stellte sich heraus, dass ihre Schulden selbst einen Senator hätten erbleichen lassen.

Eine Frau von weniger edlem Blut hätte vielleicht versucht, ihre finanzielle Situation vor ihm zu verbergen. Calpurnia dagegen sagte ihm von Anfang an die Wahrheit, so erstaunlich diese auch klang. Bei ihrer Ankunft in Rom hatte sie nichts besessen als eine Kutsche, ein halbwegs ordentliches Gewand und ein paar Münzen. Alles andere hatte sie in der Provinz lassen müssen. Doch die von edler Abstammung, hatte sie erklärt, fürchteten kein Ungemach.

Sie kämen immer wieder auf die Beine. Von Kindheit an an Wohlstand und Privilegien gewöhnt, beschloss sie, ihren bisherigen Lebensstil auch in der Hauptstadt beizubehalten. Sie verkaufte ihre Kutsche und legte sich mit dem Erlös ein paar Sklaven zu. So kam es, dass die Kaufleute einfach nicht glauben konnten, dass jemand mit ihrem Auftreten in Wahrheit beinahe mittellos war. In kürzester Zeit besaß sie seidene Gewänder aus dem sagenumwobenen Serica im Osten, Ringe mit Rubinen und Saphiren und teures Parfüm. Sie lebte in einer luxuriösen Villa auf dem noblen Esquilin, die Balbinus für sie gekauft hatte, und nahm an den vornehmsten Gastmählern teil. Niemand stellte eine Frau in Frage, in deren Haar Goldstaub glitzerte und deren Schuhe mit Perlen bestickt waren.

Eine plötzliche Brise ließ die zahlreichen breitblättrigen Platanen an der von Kolonnaden gesäumten Straße erzittern. Calpurnia schmiegte sich enger an Balbinus. »Brutus ist heute aus Rom abgereist.«

Balbinus riss verblüfft den Kopf herum. »Woher weißt du das?«, fragte er heiser und so leise, als ob andere, von unzähligen Sklaven umgebene Paare ihr Gespräch belauschen könnten.

»Man erstattet mir regelmäßig Bericht«, erklärte sie. Ihre Blicke schweiften über die Grotten, Wasserbecken, Pavillons und Pergolen, an denen Weinreben rankten, deren Blätter nun herbstlich gefärbt waren. Sie erwiderte den Gruß eines Mannes mit einem Lächeln. »Unser Freund beim Heer ist bereits mit einem öffentlichen Reisewagen auf dem Weg nach Osten. Er hat die Absicht, von Aternum das Adriatische Meer mit einem Handelsschiff zu überqueren.

»In einer öffentlichen Kutsche? Sagtest du?«

»Ja. Und schlecht geschützt.«

»Du verblüffst selbst die Götter«, wunderte sich Balbinus. »Wie hast du …«

»Nicht ich. Senator Coelius. Ich habe ihm eine – natürlich anonyme – Nachricht überbringen lassen, auch wenn ich davon ausgehe, dass er weiß, dass sie von uns ist, und darin den Vorschlag unterbreitet, der Senat möge unserem Freund doch erst nach Überquerung des Adriatischen Meeres eine Eskorte zubilligen. Brutus, so hörte ich, soll über diese Reisebedingungen erfreut sein.«

»Also wird Vectis Trebellius ohne Begleitschutz nach Aternum reisen, und von dort über das Adriatische Meer«, grübelte Balbinus.

»Ja, aber er wird nie am Adriatischen Meer ankommen. Brutus will die Sache noch vor Aternum erledigen.«

Balbinus küsste sie auf die Lippen. Ja, allmählich entwickelten sich die Dinge.

11

Im Laufschritt kamen die Germanen auf die Kaledonier zu.

Taranis machte sich über die Absichten der Römer keine Illusionen. Ihr bester Feldherr war hier mit drei Legionen, um die Stämme des Nordens zu vernichten. Und kein keltisches Heer, das war ihm klar, war ihnen in ebenem Gelände gewachsen; in einer offenen Feldschlacht war es unterlegen.

Als sie das halbe Feld überquert hatten, beschleunigten die germanischen Soldaten ihren Schritt.

Ihre Streitäxte glitzerten in der Sonne.

Sie stürmten den Hügel hinauf auf die Kaledonier zu.

»In Stellung bleiben!«, rief Taranis. Auf der gesamten Frontlinie wiederholten Anführer seinen Befehl. Mit ausgestreckten Armen versuchten sie, ihre aufgeregten Krieger zurückzuhalten. Ein Pfeilregen ging auf die rasch näher kommenden Germanen hinunter. Dutzende von ihnen stürzten zu Boden. Die Linie rückte weiter vor.

Als die Germanen nur noch dreißig Fuß entfernt waren, bliesen die kaledonischen Schlachthörner zum Angriff. Die Befehlshaber traten zur Seite, und die kaledonischen Horden stürzten sich wie eine riesige Welle nach vorn. Das Donnern von Füßen erfüllte die Ebene, und als die beiden Heere aufeinander trafen, erschütterte der metallene Klang von Streitäxten und Schwertern die Bäume.

Staub erhob sich wie Rauch aus einem Ofen, und der beißende Geruch nach Blut hing in der Luft. Menschen schrien wild durcheinander und rutschten auf dem roten Schlamm aus, der sich unter ihren Füßen gebildet hatte. Taranis rief seinen Truppenführern noch immer Befehle zu, doch seine Stimme ging im Schlachtenlärm unter.

Die gewaltige Masse von Kaledoniern verschlang die zahlenmäßig unterlegenen Germanen. Entschlossen hieben und stachen sie auf ihre körperlich ebenbürtigen Gegner ein. Tödlich getroffene Krieger beider Seiten gingen schreiend zu Boden.

Als der erste Ansturm vorüber war, versuchten die kaledonischen Flügel, den Feind einzukreisen. Die Germanen erfassten die Taktik. Ihre riesigen Streitäxte schwingend, kämpften sie hartnäckig gegen die gegnerischen Flügel an, als beeindrucke die immer bedrohlicher werdende Lage sie nicht im Geringsten. Plötzlich drehte sich der Anführer der Germanen um und rannte hügelabwärts. Andere folgten seinem Beispiel, bis das gesamte Zentrum der Germanen zusammenbrach. Sie rannten den Hügel hinunter auf die Linien der Legionäre zu.

Taranis war diese Taktik nicht unbekannt. Die Germanen versuchten die Kaledonier von ihrem Hügel herunter in die Ebene zu locken, wo die Legionäre auf sie warteten.

Aber der römische Plan ging nicht auf.

In dem Augenblick, als die Germanen den Hang hinunterstürmten, gab Taranis den Hornbläsern ein Zeichen, auf deren lange, tiefe Töne hin die Befehlshaber ihre Schwertkämpfer daran erinnerten, sich nicht zu bewegen. Als wieder eine Art Ordnung eingekehrt war, kamen die Karren. Knaben, die zum Kämpfen noch zu jung waren, schoben die quietschenden vierrädrigen Karren zwischen den Kriegern hindurch, um die Toten und Verwundeten einzusammeln. Den toten oder sterbenden germanischen Söldnern wurden die Köpfe abgeschlagen und, für die römischen Soldaten sichtbar, auf Spieße gesteckt oder von ausgelassen tanzenden Kriegern herumgeschwenkt. »So wird es auch euch ergehen!«, schrien sie in gebrochenem Latein.

Taranis bestieg einen großen Felsbrocken und rief über den allgemeinen Lärm hinweg »Die Götter sind mit uns!« Sein leuchtend roter Kittel bildete einen scharfen Kontrast zu den jubelnden, blau angemalten Kriegern. Stille senkte sich über den Hang, als er triumphierend die Arme hob. Er klatschte in die Hände, um seiner Freude und seinem Stolz darüber Ausdruck zu geben, dass seine Krieger Disziplin gezeigt hatten.

»Geduldig bleiben!«, schrie er, die Hände um den Mund gelegt. »Wartet, bis sie kommen. Hört auf eure Befehlshaber.« Überall lobten die Führer ihre Krieger und ermahnten sie zu warten, bis die Hörner zum Angriff bliesen.

Taranis hob sein blutbeflecktes Schwert über den Kopf und schwenkte es. Die Krieger kreischten und heulten. »Wenn unsere Hörner ertönen …« Er hielt inne, bis das Geschrei abgeebt war. »Wenn unsere Hörner ertönen«, rief er, »werden wir diese kleinen Römer vernichten. Sie kommen von jenseits des Ozeans, machen uns zu Sklaven, vergewaltigen unsere Frauen und Kinder und lachen noch dabei.« Taranis stieß die Faust in den Himmel und schrie: »Heute werden sie nicht lachen!« Die Krieger brüllten. »Tutorix wird ihr Blut vom Boden schlürfen!« Die Kaledonier schlugen gegen die Schilde, und überall stachelten Anführer ihre Krieger an.

Auf der grasigen Ebene wartete die Masse aus Eisen noch immer geduldig.

Taranis nickte Cronn zu, der ihm vom anderen Ende des felsigen Abhangs einen Blick zuwarf. Er war gerade dabei, den Führern zu erklären, was von ihnen erwartet wurde, aber sein kurzer Blick sagte alles. Die Kalgakus-Schlacht, wie sie sie nannten, hatte begonnen. Sie würden einander nicht wiedersehen. Cronn würde wie immer seinen Befehlen folgen, aber diesmal sollte seine Loyalität auf eine harte Probe gestellt werden.

Die Kaledonier trommelten mit ihren Schwertern gegen ihre Schilde, aber Taranis hörte die römischen Schlachthörner. Ein Trompetenstoß durchdrang den Höllenlärm auf dem Hang, Tausende von Legionären hoben ihre Schilde vom Boden und gingen vor.

Die kaledonischen Führer riefen ihren Truppen Befehle zu.

»Wartet das Signal der Hörner ab«, brüllten sie. Damit die Anspannung der Krieger nicht nachließ, begannen sie mit Schmähreden gegen die Römer.

»Wollt ihr, dass die Römer heute Nacht eure Mütter schänden?«, rief einer. »Denn das haben sie vor.«

»Die Römer hacken Kinder in Stücke und füttern ihre Schweine mit ihrem Fleisch«, schrie ein anderer.

»Auf die Knie! Du bist jetzt ein Sklave Roms.«

»Huldige dem Kaiser!«

»Tötet sie alle!«, riefen die Befehlshaber. »Wartet auf das Hornsignal, und tötet jeden Einzelnen von diesen Hunden!«

Die Kaledonier stießen ihren Schlachtruf aus und schlugen mit den Schwertern gegen die Schilde.

Als Neeve sich dem Waldrand näherte, konnte sie die hinteren Reihen der II. und XX. Legion sehen. Sie kauerte sich nieder und kroch zusammen mit Dutzenden anderer Bogenschützen bis auf Schussweite an den Feind heran. Hunderte von Kriegern krochen bereits auf dem Bauch durch die Heidesträucher und den steifen Ginster, die die Ebene in Büscheln bestanden. In der Ferne stieß ein Späher hoch oben auf einem Baum in sein Horn. Mit einem Mal wurde das Feld lebendig. Überall sprangen Hornbläser hoch und begannen, in ihre Hörner zu stoßen. Im Gras verborgene Krieger sprangen auf, schlugen gegen ihre Schilde, stampften mit ihren Füßen auf den Boden und erhoben ein markerschütterndes Geheul. Neeve schrie wie alle anderen und warf Sand und Erde in die Luft. Feuer brannten am Waldrand, und der Rauch trieb über das Feld, verschleierte die wahre Natur des kaledonischen Angriffs.

Die zweite und dritte Schlachtreihe der Römer wandten sich abrupt dieser neuen Bedrohung zu. Sklaven, die die Feldoffiziere bedienten, flüchteten sich in den Schutz der Linien, ebenso wie die Männer vom Tross mit ihren Wagen. Das Ganze war ein einziges Chaos: Römische Ärzte luden hastig die Verwundeten in Wagen, während Centurionen Ingenieure, Handwerker und Waffenschmiede wie andere, die nicht zur kämpfenden Truppe gehörten, aus dem Weg beorderten. Die Kaledonier standen in ihrem Rücken. Tausend Krieger stürmten unter Lärmen und Kriegsgeschrei aus Staub und Rauch auf sie zu, und die Römer mussten annehmen, dass dieser Überraschungsangriff von der Hauptkraft des Feindes geführt wurde. Pfeile verdunkelten den Himmel, beschrieben so hohe Bögen, dass sie wie Regen auf die Legionäre niederprasselten.

Neeve schoss etwa zwei Dutzend Pfeile ab, bevor der Führer im Tartan und mit der Elchschaufel auf dem Helm die Anführer der Bogenschüzen anwies, das Sperrfeuer einzustellen. Die angreifenden kaledonischen Krieger hatten die römischen Linien erreicht.

Taranis schickte den Kundschafter fort. Er brauchte von ihm nicht zu hören, dass der Angriff im Rücken der II. und XX. Legion in Vorbereitung war. Er hatte die kaledonischen Hörner selbst gehört und das Lärmen und Kriegsgeheul, sah in der Ferne Staub und Rauch gen Himmel steigen.

Taranis wartete auf seinen Vorstoß.

Als Taranis Cronns kleine Abteilung beim Sturm auf die VI. Legion beobachtete, kamen ihm auf einmal Zweifel. Vielleicht hatte sich sein Zeichendeuter ja geirrt. Vielleicht wollte Verus die Kaledonier doch mit seiner eigenen Legion vernichten, was nur bedeuten konnte, dass Cronn und seine Krieger in kürzester Zeit aufgerieben sein würden. Taranis erstarrte, als die Legionäre ihre Wurflanzen mit den Eisenspitzen einsetzten und damit Dutzende von Cronns Männern niederstreckten. Im Eilschritt rückte die Legion in ihrer üblichen Angriffsformation vor: Während die Soldaten in der vordersten Reihe die Schilde senkrecht vor den Körper hielten, bildeten die übrigen mit ihren Schilden über den Köpfen ein schützendes Dach gegen herabfallende Pfeile. Dieses geschlossene Ganze erinnerte an eine Schildkröte, eine *testudo*. Als die beiden Streitmächte aufeinander stießen, rammten die Römer ihre Schilde in die Schwerter schwingenden Kaledonier.

Taranis klatschte in die Hände. Jede noch so kleine Hoffnung erfüllte ihn mit neuer Energie. Der Zeichenleser hatte sich nicht geirrt. Er hatte die Zeichen richtig gedeutet. Die VI. Legion hielt ihre defensive Position, ließ sich sogar langsam zurückfallen, als hätten die wild entschlossenen Kaledonier sie mit ihrem Angriff überrascht.

Jetzt war der Augenblick gekommen, wo die II. und XX. Legion im Rücken angegriffen wurden.

In der dritten Schlachtreihe kämpften die älteren Soldaten, die reichlich Erfahrung besaßen. Sie bildeten die Reserve. Das Kämpfen übernahmen die erste Reihe, die jüngsten Legionäre, und die zweite, wobei diese nach der ersten eingriff und das dritte Glied nur im äußersten Notfall. Nun aber fand sich das dritte Glied plötzlich von brüllenden kaledonischen Kriegern und tödlichen Geschossen bedrängt.

Sie hatten den Feind im Rücken! Aber die Römer hatten schon damit begonnen, ihre Linien neu zu ordnen, um der Attacke zu begegnen.

Taranis auf seinem felsigen Hang beobachtete sie. Auf diesen Augenblick hatte er gewartet. Er gab seinen Hornisten das Zeichen, zum Angriff zu blasen.

Taranis' Strategie funktionierte besser, als irgendjemand zu hoffen gewagt hätte, das erkannte Neeve jetzt. Eine unbeschreibliche Freude erfüllte sie, so dass sie glaubte, ersticken zu müssen. Wenige Minuten zuvor hatte sie sich schon mit dem Tod abgefunden gehabt – mit dem von Taranis und Cronn wie mit ihrem eigenen –, aber nun versanken die II. und VI. Legion im Chaos. Staub und Rauch hatten die wahre Natur des Angriffs verschleiert, und jetzt schlugen Taranis' Krieger eine Schneise in die desorganisierten Truppen Roms. Neeve ließ sich mit den anderen Bogenschützen zurückfallen und folgte dem Befehlshaber mit der Elchschaufel in die Schlucht und auf die andere Seite des felsigen Abhangs. Der Ausgang der Schlacht lag nun, wie der Anführer ihnen erklärte, in den Händen der Schwertkämpfer. Dennoch ließ er die Bogenschützen auf dem Talhang unweit von Taranis' Standort und der kaledonischen Hauptkraft Aufstellung nehmen für den Fall, dass diese Unterstützung benötigte. Alle wussten, dass dieser Fall nie eintreten würde, aber die Truppenführer schlossen ihn nicht aus.

Neeve bahnte sich einen Weg durch die Bogenschützen, bis sie eine Anhöhe am Saum eines Moores erspähte. Der Aufstieg würde nicht einfach sein, aber wenn sie erst einmal oben war, würde sie freie Sicht auf das Schlachtfeld haben. Andere Bogenschützen hatten dieselbe Idee und waren schon auf dem Weg dahin. Neeve warf sich Bogen und Köcher über die Schulter und kletterte auf allen vieren über das moosbedeckte Gewirr aus Geröll und umgestürzten Bäumen.

»Gute Aussicht«, meinte einer, als er ihr auf die Anhöhe half.

Schwer atmend stimmte Neeve ihm zu. Der Ausblick über die weite Ebene verschlug ihr die Sprache. Auf den Bergen in der Ferne sah sie Nebelschwaden durch die Bäume wabern, und hoch am Himmel kreisten drei Falken, als wäre dies ein ganz gewöhnlicher Tag. Aber es war kein gewöhnlicher Tag. Sie senkte den Blick auf die Feuer, von denen noch immer grauer Rauch aufstieg, der selbst hier die Luft schwängerte. Sie suchte nach dem roten Kittel ihres Bruders, entdeckte ihn zwischen zwei Gipfeln am Horizont.

Taranis führte eine Abteilung an, die in einem Keil über das Feld vordrang, die römischen Linien zu durchstoßen. Dann suchte sie nach Cronns kleinerer Abteilung auf der anderen Seite der Ebene. Er war in Schwierigkeiten. Die Römer waren schon dabei, ihn zu umzingeln.

Unruhe kam bei den Bogenschützen auf dem Hügel auf.

Jeder sah die Katastrophe kommen.

Innerhalb weniger Minuten war alles vorbei. Die stählerne Masse schloss sich um Cronns Mannen wie eine metallene Faust und zerquetschte sie. Staubwolken versperrten Neeve die Sicht, aber sie rechnete mit dem Schlimmsten. Dann hörte sie die Tuben, und die VI. Legion formierte sich neu, um in einem schnellen Schlag Taranis' Krieger im Rücken anzugreifen. Die berittenen Lanzenträger attackierten die kaledonischen Krieger in der Flanke, trieben sie zusammen, sodass sie ihre langen Schwerter nicht mehr schwingen konnten, und die Legionäre, die Fußsoldaten, griffen frontal an, trieben sie mit ihren vier Fuß hohen Schilden auf noch engeren Raum zusammen und setzten ihre zweischneidigen Schwerter zum tödlichen Stoß von unten ein.

Neeve sah noch, wie Taranis weitere Schwertkämpfer nach hinten dirigierte, um dem Ansturm der VI. Legion zu begegnen. Aber es war zu spät. Als die II. und XX. Legion die Dinge sich entwickeln sahen, warfen sie alle drei Linien in die Schlacht.

»Die Götter haben uns verlassen!«, rief einer der Bogenschützen. Er stieß Neeve beiseite und stolperte den Hügel hinunter. Die anderen folgten ihm, die Augen angstgeweitet. Neeve blieb allein zurück. Alles war nun anders geworden. Die kaledonischen Krieger fielen wie Getreidehalme unter der Sense.

Plötzlich, wie auf ein Signal hin, ergriffen die kläglichen Überreste des kaledonischen Heeres die Flucht. Auf die Flüchtenden wartete die römische Reiterei, um den Feind zu vernichten.

Schwertkämpfer und Bogenschützen rannten in alle Richtungen davon. Neeve wusste, dass auch sie sich auf die Flucht begeben sollte, versuchte aber stattdessen, ihren Bruder in dem Getümmel zu finden.

Dann entdeckte sie in Rauch und Staub Taranis, der wild um sich schlug und seine Leute anfeuerte. Plötzlich wurde Neeve klar, was er vorhatte. Die Schlacht war verloren, aber der Wald nicht weit entfernt. Dort konnten sie sich sammeln und neu formieren. Roms Soldaten kämpften am effektivsten in offener Feldschlacht, und es war unwahrscheinlich, dass sie den Feind durch die Wälder verfolgen und dort gegen eine nicht unbeträchtliche kaledonische Streitmacht antreten würden. Was Taranis nicht sah, aber Neeve, war die Auflösung des Zentrums. Die Krieger an den Flanken ergriffen als Erste die Flucht. Aber auch ihre Kameraden im Zentrum gaben auf, einige warfen ihre Schwerter weg und ließen sich zu Boden fallen. Sie hatten beschlossen, sich der Gnade der Römer auszuliefern. Sie wollten lieber Sklaven werden als sterben.

Neeve konzentrierte sich wieder auf Taranis und seine Abteilung, die sich mit ihren Schwertern einen Weg durch die Legionäre zu bahnen versuchten. Sie wusste, dass es sinnlos war. Sie waren zu wenige.

Einer nach dem anderen wurden sie von der Vernichtungsmaschine niedergemäht. Centurionen wiesen ihre Männer mit Handzeichen an, sich auf die Anführer zu konzentrieren. Hunderte

Wurfspeere zischten durch die Luft und fällten mehrere Anführer neben Taranis. Dann traf Taranis etwas am Hinterkopf. Ein Schwert, eine Wurflanze, ein Pfeil – Neeve wusste es nicht. Aber sie sah gelbe und rote Blitze, Haarbüschel fliegen, Blut spritzen. Er stürzte zu Boden wie ein gefällter Baum.

Neeve biss sich auf die Lippen.

Sie starrte auf das Häuflein Kaledonier, das sich um ihren gefallen Bruder scharte. Dann, wie auf Befehl, ließen Krieger ihre Waffen fallen, andere versuchten zu fliehen, doch die Römer ließen ihnen keine Chance. Neeve hatte diesen Augenblick befürchtet, nun, da er gekommen war, wollte sie ihn nicht annehmen. Erst Cronn, jetzt Taranis. Wie war das möglich? Wo waren die Götter, dass sie so etwas hatten geschehen lassen? Ihre Lippen bebten. Alles erschien ihr so unwirklich. Ihr Bruder tot! Er hob nicht einmal den Kopf, zuckte nicht einmal mehr.

Roms effiziente Legionäre beendeten ihre Arbeit.

Das Schlachtfeld war übersät mit toten oder sterbenden kaledonischen Kriegern und jubelnden römischen Soldaten.

Neeve hob den Blick. In der Ferne verfolgte die römische Reiterei fliehende Kaledonier. Verschiedene kleine Einheiten von Fußsoldaten lösten sich aus dem Zentrum und schwärmten aus auf der Suche nach in den Wäldern oder an den Flussufern versteckten kaledonischen Soldaten. Für die Römer war eine Schlacht erst geschlagen, wenn der Feind vernichtet war, jeder einzelne feindliche Krieger getötet oder gefangen genommen.

Sie sah sich um.

Alle waren weg.

Kein Bogenschütze war mehr auf dem Hügel zu sehen, nirgendwo mehr ein einziger Kaledonier. Wer noch laufen, hinken, kriechen konnte, hatte sich in die Wälder geflüchtet, wo schützende Geister auf sie warteten. Mit einem Mal wurde Neeve bewusst, dass sie für den Gegner hier oben auf der Hügelkuppe ein leichtes Ziel sein musste, und sie drehte sich um. Vier Römer kamen mit gezückten Schwertern auf sie zu und deuteten mit den Fingern auf sie.

Neeve warf den Kopf herum und suchte verzweifelt nach einem

Fluchtweg. Es gab keinen. Der Abhang vor ihr bestand aus zerklüfteten Felsen. Der Abstieg war nur auf demselben Weg möglich, auf dem sie heraufgekommen war, und er würde sie viel Zeit kosten. Sie spannte den Bogen. Ein sinnloses Vorhaben, wie sie wusste. Vier voll bewaffnete und mit Schilden bewehrte Legionäre? Sie kamen näher. Einer von ihnen spottete über die Kelten und ihre Kriegerinnen, worauf die anderen in Lachen ausbrachen. In ein schmutziges Lachen. Neeve versuchte nachzudenken, suchte einen Ausweg aus ihrer hoffnungslosen Lage. Sie war eine Frau, eine kaledonische Kriegerin. Wenn sie überleben wollte – und das wollte sie –, musste sie etwas tun, um ihr Leben zu schützen.

Sie schluckte, straffte ihre Schultern und ging langsam den Abhang hinunter – auf die römischen Soldaten zu. Es war immer noch besser, vergewaltigt zu werden als ermordet, machte sie sich Mut.

12

Seit fünf Tagen waren Vectis und Julian nun schon in einem unbequemen, von Maultieren gezogenen Reisewagen unterwegs – ein quietschendes und rumpelndes Gefährt, das sie jeden Pflasterstein schmerzlich spüren ließ. Man nannte ihn »Schlafwagen«, weil seine Reisekabine mit einem ledernen Planendach gegen Wind und Wetter und Bänken, auf denen man sich ausstrecken konnte, ausgestattet war. »Kommt erholt an!« Vectis erinnerte sich nur zu gut an den Wunsch der Straßenhändler am Tor des Mietstalls. Aber sie wurden im Wagen hin und her geworfen wie Puppen. Wem sein Leben lieb war, der nutzte die Schlafbänke nur, wenn es für die Nachtruhe keine Gasthäuser gab. Jeder kannte die Geschichte des berühmten syrischen Gelehrten Pausanias, der als besonders weiser Mann galt, sich aber bei einem Sturz aus einer Kutsche beinahe das Genick gebrochen hatte. Man fand das ausgesprochen lustig, denn jeder Narr war klug genug zu wissen, dass es ratsam war, nicht in einem öffentlichen römischen Reisewagen zu schlafen.

»Noch eine Stunde bis Alba Fucens«, rief der Kutscher.

Julian warf Vectis einen viel sagenden Blick zu. »Hat er das nicht schon mal gesagt?«

Vectis lächelte. »Ich glaube schon.«

»Ich sag dir, diese Missgeburt hat keine Ahnung, wo wir sind.«

»Ist ja auch nicht so einfach, wenn die Meilensteine weg sind.«

»Mit fehlenden Meilensteinen hat das nichts zu tun«, brummte Julian. Er zeigte auf den Kutscher, dessen Kopf auf die Brust gesunken war. »Das ist heute schon sein zweiter Weinschlauch. Glaubst du, er würde sie erkennen, wenn sie da wären?«

»Er hat den Verstand eines Kamels«, musste Vectis einräumen. »Aber verirren kann er sich nicht. Die Valeria führt geradewegs nach Alba Fucens. Früher oder später werden wir schon ankommen.«

»Wohl eher später.« Julian seufzte. »Bei dem Tempo werden die Badehäuser geschlossen sein, wenn wir das Stadttor passieren.«

»Dann hast du Zeit, Olivenöl zu kaufen«, scherzte Vectis.

»Und ob ich das tun werde. Meine Ohren halten diese Tortur keine Meile mehr aus.« Er bezog sich auf das Quietschen der Räder. Das Fett oder Olivenöl zum Schmieren der Räder hatte der Kutscher vermutlich verkauft und das Geld eingesteckt.

Sie hatten einen Schlafwagen gemietet, um von Rom nach Aternum am Adriatischen Meer zu reisen. Eine Zehn-Tage-Reise, die aber mitterweile eher nach einer Zwei-Wochen-Reise aussah. Der Senat wollte nicht mehr ausgeben. Senator Coelius hatte sich entschieden gegen eine Prätorianereskorte ausgesprochen. Zu teuer, hatte er gemeint. In Dalmatien würden sie Pferde bekommen und Soldaten für ihre Sicherheit, aber bis dahin mussten sie mit der Kutsche vorlieb nehmen. Und zu allem Übel war es keine eigene, sondern eine öffentliche, die sie sich mit unterwegs zusteigenden zahlenden Fahrgästen teilen mussten. Coelius war offenbar sehr besorgt um die römische Staatskasse.

Mehr als einmal auf der Reise kam Vectis der Gedanke, dass es wohl doch nicht so klug gewesen war, Coelius anzugreifen. Trotzdem war er froh, dass er es getan hatte. Irgendetwas an diesem Mann störte ihn.

Bislang hatte es nur zwei Mitreisende gegeben. Ein Mann war am Vormittag zu- und mittags schon wieder ausgestiegen, ein zweiter – ein bedrohlich aussehender Soldat mit einem unruhigen, berechnenden Blick – hatte mit ihnen zusammen die Reise angetreten. Er hatte, ohne auch nur ein Wort von sich zu geben, seine Truhe hinten im Gepäckraum verstaut und die volle Strecke bis Aternum am Adriatischen Meer bezahlt. Als Julian ihn begrüßte, musterte er ihn nur kurz und wandte dann den Blick ab. Er wollte offensichtlich in Ruhe gelassen werden. In den fünf Tagen ihrer Reise hatte er nur einmal etwas gesagt, und zwar zum Kutscher. »Dein günstigerer Preis interessiert mich nicht«, hatte Vectis ihn antworten hören, als der Kutscher ihm angeboten hatte, ihm eine billigere Überfahrt zu besorgen.

Vectis hielt Abstand zu dem Mann. Er sprach nur mit Julian, und wenn erforderlich auch mit dem Fahrer. Vor Fremden nahm man sich in Acht. Rom war voller Intrigen und voller Mörder, die nur darauf warteten, gedungen zu werden. Und er war schließlich nicht in der britannischen Wildnis dem Tod entronnen, um sich dann auf heimischem Boden von einem Meuchelmörder niederstechen zu lassen. Mehr als einmal hatte Vectis registriert, wie ihr schweigender Mitreisender ihn gemustert hatte, und wenn sie übernachteten, beobachtete er öfter, wie der Mann die Fenster der Schlafräume in Augenschein nahm. Vectis hatte ihm dann jedes Mal fest in die Augen geschaut, damit er begriff, dass er keine Angst kannte.

Auf Bitten von Senator Severus reisten sie in Zivil, gaben sich als Kaufleute aus und trugen falsche Namen. Sich hinter einer falschen Identität zu verstecken fand Vectis zwar im Grunde feige, gab aber zu, dass es eine kluge Entscheidung war. Er war in Rom kein bekannter Mann, und so würde es einem potenziellen Attentäter schwer fallen, ihn als den Gesuchten zu erkennen. Aber falls der Mörder kommen sollte, war Vectis darauf vorbereitet. Er legte die Hand auf den zehn Zoll langen Dolch unter seinem Mantel und warf dem geheimnisvollen Soldaten einen prüfenden Blick zu. Er sollte es ruhig versuchen.

Am späten Nachmittag fuhren sie durch das Stadttor von Alba

Fucens siebzig Meilen östlich von Rom. Die gewaltigen Befestigungsanlagen und die strategisch günstige Lage der Stadt zeugten von ihrer ursprünglichen Bestimmung als militärischer Stützpunkt. Vierhundert Jahre zuvor waren römische Legionäre mit ihren Familien quer über die italische Halbinsel gezogen, um sich in diesem von schneebedeckten Bergen umringten weiten Tal niederzulassen. Ihr ganzes Leben hatten sie damit zugebracht, die zähen Samniter und Etrusker zu unterwerfen. Nun aber, mehrere Jahrhunderte später, prunkte die Stadt mit Badehäusern, einem Aquädukt, kolonnadengesäumten Straßen, einem Theater, zahlreichen Parks und einem Amphitheater, in dem die ruhmreichste aller Traditionen gepflegt wurde, die Gladiatorenspiele.

Wie Julian befürchtet hatte, waren die Bäder bereits geschlossen. Und Vectis bekam ein schlechtes Gewissen. Er hatte Julian durch den Regen und den Nebel Britanniens geschleppt, und nun waren sie auf dem Weg in die bittere Kälte Dakiens. Er nahm den Kutscher beiseite und fragte ihn, ob er nicht ein privates Bad kenne, das man gegen eine gewisse Summe mieten könnte. Er dachte dabei an das gute Dutzend Villen, die er in den Bergen gesehen hatte. Sie alle verfügten zweifellos über Bäder mit Warm- und Kaltwasserbecken und Sklaven, die ihnen den Rücken mit Öl einreiben konnten. Julian hatte völlig Recht. Nach mehreren Tagen auf der Landstraße gab es kaum etwas Erstrebenswerteres, als im warmen Wasser zu liegen und Wein zu schlürfen. Das war der einzige Luxus, den sich selbst Vectis mitunter gern gönnte.

»Nachts ist das nicht billig«, sagte der Kutscher.

»Wie viel?«, fragte Vectis.

Der Mann rieb sich seinen ungepflegten Bart und sagte: »Gibt nur ein oder zwei Bäder zu mieten.« Sein Atem stank nach fauligen Zähnen und saurem Wein.

»Wie viel?«

»Gib mir hundert«, antwortete der Kutscher, »und ich werde sehen, was sich machen lässt.«

»Hundert! Du willst hundert Sesterzen für ein lumpiges Bad?«

»Ich meine doch hundert für euch beide zusammen«, sagte er, als sei dies bereits ein großes Zugeständnis.

Vectis traute seinen Ohren nicht. »Man könnte meinen, ich wäre derjenige, der den ganzen Tag über getrunken hat«, sagte er verärgert.

Der Kutscher blickte sich um, als wollte er sichergehen, dass niemand zuhörte: Diese Feilscherei war geschäftsschädigend. »Also gut, achtzig«, sagte er. »Das sind wirklich ganz besonders prächtige Bäder. Unter achtzig ist da nichts zu machen.«

»Vierzig.«

»Vielleicht siebzig.«

Vectis wandte sich ab.

»Na schön, fünfzig. Aber nur für dich, auch wenn ich mein Leben als Bettler auf der Straße beschließen muss«, sagte er und tätschelte Vectis' Wange. »Du bist wirklich unerbittlich.«

Vectis zählte vierzig Sesterzen ab und sagte: »Nimm das hier ... oder lass es bleiben.«

Der Kutscher schüttelte angewidert den Kopf, bevor er Vectis die Münzen aus der Hand riss wie ein Aasgeier ein Stück Fleisch.

Vectis konnte selbst kaum glauben, dass er im Begriff war, für ein paar Stunden in den Bädern den Großteil eines Wochensolds auszugeben. Wie sich herausstellte, lag das private Badehaus nicht in den Bergen, sondern am Stadtrand. Die Räumlichkeiten waren zugig, das Wasser etwa so schmutzig wie das Gesicht des Kutschers und der Wein sauer wie Essig. Aber immerhin war das Wasser tatsächlich warm und die Einreibung mit Öl sehr gründlich. Julian war glücklich und zufrieden, und beide hatten reichlich Gelegenheit, sich über die beunruhigende Nachricht zu unterhalten, dass sie am nächsten Morgen Alba Fucens zusammen mit drei weiteren Fahrgästen verlassen würden.

Sie starteten bei Sonnenaufgang – aber erst, nachdem Julian die Räder mit Olivenöl geschmiert hatte. Er warf Vectis einen zufriedenen Blick zu, als er sich auf seinen Sitz fallen ließ.

Der Kutscher hatte sich geirrt, was die Zahl der neuen Reisenden anging. Es waren nicht drei, sondern sechs, vier Männer und zwei Frauen. Die eine gehörte zur Oberschicht, hatte dunkles Haar und dunkle Augen und war außergewöhnlich schön. Die andere war eine einfache Frau, eine Mutter mit zwei kleinen Kindern. Sie quetschte sich neben Julian. Sie war offenbar arm, so wie sie gekleidet war: Ihr abgewetzter Mantel hatte weder Haken noch Spangen. Das älteste Kind, ein Mädchen, hatte irgendeine Krankheit, denn es hustete und weinte den ganzen Morgen.

Julian beugte sich zu Vectis und flüsterte: »Da waren mir die quietschenden Räder lieber.«

Um die Mittagszeit hielt die Kutsche neben einer Wiese an, damit die Fahrgäste sich ein wenig die Beine vertreten konnten. Als sie den Wagen wieder bestiegen, hörte Vectis den Kutscher der Mutter befehlen, die Kutsche zu verlassen.

»Aber du hast doch versprochen, mich nach Maris mitzunehmen«, sagte sie. Maris war eine kleine Holzfällersiedlung ein Stückchen weiter.

Der Kutscher zog sich auf den Bock hoch. »Ich hab gesagt, wir sind wahrscheinlich bis zum Mittag in Maris. Aber bei all dem Gewicht dauert's eben länger.«

»Aber sagtest du ...«

»Nichts zu machen.«

»Bitte«, sagte sie, während sie ihre Kinder an sich zog, damit sie nicht von den Rädern erfasst wurden, »es ist doch nur noch für ein paar Stunden.«

»Du hast nicht bezahlt«, rief er. »Du kannst von Glück reden, dass ich dich und deine Brut überhaupt mitgenommen habe.« Er zog die Zügel an, und die Maultiere trabten los.

»Anhalten!«, brüllte Vectis. Er konnte sich gut vorstellen, was der geldgierige Kutscher ihr abgeluchst hatte, um sie bis hierher mitzunehmen. Auch wenn das Greinen jedem im Wagen lästig war, konnte er sie doch nicht den Straßenräubern überlassen. Man würde sie vergewaltigen und wahrscheinlich ermorden und die Kinder irgendwo in der Stadt als Sklaven versteigern. Er griff in seinen Geldbeutel und wollte schon aussteigen, als die vornehme Frau ihm zuvorkam. Sie bedachte den Fahrer mit ein paar wütenden Worten, drückte ihm ein halbes Dutzend Münzen in die Hand und half den Kindern wieder in die Kutsche.

Ein dicker Kaufmann im Fond lobte sie für ihre gute Tat, aber sie winkte nur ab und erklärte, sie sei viel zu verärgert, um zu sprechen. Julian schaute Vectis an und verzog das Gesicht; offensichtlich war ihm seine Bemerkung, das Quietschen der Räder sei ihm lieber gewesen, unangenehm. Er holte ein paar Datteln aus seiner kleinen Reisetasche und reichte sie den Kindern.

Die Kutsche erreichte kurz vor Einbruch der Dunkelheit Maris, und die Mutter stieg mit ihren Kindern aus, ihren Wohltätern mehrmals dankend. Jetzt wandte die dunkelhaarige Schöne sich an Vectis.

»Mein Mann hat mich ermahnt, mit niemandem zu sprechen«, erklärte sie, »und mich aus allem herauszuhalten, was auch immer geschieht. Aber als ich diese arme Frau sah …« Sie senkte den Kopf, offensichtlich berührt.

»Unser Kutscher ist nicht der gütigste Mensch, den ich kenne«, meinte Vectis.

Sie blickte ihn an. »Aber Ihr seid ein guter Mensch.«

Vectis blieb eine Antwort schuldig.

»Ich hatte ziemliche Angst, allein zu reisen«, gestand sie. »Große Angst sogar, um ehrlich zu sein.«

»Angst vor Dieben?«

»Ich hatte … Geschichten über Räuberbanden gehört.«

»Die Valeria ist gut bewacht.«

»Dann kennt Ihr diese Straße?«

»Ich bin sie schon viele Male gefahren«, log Vectis. »Mein Freund und ich sind Fasshändler. Wir kaufen die gerändelten Fassdauben in Dalmatien und verschiffen sie nach Rom.« Er nannte ihr seinen falschen Namen und schwärmte von den Vorzügen des dalmatischen Holzes, und obwohl sie versuchte, es sich nicht anmerken zu lassen, wusste er, dass seine Erzählungen sie langweilten.

Mit einem Seitenblick auf den wortkargen Soldaten fragte sie leise: »Wisst Ihr etwas über diesen Mann?«

Vectis schüttelte den Kopf.

»Ich finde, er hat etwas Furcht Erregendes an sich«, meinte sie.

»Ich würde mir über ihn keine Gedanken machen«, beruhigte Vectis sie.

»Ich bin ja so froh, dass Ihr mit in dieser Kutsche sitzt.«

Vectis nickte, schaute aber zur Seite. Aus irgendeinem Grund sah er Neeves Gesicht vor sich, vielleicht, weil diese Frau schön war oder weil er Neeve schon so lange nicht mehr gesehen hatte. Er versuchte, vernünftig zu bleiben. Die Frau hatte ihren Ehemann erwähnt, um keine Missverständnisse aufkommen zu lassen. Sie wollte freundlich ihm gegenüber sein, ihn aber zugleich wissen lassen, dass dies alles war. Dennoch beunruhigte ihn irgendetwas an ihr. Sie strahlte eine seltsame Mischung aus Verletzlichkeit und Stärke aus, und hinter ihren schwarzen Augen schienen tiefe, geheimnisvolle Ozeane verborgen. »Ist Euer Mann auch Händler?«, fragte Vectis beiläufig.

»Nein, Centurio bei den Prätorianern«, erwiderte sie.

»Beeindruckend.«

»Ihr werdet ihn bald kennen lernen«, sagte sie. »Er wird mit seiner Abteilung zu uns stoßen, bevor wir nach Aternum kommen.«

In diesem Augenblick wurde Vectis klar, was ihn beunruhigte, aber er schwieg. Sie hatte behauptet, mit einem Prätorianer verheiratet zu sein, trug aber keinen Ehering. Falls er sie danach fragte, würde sie ihm sicher erklären, der Ring sei gerade zur Reparatur beim Goldschmied, oder ihm eine ähnliche Lüge auftischen. Er durchschaute sie. Sie hatte sich die Geschichte mit den Prätorianern nur ausgedacht, um ihm zu schmeicheln, damit er sie bei einem eventuellen Überfall beschützte. Nichtsdestotrotz, wenn die Prätorianer jeden Augenblick auftauchen könnten, sollte ein Mann schließlich keine Angst haben, in einem kritischen Moment das Richtige zu tun. Eine Frau, die nur versuchte, sich selbst zu schützen, war in Ordnung.

Am folgenden Morgen jedoch traute Vectis seinen Augen nicht: Die Frau saß seelenruhig neben dem Soldaten. Ohne in irgendeiner Weise aufdringlich zu wirken, lächelte sie ihn ein- oder zweimal an und wechselte hin und wieder ein paar Worte mit ihm. Sie konnte aber auch stundenlang schweigen. Offensichtlich hatte sie beschlossen, nett zu ihm zu sein. Was hatte sie vor?, fragte sich Vectis. Eine schöne Frau kann eine verblüffende Wirkung auf einen Mann haben, aber hatte sie sich da nicht den Falschen ausgesucht? Das Gesicht des Soldaten zeigte weiterhin seine Verschlossenheit, aber in seinem Verhalten registrierte Vectis doch gewisse, wenn auch fast unmerkliche Veränderungen. Er hatte offensichtlich Mühe, seine abweisende Haltung aufrechtzuerhalten, denn hin und wieder antwortete er sogar auf ihre Bemerkungen. Jedenfalls schien er ihre Gesellschaft nicht rundweg abzulehnen. Mit der Prätorianer-Ehemann-Geschichte würde sie bei ihm aber wenig Erfolg haben, glaubte Vectis voraussagen zu können, der Mann würde sie in Sekundenschnelle durchschauen.

So vergingen mehrere Tage. In dieser Zeit stiegen drei weitere Reisende aus: der dicke Kaufmann und zwei Bergmänner. Somit blieben noch drei Mitreisende: die schöne Frau, der Soldat und ein Mann, der sich als Zauberkünstler aus Thessalien vorgestellt hatte. Seit Tagen fuhren sie nun schon durch die Berge, und es war kalt geworden. Auf der Straße gefroren die Pfützen, und mehr als einmal hatten sie an Steigungen schon aussteigen und zu Fuß gehen müssen. Vectis hielt sich bei den Fußmärschen immer auf der Mitte der Straße, achtete darauf, dass der Soldat nie hinter ihm ging. Niemand würde ihn die Böschung hinunterstoßen. Einmal verblüffte der Grieche seine Mitreisenden mit seiner Kunst. Er warf eine Hand voll Steine an einer Abbruchkante stehend in die Luft und fing sie wieder auf, und alles mit geschlossenen Augen. Selbst der Soldat schien beeindruckt.

Corfinium, die Ansiedlung in den Bergen, erreichten sie, als der Regen einsetzte. Vectis holte seinen Wachstuchumhang hervor und warf ihn sich über die Schultern. Bedrohlich wirkende Wolken verdunkelten den nachmittäglichen Himmel, und Windböen beugten die Nadelbäume am Straßenrand. Donnerschläge erschütterten die Berge, Regen trommelte auf das lederne Dach, und Ströme von Wasser schossen wie aus einer lecken Zisterne die Hauptstraße hinunter. Die Kutsche durchpflügte das Wasser und hielt an einem Gasthaus an, in dem sie die Nacht verbringen wollten. Vom Schieferdach hingen Eiszapfen herab; es musste vor kurzem also noch gefroren haben. Um seine Mitreisenden zu erfreuen und sich ein paar Münzen zu verdienen, versprach der Artist ihnen eine Vorstellung.

Nach einem kurzen Besuch im öffentlichen Bad kehrten Vectis

und Julian ins Gasthaus zurück, wo sie zu Abend aßen und mehr als einen Becher Wein tranken. Der Regen hatte aufgehört, und das Gasthaus war voll mit Einheimischen, Frauen und Männern, die trinkend und singend auf den Beginn der Vorstellung warteten.

Für den Wirt war es das Geschäft. Er hatte Übernachtungsgäste, einen Zauberkünstler und einen Raum voller zahlender Gäste, und so sorgte er dafür, dass alle die Spezialität des Hauses – gesalzene Schweineschwarte – bestellten. Die Mädchen, die bedienten, wurden mit dem Nachschenken gar nicht fertig. Die alte List funktionierte immer noch: Salz machte die Gäste durstig, und durstige Gäste tranken mehr.

»Die Schweinekruste geht auf Kosten des Hauses!«, verkündete der Wirt, und ein breites Grinsen zog sich über sein grobschlächtiges Gesicht.

Der Raum roch nach dampfenden Körpern, Rauch und saurem Wein. Die Fackeln an den Wänden erzeugten schwankende Schatten, und beim Tresen wärmten sich die Leute an der gelben Glut zweier Kohlenpfannen. Die wartenden Zuschauer saßen auf hölzernen Hockern oder standen.

»Ich hoffe nur, dieser Grieche macht seine Sache gut«, meinte Julian, als er sich in dem verräucherten Raum umsah.

Vectis verstand sofort, was er meinte. Die Bergbewohner wirkten reichlich grob und würden sich bestimmt nicht übers Ohr hauen lassen. Sie hatten ihre Münzen abgeliefert und wollten nun für ihr Geld auch etwas geboten bekommen. Außerdem waren sie sehr abergläubisch. Vectis hatte bereits eine ganze Reihe von Gesprächen mitbekommen, in denen es um geheime Künste, Hexenmeister und Dämonen ging, die in der Dunkelheit der Nacht lauerten. Magie faszinierte die Menschen, doch hinter ihrer vordergründigen Neugierde lag eine gehörige Portion Angst. Magier, vor allem die aus fremden Ländern, waren – so glaubte man – mit den dunklen Mächten im Bunde.

Der Wirt, dem sehr wohl klar war, dass der Mann seine Gäste beunruhigen könnte, begann mit einer glühenden Lobrede auf den Lieblingsunterhalter des Kaisers, wie er ihn nannte, und erklärte, dass dieser Zauberkünstler schon die Massen in Roms Marcellustheater in Entzücken versetzt habe. Vectis musste unwillkürlich lächeln. Der Lieblingsunterhalter von Kaiser Antoninus? Er hätte den Sold eines ganzen Jahres darauf gewettet, dass dieser Mann noch nicht einmal in die Nähe des Kaisers gekommen, geschweige denn im Marcellustheater aufgetreten war. Aber die kleine Schwindelei schien ihre Wirkung auf die Menge nicht zu verfehlen, und das lag schließlich im Interesse aller.

»Diese Schweineschwarten haben mich durstig gemacht«, sagte der Zauberkünstler. »Würde mir bitte jemand einen Becher Wein reichen?« Er gönnte sich einen kleinen Schluck und meinte dann, er würde sich den Rest lieber für später aufheben. Er holte ein Tuch aus seiner Tunika, bildete damit eine Art Beutel und goss den Wein hinein. Dann setzte er den Becher verkehrt herum hin und bat um einen weiteren Becher Wein. Er goss den Inhalt in das Tuch, drehte den Becher um und stellte ihn hin. Er goss sechs weitere Becher in dasselbe Tuch und stellte auch sie hin. Dann zeigte er das vom Gewicht des Weines schwer durchhängende Tuch herum. »Wo soll ich es hintun?«, fragte er. Plötzlich stolperte er und warf dabei das Tuch über die Köpfe des Publikums. Die Leute in den ersten Reihen sprangen zurück und standen dann wie angewurzelt und mit offenem Mund da, als eine einzelne Gänsefeder zu Boden schwebte.

Das Tuch war leer.

Die Leute jubelten.

Einige schauten ängstlich drein. »Könnte ein Geist dem Zauberkünstler geholfen haben?«, flüsterten sie.

Dann tranken sie sich für die weitere Vorstellung neuen Mut an.

»Ich habe meinen Wein gern in meiner Nähe«, erklärte der Künstler, als er sich das Tuch ums Handgelenk band, »für den Fall, dass ich später noch Durst bekomme.« In der nächsten Stunde jonglierte er mit brennend heißen Steinen, ließ Münzen verschwinden und brachte einen Kopf aus Bronze zum Sprechen, was bei den Gästen erneut lebhaftes Gemurmel hervorrief. Mit einer Schleuder schoss er dann einen unsichtbaren Stein auf eine bunte Vase, die in tausend Stücke zersprang. Nun habe ihn die Arbeit doch durstig gemacht, meinte er, nahm das Tuch vom Handgelenk, formte es zu einem Beutel und goss damit die umgedrehten Becher wieder voll.

Vectis staunte nicht schlecht. Der Grieche erinnerte ihn an die verschlagenen Druiden, die er in Britannien gesehen hatte – nur dass dieser Mann seine Kunststücke ohne Hilfe der Götter vollführte, wie er nicht müde wurde zu betonen.

Niemand im Raum beklagte sich über die Qualität seiner Vorführung – selbst dann nicht, als der Künstler ihre sauer verdienten Münzen verschwinden ließ. Sie tranken weiter fleißig Wein und stampften nach jedem Kunststück mit den Füßen. Der Einzige im Raum, der keinen Beifall spendete, war der Soldat mit den wachsamen Augen. Er stand, den Rücken gegen die Wand gelehnt, ruhig da und ließ Vectis nicht aus den Augen. Mehr als einmal griff Vectis nach seinem Dolch. Er genoss die Vorführung, hatte aber immer ein Auge auf die Leute um ihn herum und insbesondere auf den Soldaten mit dem finsteren Blick.

»Für mein letztes Kunststück brauche ich einen Freiwilligen«, sagte der Zauberkünstler. »Am besten funktioniert es mit einer schönen Frau.« Er streckte die Hand zu der dunkelhaarigen Schönheit aus und forderte sie in einem aufmunternden Ton auf, zu ihm zu kommen.

Sie sagte nichts, schüttelte aber derart energisch den Kopf, dass der Künstler sich gezwungen sah, nach einem anderen Opfer Ausschau zu halten. Um seine Verlegenheit zu überspielen, scherzte er, er habe vor der Vorstellung ihren Nacken geleckt, und jetzt fürchte sie eben, er könnte es wieder tun. Die Leute lachten. »Nur ein bisschen«, fügte er hinzu. »Kein Grund für sie, sich aufzuregen.« Die Leute kreischten; derben Humor mochten sie.

»Du da, Kaufmann«, sagte er und zeigte auf Vectis.

»Nimm einen von den Einheimischen«, winkte Vectis ab und ignorierte die Pfiffe und Aufmunterungen der anderen. Er war lange genug Soldat, um zu wissen, dass es nie ratsam war, sich freiwillig zu melden. Und falls Senator Severus Recht hatte, pirschten sich womöglich gerade in diesem Augenblick zu allem entschlossene Feinde an ihn heran. Er war froh, dass Julian die Leute in seinem Rücken im Blick behielt.

Der Zauberkünstler ließ die Augen über die gespannten Gesichter wandern. »Das ist eine einmalige Gelegenheit«, sagte er. »Noch in ein paar Jahren wird man in diesem Ort von dem reden, der jetzt den Mut aufbringt, sich zur Verfügung zu stellen!«

Vectis schaute wieder prüfend zu dem Soldaten hinüber. Er war weg! Er drehte blitzschnell seinen Kopf. Da waren der Kutscher und die Frau, aber kein Soldat. Er fluchte. Er hätte den Mann nicht aus den Augen lassen dürfen.

Ein Freiwilliger trat vor.

Vectis stand von seinem Hocker auf und musterte die Menge hinter ihm. Julian zeigte zur Mitte des Raumes.

Vectis nickte ihm zu. Der Mann hatte lediglich einen Platz eingenommen, von dem aus er einen besseren Blick auf die bevorstehende Darbietung hatte, wenn auch in Vectis' Rücken und in der Nähe. Vorn fesselten nun mehrere Männer den Freiwilligen und banden ihn an Haken an der Holzwand fest. Der Künstler öffnete ein ledernes Etui mit mehreren Wurfmessern darin. Der Freiwillige protestierte nun und wollte sein Einverständnis zurückziehen, aber die anderen lachten nur. »Keine Panik!«, rief der Grieche. »Sieh dir erst mal an, wie gut ich mit diesen Messern umgehen kann.« Mit weißer Kreide zeichnete er die Konturen des Mannes an die Wand und warf dann alle seine sechs Messer. Die Menge war sprachlos. Die Messer landeten allesamt exakt auf den Umrisslinien. Dann zog er sie aus dem Holz und sagte: »Und nun mit verbundenen Augen.« Er zog sich einen braunen Sack über den Kopf und warf wieder eines seiner Messer. Es schlug ein, und im Raum war es plötzlich totenstill. Es steckte auf der Höhe der Kehle.

Jetzt sprangen die Leute auf.

»Na, wie war ich?«, fragte der Künstler und zog sich den Sack vom Kopf.

»Bindet mich los!«, schrie der Mann. »Ich habe keine Lust zu sterben!« Der Mann war leichenblass geworden.

Der Grieche zog sein Messer aus der Wand, schüttelte missbilligend den Kopf und meinte: »Ich dachte, ich sei besser.«

»Lasst mich los!«

»Nicht bewegen.« Ungerührt nahm der Grieche alle sechs Messer in die linke Hand.

Kalter Schweiß trat dem Mann auf die Stirn.
Der Grieche zog sich erneut den Sack über den Kopf.
Die Menge drängte nach vorn.
»Warte!«
»Ganz ruhig.«
Niemand im Raum wagte, sich zu bewegen oder auch nur zu atmen. Und dann ging es Schlag auf Schlag. Der Mann an der Wand schloss die Augen. Alle sechs Messer gruppierten sich um den Körper des Mannes. Die Leute tobten. Männer brüllten vor Begeisterung und stampften mit den Füßen. Sie schlugen sich gegenseitig auf den Rücken und verschütteten ihren Wein. Messerwerfen hatte nichts mit Magie zu tun. Das war pures Können, und davor hatten sie den größten Respekt.
Schreie!
Der Jubel wurde von Schreien unterbrochen. Die Frauen, die sich hinten aufgehalten hatten, redeten alle durcheinander. Sie standen im Kreis um etwas herum. Vectis bahnte sich einen Weg zu ihnen. Es war der Soldat, der Mitreisende, den sie umstanden. Er lag auf dem Rücken, die Augen weit aufgerissen, das Gesicht schmerzverzerrt.
»Was ist passiert?« Julian stand neben ihm.
Vectis schüttelte den Kopf. »Ich glaube, er ist tot«, erwiderte er.
Der Wirt fragte, ob jemand gesehen habe, was geschehen war.
»Ich stand genau neben ihm, als er gefallen ist«, sagte eines der Mädchen, die bedienten. »Er ist einfach umgefallen.«
Die Traube um den Toten wurde dichter. Vectis ließ sich eine Laterne bringen. Er beugte sich über ihn und legte ein Ohr auf seine Brust. Kein Herzschlag. Vectis öffnete die Militärgürtel des Mannes und zog seine schwere wollene Tunika hoch. Das Untergewand war voller Blut. Vectis legte seine Brust frei. Was er sah, verstörte ihn zutiefst. Ein winziges Loch unter den Rippen. Sonst nichts. Nur ein Einstich, der zum Herzen führte. Jemand hatte ihm mit unglaublichem Geschick eine dünne, spitze Klinge ins Herz gestoßen.
»Was für eine Art von Waffe kann das gewesen sein?«, fragte eine Stimme aus der Menge.
»Eine ganz besondere«, antwortete Vectis. »Vielleicht ein spitz zugeschliffener Militärdolch. Ich weiß es nicht.«

Der Wirt kämpfte sich zur Eingangstür durch und verriegelte sie. »Ich schicke einen Jungen zu den Vigilien«, erklärte er und meinte damit die Nachtwachen, die auf den Straßen für Ruhe sorgten und Brände löschten. Dann wandte er sich der Menge zu und rief mit bebender Stimme: »Das ist mein Gasthaus! Ich lasse es mir nicht wegen irgendeinem Mörder wegnehmen. Ich will, dass jeder Einzelne durchsucht wird.« Er wählte zwei Männer aus und trat vor, um sich als Erster durchsuchen zu lassen. Dann überprüften die drei gemeinsam alle Männer in der Wirtsstube. Als sie den Zauberkünstler untersuchten, stellten sie fest, dass er keine übliche Tunika trug, überall hatte sie Schlitze und sorgsam eingenähte Taschen. Er hatte die verschiedensten Fäden, klebriges Harz, hohle Schilfrohrstängel und Münzen aller Art bei sich, aber kein Messer. Fast jeder im Raum besaß ein Messer, aber keines, das so spitz und dünn wie eine Nadel war wie das gesuchte.

»Er muss noch hier sein«, zischte der Wirt. »Kein Mensch kann den Raum so schnell verlassen haben.«

»Oder unbemerkt einen Mann getötet haben«, fügte jemand hinzu.

Aus der Menge kam zustimmendes Gemurmel.

»Es gib hier nur einen, der fähig ist, alle hinters Licht zu führen«, sagte schließlich der Wirt, »und wir alle wissen, um wen es sich dabei handelt.«

Anklagende Blicke durchbohrten den Griechen.

»Er ist unschuldig«, erklärte Vectis. »Nicht einmal ein Zauberkünstler kann an zwei Orten gleichzeitig sein.«

Der Mann nickte zustimmend.

»Er hat doch auch eine Vase vom anderen Ende des Raumes her zerstört«, tönte eine schroffe Stimme von hinten.

»Das war doch nur eine Täuschung«, sagte Vectis.

»Er steht mit den dunklen Mächten im Bund!«, schrie jemand. »Er hat einen bösen Dämon angerufen, der dann aus dem Kopf gesprochen hat!«

Etliche in der Menge murmelten ein Gebet.

»Vielleicht hat er ja ein unsichtbares Messer«, meinte ein anderer.

»Ich spüre etwas Böses an ihm«, meinte eines der Mädchen.

Wieder erhob sich Gemurmel.

»Am besten wäre wohl, wenn Ihr uns erklären würdet, wie die Sache funktioniert«, schlug Vectis dem Künstler vor. »Ich meine die mit dem unsichtbaren Stein.«

Der Mann schüttelte den Kopf. »Ich verrate nie dem Publikum, wie ich …«

»Seht Euch doch mal um«, mischte sich Julian ein. »Das hier ist kein Publikum mehr.«

»Das ist ein Pöbel«, ergänzte Vectis und ließ den Blick über das betrunkene Bergvolk schweifen. »Ich finde, das wäre eine passende Gelegenheit, einmal eine Ausnahme zu machen.«

Der Grieche musterte nun ebenfalls die Männer. »Ja«, sagte er zögernd, »nun, äh, ja, ich …« Mit erhobener Stimme erklärte er schließlich: »Ich … äh … ziehe mit dem Fuß an einer Schnur, an der eine kleine Eisenkugel hängt, die dann gegen die Vase knallt. Die Schleuder dient nur dazu, euch abzulenken, damit ihr nicht merkt, was ich mit dem Fuß mache. Ist eigentlich ganz einfach.«

»Seht ihr?«, sagte Vectis. »Es war nur eine Täuschung.« Er schaute sich um und fragte: »Und was ist mit den Frauen?« Er wollte die allgemeine Aufmerksamkeit von dem Zauberkünstler ablenken.

»Mach dich nicht lächerlich«, zischte der Wirt. »Wer auch immer diesen Soldaten getötet hat, der hat schon jede Menge andere Männer getötet.«

Die Schöne aus der Kutsche trat vor, und in ihren schwarzen Augen lag eine bemühte Ruhe. »Ich finde, alle sollten durchsucht werden«, sagte sie. »Nur so können wir sichergehen.« Dann fügte sie lächelnd hinzu: »Aber ich schlage vor, dass wir Frauen uns gegenseitig inspizieren.«

Von den Männern kam ein nervöses Lachen.

Die Vigilien erschienen mit sechs Mann. Der Wirt erklärte die Situation und beteuerte, er führe ein anständiges Haus und habe alles in seiner Macht Stehende getan, um den Wachleuten bei ihrer Untersuchung des Vorfalls behilflich zu sein.

Der Centurio des Wachdienstes beugte sich zu dem Toten hinunter. »Ein Legionär«, murmelte er. »Das kompliziert die Sache.« Einer seiner Männer reichte ihm eine Laterne. Er untersuchte die Wunde, runzelte die Stirn und schaute noch einmal ganz genau hin. Dann stieß er einen erstaunten Pfiff aus. »So etwas habe ich noch nie gesehen.« Er wandte sich an das Schankmädchen. »Einfach umgefallen, hast du gesagt? Hast du vielleicht gesehen ...«

»Nichts, Herr«, beteuerte das Mädchen.

Der Centurio ließ alle noch einmal durchsuchen und überprüfte im Raum alle Ecken und Winkel, wo eine spitz zugeschliffene, nadeldünne Klinge versteckt sein konnte. Er fand nichts.

»Ich führe ein anständiges Haus«, erklärte der Wirt schon wieder.

»Ich mache dich ja auch gar nicht verantwortlich«, beruhigte ihn der Centurio. »In meinem Bericht wird es heißen: Mord, begangen durch einen Unbekannten, dem es gelang, aus dem Gasthaus zu fliehen.«

Der Wirt bedankte sich überschwänglich.

»Und jetzt möchte ich gern einen Blick auf sein Gepäck werfen.«

Der Wirt nickte erleichtert und beeilte sich, die Truhe des Ermordeten herbeizuschaffen. Römische Gasthäuser waren berüchtigt für die zwielichtigen Geschäfte, die in ihnen abgewickelt wurden, und nicht selten steckten die Wirte mittendrin.

»Er ist Legionär«, sagte der Wirt, als er das Schloss aufbrach. »Wenn seine Ausweispapiere nicht in seinem Geldbeutel sind, müssen sie in der Truhe liegen.« Das war zwar klar, aber der Wirt fühlte sich offensichtlich bemüßigt, sich zu äußern. In der Truhe fanden sich ein paar Tuniken und Kleidung für kaltes Wetter, aber keine Papiere.

»Ein Legionär ohne Papiere«, wunderte sich der Centurio. »Und natürlich kennt niemand seinen Namen oder seine Legion.«

»Ich kenne seinen Namen«, erklärte der Kutscher. »Er steht auf dem Bronzeplättchen unter dem Griff der Truhe.«

Der Centurio hob den ledernen Griff und las: »Vectis Trebellius Quadratus.«

»Also, so ist das«, flüsterte Julian Vectis ins Ohr.

Vectis starrte auf den Mann hinunter, der ihn seit ihrer Abfahrt aus Rom beobachtet, die Fenster der Gasthäuser überprüft und sich überall, wo es von Menschen wimmelte, in seiner Nähe aufgehalten hatte, und plötzlich wurde ihm klar, wer der Mann war. Er hatte für Senator Titus Severus gearbeitet. Er war der Leibwächter gewesen.

Vectis lief es eiskalt den Rücken hinunter. Jemand verfolgte ihn. Jemand, der unglaublich geschickt war. Er hatte das gesamte Reisegepäck nach Namen abgesucht und einen Soldaten getötet, von dem er glaubte, er sei Vectis Trebellius Quadratus.

Vectis ließ den Blick über die Menschen im Raum wandern, deren Gesichter größtenteils im Dunkeln lagen. Der Centurio irrte. Er war noch da. Der Mörder mit dem Dolch, der dünn war wie eine Nadel, war nicht geflohen. Er war in diesem Raum.

13

Der Geruch von Staub und Blut hing Neeve in der Nase, als sie sich an den Abstieg machte. Es war, als wäre sie mitten in ein großes Schafschlachten geraten. Doch sosehr ihr auch der Geruch und die Laute, die aus der Ferne von den Sterbenden zu ihr herüberdrangen, den Magen umdrehten, hatte sie sich erst einmal auf die unmittelbar bevorstehende Gefahr zu konzentrieren. Am Fuß des Hügels sah sie die vier Römer ausschwärmen wie Jäger, die ein Kaninchen in die Enge treiben. In gewisser Weise taten sie das auch. Die Schlacht war geschlagen, und die Jagd hatte begonnen.

»Wir nichts tun!«, rief einer von ihnen in gebrochenem Keltisch zu ihr herauf. »Du sicher.« Er steckte sein Schwert in die Scheide und legte seinen Schild auf den Boden. Dann wies er die anderen an, ihre Schwerter niederzulegen. »Du sehen, wir nichts tun.« Er klopfte sich auf die gepanzerte Brust. »Mein Name … Lucian.«

Zwischen rutschigen Felsen hindurch stieg Neeve langsam den Hügel hinunter. Die vier hatten sich verteilt, vom Moor bis zum Steilhang auf der gegenüberliegenden Seite. Lucian war dreißig

Fuß unter ihr und lockte sie mit einer Handbewegung, wie man sie sonst bei Kindern anwendet. Er deutete an, ihr über das letzte Steilstück helfen zu wollen. »Du sicher … wir nichts tun«, sagte er wieder und wieder. »Lucian … ein Freund.«

Sie stieg vorsichtig weiter hügelabwärts.

Er nahm seinen Helm ab und legte ihn auf den Boden. Aus seinem verfilzten Haar tropfte Schweiß, der helle Streifen auf sein blutbespritztes Gesicht malte. Er rang sich ein Lächeln ab und versuchte, ein freundliches Gesicht zu machen; Neeve aber sah nur seine kalten, dunklen Augen und seine dicken Finger, die ununterbrochen auf sein Bein trommelten.

»Du sicher … ja, wir nichts tun.«

»Besser das hier als der Tod«, redete sie sich weiter ein. »Die Götter sind hier. Die Götter werden mich beschützen.« Aber tief in ihrem Innern wusste sie, dass die keltischen Gottheiten vor den mächtigen römischen Göttern geflohen waren und sich nun wahrscheinlich zusammen mit den Druiden in den Wäldern des Hochlands versteckten. Sie war allein. Ob sie diesen Tag überlebte, würde von anderen abhängen, nicht von ihr. Aber es wäre zweifelsohne ratsam, Ruhe zu bewahren und dafür zu sorgen, dass auch die anderen – die vier Soldaten – ruhig blieben.

»Besser das als der Tod.«

Sie war eine starke Frau. Sie würde überleben. Alles hing von ihrer Fähigkeit ab, die Situation unter Kontrolle zu halten und sich innerlich von dem ekelhaften Vorgang zu lösen. Die Soldaten hatten den größten Teil des Tages im Kampf verbracht, hatten getötet und vielleicht zusehen müssen, wie ihre Freunde getötet wurden. Unter der Oberfläche brodelte noch die Wut auf den Feind. Sie würden keinen Augenblick zögern, ihr ein Schwert zwischen die Rippen zu stoßen – vor allem dann, wenn sie gezwungen waren, hinter ihr herzujagen.

In ihrem Innern aber nagte eine schreckliche Ungewissheit. Das hier waren gewalttätige Männer. Vielleicht würden sie sie in jedem Fall töten – und sei es nur aus purem Spaß am Töten. Manche Männer faszinierte der Tod. Sie sahen gern beim Sterben zu, beobachteten mit dem größten Vergnügen, wie jemand um sein Leben rang und sich selbst dann noch, wenn schon längst keine Hoffnung mehr bestand, an dieses Leben klammerte, bis das Licht in seinen Augen erlosch und er seine letzte Heimstatt aufsuchte. Ja, der Tod faszinierte manche Männer.

Sie atmete einmal tief durch, um sich zu beruhigen.

Und dann noch einmal.

Wie konnte ihr das nur passieren? Geschändet? Geschlagen? Sollte das ihr Schicksal an diesem Tag sein? Würde sie sterben? Würde man ihren geschundenen Körper noch vor Sonnenuntergang hinter einen Busch werfen, damit hungrige Wölfe ihn zerfetzen konnten? Nein! Obwohl die Götter sie verlassen hatten, würde sie das nicht zulassen. Jede Faser in ihr schrie danach zu überleben. Aber was sollte sie tun? Sich ihnen hingeben? Auch andere hatten das schon durchmachen müssen und es überlebt. Sie musste einfach nur einen kühlen Kopf bewahren. Sie versuchte, sich zu konzentrieren. Sie überlegte, ob sie sie in lateinischer Sprache ansprechen und ihnen erklären sollte, dass sie als Kartenzeichnerin im Kastell Faustina gearbeitet habe und dass sie mit einem Römer verheiratet sei. Nein, das wäre wohl das Dümmste, was sie tun konnte. Faustina war zerstört worden. Sie würden annehmen, dass sie log oder, schlimmer noch, dass sie eine Kundschafterin war, und beides hieß Tod. In ihrem Kopf drehten sich die Gedanken. Denk nach! Vielleicht solltest du versuchen, freundlich zu sein. Vielleicht …

»Ich krieg sie nach Lucian«, sagte einer von ihnen auf Lateinisch in der Annahme, dass sie ihn nicht verstand.

»Kommt nicht in Frage! Du prügelst sie immer viel zu sehr.«

»Manche mögen das.«

»Aber ich nicht. Wenn du mit ihnen fertig bist, ist nicht mehr viel übrig.«

»Maul halten!«, zischte Lucian, und sein Mund verzog sich vor Wut. Er war anscheinend der Anführer der Gruppe und fest entschlossen zu verhindern, dass seine Beute davonlief. Er setzte wieder seine freundlichste Miene auf, als er zu ihr aufsah und erneut auf Keltisch wiederholte: »Dir nichts tun.«

Die anderen setzten unten am Hügel ihre Wache fort, um ihr jeden möglichen Fluchtweg abzuschneiden. Sie nahmen ihre Helme ab. Ihre Augen glänzten vor Begierde.

Mit zögernden Schritten tastete sich Neeve vorwärts. Sie spürte einen galligen Geschmack im Mund, und ihr wurde übel. Unablässig fuhr sie sich mit der Zunge über die Lippen. Ihre Blicke schweiften unschlüssig umher. Was tun?

Ihr erster Impuls war gewesen davonzulaufen, aber sie wusste, dass sie sie einfangen und dann mit Sicherheit töten, sie womöglich zu Tode prügeln würden. Sie wusste, dass sie mit ihrem Leben spielte, wenn sie davon ausging, dass diese vier sich einfach nur ihr Vergnügen holen und dann ihrer Wege gehen würden. Aber würden sie das wirklich tun?

Sie hatte sie reden gehört. Hatten sie die Absicht, sie zu schlagen, bis – wie hatte es einer von ihnen formuliert? – nicht mehr viel von ihr übrig war? Und was war mit den Sklavenkarren? Nachdem sie mit ihr fertig waren, konnten sie sie ebenso gut zu den Käfigen zerren, in denen die Gefangenen auf die Sklavenmärkte gebracht wurden. Sie wusste, was mit den Frauen in einem Käfig auf dem Weg zu diesen Märkten geschah. Vielleicht hatte sie ja Glück und wurde den Offizieren zugeteilt – sie war sich ihrer Schönheit durchaus bewusst –, aber schon ein paar Schläge von diesen vieren, und die Nase wäre zertrümmert oder die Zähne ausgeschlagen, und dann war alles vorbei. Dann würden die gemeinen Soldaten sie nehmen, bis sie die Sklavenmärkte im Süden erreichten. Und wie viele dieser in Käfigen gehaltenen Frauen kamen je bis zu den Märkten? Nicht viele, nahm sie an und schob den Gedanken beiseite.

Neeve kam bei den moosbedeckten Felsen unten an. Ihr Herz hämmerte. Eine schlechte Entscheidung, sagte ihre innere Stimme. Sie war dabei, eine schlechte Entscheidung zu treffen. Flieh! Riskier es, auch wenn sie dich einfangen. Solche Männer sind ohnehin brutal, ganz egal, was eine Frau tut. Aber was konnte sie tun, um sich zu retten? Wohin konnte sie fliehen? Sie wusste es nicht, aber sie hatte sich entschieden. Sie würde im Kampf sterben – nicht mit flehendem Blick zu ihren Peinigern aufschauen und um Gnade winseln.

Lucian versuchte noch immer, sie in seinem beruhigenden Ton anzulocken, als sei sie ein verstörtes Pferd.

Ein letztes Mal ließ Neeve den Blick über die Ebene gleiten, auch wenn es wenig Sinn hatte. Die kaledonischen Krieger waren entweder tot oder in den Wäldern, oder sie saßen mit übereinander geschlagenen Beinen auf dem fernen Schlachtfeld. Sie blickte sehnsüchtig zu der Schlucht auf der anderen Seite des Hochmoors hinüber und stellte sich vor, wie sie an dem trockenen Flussbett entlang in den Schutz des Waldes rannte. Verschwendete Gedanken, klar. Sie nahm wieder das Moor in Augenschein. Die Soldaten hatten wohlweislich einen großen Bogen gemacht um die Torfmoose, die sich wie eine farbenfrohe Flickendecke scheinbar unschuldig über den Moorboden ausgebreitet hatten. Unter den smaragdgrünen Polstern lauerte die Tücke, ein ständig durchfeuchteter, nasser Boden, der sich über Jahrhunderte hinweg aus abgestorbenen Pflanzen aufgeschichtet hatte und keinen Fehltritt verzieh.

Plötzlich wusste Neeve, was sie zu tun hatte. Sie hatte es niemals geplant, nicht einmal darüber nachgedacht, aber nun konnte sie nichts mehr davon abhalten, über das Moor zu laufen. Sie hatte schon mehr als einmal ein Moor überquert – Kaledonien war schließlich voller Hochmoore –, aber immer nur mit anderen zusammen und angeseilt aus Angst vor den Moorlöchern, die jede Durchquerung einer Moorlandschaft so gefährlich machten. Man konnte hundert Schritte über die schwammige Oberfläche gehen, ohne auf ein solches Loch zu treffen, aber wenn, versank man unweigerlich im wassergesättigten Moorboden.

Neeve war groß und schlank und eine schnelle Läuferin. Normalerweise hätte sie zwar gegen einen athletischen Mann den Kürzeren gezogen, aber auf Moorboden, da war sie sich ganz sicher, hatte sie gegen die kurzbeinigen Römer sehr wohl eine Chance, zumal die Legionäre nagelbeschlagene Soldatenschuhe trugen und schweres Feldgepäck. Sie maß die Entfernung bis zur Moorfläche. Sie wusste, dass Lucian mit seiner honigsüßen Stimme es schwer haben würde, sie aufzuhalten.

Sie stieg über einen verrottenden Baumstamm und näherte sich dem jähen Steilabfall, der sie von Lucian trennte. Er war nun genau unter ihr, so nahe, dass Neeve die dicken Adern an seinem Nacken sehen konnte. Sie warf einen kurzen Blick auf den Soldaten am Rand des Sumpfes. Er war der Bulligste von allen, hatte einen Brustkorb wie ein Baumstamm und entsprechende Beine. Sie schöpfte neue Hoffnung. Selbst ohne heimtückische Löcher war ein Moor ein gefährlicher Ort für einen stämmigen Soldaten mit schweren Schuhen. Dieser Ort war für jeden gefährlich, der nicht angeseilt war, doch die Hoffnung auf Freiheit überwog alle Risiken.

»Cornelius …«

Neeve wandte sich wieder Lucian zu. Er hatte die Hand gehoben und rief dem bulligen Soldaten etwas zu.

»Ich glaube, sie will davonrennen«, sagte Lucian auf Lateinisch und musterte sie eindringlich, überzeugt, dass sie ihn nicht verstehen würde. Seine schwarzen Augen bohrten sich in die ihren, als wollte er ihre Gedanken lesen. Sie versuchte, verletzlich zu wirken, was ihr nicht sonderlich schwer fiel. Angesichts von vier römischen Soldaten, die sich schon innerlich die Hände rieben, während sie die kleinste ihrer Bewegungen verfolgten, fühlte sie sich in der Tat verletzlich. Lucian schaute sich noch einmal genau den Abhang an. Er heftete seine Blicke auf das Moor, das sich von ihm bis zur Schlucht erstreckte. Er pfiff durch die Zähne, als ihm plötzlich klar wurde, dass die Frau über ihm verzweifelt genug war, alles zu riskieren, selbst die Flucht übers Moor. Dann gab er den anderen ein Zeichen.

Neeve machte ein paar Schritte in Lucians Richtung in der Hoffnung, ihn irrezuführen. Sie brauchte mehr Zeit. Sie musste auf den Felsvorsprung unmittelbar oberhalb von Lucian, von dort konnte sie loslaufen, es war der einzige freie Weg zum Moor.

Lucian versuchte eine neue Strategie. »Bewegt euch ganz langsam«, sagte er zu seinen Kameraden, »aber schneidet ihr den Weg zum Moor ab.«

»Römer!«, rief Neeve in diesem Augenblick.

Lucian riss den Kopf nach oben.

»Mir nichts tun?«, fragte sie in genau seinen keltischen Worten. Gleichzeitig bewegte sie sich auf dem rutschigen Abhang, so schnell sie sich getraute. Noch zehn Schritte, und sie würde auf dem Felsgesims sein.

»Ja, dir nichts tun«, sagte er wie schon mehrfach zuvor. Er bedachte sie mit einem Grinsen, das wohl aufmunternd sein sollte, aber auf seinem schmutzigen, blutbespritzten Gesicht alles andere als Vertrauen erweckend wirkte.

Sie näherte sich dem Felsvorsprung und schaute zu Lucian hinunter, der ungeduldig auf sie wartete, die Hände an seinen gamaschenartigen Beinkleidern reibend. Neeve konnte seinen Schweiß riechen. Die Arme ausgestreckt, hielt sie das Gleichgewicht, als sie über das letzte Geröll oberhalb des Felsgesimses stieg. Dann ließ sie sich vorsichtig auf den Vorsprung hinunter. Wäre Lucian größer gewesen, hätte er hochgreifen und sie am Fußgelenk packen können.

»Renn!«, schrie eine Stimme in ihr. »Lauf jetzt!«

Und Neeve rannte das Felsgesims entlang in Richtung des grünen Torfmoosteppichs.

»Ihr nach!«, brüllte Lucian.

»Ich hab sie gleich«, rief der bullige Soldat. Vorsichtig setzte er einen Fuß auf den schwammigen Moorboden, dann den anderen, prüfte jeden Schritt, bevor er mit seinem ganzen Gewicht auftrat. Auf diese Weise bewegte er sich langsam voran, hatte die Mitte des Randsumpfs erreicht, noch bevor Neeve am Ende des Felsgesimses angekommen war, wo das Moor begann. Er schaute sie an und lachte heiser. »Wo willst du denn hin, kleines Mädchen?«, brüllte er in unkultiviertem Latein. Seine Worte waren mehr für seine Kameraden bestimmt als für sie, da er sie zweifellos für eine Barbarin hielt, die seine Sprache nicht verstand.

Neeve trat auf das weiche Grün und musste dabei unwillkürlich an all die Jäger denken, die aus den Mooren nie mehr zurückgekehrt waren. Jahr für Jahr verschwand jemand auf Nimmerwiedersehen. Die weichen Torfmoospflanzen verströmten den angenehmen Geruch geschnittener Blumen, aber sie war sich bewusst, dass sich unter der so harmlos wirkenden Oberfläche tückische Löcher verbargen, die leicht einen ausgewachsenen Hirsch verschlucken konnten. Sie war überrascht, dass der Soldat sich überhaupt in das Moor vorgewagt hatte. In Kaledonien war jeder klug genug, die Moore zu meiden … sofern er nicht in großer Gefahr war. Sie erinnerte sich noch daran, wie ihr Vater seine Krieger häufig ins Moor geführt hatte, wenn sie von römischen Kohorten verfolgt worden waren. »Die Römer fürchten das Moor mehr als wir«, hatte er immer gesagt.

Neeve begann ihren Lauf über das weiche Moos, so schnell sie konnte und weg von dem Soldaten vor ihr. Der Wind wehte hier draußen ungewöhnlich kräftig, und entweder, weil sie so angespannt war oder weil gerade ein paar Wolken die Sonne verdeckten, lief ihr ein Schauder über den Rücken. Sie nahm den Bogen von der Schulter und zog einen Pfeil aus dem Köcher. Der Soldat trug zwar einen eisernen Brustpanzer, war aber ohne Helm und Schild. Sie war sich einigermaßen sicher, dass sie ihn treffen, ihn zumindest verwunden konnte, hoffte aber, dass es gar nicht erst so weit kommen würde. Sie beobachtete ihn genau. Mit jedem Schritt arbeitete er sich verbissen voran, sank aber schon bis zu den Knöcheln ein. Das saugende Gefühl an den Füßen musste ihn beunruhigen, überlegte sie. Sie blieb stehen und rief in lateinischer Sprache zu ihm hinüber: »Du wirst hier sterben, und deine Freunde werden dir nicht beistehen können.«

»Du sprichst unsere Sprache«, schnaubte er verblüfft.

»Lucian hat dich ins Moor geschickt, weil er genau weiß, dass du ein Dummkopf bist«, spottete sie.

Er bewegte sich weiter auf sie zu.

»Du bist einfach zu schwer«, stichelte sie weiter. »Sieh dir doch mal deine Beine an! Bald trittst du in ein Loch und versinkst. Das Moor wird dich verschlingen.«

»Ich krieg dich schon noch, kleines Mädchen«, erwiderte er.

»Es war ein großer Fehler, hier herauszukommen.«

Er wischte sich über den Mund.

»Warum bist du eigentlich der Einzige im Moor? Ich erklär's dir. Weil die anderen Angst haben einzusinken.«

Er blickte über die Schulter zurück zu seinen Kameraden, die hundert Schritte von ihm entfernt außen am Randsumpf entlangliefen, mit den Armen wedelten und ihrem Kameraden aufmunternde Worte zuriefen.

»Du bist ein Narr«, wiederholte sie. »Ausgerechnet einer mit deinem Gewicht geht aufs Moor!« Sie zeigte auf die drei anderen. »Warum sind die denn nicht hier draußen?«

Er schaute auf seine Füße und dann auf die weitläufige Flickendecke aus verschiedenen Grüntönen. Plötzlich wurde ihm bewusst, wie absurd seine Lage war. »So ein Mist«, murmelte er. Dann wandte er sich an seine Kameraden: »Der Boden ist zu weich. Ich geh runter.« Er drehte sich um in ihre Richtung und bewegte sich dabei noch vorsichtiger als zuvor. Auf seinem Gesicht malte sich eher Wut als Angst. »Mit dir bin ich noch lange nicht fertig«, rief er ihr drohend nach.

Äußerst erleichtert sah Neeve, wie sich sein gepanzerter Rücken zu den fernen Felsen zurückzog. Er wirkte wie ein alter Mann, wie er sich auf wackligen Beinen vornübergebeugt Schritt für Schritt zögerlich vorwärts tastete. Sie ließ den Blick über die grüne Weite schweifen. Mit einem Mal hatte sich ihre Erleichterung in Luft aufgelöst. Sie musste selbst so schnell wie möglich vom Moor herunter, weil die Soldaten im Begriff waren, die Moorfläche zu umrunden, um vor ihr auf die andere Seite zu gelangen. Sie sah, wie sie sich am Rande des Sumpflandes beratschlagten. Offenbar versuchten sie, ihren Fluchtweg vorwegzunehmen, und es konnte nicht mehr lange dauern, bis ihnen klar wurde, dass ihr nur eine Möglichkeit blieb: die Schlucht und die dahinter liegenden Wälder.

Ihr Blick blieb an einem hohen Granitfelsen hängen, der aus der Schlucht auf der anderen Seite des Moores aufragte. Sie kannte die Gegend gut. Sie erinnerte sich daran, wie sie den Felsen zusammen mit ihren Brüdern und ihrer kleinen Schwester Nes erklommen hatte und wie Nes abgestürzt war und sich dabei einen Schädelbruch zugezogen hatte. Damals hatte Neeve hier die Geister angefleht. Und die Geister waren ihr wohlgesinnt gewesen. Sie hatten Nes beschützt, ihr das Leben erhalten. Hier wohnten überall freundliche Geister … vielleicht halfen sie ihr heute, dieses Moor zu überqueren. Ja, sie wollte hinüber zu dem großen Felsen mit seinen guten, freundlichen Geistern und sich dann im Wald verstecken.

Ohne sich an die Regel zu halten, nur auf den dunkleren Flecken zu bleiben, rannte sie drauflos. Wie aus großer Ferne drangen das Platschen ihrer Füße und das Quatschen des Moors zu ihr; auch den Wind, der ihr in den Augen brannte, und die Tränen in ihren Augenwinkeln nahm sie nur undeutlich wahr. Es schien eine Ewigkeit zu dauern, bis sie endlich den schimmernden Felsen erreichte. In seinen Spalten wuchsen Stechginster und Preiselbeersträucher. Hier an seinem Fuß schien das Torfmoos weicher und sein Grün heller, und obwohl sich der Untergrund anders anfühlte, ging sie geradewegs auf den Felsen zu.

Neeve schrie auf.

Ein Loch!

Mit einem Mal gab der Boden unter ihr nach, und sie fiel nach vorn, landete mit der Schulter auf dem nassen Torf. Sie hatte keine Ahnung, wie groß das Loch wohl sein mochte, aber noch im Fallen begann sie sich zu wälzen, mit den Armen zu schlagen wie eine Ente mit ihren Flügeln, zu strampeln, bis sie festen Grund verspürte.

Völlig durchnässt stand sie auf und blickte instinktiv hinter sich. Natürlich war da niemand. Das Moor war weit und breit menschenleer wie zuvor, aber sie wollte sich vergewissern. In der Ferne war der bullige Soldat gerade dabei, seinen Fuß wieder auf festen Boden zu setzen. Er war allein. Die anderen hatten sich bereits auf den Weg zu den bewaldeten Hängen gemacht. Neeve schätzte die Strecke um das Moor ab und ging davon aus, dass es doch ein paar Augenblicke dauern würde, bis die Soldaten den Felsen erreicht hatten. Von ihrem Sturz zeugten ein gutes Dutzend Pfeile, die überall dort verstreut lagen, wo sie sich über das Moor gewälzt hatte. Sie überprüfte ihren Köcher. Noch drei Pfeile. Aber ein Zurückgehen war viel zu gefährlich.

Sie wandte sich wieder dem Felsen zu.

Da! Eine Bewegung! Jemand versteckte sich im Stechginster, der am Rand des Sumpfes wucherte. Das war keine Einbildung. Sie hatte eine Bewegung gesehen – ob einen Haarschopf, eine Hand oder sonst etwas, konnte sie nicht sagen, aber da war etwas. Sie kniff die Augen zusammen. Wer auch immer da war, hatte sich zurückgezogen, aber sie war sicher, dass jemand sie beobachtet hatte.

Neeve ließ den Blick erneut über das Moor schweifen. Von den Soldaten keine Spur mehr. Taranis hatte sie immer dafür gelobt, dass sie in schwierigen Situationen die richtigen Entscheidungen traf, aber im Augenblick war sie völlig verwirrt. Die Römer konnten unmöglich in dieser kurzen Zeit das Moor umrundet und sich in den Büschen beim Felsen versteckt haben. Aber jemanden oder etwas hatte sie gesehen. Sie hielt inne und musterte das Gebüsch. Nichts. Hatte sie sich womöglich doch alles nur eingebildet? Vielleicht hatte ihr ja der Wind einen Streich gespielt. Herumwirbelnde Blätter konnten, wenn man ohnehin schon verängstigt war, alle möglichen bedrohlichen Formen annehmen. Ein aufgeschrecktes Kaninchen oder ein fliehender Dachs konnte wie ein Dämon des Waldes aussehen. Da kam ihr ein bedrohlicher Gedanke. Womöglich hatte ein anderer römischer Suchtrupp sie gesehen und wartete nun beim Felsen auf sie. Sie schalt sich selbst. Schluss damit! Auf der Stelle. Der Felsen war eine Zuflucht, der Wohnort guter, freundlicher Geister. Nur eine sehr große Zahl böser Geister konnte sie vertreiben – ein komplettes römisches Feldlager vielleicht, aber ganz gewiss kein zufällig vorbeikommender Suchtrupp.

Trotzdem, sagte sie sich, war es kein Fehler, vorsichtig zu sein. Ihre Fantasie war mit ihr durchgegangen. Da waren keine Römer im Stechginster.

Sie lief auf eine Baumgruppe in der Nähe des Felsens zu, wo sie die Bewegung gesehen hatte. Sie rannte, so schnell sie konnte, achtete diesmal aber darauf, wohin sie trat.

Als sie kurz darauf das Wäldchen erreichte, blieb sie stehen und spitzte die Ohren. Dann überprüfte sie sorgfältig das mit Bäumen bestandene felsige Stück Land, das das Moor säumte und in die Schlucht überging. Sie untersuchte die Felsvorsprünge mit ihren Preiselbeerbüschen und die Höhlen, in denen sich jemand versteckt halten konnte, entdeckte aber niemanden. Kein Rascheln im Laub und kein Geflatter aufgeschreckter Vögel wies auf einen Eindringling hin, und ihre lange Erfahrung im Hochland des Nordens sagte ihr, dass ihre unmittelbare Umgebung sicher war. Sie atmete tief durch; es bestand wieder Hoffnung. Sie war froh, den schwammigen Boden des Moores hinter sich zu haben, froh, vor neugierigen Blicken geschützt zu sein, und vor allem froh, in der Nähe der Felsen zu sein, in denen gute, freundliche Geister hausten. Sie schlüpfte durch die Bäume zu einem Granitfelsen, der aus dem Waldboden ragte. Sie bückte sich über ihn und drückte die Wange auf seine raue Oberfläche, um dem Treiben der Geister tief im Innern des Felsens zu lauschen. Als sie verstummten, dankte sie ihnen für ihr Wohlwollen in der Vergangenheit und bat sie um Schutz an diesem Tag. Dann stand sie rasch auf und machte sich auf den Weg durch den Wald zur Schlucht.

Nach nur hundert Fuß stieß Neeve auf das tiefe, enge Tal. Sie folgte ihm nach Norden, weil sie annahm, dass die Soldaten ihre Suche in der entgegengesetzten Richtung beginnen würden, und weil sie im Norden auf bekanntes Gebiet, eine Landschaft aus Felsen und Bäumen, stoßen würde. Wenn ihre Erinnerung sie nicht trog, konnten die dichteren Wälder nicht mehr als eine Meile flussaufwärts liegen.

Sie hastete die Schlucht hinauf, immer darauf achtend, nicht auf einen der überall herumliegenden Steine zu treten. Ein verstauchter Fuß wäre mehr als ungelegen.

Der Geruch brennenden Pinienholzes lag in der Luft, und bald sah sie auch Spuren bläulichen Rauches durch die Baumwipfel aufsteigen.

Eine Feuerstelle. Kochfeuer.

Geduckt und im Schutz der Uferböschung schlich Neeve sich an die Feuerstelle heran. Als das Flussbett die erste Biegung machte, lugte sie über die Böschung. Der Anblick, der sich ihr bot, ließ ihr Herz wie wild schlagen.

Römer!

Fünf von ihnen standen unter einem Baum, keine zwölf Fuß von der Schlucht entfernt, und schoben gerade etwas, das wie ein gehäutetes Kaninchen aussah, auf einen Bratspieß. Alle paar Sekunden hob einer von ihnen den Kopf und schaute sich aufmerksam um. Offenbar waren sie schon lange hier, hatten schon vor Schlachtbeginn hier Position bezogen, um fliehende Feinde einzufangen. Da es für sie wohl nichts zu tun gab, hatten sie vermutlich

Fallen aufgestellt und waren nun dabei, sich eine Mahlzeit zu braten.

Neeve entdeckte weitere rauchende Feuer und weitere Grüppchen von Römern. Die Feuer hatten sie nicht nur wegen der Stechmücken angezündet, sondern auch um die Kaledonier auf sich aufmerksam zu machen. Sie wollten bemerkt werden. Sie hatten Dutzende kleiner Posten in einer langen Linie errichtet, die sich vom Rand des Moors über die Schlucht und anschließend über mehrere Meilen am Rand des dichten Waldes zog. Offenbar sollte den keltischen Kriegern die Flucht in die fast undurchdringlichen Wälder Kaledoniens verwehrt werden. Neeve überflog die Reihe der Posten. Hier war kein Durchkommen.

Sie überlegte, ob sie vielleicht versuchen sollte, durch ihre Linien zu schlüpfen. Es gab genügend große Felsen und Mulden, wo sie sich verstecken konnte, und bei dem starken Wind war das Rauschen der Blätter an den Bäumen so laut, dass es eventuelle Geräusche, die sie machte, übertönen würde. Sie biss sich auf die Unterlippe. Das ging vielleicht. Und hatte sie erst einmal diese Sperre durchbrochen, war sie in Freiheit. Dann begutachtete sie noch einmal die Reihe von Lagern … und die wachsamen Posten. Nein, dachte sie, das wäre die falsche Entscheidung. Hier käme allenfalls ein ikenischer Spurensucher durch. Die Römer hatten ihre Wachtposten in genau diesen Abständen aufgestellt, um Leute wie sie glauben zu machen, sie könnten unbemerkt durch ihre Linien schlüpfen. Jedes Feuer war in Sichtweite des nächsten errichtet worden, und trotz des entspannten Eindrucks, den die Wachen machten, beobachteten sie ununterbrochen ihre Umgebung.

Neeve machte sich auf den Weg zurück hinunter ins Tal. Ihr erschien es immer noch besser, das Risiko einzugehen, von den Suchtrupps aufgespürt zu werden, als zu versuchen, hier durchzukommen. So hastete sie die Schlucht wieder zurück in der ständigen Angst vor den vier Soldaten vom Moor. Vor diesen fürchtete sie sich noch mehr als vor den anderen, denn die vier hatten ein Gesicht: Lucian.

Sie wollte wieder zu dem hohen Granitfelsen mit seinen guten Geistern. Dieses Gebiet, da war sie sich sicher, hatten die vier mittlerweile bereits abgesucht, und so drohte von ihnen keine Gefahr. Also konnte sie sich bis zum Einbruch der Dunkelheit dort verstecken. Sie blickte hoch zur Sonne, die schon tief am Horizont stand. Im Schutz der Dunkelheit konnte sie sich durch die lichten Wäldchen östlich der Schlucht wagen. Im Dunkeln zu gehen war gefährlich. Sie konnte sich in dem unwegsamen Gelände das Genick brechen, aber in ihrer Lage hatte sie keine andere Wahl.

Dann sah sie sie – drei der Römer, denen sie entkommen war. Der bullige Soldat fehlte; er hatte offenbar noch nicht zu ihnen aufgeschlossen.

Neeve ließ sich auf den Boden fallen.

Zu spät.

Sie hörte, wie Lucian den anderen etwas zurief. Sie krabbelte auf allen vieren den Talhang hoch, sich ständig umschauend. Sie suchte nach einem Fluchtweg. Dann entdeckte sie ein wildes Waldgebiet und rannte geradewegs darauf zu. Der Boden war übersät mit riesigen Steinplatten, das Gelände unterbrochen von jäh aufragenden Steilhängen und Gruppen von Kiefern, hinter denen alle möglichen unangenehmen Überraschungen lauern konnten. Neeve kümmerte das nicht. Den Blick fest auf den Boden gerichtet rannte sie, so schnell es ging, durch das unwegsame Gelände. Was spielte es nun noch für eine Rolle, ob sie sich ein Bein brach? Eingefangen zu werden bedeutete Vergewaltigung und den sicheren Tod. Sie bog um einen Haufen riesiger Felsbrocken und ein in eine von Lärchen gesäumte Schlucht in der Hoffnung, durch ihre plötzlichen Richtungswechsel ihre Verfolger zu verwirren.

Hinter sich hörte sie schon das Trampeln genagelter Soldatenschuhe, heftiges Schnaufen und Fluchen. Sie versuchte, schneller zu werden, spürte aber, dass sie allmählich ermüdete. Ihre Beine schmerzten, und sie verlor zunehmend die Kontrolle über sie. Sie stolperte über eine Wurzel, rappelte sich wieder auf und taumelte ein paar Schritte weiter, bevor sie erneut stürzte. Mit ausgebreiteten Armen landete sie kopfüber auf dem steinigen Boden. Diesmal traf ihr Unterarm gegen etwas Hartes, vielleicht gegen einen in der Erde steckenden scharfkantigen Stein. Erkennen konnte sie nichts.

Wieder rappelte sie sich auf. Trotz ihrer dicken Wollkleidung spürte sie, dass sie sich nicht nur den Ellbogen aufgeschürft hatte. In ihrem Kittel war ein Riss, der aussah, als sei sie von einer Axt getroffen worden. Sie versuchte, den Arm zu beugen, aber ein stechender Schmerz hinderte sie daran. Dunkles Blut tropfte ihr aus dem Ärmel in die Handfläche und von den Fingerspitzen auf den Boden.

»Du musst weiter!«, spornte sie sich an.

Sie hörte einen Ruf. Dann ein lautes Stöhnen.

Neeve riss den Kopf herum. Durch die Bäume sah sie einen riesenhaften Mann zwischen den Felsen hervorspringen, an denen sie gerade vorbeigerannt war. Zwei Messer durchschnitten nacheinander in weitem Bogen die Luft, und zwei Römer sanken zu Boden. Ein dritter lag auf den Felsen mehrere Fuß entfernt, und tief in seiner Brust steckte ein langes keltisches Schwert.

Ruhig wischte Cronn seine Messer an der Tunika eines der Soldaten ab. Dann steckte er sie wieder in die Scheiden und ging sein Schwert holen. Er bückte sich über den reglosen Lucian, riss ihm das Schwert aus dem Körper und wischte es ab. Cronn leerte die Geldbeutel der Römer und zog ihre Leichen in nahes Buschwerk, als Neeve aus der Schlucht kam.

»Bist du verletzt?«, fragte er mit Blick auf ihre blutverschmierte rechte Hand.

Sie zuckte mit den Schultern, war wie betäubt ob des Geschehenen.

»Ich habe dich im Moor gesehen«, erklärte Cronn. Dann legte er seine riesigen Hände auf ihren Ärmel und riss ihn auf.

Sie zuckte zusammen.

»Ich konnte dir leider nicht folgen«, fuhr er fort und hielt ihren Arm ins schwindende Tageslicht, »ich hatte zu tun.«

»Er ist nicht gebrochen«, meinte sie.

»Die Wunde ist verdreckt«, sagte er, »und ich fürchte, sie ist tief. Wir werden sie irgendwo auswaschen müssen.«

»Ich dachte, du wärst …« Sie konnte gerade noch vermeiden, das Wort »tot« auszusprechen.

Er errötete. Kaledonische Heerführer waren stolz darauf, bis zuletzt an der Seite ihrer gefallenen Männer zu bleiben. Die Anführer waren immer die Letzten, die das Schlachtfeld verließen. Dies war der Preis, den ein Truppenführer zu entrichten hatte.

»Ich habe überlebt«, sagte er lapidar.

»Ich freue mich«, erwiderte sie und nahm seine Hand, um ihm über seine Verlegenheit hinwegzuhelfen. Und plötzlich sah sie es wieder vor sich, sah, wie die Römer seine winzige Streitmacht umzingelt hatten, ja, sie zermalmt hatten. Und er hatte überlebt. Wie nur?

Er sah ihr an, was sie dachte. »Als die VI. Legion unser Täuschungsmanöver durchschaut hatte«, erklärte er, »gaben sie ihre defensive Haltung auf und griffen uns mit allem an, was sie hatten. Eine ganze Legion gegen ein paar Männer.« Er schüttelte den Kopf. »Da gab es kein Dagegenhalten ... es war alles verloren, also habe ich die Krieger aus ihrer Pflicht entlassen. Jeder versuchte, so gut es ging, zu überleben. Und ich konnte mich in den Wald schlagen.«

Sie nickte. Dann sagte sie: »Ich habe gesehen, wie Taranis gefallen ist«, und ihr Schmerz war ihr anzuhören.

»Taranis ist am Leben.«

»Er lebt?«

»Die Römer haben ihn gefangen genommen.«

Ihr Herz machte einen Satz. »Woher weißt du das?«

»Ich habe selbst gesehen, wie er gefesselt und in einem Wagen weggebracht wurde.«

»Du hast es gesehen?« Sie war verblüfft.

»Aus dem Wald«, sagte er ohne weitere Erklärung.

»Taranis ist wie ein Bruder zu dir«, sagte sie, und in ihrer Stimme schwang ein Hauch von Vorwurf mit. Sie meinte, in seinem Blick eine gewisse Verletztheit zu erkennen, aber das war ihr egal. Wie konnte ein so tapferer Mann wie Cronn im Wald Schutz suchen und ruhig zusehen, wie die verfluchten Römer Taranis wegschleppten?

»Es werden noch weitere Suchtrupps kommen«, sagte er. »Wir müssen hier weg.«

Sie folgte Cronn durch das unwegsame Gelände, die Gedanken bei Taranis. Das ergab alles keinen Sinn. Selbst wenn Cronn keine

Chance gehabt hatte, ihn zu retten, konnte sie sich einfach nicht vorstellen, dass er Taranis im Stich gelassen hatte. Sie blieb stehen. Plötzlich wurde ihr alles klar – warum Cronn sein Möglichstes getan hatte, um zu überleben, warum er seine Kraft nicht darauf verschwendet hatte, Taranis zu retten, und warum er sein Leben aufs Spiel gesetzt hatte, als er durch den Wald gestreift war, um nach ihr zu suchen.

Taranis hatte ihm einen Schwur abgenommen. Falls alles verloren war, musste Cronn überleben. Ob es ihr passte oder nicht – Cronn war immer schon ihr Beschützer gewesen.

Neeve beeilte sich, zu ihm aufzuschließen. »Hab Dank«, sagte sie. Dann sah sie in seine grimmigen Augen, die sogleich einen sanfteren Ausdruck annahmen, als er ihren Blick erwiderte.

14

Der Reisewagen rollte durch Corfiniums Stadttor, besetzt mit vier Leuten, die nur einen Wunsch hatten: die Stadt zu verlassen. Vectis, Julian, der Zauberkünstler und die dunkelhaarige Schöne hatten keine Viertelstunde gebraucht, um ihr Gepäck zu holen, die Maultiere einzuspannen und ihren betrunkenen Fahrer aufzutreiben.

Die Nacht war hereingebrochen, es war kaum jemand unterwegs auf den gepflasterten und von vereinzelten im kalten Nachtwind flackernden Fackeln beleuchteten Straßen. Der Regen hatte schon vor Stunden aufgehört, aber in der Bergluft hing noch immer eine unbarmherzige Feuchtigkeit, die bis in die Knochen drang und den Geist mit sehnsüchtigen Erinnerungen an dampfende Bäder quälte.

Aber im Augenblick hatten sie nur ihre Flucht im Sinn. Die Hoffnung, Corfinium verlassen zu können, ohne dass die Einheimischen es merkten, war genau dies: eine Hoffnung. Julians jüngste Achsenschmierung war vom Regen abgewaschen worden, und erneut quietschten die Räder wie ein trauriges Schwein. Vectis saß, in seinen Regenumhang gehüllt, auf dem Kutschbock. Er hatte beschlossen, die Zügel zu übernehmen, bis der Fahrer wieder halbwegs nüchtern war – was vermutlich bis zum Morgen dauern würde, nach den Mengen zu urteilen, die er im Gasthaus in sich hineingeschüttet hatte.

»Ich danke Euch, dass Ihr mich gerettet habt«, sagte der Zauberkünstler zu Vectis, als sie Corfiniums steinernes Stadttor passierten. Offenbar erlaubte er sich erst jetzt, als sie die Stadt hinter sich ließen, daran zu glauben, dass er aus der Sache unbeschadet herausgekommen war. Vor ihnen lag die alte Valeria, die nach Aternum am Adriatischen Meer führte.

»Die Leute in den Bergen sind Fremden gegenüber unglaublich misstrauisch«, sagte Vectis. »Trotz der Vigilien hätten sie uns allesamt leicht in den Abgrund stoßen können.«

»Ich bin ja so froh, von hier wegzukommen«, sagte die Frau mit den dunklen Augen. »Ich habe in meinem ganzen Leben noch nie so viel Angst gehabt.«

»Also, ich hätte es vorgezogen, in einem weichen Bett zu schlafen und die Nacht nicht auf der Straße zu verbringen«, sagte Julian.

»Ihr hättet womöglich ganz tief unten in einer Schlucht geschlafen«, meinte der Grieche.

Die anderen lachten.

In jener Nacht hatte Vectis ein Auge auf die Straße und auf die Fahrgäste. Er hatte mit Julian ausgemacht, abwechselnd Wache zu halten. Jemand hatte den Soldaten umgebracht, und obwohl der Mörder sich aller Wahrscheinlichkeit nach im Wirtshaus befand, konnte dieser Jemand ebenso gut in der Kutsche sitzen.

Während Vectis auf das seidene Band der Straße vor ihm starrte und dem Hufschlag der Maultiere lauschte, dachte er über den betrunkenen Fahrer nach. War er der, als der er sich gab? Die Frage war absurd. Er konnte sich nicht vorstellen, dass der Mann mit seinen fauligen Zähnen und der zittrigen Hand ein gedungener Mörder war. Mit dem Zauberkünstler war das schon etwas anderes. Er war ein Meister der Täuschung und ein hervorragender Messerwerfer. Doch selbst angesichts dieser Fähigkeiten glaubte Vectis noch immer an das, was er im Gasthaus gesagt hatte: dass ein

Mensch nicht an zwei Orten gleichzeitig sein konnte. Selbst wenn er es geschafft haben sollte, unbemerkt ein Messer zu werfen, war da noch immer die Sache mit dem Einstich. Vectis hatte die Wunde gesehen. Sie stammte mit Sicherheit nicht von einem Messer, das aus einer gewissen Entfernung geworfen worden war. Jemand hatte ganz nah bei dem Soldaten gestanden und ihm die spitze, nadelartige Waffe mit äußerster Geschicklichkeit und Präzision unter den Rippen durchgestoßen. Zwar wollte er den Griechen weiter im Auge behalten, aber nach allem, was er gesehen hatte, war dieser Mann genau der, als der er sich gab: ein begabter Unterhaltungskünstler, der nur an der Arbeit interessiert war, mit der er seinen Lebensunterhalt bestritt.

Die Frau machte ihm da schon mehr Sorgen. Sie war beinahe makellos schön. Zudem spielte sie die Rolle einer Frau, die ganz allein war in einer feindlichen Welt, ziemlich gut – wenn sie denn schauspielerte. Er war sich bei ihr einfach nicht sicher. Aber während sie bei jeder Gelegenheit ihre Ängstlichkeit betonte, strahlte sie zugleich eine merkwürdige Stärke aus. Und er erinnerte sich an seine Zeit als Präfekt der fünf Vorposten in Britannien, daran, wie naiv und unkompliziert Neeve gewirkt hatte, als sie Kundschafterin der Kaledonier war. Der Gedanke schmerzte ihn so sehr, dass er das Gesicht verzog.

Er fragte sich auch, was hinter seinem Misstrauen gegen die dunkeläugige Schönheit stecken mochte. Er benahm sich wie der Mann in der Geschichte von der Biene. Obwohl dieser Mann nur ein einziges Mal gestochen worden war, zuckte er seither jedes Mal zusammen, wenn er an einem warmen Sommertag das Summen von Insekten vernahm. War er, Vectis, etwa genauso? Ließ er vielleicht zu, dass seine Erfahrungen mit einer einzigen Frau das Urteil über alle anderen färbten?

Kein Zweifel: Wenn der Mörder nicht unter den Einheimischen zu finden war, dann musste es die Frau gewesen sein – und nicht der Kutscher oder der Zauberkünstler. Aber konnte sie tatsächlich so geschickt sein? Und wer hatte jemals von einem weiblichen gedungenen Mörder gehört? Außerdem war der Soldat ein kräftiger und umsichtiger Mann gewesen, der nie ein Risiko eingegangen war und nie jemanden so nah an sich herangelassen hatte, dass er in Gefahr geraten wäre. War es möglich, dass sie sich an ihn herangepirscht und ihn mit einer nadelartigen Waffe getötet hatte, um anschließend wieder unauffällig in der Menge unterzutauchen? Und was war mit ihrem Angebot, sich durchsuchen zu lassen? Sicher, sie hatte damit den Pöbel von dem Griechen abgelenkt, aber hätte sie das auch getan, wenn sie tatsächlich eine Waffe bei sich gehabt hätte? Das Ganze war mehr als undurchsichtig. Er wollte auch sie im Auge behalten, aber der Mörder hatte sich, wie Vectis vermutete, wohl am ehesten in der Menge ungestümer Einheimischer versteckt. Er hatte gewartet, bis die Kutsche angekommen war, das Gepäck untersucht und dann im günstigsten Augenblick zugeschlagen.

Ja, dachte er, das war von allem das Wahrscheinlichste.

Stundenlang ließ er die gespenstische Silhouette der Berge an sich vorüberziehen und die verkrüppelten, vom Wind gepeitschten Bäume, die wie stumme Statuen den Wegesrand säumten. Dann hielt er den Wagen an. Der Fahrer musste Wasser lassen. Vectis wartete, bis der grauhaarige alte Mann sich auf der Straße erleichtert hatte. Der Alte murmelte noch, er könnte jetzt ohne weiteres wieder die Zügel übernehmen, taumelte dann aber doch zurück in die Kutsche, kroch unter seine Decke und schlief auf der Stelle ein.

Die Frau schlief nicht. Vectis sah es in dem Augenblick, als sie anhielten. Offenbar hatte sie keinen sehr tiefen Schlaf. Jeder Tempowechsel, jede Kurve und jede Bewegung der anderen Insassen weckten sie. Vielleicht waren ja alle Frauen so, wenn sie zusammen mit Fremden reisen mussten, dachte Vectis. Er versuchte mannhaft, sein natürliches Misstrauen gegen intelligente Frauen zu unterdrücken. Sie war nicht Neeve, sondern einfach nur eine Frau wie jede andere, die sich um ihre Sicherheit sorgte.

Die Maultiere zogen an. Die Frau streckte sich. Tat sie so, als sei sie gerade erst aufgewacht? Vectis schalt sich wegen dieser Verdächtigung. Dieses widernatürliche Misstrauen konnte ihn noch das Leben kosten. Eines Tages würde ihm womöglich ein echter Mörder einen Dolch in den Rücken rammen, wähend er wieder einmal über das Verhalten einer unschuldigen Frau grübelte.

Sie blickte nach draußen und dann auf die drei schlafenden Männer. Unvermittelt beugte sie sich zu Vectis vor und fragte: »Seid Ihr ein guter Lenker?«

»Ich bin zumindest nüchtern«, erwiderte Vectis.

»Dann stehe ich auf Eurer Seite«, sagte sie.

»Morgen wird unser Kutscher eine böse Überraschung erleben.«

»Tatsächlich?«

»Wir mussten so überstürzt aufbrechen, dass er keine Zeit hatte, seine Schläuche füllen zu lassen.«

Sie lächelte und kletterte zwischen den Männern hindurch auf den Kutschbock neben Vectis. »Darf ich euch Gesellschaft leisten?«, fragte sie.

»Nichts dagegen.«

»Ich mag die Frische der Nacht«, erklärte sie und betrachtete versonnen die Weite des Nachthimmels. »Der Mond sieht aus wie gefrorenes Kerzenlicht, und die Sterne wirken wie Splitter aus Eis.«

»Das Geständnis einer Frierenden«, sagte Vectis, zog seinen Regenumhang aus und gab ihn ihr.

»Ich kann doch nicht Euren Umhang nehmen«, protestierte sie.

»Aber natürlich. Es verschafft mir das Vergnügen, mich als Beschützer zu fühlen. Gönnt Ihr es mir etwa nicht?«

»Also wirklich, ich kann doch nicht …«

»Es ist ein uralter Regenmantel, und ich habe ihn nur noch, weil niemand auf die Idee käme, ihn zu stehlen, und weil er bei gewissen Gelegenheiten wie heute Nacht ein wunderbares Gesprächsthema abgibt.«

Sie nahm den Umhang, warf Vectis ein dankbares Lächeln zu und wickelte sich das Wachstuch um die Beine.

»Ihr macht einen entspannten und glücklichen Eindruck«, stellte Vectis fest. »Der Schlaf hat Euch anscheinend gut getan.«

»Es war herrlich.«

»Als ich in Nordafrika war, bekam ich einmal drei Tage lang keinen Schlaf. Ich stolperte, stürzte und fantasierte mir alles Mögliche zusammen. Ob ich mir das alles einfach nur vorgestellt oder geträumt habe, weiß ich nicht, aber im Geiste sah ich Dinge, die gar nicht da waren.«

»Und was waren das für Dinge?«

»Mit den Flügeln schlagende Gänse, wirbelnde Farben, die ich schon seit zehn Jahren nicht mehr gesehen hatte. Und so merkwürdige Dinge wie brennendes Eis und Wolken, die auf dem Boden lagen und aus denen es nach oben regnete.« Er lachte. »Wenn man solche Dinge sieht, weiß man, dass es bedenklich wird.«

»Kann ich mir vorstellen; da fühlt man sich wahrscheinlich nicht mehr weit weg von den Irren, die vor den Stadttoren herumlungern.«

»Keine Angst, der Schlaf hat mich geheilt. Ich weiß noch, wie ich, als ich endlich auf ein Feldbett gefallen war und man mich in Decken gewickelt hatte, wie ein Verrückter gekichert habe, so gut ging es mir.« Er lenkte die Maultiere ein wenig zur Straßenmitte hin, als sie dem Rand zu nahe kamen. »Jedenfalls weiß ich seither, wie gut Schlaf tun kann.«

»Mögt Ihr Geständnisse?«, fragte sie.

»Wenn sie so interessant sind wie meine Geschichte.«

»Ich glaube, ich habe da was für Euch.«

»Lasst mich raten: Ihr seid der Mörder?«, sagte Vectis und grinste.

Sie lachte ein kehliges Lachen, das ihn schmerzlich daran erinnerte, wie lange er schon nicht mehr die Gesellschaft einer Frau genossen hatte. »Ich fühle mich geschmeichelt«, erwiderte sie. »Die römischen Männer unterschätzen die Frauen zumeist. Sie behandeln sie wie griechische Eheweiber, die von der Welt keine Ahnung haben.«

»Aber Ihr habt welche?«

»Was? Ahnung von der Welt?«

»Ja.«

Sie schnaubte. »Ich weiß so wenig, dass es schon fast peinlich ist. Ihr habt ja gemerkt, dass ich sogar Angst davor habe, auf dieser Straße auch nur hundert Fuß ohne Begleitung zu reisen.«

»Das habe ich nicht gemerkt.«

»Oh?«

»Ihr kommt mir gar nicht vor wie ein ängstliches griechisches

Eheweib. Vielleicht sogar überhaupt nicht wie eine verheiratete Frau.«

»Dann kann ich mir ja das Geständnis sparen«, sagte sie augenzwinkernd. »Ihr wisst ja ohnehin schon, dass ich keinen strammen Ehemann bei den Prätorianern habe, der jeden Augenblick auftauchen kann und jedem Bösewicht, der es wagt, mich auch nur anzurühren, das Schwert in die Rippen stößt.«

»Aber die Idee an sich war nicht schlecht.«

»Ja, ich erzähle das immer allen Leuten, wenn ich auf Reisen bin. Das macht die Ängstlichen aggressiv und die Aggressiven ängstlich.«

»Verstehe.«

Sie schaute ihn an. »Ihr versteht eine ganze Menge, nicht wahr?«

»Das kommt ganz von allein, wen man allzu oft zum Narren gehalten worden ist«, erklärte er.

»Ah«, sagte sie, »das klingt verdächtig nach enttäuschter Liebe.«

Vectis lachte.

»Wenn Ihr mir davon erzählt«, sagte sie und neigte verschwörerisch den Kopf, »erfährt kein Mensch davon ein Wort. Es wird unser Geheimnis bleiben.«

»Könnt Ihr gut Geheimnisse für Euch behalten?«, fragte er.

»Ihr würdet Euch wundern. Aber jetzt hört endlich auf, mich hinzuhalten, und fangt mit Eurer Geschichte an.«

»Damit brächte ich Euch nur zum Einschlafen«, meinte er.

»Ihr könnt's ja mal versuchen.«

»Also ... ich heiratete in Britannia eine Keltin, die sich dann ... äh ... als Kundschafterin eines Stammeshäuptlings entpuppte.«

»Ich fühle mich noch kein bisschen schläfrig.«

»Sie wollte mich nicht betrügen, fühlte sich aber, so vermute ich, zwischen zwei Welten hin und her gerissen.«

»Das klingt, als würdet Ihr sie noch immer lieben.«

»Das stimmt, aber wie mein Freund da hinten sagen würde: Ich muss realistisch bleiben. Er meint, sie sei wahrscheinlich tot; und ich sollte nach vorn schauen. Den Göttern für die schöne Zeit danken und nach vorn schauen.«

»So dumm ist der Rat gar nicht.«

»Ich weiß. Unsere Truppen haben die meisten aufständischen Kelten getötet.« Vectis versuchte zu lächeln. Er wusste, wie deprimierend seine Gesellschaft sein musste.

»Das Leben ist ein kostbares Gut«, sagte sie, »aber es kann sich so schnell in Luft auflösen wie der Morgennebel. Manchmal müssen wir uns den Lebenden zuwenden, um nicht die wenigen Augenblicke, die uns bleiben, an eine Hoffnung zu verschwenden, die nur in Enttäuschung münden kann.«

Vectis musterte ausgiebig die Frau an seiner Seite, ihre dunklen Augen, die im schwachen Licht glänzten, ihre schön geschwungenen Lippen und ihre selbstbewusste Miene. Seit Neeve hatte er keinen Menschen mit einer solchen Selbstbeherrschung mehr getroffen. »Was bringt Euch eigentlich zum Reisen?«, fragte er, um das Thema zu wechseln. Dann fügte er hinzu: »Ich weiß ja noch nicht einmal, wie Ihr heißt.«

»Ich bin Tiberia Baebius Orestes und handle mit Färbemitteln«, erklärte sie. »Ich habe zwar Geschäftspartner, aber sie können mich nicht immer auf meinen Reisen begleiten. Dann muss ich eben allein fahren.«

»Aber Reisen kann gefährlich werden«, sagte er.

»Ich bin überaus vorsichtig«, erwiderte sie, »und erzähle allen Leuten fantastische Geschichten von meinem Prätorianerehemann.«

Er lächelte. »Es soll Männer geben, die das durchschauen«, sagte er.

»Ja, das stimmt schon. Ich passe deshalb auch ganz besonders gut auf, wenn wir zum Übernachten irgendwo Halt machen. Ich traue keinem Gasthaus und vor allem keinem Gastwirt.«

Vectis sagte dazu nichts.

»Nehmen wir doch einmal heute Nacht«, sagte sie, offensichtlich gewillt, das Gespräch weiterzuführen. »Aus meiner Sicht war der Wirt am meisten verdächtig, aber die Vigilien haben ihn kaum verhört. Im Grunde hatte er die ganze Untersuchung von Anfang bis Ende im Griff.«

»Aber er hat sich doch freiwillig durchsuchen lassen«, gab Vectis zu Bedenken.

»Ha! Und wer waren die Leute, die er für die Untersuchung ausgewählt hat? Wisst Ihr vielleicht, was das für Leute waren?«

Vectis schüttelte den Kopf.

»Und selbst, wenn es vertrauenswürdige Leute aus der Stadt gewesen sein sollten«, sagte sie spöttisch, »hätte der Wirt genügend Möglichkeiten gehabt, das Messer irgendwo verschwinden zu lassen. In seinem eigenen Haus wäre das für ihn ja wohl kein Problem gewesen.«

»Ihr glaubt also, dass er den Soldaten auf dem Gewissen hat.«

Sie winkte ab. »Ich weiß es nicht, aber Wirte sind ein übles Pack, und es ist schon mehr als einmal vorgekommen, dass einer dafür bezahlt wurde, Fremde zu ermorden. Womöglich hat er einen von den Eiszapfen draußen vom Dach genommen und ihn nach der Tat in ein Fass seines überteuerten Weins geworfen, wo er dann geschmolzen ist.«

»Ich habe das Einstichloch gesehen«, sagte Vectis, »und ich versichere Euch: Das war kein Eiszapfen.«

Ihr Gesicht nahm einen ernsten Ausdruck an. »Ich weiß. Ich habe nur versucht, humorvoll zu sein, aber das ist mir wohl nicht ganz gelungen.«

»Ich habe schon einmal eine ähnliche Wunde gesehen«, erklärte Vectis.

»Tatsächlich?«

»Und zwar vor vier Jahren in Ägypten.«

Sie wartete.

»Ein Prinz des Königshofs ... praktisch unantastbar, hieß es, denn schließlich umgab er sich mit einer ganzen Kohorte von Leibwächtern. Es hatte schon zahlreiche Attentatsversuche gegeben, aber keiner war erfolgreich ... bis zu jener Nacht.«

»Darf ich fragen, was geschehen ist?« Sie klang fast ein wenig belustigt.

»Er starb bei einem Fest, während tanzende Frauen um ihn herumwirbelten.«

»Dann starb er wenigstens in einer angenehmen Atmosphäre.«

»Ja, das meinten hinterher einige. Jedenfalls dachten zuerst alle, er wollte sich nur einen kleinen Scherz erlauben und so tun, als falle er in Gegenwart so vieler schöner Frauen in Ohnmacht. Aber dann wurde recht schnell klar, dass es kein Scherz war. Als der Legionsbefehlshaber in dieser Region bekam ich seinen Leichnam noch in derselben Nacht zu sehen. Jemand hatte ihm eine spitz zugeschliffene Klinge, dünn wie eine Nadel, unter dem Brustkorb hindurch ins Herz gestoßen ... und das bei all den Frauen um ihn herum.«

»Interessant.«

»Nicht wahr?«

»Hört jetzt bitte nicht auf«, drängte sie. »Ihr müsst doch aus dieser faszinierenden Geschichte eine Schlussfolgerung gezogen haben.«

»Stimmt.«

»Und?« Sie beugte sich näher zu ihm herüber – so nah, dass Vectis ihr dezentes Parfüm riechen konnte.

»Und ich glaube, dass der Mörder in Ägypten eine Frau war, eine von diesen Tänzerinnen.«

»Und zu welchem Schluss kamen die ägyptischen Behörden?«

»Sie meinten, es wäre ein Mann gewesen, und er habe den Prinzen mit einem sich auflösenden Wurf- oder Blasrohrpfeil oder so etwas Ähnlichem getötet.«

»Aber Ihr glaubt das nicht.«

Vectis schaute sie an, sparte sich aber die Antwort.

Sie lehnte sich auf dem Kutschbock zurück, und ihre kohlschwarzen Augen verrieten nichts. Dann lachte sie. »Ihr habt wirklich eine ausgeprägte Fantasie«, meinte sie. »Eine Frau! Und wer hat dann heute Nacht den Soldaten umgebracht? Die Frau von einem Bergmann? Oder vielleicht eines der Schankmädchen?« Sie hielt inne und musterte sein Gesicht. Sie runzelte die Stirn. »Oh, ich verstehe«, sagte sie. »Ihr glaubt also, ich sei es gewesen. Ich reise mit einem Koffer voller Farben und Stoffmuster durch die Gegend und tue so, als würde ich meine Waren verkaufen, aber in Wirklichkeit bin ich eine eiskalte Mörderin von Prinzen und Soldaten. Ich bin in der Lage, mir Zutritt zu exklusiven Festlichkeiten am ägyptischen Königshof zu verschaffen, schaffe es aber nicht, den Besitzer dieses verdammten Wagens zu bestechen, damit er mir wenigstens einen nüchternen Fahrer mit auf den Weg gibt. Wisst Ihr eigentlich, wie lächerlich das alles klingt?«

Vectis zuckte mit den Schultern. »Natürlich ist das lächerlich. Aber Ihr könnt Euch beruhigen: Ich behaupte ja gar nicht, dass Ihr der Mörder seid oder irgendeine andere Frau aus dem Gasthaus. Nur dürfen wir die Möglichkeit, dass es sich bei dem Meuchler auch um eine Frau handeln könnte, nicht von vornherein ausschließen.«

Sie warf ihm ein warmes Lächeln zu. »Das macht die Sache reichlich kompliziert, nicht wahr?«, meinte sie.

»Welche Sache?«

»Nun ja, wenn beispielsweise eine Frau wie ich sich zu einem Mann wie Euch hingezogen fühlte, könnte sie Euch praktisch nie näher kommen, da sie weiß, dass Ihr fürchten würdet, im Schlaf gemeuchelt zu werden.«

Vectis musste schlucken. Ihre direkte Art schockierte ihn ebenso sehr, wie sie ihm schmeichelte.

»Aber zum Glück«, sagte sie mit weit geöffneten Augen, »gibt es kein solches Problem. Ein Meuchelmörder tötet nicht nach Lust und Laune jeden, der ihm in die Quere kommt. Er … oder sie … war hinter diesem Vectis Trebellius her, und da sie ihr schreckliches Handwerk so gut beherrscht, hat sie den armen alten Trebellius zum Fluss Styx geschickt. Und das ist dann auch schon das Ende der Geschichte.«

»Das wäre es zumindest«, entgegnete Vectis, »wenn der Mörder oder die Mörderin nicht einen entscheidenden Fehler gemacht hätte.«

Sie wartete geduldig.

»Die Wahrheit ist, dass ich dieser arme alte Trebellius bin und gesund und munter. Der Tote war mein Leibwächter.«

»Verstehe«, sagte sie und strich sich mit den Fingern sanft übers Kinn, als müsse sie diese Information erst einmal verarbeiten. Sie schaute ihn an und wandte sich dann wieder der Gebirgslandschaft zu.

Falls Vectis gehofft hatte, von ihrem Gesicht irgendeinen Hinweis ablesen zu können, sah er sich getäuscht.

15

Der Teutiski hatte nichts Besonderes an sich. Für jeden Kelten unterschied sich der Fluss, der sich in unzähligen Windungen dahinschlängelte, nicht im Geringsten von zahllosen anderen mehr oder weniger unbedeutenden kleinen Flüssen im Hochland. Aber eine Besonderheit besaß er, die man so hoch im Norden nur selten fand: An ihm lagen ein paar Fischerdörfer, und in Fischerdörfern gab es Boote. Und wenn Neeve und Cronn den gnadenlosen römischen Suchtrupps entkommen wollten, dann schafften sie das am einfachsten mit einem Boot.

Vorsichtig schlichen sie das baumbestandene Tal entlang und suchten im schwindenden Tageslicht nach am Ufer festgemachten Booten. Die Sonne war zu einer riesigen orangefarbenen Kugel geworden, die tief am Abendhimmel hing und der Wasseroberfläche einen Glanz wie von poliertem Kupfer verlieh.

»Da drüben!«, flüsterte Cronn und zeigte auf etwas, das wie dicke schwarze Linien am Flussufer aussah.

Neeve nickte. Sie suchte die gesamte Umgebung nach Legionären ab. Etwas Gutes konnte man über die Römer sagen: Sie waren konsequent. Nie verbargen sie sich im Unterholz, um dem Feind aufzulauern, wie die Kaledonier es zu tun pflegten; sie bevorzugten den Frontalangriff. Ihre Methode bestand darin, durch den Wald zu trampeln, als wollten sie das Wild aufscheuchen, und wenn ihre aufgeschreckte Beute dann voller Panik die Flucht ergriff, verfolgten und vernichteten sie sie. »Sieht aus, als wäre die Luft rein«, sagte sie und trat aus dem Schutz der Bäume, schlich aber trotzdem in geduckter Haltung auf den Fluss zu.

Nach nur wenigen Augenblicken waren sie bei den Booten angelangt, die mit dem Boden nach oben hingelegt worden waren, um bei Regen nicht voll zu laufen. Neeve überprüfte eines nach dem anderen. Das Ergebnis war entmutigend. In jedes Boot war ein riesiges Loch geschlagen worden. Sie suchte noch einmal das Ufer ab in der Hoffnung, ein Boot zu finden, das die Römer übersehen hatten. Aber es hatte keinen Sinn, und sie wusste das auch. Die

Römer waren gründlich. Wenn sie ein Boot zerstört hatten, dann hatten sie alle zerstört. Dennoch untersuchte sie einen Bootsrumpf nach dem anderen.

»Es gibt noch ein Dorf zwei Meilen flussabwärts«, sagte Cronn. »Wenn wir dort ein Boot finden könnten …«

Er musste den Satz nicht beenden. Neeve hatte ihn schon verstanden. Das Wasser war tief, und es floss schnell. Mit einem Boot konnten sie in einer einzigen Nacht fünfzig Meilen zurücklegen und die Legionäre weit hinter sich lassen. So kurz vor Einbruch der Dunkelheit aber war es angesichts der allgegenwärtigen römischen Suchtrupps fragwürdig, ob sie sich zwei Meilen weit würden durchschlagen können.

»Wir müssen durch den Fluss«, sagte Neeve. »Die meisten Römer sind auf dieser Seite.«

»Aus gutem Grund«, meinte Cronn. »Hier gibt es ziemlich starke Strudel. Wir könnten leicht in die Tiefe gezogen werden.« Er sah sich nachdenklich um. »Die einzige Furt, die ich kenne, liegt ungefähr eine Meile stromaufwärts.«

Neeve spürte seinen prüfenden Blick. Sie wusste, welche Frage ihm auf der Zunge lag. »Ich schaffe das«, sagte sie.

Er zögerte.

»Ich schaffe das«, wiederholte sie in leicht gereiztem Ton. Sie konnte es nicht leiden, wenn er zu fürsorglich wurde. Flüsse wie diesen hatte sie seit ihrer Kindheit durchschwommen. Praktisch täglich hatte sie in den reißenden Gewässern des Nordens gebadet.

»Gib mir deine rechte Hand«, sagte er.

»Es ist alles in Ordnung mit …«

Er ignorierte ihren Protest, nahm ihren Arm und streckte ihn sanft aus.

Ein stechender Schmerz durchfuhr sie, und sie sog schnell die Luft ein, um nicht laut aufzuschreien.

»Und du meinst wirklich, dass du schwimmen kannst?«

Neeve stieß seine Hand weg. Cronn hatte ja Recht, aber es ärgerte sie trotzdem. »Dann sag du mir doch, wie dein Plan aussieht?« Ihre Frage klang reichlich barsch, aber sie war heraus, bevor sie es verhindern konnte.

»Ich habe keinen Plan.«

Auf sein freimütiges Eingeständnis hin bereute sie prompt, dass sie ihre Frage nicht ein wenig respektvoller formuliert hatte. Cronn hatte es nicht verdient, dass sie sich über ihn lustig machte. Sie atmete einmal tief durch und sagte dann ruhig: »Cronn, du weißt doch ebenso gut wie ich, dass wir entweder durch den Fluss schwimmen oder uns drei oder vier Tage im Wald verstecken müssen, bis die Römer abgezogen sind. Und wenn es wieder hell wird, finden sie uns. Früher oder später ... früher oder später finden sie uns hier im Wald.«

»Wir gehen ein großes Risiko ein, wenn wir hier bleiben«, stimmte Cronn ihr zu.

»Die Römer haben die Gegend schon einmal abgesucht«, sagte Neeve und deutete auf die zerstörten Boote, »aber sie kommen garantiert wieder.«

»Vielleicht kommt es sogar noch schlimmer«, meinte er. »Wenn die Römer erst einmal merken, wie viele Soldaten sie in diesem Wald verloren haben, werden sie wie die Heuschrecken hier einfallen.« Er atmete laut aus, klang verzweifelt. »Wir haben keine große Wahl. Wenn wir den Fluss durchqueren wollen, sollten wir es gleich tun. Wir müssen das nächste Dorf erreichen, bevor sie dort die Boote finden und zerstören.«

Nachdem die Entscheidung gefallen war, verlor Cronn keine Zeit mehr, drehte Boote um, suchte nach Stricken und band mehrere zu einer Rettungsleine von fünfzehn Fuß Länge zwischen sich und Neeve zusammen.

Neeves Atem ging flacher, als sie in das eiskalte Wasser stieg. Der Boden unter ihren Füßen gab nach, und der Fluss riss sie sogleich mit. Dann zog die Leine, die Cronn ihr oberhalb der Hüfte um ihren Körper geschlungen hatte, sie unter die wirbelnde Oberfläche. Ihre Winterkleidung sog sich voll Wasser und zog sie wie ein Gewicht nach unten. Sie strampelte verzweifelt und stieß sich wieder hoch. Hustend und nach Luft schnappend, wendete sie den Kopf flussabwärts, spuckte einen Mund voll Wasser aus, drehte sich um und versuchte, mit ihrem unverletzten Arm seitenzuschwimmen, aber der beständige Zug des Seils brachte sie aus dem

Gleichgewicht und drehte sie auf den Rücken. Sie begriff, dass es besser war, nicht dagegen anzukämpfen, blieb in Rückenlage, mit schnellem Beinschlag sich zum gegenüberliegenden Ufer vorarbeitend.

Das Seil spannte sich um ihre Gürtellinie. Sie drehte sich zur Seite und sah über die Schulter, wie Cronn mit mächtigen Schwimmzügen durchs Wasser pflügte und sie mit jedem Stoß zum Ufer zog. Sie ergriff das Seil, um nicht das Gleichgewicht zu verlieren, als sie aus dem Fluss stieg, zog aber schon ihr Messer und schnitt das Seil durch, obwohl sie noch knietief im Wasser stand. Das war dumm von ihr, das war ihr klar. Taranis hatte sie oft dafür gescholten, dass sie ihre Selbstständigkeit so offen zur Schau stellte, aber es befriedigte sie. Sie wusste Cronns Hilfe zu schätzen, und letztlich war ihr klar, dass sie ohne ihn – vor allem im Wald – nicht überlebt hätte; dennoch hatte sie das Bedürfnis, ihm ihre Unabhängigkeit zu beweisen. Schließlich hing das Überleben nicht immer nur von körperlicher Kraft ab, und das vergaßen die Männer oft.

Wasser ergoss sich aus ihrer Kleidung, und ihre Füße quatschten in den Lederstiefeln, als Neeve und Cronn das Flussufer hochkletterten. Der böige Wind heulte in den Felsspalten und schüttelte die kümmerlichen Adlerfarne, die sich in die Mulden zwischen dem abgestorbenen gelben Gras duckten, das jetzt wie silbrige Fäden unter dem kalten weißen Mond glänzte. Neeve fröstelte. Das flache Land oberhalb der Uferböschung roch nach gefrorener Erde. Sie ließ Bogen und Köcher fallen, zog ihren schweren Kittel über den Kopf, wrang ihn trotz ihres schmerzenden Armes aus und warf ihn auf ein Farnbüschel. Dann legte sie den Gürtel und ihre Messer ab. Sie zerrte an ihren Stiefeln, und als sie sie endlich von den Füßen zog, kam ein Schwall Wasser mit. Sie wand sich aus ihren langen Lederhosen und verdrehte sie zu einem festen Knoten, um auch noch den letzten Tropfen Wasser herauszuquetschen. Trotz der Anstrengung zitterten ihre Lippen; sie hatte Gänsehaut, und von der Kälte schmerzten ihr die Zähne.

Sie riskierte einen Blick zu Cronn, der ihr diskret den Rücken zugewandt hatte, während er seine eigene Kleidung auswrang. Seine Geste tat ihr weh. Der von allen gefürchtete hünenhafte Kaledonier wollte, dass sie sich so wohl fühlte wie nur irgend möglich, während sie sich beide auszogen. Einen so zartfühlenden Beschützer wie Cronn gab es wirklich nicht noch einmal. Sie zog ihr Unterhemd und ihre Unterhosen aus, wrang sie aus und zog sie wieder an.

Nachdem sie Stiefel, Hosen und Kittel mit trockenem Gras gepolstert hatten, machten sie sich zügig in Richtung des Fischerdorfes auf. Das Hochlandgras war kratzig, hatte aber eine geradezu magische Kraft. Schon seit ewigen Zeiten verwendeten die Kelten dieses Gras, um nach dem Durchqueren von Bächen und Flüssen ihre Kleidung zu trocknen. Schon auf halber Strecke schüttelten Neeve und Cronn das durchfeuchtete Gras aus ihrer Kleidung und setzten ihren Weg warm und trocken fort.

Sie hörten die Römer bereits, bevor sie sie sahen. Das Geräusch war eindeutig; es stammte von schweren Äxten, die Bootsrümpfe durchschlugen.

»Keine Bogenschützen«, flüsterte Neeve, als sie durch die Bäume oberhalb des Flusses lugten.

»Das ist ein Fehler«, sagte Cronn, hielt die Hand vor den Mund, um die Stimme zu dämpfen.

»Ich zähle zwanzig Römer … vielleicht auch ein paar mehr.«

»Die an der Flussbiegung sind nicht wichtig«, sagte Cronn. »Zu weit weg.« Er meinte eine Gruppe von Soldaten, die gerade ein großes Boot ins Wasser schoben, um wieder auf die andere Seite des Flusses zu fahren. Sie hatten die Umgebung bereits abgesucht und zwei Soldaten abgestellt, Löcher in die kleinen Fischerboote zu schlagen. Zwei weitere Legionäre standen Wache.

»Mit vieren werden wir fertig«, meinte Cronn, »wenn du deinen Bogen spannen kannst.«

»Spannen kann ich ihn auch mit der linken Hand«, erwiderte sie, »aber ob ich was treffe, bezweifle ich.«

»Ich brauche nur jemanden, der sie ablenkt.« Instinktiv griff er nach seinem Schwert und seinen Messern und hob anschließend einen Stein von der Größe seiner riesigen Handfläche auf.

»Sie haben noch drei Boote vor sich«, stellte Neeve fest.

»Wir warten besser, bis sie sich an das letzte machen«, sagte er.

»Mit ihrem eigenen Boot sind sie zu langsam.« Er zeigte auf eine Eiche, von der aus man einen Blick über das Tal hatte. Ihre Wurzeln waren vom Frühjahrshochwasser teilweise freigelegt und sahen aus wie schwarze, knorrige Finger, die den Fluss unter ihr fest im Griff hatten. »Näher kommen wir nicht ran.«

Hinter der Eiche versteckt, sahen sie zu, wie die Soldaten Löcher in ein Boot hackten, das schon häufig geflickt worden war. Die schwarzen Teerstellen waren selbst im blassen Licht des Mondes deutlich zu erkennen. Dann – ein Geschenk der Götter – machte sich einer der Wachtposten auf den Rückweg zur Hauptgruppe.

Die Männer mit den Äxten wischten sich den Schweiß von der Stirn und sagten etwas zu ihrem scheidenden Kameraden, was diesen zum Lachen brachte.

Nur noch ein Boot war übrig.

Neeve zog einen Pfeil aus dem Köcher.

Cronn legte ihr die Hand sanft auf den Arm. Er wollte bis zum letzten Augenblick warten, bis die Männer mit den Äxten wieder mit der Arbeit begannen und der Soldat, der sich gerade von ihnen verabschiedet hatte, schon weit genug weg war.

Mit der Axt über der Schulter schlenderten die Soldaten auf das letzte Boot zu.

»In die Hocke«, sagte Cronn noch, bevor er hinter der Eiche hervorsprang.

Neeve verstand. So kamen sie nicht nur ein paar wertvolle Schritte weiter, bevor die Römer sie bemerkten; so konnten sie auf dem glitschigen Abhang auch besser das Gleichgewicht halten.

Das Schwert in der einen, den Stein in der anderen Hand, sprang Cronn wie eine Raubkatze auf die beiden Männer mit den Äxten zu. Er war noch zwanzig Schritte von ihnen entfernt, als der verbliebene Wachtposten Alarm schlug. Aus der Hauptgruppe der Soldaten drang lautes Geschrei herüber, und sie rannten auf die Boote zu. Cronn aber ignorierte alle mit Ausnahme der beiden Axtträger, die um das Boot herumrannten.

Neeve wusste, dass alles davon abhing, ob sie in der Lage war, den bewaffneten Posten zu sich zu locken. Mit dem Bogen in der falschen, aber gesunden Hand schlich sie auf ihn zu. Er war der einzige Soldat mit Schild, und wie Cronn vorhergesehen hatte, hob er den Schild, um sich gegen den Bogenschützen zu verteidigen. Neeve verlangsamte ihre Schritte. Nun, da der Wächter in ihre Richtung kam, hatte sie kein Interesse daran, einen Kampf zu riskieren. Selbst mit ihrem gesunden Arm hätte sie gegen einen Legionär mit Schild kaum eine Chance gehabt.

Neeve schielte zu Cronn hinüber, um abzuschätzen, wie lange er wohl noch brauchen würde, bevor er ihr zur Hilfe kommen konnte. Sie seufzte erleichtert auf, als sie sah, wie er den Stein auf den einen Axtträger warf, bevor er auf den anderen zutrat und ihn mit einem Schwerthieb zu Boden streckte.

Dann ging alles schief.

Der zweite Wachtposten drehte sich um und rannte weg. Er hatte keine Chance gegen den baumhohen Kaledonier und wusste das auch. Cronn rannte ein paar Schritte hinter ihm her, er durfte so nahe an dem Boot, das sie haben wollten, keinen Feind am Leben lassen. Um dem Kaledonier zu entkommen, rannte der Legionär auf Neeve zu. Er wollte erst sie niedermachen und dann Cronn so lange aufhalten, bis die anderen Soldaten kamen. Neeve zog sich schnell zurück. In ihrem rechten Arm pulsierte der Schmerz, aber sie schaffte es, den Bogen weiter auf den Soldaten zu richten. Schon diese kleine Geste, das war ihr klar, hielt ihn davon ab, sich einfach auf sie zu stürzen. Er verringerte den Abstand zwischen ihnen auf fünf Schritte. Sie sah seine dunklen Augen über seinem Schild und die im Mondlicht funkelnde Spitze seines Schwertes. Sie wich weiter zurück. Er sprang auf sie zu. Sie schoss den Pfeil ab, der von seinem gewölbten Schild abprallte und in den weichen Boden drang, ohne Schaden anzurichten, aber es genügte, um seinen Angriff zu stoppen. Dann drehte sie sich um und rannte auf Cronn zu, der bereits auf dem Weg zu ihr war.

»Zum Boot!«, brüllte Cronn, während er auf den Legionär zurannte, um ihn von ihr abzuhalten. »Schnell! Schnell!«

Neeve erkannte plötzlich, was Cronn so erschüttert hatte. Ein halbes Dutzend Soldaten – vermutlich ein Suchtrupp – stürmte am Ufer entlang auf sie zu. Neeve drehte sich um und rannte auf das Boot zu. Sekunden später flog Cronn an ihr vorbei, sein langes

Keltenschwert in beiden Händen haltend. Dann folgte ein ohrenbetäubendes Krachen und ein Stöhnen. Cronn hatte dem Legionär den Schild aus der Hand geschlagen und ihn mit einem einzigen wütenden Hieb ins Jenseits befördert.

Neeve drehte das Boot um, warf ihren Bogen und die Ruder hinein und versuchte, es ins Wasser zu ziehen. Wegen der Verletzung an ihrem rechten Arm schaffte sie jedoch nur ein paar Fuß.

Neben ihr blitzte es.

Neeve riss den Kopf zur Seite.

Eine schwere Axt flog genau dort, wo eben noch ihr Kopf gewesen war, durch die Luft und krachte in den Bug des Bootes, zertrümmerte das verzierte Bootsbord.

Der Soldat stieß wilde Flüche aus. Dann riss er seine Axt aus dem Holz und holte erneut zum Schlag aus. Neeve hastete zum Heck des Bootes. Sie zog ihr Messer und beobachtete angestrengt jede Bewegung des Römers. Er ging einige Schritte auf sie zu, rannte dann aber plötzlich mit unglaublicher Geschwindigkeit in die entgegengesetzte Richtung, um sie von der anderen Seite zu erwischen. Sie sprang zurück, aber der Legionär hatte damit schon gerechnet. Er ließ die Axt sinken, sprang ins Boot und stürzte sich mit ausgestreckten Händen auf sie.

Neeve warf ihr Messer auf die Arme des Mannes in der Hoffnung, ihn irgendwie zu treffen. Cronns Schwert leuchtete in einem gespenstischen Blau, bevor es in den Rücken des Soldaten eindrang. Mit der anderen Hand packte Cronn den Sterbenden und warf ihn aus dem Boot.

»Sobald das Boot im Wasser ist«, rief er, »steigst du ein und fängst an zu rudern.« Er hatte sein Schwert schon wieder in die Scheide gesteckt und zog das Boot mit rasender Geschwindigkeit auf den Fluss zu. Sie lief neben dem Boot her, und als das Wasser kniehoch war, schwang sie sich hinein und landete unsanft auf der Beplankung. Dann schnappte sie sich ein Ruder, ignorierte ihre Schmerzen und stieß das Blatt mit schnellen Schlägen ins Wasser.

Cronn war noch dabei, das Boot anzuschieben, als die ersten Männer des Suchtrupps kamen. Mit einer Hand versuchte er, das Boot in die Strömung zu schieben, während er mit der anderen nach seinem Messer griff und zielte. Aber gegen Schwerter konnte ein Messer nichts ausrichten, und Cronn wusste das auch. Abrupt hielt er inne. Seine nächsten Bewegungen fügten sich perfekt aneinander. Er wirbelte herum und brüllte aus vollem Hals, während er sein Messer ins Wasser warf und sein Schwert zog. Die Soldaten erstarrten, verblüfft von seiner unerwarteten Aggressivität. Cronn stürzte sich auf sie und hieb mit seinem Schwert nach ihren ungeschützten Beinen. Wasser spritzte auf. Die Römer schrien. Das Wasser verdunkelte sich, und die Soldaten sackten in sich zusammen wie geschmolzenes Wachs.

»Cronn!«, rief Neeve. »Beeil dich!« Die Strömung hatte das Boot erfasst, und es wurde zusehends schneller. Weitere Soldaten rannten ins Wasser; einige eilten ihren gestürzten Kameraden zu Hilfe, aber die meisten waren hinter Cronn her.

»Cronn!«, schrie Neeve noch einmal. Jetzt war sie besorgt. Das Wasser reichte ihm schon bis zur Hüfte. Sie versuchte, das Boot mit dem Ruderblatt zu bremsen.

»Nicht«, schrie er, während er sich in ihre Richtung vorarbeitete. »Ich hol dich schon ein.«

Aber das Boot war zu schnell, und der Abstand zwischen ihnen wurde immer größer. Und beide wussten es.

Sie stieß das Ruder ins Wasser und lenkte das Boot wieder auf das Ufer zu.

»Neeve! Nicht! Fahr weiter!«, brüllte er, während er über die Schulter zu seinen Verfolgern zurückblickte.

Sie aber hörte nicht auf ihn. Das Boot kam dem Ufer wieder näher.

»Neeve … tu das nicht …«, schrie er verzweifelt.

»Ich lass dich nicht im Stich«, rief sie zurück.

Er hechtete hinter ihr her, halb laufend, halb schwimmend, als das Wasser tiefer wurde. Und dann hatte er das Boot erreicht, packte den Bootsrand mit einer Hand, warf sein Schwert ins Boot und begann, sich hochzuziehen.

Aber Cronn war nicht der Einzige, der von Neeves Rückkehr zum Ufer profitierte. Hinter ihm waren Legionäre, begierig, ihren Feind niederzustrecken.

Neeve ergriff ihren Bogen, spreizte die Beine, um das Gleichgewicht zu halten. Sie hatte nur noch zwei Pfeile. In dem kurzen Augenblick, in dem Cronn über dem Rand hing, war das Boot aufgrund seines Gewichts praktisch zum Stillstand gekommen. Die Soldaten stürzten sich auf Cronns ungeschützten Rücken, als er sich hineinzog. Neeve schoss ihren Pfeil auf den Anführer ab. Er drang in seine Schulter, konnte aber den Schwung seines Arms nur unzureichend bremsen, so dass der Römer sein Schwert ungehindert Cronn in den Rücken stoßen konnte.

Cronn fiel über den Rand auf den Boden. Das Boot machte in der Strömung einen Satz nach vorn, und Neeve sank neben ihm auf die Knie. »Cronn?«, schrie sie. »Alles in Ordnung?«

Plötzlich schwankte das Boot und blieb dann stehen.

Neeve wandte sich um.

Eine große Hand klammerte sich am Bootsrand fest. Dann begann ein Mann, sich ins Boot hochzuziehen. Es war der bullige Legionär aus dem Moor.

»Na, kennst du mich noch, kleines Mädchen?«, knurrte er.

Neeve stockte der Atem. Sie griff nach ihrem Bogen, ohne die Augen von dem Soldaten zu lassen. Dann stand sie auf, atmete kurz ein und zielte. Ihr war klar, dass sie selbst auf zehn Fuß Entfernung mit der linken Hand leicht danebenschießen konnte – vor allem, wenn sie aufgeregt war. Sie zielte auf sein fettes Gesicht. Er fluchte. Sie schoss. Der Pfeil traf ihn im Hals. Er riss die Augen auf. Sein Mund öffnete sich, und er ließ die Zunge heraushängen. Mit einem gurgelnden Geräusch fiel er nach hinten in den Fluss.

Das Boot machte wieder einen kleinen Satz nach vorn in die starke Strömung. Sie waren in Sicherheit. In Sicherheit? Sie schaute zu Cronn hinunter, und ihre Hand flog an ihren Mund. Er lag in einer Blutlache. Sie kniete sich neben ihn und nahm seinen Kopf in den Schoß.

»Cronn?«

Seine Augen starrten zu ihr herauf. Er war so schrecklich still. »Das wird schon wieder«, sagte sie. »Ganz bestimmt … ich kann die Blutung stillen …«

»Es sieht schlecht aus, Neeve«, widersprach er leise.

»Nein«, entgegnete sie. »Sag das nicht. Ich finde schon jemanden, der dir helfen kann ... flussaufwärts ... erinnerst du dich noch an Finchoom? Die kann jeden heilen. Du hast ja Cochar gesehen, nach seinem Sturz. Weißt du noch, wie schwer er verletzt war?« Neeve zog ihren Kittel aus und legte ihn unter seinen Kopf. »Besser so?«

Er nickte.

»Ist dir kalt?«

»Durst«, sagte er.

Sie hielt ihre Finger in den Fluss und träufelte ihm Wasser auf die Lippen.

Er hustete, und aus den Mundwinkeln kam Blut.

»Nein, bitte nicht«, murmelte sie und riss einen Fetzen Stoff von ihrem Unterhemd ab, um ihm das Gesicht abzuwischen. Sie wusste, was Blut im Mund bedeutete.

»Wir haben uns wacker geschlagen.« Er versuchte zu lächeln. »Alle beide. Hätte es fast geschafft.«

»O Cronn, es tut mir ja so Leid. Das war mein Fehler. Ich hätte den Römer treffen können ... den einen, der ... aber der Schuss ging daneben. Ich hab's versucht, aber ich ... es tut mir so Leid.« Tränen liefen ihr über das Gesicht, und sie konnte nichts dagegen tun.

»Du warst großartig«, keuchte er.

»Halt durch, Cronn. Du schaffst es. Halt durch.«

»Ich versuch's ja.« Er flüsterte nur noch.

Sie wischte ihm die Schweißtropfen vom Gesicht. Dann sagte sie: »Du warst immer mein Beschützer, warst immer da, wenn ich dich gebraucht habe.«

»Ich war doch gern in deiner Nähe ... ich hab's dir nie gesagt ...« Sein Atem kam nur noch stockend. »Ich hätte es dir sagen sollen ... ich ... ich liebe dich, Neeve.«

»Ich weiß, ich weiß«, sagte sie und küsste ihn, »aber ich brauche dich noch, Cronn. Und zwar jetzt. Bleib bei mir.« Sie küsste ihn erneut und wischte ihm das Haar aus den Augen. »Bitte, bleib bei mir, Cronn.«

Sein Gesicht hatte das Grau des Todes angenommen, und sie

konnte ihn kaum mehr verstehen, als er sagte: »Soll das … ein Heiratsantrag sein?«

Sie lächelte durch ihre Tränen hindurch. »Was immer du willst«, sagte sie und streichelte seine Wange. »Wenn du nur gesund wirst.«

»Wenn das dein Römer hören würde …«, sagte er, nach Luft ringend, und er versuchte, ihr Lächeln zu erwidern.

»O Cronn.«

»Ich bin so müde«, sagte er und schloss die Augen.

»Nein! Cronn! Nicht einschlafen!«

»… müde.«

»Wach auf!«, schrie sie wütend, schüttelte ihn und wischte sich die Tränen aus den Augen.

Seine Augen blieben geschlossen.

»Cronn?« Sie beugte sich zu ihm hinunter und küsste ihn noch einmal. »Cronn, hör mir bitte zu«, flüsterte sie eindringlich. »Kannst du mich hören, Cronn? Wenn du mich liebst, dann wachst du jetzt auf der Stelle auf.«

»Tut … tut mir Leid.«

»Bitte, Cronn.«

Mit geschlossenen Augen packte er ihren Arm. »Such deinen Römer, Neeve. Geh zu ihm.«

16

Taranis erwachte auf einem gestampften Lehmfußboden in einem römischen Arrestzelt. Er war, an Händen und Füßen gefesselt, an einen tief in den Boden gerammten Holzpfahl gebunden. Trotz der beißenden Kälte, die unter dem Rand des Zeltes eindrang, war er schweißgebadet. Der Raum drehte sich in einem gewaltigen Kreis um ihn, und er blinzelte, um schärfer zu sehen.

Sein Kopf dröhnte. Was hatten sie mit ihm gemacht? Er spürte einen pochenden Schmerz. Er drehte den Kopf. Ein stechender Schmerz fuhr ihm durch den Nacken und dann, wie es ihm schien, direkt ins Herz. Muss eine ordentliche Schwellung sein, dachte er.

Instinktiv wollte er die Wunde befühlen, aber die Kette an seinen Händen hinderte ihn daran. Er atmete mehrmals tief durch, um wieder einen klaren Kopf zu bekommen. Dann erinnerte er sich. Er war von etwas getroffen worden. Vielleicht von einem Stein einer römischen Schleuder.

Er musste sich aufsetzen, denn im Liegen dröhnte sein Kopf noch schlimmer. Er würde den Schmerz aushalten, wenn es ihm nur gelang, sich aufzusetzen. Nachdem er das geschafft hatte, wartete er, bis der Brechreiz nachließ. Er befeuchtete sich die trockenen Lippen mit der Zunge und starrte auf das abgeflachte Ende des Holzpfahls, an den er mit einer dicken Kette angebunden war. Unzählige stolze Kaledonier beugten sich nun unter der römischen Knute, dachte er, und unzählige Mütter weinten in ihren Rundhäusern.

Er schloss die Augen.

Er hatte seine Krieger im Stich gelassen.

Er schämte sich in Grund und Boden. Er war noch am Leben. Gefangen von den Römern! Er erinnerte sich an die Drachenfahne von Verus' Legion, wie sie im Wind geknattert hatte, und wie er den Kaledoniern versprochen hatte, den zischenden Drachen von seiner Stange zu holen. Er hatte versagt. Schlimmer noch: Sie hatten ihn wie ein Tier an einen Pfahl gebunden. Er schaute sich um, als erwartete er auf dem Boden verstreute Fleischbrocken zu sehen. Er sollte mit den tapfersten seiner Krieger durch die ewigen Wälder streifen. Stattdessen war er hier.

Er dachte an Cronn und seinen unerfüllbaren Auftrag, die VI. Legion aufzuhalten. War auch er an einen Pfahl gekettet? Nein – er hatte den Befehl, Neeve zu beschützen. Er hatte die Schlacht überlebt und war entkommen. Taranis spürte es. Und Cronn würde unter keinen Umständen zulassen, dass Neeve der Gnade des Feindes ausgeliefert war.

Der Zelteingang wurde geöffnet.

Zwanzig bewaffnete römische Soldaten marschierten in Reihe herein und stellten sich Schulter an Schulter an den Zeltwänden auf. Ein Centurio trat vor, in der Hand einen Stock. Auf ein Zeichen von ihm ketteten zwei Legionäre ihn von dem Pfosten los. Sie rissen Taranis hoch, aber da seine Hände mit einer kurzen Kette mit den Füßen verbunden waren, stand er in gebückter Haltung und war halb so groß wie normal. Sein langes blondes Haar hing herunter, verhüllte sein Gesicht.

Ein weiterer Soldat trat ins Zelt, und die Legionäre verstummten. Taranis sah ihn nur bis zur Hüfte aufwärts, erkannte aber an dem Streifen seiner Tunika, dass es sich um einen Tribun handelte. Der Tribun meldete mit scharfer Stimme: »Legat Gnaeus Julius Verus«, und trat beiseite.

Der Legat betrat das Zelt und blieb stehen. »Was soll das?«, fragte er, kaum lauter als im Flüsterton.

Taranis spürte förmlich die Spannung, als ein Paar knöchelhohe, aus weichem Leder gefertigte und sorgfältigst gebundene Schuhe an ihn herantrat. »Ist das Taranis?«, fragte der Legat Verus.

»Jawohl«, bestätigte der Centurio.

»Wer hat das getan?«, fragte Verus, noch immer so leise, dass er kaum zu hören war. Die Feldherrnschuhe wandten sich um. »Wer hat das getan?«, zischte er. »Wer hat den Häuptling des kaledonischen Volkes angebunden wie einen Hund?«

Der Centurio verlagerte das Gewicht von einem Fuß auf den anderen und sagte: »Ich wollte lediglich …«

»Tribun«, sagte Verus, »degradiert diesen Mann, und bindet ihn drei Tage lang an einen Pfahl, ohne Nahrung oder Kleidung – nur Wasser. Dann lernt er vielleicht, mein Eigentum nicht mehr so nachlässig zu behandeln, wie er es womöglich mit seiner Frau zu tun pflegt.«

Dann wandte er sich wieder Taranis zu. »Nehmt ihm die Ketten ab.«

Zwei Wachen eilten unverzüglich mit Schlüsseln herbei und ketteten den Kaledonier los.

Taranis streckte den Rücken durch und erblickte einen Mann in den Vierzigern mit dem Gesicht eines Raubvogels, schmalen Schultern, aggressiven schwarzen Augen und den lässigen Bewegungen desjenigen, der sich seiner Macht bewusst ist.

»Bist du der Mann, den man den Blutgott nennt?«, fragte Verus mit einer Spur von Belustigung in der Stimme.

Taranis rieb sich die Stellen, an denen die Ketten in seine Handgelenke geschnitten hatten. Dann betrachtete er die Soldaten um sich herum. Sie hatten ihre Schwerter noch in den Scheiden, aber ihre Augen funkelten wie die von Wölfen, wenn sie ein Beutetier einkreisen. Hinter ihm stand ein Übersetzer, aber Taranis verweigerte die Antwort. Den Spaß wollte er ihnen nicht gönnen.

»Ja«, sagte Verus, legte den Kopf zurück und musterte Taranis. »Jetzt verstehe ich, warum du unseren Truppen solche Angst eingejagt hast.« Er wandte sich an den Tribun. »Wascht ihn, gebt ihm etwas zu essen und holt einen Arzt, der sich um seine Wunden kümmert.« Mit diesen Worten verließ er das Zelt.

In Julius Verus' versilberter Wanne badeten sie ihn in dampfendem Zitronenwasser. Der Wundarzt schor ihm das Haar am Hinterkopf, weichte seine Wunde ein, behandelte sie mit Salbe und verband sie schließlich mit Stoffstreifen. Auf Verus' Befehl wurde er nicht mehr angekettet, aber dafür verstärkte der Feldherr die zwanzig Wachtposten auf über fünfzig. Die Soldaten servierten ihm Wachteln in Honig, Antilopenleber, Brot aus fein gemahlenem Weizenmehl mit Ziegenkäse und Pokale voll gewürztem Wein. Taranis kam sich vor wie ein Ochse, den man noch einmal kräftig mästet, bevor er geschlachtet wird.

Am Abend brachten sie ihn wieder zum Hauptquartier von Legat Julius Verus. Unterwegs suchte Taranis das Lager nach Spuren anderer kaledonischer Gefangener ab. Er sah keine.

Die Phalanx von Soldaten blieb draußen, als Taranis das Zelt des Oberbefehlshabers betrat. Julius Verus lag auf einer Liege in der Mitte des Hauptraums und las einen Brief. Hinter ihm standen der Tribun, ein Übersetzer, mehrere andere Offiziere und Adjutanten und weitere Soldaten – offenbar die Leibwache des Legaten. Taranis betrachtete die Mauer von Wächtern und bedachte die Offiziere hinter Verus mit einem verächtlichen Lächeln. Er machte sich über ihre übertriebenen Vorsichtsmaßnahmen lustig. Das war die einzige Waffe, die ihm noch geblieben war.

Legat Verus las weiter seinen Brief, als hätte er Taranis' Eintreten gar nicht bemerkt. Taranis verschränkte die Arme und wartete. Er verstand. Verus hatte ihn als großen Häuptling behandelt und gedroht, jeden zu disziplinieren, der das nicht ebenfalls tat, um auf diese Weise den Wert seines Sieges herauszustreichen. Und nun wollte er demonstrieren, dass selbst ein Häuptling vom Schlage eines Taranis in der Welt eines wichtigen römischen Feldherrn nur eine untergeordnete Rolle spielte.

Nach langem Schweigen, die Augen noch immer auf den Papyrus gerichtet, sagte Verus: »Vor zweihundert Jahren erzitterte die Welt vor dem Namen Vercingetorix. Man nannte ihn Vercingetorix den Unbesiegbaren. Er lebte in Gallien. Ein Kelte ... groß, stark ... so wie du.« Er faltete das Blatt und gab es einem Adjutanten. »Nachdem der göttliche Julius Cäsar Vercingetorix und seine Gallier besiegt hatte, feierte er einen ganzen Monat lang ein Fest – in jenem Monat, der in Rom nun zu Ehren seiner großen Leistungen Julius genannt wird.« Er schaute Taranis an und fragte: »Gibt es einen berühmteren Kelten als Vercingetorix?«

Als der Übersetzer fertig war und Taranis gerade antworten wollte, wandte sich der Legat an einen Adjutanten. »War das nun das letzte Schreiben?«, fragte er.

»Das letzte vom Senat«, antwortete der Adjutant.

»Gut. Seht zu, dass meine Antwort rasch abgeschickt wird ... größte Schwierigkeiten zu überwinden, höchste Tapferkeit der Legionäre et cetera, und die Grausamkeit der Stammeskrieger, die ... äh ... lieber eigenhändig ihre Kinder schlachteten, als sie dem Reich zu überlassen. Unterstreicht ganz besonders den verschlagenen Charakter des Taranis, der die *legio XX* schon so gut wie vernichtet hatte, bevor ich eintraf. Ich bete zum Vater Mars, der mich zum Sieg führte, und so weiter und so fort. Und natürlich ein Lob auf unser aller Kaiser Antoninus Pius und die üblichen Senatoren für ihre Weisheit und ihren Mut, mich als denjenigen auszuwählen, der den Willen Roms vollstrecken durfte. Demütig nehme ich ihre Rufe nach einem Triumphzug zur Kenntnis et cetera.«

Verus hatte schnell gesprochen, aber Taranis verstand trotzdem, dass er gerade Briefe abschickte, die darauf abzielten, seinen Sieg zu glorifizieren, wie es bei den römischen Feldherren üblich war.

»Wo waren wir stehen geblieben?«

»Ihr habt Vercingetorix angesprochen«, erinnerte ihn ein Offizier.

»Ach ja, Vercingetorix den Unbesiegbaren. Du hast sicher schon von ihm gehört.«

Taranis schüttelte den Kopf. Er wollte Verus den Triumph nicht gönnen. Von Kind an hatte er den Barden gelauscht, wenn sie den wackeren Vercingetorix besangen, der für die Freiheit Galliens gekämpft hatte. Als alles verloren war, stellte Vercingetorix seine Leute vor die Wahl, ihn selbst zu töten oder ihn lebend als Opfer darzubringen, um Cäsar zu beschwichtigen. Sie entschieden sich für Letzteres, und Vercingetorix konnte sich darüber freuen, dass er zumindest bessere Bedingungen für sein besiegtes Volk ausgehandelt hatte. Cäsar belohnte den Mut des Vercingetorix, indem er ihn sechs Jahre lange in Ketten gelegt, in ein tiefes, nasses Loch einsperrte, ihn dann vor dem kreischenden Pöbel Roms erdrosseln und anschließend im Kerker enthaupten ließ.

Taranis erwartete von Julius Verus nichts Besseres.

Nun nippte der Legat an einem Tee und meinte, Taranis und Vercingetorix hätten viel gemeinsam. »Ich habe Respekt vor dir«, bekannte Verus. »Genau wie Vercingetorix bist du ein großer Häuptling.«

»Und du bist ein kleiner Mann mit einem mächtigen Heer«, erwiderte Taranis. »Wo sind meine Krieger?«

Eine Reihe von Verus' Offizieren schien Keltisch zu verstehen, denn sie traten sichtlich verlegen von einem Fuß auf den anderen und schauten einander an. Der Übersetzer räusperte sich und nahm eine demütige Haltung ein, um sich im Voraus für die Worte zu entschuldigen, die auszusprechen er nicht umhinkam.

Verus beugte sich vor, um Taranis' erste Worte zu hören. Als der Übersetzer fertig war, öffnete Verus ein wenig den Mund, ohne aber etwas zu sagen. Eine Zeit lang saß er schweigend da. Seine schwarzen Augen schnellten erst zu Taranis, dann zum Übersetzer, als wolle er sich vergewissern, ob er richtig gehört habe, und dann wieder zurück zu Taranis. Dann sagte Verus zum Übersetzer: »Wo seine Krieger sind, möchte er wissen? Sag ihm, ihr militärisches Geschick habe sie in den Tod geführt.«

»Und die Überlebenden?«, fragte Taranis, der die Stichelei bewusst ignorierte.

»Die Anführer werden in Rom gehängt, der Rest in Londinium verkauft.«

Taranis hörte scheinbar emotionslos zu.

Verus fuhr fort. »Ich habe entschieden, dich nach Rom zu schicken, du wirst in meinem Triumphzug im Monat des Augustus mitgeführt werden.« Er schaute Taranis mit durchdringendem Blick an. »Das ist eine große Ehre für dich«, sagte er. »Ich hoffe, dir ist das bewusst.«

»Und wenn ich mich dieser großen Ehre verweigere?«, fragte Taranis.

Verus lächelte kalt. »Ich fürchte, dir bleibt keine Wahl«, entgegnete er.

»Einem Krieger bleibt immer eine Wahl«, sagte Taranis.

»Du bist kein Krieger mehr. Du bist ein Gefangener Roms.«

»Ich bin, was ich sein will«, erwiderte Taranis, »und ich will kein Gefangener Roms sein.«

Verus schnaubte verächtlich. »Was willst du damit sagen ... willst du dir etwa das Leben nehmen, bevor du in Rom eintriffst?«

Taranis schwieg.

»Nur ein Feigling bringt sich um, wenn seine Krieger noch am Leben sind.«

Taranis schwieg weiter.

»Du wirst meine Pläne nicht durchkreuzen!« Die Schlagadern an Verus' Hals schwollen an, während er Taranis anstarrte. »Ich lasse dich an Händen und Füßen fesseln. Meine Wachtposten werden bei dir schlafen, mit dir ihr Essen einnehmen ...«

»Ich werde nichts essen«, erklärte Taranis.

Verus rammte die Faust in das Keilpolster seiner Liege. »Du wirst essen, was ich dir zu essen gebe«, rief er, »oder ich lasse es dir in die Kehle stopfen.«

Taranis starrte ihn ausdruckslos an.

Der Legat atmete einmal tief durch, um sich zu beruhigen. Dann begann er wieder zu reden, diesmal aber in einem eher erklärenden

Ton. »Verstehst du denn nicht, was ich dir anbiete? Unsterblichkeit! Du wirst auf einer Stufe stehen mit dem großen Vercingetorix. Noch in tausend Jahren werden sie von Taranis singen, dem Blutgott Britanniens – von dem Krieger, der sich niemals den Römern beugte und sie bis zum bitteren Ende bekämpfte.«

»Dann werden sie auch von dem römischen Feldherrn singen, der ihn in Ketten legen ließ«, sagte Taranis.

»Ja, ganz richtig«, sagte Verus in einem seltenen Anflug von Aufrichtigkeit. »Sie werden von uns beiden singen.«

»Und ich werde wie Vercingetorix in ein Loch geworfen, bis du bereit bist, mich dem römischen Pöbel zum Fraß vorzuwerfen.«

»Du ... du kennst die Geschichte von Vercingetorix?«

»Ja.«

»Ich würde doch nie ... ich werde dich als den großen Stammesführer behandeln, der du bist ... und nicht so, wie sie Vercingetorix behandelt haben.« Er schüttelte beinahe zerknirscht den Kopf. »Nein, nein, doch nicht wie Vercingetorix. Ich verspreche das vor den Göttern und vor den hier anwesenden Offizieren. Du wirst zum Kapitol hinaufgebracht, und dort stoße ich dir vor den Berühmten und Mächtigen dieses Zeitalters eigenhändig das Schwert in die Brust. Eigenhändig!«

»Unter zwei Bedingungen.«

»Nenne sie.«

»Ich will, dass die einfachen Krieger freigelassen werden.«

Verus wurde blass. »Das kann ich nicht machen«, erklärte er. »Man hat sich geeinigt. Versprechen sind gegeben.«

»Du bist ein Feldherr. Mach alles rückgängig.«

»Also gut. Ich behalte tausend Mann für den Triumphzug. Die Übrigen dürfen zurück zu ihren Stämmen«, gestand Verus ihm resignierend zu.

»Und nach dem Triumphzug werden die tausend nicht verkauft, sondern als freie Krieger in deine Hilfstruppen aufgenommen.«

»Ich stimme zu. Und wie lautet deine zweite Bedingung?«

»Ich werde als Einziger sterben. Meine Befehlshaber – die Anführer, wie du sie nennst – werden freigelassen.«

»Du gehst zu weit«, erklärte Verus, und etwas in seiner Stimmlage sagte Taranis, dass er Unmögliches verlangt hatte. »Die Führer müssen gehängt werden. Selbst der Kaiser wird darauf bestehen.«

»Du wirst sie freilassen.«

»Das ist unmöglich. Ich kann es nicht. Ich will es nicht.«

»Wir treffen alle unsere Wahl«, merkte Taranis an.

Der Tribun flüsterte Verus einen Vorschlag zur Lösung des Problems ins Ohr. Verus nickte. Er wollte um jeden Preis seinen Triumph. »Wenn der Triumphzug vorüber ist, werde ich deine Befehlshaber als Sklaven verkaufen«, sagte er, »aber nun keine weiteren Forderungen mehr.«

Taranis verstand, dass dies ein gewaltiges Zugeständnis war, aber das reichte ihm noch nicht. Er wollte vermeiden, dass die anderen Truppenführer in den Bergwerken Steine klopfen mussten. Nur die wenigsten Sklaven überlebten das mehr als ein paar Jahre. »Du wirst sie deinen Offizieren als persönliche Sklaven geben«, sagte er.

Verus schüttelte den Kopf.

»Es sind stolze und verantwortungsbewusste Männer«, erklärte Taranis. »Eine solche Stellung entspräche voll und ganz ihrem Status.«

Verus starrte seinen Gefangenen an.

»Das ist meine letzte Forderung«, sagte Taranis.

Einen Monat später überquerten Taranis und zwanzig seiner Befehlshaber das Fretum Gallicum, die Meerenge von Gallien. Keiner von ihnen war je auf einem Schiff gefahren, das über das Meer segelte, und nach all den Geschichten über die Winterstürme machten sie sich darauf gefasst zu sterben. Wundersamerweise war die Überfahrt vollkommen ruhig.

Legat Julius Verus hingegen, der keinen Wert auf eine Seereise im Winter legte, blieb in Londinium. Er wollte nach Rom aufbrechen, sobald es wärmer und das Meer ruhiger war. Ganz sicher aber würde er rechtzeitig in der Hauptstadt eintreffen, um einen Triumph zu organisieren, der seines großen Sieges würdig sein sollte.

17

Neeve wandte bis zur Morgendämmerung ihren Blick nicht von Cronns Gesicht und fragte sich, wie sie seinen Tod hätte verhindern können. Sie wünschte, sie hätte ihm ihre Liebe erklärt. Für sie wäre es keine große Sache gewesen, und Cronn hätte sie damit glücklich gemacht. Sie ließ ihren Kittel unter seinem Kopf liegen. Nur mit ihrem Unterhemd als Schutz gegen die beißende Kälte zitterte sie die ganze Nacht über am ganzen Leib, aber das war ihr immer noch lieber, als seinen Kopf auf den harten Planken hin und her schlagen zu lassen.

Die Strömung war so stark, dass sie nicht ein einziges Mal ihren Kurs korrigieren musste. Als es hell wurde, ging sie bei einem Dorf an Land, dessen Bewohner zum Stamm der Vakomager gehörten. Sie errichteten bereitwillig einen Scheiterhaufen für Cronn, nahmen aber die römischen Münzen, die Neeve ihnen gab, gern an.

Als das Feuer lichterloh brannte, fuhr Neeve weiter. Bei ihrem Stamm angekommen, erfuhr sie von den Ältesten, dass Taranis und andere Kaledonier nach Rom gebracht worden waren, um in Julius Verus' Triumphzug mitgeführt zu werden. Wochenlang durchstreifte sie das Hochland. Sie schlief an einem Feuer unter freiem Himmel, wusch sich in den eiskalten Bergbächen, ging auf die Jagd und stellte Fallen. Sie dachte an Cronn, an Taranis und an Vectis, der nun irgendwo im weiten Römischen Reich stationiert war.

Und dann flüsterten ihr eines Tages die Götter ein, was sie zu tun hatte.

Der Winter nahte, und es hatte bereits mehrere Male geschneit. Seit Tagen waren ihre Fallen leer geblieben, und Neeve machte sich allmählich Sorgen. Ihr Vorrat an Nahrungsmitteln war aufgebraucht. Sie zog durch die Wälder, überprüfte ihre Fallen und hielt Ausschau nach Wild, als sie hinter einer Eibe, wo sie eine Falle ausgelegt hatte, ein leises Kratzen hörte. Sie hatte die Eibe gewählt, weil sie für die Druiden ein heiliger Baum war, und Neeve betete, dass die Götter ihr Beute bescherten. Sie schlich sich an und sah ein Kaninchen, das sich mit einem Bein in der Falle verfangen hatte. Zunächst freute sie sich, denn sie hatte großen Hunger. Dann aber bemerkte sie ein zweites Kaninchen, das um die Falle herumhoppelte und sie immer wieder mit der Pfote berührte, als wollte es helfen. Als Neeve das sah, musste sie unwillkürlich an ihren Bruder Taranis denken, der irgendwo, ähnlich gefangen wie dieses Kaninchen, an einen Pfahl gebunden war. Dann – als hätten die gütigen Geister ihr ins Ohr geflüstert, dass sie von ihr ein Opfer erwarteten – stand sie auf und durchschnitt die Schlinge.

Ihr ganzes Leben lang hatte Neeve ein schwieriges Verhältnis zu den Göttern gehabt und sie nur in höchster Not angerufen. Gute, freundliche Geister aber waren immer bereit zu helfen – so wie die Geister, die damals ihre Schwester Nes gerettet hatten.

Nach dem Vorfall mit dem Kaninchen wusste Neeve, was sie zu tun hatte. Mit Hilfe der guten Geister wollte sie sich auf die Suche nach Vectis machen, und zusammen würden sie einen Weg finden, um Taranis zu befreien. Immerhin hatte sie genügend Münzen von dem blinden Tribun; die hundert goldenen Aurei hatte sie im kaledonischen Wald vergraben. Das war mehr als genug für die Reise nach Rom.

Eine Woche später traf sie an ihrem Versteck ein. Da sie in dem ledernen Geldbeutel an ihrem Gürtel nicht mehr als fünfzig Münzen unterbringen konnte, ließ sie den Rest für einen späteren Zeitpunkt in der Erde liegen. Fünfzig Aurei waren eine beträchtliche Summe – mehr als genug, um sich auf der anderen Seite der Meerenge von Gallien eine Kutsche und ein Pferd zu kaufen und den Aufenthalt in Rom zu bestreiten.

Sorgen machten ihr die Diebe. Die hatten scharfe Augen und würden ihren Reichtum bald entdecken. Bei einem Geldwechsler in einem Dorf tauschte sie einen Aureus, eine Goldmünze, gegen hundert Sesterze abzüglich des einen, den sie als Gebühr für den Umtausch zu entrichten hatte. Die Sesterze führte sie in einem eigenen Beutel mit sich, den jeder sehen durfte. Für den Fall, dass jemand sie ausrauben sollte, verzichtete sie lieber auf die Sesterze.

Neeves Reise über die gesamte Insel, von Kaledonien bis zur Südspitze Britanniens, verlief ohne Zwischenfälle. Nun, da die Kaledonier unterworfen worden waren, schienen die römischen Streifen, die die Straßen bewachten, weniger streng. Neeve fuhr mit Pferdefuhrwerken, wo sie zusammen mit drei oder vier anderen auf den grob gesägten Brettern hin und her geworfen wurde. Für eine Kleinstmünze, As genannt, waren die Bauern nur allzu gern bereit, müde Reisende bis zur nächsten Stadt zu bringen.

Als sie durch Londinium fuhr, machte sie Halt am Gebäude der provinzialen Militärverwaltung, wo sie von einer Abteilung zur nächsten pilgerte, um sich nach Vectis zu erkundigen. Irgendwann landete sie schließlich im Archiv, wo sie mit einem grauhaarigen Mann sprach, für den jede Anfrage eine schwere Belastung schien.

»Im Augenblick kann ich nach gar nichts suchen«, sagte er, während sein Blick unstet in dem winzigen Raum umherirrte. »Sie wollen mir keinen Gehilfen zugestehen, und jeder erwartet von mir, dass ich alles stehen und liegen lasse …« Er zeigte auf einen Tisch mit ungeöffneten Depeschen. »Das ist einfach zu viel für mich, zu viel für einen einzelnen Mann.«

»Ich bin extra die ganze Strecke von …«

»Ja, ja, das höre ich den ganzen Tag.«

Neeve drehte sich um, als wollte sie gehen, und steckte die Finger in ihren Gürtel. »Das ist sehr wichtig für mich«, sagte sie und hielt eine Goldmünze hoch – als Bestechungsgeld ein geradezu absurd hoher Betrag, aber in ihrer Verzweiflung war ihr das egal.

Seine Augen hörten auf, unstet im Raum herumzuwandern. »Wie hieß noch mal das Kastell?«, fragte er, schnappte ihr den Aureus aus der Hand und hielt ihn hoch, um ihn sich ganz genau anzusehen.

»Vorposten Faustina«, sagte sie.

»Der Vorposten Faustina!« Er schüttelte den Kopf und gab ein pfeifendes Geräusch von sich.

»Der Name des Offiziers …«

»Name spielt keine Rolle … Faustina ist dem Erdboden gleich.«

»Das weiß ich, aber …«

»Tot. Sie sind alle tot. Getötet von den Kaledoniern.«

»Aber ich weiß, dass einigen die Flucht gelungen ist.«

»Wenn dem so wäre, dann hätten die Betreffenden sich bei einem Standort gemeldet, und wir hätten entsprechende Meldungen.«

»Aber ...«

»Falls tatsächlich einige entkommen wären, wie Ihr meint, dann hätten sie es nie geschafft, sich zwischen den feindlichen Stämmen hindurch nach Süden durchzuschlagen. Tut mir Leid.«

»Ich möchte, dass Ihr in Euren Unterlagen nach seinem Namen sucht«, verlangte sie entschieden.

Er schnaufte schwer und ging zurück zu seinen Regalen. »Vorposten Faustina«, sagte er und zog eine Papyrusrolle aus einer runden Holzkiste. »Alle Namen hier ... tot. Wie war sein Name?«

»Vectis Trebellius Quadratus.«

»Ah ja, der Präfekt.« Er schob ihr die Liste hin. »Da, überzeugt Euch selbst. Tot. Sie sind alle tot. Wie ich es Euch gesagt habe.«

»Diese Listen müssen unvollständig sein.«

»Das sind sie nicht, aber wenn sie es wären, wüsste man in Rom davon. Dort werden alle Bücher aufbewahrt.«

Neeve verließ seine Amtsstube wie vor den Kopf gestoßen. Die Listen mussten einfach unvollständig sein. Sie war sicher, dass Vectis es irgendwie geschafft hatte, sich nach Süden durchzuschlagen.

Die restliche Reise über dachte Neeve an Vectis. Im vergangenen Jahr hatte sich ihr ganzes Leben verändert. Cronn, Taranis und ihr geliebter Vectis – alle hatten sie verlassen. Immer wieder sah sie ihre Gesichter vor sich, und Selbstmitleid überkam sie. Sie konnte nichts dagegen tun, auch wenn sie wusste, dass das egoistisch war. Schließlich hatten andere mindestens ebenso sehr gelitten wie sie, als die Römer gekommen waren. Viele hatten ihr Haus, ihre Familie, einfach alles verloren. Dennoch bekam sie ihren Kummer nicht in den Griff. Dann stiegen in ihr auch noch ferne Erinnerungen an ihren Vater und ihren Bruder Eston hoch, die beide von den Römern getötet worden waren.

Vier Kinder hatten ihre Eltern gehabt. Jetzt waren nur noch Taranis und sie übrig. Ihre Mutter war vermutlich längst tot ... und ihre kleine Schwester Nes war so süß, so gescheit und so jung gewesen, als die Römer sie auf ihre Sklavenmärkte verschleppt hatten. Neeve hatte keine Ahnung, was aus ihr geworden war.

Sie schluckte. Sie konnte sich kaum mehr erinnern, wie Nes ausgesehen hatte. Wenn sie die Augen schloss, sah sie immer nur einzelne Teile von ihr – ihr flachsgelbes Haar oder ihre leuchtend blauen Augen –, aber nie die ganze Nes. Sie erinnerte sich an den Ofen in ihrem Haus, aus dem sie glühende Kohlen genommen und Taranis, Eston und der kleinen Nes vor die Füße gelegt hatte. Sie alle hatten sich barfuß auf die Glut gestellt und hoch und heilig erklärt, niemals auseinander zu gehen. Neeve erinnerte sich noch genau an den Geruch von verbranntem Fleisch und an den Schmerz, aber vor allem an ihren Schwur, immer für die anderen da zu sein. Wie sehr hatten sich die Dinge seit den Tagen ihrer Kindheit doch geändert.

Nes und Eston waren für sie für immer verloren, nicht aber Taranis. Trotz der entmutigenden Informationen in Londinium blieb Neeve bei ihrem Plan. Sie würde Vectis finden, und zusammen würden sie irgendwie ihren Bruder befreien.

Mit diesem Plan fest vor Augen traf Neeve guten Mutes in der Hafenstadt Dubrae ein. Sie war von Natur aus zuversichtlich und glaubte einfach daran, dass jenseits der Meerenge viel Gutes auf sie wartete.

Auf der anderen Seite des Sundes lag Gallien – das langhaarige Gallien, wie die Römer es nannten. Neeve hatte den Sinn dieses Ausdrucks nie ganz verstanden. Soweit sie wusste, trugen alle Völker mit Ausnahme der Römer ihr Haar lang. Aber natürlich hatte sie ihr ganzes Leben auf der Insel, in Roms nördlichster Provinz, verbracht, und ihr Unwissen bezüglich der Völker des Reiches hätte eine ganze Bibliothek füllen können.

Nun aber verließ sie die Insel. Sie würde ein Schiff nach Gallien besteigen und einen völlig neuen Lebensabschnitt beginnen. Sie war so aufgeregt, dass ihr Herz wie wild pochte, auch wenn der Gedanke an die große Hauptstadt des Reiches in ihr zwiespältige Gefühle auslöste. Sie erinnerte sich daran, wie gern die Eroberer behaupteten, alle Wege führten in ihre »Ewige Stadt«, und obwohl das zweifellos eine Übertreibung war, wusste sie doch, dass diese Aussage einen wahren Kern enthielt. Ja, sie war auf dem Weg nach Rom. Sie würde durch die Tore der Stadt fahren, ihre Straßen erforschen und ihre Bewohner kennen lernen. Sie würde ihre vergoldeten Paläste sehen, ihr mächtiges Amphitheater und ihre Tempel – und würde immer daran denken, wie diese Menschen mit der Macht ihrer Schwerter selbst die stolzesten aller Krieger gebrochen und gedemütigt hatten.

Sie trug noch immer ihre abgetragenen Kleider aus dem Hochland, ihren wollenen Kittel, die langen Lederhosen und knöchelhohen Schuhe, und hatte noch immer ihren Bogen und ihre zwei Messer bei sich. Auf ihrer Reise war sie möglichst für sich geblieben, hatte aber zugleich dafür gesorgt, dass sie nie ganz allein war. Als Frau war sie ein natürliches Ziel, aber bei dem Betrieb auf den Römerstraßen hatten die Diebe eine große Auswahl. An ihrer derben Kleidung erkannte jeder, dass sie eine Keltin vom äußersten Rand des Reichs war und mit einiger Wahrscheinlichkeit Erfahrungen in den Grenzkriegen gesammelt hatte. Und arm wirkte sie obendrein, bei dem kleinen Reisebündel. Wie sollte da jemand auf den Gedanken kommen, dass eine so schlicht daherkommende Reisende Aurei in ihrem Gürtel hatte? Sie musste die Diebe nur davon überzeugen, dass sie sich ein lohnenderes Ziel suchen sollten – und eines mit geringerem Risiko.

Sei es durch Zufall oder gute Planung, jedenfalls schaffte Neeve es, bis Dubrae am Meer zu gelangen, ohne dass auch nur einer jener zwielichtigen Zeitgenossen, die sich vor jeder Stadtgrenze ansammelten, einen schiefen Blick auf sie geworfen hätte. Je weiter sie auf römischem Gebiet nach Süden kam, desto sicherer fühlte sie sich.

Überall waren Soldaten; einige marschierten energisch in wohl geordneten Kolonnen zu einem festgesetzten Zielort, die meisten reisten scheinbar ziellos umher, waren auf Urlaub oder unterwegs mit ihren in Britannien geborenen Frauen und Kindern. Kein Kaledonier hätte sich ein solches Bild je vorstellen können.

Im Hafen war alles ruhig, lediglich das Rauschen der Wellen war zu hören. Das war ein gutes Zeichen. Morgen würde ein schöner Tag werden.

An den Ständen im Hafen kaufte Neeve für die Überfahrt Brot, Streifen von gesalzenem Entenfleisch und einen Schlauch mit keltischem Bier. Sie stopfte alles in ihre Reisetasche und machte sich dann auf die Suche nach einem Schiff nach Gallien. Ein rundes Dutzend größere Schiffe mit hohen Masten schaukelte auf den Wellen, aber keines davon wollte nach Gallien. Die Kapitäne machten während der stürmischen Jahreszeit nur Küstenfahrten, weil, wie sie erklärten, ihnen ihr Leben mehr wert war als der Zuschlag, der für Überfahrten im Winter bezahlt wurde. Neeves größte Hoffnung war ein Schiff, das in zwei Tagen von Mittelbritannien kommen sollte, ein von Sklaven gesegeltes Schiff, das nach einem kurzen Halt in Dubrae nach Gallien weiterfahren würde.

Neeve hatte die schweren Handelsschiffe mit ihren gerundeten Körpern, die an der Küste entlangfuhren und Güter von einem Hafen zum anderen brachten, nie besonders beachtet. Beim Anblick von römischen Kriegsschiffen war ihr immer eiskalt ums Herz geworden. Das waren schlanke, schnelle Schiffe, sie hatten einen Mast, der sich abbauen ließ, ein Segel, das bei Bedarf verwendet wurde, und wurden mit Rudern bewegt. Die Ruderer waren Soldaten, die »Legionäre auf dem Wasser«, die zu Wasser und zu Land kämpften.

Das Schiff, auf das Neeve wartete, sollte ein Getreidefrachter sein, der gedörrten Spelt für die Legionäre an der germanischen Grenze an Bord hatte. Die Mannschaft galt als zuverlässig und schützte ihre Passagiere vor Räubern, doch sie bestand – Kapitän eingeschlossen – ausschließlich aus Sklaven. Dem Schiffseigner gehörte auch die Mannschaft. Jeden Winter verdiente er ein kleines Vermögen damit, dass er Getreide über die Meerenge brachte, und nach über fünfzig Überfahrten konnte kein Zweifel daran bestehen, dass die Glücksgöttin Felicitas zwischen den Planken des Schiffes wohnte. Zudem war das Schiff voller guter Omen. Nachdem es bei seiner Jungfernfahrt beinahe im Sturm gesunken wäre, beauftragte die Mannschaft einen Handwerker damit, die kleine Felicitas-Figur am Bug zu schnitzen, und seit jenem Tag hatte das Schiff nie mehr einen schweren Sturm erlebt.

Zwei Tage später war Neeve schon Stunden vor Sonnenaufgang

am Kai, und mit Erstaunen sah sie, wie Unmengen von Menschen bereits begierig darauf warteten, ihre Münzen in die ausgestreckte Hand des Besitzers der Felicitas zu legen. Das Schiff war nichts Besonderes – fünfzig Fuß lang, zwanzig Fuß breit, besaß einen turmhohen Mast, einen kleinen Heckaufbau für den Kapitän, einen spitz zulaufenden Bug, einen mit Blei verkleideten Boden, zwei Seitenruder und einen Rumpf aus Zypressenholz.

»Nicht mehr als sechzig Leute!«, rief der Besitzer der Felicitas wieder und wieder, während er sich die Münzen in seinen prallen Geldbeutel steckte. »Das Schiff legt bei Sonnenaufgang ab.«

Neeve sah sich einer undurchdringlichen Menge gegenüber, entschlossenen Männern, die sich mit den Ellbogen ihren Weg nach vorn bahnten. Sie nahm ihren Kompositbogen zu Hilfe, stieß ihren Bogenstab den hinter ihr Drängenden gegen die Brust und drückte nach vorn, so schob sie sich langsam bis zu dem erhöhten Stuhl vor, auf dem der Schiffseigner thronte. Sie zahlte zehn Sesterze und ging an Bord. Dort musste sie bald feststellen, dass der Eigner angesichts des Andrangs und der Aussicht auf Gewinn seine Meinung geändert und über hundert Reisende an Bord gelassen hatte. Außerdem schien er zuviel Fracht geladen zu haben, denn es waren Getreidekisten und Amphoren auf dem Hinterdeck verzurrt, die eigentlich in den Laderaum gehörten.

Sie lehnte sich gegen die Planken des Rumpfes, nahm Reisetasche und Bogen zwischen die Beine. Zu ihr setzte sich eine etwa achtzehn Jahre alte Frau mit einem sympathischen Lächeln, auf die andere Seite einer der drängelnden Männer.

Kurz vor Sonnenaufgang sah Neeve den Kapitän den Laufsteg hinunter- und den Kai entlanggehen. Offenbar inspizierte er sein Schiff und wandte sich dann dem Eigner zu. Mit Erstaunen registrierte Neeve den erregten Gesichtsausdruck des Kapitäns, der offensichtlich einen Disput mit dem Besitzer ausfocht, und, wie es schien, wegen der Überladung des Schiffes, denn er zeigte immer wieder herüber zu seinem Segler. Selbst Neeve war irritiert. Sie hatte so gut wie keine Ahnung von Schiffen, die auf Meeren kreuzten, doch auch ihr schien das Schiff völlig überladen. Immerhin wusste sie, dass die Seefahrt im Winter ruhte, und das nicht grundlos. Und wenn ein Schiff es dennoch wagte, dann musste der Kapitän wissen, was er sich zumuten konnte.

Für den Bruchteil einer Sekunde spielte sie mit dem Gedanken, wieder von Bord zu gehen, aber dann blieb sie doch wie alle anderen. Die See war ruhig, der Himmel klar, und außerdem stand das Schiff ja unter dem Schutz der Felicitas.

Die Sonne ging als roter Feuerball auf, und als sie nach kurzer Zeit eine goldgelbe Färbung angenommen hatte, spürte Neeve schon ihre wärmenden Strahlen auf dem Gesicht. Kleine Ruderboote schleppten die Felicitas aus dem Hafen, und als sie Untiefen und Sandbänke hinter sich ließen, hatten der Rudergänger und zwei Matrosen bereits das große quadratische Segel gesetzt. Sie gingen in See.

Der Kapitän begrüßte die Reisenden und erklärte: »Wir haben guten Wind, und ich gehe davon aus, dass wir am späten Nachmittag in Gallien anlanden werden.« Dann zeigte er auf einen langen hölzernen Trog mit Frischwasser. »Trinkt, aber verschwendet es nicht«, mahnte er.

Im Umdrehen fügte er noch hinzu, und dabei verfinsterte sich seine Miene: »Diebe und Unruhestifter ... erfahren keine Gnade. Streitigkeiten werden von mir und meiner Mannschaft geschlichtet. Und wenn jemand aufsässig wird, einem anderen etwas stiehlt oder anderweitig die Ruhe stört, wird er über Bord geworfen, denn den römischen Behörden in Britannien und Gallien ist entschlossenes Handeln auf See allemal lieber als langwierige Verhandlungen vor ihren Gerichten.« Dann sagte er mit einem hämischen Grinsen: »Ich lasse gern Unruhestifter über Bord werfen, steht mir als Kapitän doch von Rechts wegen ihre gesamte Habe zu. Ich wünsche eine gute Reise.«

Zwei Stunden lang segelte das Schiff bei Flut in nordöstlicher Richtung an der Küste entlang und wartete auf den Gezeitenwechsel, bevor sie übersetzen konnten. Nun hörte Neeve den Kapitän Anweisungen erteilen, und der Rudergänger und seine Matrosen waren erneut mit dem Segel beschäftigt. Der spitze Bug des Schiffes vollzog eine scharfe Kehre auf das offene Meer zu, und rasch ließen sie Britannien hinter sich.

Auf dem Deck hatten sich bald kleine Gruppen gebildet. Man redete, und manchmal tauschte man auch Essen aus. Einige hatten kleine v-förmige Zelte zum Schutz gegen Regen aufgestellt, der über dem Meer keine Seltenheit war.

Neeve verlor sich in Erinnerungen an Vectis und Taranis und Cronn. Wäre Cronn nicht getötet worden, dann würde er jetzt neben ihr auf diesem Schiff sitzen, bereit, alle Gefahren mit ihr zu teilen. Aber er war tot, und sie war allein.

Das Land war schon in Sicht, als sich der Wind drehte.

Eine steife Brise blies gegen die Gezeitenströmung an, wühlte die Meeresoberfläche auf und erzeugte eine kurze See, wie die Seeleute das nannten.

»Ruhe bewahren«, wandte sich der Kapitän an die Leute, während er den Himmel betrachtete. »Das ist ganz normal für die Jahreszeit.«

Der Rudergänger justierte das Segel erneut. Der Kapitän zündete zwei Fackeln an und steckte sie in windgeschützte Halterungen rechts und links seines Deckshauses.

Alle starrten auf die dunklen Wolken in der Ferne, die hin und wieder von geräuschlosen Blitzen erhellt wurden.

»Vielleicht zieht es ja vorüber«, meinte einer der Reisenden.

Doch der Wind wurde immer stärker, und es war keine Viertelstunde vergangen, und die Wolken waren nicht mehr weit weg. Es wurde schlagartig kälter, und der Himmel sah ausgesprochen bedrohlich aus. Donnerschläge erschütterten das Schiff, wenn es von der Dünung hochgehoben wurde, um gleich darauf in ein Wellental zu stürzen, und das wieder und wieder. Ein harter Regen prasselte den Reisenden ins Gesicht, und der Wind fegte ihre Zelte über Bord.

Die Leute übergaben sich – die einen über die Reling, die anderen auf Deck, und als das Schiff in ein neues Wellental tauchte, ging der erste Mann über Bord.

Die meisten Matrosen waren auf dem Hinterdeck damit beschäftigt, das Ruderboot einzuholen, was sich angesichts der immer höher werdenden Wellen als weitaus schwieriger erwies, als sie gedacht hatten. Um der Situation Herr zu werden, wählten sie unter den Reisenden ein Dutzend starke Männer aus, die ihnen helfen sollten, und bald war das Boot am Hinterdeck festgezurrt.

Als der Wind weiter zunahm, legte Neeve die Arme fest um das Geländer, das über die ganze Länge des Schiffes lief. Sie steckte den Kopf zwischen die Schultern, um wenigstens das Gesicht vor dem stechenden Regen zu schützen, auch wenn sie schon nicht mehr zwischen ihm und der spritzenden Gischt zu unterscheiden vermochte.

»Das ist nur ein kleiner Sturm«, rief der Kapitän aus seinem Deckshaus den Leuten zu. »Sucht euch was zum Festhalten.«

Wie jeder Reisende, dem das Meer fremd war, versuchte auch Neeve, das Verhalten der Mannschaft zu deuten. Kapitän und Rudergänger verzogen keine Miene, als sie den Befehl gaben, die Stange am Hauptmast herunterzulassen bis auf Halbmast. Zwei Matrosen rechts und links hatten sie in Position zu halten. An den Steuerrudern am Heck kämpfte jeweils ein Mann. Die Gesichter der einfachen Matrosen machten Neeve Sorgen. Ihre Blicke schossen nervös zwischen der stürmischen See und ihren Kameraden, dem Kapitän und dem Rudergänger hin und her, als suchten sie etwas, das sie beruhigte.

Es wurde dunkel, und der Sturm nahm an Stärke zu. Der Rudergänger schickte einen Matrosen den Mast hoch in der Hoffnung, dass er von dort eine bessere Sicht hatte. Brüllend teilte der Mann dem Rudergänger mit, was er sah, aber Neeve konnte kaum etwas davon verstehen, weil das Toben der Elemente seine Stimme übertönte.

Sie blinzelte in den Sturm. Bei jedem Blitz glaubte sie, am Horizont den dunklen Zug einer Felsenküste erkennen zu können, der sie sich näherten. Sie wendete ihren Blick wieder dem Rudergänger am Fuß des Mastes und dem Kapitän zu. Beide gestikulierten, zeigten fluchend in unterschiedliche Richtungen. Mit einem Mal wurde Neeve klar, dass das Schiff auf falschem Kurs war. Der Kapitän versuchte, näher an die Küste zu kommen, um dort einen ihm bekannten Punkt zu finden, bevor der Sturm noch weiter zunahm und sie in völlige Dunkelheit gehüllt waren. Sie mussten den Hafen von Gesoriacum finden.

Die Wellentäler wurden immer tiefer und die Wasserwände, die auf sie zukamen, immer höher. Der Sturm heulte über das Deck, zerrte an dem rechteckigen Segel, verdrehte es, obwohl sich schon sechs Mann an der Stange abmühten.

»Segel zusammenholen«, brüllte der Kapitän, wild mit den Armen gestikulierend, »einholen.«

Ohne das große rechteckige Segel, nur unter dem kleinen an der über den Bug hinausragenden Stange, drehten die Wellen das Schiff auf das Wellental zu.

»Ruderleute!«, schrie der Rudergänger. »Seid verdammt zum Hades! Haltet die Ruder fest!«

Aber den Matrosen an den Steuerrudern gelang es nicht, das Schiff gegen den Wind zu halten.

»Die Taue!«, brüllte der Kapitän, und die Angst stand ihm zum ersten Mal ins Gesicht geschrieben, wie Neeve feststellte. »Umlegen!«

In der folgenden Stunde, in der es immer dunkler wurde, kämpften die Matrosen mit den Tauen. Einige verloren den Halt in der überschäumenden Gischt, während das Schiff tanzte, sich hob und senkte, und einer wurde unter einem Brecher begraben und über Bord gespült. Neeve hörte die Seeleute Felicitas anflehen, die Stimmen voller Angst. Das Auseinanderbrechen des Schiffes mussten sie mit all ihren Kräften verhindern.

Der Bug wies nicht mehr gegen den Wind. Die Elemente hatten die Kontrolle über das Schiff, drohten, Besatzung und Reisende an die hungrige See zu verfüttern.

Zischend erloschen die Fackeln.

Neeve rief die Götter an, obwohl sie bezweifelte, dass sie im Geheul des Sturmes ihre Stimme hören konnten. Matrosen warfen die Getreidekisten über Bord, die Amphoren über die Reling, öffneten den oberen Laderaum und entleerten ihn bis auf das, was sie als Ballast benötigten.

Die Felicitas blieb im Griff der See, und die riesigen Brecher rollten weiter über das Schiff. Unter dem wachsamen Auge des Rudergängers zerrten die Matrosen mit aller Kraft an den Seitensteuerrudern, doch das Schiff weigerte sich, den Bug auch nur ein Grad weiter gegen den Wind zu drehen.

Die Wellen wurden immer höher, und mit jeder Schlingerbewegung schoss mehr Wasser auf das Deck. Neeve wunderte sich, dass das Schiff sich überhaupt noch über Wasser halten konnte. Sie klammerte sich an die Reling, ihre Hände fühlten sich an wie steif gewordene Klauen.

»Alle Männer an Deck! Die Frauen auch, wenn sie können«, schrie der Kapitän. Er hatte alle verfügbaren Matrosen an die riesige Stange mit dem zusammengerollten Segel beordert, brauchte aber weitaus mehr Leute, um das ungeheuer schwere Rundholz ins Meer zu wuchten, das quer über dem Schiff lag, eingepasst in Vertiefungen in den Eichenbalken.

Neeve ließ die Reling los und stand mit zittrigen Beinen auf. Auch andere Frauen hangelten sich an der Reling entlang, folgten dem Aufruf des Kapitäns. Als das Schiff eintauchte, stemmte sich Neeve gegen die nächste Welle, die über das Schiff hereinbrach. Mit gierigen Fingern griff die Sturzflut nach ihren Beinen, aber die Hauptwucht der Welle rollte an ihr vorbei. Die Frau vor ihr jedoch, die mit dem sympathischen Lächeln, wurde von der Reling weggerissen wie ein Blatt im Wind; mit ihren schlanken Armen um sich schlagend ging sie über Bord. Neeve atmete einmal tief durch, blinzelte in den beißenden Regen und kämpfte sich weiter vor.

Winden und Tauwerk waren schon losgemacht, als Neeve und die anderen sich zu beiden Seiten der Stange versammelten. Es bedurfte fast jedes lebenden Wesens an Bord der Felicitas, um die gewaltige Stange aus den Vertiefungen zu heben und sie längsschiffs zu drehen. Neeve fühlte sich besser dabei, etwas tun zu können, als sich einfach nur an die Reling zu klammern. Zu ihrer Überraschung stellte sich heraus, dass die Stange länger war als das gesamte Schiff.

»Langsam … langsam«, dirigierte am Bug der Kapitän, dem sein geölter Regenumhang um die Knie schlug. »Nicht nachgeben … weiter so. Das Ende festhalten!«

Während das eine Ende des Rundholzes bereits auf der Reling lag, drückte die lange Reihe frisch rekrutierter Helfer das andere Ende Richtung See.

»Hochstemmen«, rief der Kapitän, und die Stange kippte nach vorn über, über die Reling in die nächste Welle.

Aber der Sturm schlug zurück wie ein Dämon. Die Stange tauchte zuerst neben dem Heck ein und wurde dann wie ein Strohhalm in der schweren See herumgewirbelt. Sie krachte in die Männer, die am Bug standen, und schleuderte ihre zerschmetterten Körper ins Meer. Danach glitt sie lautlos in die Tiefe, fünf oder sechs schreiende Menschen auf dem Deck hinterlassend. Dann kam die nächste Welle über, riss sie mit sich in die stumme Tiefe.

Das Schiff war ohne Kapitän.

Matrosen und Reisende riefen Felicitas und Neptun an, den Gott des Meeres. Doch der Sturm nahm weiter an Stärke zu, und der Rudergänger befahl seinen verbliebenen Männern, das Seil zu kappen, das sich von der Spitze des Masts zum Bug spannte, um ihn abzustützen. Dann durchtrennten sie die Verspannung mit dem Heck und schlugen mit Äxten auf den schwankenden Mast ein. Der stürzte geradewegs ins Meer, was jeder als Zeichen dafür wertete, dass Felicitas ihren verzweifelten Dienern doch wohlgesinnt war.

Als der Rudergänger meinte, die Brecher zu hören, ließ er die Wassertiefe ausloten. Neeve hörte, wie die Seeleute einander zuriefen: »Zehn Faden.«

»Anker werfen!« Der Rudergänger war besorgt. Sie saßen fast auf den Felsen. Die Seeleute warteten auf den nächsten Blitz, um die Brecher ausmachen zu können.

Neeve war wieder an ihrem Platz an der Reling. Die Eiseskälte ließ sie am ganzen Körper zittern, und in den Händen hatte sie kein Gefühl mehr. Aber sie hielt sich immer noch fest, während eine Welle nach der anderen gegen das Schiff schlug und überkam. Ihr Kompositbogen und ihre Reisetasche waren schon längst in der gurgelnden See verschwunden, aber das war ihr egal. Sie wollte nur noch überleben.

Plötzlich war ein lautes Krachen zu hören. Alle Köpfe an Deck drehten sich wie auf Befehl um, um zu sehen, was geschehen war, aber das Schiff sah aus wie zuvor. Die Matrosen hangelten sich über das Deck, öffneten die Luke und stiegen hinunter, um den Rumpf zu begutachten. Auch ohne Fackel erkannten sie, was geschehen war. Unweit des Hecks hatte die Bordwand ein Leck. Die Felicitas lief voll.

»Steuerruder!«, schrie der Rudergänger. »Steuert das Land an!« Dann sagt er nichts mehr, weder zu den Reisenden noch zu den Matrosen. Alle wussten, dass das Schiff bald sinken würde, und die einzige Hoffnung bestand darin, es bis dahin näher an die Küste zu bringen.

Am Heck brach ein Kampf aus. Ein paar Männer stritten sich um das Ruderboot. Aber kaum war es ins Wasser gelassen, lief es auch schon voll, und im nächsten Augenblick wurde es von den Wogen mitgerissen.

Neeve starrte über die Reling und auf die sich immer deutlicher abzeichnende Felsenküste. Mit jeder Wellenbewegung näherten sie sich der Küste, wo sich die Wellen als Brecher überschlugen, ihr Rauschen anschwoll, dem Hufschlag von tausend Pferden gleich. Sie zog die Riemen ihres Geldgürtels fester, warf aber den Beutel mit den Sesterzen über Bord. Zusätzliches Gewicht konnte sie nicht gebrauchen.

Das Schiff wurde weitergetragen. Neeve begann, flacher zu atmen. Sie versuchte, sich auf das unvermeidliche Auseinanderbrechen des Schiffes beim Auftreffen auf den schwarzen Felsen einzustellen.

Die Felicitas lag mittlerweile so tief im Wasser, dass die Wellen ungehindert das Heck überspülten. Dennoch trieben sie sie weiter auf die Steilküste zu. Mannschaft und Reisende hockten dicht gedrängt am Bug zusammen, man klammerte sich aneinander, nicht so sehr, um einen festeren Stand zu haben, als vielmehr, um sich gegenseitig Halt zu geben.

Das Schiff bebte.

Es begann zu sinken. Es würde nie die Küste erreichen.

Neeve sprang wie alle anderen über Bord. Sie erwischte ein Wellental und hatte das Gefühl, auf festem Boden aufgekommen zu sein. Farben blitzten hinter ihren Augen auf, und Wellen schlugen über ihr zusammen. Sie schnappte nach Luft. Da legte sich etwas auf ihre Schulter. Eine Hand! Sie wirbelte herum. Der Drängler vom Hafen in Britannien. Er strampelte und versuchte verzweifelt, den

Kopf über Wasser zu halten. Dann griff er in ihr Haar und zog sie hinunter. Sie entwand sich seinem Griff, schoss hoch, rang nach Luft.

Die nächste Welle schlug über ihr zusammen und drückte sie weit unter Wasser. Sie schwamm in langen Zügen, und als sie an die Oberfläche kam, war sie eine Schiffslänge von der sinkenden Felicitas entfernt. Sie atmete tief ein und schwamm mit der Strömung mit. Um sie herum sah sie Menschen, Köpfe, die in den Wellen auf und ab zu hüpfen schienen.

Und sie hörte Schreie, als die See sie gegen die schwarzen Zähne der Steilküste warf.

Ihre Lungen brannten vom Salzwasser, und ihre Arme und Beine erlahmten bald. Als sie ihre Kräfte verließen, überließ sie sich dem Meer. Eine gewaltige Welle riss sie mit und warf sie auf die hungrigen Felsen zu. Sie fühlte noch, wie sie hochgehoben und auf die Wellenbrecher zugeschleudert wurde, und dann spürte sie einen heftigen Schlag in der Magengegend.

Um sie herum wurde es dunkel: Sie versuchte, sich noch fester an die Reling zu klammern. Wellen schlugen über sie, und sie presste sich noch fester gegen die Reling. Dann kam sie mit dem Gesicht im Sand auf. Und jetzt bemerkte sie, dass sie sich nicht mehr auf dem Schiff befand. Sie war jenseits der Brandungszone; die Wellen liefen als Roller am Strand aus und nahmen sie mit. Sie spuckte Salzwasser. Ihre Nase und ihre Kehle schmerzten, und der Magen drehte sich ihr um. Der Sogstrom einer zurücklaufenden Welle zog sie wieder ins Meer hinaus. Aber schon rollte eine neue Welle heran, die sie vorwärts spülte, auslief. Aber wieder nahm der am Boden zurücklaufende Sogstrom sie mit hinaus. Einem toten Fisch gleich trieb sie hin und her, bis sie die Kraft fand, sich aufzurappeln und ans Land zu taumeln.

Dann wurde sie ohnmächtig.

Sie erwachte im grauen Licht der Morgendämmerung. Der Sturm tobte immer noch, und Neeve versuchte vergeblich, den Kopf zu heben. Ihr Körper fühlte sich an, als sei er durchgeprügelt und am Boden angepflockt worden. Allmählich erkannte sie ihre Umgebung. Im Sand lagen drei Leichen, die vom Meer angespült worden waren. Und weiter hinten am Strand waren noch mehr.

Zwei Männer beugten sich über die Toten und zerrten an ihren Kleidern.

Strandräuber.

Sie schloss die Augen.

18

Balbinus gab Calpurnia die Nachricht zurück und fragte: »Was hat das zu bedeuten?«

Calpurnia trippelte über den Mosaikboden der Bibliothek und legte die Schriftrolle in ein Regal zurück zu den anderen. »Keine Ahnung«, sagte sie. »Eigentlich war geplant, dass Brutus diesen Trebellius eliminiert, bevor er am Adriatischen Meer ankommt.«

Balbinus blickte sich um, ob nicht irgendwelche Diener vor der Tür herumlungerten. Er traute keinem von ihnen. Für ein paar Münzen würden die sogar die Geheimnisse des edlen Sokrates verhökern. Er wischte sich den Schweiß von der Oberlippe und sprach im Flüsterton weiter. »Trebellius müsste mittlerweile am Adriatischen Meer angekommen sein«, sagte er, »und hat er es erst einmal überquert, wird er von Legionären eskortiert. Legionäre!« Er stieß ein verbittertes Lachen aus. »Und was soll ich dann machen? Der Reisewagen war die einzige echte Gelegenheit.« Er öffnete den Mund, um nach Wein zu rufen, überlegte es sich dann aber anders und goss sich eigenhändig einen Becher ein.

»Ich denke nicht, dass du dir Sorgen zu machen brauchst …«

»Ich soll mir keine Sorgen machen?«

Sie zog eine Rolle aus ihrem Behälter und las den Inhalt laut vor: »Alles läuft wie geplant.«

»Aber geplant war doch …«

»Manchmal muss man eben umplanen«, erklärte Calpurnia mit beruhigender Stimme. »Du kannst ganz sicher sein, dass Brutus die Sache im Griff hat. Vergiss nicht, einen besseren … äh … Fachmann findest du in ganz Rom nicht. Deshalb haben wir ihn ja auch gedungen.«

Balbinus stürzte seinen Wein hinunter und goss sich neuen ein. »Das alles werden sie mir anhängen. Ich höre schon, wie Atilius Titianus sich totlacht. Und ich habe es wahrhaftig verdient. Erst habe ich Titianus gegen den Kaiser unterstützt, um ihn dann zu verraten, und jetzt zahlen es mir die Schicksalsgöttinnen heim.«

»Aber nicht doch, die Schicksalsgöttinnen sind auf deiner Seite.«

»Ich würde dir ja gerne glauben«, sagte Balbinus und starrte auf seinen Becher, der schon wieder leer war. »Ich fürchte nur, Senator Severus wird dahinter kommen, dass ich einen Mörder gedungen habe. Dann redet er mit dem Kaiser, und die beiden fragen sich, was ich wohl zu verbergen habe.«

»Denk doch an die Nachricht. Alles ist in bester Ordnung.« Sie stand auf und nahm ihm den Becher aus der Hand. Dann zog sie ihn auf die Liege und sagte: »Bald werden wir eine weitere Nachricht erhalten, die besagt, dass Trebellius ertrunken oder bei einem schrecklichen Brand ums Leben gekommen oder von einem Barbaren ermordet worden ist.«

Sie ließ ihre Lippen sanft über seine Wange gleiten und kreiste seinen Mund mit kleinen Küssen ein, bis er das Gefühl hatte, dass seine Ängste dahinschmolzen wie der erste Schnee im Herbst.

Brutus saß allein im Speisezimmer ihrer Villa und nippte an einem Becher Wein. Ihre Küchensklaven waren gerade dabei, das Essen zuzubereiten, und so ging sie in den säulengetragenen Portikus hinaus und setzte sich an einen Tisch. Sie musste nachdenken. In der Hand hielt sie eine lange stabförmige Klinge, die sie gedankenverloren an einem Stein wetzte, zuschliff und zuspitzte. Sie besaß viele solcher Klingen und wusste genau, wie dünn sie werden durfte, damit sie nicht brach, wenn sie versehentlich auf einen Knochen traf. Jahrelang hatte sie an Tierkadavern mit unterschiedlichen Querschnitten experimentiert, bis sie die perfekte spitze, nadelgleiche Klinge entwickelt hatte.

Es war nicht immer so gewesen. Am Anfang, als ihr Mann gestorben war und ihr einen gigantischen Schuldenberg hinterlassen hatte, hatte sie noch einen gewöhnlichen Soldatendolch benutzt.

Aber damals war sie noch ein unerfahrenes junges Ding gewesen. Sie erinnerte sich noch daran, wie sie eine ganze Woche lang ihren schrecklichen Verlust und ihre verzweifelte finanzielle Lage beweint hatte. Die Bankiers wollten ihr einziges Haus – eine bescheidene Villa in den Außenbezirken Roms – versteigern, und sie hatte nicht die Mittel, um den Verkauf abzuwenden. Als sie dann in ihrer Verzweiflung einmal ziellos durch die Straßen lief, hörte sie durch Zufall, wie zwei Männer sich in einer Kutsche stritten. Der eine von beiden erpresste den anderen wegen eines sexuellen Fehltritts. Als der Erpresser gegangen war, trat sie an den anderen Mann heran und sagte: »Ich kenne jemanden, der Euer Problem aus der Welt schaffen könnte.«

Der Mann blickte sie verblüfft an.

»Keine Sorge«, erklärte sie, »Euer Privatleben interessiert mich nicht ... aber der Erpresser wird nie Ruhe geben, das ist Euch ja wohl klar.«

»Ich habe wirklich keine Ahnung, wovon Ihr redet. Verschwindet!«

»Vielleicht habe ich mich ja geirrt«, räumte sie ein und wandte sich zum Gehen.

»Moment mal. Wie heißt Euer Freund?«

»Das braucht Ihr nicht zu wissen«, erwiderte sie. »Aber vielleicht habt Ihr ja schon von ihm gehört. Er ist ein Syrer und unter dem Namen Brutus bekannt.« Ein anderer Name fiel ihr gerade nicht ein. Brutus war der syrische Sklave, der die Straße vor der Wohnung ihres griechischen Hauslehrers fegte.

»Von einem Brutus habe ich noch nie gehört«, meinte er.

»Das haben die wenigsten – und wenn, dann nur im Flüsterton«, erwiderte sie.

Er runzelte die Stirn, als müsste er nachdenken.

»Brutus gilt als bester Auftragsmörder Roms. Kein Mensch hat je sein Gesicht gesehen, nicht einmal ich. Aber ich kenne jemanden, der Kontakt zu ihm aufnehmen kann.«

Der Mann fingerte an seinem Gehstock herum. »Und was würde es kosten, mein Problem zu lösen?«, fragte er schließlich.

Sie musterte seine reich verzierte Kutsche und überlegte. Sie hatte zweihundertsechsundvierzig Aurei Schulden auf ihrer Villa, und so schaute sie ihm fest in die Augen und sagte einfach: »Zweihundertsechsundvierzig Aurei.«

Die hohe Summe versetzte ihn in größeres Erstaunen als die merkwürdig unrunde Zahl. »Das ist ja unverschämt!«, schimpfte er.

»Also gut«, sagte sie und wandte den Blick ab. »Aber dann werdet Ihr Eurem Blutsauger von einem Erpresser weit mehr bezahlen müssen, das garantiere ich Euch. Und am Ende pfeifen die Spatzen Euer Geheimnis von den Dächern. Erpresser halten niemals den Mund.«

Er seufzte. »Ich kenne Euch nicht. Wer garantiert mir, dass dieser Kerl, dieser Brutus, die Sache auch wirklich zu meiner Zufriedenheit erledigt?«

»Ihr zahlt nach getaner Arbeit«, sagte sie.

Er spitzte die Lippen, rieb sich die dicken Wangen und nickte dann.

Sie ließ sich die Adresse des Erpressers geben, zog teure Kleidung an und wartete vor seinem Haus auf ihn. Sie folgte ihm zu einem Schmuckgeschäft, wo er einen silbernen Armreif und mehrere Ringe erstand. Sie erkannte gleich, dass er es sich gern gut gehen ließ. Als er wieder herauskam, trat sie in der Eingangshalle auf ihn zu, blieb stehen und fragte ihn, ob er ein Senator sei. Geschmeichelt und nicht irritiert, weil sie es an seiner Kleidung hätte sehen müssen, verneinte er, aber nicht ohne hinzuzufügen, dass er ihr vielleicht trotzdem helfen könne. Sie nahm ihn zur Seite und führte ihn in eine menschenleere Gasse, wo sie ihm den Dolch in den Bauch rammte. Fluchend sank er zusammen und riss ihr im Fallen den Umhang vom Leib. Sie bückte sich, zog das Messer aus seinem zuckenden Körper und stieß es ihm noch einmal hinein. Er schrie wie ein Schwein im Schlachthof. Wieder und wieder stieß sie zu – zehnmal, und er wollte immer noch nicht sterben. Sie hatte ja keine Ahnung, wie schwer es war, jemanden zu töten. Dann stieß sie den Dolch von unten nach oben auf sein Herz zu, und er zuckte ein letztes Mal, bevor er für immer verstummte.

Sie ließ ihn in der Gasse liegen, nachdem sie ihm noch den silbernen Armreif, die Ringe und einen gut gefüllten Geldbeutel abgenommen hatte.

Zwei Tage später traf sie sich mit dem reichen Mann, der sie gedungen hatte und sich nun weigerte, die volle Summe zu bezahlen. Sie erklärte ihm, Brutus halte sich grundsätzlich an jede Abmachung; da er, der Auftraggeber, nun aber sein Wort nicht halten wolle, habe sich die Summe verdoppelt. Als der Mann protestierte, erklärte sie ihm, dass er innerhalb einer Woche dasselbe Schicksal erleiden werde wie sein Opfer, falls er nicht das Doppelte der vereinbarten Summe bezahle. Am nächsten Tag erhielt sie den geforderten Betrag.

Das war ihr erster Auftrag gewesen. Bald hatte sie sich den Ruf erworben, absolut zuverlässig zu arbeiten, und konnte entsprechend mehr dafür verlangen. Nach ihren schlechten Erfahrungen beim ersten Mal ließ sie sich fortan aber nur noch im Voraus bezahlen, um Komplikationen zu vermeiden. Ihr Dolch mutierte nach und nach zu einer schlanken, rasiermesserscharfen Stahlnadel, und ihre Geschicklichkeit nahm zu, bis sie einen Mann mit einem einzigen kurzen Stoß ins Totenreich befördern konnte. Kein Mensch im Rom wäre je auf den Gedanken gekommen, dass es sich bei Brutus um eine Frau handeln könnte, was für sie die Gefahr verringerte, ertappt zu werden. Männer – und vor allem die, mit denen sie es zu tun hatte – ließen gern eine geheimnisvolle Frau nah an sich heran. Sie kannten weder Loyalität noch Skrupel, und wenn sie zu Boden sanken, hatten sie mit einiger Sicherheit den gerechten Lohn für ein exzessives Leben bekommen.

So konnte sie ganz gut ohne Gewissensbisse leben. Die meisten ihrer »Partner« – so nannte sie sie, denn sie pflegte zu sagen, sie treffe sich mit einem Geschäftspartner in Ägypten oder Gallien –, die meisten ihrer »Partner« waren wie bösartige Geschwülste der Gesellschaft, deren plötzliches Verschwinden allenfalls Erleichterung hervorrief. Und war einmal der eine oder andere anständige Kerl darunter, würde sie das nie erfahren, weil sie mit diesen Männern nie allzu viel Zeit verbrachte.

Und genau aus diesem Grund machte ihr die Sache mit Vectis Trebellius so zu schaffen.

Nicht nur, dass sie einen Fehler gemacht hatte, der verheerende Auswirkungen haben konnte; sie hatte sich darüber hinaus auch noch viele Stunden lang mit ihm unterhalten. Schlimmer noch: Sie mochte diesen Vectis Trebellius. Er schien ein guter Mensch zu sein. Als während ihrer Fahrt die Frau aus der Kutsche geworfen werden sollte, hatte sie, Brutus, sich ebenso dagegen verwahrt wie Trebellius. Der Unterschied zwischen ihnen beiden war nur, dass sie lediglich schauspielerte, während Vectis Trebellius von der Not der Frau wirklich betroffen war.

Sie dachte über ihre Nachricht an ihren Auftraggeber nach. »Alles in Ordnung«, hatte sie geschrieben. »Alles läuft wie geplant.« Aber es war keineswegs alles in Ordnung. Es hätte kaum schlimmer kommen können. Trebellius kannte ihren richtigen Namen. Das wäre an sich kein Problem gewesen, weil sie immer unter ihrem richtigen Namen reiste: Tiberia Baebius Orestes, Färbemittelhändlerin. Und das war sie auch. Aber Trebellius hatte angedeutet, sei es im Scherz oder nicht, dass sie die Mörderin sein könnte.

Und das machte ihr Sorgen.

Sie war überrascht, dass er sie überhaupt als mögliche Verdächtige einstufte – und das trotz einer tobenden Menschenmenge, eines undurchsichtigen griechischen Zauberkünstlers und eines hinterhältigen Wirts. Außerdem war ihr »Partner« in diesem Fall alles andere als ein leichtes Ziel, so umsichtig und aufmerksam, wie er war. Wie kam Trebellius dazu, auch nur im Entferntesten anzunehmen, eine Frau könnte einen derart kräftigen Mann überwältigen?

Brutus glaubte, die Antwort zu kennen. Der ägyptische Prinz. Das war ein stolzer Augenblick für sie gewesen. Sie hatte einen Auftrag erledigt, den kein anderer Auftragsmörder auch nur anzunehmen gewagt hätte, und das auch noch mit Stil. Aber Vectis Trebellius war dort gewesen. Außerdem war er auch in Britannien stationiert gewesen, wo keltische Frauen an der Seite ihrer Männer kämpften. Er wusste, wozu eine gut ausgebildete Frau unter bestimmten Umständen in der Lage war.

Mit geschultem Blick begutachtete sie ihre Klinge. Zufrieden schob sie sie wieder in die dazugehörige Scheide. Sie glaubte, jede nur mögliche Vorsichtsmaßnahme getroffen zu haben. An einem öffentlichen Ort war immer gewährleistet, dass den Vigilien jede Menge Verdächtige zur Wahl standen. Sie hatte sich sogar freiwillig für eine Durchsuchung zur Verfügung gestellt – in der festen Überzeugung, dass ein Mädchen, das Wein ausschenkte, niemals diesen dünnen Dolch entdecken würde, der mitten auf ihrem Rücken angeschnallt war.

Und dennoch hatte Trebellius einen vagen Verdacht. Sie kannte diesen Typ Mann. Er würde bei erstbester Gelegenheit überprüfen, ob sie wirklich mit Färbemitteln handelte … und wenn sie sich ihm unter falschem Namen vorgestellt hätte, würde er sich nun fragen, warum. Sein Misstrauen würde wachsen. Er würde an den Mord in Ägypten denken und zu dem Schluss kommen, dass sie eine der Tänzerinnen gewesen sein musste. Und schließlich würde er diejenige, die den Mordanschlag verübt hatte, mit einem bestimmten Namen in Verbindung bringen: Brutus. Aber zum Glück hatte sie ihm ihren wahren Namen genannt. Das war die einzig richtige Entscheidung gewesen. Und wenn er jetzt Erkundigungen über sie einzog, würde er feststellen, dass sie genau diejenige war, als die sie sich ausgegeben hatte: eine einfache Händlerin. Sie hatte schon zahlreiche Geschäftsreisen hinter sich und war an den Handelsstraßen keine Unbekannte. Selbst auf der Reise zu einem »Partner« vernachlässigte sie ihre Geschäfte nicht. Es war zwar ebenso nervtötend wie zeitraubend und erhöhte ihr Einkommen nicht nennenswert, aber als Tarnung waren ihre Geschäfte unerlässlich. Welchen Grund hätte sie sonst auch für ihre häufigen Reisen nennen können?

Brutus stand auf, ging ans Ende des Säulenganges und schlang einen Arm um eine Marmorsäule, bis ihr davon kalt wurde. Die Ackersklaven pflügten gerade ihre Felder, die sich bis hinunter zum Adriatischen Meer erstreckten, um die Frühjahrsaussaat vorzubereiten. Dies war die kleinste ihrer sechs Villen. Dennoch beschäftigte sie über vierhundert Sklaven auf den dazugehörigen Ländereien … und sie kannte kaum einen von ihnen. Aber sie hatte tüchtige Aufseher, und so erzielte sie mit ihren Landgütern unterm Strich gute Gewinne.

Sie fragte sich, warum sie sich das alles eigentlich antat. Nach zehn Jahren reiste sie noch immer durch die Welt, schlief in schmutzigen Wirtshäusern, traf sich mit »Partnern« und verwischte ihre Spuren. War es das Jagdfieber? Oder Stolz auf ihren Ruf? Vielleicht war sie ja auch irgendwo vom Weg abgekommen. Wie sonst war es zu erklären, dass sie ihren Auftrag in Bezug auf Vectis Trebellius zu Ende bringen wollte?

Sie mochte sein Lächeln. Er war die Sorte Mann, die sie immer vergeblich zu finden gehofft hatte. Dennoch verfolgte sie weiter ihre Pläne. Sie schloss die Augen. Sie hatte bereits eine Strategie entwickelt. Es war eigentlich ganz einfach. Seine Soldaten würden ihm nicht helfen können. Er würde zu ihr kommen, und sie würde seinem Leben ein Ende bereiten, wie sie es vielen anderen schon bereitet hatte.

Sie holte einmal tief Luft. In der Ferne sah sie das Azurblau des Adriatischen Meeres, auf dem sich nur ein einsamer Frachtensegler langsam vom Land wegbewegte. Sie kehrte in ihr kunstvoll ausgeschmücktes Speisezimmer zurück und speiste allein.

19

Durch den Wind und den Regen hörte Neeve die Standräuber lachen, wenn sie wieder einmal an einer der Leichen etwas Wertvolles entdeckt hatten. Sie öffnete die Augen einen Spaltweit und sah, wie zwei Männer ihre Beute in einen Sack stopften.

Dann sah sie etwas, das sie erschaudern ließ. Einer ihrer Mitreisenden war noch am Leben und versuchte, sich vor den Männern in Sicherheit zu bringen. Er kroch auf allen vieren. Der Ältere der beiden holte mit einer Keule aus und schlug sie ihm mit einem Ekel erregenden Krachen über den Schädel.

Sie schloss wieder die Augen und versuchte, ihre Gedanken zu ordnen. Sie wollte davonrennen, wusste aber nicht, ob sie überhaupt laufen konnte. Ihr Körper und vor allem ihr Unterleib und ihr Gesicht fühlten sich an, als seien sie mit einem Holzhammer malträtiert worden. Sie griff nach ihrem Messer. Weg. Nicht einmal ein Gürtel. Sie hatte alles verloren – ihr Messer, ihren Gürtel, ihre Aurei. Kein Wunder, dass ihre Hüftknochen so schmerzten. Sie war auf die scharfkantigen Steine des flachen Uferstreifens der Steilküste aufgeschlagen. Der mit Gold gefüllte Gürtel hatte ihr das Leben gerettet, aber jetzt war er weg, abgerissen beim Aufprall. Sie dachte an ihr zweites Messer, das sie umgeschnallt am Unterschenkel trug, und wollte gerade nach ihm greifen, als die Stimme eines der zwei Räuber zu ihr drang. Er war keine fünfzehn Fuß von ihr entfernt.

»Was machst du da?«, fragte er verärgert mit kratziger Stimme.

»Ich versuche, diesen Ring hier abzukriegen«, erwiderte eine jüngere Stimme.

»Stell dich doch nicht so an! Schneid den Finger ab, und wirf ihn in den Sack.«

Die Worte trafen Neeve mit der Wucht einer über ihr zusammenschlagenden Welle. Ihr römischer Ring! Sie wusste zwar nicht, in welche Richtung die Männer schauten, aber sie musste es riskieren. Sie hob fast unmerklich die Hüften und schob beide Hände darunter, bis sie sich berührten. Dann zog und drehte sie an ihrem Ring, aber er bewegte sich nicht. Ihre Hände waren vom Wasser geschwollen. Sie versuchte es noch einmal. Wieder nichts. Sie streckte die Finger unter den Kies, bis sie einen glitschigen Stein fand. An diesem rieb sie ihre Finger, bevor sie es ein weiteres Mal versuchte. Der Ring ging ab. Sie drückte ihn unter die Kiesel und rührte sich nicht.

Neeve hörte ein paar dumpfe Geräusche und dann wieder die kratzige Stimme. »Da … siehst du? Ganz einfach. Und jetzt wirf den Finger in den Sack.«

Sie hörte, wie sie näher kamen und der Sack über den Sand schleifte. »Der da?«, fragte die jüngere Stimme über ihr.

»Such ihn nach Schmuck ab.«

Die Füße blieben stehen. Neeves Hände wurden unter ihrem Körper hervorgerissen und auf Ringe untersucht. Dann spürte sie, wie eine Hand sich an ihren Kleidern zu schaffen machte.

»Das ist ja eine Frau!«, rief der Mann.

»Geil dich bloß nicht auf.«

»Keine Angst«, erwiderte der Angesprochene. »Die ist ziemlich kaputt.« Er drehte sie um und fummelte an ihrem Rock herum. »Nichts zu finden«, sagte er.

»Dann nimm den Umhang und die Stiefel.«

Trotz des gleichmäßigen Prasselns der Regentropfen auf ihrem Gesicht lag Neeve totenstill und mit geschlossenen Augen da. Schon das kleinste Blinzeln, das war ihr klar, konnte tödlich sein.

Neeve hörte förmlich ihren Körper vor Schmerz aufschreien, als der Mann ihr den Kittel vom Leib riss und sie über die Steine am Strand zerrte. Dann fiel sie wieder hin. Nun zog der Mann an ihren Stiefeln und verdrehte sie so, dass sie fürchtete, er würde ihr den Knöchel verrenken.

»Hey!«, schrie der jüngere Mann. »Ein Messer! Und ein gutes noch dazu.« Er hatte das Messer an ihrem Unterschenkel entdeckt. Nun war er nicht mehr zu halten, und seine Hände suchten überall nach verborgenen Schätzen. »Nichts«, sagte er.

»Ich denke, wir nehmen auch die Hosen mit«, meinte der andere. »Ein bisschen was bringen die auch. Aber beeil dich. Ich will nur noch schnell die Bucht nach Angeschwemmten absuchen, bevor sie ein anderer findet.«

Sie spürte, wie sie in die andere Richtung über den steinigen Strand gezerrt wurde und ihr die ledernen Hosen verkehrt herum heruntergezogen wurden. Nun war sie nur noch mit ihren leinenen Unterhosen und dem Leinenunterhemd bekleidet.

Sie blieb reglos liegen, so reglos wie die Steine am Strand. Eiskalter Regen ergoss sich auf sie, und sie biss die Zähne aufeinander. Als sie schließlich den Kopf ein wenig drehte, um nachzusehen, ob die Strandräuber verschwunden waren, sah sie nur eine felsige Küste und überall Tote, von denen einige von den Wellen hin und her gerollt wurden.

Sie hatte große Mühe aufzustehen, wischte sich den groben Sand vom Körper. Ihr tat alles weh. Dann erinnerte sie sich wieder an ihren Ring und machte sich auf die Suche. Der Strand sah überall gleich aus. Sie fiel auf die Knie und begann zu graben. Nichts. »Denk nach!«, ermahnte sie sich. Sie blickte sich um und versuchte, sich zu erinnern, wo sie gelegen hatte, bevor der Strandräuber sie über Sand und Geröll gezerrt hatte. Da war doch etwas! Sie trat ein Stück zurück und suchte dann mit den Augen den Uferstreifen ab. Da! Der kaum mehr erkennbare Umriss eines Körpers. Vom Wind überstrichen hatten sich Konturen herausgebildet, wo sie gelegen hatte. Sie stürzte auf die Stelle zu und begann eiligst, aber sorgfältig, den Sand abzutragen. Da war er. Unendlich behutsam zog sie ihren Ring aus dem Sand, blies darüber und schob ihn auf den Finger.

Sie fröstelte. Der von der See kommende Wind war beißend kalt, und sie stand in Unterhosen und Unterhemd hier im Regen. Neeve schlang sich die Arme um den Köper, um dem Zittern entgegenzuwirken, prüfte gleich, ob nichts gebrochen war, aber das Atmen tat weh.

Sie schaute sich um. Sie brauchte dringend Kleider. Die Strandräuber hatten mehreren der keltischen Männer zwar die langen Hosen gelassen, nicht aber die Kittel. Sie beugte sich über den ersten Mann und erstarrte. Es war der Drängler vom Hafen in Britannien, aber sie erkannte ihn kaum wieder. Er hatte keine Augen mehr. Sie ging zum nächsten Mann, öffnete seinen Gürtel und zerrte ihm die ledernen Hosen vom Leib. Sie schüttelte den Sand heraus, wrang sie, so gut es ging, aus und zog sie an. Sie waren ihr viel zu weit, und die Beine waren zerrissen. Jetzt verstand sie, warum die Plünderer sie nicht mitgenommen hatten. Dann inspizierte sie die toten Schiffbrüchigen, einen nach dem anderen. Von dem Anblick der zerschmetterten Körper wurde ihr übel, und sie schämte sich, dass sie sich nun auch an ihnen vergriff. Aber die Götter hatten sie verschont, und sie wollte weiterleben. Von einer der Leichen nahm sie sich Lederriemen, mit denen sie ihre flatternden Hosen unten zusammenband und verkürzte, von einer anderen einen Gürtel und von einer dritten ein leichtes Gewand, das sie über ihr eigenes zog.

Plötzlich bewegte sich etwas.

Sie wirbelte herum.

Ein Mann stapfte auf sie zu. Zuerst dachte sie, dass es ein Mitreisender sei, wurde aber im selben Augenblick eines Besseren belehrt. Es war ein weiterer Strandräuber. Er fluchte und rief ihr etwas zu, aber Neeve wartete nicht ab, bis sie verstand, was er von ihr wollte. Sie rannte auf das Riedgras zu, das den Strand säumte, musste aber bald feststellen, dass das Gelände voller stacheliger Pflanzen und scharfkantiger Steine war, zum Barfußlaufen denkbar ungeeignet.

Sie hob einen Stein auf und drehte sich um. Sie musste sich ihm stellen.

»Gib mir, was du gefunden hast!«, forderte er sie auf, nach seinem schnellen Lauf am Ufer entlang schwer atmend. Um seinen Worten Nachdruck zu verleihen, hielt er ihr dabei ein sieben Zoll langes Messer unter die Nase.

»Ich habe gar nichts«, beteuerte sie und verdeckte ihren Ring mit der anderen Hand.

»Ich hab doch gesehen, wie du die Leichen ausgezogen hast!«

»Ich war auf dem Schiff, du Schwachkopf!« Trotz seines Messers konnte sie ihren Zorn nicht zügeln. Ihr Verstand riet ihr zwar zur Vorsicht gegenüber einem bewaffneten Fremden, aber sie fror, ihr tat alles weh, und sie war nicht in der Stimmung für ein weiteres Problem ... schon gar nicht, wenn es von einem Mann ausging, der ihr gerade bis zur Schulter reichte und aussah, als lebte er in einer Kloake. Sein schwarzes Haar hing ihm tief in die Stirn, und er hatte eine riesige Nase und listige, rattenähnliche Augen. Das Messer hielt er vollkommen falsch, nämlich viel zu hoch.

»Gib mir, was du gefunden hast!«, wiederholte er.

»Also gut«, sagte sie und streckte den Arm aus. »Den Ring da habe ich gefunden.«

Gierig betrachtete er ihre Hand.

Sie sprang auf ihn zu, drückte mit einer Hand das Messer hoch und schlug mit dem Stein in der anderen Hand zu. Sie traf ihn seitlich am Kopf, und seine kurzen Beine knickten ein. Dann hob sie sein Messer auf und trat zurück.

Er kniete stöhnend vor ihr.

»Ich will deine Schuhe und deinen Kittel«, sagte sie.

Er rieb sich den Kopf. »Gar nichts kriegst du«, sagte er, rappelte sich auf und schob trotzig das Kinn vor.

»Im Gegensatz zu dir weiß ich, wie man dieses Messer benutzt«, sagte sie und hielt die Spitze an seine Leistengegend. »Was soll ich dir zuerst abschneiden? Zunge oder Hoden?«

»Ich glaube nicht, dass du …«

Sie drückte die Messerspitze in seinen Arm – nicht tief, aber schnell und kräftig.

Er schrie auf.

»Los jetzt«, drängte sie.

Er zog seinen dicken Kittel aus und dann seine Schuhe.

Sie musterte ihn. Er trug knielange Hosen und dicke Wollsocken. Es wurde kälter, und seine Hosen unter ihren weiten würden sie warm halten, bis sie etwas Besseres fand. »Hosen und Socken«, sagte sie.

»Nein!«, rief er.

Sie piekte ihn in den anderen Arm.

Er schrie erneut auf und zog fluchend Hosen und Socken aus. Dann stand er vor ihr, nur noch mit einem schmutzigen Unterhemd bekleidet, das er vor sich zusammenhielt, um seine Scham zu bedecken.

Neeve musste unwillkürlich grinsen, als sie sagte: »Du brauchst keine Angst zu haben. Ich werde dich nicht töten … diesmal jedenfalls nicht.«

In einer Mischung aus Wut und Selbstmitleid verzog er das Gesicht.

Bevor sie ihn stehen ließ, nahm sie ihm noch seinen Geldbeutel ab, zwei Sesterzen und eine mit getrockneten Äpfeln belegte und gerollte gebratene Scheibe Schweinefleisch.

Neeve schleppte sich mühsam über das grasbewachsene Flachland auf das wellige Land im Süden zu. Sie brauchte Stunden, bis sie eine Straße gefunden hatte, aber dann traf sie gleich auf eine breite römische Straße mit Meilensteinen, die ihr die Entfernung zur nächsten Stadt anzeigten. Sie stellte fest: Jede einzelne Stelle ihres Körpers schmerzte; Arme, Beine und Hüften waren geschwollen und voller blauer und schwarzer Flecken. Wie ihr Gesicht aussah, wollte sie gar nicht erst wissen. Aber zumindest war sie nicht ernsthaft verletzt.

Dennoch machte sie sich Sorgen. Der Winter stand vor der Tür, und sie war völlig mittellos. Ihr Plan, sich vor dem ersten Schnee auf den Weg nach Rom zu machen, war an Galliens grausamer Felsenküste zerschellt. Sie hatte kein Geld, einen Wagen zu kaufen oder ein Zimmer zu mieten, und keines für Lebensmittel. Sie brauchte dringend römisches Geld. Zwei Sesterze würden kaum eine Woche reichen. Sie spielte kurz mit dem Gedanken, sich als Magd auf einem Bauernhof oder als Küchenmädchen zu verdingen, um wenigstens Essen und Unterkunft zu bekommen, wusste aber, dass niemand gern eine Fremde einstellte – noch dazu eine, die so abgerissen war wie sie. Stehlen kam für sie nicht in Frage. Sie wollte nicht so enden wie die Diebe in Britannien, deren Leichname zur Abschreckung vor den Stadtmauern auf Pfähle gespießt waren.

Es blieben ihr also nur zwei ähnlich schreckliche Möglichkeiten: Sie konnte entweder ihren Körper verkaufen oder betteln gehen. Sie entschied sich für Betteln.

Als sie sich den Toren der Stadt näherte, erkannte sie gleich, dass ihr Vorhaben nicht so einfach umzusetzen sein würde. Dutzende von Bettlern säumten die Straße vor der Stadt und hielten ihre Becher vor sich in der Hoffnung auf Kleinstmünzen oder etwas Essbares. Die Stadt war klein, aber wohlhabend genug, um über einen eigenen Trupp Soldaten zu verfügen, die in den Straßen für Ordnung sorgten. Sie duldeten kein Betteln innerhalb der Stadtgrenzen, und wenn Neeve betteln wollte, musste sie sich der Masse von Bettlern anschließen, die bereits ihre Becher schwenkten.

Ihr monotones Geleier schwoll an, als sie näher kam. Nun konnte sie einzelne Stimmen ausmachen.

»Schaut mich an!«, rief ein Mann ohne Beine. »Ich war einmal so wie ihr. Helft mir!«

»Ich habe keinen Menschen mehr«, murmelte ein blindes Mädchen.

»Meine Mutter ist krank«, spulte ein etwa zehnjähriger Junge wieder und wieder herunter. »Und sie hat nichts zu essen.«

»Bitte, bitte, helft mir doch«, flüsterte eine zahnlose Alte.

Andere schluchzten, starrten zu Boden, während sie den Vorübergehenden ihren Becher hinhielten. Einer, der auf einer Matte lag, musste von Familienmitgliedern an seinen Platz getragen worden sein. Er hatte weder Arme noch Beine, sprach kein Wort und starrte lediglich die Menschen an, die durch das Stadttor gingen. Und von aller Lippen kam immer wieder der gleiche Kehrreim: »Die Götter schauen auf euch!« und »Die Götter mögen die Barmherzigen segnen!«

So eindringlich ihre Rufe auch waren, wagte doch keiner der Bettler, über den Bordstein auf die gepflasterte Straße zu treten, während die Kaufleute und Krämer hinein- und herausströmten. Neeve erkannte schnell, warum das so war. Sechs bewaffnete städtische Soldaten standen am steinernen Tor, um zu gewährleisten, dass der Handel in der Stadt durch nichts behindert wurde. In ihren Gürteln steckten Peitschen mit Metallsplittern und Tonscherben. Die Bettler durften einen Vorübergehenden lediglich ansprechen, ihn aber nicht berühren oder gar den Verkehr behindern. Neeve bezweifelte nicht, dass jeder, der sich nicht an diese Regeln hielt, dafür bestraft wurde.

Sie ging durch das Tor, fand einen Brunnen und trank begierig. Dann kehrte sie zu den Bettlern zurück und schob einen alten Mann beiseite, der nach Urin und billigem Wein stank. Drei Stunden lang streckte sie die Hand aus und sagte wieder und wieder: »Ich bin schiffbrüchig. Mir ist nichts geblieben.« Bei all der Konkurrenz verzweifelter Menschen, denen es noch schlechter ging als ihr, bekam sie jedoch nichts außer einer winzigen Bronzemünze, die sie noch nie zu Gesicht bekommen hatte. Als sie den alten Mann fragte, wie viel sie wert sei, erklärte er, das sei eine alte Münze, die nicht mehr im Verkehr sei. Sechzehn von ihnen seien so viel wert wie ein Sesterz, aber kaufen könne sie sich davon nichts.

In jener Nacht wusch Neeve sich und ihre übergroßen Kleider in einem Bach, der sich an der Stadt vorbeischlängelte, und schlief dann auf dem grasigen Ufer. Sie verschlang die Hälfte des Schweinefleischs und die meisten der getrockneten Äpfel. Sie wusste, dass sie sich das Essen einteilen musste, aber nach zwei Tagen ohne Nahrung fiel ihr das schwer. Außerdem war ihr schwindlig, und sie hatte ein Gefühl, als bekäme sie Fieber. Zuerst führte sie ihre

Halsschmerzen und die Schwindelgefühle auf das Meerwasser zurück, das sie geschluckt hatte, aber dann wurde es schlimmer statt besser. Sie erwachte mit Schüttelfrost und Husten, und ihre Augen schmerzten bei jeder Bewegung.

Aber die Götter waren mit ihr.

Sie hatte eine Idee, wie sie sich aus ihrer misslichen Lage befreien konnte.

Nie mehr betteln, schwor sie sich, als sie zum Markt ging. Dort kaufte sie sich für ihre zwei Sesterzen eine Feder aus Rohr, ein Tintenfass und ein Dutzend kleine Bogen Papyrus. Sie wollte nicht mehr betteln, sondern sich mit ihrer zeichnerischen Begabung die nötigen Mittel für die Reise nach Rom beschaffen. Ganz aufgeregt angesichts der Möglichkeiten, die sich vor ihr auftaten, hastete Neeve ins Zentrum der Stadt und schaute sich nach Kutschen um. Sie fand sie gegenüber dem Gerichtsgebäude, wo die bedeutenden Männer der Stadt ihren Pflichten nachgingen.

Neeve wartete, bis sie einen vornehm und wohlhabend aussehenden Mann auf das Gebäude zugehen sah, und zeichnete dann mit rasender Geschwindigkeit ein bis in alle Einzelheiten übereinstimmendes Bild von ihm. Während er drinnen war, fügte sie noch die Umgebung hinzu, die gleißenden Marmorsäulen, die stattlichen Dächer und die Reihe von Statuen an den Gehsteigen. Sie hatte Zeichnungen von sieben Männern angefertigt, bevor einer von ihnen wieder herauskam.

»Herr!« Sie hielt sein Bildnis über den Kopf und versuchte, ihn auf sich aufmerksam zu machen.

»Zur Seite, du Abschaum!«, brüllte einer seiner Sklaven.

Neeve spürte kräftige Finger sie grob am Nacken packen. Ein anderer, ein streng dreinblickender Mann, schlug ihr den Papyrus aus der Hand und drängte sie von der Kutsche weg, bevor er die Zeichnung mit seinem Schuh in den Rinnstein beförderte. Neeve musste zusehen, wie sie in der schlammigen Brühe versank.

Drei weitere wichtige Bürger verließen das Gerichtsgebäude, und jedes Mal machten ihre Sklaven Neeves Versuche zunichte, ihre Bilder zu zeigen. Neeve war am Verzweifeln. Sie hatte ihr ganzes Geld ausgegeben, hatte nichts mehr übrig, um sich neues Material zu kaufen. Sie beschloss, es mit einer anderen Taktik zu versuchen. Als ein weiteres Mal die Tür aufging, stellte sie das Bild des Herauskommenden an eine der Säulen am Eingang. Sie selbst stellte sich auf die andere Straßenseite und wartete.

»Was ist das?«, fragte der heraustretende Mann überrascht. Er nahm die Zeichnung in die Hand und schnaubte. Sie gefiel ihm, und er blickte sich nach dem Schöpfer um.

Neeve hob die Hand, um auf sich aufmerksam zu machen.

Er starrte sie ungläubig an, und erst jetzt wurde Neeve klar,welchen Anblick sie in ihrer abgerissenen Kleidung und mit ihrem zerschlagenen Gesicht bot. Sie hielt ihr Tintenfass und die übrigen Papyri hoch.

»Eine Bettlerin«, murmelte er nachdenklich. Er konnte es einfach nicht glauben. Er schaute seine Diener an, zeigte ihnen sein Bildnis und schüttelte verwundert den Kopf. »Gebt ihr ein paar Münzen«, sagte der Mann und stieg in seine Kutsche, noch immer das Bild in der Hand haltend.

In den nächsten Wochen brachte ihr Talent Neeve eine Hand voll Sesterze und einen Denar ein, und sie hoffte schon, in etwa einem Monat den Preis für eine Wagenfahrt durch Gallien oder vielleicht sogar bis nach Rom verdient zu haben. Sie ging sparsam mit ihrem Geld um und überlegte sich jede Ausgabe genau. Sie mietete sich ein Zimmer in einem Gasthaus, kaufte ihr Zeichenmaterial mit Rabatt und nahm nur eine Mahlzeit am Tag zu sich. Des weiteren erstand sie zwei Paar lederne Hosen, Stiefel, mehrere Kittel und einen Umhang für den Winter – eine lohnende Investition, denn die städtischen Soldaten waren mit der Peitsche schnell bei der Hand, wenn sie jemanden erblickten, der wie ein Bettler oder Vagabund aussah. Jetzt konnte man Neeve eher für eine Kunsthandwerkerin oder eine Händlerin halten.

Zwei weitere Dinge hatte Neeve gekauft, ohne auch nur einen Augenblick zu zögern. Als Kaledonierin trug sie immer ein Messer an der Hüfte sowie eines am Unterschenkel. Gute Messer waren teuer, aber Neeve gab trotzdem alle Münzen, die sie bis dahin verdient hatte, für ein großes Messer und einen bestens geschärften Dolch aus, den sie im Schaft ihres knöchelhohen Schuhs verbarg.

Ein schlanker, gut versteckter Dolch war, wie Taranis oft betont hatte, der beste Freund eines Kaledoniers.

Neeve litt noch immer unter den Nachwirkungen des Schiffbruchs. Sie wurde einfach das Fieber nicht los, das wie ein Feuer in ihrer Brust brannte. Sie schaffte es kaum, die dünne Gemüsesuppe hinunterzuschlucken, die sie in einer Garküche kaufte, und ihre Schwindelanfälle nahmen zu. Es fiel ihr immer schwerer, sich auf ihre Zeichnungen zu konzentrieren. Selbst nachts, wenn sie völlig erschöpft war, konnte sie nicht schlafen; in einem Augenblick fröstelte sie auf ihrer Pritsche, im nächsten schob sie schwitzend die Decke weg.

Eines Morgens hatte sie solche Schmerzen, dass sie nicht mehr aufstehen konnte. Seit drei Tagen hatte sie weder ihre Kleider gewechselt noch im Bach gebadet, und sie fühlte sich innerlich wie äußerlich hundeelend. Als sie sich aufsetzen wollte, schoss ihr ein brennender Schmerz durch die Brust. Sie ließ sich auf ihr Lager zurückfallen und versuchte, den Atem flach zu halten, damit das Dröhnen in ihrem Kopf nachließ. Ihre Augen schmerzten, und ihre Kehle fühlte sich an wie rohes Fleisch. Sie hatte schrecklichen Durst.

Der Geruch von glühender Holzkohle und das kräftige Aroma von gekochtem Lammfleisch drangen in ihr Zimmer, und Ekel stieg in ihr hoch. Sie drehte sich auf die Seite und fiel vom Bett, kam mit dem Gesicht auf dem Fußboden auf. Sie zitterte vor Schmerzen. Blieb einfach liegen. Und das für eine lange Zeit. Ihr Körper wollte einfach nicht gehorchen, wenn sie ihm befahl aufzustehen. Dann auf einmal tat er es. Mit einem einzigen Schwung. Sie hielt sich an den verputzten Wänden ihres winzigen Zimmers fest. Im Stehen fühlte sie sich gleich besser. Irgendwie schaffte sie es nach draußen zu den öffentlichen Latrinen, wo sie sich Gesicht und Hals befeuchtete. Bei einem Straßenhändler kaufte sie warmen Tee mit Honig, der das Brennen in ihrem Hals linderte.

Dann lächelten die Götter auf sie herab.

Als sie auf dem Weg zum Forum einen Torbogen passierte, marschierten etwa fünfzig Soldaten mit gezückten Schwertern durch die Straße und scheuchten alles zur Seite. »Platz für Senator Titus

Severus, Freund des Kaisers«, riefen sie, und wer dieser Aufforderung nicht unverzüglich nachkam, bekam die flache Seite ihres Schwerts zu spüren. Hinter ihnen marschierte eine Abteilung von zweihundert Soldaten, denen Lanzenträger auf riesigen Pferden, rund zwanzig skythische Bogenschützen und schließlich weitere zweihundert Soldaten folgten. Die Mitte der Kolonne bildete ein von sechs prächtigen Grauschimmeln gezogener langer Reisewagen mit geschlossenen Vorhängen.

Neeve folgte der Kolonne durch die Straßen, bis sie gegenüber einem Tempel zum Stehen kam, der Asklepios, dem griechischen Gott der Heilkunde, geweiht war. Sie öffnete ihre Tasche und holte ein großes Blatt Pergament hervor. Sie besaß mehrere dieser kostbaren Blätter, die sie aber nur benutzte, wenn sie einen potenziell zahlungskräftigen Kunden vor sich hatte. Und der Senator war eindeutig ein solcher Kunde.

Die Tür der Kutsche öffnete sich, und ein vornehmer älterer Herr von etwa sechzig Jahren stieg aus. Er trug einen purpurnen Umhang mit Kapuze, der von einer goldenen Spange zusammengehalten wurde, in die Saphire und Rubine eingelegt waren. Er warf einen Blick auf die Menschenmenge, die sich mittlerweile angesammelt hatte. Die Leute jubelten ihm zu. Er winkte und lächelte – ein ungekünsteltes Lächeln, das Neeve hoffen ließ. Er hatte listige Augen, aber ein freundliches Gesicht. Sie betete, dass er auch großzügig sein möge, und begann, ihn zu zeichnen. Sie wollte seine menschliche Wärme und seine vornehme Haltung einfangen, die Fältchen um seine Augen und seine patrizische Nase. Dann winkte er der Menge noch ein letztes Mal zu, bevor er verschwand. Neeve ging zu der Umfriedung aus Granit hinüber, die um den gesamten Tempelkomplex lief. Keiner der Soldaten versuchte, sie aufzuhalten – vermutlich, weil der Senator sich mittlerweile sicher im Inneren des Tempels befand. Sie zeichnete den Weg zum marmornen Bogen, die Brunnen und Statuen sowie die kaum erkennbaren Votivtafeln an der Tür. Dann betrachtete sie ihre Zeichnung. Sie war gut, würde aber noch eindrucksvoller wirken, wenn sie sie farbig gestaltete. Sie hatte das noch nie zuvor getan.

»Wird der Senator lange im Tempel bleiben?«, fragte Neeve einen jungen Soldaten in ihrer Nähe, der einen halbwegs zugänglichen Eindruck machte.

»Ein paar Stunden«, sagte er, »vielleicht sogar, bis es dunkel wird.«

Neeve dankte ihm und hastete zu den Händlern auf dem Marktplatz. Dort kaufte sie mehrere Pflanzenfarben und ein ganz spezielles Purpurrot, das aus einer Meeresschnecke gewonnen wurde. Sie wusch ihre Rohrfeder in Wasser aus, trocknete sie und begann, die Zeichnung farbig auszugestalten, wobei sie sogar die zahlreichen Farbschattierungen des Asklepiostempels wiederzugeben versuchte. Als die Zeichnung trocken war, rollte sie sie ein und band zwei rote Bänder darum. Dann rannte sie zum öffentlichen Badehaus, ohne auf die Übelkeit zu achten, die sich in ihrem Bauch breit machte. Sie bezahlte einen Dupondius, eine Münze im Wert von zwei Assen, für den Eintritt und einen weiteren für eine Sklavin, die sich um sie kümmerte, während sie ein Bad nahm. Das Bad war in den Morgenstunden voller Männer, und außer Prostituierten wagten sich um diese Zeit nur wenige Frauen hinein. Eine Badesklavin aber gewährleistete Ungestörtheit.

In weniger als einer Stunde stand Neeve wieder vor dem Asklepiostempel, das Haar frisch gewaschen und mit einem Handtuch getrocknet, das Gesicht noch immer rot vom heißen Wasser und ihre Zeichnung unter dem Arm. Sie war fest entschlossen, dem Senator nicht als kränkelnde Frau gegenüberzutreten. Wenn er fürchten musste, sie sei von der Pest befallen, würde er sicher die Flucht ergreifen. Sie schaute sich um. Die Menschenmenge hatte sich zerstreut, und um nicht weiter aufzufallen, wartete sie auf der Straße gegenüber dem Tempel, wo sich die Soldaten formiert hatten.

Am späten Nachmittag kam der Senator auf einen Gehstock gestützt wieder aus dem Tempel. Als er sich dem gewaltigen Marmorbogen näherte, der die gepflasterte Straße einleitete, trat Neeve so entschlossen auf ihn zu, als sei sie eine Abgesandte des wichtigsten Vertreters der Stadt. Und genau als solche gab sie sich auch aus.

»Ein Geschenk des Prätors Marcus Hortensius Balearicus«, rief sie und hielt die Rolle mit den farbigen Bändern hoch. Die Soldaten zögerten, als sie auf den Senator zuschritt. Sie hatte gehofft, dass sie sich nicht an den Namen des Prätors einer Kleinstadt erinnern würden, und sie sollte Recht behalten. Einer von ihnen – der Befehlshaber der Leibwache, wie sie vermutete – trat vor und nahm ihr die Rolle aus der Hand. Er zog die Bänder ab und warf einen Blick auf die Zeichnung.

Neeve plusterte sich auf und sagte entrüstet: »Prätor Marcus Hortensius Balearicus wird schwer gekränkt sein, wenn sein Geschenk nicht auf der Stelle Senator Titus Severus überreicht wird.«

Dieser Auftritt hatte die Aufmerksamkeit des Senators erregt. Er gab dem Soldaten ein Zeichen, worauf ihm dieser die Rolle brachte. Der Senator öffnete sie, schaute in Neeves Richtung und sprach dann kurz mit dem Mann.

»Bringt die Abgesandte her«, befahl der Soldat.

Neeve verbeugte sich höflich vor dem Senator.

»Du bringst mir also ein Geschenk vom Prätor der Stadt«, sagte er, runzelte neugierig die Stirn und durchbohrte sie mit einem forschenden Blick, der ihr unbehaglich zumute werden ließ.

Neeve wurde plötzlich schwindelig, als sie zu sprechen begann. Sie musste dagegen ankämpfen, denn vor seinen Füßen zusammenzubrechen war das Letzte, was sie gebrauchen konnte.

»Ich kenne Decumius Paullus recht gut«, fuhr er fort. »Er ist der Prätor der Stadt, und nicht irgendein Marcus ... oder was auch immer du dir da zusammenfantasiert hast.«

»Verzeiht mir, Senator«, sagte Neeve und verbeugte sich noch einmal, »ich wollte doch nur Eure große Persönlichkeit ehren mit diesem ...«

»Der Befehlshaber meiner Wache meinte, ich sollte dich den städtischen Soldaten übergeben.«

Neeve hielt den Blick auf das Straßenpflaster gesenkt.

»Weißt du eigentlich, wie jemand bestraft wird, der sich in unserem Reich der Amtsanmaßung schuldig macht?«

»Nein, Herr, aber ich vermute, dass er sehr hart bestraft wird.«

»Allerdings«, sagte er. »So etwas wird immer hart bestraft. Und das aus gutem Grund. Wie sollte man auch regieren, wenn überall Leute herumliefen und vorgäben, Bedienstete des Staates zu sein?«

Er drehte leicht den Kopf, um ihr ins Gesicht zu sehen. »Deswegen haben wir eine so strenge Strafe, obgleich ich zugeben muss, dass ich keine Ahnung habe, wie sie genau aussieht.«

Neeve schwieg.

»Du musst doch eigentlich gewusst haben, dass dein kleines Täuschungsmanöver auffliegen würde. Ja, ich bin mir sicher, dass du es gewusst hast«, beantwortete er die Frage, die er sich selbst gestellt hatte. »Deshalb gehe ich einfach davon aus, dass du dich in diesem Sinne wohl doch nicht als römischer Staatsdiener ausgeben wolltest. Du hast dir lediglich eine kleine List ausgedacht, um meine Aufmerksamkeit zu erregen, habe ich Recht?«

»Ja, Herr.«

»Seht Ihr«, sagte er zu dem Soldaten, »das ist alles nur ein Missverständnis.« Dann entrollte er die Zeichnung. »Und das hast also du gezeichnet?«

»Ja, Herr, Euch zu Ehren.«

»Und koloriert hast du es auch noch ... äußerst bemerkenswert.«

Neeve starrte weiter aufs Pflaster.

»Schau mich an«, sagte er.

Sie hob die Augen.

»Hab keine Angst. Es gefällt mir. Wie heißt du?«

»Neeve Kartenmacherin«, sagte sie, schob sich das Haar aus dem Gesicht und straffte ihren schmerzenden Körper.

Er starrte sie an. »Deine Augen sind mit nichts vergleichbar, was ich je gesehen habe«, sagte er. »Ich nehme an, du bist Keltin.«

»Ja, Herr. Aus Britannien.«

»Wirklich, Neeve Kartenmacherin, du bist ebenso schön wie begabt.«

Sie errötete.

»Keine Sorge, ich denke dabei nicht an mich. Aber mein Sohn – äh, na ja, ich wünschte mir, er möge von Fortuna begünstigt werden und jemanden wie dich finden.« Er lachte still in sich hinein und schaute wieder auf die Zeichnung. »Das ist wirklich hervorragend«, sagte er, »ganz ausgezeichnet. Aber du schmeichelst mir. So vornehm bin ich eigentlich gar nicht.«

»Die Wahrheit, Herr, ist, dass meine jämmerliche Rohrfeder lediglich Euer Äußeres einfangen kann und nicht Euer Wesen.«

»Vielleicht wäre mein Wesen ja nicht annähernd so attraktiv«, meinte er.

»Das werden andere beurteilen, Herr.«

»Ja, und genau das macht mir Angst. Aber egal. Mir gefällt deine Zeichnung, und du sollst dafür entlohnt werden.« Er gestikulierte mit seinem Spazierstock einem Diener, der ihm eine große Geldbörse reichte. »Nein, nein, die andere«, sagte Severus. Der Sklave warf den Kopf hoch und schnippte mit dem Finger, woraufhin ein anderer Diener in die Kutsche griff und einen kleineren Geldbeutel hervorholte. Der Senator öffnete ihn und holte zwei Aurei heraus, hielt einen Augenblick inne, als müsse er nachdenken, und fügte noch zwei Goldmünzen hinzu.

»Herr!«, rief Neeve ehrlich überrascht, als sie die Münzen nahm. Sie hätte sich auch schon über eine oder zwei Messingmünzen aus dem größeren Geldbeutel gefreut.

Er lächelte. »Du hast etwas an dir, das mir gefällt«, sagte er und tätschelte ihren Arm. »Du verbeugst dich, ohne deshalb gleich unterwürfig zu wirken. Du bettelst um Münzen und trägst doch den Reichtum Ägyptens in dir. Und jetzt sag mir«, fügte er hinzu und beugte sich vor, um ihr Gesicht genauer studieren zu können, »ob ich mit meinem Urteil über dich Recht habe.«

»Wie könnte ich als Eure Dienerin Euer Urteil in Frage stellen, Herr?«, erwiderte sie.

»Ja«, sagte er, »in dir steckt mehr, als man dir auf den ersten Blick ansieht. Vielleicht möchtest du mich ja mal zu Hause in Rom besuchen. Ich würde gern mehr über dich erfahren. Sag meinen Sklaven einfach, du hättest ein Bildnis von mir gezeichnet und ich hätte dich eingeladen.« Dann fragte er noch: »Weißt du, wer ich bin?«

»Der Herr Titus Severus«, sagte sie, »Senator aus Rom.«

»Merk dir den Namen«, sagte er und stieg in seine Kutsche.

Neeve blickte sich in den leeren Straßen um, als die Soldaten abmarschierten. Ein leichter Regen hatte eingesetzt, und es kühlte merklich ab. Die Aufregung hatte sich gelegt. Sie zitterte vor Kälte und fühlte sich aufgewühlt und krank zugleich. In ihrem Geldbeutel hatte sie genug Münzen für die Fahrt nach Rom, aber sie musste sie zu den Bankiers bringen. Überall lauerten Diebe, und alle möglichen Leute konnten gesehen haben, wie der Senator ihr die vier Aurei gegeben hatte.

Sie legte einen Aureus in den Geldbeutel und versteckte die anderen drei Goldmünzen im Bund ihrer Hosen.

Dann tat sie ein paar Schritte, blieb stehen und lehnte sich an die steinerne Wand eines Gebäudes.

Der Regen hatte sich in Eis verwandelt und stach ihr unbarmherzig ins Gesicht.

Dann überkam sie wieder der Schwindel, und um sie herum wurde es dunkel.

20

»Und das erzählst du mir erst jetzt?«, sagte Julian und brachte sein Pferd zum Stehen.

»Hätte ich es dir früher erzählt«, erwiderte Vectis, »wärst du nicht mitgekommen.«

Julian bedachte ihn mit einem tadelnden Blick. »Ich bin dir schließlich auch auf diese unendlich trostlose Insel Britannien gefolgt. Das sollte eigentlich Beweis genug sein für meine Loyalität … oder Dummheit, je nachdem, wie man es sehen will.«

»Ja, das ist wirklich schwer zu beurteilen«, pflichtete Vectis ihm bei.

»Aber jetzt erklärst du mir, dass wir unter dem Befehl von Gaius Commodus stehen werden!«

»Senator Severus hat mir gesagt, dass Commodus als Präfekt für die Belagerung zuständig und damit offenbar völlig überfordert ist. Er belagert die Stadt nun schon seit über einem Jahr und ist mit allem gescheitert, was er bislang versucht hat.«

»Soll ich jetzt vielleicht so tun, als ob mich das überraschen würde? Der Mann ist ein Dummkopf.«

»Ja, und jetzt ist er auch noch unser Vorgesetzter.« Er hielt Julians Blick stand. »Wir dürfen uns nicht von persönlichen Einschätzungen leiten lassen. Das könnte gefährlich werden. Außerdem sind wir Soldaten, und als solche haben wir Befehle auszuführen. Ich hoffe, wir haben uns verstanden.«

»Natürlich«, sagte Julian, irritiert über die Rüge. »Aber Commodus hätte einen Dolch in den Hals verdient, das weißt du ganz genau. Er hat uns in Britannien im Stich gelassen und müsste dafür eigentlich zur Verantwortung gezogen werden.«

Vectis ließ den Blick über die Eskorte von Legionären schweifen und trieb sein Pferd an. Die Soldaten durften von ihrer Unterhaltung nichts mitbekommen. Julian hatte Recht. Commodus hatte den Rückzug der Vorposten in Britannien in die Wege geleitet und damit bewirkt, dass Vectis und seine Soldaten fünfundvierzig Meilen nördlich des Antoninuswalls auf sich allein gestellt waren. Bei seinem Versuch, die wilden Horden kaledonischer Krieger abzuwehren, hatte er fast alle seine Soldaten verloren.

»Der Mann ist ein Feigling«, sagte Julian leise, weil er merkte, dass Vectis nicht wollte, dass ein gemeiner Soldat ihr Gespräch mitbekam.

»Das stimmt«, bestätigte Vectis.

»Du hast sogar einmal gemeint, Commodus habe Senator Atilius Titianus bei seiner Rebellion gegen den Kaiser geholfen, indem er seinen Posten verließ.«

Vectis zügelte sein Pferd. »Ich beteilige mich eigentlich nicht gerne an politischen Spekulationen, aber ich habe keinen Zweifel daran: Titianus hat Commodus dafür bezahlt, dass er seinen Vorposten preisgab. Er hat wohl erwartet, dass die Kaledonier mich, dich und alle anderen töten würden, und danach hätte Commodus dann unwidersprochen behaupten können, ich selbst hätte den Rückzug zum Wall angeordnet.«

»Und deswegen wollen dich jetzt Senator Coelius und andere für den Verlust der Vorposten und des Antoninuswalls verantwortlich machen.«

»Genau. Commodus hat ihnen seine Version der Ereignisse erzählt.«

»Er geht wahrscheinlich davon aus, dass die Kaledonier dich getötet haben.«

»Ja, und das macht mir Sorgen. Er ist jetzt ein mächtiger Mann und könnte der Versuchung erliegen, uns umbringen zu lassen.«

Julian schnitt eine Grimasse. »Dieser Auftrag ist ja schwieriger, als ich gedacht hätte.«

»Möchtest du vielleicht aussteigen?«

»Meinst du etwa, ich will zurück zu den Frauen, den heißen Bädern, den Gelagen und den Theatern? Wie kommst du denn auf so etwas?«

Vectis lächelte.

Bis zum Einbruch der Dunkelheit ritten die beiden schweigend nebeneinander her. Die Reise durch die Provinz Dalmatien hatte Wochen gedauert, und nun waren sie in Dakien auf der Heerstraße von Tibiscum-Sarmizegetusa nach Norden. Gelegentlich schneite es, und auf der Straße bildeten sich Schneewehen, aber sie zogen dicke wollene Mäntel und knielange, eng anliegende Hosen an, machten nachts größere Feuer und ritten weiter.

Vectis hatte über vieles nachzudenken. Der Meuchelmörder, der ihm auf der Fahrt durch *terra Italia* aufgelauert hatte, wartete zweifellos schon auf die nächste Gelegenheit. Vorübergehend hatte er die Möglichkeit in Erwägung gezogen, dass die Frau im Reisewagen, Tiberia Baebius Orestes, den Mord in Corfinium begangen haben könnte, aber aus einem gewissen Abstand erschien ihm diese Vorstellung nun geradezu lächerlich. Er war froh, dass er Julian seinen Verdacht nicht mitgeteilt hatte. Julian hätte ihn vermutlich ausgelacht. Dennoch wollte ihm der Mord in Ägypten nicht aus dem Kopf. Die Tat musste von einer Frau begangen worden sein – eine befremdende Schlussfolgerung, aber er glaubte trotzdem daran. Schließlich hatte der Meuchelmörder im Gasthaus in Corfinium dieselbe Waffe benutzt. Konnte das wirklich Zufall sein? Vorsichtshalber hatte er noch vor der Überfahrt eine Depesche nach Rom geschickt, um nachzufragen, ob Tiberia Baebius Orestes tatsächlich, wie sie behauptet hatte, eine Färbemittelhändlerin war.

Sie machten zum Übernachten im Herzen der Provinz Dacia

Halt, in Apulum, dem Standort der *legio XIII Gemina*, dem Verteidigungszentrum der Provinz und dem Knotenpunkt des dakischen Straßennetzes. Sie ließen sich beim Befehlshaber der Garnison, Legat Statius Priscus, anmelden.

»Das hier ist die schwierigste Provinz des Reiches«, meinte Priscus nach der förmlichen Begrüßung. »Wir haben es hier nicht nur mit den aufständischen Dakern zu tun, sondern auch mit den blutrünstigen Germanen, die gegen unsere Grenzen drängen. Monat für Monat überfällt irgendein nördlicher germanischer Stamm eines unserer Lager längs der Grenze, um Lebensmittel oder Waffen zu stehlen.« Er schnaubte. »In Rom weiß man davon nichts. Diese Germanen sind die dreistesten Diebe, die man sich vorstellen kann. Die kommen mit ihren Wagen und nehmen alles mit, was beweglich ist. Und es wird noch schlimmer kommen, denn sie werden immer frecher.«

»Ich dachte, der Friede, den Hadrian geschlossen hat, sollte ein Vorbild für alle übrigen Provinzen sein«, sagte Vectis.

»Hadrian?« Priscus lachte. »Hadrians Friede wurde vor fünfzig Jahren geschlossen! Barbarische Häuptlinge kamen und gingen, und die von heute haben die Kriege Trajans und Hadrians längst vergessen. Die germanischen Krieger haben keine Angst vor uns, glaubt mir. Sie fühlen sich stark und beanspruchen jetzt auch ein Stück vom guten Leben für sich.«

»Und Porolissum? Wie werden sie mit der Lage fertig?« Vectis fragte nach dem Lager im nordwestlichen Dakien unweit der Provinzgrenze, einhundertundzwanzig Meilen die Heerstraße nach Norden hinauf. In Porolissum wie in allen Militärlagern an der Grenze standen Hilfstruppen, denen der Schutz der Grenze oblag.

»Porolissum steht«, erklärte Priscus, »und wir haben einen recht brauchbaren Wall da oben, aber die Gegend untersteht nicht mir. Sie wird von Prokurator Tiberius Claudius Quintilianus verwaltet. Kürzlich hat er das Amphitheater von Porolissum restauriert und wird zweifellos noch weitere ehrenwerte Projekte anpacken.«

Vectis entging nicht die Verachtung in seiner Stimme. »Ein Politiker also.«

»Ja, aber nicht unbedingt einer von der übelsten Sorte. Quintilianus versucht, das Richtige zu tun, hin und wieder zumindest. Aber er hat – wie soll ich es audrücken – Freunde im Senat, und die üben auf ihn einen Druck aus, dem zu widerstehen er einfach nicht das Rückgrat hat.«

»Ihr meint also, das Geld sollte besser für die Verteidigung ausgegeben werden?«

Priscus schüttelte den Kopf. »Nein, ich denke, ein Amphitheater ist keine schlechte Sache. Die Soldaten an der Grenze brauchen Abwechslung. Das Problem liegt meiner Ansicht nach woanders.«

»Und wer übt diesen Druck aus?«, fragte Vectis.

»Senatoren«, erklärte Priscus, »die sich immer einmischen. Mir sind nur zwei Namen bekannt: Der eine ist Tertullus und der andere Coelius. Es könnten aber noch mehr sein.«

»Die kenne ich«, sagte Vectis. »Tertullus ist dieses Jahr Konsul.«

Priscus musterte Vectis und Julian. »Wenn ich nicht wüsste, dass Ihr Berufssoldaten mit Erfahrung in Nordafrika und Britannien seid, würde ich nicht so offen sprechen. Vor ein paar Wochen habe ich einen Bericht von Senator Titus Severus erhalten, einem Mann, den ich immer sehr respektiert habe, er hat mich über Dienstzeit und gegenwärtigen Auftrag informiert.«

»Severus ist ein guter Mann«, bestätigte Vectis.

»Das ist wahr. Aber jetzt mal von Soldat zu Soldat: Ich denke, ich sollte euch über die Lage im Norden nicht im Unklaren lassen.«

»Berichtet.«

»Hadrians fünfzigjähriger Friede geht zu Ende. Hinter den Grenzen im Westen, Norden, Osten warten jede Menge Stämme – die meisten von ihnen sind Germanen – darauf, unsere Entschlossenheit auf die Probe zu stellen. Und da wir die Germanen nicht provozieren wollen, haben wir darüber nachgedacht, vielleicht eine Stadt des Stammes der Kostobokoi nordöstlich der Provinz zu schleifen …«

»Thraker?«

»Ja, die Kostoboken sind Thraker, stehen den Dakern nahe, und sie machen uns in letzter Zeit viel Ärger. Der Vorteil unseres Plans besteht darin, dass wir die Germanen selbst nicht angreifen, aber ihnen ein anschauliches Beispiel dafür vor Augen führen, was mit denen geschieht, die das Römische Reich beleidigen.«

»Ein guter Plan. Wessen Idee war das?«

»Meine, genau genommen«, gestand Priscus, ohne auf das Kompliment einzugehen. »Ihr müsst Euch jetzt allerdings mit dem Problem herumschlagen, dass der Mann, der die Stadt belagert, von militärischen Dingen etwa so viel Ahnung hat wie meine Mutter.«

»Ihr sprecht von Gaius Commodus?«, fragte Julian.

Priscus runzelte die Stirn. »Ihr kennt ihn?«

»O ja«, bestätigte Vectis. »Wir sind alte Freunde.« Der Sarkasmus in seiner Stimme war unüberhörbar, und Vectis bereute schon, so unvorsichtig gewesen zu sein. Er fand Priscus zwar sympathisch und neigte dazu, ihm zu vertrauen, aber ein römischer Staatsdiener konnte immer ein Intrigant sein – selbst, wenn es sich um einen Soldaten handelte. Im Grunde musste er davon ausgehen, dass Priscus ebenso gut ein Vertrauter von Commodus sein konnte, und er wollte nicht riskieren, dass er einen Boten zu Commodus schickte und diesem jede abfällige Bemerkung über ihn zukommen ließ. Vectis räusperte sich und zog sich hinter die Erklärung zurück, er und Commodus seien in der Tat zusammen in Britannien stationiert gewesen.

Priscus ließ sich nicht täuschen. Er hatte den Sarkasmus herausgehört und schlug in dieselbe Kerbe. »Ich halte nicht viel von Commodus«, gestand er. »Der Mann bricht noch einen Krieg mit den Germanen vom Zaun, und wenn es dann so weit ist, befindet er sich selbst schon wieder in Rom, und die Dreizehnte muss ausbaden, was er angerichtet hat.«

»Wer hat ihn ernannt?«, fragte Vectis.

»Prokurator … Quintilianus … aber ich vermute, er hat es auf Druck von diesen beiden Senatoren hin getan.«

»Und jetzt ist Commodus dort und hat keine Ahnung, wie man eine Belagerung organisiert«, vermutete Vectis.

»Genau. Ich habe Quintilianus gebeten, ihn abzusetzen, aber er hat Angst, die Senatoren Tertullus und Coelius vor den Kopf zu stoßen.«

Vectis äußerte sich dazu nicht, erkannte aber allmählich ein gewisses Muster in den Aktivitäten von Tertullus und Coelius. Offenbar belohnten sie Commodus für irgendetwas, und Vectis glaubte zu wissen, wofür. Sie waren anscheinend darüber informiert, dass Atilius Titianus den guten Commodus bestochen hatte, seinen Vorposten preiszugeben. Das hatte den Antoninuswall in große Gefahr gebracht und letztlich seinen Fall verursacht. Und das wiederum hieß nichts anderes, als dass die beiden mit Titianus gemeinsame Sache gegen den Kaiser Antoninus Pius gemacht hatten und somit des Aufruhrs schuldig waren. Die Belagerung der Stadt der Kostobokoi und das Recht, sie zu plündern, waren Commodus' Belohnung für sein Schweigen bezüglich ihrer Verwicklung in das Komplott gegen den Kaiser.

»Commodus ist schon über ein Jahr da oben«, erklärte Priscus. »Ein Jahr! Und noch immer kein Ende in Sicht. Also kein schneller, entscheidender Sieg, der die germanischen Horden abschrecken könnte; stattdessen werden sie nur immer übermütiger.«

»Jetzt verstehe ich, was man von mir erwartet«, sagte Vectis.

»Ihr müsst diese Belagerung erfolgreich beenden, bevor es richtig zu schneien beginnt«, sagte Priscus. »Wenn Ihr das nicht schafft, riechen die Germanen förmlich unsere Schwäche. Dann werden sie wie Wölfe im Winter hinter uns her sein und noch vor Ende des Jahres unsere Grenzen angreifen.« Er breitete eine Landkarte auf dem Tisch aus. »Aus fast allen Lagern längs der Grenze sind Truppen abgezogen und zu dieser lächerlichen Belagerung befohlen worden. Die Grenze ist so gut wie entblößt. Und außer den Hilfstruppen haben wir hier nichts. Früher hatte noch die *legio IV Flavia* zu den Streitkräften der Provinz gehört, aber dank der unendlichen Weisheit Roms ist sie nun in einer strategisch wichtigeren Gegend stationiert. Und jetzt bleibt alles an der XIII. Legion hängen.«

Vectis nickte. Auf einmal wurde ihm klar, warum Senator Severus keinen ernsthaften Widerstand geleistet hatte, als Tertullus und Coelius vorgeschlagen hatten, ihn an die Grenze zu Germanien zu beordern. Wenn Commodus die Belagerung leitete, konnte die Grenze ernsthaft in Gefahr geraten. Tertullus und Coelius waren zweifellos zu dem Schluss gekommen, dass Vectis' Entsendung nach Dakien nicht nur seine Entfernung aus Rom bedeutete, sondern auch dem Reich diente. Hinter der Grenze Dakiens braute sich offenbar etwas zusammen.

»Ich weiß auch nicht, was man mit diesem Commodus da machen könnte«, sagte Priscus. »Er hat mächtige Freunde im Senat und ignoriert die meisten Ratschläge. Ihr werdet einen meiner besten Soldaten ablösen, und wenn ich mir die Depeschen ansehe, die ich erhalten habe, hätte er ebenso gut hier in Apulum bleiben können. Commodus behindert ihn, wo er nur kann, und bislang hat er nach allem, was man hört, die meiste Zeit in seinem Zelt gesessen.«

Vectis dankte Priscus für seine offenen Worte und versprach, die Belagerung der Stadt so schnell wie möglich zu beenden, auch wenn er keine Ahnung hatte, wie Commodus auf sein Erscheinen reagieren würde. Julian hatte Recht. Der Mann war ein Feigling und für den Tod Tausender Soldaten in Britannien verantwortlich; er hatte somit allen Grund, sich vor einem Wiedersehen mit Vectis zu fürchten. Commodus mochte ein schwacher Offizier sein, aber er konnte gefährlich werden wie ein in die Enge getriebenes wildes Tier.

Sie reisten weiter die Straße gen Norden über Potaissa, Napoca, und nach sechs Tagen kamen sie in Porolissum unweit der Provinzgrenze an. Wie der Antoninuswall in Britannien war auch hier die Befestigungsanlage ein System mit Erdwall, Palisade, Postenweg, Graben, Militärstraße und Wachttürmen im Abstand von fünfhundert Fuß.

Porolissum selbst war einzigartig. Statt eines einzigen Militärlagers gab es gleich zwei. Im größeren von beiden lagerten viertausend Soldaten, im kleineren rund fünfhundert. Hunderte von Soldaten arbeiteten an einer neuen Umwehrung des größeren Kastells. Sie ersetzten die Erdwälle durch steinerne Wehrmauern, fünf Fuß breit. Als nördlichstes Verteidigungszentrum gegen die germanischen Horden wappnete Porolissum sich offensichtlich gegen das scheinbar Unvermeidliche – gegen einen Angriff. Vectis fielen nicht nur das renovierte Amphitheater und die gut ausgestatteten

Badehäuser auf, er registrierte auch die doppelten Wälle um Porolissum, die frisch ausgehobenen Gräben und die Grenzkontrollstation. Jeder, der über die Grenze wollte, hatte seine Papiere vorzuweisen, sich selbst und sein Gepäck einer gründlichen Durchsuchung zu unterziehen. Prokurator Tiberius Quintilianus war nicht in der Kriegskunst ausgebildet, aber was die Vorbereitungen gegen die germanische Bedrohung anging, leistete er offenbar ganze Arbeit.

Vectis war von Quintilianus angenehm überrascht. Er zeigte sich vorausdenkend, hatte sich auf den Kampf vorbereitet, hatte seine Truppen gedrillt, die Verteidigungsanlagen verstärkt und Bestechungsgelder angeboten, musste aber zugeben, dass er wenig gegen den ständigen Druck von Senatoren ausrichten konnte, die darauf bestanden, dass ihr eigener Mann die Belagerung der Stadt der aufständischen Kostoboken leitete. Hätte er sich ihrem Wunsch widersetzt, wie Priscus es von ihm erwartete, dann hätten die Senatoren ihn kurzerhand seines Postens als Prokurator enthoben.

Vectis verbrachte einen Tag und eine Nacht in Porolissum, inspizierte die Verteidigungsanlagen, sprach mit Quintilianus und entspannte sich im Bad. Als er über die Grenze ging, hatte er einiges gelernt über die Schwierigkeiten, die ein hohes Amt mit sich bringen konnte. Er hatte Mitgefühl mit einem Mann wie Quintilianus, der Rom dienen und die Reichsgrenzen schützen wollte, aber sich zugleich mit allen möglichen Dingen herumschlagen musste, die eben auch zu den Aufgaben eines Statthalters gehörten. Das war der Unterschied zwischen einem Soldaten und einem Politiker. Vectis und Priscus hätten als Soldaten an Quintilianus' Stelle keinen Augenblick gezögert, Commodus' Ernennung abzulehnen.

Für das wilde Land jenseits des dakischen Walls stellte Prokurator Quintilianus Vectis und Julian eine neue Eskorte zur Verfügung. Siedlungen dakischer und germanischer Stämme lagen über das ganze Land verstreut, und Vectis bekam vom Centurio viele wertvolle Informationen. So erfuhr er, dass in den germanischen Dörfern Hunger herrschte. Die beiden vorausgegangenen Winter seien hart gewesen, und das Getreide war knapp geworden. Die Situation war weitaus schlimmer, als Vectis erwartet hatte. Die Stämme waren in einer verzweifelten Lage.

In allen Dörfern, durch die sie kamen, begegneten ihnen bettelnde alte Frauen und kleine Kinder. Mit ihren knochigen Gesichtern und eingesunkenen Augen sahen sie aus wie Geister aus der Unterwelt. Sie redeten in einer seltsamen, gutturalen Sprache und streckten den vorbeimarschierenden Soldaten ihre leeren Schüsseln entgegen. Als Barbaren bezeichneten die Griechen ursprünglich alle Nichtgriechen, weil ihnen ihre Sprache unverständlich und rautönend klang, als ob sie lallten. Wenn ein Soldat zu lachen begann und die seltsamen Laute nachäffte, ahndete sein Centurio das unverzüglich durch einen Schlag mit der flachen Seite seines Schwerts – nicht etwa aus Rücksicht auf die Barbaren, sondern weil Sprechen während des Marschierens ein schwerer Verstoß gegen die soldatische Disziplin war. Mitunter kam es auch vor, dass ein Soldat einem der Kinder eine Feige oder ein Stück Trockenfleisch zusteckte. Das war ebenfalls ein Verstoß, aber in solchen Fällen gab der Centurio vor, es nicht bemerkt zu haben. Die unschuldigen Augen erinnerten jeden Mann an seine eigenen Kinder.

In gleichmäßigem Tempo bewegten sie sich auf der verlassenen Römerstraße vorwärts, die der große Feldherr und Kaiser Trajan hundert Jahre zuvor hatte erbauen lassen. Die holprige Straße war dringend reparaturbedürftig. Vectis registrierte immer wieder mit Erstaunen, welch einheitliches Bild sich an den Grenzen des Reiches bot. Es spielte kaum eine Rolle, ob man sich in Nordafrika, Britannien oder hier am dakischen Wall befand; überall herrschten bittere Armut und schwierigste Lebensbedingungen. Er sah armselige Dörfer mit Behausungen, die man im Römischen Reich selbst für das Vieh als unwürdig empfunden hätte. Die Häuser – falls man sie überhaupt so nennen konnte – waren rechteckige Hütten, gebaut aus Flechtwerk mit Lehmbewurf. Viele saßen halb in der Erde, und alle hatten Fußböden aus gestampftem Lehm. Selbst die Adligen der Stämme wohnten kaum besser, ihre Behausungen unterschieden sich nur durch ihre massiven Holztüren, die mit eisernen Nägeln verziert waren. Warum die Barbaren auf Beutezüge gingen, leuchtete Vectis ein. Allein der Gedanke, über Straßen mit Marmorpflaster zu spazieren, in einem heißen Bad zu liegen oder einen aufregenden Tag im Amphitheater zu verbringen, musste für diese Wilden eine geradezu unwiderstehliche Versuchung darstellen.

Sie erreichten die Stadt der Kostobokoi eine Stunde vor Einbruch der Dunkelheit. In dem breiten Tal, in dem die Stadt lag, wehte ein wärmerer Wind als auf der Höhe, und Schnee gab es keinen.

Tausende römischer Soldaten bereiteten sich auf die Nacht und den kommenden Tag vor: Wärmende Lagerfeuer wurden errichtet, Werkzeuge gereinigt, die Ausrüstung überprüft, Essen gekocht. Sie hatten acht befestigte Lager um die Stadt errichtet, das größte davon gegenüber dem Stadttor. Um die ganze Stadt hatten sie eine hölzerne Sperre mit einem sieben Fuß breiten Graben davor errichtet, um für einen Überraschungsangriff der Stadtbewohner gerüstet zu sein. Ein breiter Gürtel aus Fallgruben mit eisernen Widerhaken und knöchelhohen messerähnlichen Metallsplittern verstärkte den Schutz vor einem Ausfall in der Nacht.

»Das sieht nun wirklich nicht wie ein chaotisches Feldlager aus«, sagte Vectis zu Julian. »Bislang habe ich gegen das, was Commodus hier gemacht hat, nichts einzuwenden.«

»Er ist schließlich schon ein ganzes Jahr hier«, erinnerte ihn Julian.

Vectis konnte sich ein Schmunzeln nicht verkneifen. Obwohl jeder sehen konnte, dass Commodus vieles richtig gemacht hatte, war Julian offensichtlich nicht bereit, ihm das zuzugestehen. Angesichts eines so gut organisierten Lagers wunderte sich Vectis nur, dass er keinerlei Verteidigungsanlagen erkennen konnte, die dem Schutz vor einem überraschenden Angriff germanischer Stämme aus der Umgebung gedient hätten.

Die Stadt der Kostobokoi lag an einem Fluss, der aber offenbar schon seit längerem kein Wasser mehr führte. Vectis fragte sich, wie die belagerte Stadt mit Wasser versorgt wurde. Er hörte auch Musik und Gelächter von jenseits der steinernen Mauern herüberdringen, und als er sich nach der Quelle erkundigte, meinte ein Soldat, das sei das Ende der allabendlichen Vorstellung. Vectis musste bis zum nächsten Abend warten, bis er verstand, was damit gemeint war. Als er ins Hauptlager einritt, gingen ihm viele Fragen durch den Kopf.

»Der Tribun Trebellius meldet sich beim Präfekten Gaius Commodus«, erklärte Vectis förmlich einem Adjutanten in einem Vorzelt vor Commodus' äußerst geräumiger Unterkunft. Drei ungewöhnlich große Zelte waren miteinander verbunden worden und bildeten zusammen in der Mitte des Lagers ein riesiges Zelt. Vectis waren große Zelte nichts Neues, aber ein Feldherrnzelt dieses Ausmaßes war unvergleichbar.

Der Adjutant schaute zu ihm hoch und erklärte: »Der Präfekt Gaius Commodus bevorzugt den Titel ›Oberbefehlshaber von Roms kaiserlichen Truppen jenseits der dakischen Grenze‹.«

»Aha.« Vectis fragte sich, ob Commodus in Notfällen auch eine kürzere Version akzeptieren würde, sprach es aber nicht aus. Er hatte keinerlei Respekt vor dem lächerlichen kleinen Mann, ließ sich aber die geforderte Anrede vorsichtshalber noch einmal vorsagen. »Oberbefehlshaber ist ausreichend«, meinte der Adjutant. »Aber wer ein Gespräch mit dem Oberbefehlshaber eröffnet, muss seinen Titel in voller Länge benutzen.«

»Ich werde es mir merken. Kann ich jetzt mit …« Vectis hielt inne. Er glaubte, das Kichern einer weiblichen Stimme im Zelt gehört zu haben. Bei Commodus war eine Frau. Er versuchte, seine Anfrage anders zu formulieren: »Wäre es eventuell möglich, in einer Stunde oder so mit dem …«

Der Adjutant schüttelte den Kopf. »Der Oberbefehlshaber darf nicht gestört werden.«

»Ich verstehe, aber vielleicht wäre es später …«

»Unterredungen, Anfragen oder Ähnliches«, sagte der Adjutant schwer atmend und mit wachsender Ungeduld, »müssen beim Oberbefehlshaber rechtzeitig im Voraus vereinbart werden.«

Das Gekicher wurde lauter.

Der keineswegs verlegene Adjutant fragte: »Sonst noch was?«

Unwillkürlich schaute Vectis zu Julian hinüber, der bei einer

Gruppe von Adjutanten am Eingang stand. Commodus hatte nichts von seiner anmaßenden Art abgelegt. Schon das geräumige Vorzelt mit seinen zahlreichen Wandbehängen, auf denen glorreiche Schlachten berühmter Feldherren dargestellt waren, sprach Bände über den Mann. »Wann darf ich wieder vorsprechen?«, fragte Vectis.

»Es ist unwahrscheinlich, dass der Oberbefehlshaber morgen Zeit für Euch haben wird«, meinte der Adjutant. »Vielleicht übermorgen.«

Vectis zog das von Konsul Tertullus und Senator Severus unterzeichnete Schreiben heraus, das das Siegel des Senats trug. »Der Senat von Rom hat mich beauftragt, Präfekt Commodus ... Oberbefehlshaber ... bei seiner Belagerung zu unterstützen. Ich bin der ihm zugeteilte Tribun.«

»Ja, das sehe ich«, sagte der Mann nach einem flüchtigen Blick auf den Brief. »Aber ich habe strikte Anweisung, den Oberbefehlshaber nicht zu stören, wenn er mit der Planung seiner Strategie beschäftigt ist.«

»Strategie?«

»Richtig. Kommt morgen wieder, und ich lege einen Termin für die nächsten Tage fest.« Er wandte sich wieder seinen Papieren zu.

»Ich werde wohl eine Unterkunft brauchen«, sagte Vectis, um dann hinzuzufügen: »Das heißt, falls ich nicht erst morgen wiederkommen soll, damit Ihr Euch dann vielleicht um die Angelegenheit kümmert.« Er war verärgert und wollte dies den Adjutanten auch spüren lassen.

»Jemand wird Euch zu Eurer Unterkunft führen«, antwortete der Adjutant, erneut schwer atmend. »Und er wird auch dafür sorgen, dass Euer Adjutant und die Soldaten Eurer Eskorte alles bekommen, was sie benötigen.«

Beim Hinausgehen murmelte Julian Vectis zu: »Der große Oberbefehlshaber Commodus hat tagelang keine Zeit, um seinen Tribun kennen zu lernen. Er muss ja über eine erstaunliche Manneskraft verfügen.«

Dann wurden sie zu einem Zelt geleitet, das neben dem des Tribuns stand. Der scheidende Tribun, ein Mann namens Ocelum, war mit dem Packen noch nicht fertig. Er wollte am nächsten Morgen bei Sonnenaufgang abreisen.

»Freut mich, Euch kennen zu lernen«, sagte der Tribun und bedeutete Vectis und Julian, sich auf den hölzernen Hockern niederzulassen, die im ganzen Raum verteilt waren. »Alles, was Ihr hier seht – Kohlenpfannen, Bett, Stühle, Tisch und Lampen – lasse ich Euch da. Die Bücher da drüben könnt Ihr auch haben«, sagte er und zeigte auf ein Dutzend Bände, die auf einer Reisetruhe gestapelt waren. »Ich habe Kopien davon. Macht es Euch gemütlich. Ich nehme an, Ihr werdet jede Menge Zeit in diesem Zelt verbringen.«

»Ich habe mit Legat Priscus gesprochen«, erklärte Vectis.

»Dann wisst Ihr, wie Euer Auftrag lautet«, entgegnete der Tribun.

»Allerdings.«

»Seid Ihr über Commodus informiert?«

»Er war Befehlshaber eines Kastells in Britannien zu einer Zeit, als ich in Britannien stationiert war.« Vectis zog es vor, nicht zu erwähnen, dass Commodus damals sein Untergebener gewesen war. Er hätte zu viel erklären müssen.

»Inkompetent?«

Vectis musterte den Tribun und antwortete dann: »Absolut.«

»Dann hat sich ja nichts geändert.«

Vectis kratzte sich an der Nase. »Ich war fast schon eines Besseren belehrt, als ich gesehen habe, dass die Belagerung so gut organisiert ist«, sagte Vectis. »Die Soldaten sind ordentlich aufgestellt, die Gräben sauber, die Fallgruben sinnvoll verteilt – sogar im Lager selbst scheint alles in Ordung. In Britannien hatte Commodus schon Probleme mit dem Reinigungsplan für die Latrine.«

Der Tribun lachte zynisch. »Und habt Ihr auch gemerkt, dass wir zwar Gräben zum Schutz vor den Stadtbewohnern, aber nicht vor den Germanen haben, die uns im Nacken sitzen?«

»Das habe ich.«

»Commodus meint, die Germanen seien keine Bedrohung.«

»Aha.«

»Die Disziplin der Soldaten ist miserabel. Sie sind faul, oft dienstunwillig und untüchtig, sie exerzieren nur zweimal die Woche.«

»Wer ist der Erste Centurio?«

»Ein Mann namens Siccius. Er ist ein grundsolider Offizier, aber seine Autorität wurde total untergraben. Wenn seine Ratschläge Commodus nicht gefallen, zögert er nicht, Siccius vor seinen Männern zu demütigen.«

»Politische Günstlinge«, meinte Vectis kopfschüttelnd. Er hatte noch nie gehört, dass ein Heerführer seinen Ersten Centurio in Gegenwart seiner Soldaten tadelte.

»Als ich hier angekommen bin«, sagte der Tribun, »hatte Commodus keine Fallgruben, keine ständigen Wachen, nicht einmal einen Graben, nur einen läppischen Wall um seine Lager. Wären diese Kostoboken Germanen, wären sie irgendwann mitten in der Nacht gekommen und hätten allen die Kehle durchgeschnitten. Und außerdem hat Commodus fünfhundert Mann bei aussichtslosen Versuchen verheizt, die Stadt mit Leitern zu erstürmen. Sein Rammbock hat keinen Schutzbau, keinen Eisenbeschlag an Balken und Spitze und unbrauchbare Räder, und es gibt nur zwei Katapulte, obwohl man für eine Stadt dieser Größe zwanzig bräuchte.« Der Tribun winkte angewidert ab. »Und seinen Belagerungsturm hat Commodus unten zu schmal bauen lassen, sodass er wieder abgerissen und völlig neu konstruiert werden musste. Er ist immer noch nicht fertig. In den ersten sechs Monaten mussten Nahrungsmittel und Wasser für die Soldaten rationiert werden, er hat keine Jäger und nur unzureichende Versorgungsmöglichkeiten. Er ist wohl nie auf die Idee gekommen, dass siebentausend Mann eine ganze Menge Lebensmittel und Wasser brauchen.«

»Dann muss ich wohl davon ausgehen, dass Ihr das Lager organisiert habt«, stellte Vectis fest.

»Genau. Aber nur, was die Verteidigungsanlagen und die Versorgung angeht. Im Zelt nebenan findet Ihr einen fähigen Stab, der die täglich anfallenden Operationen übernehmen kann.«

»Dann bin ich sozusagen der Logistikoffizier.«

»Richtig erkannt.« Ocelum schnitt eine Grimasse. »Commodus organisiert die Belagerung, Ihr die Versorgung. Beim Rammbock und dem Belagerungsturm hat er ausnahmsweise mal auf mich gehört, aber sonst so gut wie nie.« Der Tribun schnaubte verächtlich. »Ich könnte jetzt noch von der Rampe erzählen, aber ich möchte im Moment gar nicht daran denken. Ich bete, dass Fortuna Euch gnädig gesinnt sein möge, denn das könnt Ihr wahrhaftig brauchen.«

Am nächsten Morgen suchte Vectis Commodus' Adjutanten auf und fragte nach seinem Termin, nicht ohne den Titel zu gebrauchen, auf den Commodus so viel Wert legte.

»Ich habe eine gute Nachricht«, meinte der Adjutant. »Ihr könnt den Oberbefehlshaber übermorgen vor seiner mittäglichen Lagebesprechung aufsuchen. Mehr war nicht zu machen«, fügte er hinzu, um eventuellen Einwänden zuvorzukommen.

Vectis war fassungslos ob der Tatsache, dass ein Heerführer im Krieg seinen Tribun nicht sofort empfing, sondern ihn zwei Tage warten ließ. Selbst erbitterte Feinde schuldeten ihren Mitoffizieren angemessenen Respekt. Er schob den Kopf näher an den des Adjutanten heran: »Ist Euch eigentlich klar, dass es schwieriger ist, eine Audienz beim Oberbefehlshaber zu bekommen als bei Kaiser Antoninus?«

»Ich werde diese Bemerkung dem Oberbefehlshaber melden«, sagte der Adjutant.

»Tut das«, erwiderte Vectis. Dann drehte er sich um und verließ das Zelt.

Julian begann erst zu sprechen, als sie außer Hörweite waren. »Bist du jetzt völlig übergeschnappt? Commodus ist vielleicht ein Dummkopf, aber vergiss nicht, dass unser Leben in seinen Händen liegt.« Er schüttelte angewidert den Kopf. »Und ausgerechnet du hast mich davor gewarnt, mich von Gefühlen leiten zu lassen. Wir sind Soldaten, hast du gesagt, und befolgen unsere Befehle ohne Wenn und Aber.«

»Ich erinnere mich«, sagte Vectis ruhig.

»Und?«

»Was und?«

»Warum tust du dann alles, um Commodus zu verärgern?«

»Ich habe doch nur …«

»Du hast nur den Mann verspottet, der reichlich Grund hat, uns beseitigen zu lassen. Vielleicht siehst du keinen Grund, nach Rom zurückzukehren, ich aber schon.«

»Du hast Recht«, räumte Vectis ein und starrte ziellos in die Ferne. »Ich entschuldige mich bei dir und verspreche, Commodus in Zukunft mit dem nötigen Respekt zu begegnen.«

Julian konnte nicht umhin zu lächeln. »Für meinen Geschmack kam dir die Entschuldigung zwar ein bisschen schnell über die Lippen, aber ich akzeptiere sie trotzdem.« Dann wurde er erst. »Ich muss dich daran erirnnern, dass Commodus jetzt die ganze Macht Roms hinter sich hat. Er könnte uns exekutieren lassen. Wir sind hier im Krieg, vergiss das nicht.«

»Schon richtig, aber vielleicht habe ich ein Druckmittel gegen Commodus.«

Julian schaute ihn fragend an.

»Ich sagte vielleicht.« Er rieb sich die Müdigkeit aus den Augen. »Aber vorerst werde ich mit äußerster Zurückhaltung vorgehen.«

»Sehr vernünftig«, pflichtete Julian ihm bei.

Die beiden verließen das Lager und gingen hinüber zur Stadtmauer. Sie überprüften die Katapulte, den Belagerungsturm und den Rammbock. Alles war einsatzbereit bis auf den Turm, wie der Tribun ihnen ja schon erklärt hatte. Die meisten Soldaten schoben mit Erde und Steinen gefüllte Karren zum Bau einer gewaltigen Belagerungsrampe an der Stadtmauer heran. Die Rampe stand kurz vor der Fertigstellung. Als Vectis den verantwortlichen Centurio fragte, wie lange sie schon mit dem Bau der Rampe beschäftigt seien, erklärte dieser, sie seien seit fünf Monaten dabei, Erde heranzuschaffen und aufzuschütten.

»Wozu eine Rampe bauen, wenn mit dem Rammbock die östlichen Mauern angreifbar sind?«

»Wir haben ihn an der Ostseite schon eingesetzt«, meinte der Centurio, »aber die Kostoboken haben Baumstämme von den Mauern heruntergeworfen und den Widderkopf zertrümmert.«

Vectis nickte. »Warum bekommt er keinen Schutzbau?«

Der Centurio verzog das Gesicht. »Diese Anordnung erteilte der Tribun …«

»Und?«

»Der Oberbefehlshaber hat ihn verwiesen.« Seine Blicke wanderten zum Rammbock, als er hinzufügte: »Er steht nun schon seit Monaten hier rum. Der größte Teil vom Schutzdach ist fertig, aber noch nicht so viel, dass auch der Kopf geschützt wäre.«

»Ich dachte, es ginge darum, eine Lücke in die Mauer zu schlagen«, hakte Vectis nach. »Warum also Zeit mit dem Bau einer Rampe verschwenden?«

»Was ich denke, spielt keine Rolle.« Der Centurio versuchte, ihm klar zu machen, dass er nur Commodus' Befehle befolgte.

Vectis formulierte seine Frage anders. »Warum hat der Oberbefehlshaber beschlossen, hier auf ansteigendem Gelände anzugreifen, wo der Bau einer Rampe erforderlich ist?«

»Weil sich hier das Stadttor befindet und Tore der schwächste Punkt einer Stadt sind.«

»Schon wahr, aber ...«

»Der Oberbefehlshaber hat bei mehr als einer Gelegenheit erklärt, dass in dem Augenblick, wo der Rammbock weiter oben auf einer Rampe steht, herabstürzende Baumstämme nicht mit derselben Wucht auf seine Spitze treffen.«

»Natürlich«, räumte Vectis ein, »aber auf der Ostseite müsstet ihr gar nicht erst diese riesige Rampe bauen, sondern einfach nur das Schutzdach ein Stück verlängern, damit die Stämme nicht auf den Widderkopf fallen können.«

»So kann man es wohl auch sehen«, meinte der Centurio emotionslos, um nicht zu erkennen zu geben, was er selbst von all dem hielt.

Julian schaute Vectis an und sagte nur: »So viel Dummheit.«

Dem hatte Vectis nichts entgegenzusetzen.

Der Centurio schaute sich um; er wollte offenbar nicht, dass jemand mithörte. »Wenn ich mir dazu eine Anmerkung erlauben dürfte, Tribun ...«

Mit einem Kopfnicken gab Vectis ihm die Erlaubnis.

»Der Oberbefehlshaber ist ein großer Bewunderer von Flavius Silva, der mit der X. Legion die Festung Masada am Abfall der Wüste Juda zum Salzmeer nach langer Belagerung wiedererobert hat. Die gewaltige Rampe, die Silva vor fast hundert Jahren baute, kann man heute noch bewundern. Der Oberbefehlshaber meint, Rampen halten tausend Jahre, und deshalb will er hier auch eine bauen.«

Vectis wusste nicht, was er dazu noch sagen sollte. Commodus war noch um einiges verrückter, als er geglaubt hatte. Er wollte sich ein Denkmal setzen und hatte offenbar keine Ahnung, wie teuer seine militärische Inkompetenz das Reich zu stehen kommen konnte. Hier war wahrhaftig nicht der richtige Ort für eine stümperhafte Belagerung. Jedes Zeichen von Schwäche musste zwangsläufig irgendeinen Kriegsherrn der Barbaren dazu verleiten, sich im Kampf gegen römische Soldaten und Feldherrn beweisen zu wollen – zumal dann, wenn römische Heerführer auf Verteidigungsanlagen gegen ihre Umgebung verzichteten.

Kurz vor Sonnenuntergang ging eine Welle der Vorfreude durch die Reihen der Soldaten. Jeder im Lager ließ seine momentane Arbeit liegen und stehen und starrte zu den Stadtmauern hinauf. Es war Zeit für die Abendvorstellung.

Plötzlich erschienen tanzend und singend fünfzehn Freudenmädchen auf der Mauer. Ihr Haar flog, ihre weißen Beine blitzten durch die Schlitze in ihren dünnen Kleidern.

»Interessant«, meinte Julian.

Vectis nickte.

Der Gesang der Freudenmädchen wurde lauter, ihre Bewegungen eindeutiger. Über eine Viertelstunde tanzten sie, tanzten einen wilden, ekstatischen Tanz, boten ihrem begeisterten soldatischen Publikum die unübersehbaren Attribute ihrer Weiblichkeit dar. Dann stellten sie mit theatralischen Gebärden Pfannen mit glühenden Kohlen auf die Mauerkrone, legten die Eingeweide von Ziegenböcken darauf und stimmten ein Triumphgeheul an, als der ekelhafte Gestank in großen Wolken auf die Römer am Mauerfuß zuwaberte. Sie trommelten das Tamburin, und auf Lateinisch stießen sie Schmähungen gegen die Römer aus. »Geht nach Hause, ihr römischen Hunde!«, kreischten sie und »Ihr stinkt wie schleimiges Gedärm!« Ihr Ton schwoll an, schwoll an zu einem undefinierbaren Lärmen und Rauschen.

Dann, wie auf ein unsichtbares Signal hin, verstummten sie.

Sie standen in einer geschlossenen Reihe da und starrten auf die hochsehenden Soldaten hinunter.

Die Männer begannen zu murmeln.

Eines der Freudenmädchen trat vor. »Wollt ihr das hier?«, schrie sie und hob ihr Kleid.

Die Soldaten lachten und spendeten Beifall.

»Ihr kriegt aber nur das hier«, riefen sie, und die Frauen drehten sich um, hoben ihre Röcke und entblößten verächtlich ihr Hinterteil.

Die Soldaten jubelten und riefen den Freudenmädchen etwas zu. Die Frauen auf der Mauer ließen sich aber nicht beeindrucken, schleuderten den Römern Beleidigungen entgegen und warfen ihnen jeden Schimpfnamen an den Kopf, der ihnen einfiel. Sie fluchten und spuckten und stießen die Ziegendärme von der Mauer, und einige füllten sogar Töpfe mit ihrem Urin und schütteten den Inhalt den Römern entgegen. Dann war die Vorstellung vorüber. Nacheinander stiegen sie von der Mauer, einige singend, andere noch immer Schmähungen rufend, und viele unter verächtlichem Gelächter.

»Hier stimmt etwas nicht«, sagte Vectis.

Julian schaute ihn im schwindenden Licht an.

»Die Erdrampe ist fast fertig und …« Er hielt inne. »Diese Menschen sollten sich doch eigentlich vor dem fürchten, was wir mit ihnen anstellen werden, oder etwa nicht?«

»Allerdings, das sollten sie«, stimmte Julian ihm zu.

»Und warum haben sie dann keine Angst?«

»Keine Ahnung«, sagte Julian langsam. »Aber merkwürdig ist es schon, nicht wahr?«

»Ja. Wer dem Tod ins Auge blickt, verspottet nicht den Feind.«

21

Die Diebe nahmen alles mit.

Neeve blinzelte und versuchte, das Eis zum Schmelzen zu bringen, das an ihren Lidern haftete. Ihr fiel wieder ein, wie sie ohnmächtig geworden und Stunden später in der Dunkelheit aufgewacht war, als Diebe wie tollwütige Hunde an ihren Kleidern zerrten und ihr alles Wertvolle entrissen. Ihre Geldbörse war weg, ihr schwerer Umhang, ihr Messer und sogar ihr Zeichenwerkzeug. Und was am schlimmsten war: Ihr Ehering von Vectis war ebenfalls verschwunden. Sie hatten alles genommen mit Ausnahme ihrer Stiefel und des darin verborgenen Messers. Gerade, als sie an den Stiefeln zerrten, war sie aufgewacht. Sie erinnerte sich, wie sie in den Schaft gegriffen, das Gewicht des Dolches in ihrer Hand gespürt und die Schreie dessen gehört hatte, dem sie mit dem Messer über das Bein gefahren war. Anschließend stoben die Räuber wie Ratten in einer Scheune auseinander. Sie schrie ihnen nach, sie sollten ruhig wiederkommen, denn sie sei noch nicht mit ihnen fertig, aber sie verschwanden im Dunkeln. Sie versuchte aufzustehen, aber ihr Schwindel ließ nicht nach, und so versagten ihr die Beine. Aber sie schaffte es, gegen eine Ohnmacht anzukämpfen.

Stundenlang saß sie, den Dolch in der Hand, mit dem Rücken gegen die Steinmauer gelehnt im eiskalten Regen und versuchte, wachsam zu bleiben. Einen der Diebe hatte sie erkannt: den Mann mit den listigen Augen, der großen Nase und den kurzen Beinen, dem sie an der Küste begegnet war. Unglaublicherweise hatte er sie beschützt. Sie erinnerte sich, wie sie auf dem Rücken gelegen und die Welt sich um sie gedreht hatte, während sie versuchte, sich durch einen dichten Nebel an die Oberfläche zu kämpfen. Einer der Diebe leerte gerade ihren Geldbeutel, während sich ein anderer über sie beugte und ihr ihr eigenes Messer in die Brust rammen wollte. In diesem Augenblick schob der Mann mit dem verschlagenen Blick das Messer beiseite und sagte: »Überlasst sie den Göttern, damit sie uns nicht zürnen! Sucht lieber nach dem Gold.«

Dann zerrten sie an ihrer Kleidung und fanden die Aurei im Bund ihrer Hosen. Sie sah erst wieder klar, als sie ihre Stiefel packten, und der Mann mit den listigen Augen ergriff als Erster die Flucht, als sie ihr Messer schwang.

Im Laufe der Nacht wurde der Wind stärker. Er heulte über die breite Straße, und ein Gemisch aus Regen und Schnee peitschte ihre nackte Haut. Zuweilen klang das Heulen des Windes, als rufe Esus, der Gott der Unterwelt, ihren Namen. Sie spürte, dass der Gott schon ganz nahe war und nur darauf wartete, ihren Geist mit in sein Reich zu nehmen. Es störte sie nicht. Der Gedanke, sich vom Wind forttragen zu lassen, erschien ihr sogar einladend, beinahe verführerisch. Als schließlich der Sturm abflaute und große Flocken herrlich weißen Schnees sich langsam auf die Stadt senkten, fiel sie in einen tiefen Schlaf. Sie träumte von einer warmen Sommerbrise, aber irgendwo in ihrem Innern wusste sie, dass der Schnee sie einhüllte wie ein Leichentuch.

Neeve erwachte, als die schneebedeckten Dächer im ersten Tageslicht schimmerten. Sie war überrascht, noch am Leben zu sein. Der Schnee hatte die Straße in einen glitzernden weißen Fluss verwandelt und sie bis zur Brust zugedeckt, aber ihre Arme und Beine fühlten sich merkwürdig warm an. Hatte die weiße Decke sie vor der Kälte geschützt? Sie versuchte aufzustehen. Ein Hustenanfall jagte ihr einen stechenden Schmerz durch Brust und Rücken, sodass sie sich am Boden krümmte. Es kam ihr vor, als sei sie innerlich mit Blasen bedeckt. Sie leckte am Schnee und versuchte, das bisschen Flüssigkeit zu schlucken, das ihr den Mund befeuchtete. Über eine Stunde lang saß sie so da, reglos, den Rücken gegen den nackten Stein gepresst und den Blick auf den Mittelbogen des Asklepiostempels auf der anderen Straßenseite gerichtet. Schon bahnten sich die ersten Fußgänger ihren Weg durch den Schnee zu den Werkstätten und Läden der Handwerker am Ende der breiten Straße. Niemand blieb stehen, um ihr zu helfen. Sie hörte ihre Schuhe im Schnee und sah die schwarzen Spuren, die sie hinterließen.

Aber niemand blieb stehen.

Warum sollten sie auch? Sie war schließlich nichts weiter als einer der vielen Bettler am Straßenrand. Bald würden die städtischen Soldaten ihr mit der Peitsche eine Lektion erteilen, und sie würde weiterziehen. In der Ferne sah sie ein Knäuel von Menschen, die sich an einer Stelle am unteren Teil des Hügels zusammendrängten, wo ein Strom warmen Wassers aus dem Tempel in den Rinnstein floss. Sie wusste, dass es dort angenehmer – jedenfalls wärmer und weniger windig – wäre, aber nur die Starken konnten einen Platz an den Abwasserkanälen ergattern.

Sie wurde wieder schläfrig. Nun, da die Sonne aufgegangen war, trampelten noch mehr Füße an ihr vorbei. Die braune Spur in der Mitte der Straße verschlang immer mehr Schnee, wie ein lebendes Wesen, das den herrlichen weißen Fluss zu vernichten drohte. Sie spitzte die Ohren. Die Schneeräumer kamen. Sie hörte die gedämpften Geräusche ihrer hölzernen Schaufeln. Neeve wusste, dass sie aufstehen musste, um nicht unter den Bergen von Schnee begraben zu werden, die sie an den Mauern und Bögen der Stadt anhäuften. Aber sie konnte sich nicht rühren. Sie konnte kaum ihre Hände heben. Der stechende Schmerz schien sie an den Boden zu fesseln wie eine Ziege vor der Opferung.

Minuten vergingen.

Die Schneeräumer waren schon fast bei ihr.

Vielleicht hatten sie ja Mitleid und schaufelten den Schnee nicht auf eine kranke Frau.

Eine Ladung Schnee drückte Neeves Kopf gegen die Steinwand. Er war schwer, nass und kalt und strömte einen modrigen Geruch aus. Sie erschauderte, als das eisige Wasser ihr über die Brust tropfte und ihre Unterwäsche durchnässte. Dann wurde sie von einem Hustenkrampf geschüttelt. Eine zweite Schaufel Schnee traf sie, dann noch eine und wieder eine, bis schließlich nur noch ihr Kopf aus dem schmutzigen Schnee herausschaute. Die Männer vom Räumkommando lachten, als sie den sandigen Matsch aushustete und ausspuckte. Wie schnell sie doch die Tote wieder zum Leben erweckt hätten, spotteten sie. Ein kleiner Junge, der den Männern folgte, warf einen Schneeball auf sie und rannte dann rasch weg, als ob er sich fürchtete, dass die jämmerliche Gestalt sich vielleicht doch irgendwie erheben und Rache nehmen könnte.

Dann trat ein Mann auf sie zu, ein älterer Mann mit einem Spazierstock und einem reich verzierten purpurnen Überwurf, der von einer goldenen Spange zusammengehalten wurde. Er trat mit seinem hohen Schuh in den matschigen Haufen und begann ihr den Schnee aus dem Gesicht zu streichen. Neeve schloss die Augen. Sie spürte, wie seine Finger ihr den Matsch von Stirn und Wangen wischten. Dann hörte sie, wie er ein paar knappe Anweisungen gab und andere Männer herbeieilten, um zu tun, was er ihnen befohlen hatte. Zwei Soldaten hoben sie sanft hoch und trugen sie über die Straße zum Tempel des Asklepios. Sie stöhnte und verlor erneut das Bewusstsein.

Neeve verbrachte drei Wochen im Heiltempel des griechischen Gottes Asklepios, den die Römer Aesculapius nannten. Die Priester hatten sie als Erstes in warmem Wasser gebadet, dann in riesige Tücher gehüllt. Hatten sie am ganzen Körper massiert, sie dazu gebracht, Stückchen von Obst, Nüssen und Gemüse zu knabbern und große Mengen von verdünntem, mit Kräutern vermischtem Wein zu trinken. Und dann ließen sie sie viel schlafen. Sie schlief Tag und Nacht. Jedes Mal, wenn sie in ihren Schlafraum zurückkehrte, verbrannten die Priester eine Schale mit Weihrauch – dem Duft der Götter, wie sie zu sagen pflegten –, und jedes Mal fiel sie augenblicklich in einen tiefen Schlaf. Manchmal glaubte sie, einen hoch gewachsenen Mann zu erkennen, der durch ihr Zimmer ging und heilige Worte flüsterte, aber in dem Zustand der Verwirrung, in dem sie sich befand, ergab das alles für sie wenig Sinn.

Nach einiger Zeit war Neeve kräftig genug, um allein zu baden und zu essen. Noch immer massierten die Asklepiospriester sie und verbrannten Weihrauch, um sie in den Heilschlaf zu versetzen. Der Gott bevorzugte die Nacht, erklärte man ihr. Sie sorgten auch für Unterhaltung und Beschäftigung, so nahmen sie sie ins Freilichttheater mit seinen tausend Sitzplätzen mit oder ließen sie an Gruppenübungen teilnehmen. Einmal gaben sie ihr sogar besonders feine Kleider zum Anziehen, damit sie einer prächtigen Hochzeit beiwohnen konnte, die draußen auf dem heiligen Weg abgehalten wurde – ein Fußweg von einer viertel Meile, der von winzigen immergrünen Pflanzen gesäumt und mit rosafarbenen runden Marmorfliesen ausgelegt war. Sie lenkten ihre Aufmerksamkeit auf die zahlreichen Götterstandbilder aus Holz und Marmor neben dem Weg, doch Neeve fiel es schwer, ihren Erläuterungen zu folgen, denn ihr Blick war von der Kleidung der Hochzeitsgesellschaft in Bann geschlagen. Noch nie hatte sie eine derartige Farbenpracht gesehen.

Dann, eines Tages, suchte sie ein alter Asklepiospriester in einem karmesinroten Gewand auf. Er stellte sich als ein älterer Gleicher unter Gleichen vor, aber Neeve wusste, dass er der Hohepriester des Tempels war. Er hatte einen dichten, wilden Haarschopf und buschige Augenbrauen, die zu groß schienen für sein schmales Gesicht. Seine Augen waren blau wie die ihren, blickten warmherzig und mitfühlend, dass Neeve das Gefühl hatte, ihm auch ihr dunkelstes Geheimnis anvertrauen zu können. Er saß auf dem einzigen Stuhl im Raum und sie auf ihrer Pritsche, und als er sie nach ihrem Namen fragte, vermutete Neeve, dass er ihn längst kannte. Er bot ihr an, ihn bei seinem römischen Namen Mucia zu nennen, und erkundigte sich dann nach ihrer Gesundheit, ihren Schlaf- und Essgewohnheiten und danach, welche Übungsräume sie bevorzugte. Nach jeder Antwort nickte er zustimmend. Dann sagte er: »Du warst sehr krank, als du zu uns kamst. Weißt du, wie du geheilt wurdest?«

»Ich habe auf die Priester gehört«, sagte sie. »Ich habe gut gegessen, gut geschlafen, meine Übungen gemacht und meinen Körper rein gehalten.«

Er lächelte liebenswürdig. »Du hast die Wahrheit gehört, und du hast gehorcht.«

»Ja.«

»Und du bist den Priestern dankbar, nicht wahr?«

»Sehr dankbar.«

»Weil sie deinen Körper wieder geheilt haben.«

»Ja.«

Er faltete nachdenklich die Hände. »Was würdest du sagen, wenn ich dir erklären würde, dass die Priester nur wenig zu deiner Heilung beigetragen haben?«

»Ich weiß, dass die Götter mich geheilt haben«, sagte Neeve, da sie ahnte, worauf er hinauswollte, »aber ohne die Priester wäre ich gestorben.«

»Du hast ganz Recht, wenn du sagst, dass die Priester zu Werkzeugen der Götter wurden … aber welcher Götter? Es gibt viele Götter und viele Herren.«

Neeve runzelte die Stirn.

»Für uns gibt es nur einen Herrn, einen Gott. Er ist größer als alle Könige auf Erden. Größer als die Kaiser von Rom. Größer als die Götter des Pantheon. Er ist der Herr des Himmels, und er hat uns seinen Namen gegeben.«

»Aesculapius«, sagte Neeve mit leiser Stimme auf Lateinisch, weil sie unsicher war, ob sie den Namen des Gottes überhaupt aussprechen durfte.

»Das hast du ganz richtig erkannt. Aesculapius, der höchste aller Götter, war dir gnädig.«

»Und dafür bin ich dankbar.«

»Weißt du, dass dies ein Aesculapiustempel ist?«

»Ja«, bestätigte Neeve. »Ich habe sein Bildnis in den Marmornischen gesehen.«

»Und du hast gehört, wie die Priester den Namen des Aesculapius priesen?«

»Ja, und wie sie seine Lieder sangen.«

»Du hast vieles gesehen«, sagte Mucia, »aber jetzt verrate ich dir ein Geheimnis. Der große Gott kennt deinen Namen.«

»Meinen Namen?«

»Ich habe gehört, wie er im heiligen Tempel deinen Namen gerufen hat.«

Neeve starrte ihn an. Die Vorstellung, ein Gott könnte ihren Namen rufen, wirkte nicht gerade beruhigend auf sie.

»Hab keine Angst«, erklärte der Priester, »Aesculapius ist dir wohlgesinnt. Er beobachtet dich in Liebe.«

»Er beobachtet mich?«

»Seine Augen sind auf dich gerichtet, ja.«

»Beobachtet er mich ununterbrochen?«

»Nein, er schläft wie jedes Lebewesen, aber wir wissen nie,

wann er schläft und wann er wacht … weil er in der Nacht kommt und Worte der Wahrheit flüstert.«

Neeve schluckte. »Ich sehe manchmal jemanden … nachts in meinem Zimmer. Er flüstert mir immer etwas zu.«

»Ist er groß?«

»Ja«, bestätigte Neeve verblüfft. »Sehr groß, mit großen Händen, die mein Gesicht bedecken, und er trägt ein strahlend weißes Gewand.«

»Aesculapius ist der größte aller Götter.«

Neeve atmete tief durch. Konnte es tatsächlich sein, dass der Gott Aesculapius sie in ihrem Zimmer besucht hatte, während sie schlief?

»Er weiß, wer du bist, Neeve Kartenmacherin.«

Sie schaute den alten Priester an.

Er hielt inne und lächelte erneut. »Möchtest du ihn kennen lernen?«, fragte er.

»Ich verstehe nicht ganz …«

»Komm mit«, sagte Mucia und stand auf.

Neeve zögerte. »Ich möchte das lieber nicht«, sagte sie höflich. Sie war nicht begierig, einen Gott zu treffen. Je weniger ein Gott von einem wusste, hatte sie immer geglaubt, desto besser.

»Komm«, wiederholte er.

Neeve folgte ihm aus ihrem Schlafzimmer an den geweihten Becken vorbei auf den heiligen Weg mit seinen vielen Götterstatuen. Diesmal fiel ihr auf, dass in jeder Gruppe von Göttern einer besonders groß war – etwa doppelt so groß wie die anderen.

Am Ende des heiligen Weges blieben sie vor der großen Bronzetür des Tempels stehen. Jeden Türflügel zierte das riesige Relief einer Schlange, die sich um einen knorrigen Stab wand. Neeve hatte die Tür schon einmal gesehen und gehört, dass die Schlange das Symbol für die Heilkunst war. Selbst eine Giftschlange, hatten die Priester ihr erklärt, müsse sich dem Willen des Aesculapius beugen. In den Händen des Gottes der Heilkunst waren sogar die tödlichsten Dinge harmlos. Mucia nickte den Priestern zu, die den Tempel bewachten. Sie packten die großen runden Türgriffe und öffneten die Tür. Der süßliche Geruch von Weihrauch umgab Neeve, als sie in den rauchverhangenen Tempel trat. Er war lang und schmal und von gelbem Kerzenlicht erhellt, und überall schwelte in goldenen Schalen der Weihrauch. Das Innere beherrschte aber das riesige Standbild des bärtigen Heilgottes, mit einem Mantel bekleidet, in der Hand einen von einer Schlange umwundenen hölzernen Stab.

Die Tür schloss sich hinter ihnen.

Neeve blickte sich nervös um.

Mucia hob fragend seine dichten Augenbrauen.

»Darf ich sprechen?«, fragte sie flüsternd.

»Aesculapius ist nicht wie die anderen Götter«, erklärte er. »Er flößt uns keine Angst ein und straft nie. Er möchte sich dir lediglich zeigen, damit du in Liebe zu ihm betest.« Der Priester nahm sie bei der Hand und fragte: »Wovor hast du Angst?«

»Vor Schlangen«, antwortete sie. »Man hat mir gesagt, der Tempel sei voller Schlangen.«

Er lachte leise in sich hinein. »Da musst du mit einem Novizen gesprochen haben. Schlangen sind ausschließlich an Festtagen im Tempel, und auch dann nur eine Hand voll harmloser Gartenschlangen.«

Dann wandte der Priester sich dem Eingangsbereich zu, und Neeve entdeckte Dutzende von steinernen Votivtafeln mit einer Inschrift.

»Kannst du diese Tafeln lesen?«, fragte der Priester.

Trotz der Versicherung des Priesters war es Neeve unangenehm, im Tempel zu sprechen, noch dazu zu Füßen der imposanten Götterstatue. Die Druiden forderten bei ihren Ritualen absolutes Stillschweigen, und ihre Götter pflegten jene zu bestrafen, die sich in ihrer Gegenwart ungehörig benahmen. Sie blinzelte, versuchte im Halbdunkel die Schrift zu lesen. »Ich kann diese Schrift nicht lesen«, sagte sie.

»Das ist Griechisch, und die Tafeln sind Zeugnisse von anderen, die vor dir hier waren. Viele waren Spötter, Ungläubige oder Zweifler, aber sie alle haben die Wahrheit erfahren.« Er hob den Blick zu dem thronenden Heilgott. »Fühlst du seine Gegenwart?«, fragte er. »Aesculapius, die Griechen nennen ihn Asklepios, beobachtet dich, während wir miteinander sprechen. Er ist ein mitfühlender Gott und möchte, dass du ihn ebenso gut kennst wie er dich. Schau ihm ins Gesicht, und sag mir, was du siehst.«

Neeve holte tief Luft. Noch nie war sie einem Gott so nahe gewesen. In den römischen Ländern waren die Straßen und Gebäude voll mit Götterstatuen, und in Britanniens Wäldern manifestierten sich die Geister als Beschützer des Territoriums, über das sie herrschten, und man fühlte eindeutig ihre Gegenwart. Aber hier vor dem wachsamen Standbild des Aesculapius zu stehen war etwas anderes. Sie wusste nicht recht, was sie davon halten sollte. War es möglich, dass der alte Priester Recht hatte? War dieser Gott wirklich der mächtigste von allen?

Sie schaute zu seinem Gesicht hoch und senkte den Blick sofort wieder zum marmornen Fußboden. »Ich bin nicht würdig, hier vor ihm zu stehen«, sagte sie. Sie wollte nicht direkt zu dem Gott sprechen, damit sein Interesse an ihr nicht noch weiter zunahm. »Ich verspreche die Hälfte von allem, was ich habe, dem mächtigen und gnädigen Aesculapius, dem höchsten Gott des Himmels.« Dann zog sie sich mit gesenktem Haupt zurück, um dem Gott ihren Respekt zu bezeigen, und hoffte inständig, die richtigen Worte gewählt zu haben. Die meisten Götter waren erfreut, wenn man sich vor ihrer Ehrfurcht gebietenden Macht verneigte ... und gegen Geschenke hatte schließlich keiner von ihnen etwas einzuwenden. Sie beschloss, fleißig an ihren Zeichnungen zu arbeiten, und wollte vom ersten größeren Betrag, den sie verdiente, die Hälfte dem Heiligtum spenden.

»Aesculapius ist in seinem Tempel«, intonierte der Priester. »Geheiligt sei sein Name.«

Neeve murmelte weitere Worte der Lobpreisung. Sie wollte nicht riskieren, bei einem so mächtigen Gott in Ungnade zu fallen.

»Stell deine Fragen«, forderte Mucia sie auf. »Aesculapius weiß Offenheit zu schätzen.«

Neeve schaute den Priester an und fragte: »Wohnt Aesculapius ausschließlich in diesem Tempel?« Sie hatte in Britannien nie einen Tempel des Aesculapius gesehen und fragte sich, ob er zwar mächtig, aber nur in bestimmten Gegenden oder womöglich auch anderswo zu finden war.

»Die Hand des Aesculapius reicht von einem Ende der Welt bis zum anderen«, erklärte Mucia, »und die Sonne geht niemals unter über den Tempeln, die ihm zu Ehren errichtet wurden.«

»Er ist schön«, sagte Neeve, weil ihr nichts Besseres einfiel.

»Das stimmt, aber ich fürchte, du verwechselst das von Menschenhand gemachte Bildnis des Aesculapius mit dem Gott selbst. Aesculapius ist nicht sichtbar wie Stein oder Metall. Die Priester nahmen sich viele Monde Zeit, um diese schöne Bronzestatue zu schaffen, damit wir Sterblichen sein Antlitz schauen und leichter beten können. Das Standbild selbst ist nichts als geschmolzenes Metall, das in eine bestimmte Form gegossen wurde, und die ist nicht lebendig. Die Figur ist jederzeit einschmelzbar, das Metall in eine neue Form gießbar, ohne dass Aesculapius davon betroffen wäre. Verstehst du? Die Statue ist nicht Aesculapius.« Er lachte triumphierend. »Aesculapius ist nicht nur ein Stück Metall. Er ist ein Gott! Er ist *der* Gott! Der höchste aller Götter! Alle anderen sind wie der Staub zu seinen Füßen. Aber sobald wir dieses Ebenbild des Aesculapius aufgestellt hatten, war er erfreut und kam, um in seinem Tempel, in der Statue selbst zu wohnen. Deshalb erwidert er nun unseren Blick, wenn wir ihn anschauen. Er schaut dich an, Neeve Kartenmacherin. Ja, er schaut auf dich!«

Neeve starrte in Aesculapius' Gesicht. »Die Statue ist nicht Aesculapius«, murmelte sie. »Aesculapius ist ein Geist, und er wohnt in dieser Statue, wie unsereiner in einem Haus wohnt.«

»Genau, und deshalb kannst du auf der ganzen Welt in Aesculapiustempel gehen. Du wirst zwar unterschiedliche Bildnisse vorfinden, aber immer denselben Gott.«

»Und was steht auf den Tafeln?«, fragte Neeve.

»Zeugnisse vom großen Gott. Möchtest du, dass ich dir einige von ihnen vorlese?«

Neeve nickte.

Mucia ging hinüber zu einer großen Bronzeplatte. »Es war Nacht«, begann er, »als alle Lebewesen mit Ausnahme derer, die unter Schmerzen litten, schliefen. In mir brannte ein höllisch heißes Fieber, und ich hustete und wand mich vor Schmerzen.« Er drehte sich zu Neeve um und sagte: »Klingt nach dir, stimmt's?«

»Ja«, sagte sie.

Er wandte sich wieder der Tafel zu und las weiter. »Ich war wie betäubt von meinem Leid, halb schlafend und halb wachend, als ich eine schreckliche Erscheinung hatte. Plötzlich stand jemand von übermenschlicher Größe vor mir, in strahlendes Leinen gekleidet und mit einer Schlange in der linken Hand.«

»Auch ich war wie betäubt«, erklärte Neeve verblüfft, »und wusste nicht, ob ich träumte ... als mir ein Mann in einem strahlend hellen Gewand erschien.«

Mucia nickte und wandte sich wieder der Tafel zu. »Er musterte mich von Kopf bis Fuß und verschwand dann. Ich zitterte vor Angst, und Schweiß rann mir aus dem Leib wie brennend heißer Regen. Ich setzte mich auf, mein Kopf wurde klar wie Licht, und mein Fieber schwand wie der Schmerz in meiner Seite. Aesculapius in seiner Gnade hatte mich geheilt! Schreiend vor Freude rannte ich aus meinem Krankenzimmer, und nun verbringe ich meine Tage damit, von der Güte des Aesculapius zu künden.«

Der Priester starrte sie an, als erwarte er eine Antwort.

»Ich staune«, sagte Neeve.

»Es gibt Tausende solcher Geschichten«, erklärte er. »Überall haben Männer und Frauen erkannt, dass Aesculapius der Gott über allen anderen Göttern ist. Er ist der göttliche Arzt, der den Körper wieder heilt.«

Neeve fragte sich, ob der große Mann in ihrem Zimmer Aesculapius gewesen war, aber mit Bestimmtheit würde sie es wohl nie wissen. Ihre Erinnerungen an jene Nacht waren so verschwommen, als hätte sie unter dem Einfluss eines Betäubungsmittels gestanden. Sie hatte keine Ahnung, was Weihrauch war, aber immer, wenn er in ihrem Zimmer verbrannte, wurde sie müde und verwirrt. Natürlich könnte ihr Fieber eine ähnliche Verwirrung hervorgerufen haben. Sie gab den Versuch auf, ihre bruchstückhaften Erinnerungen zu ordnen, und kam zu dem Ergebnis, dass Aesculapius sie vermutlich besucht und geheilt hatte. Und dafür war sie dankbar. Er hätte schließlich ebenso gut zulassen können, dass sie ins Grab gesunken wäre, statt ihr seine Gnade zu erweisen.

Dennoch hatte sie noch immer Fragen. Römische Ärzte wandten, wie sie wusste, ähnliche Heilmethoden wie die Priester an. Sie hielten kranke oder verwundete Soldaten sauber und warm und forderten sie auf, viel zu ruhen und gut zu essen. Sie wollte zwar nicht abstreiten, dass Aesculapius ihr geholfen haben mochte, gesund zu werden, konnte aber nicht umhin zu vermuten, dass ihre Gesundung zu einem großen Teil auf die Priester und ihre warmen Bäder, ihre Massagen und ihr frisch zubereitetes Essen zurückging.

»Du zweifelst noch immer?«, fragte der alte Priester.

»Ich möchte schon gerne glauben.«

»Mit der Zeit findest du die Wahrheit schon heraus.« Der Priester wandte sich einer anderen Tafel zu und las vor: »Ein Ungläubiger mit einer verkrüppelten Hand wurde zu Aesculapius gebracht, damit dieser ihn heilen möge. Der Ungläubige las die Tafeln im Tempel und bezweifelte, dass den Inschriften wirklich Wunderheilungen zugrunde lagen. Dann hatte er im Schlaf eine Erscheinung. Er befand sich in einem Gewölbe unter dem Tempel, als Aesculapius erschien, seine Hand nahm und seine Finger einen nach dem anderen gerade bog. Als er fertig war, fragte Aesculapius, ob er den Inschriften im Tempel noch immer keinen Glauben schenke. ›Jetzt glaube ich, Herr‹, rief der Mann. Aesculapius aber sagte: ›Weil du dich geweigert hast zu glauben, was glaubwürdig war, sollst du fortan Ungläubiger heißen.‹ Als es Tag wurde, verließ er den Tempel demütig, aber geheilt.«

Der Priester las ihr noch verschiedene andere Tafeln vor, und nachdem er etwas Weihrauch angezündet hatte, verließen sie den dunklen Tempel und setzten sich im Hof in die strahlende Sonne. Die Luft war kühl, aber die Wärme der Sonne angenehm spürbar auf dem Rücken, und sie half ihr, die Verspannung in ihren Schultern zu lösen. Vor der riesigen Statue des Aesculapius zu stehen hatte ihr Unbehagen bereitet, und trotz der Dankbarkeit, die sie für ihre Heilung empfand, war sie froh, den heiligen Tempel verlassen zu können. Die Nähe zu einem so mächtigen Gott wie Aesculapius machte sie unruhig.

Sie ließ den Blick über die kunstvoll beschnittenen Bäume im Hof schweifen und über die zwei eindrucksvollen Brunnen zu beiden Seiten, aber ihr Kopf schwirrte noch immer von Bildern aus dem Tempel. Der Gott kannte ihren Namen, hatte der Priester behauptet. Dabei hatte sie nie gewollt, dass ein Gott ihren Namen kannte – und schon gar nicht einer, der Macht über Leben und Tod besaß. Götter wurden nur allzu schnell zornig, und so war es allemal besser, sich ihren Blicken zu entziehen.

Neeve beobachtete eine Gruppe von Priestern, die gerade Erde für die neuen Blumenbeete durchsiebten. Mehrere der Männer nickten ihr grüßend zu, obwohl sie sich nur vage an einen von ihnen – an einen hoch gewachsenen Mann mit großen Händen – erinnerte.

»Hat irgendjemand hier römisches Geld von dir gefordert?«, unterbrach Mucia ihre Gedankengänge.

Neeve erschrak. Sie hatte sich nie Gedanken darüber gemacht, wie viel drei Wochen Kost und Logis in einem so prächtigen Komplex wie dem Aesculapiustempel kosten würden. Die Priester hatten sich Tag und Nacht um sie gekümmert und würden nun natürlich eine Gegenleistung erwarten. Was hatte sie sich eigentlich gedacht? Sie hatte schließlich mit eigenen Augen gesehen, wie andere bei ihrer Entlassung Schafe, Schweine oder Münzen übergaben. Wie naiv sie doch gewesen war. Natürlich erwarteten die Priester eine Bezahlung. Sie zupfte an ihrem Haar, als würde ihr das zu einer Lösung ihres Problems verhelfen. Dabei besaß sie nichts, aber auch gar nichts, womit sie ihren kostspieligen Aufenthalt im Tempel bezahlen konnte. Sie schnitt eine Grimasse und sagte: »Niemand hat römisches Geld von mir gefordert.«

»Du bist eine schöne Frau«, sagte er. »Hat jemand sonst etwas von dir verlangt?«

Neeve beäugte ihn misstrauisch. Bis zu diesem Augenblick war sie überzeugt gewesen, dass er der gütigste Mensch von ganz Gallien war, vollkommen uneigennützig und ganz dem Kult des Aesculapius verschrieben. Andererseits war ihr schon lange klar, dass Männer von Begierden getrieben waren und man ihnen nicht über den Weg trauen durfte. Zudem wusste sie kaum etwas über den Aesculapiuskult oder darüber, wie Priester womöglich ihre fleischlichen Bedürfnisse befriedigten. Sie hatte Frauen im Tempelkomplex gesehen, konnte aber nicht sagen, ob sie den Priestern zu

Diensten waren oder nicht. In vielen Kulten, von denen sie gehört hatte, gab es eine Art Tempelprostitution und sogar eigens für diesen Zweck vorgesehene Räumlichkeiten und Gebäude. Wollte Mucia vielleicht andeuten, dass sie ihre Schuld gegenüber dem Tempel begleichen könnte, indem sie eine Art heilige Dirne wurde? Sie schaute ihm voll in die Augen und antwortete: »Keiner ist je mit diesem Wunsch an mich herangetreten.«

»Gab es irgendetwas, das dich hier unangenehm berührt hat?«, fragte er.

»Nein. Man hat mich immer mit dem größten Respekt behandelt«, erklärte Neeve, der nach wie vor seine vorherige Frage durch den Kopf ging.

Er wirkte zufrieden. »Wir sind hier nicht wie die übrige Welt«, sagte er. »Wir sind keine Sklaven des Goldes, der fleischlichen Begierde oder der Macht, und wenn du erwartet haben solltest, dass wir etwas von dir wollen, dann hast du dich geirrt. Denn Sklaven sind wir in der Tat ... aber Sklaven des Aesculapius, des höchsten aller Götter, dessen Name geheiligt ist.«

»Ich habe die Geschenke bei der Hochzeit gesehen und ...«

»Ja, wir nehmen Spenden an«, räumte er ein. »Ohne die großzügige Unterstützung durch die Gläubigen müssten wir diesen Tempel sehr bald schließen.«

»Ich werde hart arbeiten, um mich für eure Großzügigkeit erkenntlich zu zeigen.«

»Selbst wenn ich wollte, könnte ich dein Angebot nicht annehmen«, erklärte der Priester.

Neeve schaute ihn erstaunt an.

»Der Senator hat schon für alles bezahlt.«

»Senator Severus?«

»Ein treuer Diener des Aesculapius. Immer, wenn er in Gallien ist, sucht er unseren Tempel auf, und wir fühlen uns geehrt, ihn zu unseren Freunden zählen zu dürfen. Er hat viele Projekte finanziert, darunter auch die Brunnen in diesem Hof.« Sein gütiges Lächeln kehrte zurück. »Er hat nicht nur deinen Aufenthalt hier hundertfach bezahlt, sondern auch eine beträchtliche Summe zu deiner freien Verfügung hinterlegt. Falls du nach Britannien zurückkehren oder dir einen Reisewagen kaufen möchtest, stehen dir genügend Mittel dafür zur Verfügung.«

Neeve fuhr mit den Fingern durch ihr langes Haar und vesuchte, das Gehörte zu verarbeiten. Sie hatte alles verloren, und ein Fremder, ein römischer Senator, hatte sie vor dem sicheren Tod auf der Straße bewahrt. »Hat er gesagt, warum er mir geholfen hat?«, fragte sie.

»Er hat schon viele zu uns gebracht«, erklärte der Priester. »Er ist einfach ein guter Mensch.«

»Gute Menschen geben den Armen kleine Münzen«, sagte sie, »aber sie kaufen ihnen keinen Wagen.«

»Ja, ja«, sagte er nur.

»Ist Senator Severus schon einmal so großzügig gewesen?«, fragte sie weiter. Sie verstand einfach nicht, warum ein römischer Senator sich so um sie kümmerte.

»Mit dir war das anders«, räumte Mucia ein. »Er hat uns eine sehr große Spende gegeben und mich angewiesen, mich ganz besonders um dich zu kümmern. Und das habe ich getan.«

Neeve fehlten die Worte.

Mucia betrachtete das fließende Wasser der Brunnen und sagte mit ruhiger Stimme: »Ich denke, ich enttäusche das Vertrauen des Senators nicht, wenn ich sage ... nun, er ist ebenso wie ich am Abend seines Lebens angelangt. Solange man jung ist, findet man daran nichts Besonderes, aber irgendwann betrachtet man die Jugend wie einen verlorenen Schatz. Dann denkt man mehr und mehr an diese Zeiten, an die guten wie an die schlechten.« Er atmete einmal tief durch. »Der Senator kam als Junge jeden Sommer mit seiner Familie in diesen Teil Galliens. Eines Tages entwickelte er eine gewisse Zuneigung zu einer keltischen Magd. Sie starb mit sechzehn Jahren an Fieber ... während der Wintermonate, als er in Rom war.«

»Eine traurige Geschichte.«

Mucia richtete den Blick wieder auf Neeve. »Sie starb in den Straßen dieser Stadt«, fuhr er fort. »Deshalb vermute ich, dass der Senator nicht einfach nur Gefallen an dir gefunden, sondern noch etwas anderes auf dem Herzen hat. Er hatte damals keine Möglichkeit, etwas für das Mädchen zu tun, aber dir konnte er helfen.«

Schweigend lauschte Neeve dem Plätschern der Brunnen.

»Aesculapius hat uns einen herrlichen Tag geschenkt«, sagte Mucia mitten in ihre Gedanken hinein.

Neeve pflichtete ihm bei. Sie schaute wieder zu den Priestern hinüber, die auf der anderen Seite des Hofes arbeiteten. Trotz der Anstrengung fanden sie Zeit, zu ihr aufzublicken, wenn sie glaubten, dass sie es nicht merkte. Sie musterte den hoch gewachsenen Priester mit den großen Händen und versuchte, die bruchstückhaften Erinnerungen zusammenzufügen, die ihr noch immer durch den Kopf gingen. Irgendetwas an ihm ... Sie runzelte die Stirn und fragte: »Habe ich den großen Priester mit der Hacke schon einmal gesehen?«

»Das glaube ich nicht«, antwortete Mucia und wechselte dann das Thema. »Aber da gibt es etwas, das du wissen solltest.«

Neeve hörte auf, sich über den großen Priester Gedanken zu machen.

»Kennst du einen gewissen Sammonicus Cervidius den Jüngeren?«

Neeve schüttelte den Kopf.

»Er behauptet, dein Halbbruder zu sein.«

»Ich habe keinen Halbbruder.«

»Das dachte ich mir schon«, sagte Mucia. »Vor drei Tagen kam ein Mann hier an, der dir kein bisschen ähnlich sieht, und behauptete, er sei dein Halbbruder und brauche Geld für deine Reise in den Westen Galliens. Hattest du die Absicht, in den Westen Galliens zu reisen?«

»Ich will nach Rom«, erwiderte sie. »Wer ist dieser Mann?«

Mucia gab einem Priester ein Zeichen, woraufhin dieser einen der Wege hinunterging, bis er außer Sichtweite war. Wenig später kam er mit zwei Tempelwächtern zurück und einem kurzbeinigen Mann mit listigen Augen und einer großen Nase. Sie hatten ihm einen Strick um den Hals gelegt, und er schien nur unter Schwierigkeiten Luft zu bekommen.

»Wir haben bereits die städtischen Soldaten benachrichtigt«, erklärte Mucia. »Sie werden ihn vor den Toren der Stadt kreuzigen. So dient er wenigstens noch als Abschreckung für andere, die es wagen, etwas aus heiligen Stätten zu stehlen. Wir wollten uns aber zuerst vergewissern, dass er auch wirklich nicht dein Bruder ist.«

Sammonicus' Blicke schossen nervös hin und her. »Ich diene dem großen Gott Aesculapius«, beteuerte er, doch es klang nicht aufrichtig.

Neeve stand auf und schaute dem Mann in die Augen, der ihr am Strand begegnet war. »Er ist nicht mein Bruder«, erklärte sie.

Sammonicus flehte sie an, ihn zu retten, und als sie sich abwandte, stöhnte er auf und ließ den Kopf hängen. Dann sagte er mit verzweifelter Stimme: »Ich habe deinen Ring …«

»Meinen Ehering?«

»Ja, ja, deswegen habe ich dich gesucht.« Er schöpfte neue Hoffnung.

»Wir haben in der Tat einen goldenen Ring bei ihm gefunden«, bestätigte Mucia. Er winkte einem Priester, der Neeve den Ring überreichte.

Neeve starrte den Ring an, und Freude erfüllte ihr Herz. »Danke«, sagte sie zu dem Priester.

»Ich freue mich sehr für Euch.« Sammonicus verbeugte sich. »Ich schwöre bei den Göttern, dass ich nicht lüge …« Mit einem Blick auf den Hohepriester fuhr er fort: »Bei dem Gott aller Götter, dem gnädigen Aesculapius, möge er meinen Kindern das Augenlicht nehmen, wenn ich aus einem anderen Grund gekommen bin, als aus dem, diesen geschätzten Ring zurückzubringen.«

Neeve schaute den Mann noch einmal an. Er war der übelste Lügner, den sie je getroffen hatte. Aber andererseits war er dazwischengegangen, als die Straßendiebe sie ausraubten. Trotz ihrer verschwommenen Erinnerung war sie ganz sicher, dass er ihr das Leben gerettet hatte. Dennoch war der Mann ein Dieb. Wenn sie sich für ihn einsetzte, würde er bei nächster Gelegenheit andere bestehlen.

»Führt ihn ab«, sagte der alte Priester.

Aber ein Mörder war er nicht; zumindest glaubte sie das nicht. Schon die Art, wie er ein Messer hielt, zeigte ihr, dass er allenfalls im Bedrohen von Menschen eine gewisse Erfahrung hatte. Die Römer neigten dazu, an Menschen Exempel zu statuieren und sie zu diesem Zweck auszupeitschen, zu enthaupten oder zu kreuzigen. Sie hatte schon öfter gesehen, wie Verbrechern die sieben Zoll langen Nägel durch Hand- und Fußgelenke getrieben wurden, Hunde an ihren Füßen knabberten und Vögel ihnen die Augen aushackten. So hingen sie mit ausgerenkten Schultergelenken da, während ihnen die Ausscheidungen die Beine hinunterliefen und sie ununterbrochen um Wasser bettelten. Schon beim bloßen Gedanken daran drehte sich ihr der Magen um.

Die Tempelwächter zogen ruckartig an der Schlinge und rissen den Kopf des Mannes zurück, um ihm zu zeigen, dass es an der Zeit war zu gehen.

»Wartet noch«, sagte Neeve. Sie wusste selbst nicht, warum sie sich für diesen elenden Dieb einsetzen sollte, aber sie konnte es nicht zulassen, dass ihn ein so furchtbares Schicksal ereilte.

Die Wächter blieben stehen.

Der Mann rollte die Augen in ihre Richtung wie ein Hund, der auf einen Knochen hofft. Er wischte sich das schmutzige Haar aus dem Gesicht und behielt seinen Leidensblick bei, während seine Augen zwischen Neeve und dem alten Priester hin und her huschten.

»Mein Bruder ist er nicht«, sagte sie, »aber ein entfernter Verwandter.«

»Du möchtest also, dass er freigelassen wird?«, fragte der alte Priester, auch wenn ihm klar war, dass sie log.

»Ja.«

»Bist du dir da auch ganz sicher?«

»Das bin ich«, erklärte sie.

22

Die römischen Kriegsschiffe überquerten die Meerenge ohne besondere Vorkommnisse und landeten in Galliens größtem westlichen Kriegshafen an. Die Römer hatten die tausend kaledonischen Gefangenen in Zehnergruppen auf den Decks der beiden Kriegsschiffe angekettet. Taranis und acht weitere Häuptlinge konnten sich frei bewegen. Ihre Hände und Füße waren zwar mit Ketten verbunden, aber so lose, dass sie auf dem Schiff herumschlurfen und ihre Leute mit Wasser versorgen konnten.

Als sie in den Hafen einfuhren, kam ihnen eine kleine Flotte von Ruderbooten entgegen, die sie mit der Kraft Hunderter von Sklaven zu ihren Liegeplätzen schleppten.

Taranis ließ den Blick über seine Männer schweifen. Auch wenn er Gedanken an sein Versagen verdrängte, fiel es ihm schwer, den einfachen Kriegern in die Augen zu schauen. Er hatte ihnen den Sieg versprochen, und jetzt waren sie in Ketten gelegt. Mittlerweile hatte sich unter ihnen die Nachricht verbreitet, dass Taranis dem römischen Legaten Verus das Zugeständnis abgerungen hatte, die Krieger nicht hinrichten oder als Sklaven verkaufen zu lassen, sondern als freie Männer in die Hilfstruppen aufzunehmen. Nach fünf Jahren Dienst hatten sie die Wahl, zu heiraten oder sogar nach Britannien zurückkehren zu können. Mehr als einmal dankte ihm ein Mann dafür, was Taranis aber nur noch mehr beschämte.

Trotz Scham und Schande war es ihm verwehrt, seinem Leben ein ehrenvolles Ende zu setzen. Das Zugeständnis, das er Verus abgerungen hatte, galt nur für den Fall seines Überlebens. Suchte er den Tod, bevor Verus ihn dem römischen Pöbel vorführen konnte, sollten seine Krieger im Rahmen des Triumphs hingerichtet werden.

Im Hafen wurden die Gefangenen von zweihundert Soldaten und einem Dutzend berittener Offiziere in Empfang genommen. Drei Offiziere und rund zwanzig Soldaten sammelten die Häuptlinge ein und trieben sie zu einem langen vierrädrigen Karren, einem eisernen Käfig auf einem hölzernen Fahrgestell. Eingepfercht wie Vieh auf dem Weg zum Markt, waren sie auf dem Weg nach Rom, um die grenzenlose Blutgier seines Pöbels zu stillen. Die Häuptlinge wurden getrennt von den gemeinen Gefangenen in die Hauptstadt verbracht.

Der Wagen hielt in einem Waldgebiet an. Taranis glaubte zuerst, die Römer wollten den Pferden eine Pause gönnen oder selbst eine einlegen, um sich im Wald zu erleichtern. Er irrte in beidem.

Der verantwortliche Offizier hatte einen großen Bienenstock entdeckt und wollte nun offenbar an den Honig. Die Soldaten errichteten einen Ring aus sechs stark rauchenden Feuern und bauten dann ein grobes Gerüst aus ein paar Pappeln, schoben es unter den Bienenstock, kletterten hinauf, und dann begann einer der Soldaten den Ast zwischen Bienenstock und Stamm rund zehn Fuß vom Stock entfernt durchzusägen, während die anderen auf dem Gerüst den Stamm festhielten, um Vibrationen so weit wie möglich zu vermeiden und die Bienen nicht aufzuschrecken.

Es dauerte kaum eine Stunde, bis der Ast durchgesägt war, vorsichtig in mehrere Hände gelegt und zu den Feuern getragen wurde, ohne dass die Bienen den Angriff bemerkten. Der Gedanke daran, wie die süße Masse auf seiner Zunge schmolz, ließ Taranis in seinem Käfig das Wasser im Mund zusammenlaufen und weckte Erinnerungen an glücklichere Tage in den kaledonischen Wäldern. Mehr als einmal hatte er einen Bienenstock in Tierhäute gehüllt und rauchende Feuer entfacht, um die wütenden Bienen zu vertreiben. Seine Schwester Neeve blieb bei solchen Gelegenheiten meist in sicherer Entfernung, lachte und verspottete ihn als Feigling, weil auch er sich in dicke Häute hüllte, bevor er sich dem Stock näherte. Aber so vorsichtig er auch war, nie kam er bei seinen Auseinandersetzungen mit den Bienen ganz ohne Stiche davon. Doch das fand er nur gerecht, schließlich war er ein Dieb: Er stahl etwas, wofür er nicht gearbeitet hatte.

Die Soldaten brachen an den Feuern den Bienenstock nicht auf, wie Taranis angenommen hatte, sie gingen stattdessen weiter in Richtung des Wagens des verantwortlichen Offiziers. Sein weicher Bauch hüpfte, als er behutsam nach dem Ast griff, wobei er sich ausnehmend höflich bedankte. Zwei Soldaten wedelten mit Öllampen über dem Kopf des Offiziers, um verwirrte Bienen zu vertreiben.

Der Offizier ließ die Hände bedächtig über den Ast gleiten, um ihn besser fassen zu können. Zufrieden schaute er zu Taranis herüber und lächelte ihn an. Dann sprang er auf und schleuderte den Ast mit solcher Wucht gegen den Wagen, dass dieser ins Schaukeln geriet. Der Bienenstock zerbarst in tausend Stücke, die durch den

Käfig flogen, und in Sekundenschnelle waren die Gefangenen von wütenden Bienen bedeckt. Sie wanden sich und schrien und schlugen nach den herumschwirrenden Insekten, die dadurch aber immer aggressiver wurden. Taranis war von oben bis unten zerstochen, lediglich seine Fußsohlen waren verschont geblieben. Ein Mann fiel zu Boden und rang verzweifelt nach Luft. Wenige Minuten später war er tot.

Die Römer standen in ihrem Ring rauchender Feuer und schauten zu. Als die Bienen sich wieder beruhigt hatten, kamen die Soldaten zurück und schwenkten ihre Fackeln, um die Insekten zu vertreiben. Der nachgeordnete Offizier trat an den Käfig. Er sprach Keltisch und fungierte als Übersetzer. »Der Offizier hat euch etwas zu sagen«, erklärte er und schaute den Mann an, der den Bienenstock zertrümmert hatte.

»Ich wusste gar nicht, dass Bienen töten können«, sagte der Offizier, noch immer lächelnd.

Taranis versuchte verzweifelt, aufrecht zu stehen, aber Wogen der Übelkeit schlugen über ihm zusammen. Er übergab sich wieder und wieder, bis nichts mehr kommen wollte. Den anderen im Käfig erging es nicht besser; die Körper gekrümmt, zitterten sie vor Schmerz am ganzen Leib, und Erbrochenes tropfte ihnen aus dem Mund.

Der verantwortliche Offizier sagte etwas auf Lateinisch. Sofort öffneten zwei Soldaten den Käfig, zerrten den Leichnam heraus und warfen ihn in den Wald. Der Offizier zeigte in die Richtung und sagte etwas, das er offensichtlich spaßig fand. Der Übersetzer gab die Worte prompt wieder: »Der Offizier meint, die Hunde bräuchten auch etwas zu fressen.«

Dann setzte sich der Offizier auf einen Baumstamm und ließ sich einen Weinschlauch bringen. Er trank in langen, genüsslichen Zügen, wischte sich träge den Mund an seiner Tunika ab, den Blick dabei auf Taranis geheftet. Das ging fast eine Viertelstunde so, dann stand er abrupt auf und umkreiste mehrere Male den Käfig. Unvermittelt blieb er auf Taranis' Höhe stehen und schob sein Gesicht an die Gitterstäbe. »Weißt du, wer ich bin?«, fragte er.

Taranis war unfähig zu antworten.

»Nein, natürlich weißt du es nicht.« Sein Gesicht verzerrte sich. »Mein Name ist Manius Nepos Falco. Sagt dir der Name Nepos etwas?« Der Übersetzer stand dicht neben ihm und sprach die Worte, als kämen sie aus dem Mund seines Vorgesetzten.

Taranis schwieg.

Der Offizier knirschte mit den Zähnen. »Ich will eine Antwort!«

Der Übersetzer holte kurz Luft und wiederholte den Befehl. »Der Offizier will eine Antwort«, sagte er. »Weißt du, wer er ist?«

»Nein.«

»Nein, natürlich nicht«, höhnte der Offizier. »Du bist ja schließlich der mächtige Blutgott, der zum Zeitvertreib tötet. Du und deine Krieger, ihr habt den Vorposten Faustina in Nordbritannien zerstört und dabei den besten Offizier abgeschlachtet, den Rom je hatte. Er hieß Mamercus Nepos Falco und war mein älterer Bruder.«

»Im Krieg sterben Menschen«, sagte Taranis.

»Er hat sich ergeben, und ihr habt ihn abgeschlachtet!«

»Wenn er in Kaledonien war, hat er den Tod verdient«, erwiderte Taranis. Erneut überkam ihn die Übelkeit, aber er drängte sie zurück.

»Ich würde dich jetzt töten«, sagte Nepos, bebend vor Zorn, »aber ich habe den Befehl, dich lebendig nach Rom zu bringen. Und Befehle führe ich immer aus. Aber ich verspreche dir: Wenn du in Rom ankommst, wirst du dir wünschen, ich hätte dir mit meiner Baumsäge den Hals durchgesägt.«

23

Die Freudenmädchen entblößten ihre Brüste und tanzten wie im Wahn herum.

Vectis verfolgte die nächtliche Vorstellung mit dem größten Interesse. Die Freudenmädchen boten so ziemlich dasselbe wie am Vortag. Zwar fehlten die brennenden Ziegengedärme, doch dafür verwendeten sie mehr Zeit darauf, die römischen Autoritäten zu beleidigen. Commodus beschimpften sie als Schwein, und Mithras – den Gott, den er wie die meisten römischen Soldaten verehrte – als blinden Narren im Hofstaat der Esel.

»Was ist heute anders?«, fragte Vectis Julian.

»Sie verbrennen keine Eingeweide, weil der Wind aus der falschen Richtung kommt.« Julian grinste.

Vectis lächelte.

»Und es sind mehr.«

»Stimmt«, räumte Vectis ein. Nach einem kurzen abschätzenden Blick kam er auf gut zwanzig Freudenmädchen. Einer der Soldaten erklärte ihm, die provozierenden Auftritte hätten ein paar Wochen zuvor mit einem einzelnen Mädchen begonnen, bevor dann immer mehr dazugekommen seien.

»Sie lassen sich noch immer über unsere Dummheit aus«, fügte Julian hinzu.

»Allerdings«, bestätigte Vectis. »Ich frage mich nur, warum.«

Julian zuckte mit den Schultern. »Ihnen können ja wohl kaum Commodus' Fehler beim Bau des Rammbocks und des Turms entgangen sein. Das reicht, dass diese nächtliche Vorstellung immer ausgelassener wird.«

»Ich habe da eine andere Theorie. Die Zahl der Freudenmädchen steigt, weil immer mehr von ihnen zu der Überzeugung gelangen, dass sie nichts zu befürchten haben. Unsere Rampe ist so gut wie fertig, aber sie gehen offenbar davon aus, dass sie aus irgendeinem Grund ihren Zweck nicht erfüllen wird.«

»Und aus welchem Grund?«

Vectis schaute zur Rampe hinüber. »Das finde ich hoffentlich morgen heraus«, antwortete er.

Früh am nächsten Morgen machten sich Vectis und Julian auf den Weg zur Rampe. Hunderte von Männern karrten Erde und Steine den künstlichen Abhang hinauf. In zwei Reihen bewegten sie sich unter den langen hölzernen Schutzdächern, die zur Sicherung der arbeitenden Männer errichtet waren. Dabei schien es, als wollten die Bogenschützen hinter der Stadtmauer die Soldaten gar nicht am Bau ihrer Rampe hindern, denn sie zielten nur hin und wieder auf einen einzelnen Arbeiter, der sich allzu weit vom Schutzbau entfernte. Der Geruch frisch ausgehobener Erde erinnerte Vectis an die Pflanzzeit im Frühling auf seinem Landgut vor den Toren Roms. Schon seit Jahren war er nicht mehr zu Hause gewesen, aber seine Erinnerungen an fruchtbare schwarze Erde, die Sklaven umstachen und in die sie Samen einbrachten, waren lebendig. Hier dagegen war die Erde, eine Mischung aus Lehm und Steinen, schmutzig gelb.

Vectis war verwirrt. So intensiv er auch nachdachte, er fand keine Erklärung für die Sorglosigkeit der Bewohner der Stadt. Er musterte die Rampe, die Mauern vor ihr und das Belagerungsgerät, aber er wusste einfach nicht, was er von all dem halten sollte. Auch wenn die Verteidiger hinter den Mauern Abwehranlagen errichtet hätten, bedeutete das nur eine Verzögerung des römischen Sturms, selbst wenn Belagerungsgerät von ihnen in Brand gesetzt würde. Mochte Commodus auch ein Narr sein und seine Truppe ein undisziplinierter Haufen, so würden dieselben Soldaten am Ende doch unweigerlich das tun, was sie gelernt hatten – die Mauer durchbrechen, die Stadt in Schutt und Asche legen und unter den Bewohnern ein Blutbad anrichten.

Aber irgendetwas stimmte hier nicht. Definitiv.

Die Aussicht, sterben zu müssen, ließ die Menschen für gewöhnlich eher demütig werden. Diese Leute aber waren alles andere als demütig.

Vectis musste irgendwie einen Blick über die Mauer werfen, und der Einzige, der ihm dazu verhelfen konnte, war der verantwortliche Ingenieuroffizier. Er musterte die Baustelle, sah die im Wind bebenden Zelte und ging auf das größte offene Zelt unweit der Rampe zu. Hier war der Befehlsstand der für die Belagerungsgeräte und Arbeiter an der Erdrampe zuständigen Ingenieure.

Der verantwortliche Ingenieur schritt murmelnd im Zelt auf und ab, redete auf vier seiner Offiziere ein, offensichtlich war er verärgert. Er war ein Mann in den Fünfzigern mit spärlichem grauem Haar, den Vectis sich auch gut in einer Taverne mit einem Becher Wein auf seinem dicken Wanst hätte vorstellen können. Sein einziges Ziel schien darin zu bestehen, die Erwartungen von Commodus zu erfüllen.

»Keine Einzelheiten!«, sagte er. »Ich will nichts hören. Das ist der letzte Befehl, den ich erhalten habe, und niemand wird mir Schwierigkeiten bereiten. Macht eure Winden und Flaschenzüge fertig, und arbeitet meinetwegen die ganze Nacht durch. Aber wenn der Oberbefehlshaber übermorgen dieses Zelt betritt, muss alles fertig sein.«

Erst jetzt bemerkte der Ingenieur Vectis im Zelteingang. Er wandte ihm seine blutunterlaufenen Augen zu. »Wer bist du?«, fragte er.

Vectis wandte sich ihm so zu, dass er den schmalen purpurnen Streifen der Ritter, der sich von der Schulter seiner Tunika hinunterzog, sehen konnte. »Vectis Trebellius«, stellte er sich vor. »Tribun.«

»Tut mir Leid«, murmelte der Ingenieur und schlug nach einer Fliege, die vor seinem Gesicht vorbeisurrte. Er blickte sich um, fegte ein paar Papyrusrollen von einer Liege und bat Vectis, Platz zu nehmen. Vectis lehnte dankend ab. Obwohl er nach Commodus der ranghöchste Offizier war, legte er Wert darauf, dem Ingenieur respektvoll zu begegnen. Er hatte vor langer Zeit gelernt, dass man als kluger Vorgesetzter seine Köche und Ingenieure mit Samthandschuhen anfasste.

»Eine gewaltige Sache«, sagte Vectis mit Blick auf die Erdrampe.

Der Ingenieur brummte.

»Wenigstens hat es nicht geregnet ... macht das Hochziehen und Auskippen leichter.«

»Hat der Oberbefehlshaber Euch geschickt?«

Über die Direktheit der Frage ärgerte sich Vectis, konnte aber einen neutralen Ton beibehalten, als er erwiderte: »Ich überprüfe die Fortschritte der Arbeiten.«

»Ihr seid also auf eigenen Wunsch hier.«

Auch diese Bemerkung ärgerte Vectis, er schwieg aber.

Der Ingenieur gab einen langen Seufzer von sich, er klang deprimiert. »Nichts für ungut«, sagte er, »aber ich habe das alles schon mit dem anderen Tribun durchgemacht. Was auch immer Ihr für falsch haltet und was auch immer Ihr wollt – ich darf nichts tun ...

außer ich erhalte einen Befehl vom Oberbefehlshaber. Er wird ungehalten, wenn ich in Fragen, die die Belagerung betreffen, dem Tribun gehorche. Ich bin verpflichtet, alles mit ihm persönlich zu klären.«

»Ich verstehe«, sagte Vectis ruhig. »Ihr könnt etwas tun, aber das hat nichts mit der Belagerung zu tun.«

Der Ingenieur verschränkte die Arme. «Was kann ich für Euch tun?«, fragte er, machte dabei aber den Eindruck, dass ihn nichts weniger interessierte, als Vectis dienlich zu sein.

»Ich möchte einen Blick über die Mauer werfen«, erklärte Vectis und deutete auf die Stadt.

»Über die Mauer?«

Vectis hielt es nicht für erforderlich, seinen ungläubigen Blick mit einer Antwort zu würdigen.

»Ich kann Euch jetzt schon sagen«, schnaubte der Ingenieur, »dass der Oberbefehlshaber mir nicht erlauben wird, auf der Rampe irgendetwas aufzustellen.«

»Wenn nicht auf der Rampe, wie wäre es dann ...«

Auf dem Gesicht des Ingenieurs zeichnete sich Ablehnung ab, und er schüttelte schon den Kopf, bevor Vectis seine Frage fertig formulieren konnte.

»... mit einem provisorischen Gerüst auf dem Belagerungsturm?«, führte Vectis seinen Gedanken zu Ende. Er hatte die ablehnende Haltung gründlich satt, die ihm seit seinem Eintreffen im Lager begegnete.

»Das würde er genauso wenig erlauben. Außerdem würde der Bau mehrere Wochen dauern, und der Angriff soll schon in zwei Tagen beginnen.«

»Ich brauche etwas bis morgen.«

»Morgen!« Die Vorstellung brachte den Ingenieur so sehr zum Lachen, dass sein Bauch unter der Tunika hüpfte. »Dann ist es wohl am besten, ich lasse mir gleich Flügel wachsen.«

»Es muss doch irgendeine Möglichkeit geben«, insistierte Vectis, der sich nicht provozieren lassen wollte.

»Es gibt keine Möglichkeit«, beteuerte der Mann nachdrücklich.

»Ich hätte eine Idee«, meinte ein junger Ingenieur hinter ihm.

Sein Vorgesetzter drehte sich zu ihm um. »Du hast schon genug zu tun, ohne …«

»Die Rampe ist fertig«, erwiderte der Jüngere mit einem merkwürdigen Lachen. »Ich habe also jede Menge Zeit.«

»Nein, nein und noch mal nein. Wenn du einen Fehler machst, bin ich derjenige, der es verantworten muss«, wehrte sein Vorgesetzter ab. »Ich habe schon genug Ärger am Hals.«

»Ich werde keinen Fehler machen!«

Vectis erbleichte. Selten hatte er erlebt, dass ein Untergebener seinen Vorgesetzten unterbrochen hatte, geschweige denn in derart forschem Ton. Soldaten waren schon wegen geringerer Vergehen ausgepeitscht worden.

Der Ingenieur warf dem Mann einen finsteren Blick zu, zuckte dann aber nur mit den Schultern. »Meinetwegen«, sagte er, »aber handle keinem Befehl des Oberbefehlshabers zuwider.«

»Jawohl, Oberingenieur«, erklärte der Mann, wieder mit übertrieben lauter Stimme. Er versuchte, sich respektvoll zu geben, aber es blieb ein Versuch.

Vectis musterte den jungen Mann. Er war nicht älter als zwanzig und trug ein frisches Soldatenhemd, einen teuren, nicht vom Heer ausgegebenen Ledergürtel und kunstvoll verzierte Schuhe, machte aber trotz allem einen irgendwie zerzausten Eindruck. Er war groß und hager, und seine Schultern hingen so sehr nach vorn, als hätte er keinen Brustkorb, und ständig trat er nervös von einem Fuß auf den anderen, während er an den Falten seiner Tunika herumspielte. Er schaute Vectis an. »Wollt Ihr wissen, was ich mir ausgedacht habe?«, fragte er grinsend. Er schien gar nicht zu merken, wie seltsam sein Verhalten Vectis vorkommen musste.

Vectis winkte ihn zu sich. »Folge mir«, sagte er. »Wir können uns an der Rampe unterhalten.« Vectis schritt schnell voran. Das alles irritierte ihn über die Maßen: ein Oberingenieur, der Angst hatte, eine Entscheidung zu treffen, ein inkompetenter Oberbefehlshaber, der alles unter seiner Kontrolle haben wollte, und jetzt auch noch dieser junge Mann. Er war alles andere als normal; ständig hatte er dieses Grinsen im Gesicht, und immer wieder stieß er im unpassendsten Augenblick sein nervöses Lachen aus. Aber intelligente Augen hatte er, und die besten der Ingenieure, die Vectis kannte, waren alle ziemlich eigen. Er konnte deshalb nur hoffen, dass das seltsame Verhalten des jungen Mannes als gutes Zeichen zu werten war.

Vectis führte ihn an der Rampe vorbei, blieb stehen und trat dann an seine Seite. »Dein Vorgesetzter glaubt, dass du Fehler machen könntest. Und, machst du Fehler?«, fragte er.

»Ich bin der beste Ingenieur hier im Lager«, beteuerte der Junge beleidigt.

Vectis ließ den Blick nicht von ihm.

»Fragt, wen Ihr wollt.«

»Und welche Fehler machst du?«

»Er meint damit keine fachlichen Fehler.«

»Welche dann?«

Der junge Mann zuckte mit den Schultern. »Der Oberingenieur regt sich darüber auf, dass ich Dinge tue, die Commodus nicht passen.«

»Aha«, sagte Vectis nur. Es war das erste Mal, dass jemand Commodus nicht als Oberbefehlshaber titulierte. »Man sollte annehmen, dass Commodus dich eigenhändig für deine Vergehen bestraft«, sagte Vectis.

Der Ingenieur lachte erneut, und sein Lachen klang wie das Gekicher eines Kindes. »Er hat Angst vor mir«, erklärte er, schlug die Hand vor den Mund und riss die Augen auf wie einer, der gerade etwas sehr Schockierendes erfahren hat.

»Und warum sollte er Angst vor dir haben?«

»Also, eigentlich sollte das ja geheim bleiben«, begann der junge Mann leise, »aber da es ohnehin schon jeder weiß, kann ich es Euch wohl genauso gut auch gleich sagen.«

Vectis wartete.

»Ich habe gewisse Beziehungen.«

Mit einer ungeduldigen Geste bedeutete Vectis ihm fortzufahren. Er hatte das Spielchen allmählich satt.

»Mein Vater ... ist der Bruder des Kaisers.«

»Das erklärt natürlich einiges«, räumte Vectis ein.

»Und ich bin sein Lieblingsneffe«, fügte der Junge kichernd hinzu. »Behauptet jedenfalls mein Vater.«

Vectis warf ihm einen erstaunten Blick zu. »Und wenn du etwas tust, was Commodus nicht passt, muss der Oberingenieur seinen Kopf hinhalten.«

»Ja, so hat sich das mittlerweile eingespielt.«

»Aber dein Vorgesetzter wird immer noch wütend auf dich.«

»Sehr wütend. Mein Vater hat ihn aufgefordert, mir Disziplin beizubringen ... also muss ich wohl auf ihn hören.« Er wand sich in seiner Kleidung, als krabbelten ihm tausend Ameisen den Rücken hinauf. Dann sagte er keck: »Aber immerhin erlaubt mir meine Herkunft, Dinge zu tun, die kein anderer tun dürfte ... wie diese Sache mit dem Blick über die Mauer. Würde ein anderer versuchen, Euch zu helfen, wäre das für Commodus ein Angriff auf seine Autorität ... o ja, ich habe das mehr als einmal erlebt. Aber weil es mein Projekt ist, wird er nichts dagegen sagen.« Er lachte wieder. »Vielleicht lässt er seine Wut an meinem Vorgesetzten aus, aber ich kann mir nicht vorstellen, dass er uns Ärger macht.«

Vectis inspizierte die Stadtmauer. »Willst du damit sagen, dass wir etwas auf der Rampe bauen können?«

»Nein, das würde der Oberingenieur nie zulassen.«

»Was hast du vor?«

»Es ist gefährlich.«

»Weiter.«

»Also, er hat natürlich Recht«, erklärte der junge Mann und zupfte an seiner Tunika. »In einem Tag kann man nichts bauen, was ungefährlich ist und zugleich einen Blick über die Mauer ermöglicht. Das braucht schon seine Zeit.«

»Und die gefährliche Möglichkeit?«

Er lachte ein hohes, schrilles Lachen, das Vectis in den Ohren wehtat. »Mir kam der Gedanke, ein paar Baumstämme miteinander zu verbinden und das Ganze dann in ein Loch im Boden zu stecken.«

»Und das soll funktionieren?« Vectis fragte sich schon, ob sein merkwürdiges Verhalten vielleicht kein Anzeichen von Genialität war, sondern von purer Verrücktheit.

»Ich denke schon«, antwortete der junge Mann. »Kommt drauf an, wie viel Ihr von der Stadt sehen wollt.«

»Nur den Bereich hinter der Rampe.«

»Und wie weit darf der tote Winkel hinter der Mauer reichen?«

»Am liebsten wäre es mir, gar keinen toten Winkel zu haben.«

»Aber dann müsste Eure Stange tausend Fuß hoch sein, wenn wir sie in ausreichendem Sicherheitsabstand von der Mauer aufstellen würden.« Und wieder lachte er schrill.

»Das verstehe ich nicht.«

Der Ingenieur zwinkerte heftig. »Wenn Ihr aus einem bestimmten Winkel auf die Mauer herabschaut«, erklärte er, »gibt es innen am unteren Ende der Mauer immer einen gewissen Bereich, der für Euch nicht einsehbar bleibt.«

Vectis nickte.

»Und deshalb geht es nicht ohne diesen toten Winkel.«

»Also gut, sagen wir fünfzig Fuß tief.«

»Ihr wollt, dass der tote Winkel nicht weiter als fünfzig Fuß in die Stadt reicht?«

»Genau.«

»Und wie weit von der Mauer entfernt soll die Stange in den Boden gesteckt werden?«

Vectis betrachtete den breiten Streifen offenen Feldes rund um die Stadtmauer und stellte sich vor, wie die Bogenschützen der Belagerten versuchten, jemanden davon abzuhalten, auf die Stange zu klettern. Ihm war klar, das er nur in zweihundert Fuß Entfernung einigermaßen sicher sein würde. »Etwa hundert Fuß«, sagte er. Wollten sie es weiter von der Mauer weg versuchen, schätzte er, wäre ein viel zu hoher Kletterbaum erforderlich. »Nehmen wir einmal an, wir stellen die Stange hundert Fuß vor der Mauer auf.«

»Die Mauer ist vierzig Fuß hoch«, sagte der Ingenieur langsam und verdrehte nachdenklich die Augen, »der Baum hundert Fuß weg mit einem toten Winkel von fünfzig Fuß … dann müsste die Stange hundertzwanzig Fuß hoch sein.«

»Hundertzwanzig Fuß? Ist das denn zu machen?«

»Klar doch. Aber das dauert seine Zeit. Die Eichen werden hier bis zu achtzig Fuß hoch, aber davon bleiben uns nur sechzig über dem Boden, weil ich von der Spitze ein Stück absägen und den Stamm dann in ein zehn Fuß tiefes Loch stecken und zusätzlich Steine um den Stamm aufschichten lassen müsste. Für hundertzwanzig Fuß bräuchten wir also zwei Bäume, die sich ein Stück weit überlappen müssten; dann könnte man sie mit Holzzapfen miteinander verbinden und anschließend mit Seilen umwickeln. Ein bisschen schwanken würde das Ganze natürlich schon …« Er hielt sich die Hand vor den Mund, um sein Grinsen zu verbergen. Als er sah, wie wenig begeistert Vectis war, berichtigte er sich: »Es würde sogar ziemlich schwanken.« Dann nahm sein Gesicht einen ernsten Ausdruck an, als er versuchte, Vectis von der Machbarkeit seines Vorschlags zu überzeugen. »Aber halten müssten die Bäume eigentlich. Vorausgesetzt, es geht wenig oder kein Wind.«

»Und bei Windverhältnissen wie heute?«

Er schaute zum Himmel hoch, als wollte er die Windgeschwindigkeit messen. »Dann ginge es nicht. Jeder, der über hundert Fuß hoch käme, würde durch sein Gewicht zusammen mit dem Wind das Ganze durchbiegen, und schließlich würde es brechen.«

»Und wenn die Stange nur fünfzig Fuß von der Mauer entfernt wäre?«, fragte Vectis.

»Dann müsste die Konstruktion nur achtzig Fuß hoch sein«, kam prompt die Antwort. »Aber aus fünfzig Fuß Entfernung würden die Bogenschützen den Mann mit Leichtigkeit herunterholen.«

Vectis starrte auf einen Klumpen Lehm am Boden. Er überlegte, ob vielleicht ein Schild ausreichend Schutz vor den Bogenschützen bieten könnte.

»Das Land um die Stadt sieht ziemlich eben aus«, unterbrach der Ingenieur seine Gedankengänge, »aber das ist es nicht. Auf der anderen Seite, genau gegenüber der Rampe, liegt ein kleiner Hügel, auf dem man im Verhältnis zur Mauer etwa vierzig Fuß höher steht als hier. Der Hügel ist etwas weiter als siebzig Fuß von der Mauer entfernt, und wenn wir beim selben toten Winkel bleiben, bräuchte ich nur eine Stange von fünfundfünfzig bis sechzig Fuß Höhe.«

»Also ein Baumstamm?«

»Auf jeden Fall stabiler als miteinander verbundene Stämme.«

»Gut«, sagte Vectis. »Find einen Baum, und lass sägen.«

»Ich hoffe, Euch ist klar«, wandte der Junge ein, während er nach den Ameisen auf seinem Rücken schlug, »dass es nur siebzig Fuß von der Mauer sind. Ihre Bogenschützen werden …«

»Überlass die Sorge um die Bogenschützen ruhig mir.«

»Natürlich. Die überlasse ich Euch gern. Ich sorge mich um die Technik.« Er räusperte sich. »Aber eines solltet Ihr noch wissen: Wenn jemand in sechzig Fuß Höhe ruckartig einem Pfeil auszuweichen versucht, dann schafft er damit ein nicht unbeträchtliches Stabilitätsproblem, besonders bei starkem Wind.«

»Ja, und deshalb habe ich auch die Absicht, zuerst dich hochzuschicken.«

Der Ingenieur hörte schlagartig auf, an seiner Kleidung zu zupfen. Sein Grinsen verschwand, seine Miene erstarrte vor Angst.

Vectis legte dem jungen Mann den Arm auf die Schulter. »Keine Angst«, beruhigte er ihn, »du bist ausschließlich für den Bau verantwortlich. Klettern wird ein anderer.«

»Und welchen Verrückten wollt Ihr dafür finden?«

»Er steht vor dir«, sagte Vectis.

24

Mit großen Schritten ging Neeve die Hauptstraße entlang, die keine zehn Fuß breit war und sich zwischen hohen Häusern hindurchschlängelte wie durch eine Schlucht. Man nannte sie Hauptstraße, weil es die erste wirkliche Durchgangsstraße in dem alten Dorf war, das irgendwann zur römischen Stadt geworden war. Gesäumt wurde die Hauptstraße von einer Art erhöhtem Gehsteig mit etwa anderthalb Fuß Breite, der aber als solcher kaum nutzbar war, weil die zahlreichen Handwerker und Ladenbesitzer ihre Fensterläden zum Gehsteig hin öffneten und ihre Waren unter den hölzernen Kolonnaden feilboten. Die Straße selbst war mit schweren Lavasteinen gepflastert, zerfurcht und häufig verstopft, wenn die Wagenlenker sich weigerten, einander Platz zu machen. Die Rufe von Gemüsehändlern, Schuhmachern und zahllosen anderen Ladenbesitzern und Handwerkern verschmolzen zu einem dumpfen Summen, aus dem eine einzelne Stimme nicht mehr herauszuhören war. Nur wenn ein Straßenhändler brüllte und mit seiner Ware vor der Nase eines Kunden wedelte, war es ihm möglich, Aufmerksamkeit zu erregen.

Es fiel Neeve nicht schwer, die Händler zu ignorieren, die ihr zuriefen, als wären sie alte Freunde. Sie hatte Wichtigeres im Kopf.

Sie hatte sich von den Asklepiospriestern verabschiedet. Sie waren wirklich gut zu ihr gewesen, aber sie hatten sie mit ihrem Gerede von dem einen wahren Gott verwirrt. Sollten die anderen Götter wirklich so unbedeutend sein? Im Tempelbezirk, wo der Gott der Heilkunst keine Konkurrenz zu fürchten hatte, mochte das ja noch angehen; was aber sollte draußen in der Welt geschehen, wenn die anderen Götter merkten, dass man sie mit Missachtung strafte? Besser alle Götter besänftigen, ob groß oder klein, als den Zorn eines tyrannischen Geistes zu riskieren, dachte Neeve. Sie wollte ihn zwar als höchsten Gott ehren, zugleich aber auch den anderen je nach Bedarf huldigen. War das nicht das einzig Vernünftige?

Direkt neben ihr ging Sammonicus, der Strandräuber mit den listigen Augen, der sich als ihr Halbbruder auszugeben versucht hatte. Er konnte kaum mit ihr Schritt halten. Zwei Tage lang hatte er vor dem Tempeleingang auf sie gewartet, um ihr dann überschwänglich dafür zu danken, dass sie sein jämmerliches Leben gerettet hatte. Er folgte ihr zum Fischhändler, wo sie gesalzenen Fisch kaufte, zum Bäcker, zum Waffenhändler und sogar zu den öffentlichen Latrinen, wo er sich neben sie setzte und für sie den Schwamm ausspülte, mit dem sie sich säuberte. Sie beachtete ihn nicht weiter. Als sie zu den Bankiers ging, um ihre Reise nach Rom vorzubereiten, wartete er wie ein treuer Hund draußen auf der Straße.

»Verschwinde«, sagte sie schon zum fünften Mal. »Ich will nichts mit dir zu tun haben.«

»Die Götter finden Gefallen an dir, das sehe ich doch. Gerettet aus dem Meer! Gerettet von der Straße! Gerettet von der tödlichen Pestilenz! Ja, sie finden offensichtlich Gefallen an dir.«

Sie beschleunigte ihre Schritte.

»Jupiter, Aesculapius, Apollo – sie alle wetteifern um deine Aufmerksamkeit. Wie könnten sie sich weigern, dich mit Liebesgaben zu überschütten?«

»Wie können die Götter sich weigern, dich zu bestrafen?«, konterte sie. »Du schreckst ja nicht einmal davor zurück, mit deinen Lügen vor einem Priester das Augenlicht deiner Kinder aufs Spiel zu setzen!«

»Ich habe gar keine Kinder«, erwiderte er mit einem Grinsen.

Sie wechselte auf die andere Straßenseite.

Er wich einem hoch mit Steckrüben beladenen Karren aus. »Ich bin dein Sklave«, erklärte er, »und kann dir sehr nützlich werden. Wenn du nach Rom reisen willst, kann ich dir in Gesoaricum eine Schiffsreise beschaffen. Ich habe da viele Verwandte und kann den günstigsten Preis aushandeln.« Er strahlte geradezu in Erwartung ihrer Antwort.

»Ich habe nicht die Absicht, per Schiff zu reisen«, erwiderte sie. Selbst wenn man eigens für sie auf dem Altar der Stadt Weihrauch verbrennen und ihr eine kostenlose Reise anbieten würde, wollte sie – zumindest in den Wintermonaten – nie mehr an Bord eines Schiffes gehen.

»Dann also mit einem öffentlichen Reisewagen«, sagte er und nickte. »Ziemlich teuer, aber ich könnte ...«

»Ich brauche dich nicht«, sagte sie. Sein nicht enden wollendes Geschnatter ging ihr auf die Nerven. »Bei Antistius wartet schon ein Wagen auf mich.«

»Bei Antistius! Du willst eine Kutsche kaufen?«

»Ein Pferd und eine Kutsche, ja.«

»Ein Pferd? Kein Maultier?«

Neeve trat zur Seite, um einer reichlich verwöhnt aussehenden Matrone, einer römischen Ehefrau, Platz zu machen, die von einer ganzen Traube von Sklaven umgeben war. Ihr geschminktes Gesicht und ihre hohe Perücke konnten nicht über ihre grobschlächtigen Gesichtszüge hinwegtäuschen. Sie warf Sammonicus finstere Blicke zu, weil dieser es gewagt hatte, ihren Weg zu kreuzen.

»Ich bitte tausendmal um Vergebung«, murmelte er, während er sich hastig davonmachte, um mit seinen kurzen Beinen zu Neeve aufzuschließen. »Ein Pferd«, wiederholte er konsterniert.

Er war beeindruckt. Nur die wenigsten konnten sich ein Pferd leisten, und das spornte ihn noch mehr an. Er schloss zu ihr auf und schwadronierte über die verschiedenen Wege, auf denen man nach Italien gelangen konnte, und darüber, wie oft er diese Straßen schon befahren habe. Er wusste, wo man gut und günstig essen und übernachten konnte und welche Gegenden man besser meiden sollte. Neeve musterte den schmierigen kleinen Mann. Sie wusste genau, was in ihm vorging. Wenn sie genug Geld hatte, um eine Kutsche und ein Pferd zu kaufen, dachte er, was besaß sie dann wohl noch alles? Er war schließlich kein Dummkopf. Gerade erst hatte sie noch auf der Straße gelegen, und jetzt kaufte sie eine Kutsche. Er konnte daraus nur einen Schluss ziehen: dass sie einen Wohltäter gefunden hatte. Zweifellos betrachtete er sie als Kuh, die er melken konnte. Und vielleicht plante er sogar schon, sie ein weiteres Mal auszurauben.

Sie drehte sich so abrupt zu ihm um, dass er erschrak.

»Herrin?«, sagte er unterwürfig.

»Für wie dumm hältst du mich eigentlich?«, schrie Neeve ihn an, nur wenige Zoll von seiner überdimensionierten Nase entfernt. »Ich weiß genau, was du vorhast, und wenn du auch nur einen Mucks machst, schneide ich dir die Kehle durch wie einem Opferlamm.« Dabei tätschelte sie das große, nach keltischer Art gearbeitete Messer an ihrer Hüfte, um ihn an ihr Zusammentreffen am Strand zu erinnern. Das Messer war der erste Gegenstand, den sie im Laden des Waffenschmieds gekauft hatte.

»Du verstehst mich vollkommen falsch«, beteuerte er gekränkt. »Ich schwöre bei den Göttern, dass ich dir lediglich dafür danken möchte, dass du mir das Leben gerettet hast.«

»Du hast mir gedankt, und jetzt verschwinde.«

»Aber Herrin, ich …«

»Verzieh dich!« Sie rammte ihm einen Zeigefinger in die Brust.

»Aber Ihr habt keinen Diener«, sagte er mit gesenktem Kopf, »und deshalb möchte ich Euch gern meine Dienste anbieten.«

»Ich brauche keinen Diener.«

»Aber natürlich braucht Ihr einen Diener, Herrin. Wer soll sich denn sonst um Euer Pferd kümmern, Eure Kutsche reinigen oder für Euch auf den Markt gehen?«

»Ich bin Kaledonierin«, erklärte sie, »und Kaledonier können für sich selber sorgen.«

»Selbstverständlich«, sagte er unter heftigem Kopfnicken, »Ihr seid wahrhaftig eine selbstständige Frau, was im Prinzip auch äußerst lobenswert ist. Aber Ihr seid auf dem Weg ins Herz des Römischen Reiches, und da ziemt es sich für eine Frau von Stand einfach nicht, eigenhändig ihre Kutsche zu lenken.«

»Ich bin doch keine angemalte römische Matrone, die einen Kutscher braucht, um ins Theater zu fahren.«

»Aber auf dem Weg lauern Unmengen von Gefahren.« Er senkte die Stimme, um seinen Worten noch mehr Nachdruck zu verleihen.

»Und du willst mich vor ihnen beschützen?«

»Ja, ich will Euer Diener und Beschützer sein und was immer Ihr sonst noch wollt.«

Sie bedachte ihn mit einem spöttischen Lächeln. »Ich habe schon Beschützer gehabt«, erklärte sie, »die waren zweimal so groß wie du. Und außerdem siehst du für mich eher aus wie einer, vor dem ich geschützt werden müsste.«

»Ja ... ja, das stimmt schon«, gab er zu und wischte sich eine fettige Haarsträhne aus dem Gesicht. »Ich wirke vielleicht auf den ersten Blick ein wenig ... heruntergekommen, aber genau so einen braucht Ihr in Eurer Situation.« Er lächelte und stellte dabei verblüffend weiße Zähne zur Schau. »Die Gegenwart eines Mannes, wie ich einer bin, könnte ausgesprochen nützlich für Euch sein – und sei es nur, um Widerlinge wie mich davon abzuhalten, Euch zum Gegenstand ihrer Habgier zu machen.«

»Die würden schnell merken, dass du nicht halb so gefährlich bist, wie du aussiehst«, spottete sie.

»Schon möglich, aber Ihr müsstet es ihnen ja nicht gleich auf die Nase binden.«

Neeve antwortete nicht.

»Ihr wollt nach Rom, und das ist eine lange und gefährliche Reise. An jeder Ecke lauern Räuber und Diebe. Einsame Reisende werden ebenso schnell gefressen wie einsame Schafe. Ihr mögt zwar eine schnelle Kutsche haben, aber warum wollt Ihr es den Räubern leichter machen als nötig? Sie werden Euer Vorankommen zumindest bremsen. Aber mit mir als Eurem Diener …«

»Wenn ich einen Diener bräuchte«, entgegnete sie,«würde ich mich ganz bestimmt nicht für dich entscheiden.«

Er öffnete den Mund, um zu protestieren.

»Das müsste schon einer sein, der die Sprachen, Sitten und Gebräuche des jeweiligen Landes kennt.«

»Aber Herrin, ich spreche Lateinisch und Griechisch und dazu noch ein paar Sprachen der Einheimischen. Ich kenne auch ihre Gebräuche, habe schon in einem vornehmen Haus gearbeitet und kann sehr verschwiegen sein.«

»Aber ich traue dir einfach nicht über den Weg.«

Er setzte dieselbe gekränkte Miene auf, die sie bereits kannte.

»Meinst du etwa, ich hätte auch nur einen einzigen Grund, dir zu trauen?«

»Selbstverständlich«, sagte er entrüstet, um sogleich schulterzuckend hinzuzufügen: »Nun ja, vielleicht würde ich ja selber einem wie mir nicht trauen. Aber Ihr habt nichts zu befürchten. Ihr seid eine dieser Kriegerinnen von der Insel Britannien. Ich weiß das jetzt. Ihr seid stark, Ihr könnt mit dem Messer umgehen, und die Götter sind eindeutig auf Eurer Seite.«

»Die Götter sind an mir nicht im Geringsten interessiert«, erwiderte sie scharf.

»O doch, das sind sie. Ich spüre das.«

»Genug geredet«, sagte sie. »Weg mit dir!«

»Aber Herrin …«

Sie wandte sich von ihm ab und beobachtete einen Ochsen, der aus dem Rinnstein trank. Sie redete nicht gern über die Götter. In den Stunden ihrer Verzweiflung hatte sie sie mehr als einmal um Hilfe angefleht, aber wenn keine unmittelbare Gefahr drohte, ging sie ihnen lieber aus dem Weg. Sie wurden allzu schnell zornig und verlangten zu viel. Erneut schaute sie den Mann an. Er stand noch immer neben ihr, machte aber schon Anstalten zu gehen. Er war zwar ein Kerl von der ganz üblen Sorte, aber eines stand fest: Er hatte ihr das Leben gerettet. Zudem musste sie zugeben, dass ein männlicher Kutscher sehr wohl mögliche Angreifer abschrecken konnte.

»Gebt mir doch die Chance zu beweisen, dass ich Euch von Nutzen sein kann«, unterbrach er ihre Gedanken. Er wollte einen letzten Versuch wagen. »Ich habe zufällig durch die Fensterläden des Ladens des Waffenschmieds mitgehört, wie einer der Arbeiter Euch versichert hat, er werde bis heute Nachmittag zwei Bogen nach Art der Skythen für Euch fertig haben.«

Neeve nickte, ohne ihm in die Augen zu schauen. Er musste direkt unter dem Fenster gestanden und gelauscht haben.

»Wollt Ihr gleichzeitig Euer Brot und Euren Fisch abholen?«

»Das hatte ich vor.«

»Ihr braucht doch keine Botengänge zu erledigen, Herrin. Gebt mir einfach die Bestellzettel, und ich besorge die Sachen und bringe sie Euch zu Antistius.«

Sie atmete einmal tief durch und schaute ihn an.

»Keine Angst«, sagte er, als er merkte, welchen Verdacht sie hegte. »Ich werde meine Zuverlässigkeit nachhaltig unter Beweis stellen.«

Neeve zögerte. Spielte sie tatsächlich mit dem Gedanken, einen solchen Mann für sich arbeiten zu lassen?

In seinen Augen flackerte Hoffnung auf. Er fuhr sich mit der Zunge über die Lippen und sagte: »Ihr werdet mit mir zufrieden sein, das verspreche ich Euch. Außerdem ist das eine kleine Stadt. Wenn ich nicht zurückkomme, könnt Ihr mich leicht aufstöbern und mir die Ohren abschneiden.«

»Und die Nase noch dazu«, sagte sie und gab ihm die Zettel. »In zwei Stunden bist du im Mietstall.«

Als er davoneilte, um ihre Aufträge auszuführen, war Neeve noch immer nicht ganz wohl bei dem Gedanken, diesen Mann für sich arbeiten zu lassen. So ziemlich die einzige Tugend, die sie an ihm entdecken konnte, war die, dass er seine Opfer wenigstens nicht ermordete, wenn er sie ausraubte. Er war fast schon außer Sichtweite, als ihr die Idee kam, ihm zu folgen – oder besser gesagt, ihm nachzuspionieren. Sie wollte sehen, was er tat, wenn er sich unbeobachtet wähnte. Wenn sie ernsthaft daran dachte, ihn auf ihrem Weg nach Rom als Diener mitzunehmen, war das schließlich die einzige Möglichkeit, auf die Frage nach seiner Verlässlichkeit eine Antwort zu bekommen.

Sie versuchte, ihn im Auge zu behalten, während sie ihm durch die belebten Straßen folgte. Er war zwar nicht besonders schnell, aber wegen der Rauchschwaden der Wurstbratstände, den zahlreichen Karren und den vielen Menschen verlor sie ihn bald aus den Augen.

Aber nach einiger Zeit sah Neeve ihn beim Fischhändler wieder. Beim Bäcker war er schon gewesen, denn er trug ihr Brot in einem Ledernetz sowie ein zweites Netz mit verschiedenen Arten von Brötchen. Sie pirschte sich ein wenig näher an den Fischstand heran und hörte, wie der Verkäufer beteuerte, er sei doch schon sehr großzügig gewesen und habe ihm bereits einen Krug mit eingelegtem Fisch dazugegeben.

»Ich will noch zwei Stücke von dem eingesalzenen Dorsch, und zwar gute«, erwiderte Sammonicus seelenruhig, »sonst kauft meine Herrin hier nie mehr ein.«

Sie hörte den Fischhändler murren, als er die beiden Stücke dazulegte.

Ein paar Minuten später war Sammonicus beim Waffenschmied. Diesmal setzte er keine Drohungen ein, sondern erklärte den Handwerkern, seine Herrin überlege sich, zwanzig weitere Bogen für ihre Verwandten in Britannien zu erwerben. Wenn sie zehn oder zwölf Pfeile dazugeben würden, fügte er hinzu, könnte sie das dazu bewegen, auch diese Bogen bei ihnen zu kaufen. Die Männer willigten nur allzu gerne ein, und so verließ er den Laden des Waffenschmieds mit zwei Bogen, einem Sack voller Pfeile und einem Lächeln auf den Lippen. Kurz danach tauschte er sechs der Pfeile gegen Ziegenkäse, eine Haselnuss-Dattel-Mischung und ein großes Gefäß Korn ein. Er schüttete ein wenig von dem Korn in einen Fetzen Stoff und verknotete ihn. Dann stopfte er die Lebensmittel in eine Tasche aus Tuch.

Neeve blieb in sicherer Entfernung hinter ihm, während Sammonicus durch die schmalen Gassen lief, bis in einen schmutzigen

Stadtteil mit heruntergekommenen drei- und vierstöckigen Häusern. In den Straßen stank es nach Tierkot und fauligem Kohl. Aus den Hauseingängen lugten Kinder und Hunde und alte Menschen, und in den Seitengassen waren Würfelspiele im Gange, bei denen Männer das wenige, was sie hatten, den Launen Fortunas anvertrauten.

Sammonicus verschwand in einem Hauseingang und polterte über vier Stockwerke die Holztreppe zu einer Dachwohnung hinauf. Neeve kannte diese Art von Gebäude. Sie waren bis oben hin voll mit verwanzten Schlafnischen, in denen es im Winter eiskalt und im Sommer unerträglich heiß war. Sie wartete eine Viertelstunde, bevor sie auf das Haus zuging, und versteckte sich dann schnell hinter einer zerbrochenen Tür, die nur noch in einer Angel hing. Sie hörte Schritte und dann Sammonicus' Stimme, als er die Treppe herunterkam. Sie wartete und beobachtete dabei das Treppenhaus durch die zersplitterten Bretter, während sie gleichmäßig atmete und versuchte, sich nicht zu bewegen. Sie wusste aus ihrer Jagderfahrung, dass nicht Nähe, sondern Bewegung das Wild aufschreckte. Er kam aus dem Hauseingang, aber ohne die Stofftasche. Hinter ihm ging eine Frau, die sich mit einer Hand auf seine Schulter stützte. Sie sah Sammonicus sehr ähnlich; sie musste seine Mutter sein.

Im Einzelnen konnte Neeve nicht verstehen, worum es ging, erfasste aber die grobe Richtung. Sie hatte ihn unbedingt auf die Straße begleiten wollen, um sich vor dem Haus von ihm zu verabschieden. Ihre runzligen Hände zupften andauernd an seiner Tunika herum, während sie ihm erklärte, wie stolz sie doch auf ihn sei, jetzt, da er eine Arbeit als Diener gefunden habe. Sie fügte hinzu, dass sein Bruder sich um sie kümmern werde, während Sammonicus auf dem Weg nach Rom war.

Dann dankte sie ihm für die Lebensmittel.

Er gab ihr zum Abschied einen Kuss. »Die Götter schauen wieder gnädig auf uns herab«, erklärte er laut, als er ging. Seine Mutter lächelte und winkte ihrem Sohn mit einem ausgebleichten, ehemals orangefarbenen Tuch nach.

Neeve wollte gerade gehen, als Sammonicus plötzlich zurückkam. Er ging in den Hauseingang, schien zu horchen, wohl, um zu hören, ob seine Mutter es bis hinauf in ihre winzige Wohnung geschafft hatte. Dann kam er wieder heraus, wischte sich eine Träne aus den Augen und eilte die Straße hinunter.

»Herrin, ich habe mir schon Sorgen gemacht, weil Ihr nicht da wart«, sagte Sammonicus. Er schien sich zu fragen, wo sie wohl gewesen war. Er stand am Tor von Antistius, dem Mietstall, und hatte verschiedene Taschen und Beutel im Arm.

»Zeig mir mal meine Bogen«, sagte sie barsch.

Er gab ihr die zwei Bogen, die sie mit fachmännischem Blick prüfte.

»Und jetzt die Pfeile.«

Er knotete einen Beutel auf und gab ihr einen Pfeil nach dem anderen.

»Gute Arbeit«, sagte sie. »Aber das sind ja mehr, als ich bestellt habe.«

»Ja, Herrin. Ich fand, dass sie Euch zu viel in Rechnung gestellt haben, und deshalb habe ich sechs weitere Pfeile verlangt.«

Sie betrachtete das Brot.

»Frisch aus dem Ofen, wie gewünscht ... ist noch ganz warm«, sagte er.

»Und Brötchen, die ich gar nicht bestellt habe.«

Er strahlte. »Und außerdem habe ich noch ein Extrastück gesalzenen Dorsch und Hafer für das Pferd.«

»Na schön«, sagte sie und setzte einen erstaunten Blick auf. »Dein Talent beim Handeln wird das, was deine Mahlzeiten mich kosten, mehr als wettmachen.«

»Ich kann noch mehr«, erklärte er mit ernstem Blick. »Ich kenne diesen Stall, diesen Antistius. Die haben zwar die besten Kutschen, aber auch die höchsten Preise. Wenn Ihr mir erlauben würdet ...«

»Kutsche und Pferd sind schon bezahlt. Die Priester im Tempel ...«

»Die Priester haben den Preis ausgehandelt?«

»Sie haben alles organisiert.«

»Oh, Herrin, da reißt sich doch jeder was unter den Nagel. Ich werde den Leuten hier sagen ...«

»Nein«, sagte Neeve.

»Aber Herrin, diese Priester sind berüchtigt dafür …«

»Ich sagte Nein! Und sprich nicht derart abwertend von den Priestern. Wenn ihnen auch ein bisschen Geld bleibt, freut es mich für sie. Verstehst du? Sie haben es verdient, für ihre Mühe entlohnt zu werden.«

»Jawohl, Herrin.«

»Also«, sagte sie, als sie sich auf den Weg in den Hof des Mietstalls machte, »dein Name ist Sammonicus?«

Er nahm ihre Sachen auf. »Sammonicus Cervidius der Jüngere«, sagte er.

»Sag bloß, es gibt noch mehr von deiner Sorte!«

»Mein Vater starb an der germanischen Grenze. Er kämpfte bei den Hilfstruppen.«

»Mutter? Brüder? Schwestern?«

»Die sind alle schon lange vom Fieber dahingerafft.«

Neeve sagte dazu nichts. Wenn es um die eigene Familie ging, erzählten viele Menschen Lügen. Das machte das Leben einfacher. Sie bedeutete ihm zu warten, während sie mit dem Mietstallbesitzer sprach. Trotz aller Vorbehalte hatte sie beschlossen, Sammonicus einzustellen. Er hatte sie davor bewahrt, erdolcht zu werden, und – sie konnte es noch immer kaum glauben – er war heimlich zurückgekommen, um noch einmal nach seiner Mutter zu sehen. Sie wusste zwar, dass diese Art, Entscheidungen zu treffen, dumm war, aber sie vertraute immer ihrer Intuition. Nicht, dass sie sich Illusionen über ihn gemacht hätte; er war ein Dieb und ein Schuft, und sie würde sich vor ihm in Acht nehmen müssen. Im Grunde ihres Herzens aber glaubte sie, dass er ein guter Mensch war.

25

Nach zwei Tagen erhielt Vectis endlich eine Audienz beim Oberbefehlshaber. Auch wenn es ihm schwer fiel, Commodus als Autorität anzuerkennen, wusste er doch, wie viel von seinem vorschriftsmäßigen Verhalten abhing, denn im Krieg verfügte ein Oberbefehlshaber über fast grenzenlose Macht. Aus diesem Grund wurde Vectis kurz vor dem Mittagessen mit der gebotenen Ernsthaftigkeit bei Commodus' Adjutanten vorstellig. Dieser wirkte bei Vectis' Erscheinen ausgesprochen abweisend, denn er erinnerte sich noch gut an ihre letzte Begegnung. Ohne ein Wort stand er auf und führte Vectis in einen großen Empfangsraum mit einem kunstvoll verzierten Tisch, einem halben Dutzend Liegen in leuchtenden Farben und Teppichen und Wandbehängen.

Neben dem Tisch stand eine stattliche Marmorbüste des Commodus mit hervorquellenden Augen und den heruntergezogenen Mundwinkeln eines gestrengen Vaters.

Vectis dankte dem Adjutanten, der grußlos hinausging. Dann sah er sich um und trat näher an die Büste heran. Sie hatte nur wenig Ähnlichkeit mit Commodus. Offenbar sollte sie einen ernst zu nehmenden Feldherrn darstellen. Vectis hatte Commodus in Britannien als Feigling kennen gelernt, der vor den Kaledoniern so viel Angst gehabt hatte, dass er Vectis um eine Versetzung auf einen weniger gefährlichen Posten gebeten hatte. Nach der Ablehnung hatte er sich an Senator Atilius Titianus gewandt, der ihn zur Aufgabe seines Postens und Preisgabe der Stellung anstiftete und damit Vectis mitsamt seinen Männern der Gnade der Kaledonier überließ.

Er strich mit der Hand über den steinernen Sockel von Commodus' Marmorbüste. Sie war sauber gearbeitet und musste ein kleines Vermögen gekostet haben, aber im Zelt eines Feldherrn war sie völlig fehl am Platze. Sockel und Büste waren so schwer, dass allein ein Wagen für ihren Transport abgestellt werden musste, und jeder Wagen war kostbar. Und außerdem – wer ließ schon ein Bildnis von sich fertigen? Selbst für ihre Eitelkeit berüchtigte Kaiser wie Caligula und Nero saßen nie im Schatten ihrer eigenen Statuen. Vectis musterte noch einmal diesen wild entschlossenen, unbeugsamen Commodus in Marmor. Einfach unglaublich.

Der Seiteneingang wurde geöffnet, und sechs hoch aufgeschossene numidische Leibwächter betraten den Raum, den sie sogleich mit ihren Argusaugen überprüften. Vectis kannte diese Männer aus Nordafrika. Sie hatten schulterlanges Haar, und jeder von ihnen trug mehr Messer am Leib als ein kaledonischer Kundschafter. Ihnen folgte ein untersetzter Mann mit kurzen Armen, dessen Aufgabe es war, Commodus anzukündigen. Mit weit aufgerissenem Mund und bebenden Kiefern brüllte er: »Präfekt Gaius Jovius Herculius Commodus, Oberbefehlshaber von Roms kaiserlichen Truppen jenseits der dakischen Grenze.« Dann stand er respektvoll still, während der winzige Commodus mit dem Gehabe eines großen Feldherrn und Eroberers eintrat.

Sofort schoss er Vectis einen wütenden Blick zu, als wollte er ihm gleich seine Spielregeln diktieren. Er setzte sich auf eine Liege, ohne Vectis aufzufordern, es ihm gleichzutun.

»Ah ja, Vectis Trebellius«, sagte er langsam mit hoher Stimme. »Euer Benehmen hat meinen Adjutanten zutiefst verstört, aber ich habe ihm erklärt, das wir alte Freunde sind. Das stimmt doch, nicht wahr?«

»Selbstverständlich, Oberbefehlshaber«, bestätigte Vectis unter Verwendung der richtigen Anrede.

»Und unter Freunden kann man auch einmal einen Fehler übersehen, stimmt's?«

»Jawohl, Oberbefehlshaber.«

»Dann verstehen wir uns ja.« Nach einem kurzen Blick auf seine Fingernägel rief Commodus nach Olivenöl, um anschließend die goldene Flüssigkeit gründlichst in seine Fingerspitzen einzumassieren. Noch immer trug er an jedem Finger Perlen – mit Ausnahme des rechten Zeigefingers, den ein schwerer Siegelring zierte, in den ein nackter geflügelter Jüngling mit Pfeil und Bogen eingraviert war. »Ihr habt zweifellos angenommen, Euer Kommen würde mich überraschen.« Er lachte stillvergnügt in sich hinein. »Aber ich habe viele Freunde. Mich überrascht so schnell nichts!« Er blickte auf. »Ja, ich wusste schon, dass Ihr kommen würdet, auch wenn ich mir nicht vorstellen kann, warum man Euch von Britannien abgezogen hat, wo doch in der Provinz ein solches Chaos herrscht. In Britannien könntet Ihr noch einiges bewirken. Aber wer versteht schon Rom und seine Weisheit«, sagte er und warf resignierend die Hände hoch. »Wir müssen uns eben seinen Launen beugen, nicht wahr? In Britannien hattet Ihr den Oberbefehl, und hier … nun, wie Ihr seht, haben sie hier mich zum Oberbefehlshaber gemacht.«

Commodus redete weiter, und sein schmaler Brustkorb schwoll vor Stolz an, als er seine Freunde im Senat erwähnte, die ihm einen höheren Rang und damit auch mehr Macht verliehen hatten.

Vectis starrte Commodus an. Er erkannte ihn kaum wieder.

Der Mann, den er aus Britannien kannte, hatte mit seinem dünnen Hals ausgesehen wie ein gerupftes Huhn, und sein Gesicht war weich und haarlos gewesen; nicht einmal Augenbrauen oder Wimpern hatte er gehabt. Wimpern hatte er noch immer nicht, aber über seinen Augen zeichneten sich dunkle Punkte ab – eingebrannte Punkte, die Haare vortäuschen sollten. Zudem hatte ein Arzt an der linken Seite seines Halses eine lange Narbe geschaffen, die wie eine Kriegsverletzung aussah. Und auch sein Gesicht war mit Hunderten von Nadelstichen übersät, die vielleicht wie Bartstoppeln aussahen, Vectis aber an die fanatischen Priester der Kybele erinnerten, die in den Straßen ihre Auferstehungsvisionen herausschrien. Vectis bestaunte den einst haarlosen und von Öl glänzenden Kopf des Commodus. Er trug jetzt eine lockige blonde Perücke im Stil von Kaiser Augustus und war wie ein Feldherr mit Muskelpanzer und Dolch ausgerüstet. Seine Füße steckten in ungewöhnlich dicksohligen, knöchelhohen, aus weichem Leder gefertigten Schuhen. Vectis vermutete, dass dieses dicksohlige Schuhwerk extra angefertigt war, um ihn ein Stück größer erscheinen zu lassen.

Commodus schien Vectis' Verwunderung über sein verändertes Äußeres zu bemerken. Er runzelte die Stirn und versuchte, den wild entschlossenen Ausdruck seiner Büste anzunehmen. »Und jetzt zu Euren Pflichten.« Er lehnte sich zurück, als habe er ausführlich über die Natur von Vectis' Auftrag nachgedacht. »Ich habe beschlossen, dass Ihr bei der Belagerung den logistischen Teil übernehmt, während ich den Angriff leite.«

Vectis nickte. Er hatte ohnehin schon erwartet, vom Angriff ausgeschlossen zu werden.

»Der Stab Eures Vorgängers ist fast vollständig, und er wird

Euch mit den hier üblichen Regeln und Vorgehensweisen vertraut machen.«

Vectis schwieg.

»Das ist alles«, sagte Commodus und erhob sich.

»Ich bitte darum, noch ein paar Wünsche vortragen zu dürfen, Oberbefehlshaber.« Vectis gab seiner Stimme einen respektvollen Beiklang.

Commodus blinzelte besorgt.

»Ich bitte um Erlaubnis, im Rücken unserer Streitkräfte eine Verteidigungslinie aufbauen zu dürfen. Wir sind völlig ungeschützt ...«

»Abgelehnt«, reagierte Commodus brüsk. »Die Rampe ist fertig. Morgen bei Sonnenuntergang ist unser Auftrag hier erledigt.« Er sog etwas Luft ein und verschränkte seine dürren Ärmchen. »Ich beabsichtige, die gesamte Bevölkerung zu töten ... zur Abschreckung anderer. Ich bin kein Narr, und glaubt mir – ich lasse nicht mit mir spaßen!«

»Die gesamte Bevölkerung?« Vectis zuckte zusammen.

Commodus' Lippen verzogen sich zu einem Lächeln. »Nacht für Nacht tanzen sie herum und verspotten meine Arbeit. Sie lachen mich aus und ziehen mich auf wie einen Dorftrottel.« Sein Lächeln schwand. »Mal sehen, ob sie morgen auch noch lachen.«

Vectis wollte schon einwenden, dass eine von Rom kontrollierte Stadt nördlich der dakischen Grenze für das Reich durchaus nützlich sein könnte. In Erinnerung an das Versprechen, das er Julian gegeben hatte, schwieg er aber. Mit Commodus zu diskutieren war nicht nur sinnlos, sondern möglicherweise auch gefährlich. »Ich habe nur noch eine letzte Bitte«, sagte er. »Ich bin ebenso besorgt wie Ihr über die spöttische Haltung der Stadtbewohner. Wenn Ihr den Angriff nur für ein oder zwei Tage aufschieben würdet, hätte ich genug Zeit, mir die Verteidigungsanlagen der Stadt anzuschauen, um zu sehen, ob ...«

»Der Angriff ist nicht Eure Sache«, entgegnete Commodus.

»Ich verstehe schon, aber ein Tag mehr für die logistischen Planungen ...«

»Das hat Euer Vorgänger bereits erledigt.« Commodus war

sichtlich verärgert über Vectis' Hartnäckigkeit. »Der Angriff wird durchgeführt wie geplant.« Er wandte sich abrupt um und verschwand mit seiner Leibwache durch den offenen Zelteingang.

Kurz vor Sonnenuntergang, nachdem die tanzenden Freudenmädchen die Mauer geräumt hatten, überprüfte Vectis zum letzten Mal den Fortgang der Arbeiten am Kletterbaum. Das Projekt stellte sich als aufwändiger heraus als gedacht. Der Stamm konnte erst weit nach Einbruch der Dunkelheit erklommen werden. Dennoch war Vectis beeindruckt, welches Tempo der junge Ingenieur vorlegte, und das trotz der vielen Vorgaben, die dabei zu beachten waren. Er hatte den passenden Baum gefunden, fällen lassen und mit rund zwanzig Maultieren auf Schlitten aus dem Wald geholt. Im Tal beförderte er ihn auf Baumstämmen. Der Ingenieur hatte keine Zeit vergeudet. Noch während seine Männer mit dem Schlagen des Baumes beschäftigt waren, hatte er eine Reihe hölzerner Schutzbauten zur Sicherung der Arbeiter aufstellen lassen.

»Das ist doch eine lächerliche Idee … dass du selber da hochklettern willst«, meinte Julian.

»Hinter diesen Mauern ist etwas Merkwürdiges im Gange«, erwiderte Vectis. »Das hast du doch selbst gesagt.«

»Das bestreite ich ja gar nicht. Aber ich finde, du solltest einen Soldaten hinaufsteigen lassen.« Er ließ den Blick über die ganze Länge des Stammes schweifen, der vor ihnen auf dem Boden lag, und schüttelte missbilligend den Kopf.

Auch Vectis betrachtete den gewaltigen Baumstamm von mindestens neunzig Fuß Länge, der an seinem unteren Ende einen Durchmesser von acht Fuß aufwies und sich zur Spitze hin auf einen Fuß verjüngte. Vor allem in der Nähe der Spitze hatten die Arbeiter ein paar Aststummel von rund zwölf Zoll Länge als Haltegriffe stehen lassen. Darüber hinaus schlugen sie zehn Zoll lange Nägel in die raue Eichenrinde, als zusätzliche Kletterhilfen. Dann wurden die Stämme, die als Rollen gedient hatten, unter dem Baum entfernt, bis auf einen am unteren Ende – einen dicken Stamm zwanzig Fuß von der Basis entfernt, der als Stütze dienen sollte. Mit Seilen und Ketten und Steinplatten zur Beschwerung am Boden stellten sie den Baum auf.

Während eine Menge Männer den Stamm mit den Seilen in Position hielten, füllten andere die Grube mit Erde und Steinen, stampften alles fest und häuften um den Fuß des Stammes Steinblöcke.

»Bitte überleg dir das mit dem Klettern noch einmal«, sagte Julian zu Vectis.

»Meine Entscheidung ist gefallen.«

»Du bist der Kriegstribun und viel zu wichtig. Ein Tribun riskiert sein Leben nicht bei einer solchen Kletterei. Senator Severus erwartet, dass du diese Belagerung beendest, bevor es aufgrund von Commodus' Unfähigkeit noch zu einem Aufstand der Germanen kommt … und du dienst Rom nicht, wenn dich ein Bogenschütze auf halbem Weg nach oben vom Baum holt.«

»Ich gehe mit Schild«, erklärte Vectis. »Außerdem hast du ja selbst gesehen, wie wunderschön diese Berge im Sonnenaufgang leuchten.«

»Du willst also bei Sonnenaufgang hochsteigen?«

»Sobald es hell genug ist, um die Kletterhilfen zu erkennen.« Dann fügte er hinzu: »Mach dir keine Sorgen. Es dürfte nicht allzu lange dauern, bis ich das sehe, was ich sehen will, und dann am Seil runterzurutschen.«

»Und wenn es morgen bewölkt ist?«

»Das ist es heute nicht, und morgen wird es genauso sein.«

»Hör mich bitte an«, flehte Julian mit erhobener Hand. »Du bist hier der Einzige, der einen gewissen Einfluss auf Commodus hat. Ohne dich …«

»Ich möchte nicht mehr darüber reden. Ich will einen Blick über die Mauer werfen, und das ist alles.«

»Aber wozu das Ganze? Was genau erwartest du da zu sehen?«

»Ich sagte, ich möchte nicht mehr …«

»Beantworte mir nur diese eine Frage. Was erwartest du zu sehen?«

»Ich weiß es nicht.«

»Du weißt es nicht.«

»Nein, aber einen einfachen Soldaten da hochzuschicken ist sinnlos. Wonach soll er suchen, wenn ich es nicht einmal weiß?«

»Das ist wahr«, räumte Julian ein. »Ich bin froh, dass wir darüber gesprochen haben.«

Als Vectis kurz vor Sonnenaufgang am Fuß des Baumstammes stand, war der Himmel noch immer klar, aber der Wind hatte stark aufgefrischt. Der Stamm schwankte und ächzte. Bei jedem Windstoß spannten sich die Seile, um anschließend wieder zu erschlaffen. Sein Blick wanderte zu den Pfählen im Boden, an denen die Seile befestigt waren, und folgte den Seilen dann bis zur Spitze des Baumstamms, wo sie in der Dunkelheit verschwanden.

Der junge Ingenieur löste sich aus einer Gruppe von Soldaten und kam zu Vectis herüber. »Der Wind erschwert zwar das Klettern«, sagte er, »aber wenn er nicht noch stärker wird, müsste das Ganze halten. Ein frisch geschlagener Baum ist recht elastisch.«

»Ich habe volles Vertrauen in deine Fähigkeiten«, erklärte Vectis. »Legt die Leiter an.« Für die ersten fünfzehn Fuß Höhe war eine Leiter erforderlich. Sie hatten ganz unten keine Nägel eingeschlagen, weil der Stützstamm die meisten von ihnen ohnehin beim Aufrichten umgebogen hätte.

»Aber wir haben doch schon ...« Der Ingenieur hätte fast angefangen zu lachen, während er auf den Baum zeigte.

»Wo ist die Leiter?«

»Auf dem Erdhaufen dort drüben«, sagte er, »aber ... der Tribun ... äh ... Julian Quintillius ist doch schon oben.«

»Julian ist wo?« Er riss den Kopf herum.

»Er hat Euren Schild und die Kletterschuhe genommen und ist die Leiter hoch. Er meinte, wenn Commodus heute Morgen mit dem Angriff beginnt, würdet Ihr auf dem Boden dringend gebraucht.«

»Du hast ihn im Dunkeln hochklettern lassen!«

»Ich nahm an, Ihr ...« Die Stimme des Ingenieurs wurde schwächer, während er am Saum seiner Tunika zupfte.

Vectis blinzelte zum Baum hoch. »Was machst du nur, Julian?«, murmelte er vor sich hin. Jetzt sah er ihn – einen dunklen Fleck, der sich gegen den Himmel abzeichnete. Er tastete nach dem nächsten Haltegriff und zog sich dann vorsichtig hoch. Er trug dunkle Kleidung, damit der Feind ihn frühestens bei Sonnenaufgang erspähen konnte.

Vectis war in Versuchung, zu seinem Freund hinaufzurufen, entschied sich dann aber dagegen. Es war noch dunkel, der Stamm bog sich im Wind, und Julian benötigte seine ganze Konzentration, um nicht abzurutschen. Er ging hinüber zum Unterstand, wo die Soldaten über einem kleinen Feuer einen Krug germanisches Bier erwärmten, ließ sich einen Becher davon geben und nippte daran, während er beobachtete, wie Julians dunkle Silhouette sich der Spitze näherte. Das Bier war stärker und bitterer als das keltische, tat aber gut in der kalten Morgenluft.

Fast schlagartig tauchte am östlichen Horizont der erste Lichtschein auf. Im selben Augenblick marschierten mehrere tausend Soldaten in voller Rüstung in dichten Blöcken auf die Zelte der Baustelle neben der Rampe zu. Vectis hörte das leise Summen ihrer Stimmen, was ein klares Zeichen mangelnder Disziplin war. Römische Soldaten – und vor allem die Legionäre – waren stolz darauf, im Angesicht des Feindes absolut still zu sein. Stille konnte eine mächtige Waffe sein. Auf Barbaren, die verzweifelt versuchten, ihre Angst durch wildes Geschrei zu übertönen, wirkte Stille wie das erdrückende Gewicht eines gewaltigen Steinblocks, der sie schon zerquetschte, bevor die Schlacht überhaupt begonnen hatte. Die Stille suggerierte ihnen, dass ihre römischen Feinde mit göttlichen Eigenschaften ausgestattet und sich des Ausgangs der Schlacht absolut sicher waren. Aber das hier waren keine Legionäre, sondern undisziplinierte Hilfssoldaten.

Allen voran ritt Commodus auf einem Schimmel inmitten von sechs seiner numidischen Leibwächter auf kohlschwarzen Hengsten – ein geradezu lächerlich wirkender Kontrast, der nur dem kranken Gehirn des Oberbefehlshabers entsprungen sein konnte.

Trompeten ertönten. Die Soldaten hielten auf einem weiten Feld an und stellten ihre vier Fuß hohen Schilde auf dem Boden ab. Sie überprüften ihre Waffen und begannen, sich miteinander zu unterhalten, während die Centurionen versuchten, sie zu übertönen.

Ungläubig musste Vectis mit ansehen, wie Soldaten vor den Augen der Centurionen Wasserschläuche hervorholten und ungeniert ihren Durst stillten. Wie die Barbaren redeten sie wild durcheinander, standen in nachlässiger Haltung da und genossen den Anblick, der sich ihnen bot, insbesondere den des Baumstamms. Einige stützten sich sogar wie müde alte Männer auf ihre Schilde, als sei es völlig gleichgültig, ob sie aufrecht standen oder nicht. Vectis war so zornig, dass er fast quer über das Feld gerannt wäre, um Commodus am Hals zu packen und ordentlich durchzuschütteln.

Er beherrschte sich jedoch und widmete seine Aufmerksamkeit wieder dem Baum. Er war zwar weder für das Heer des Commodus noch für den Ausgang der Belagerung verantwortlich, aber seine Aufgabe war klar. Er wollte herausfinden, was jenseits der Stadtmauer vor sich ging, um Commodus davor zu bewahren, in eine Katastrophe zu schlittern.

Im Augenblick machte ihm der Wind die meisten Sorgen. Er hatte weiter zugenommen, und die Spitze des Stammes schwankte in einem immer größer werdenden Bogen hin und her. Im Dämmerlicht sah Vectis, wie Julian sich der Spitze näherte und, die Beine um den Stamm geschlungen, nach dem nächsten Klettergriff suchte.

Vectis rief den Ingenieur zu sich. »Woher kommt dieses Knistern und Knacken?«, fragte er.

»Das kommt vom Druck des Windes auf den Baum«, erklärte der Ingenieur. »Ich mache mir Sorgen, aber nicht wegen der Geräusche, die der Stamm von sich gibt. Er selbst ist immer noch ziemlich stabil. Aber die ganze Konstruktion neigt sich.« Er lächelte nervös. »Ich würde ihn so schnell wie möglich runterholen. Selbst Bäume, die noch voll im Saft stehen, können bei starkem Wind brechen.«

Eine plötzliche Bewegung auf der Mauer ließ Vectis aufblicken. Bogenschützen. Aneinander gedrängt zeigten sie auf die Spitze des Baumes. Sie hatten Julian entdeckt.

Nicht länger von der Dunkelheit geschützt, war Julian für die Feinde, die nun über die Stadtmauer ausschwärmten, eine bestens sichtbare Zielscheibe. Vectis hatte angenommen, dass die Bogenschützen Julian gegen das grelle Morgenlicht nicht sehen würden, und falls doch, dass sie dann zumindest Schwierigkeiten hätten, ihn ins Visier zu nehmen. Er hatte sich geirrt. Vor der grellen dakischen Sonne hingen heute schiefergraue Wolken.

»Julian! Bogenschützen!«, rief Vectis zu ihm hinauf.

Aber Julian hatte sie bereits bemerkt. Einen Arm um den Stamm geklammert, riss er sich mit der freien Hand den runden, von den Reitertruppen entliehenen Schild vom Rücken und hielt ihn vor sich. Unter seinen Bewegungen geriet der Baum derart ins Schwanken, dass Vectis einen Augenblick lang glaubte, die Spitze könnte abbrechen.

Die Bogenschützen feuerten ihre Pfeile ab.

Julian duckte sich, um ein möglichst kleines Ziel abzugeben. Die Pfeile zerschnitten die Luft, wurden aber vom Wind abgedrängt, sodass sie ihr Ziel verfehlten. Dann kam von der Mauer eine zweite und schließlich eine dritte Salve, bis einzelne Pfeile in den Baum über und unter Julian einschlugen. Die Männer auf der Mauer schossen sich allmählich ein.

Vectis sah sich nach den Katapulten um, aber es war sinnlos. Sie waren in der Nähe der Rampe und wurden gerade für den Angriff vorbereitet. Es hätte viel zu lange gedauert, sie neu zu justieren.

»Was ist mit unseren Bogenschützen, können wir sie hierher beordern?«, fragte Vectis den Ingenieur, obwohl er die Antwort im Voraus kannte.

Der Ingenieur schüttelte den Kopf. »Das würde Commodus nie erlauben.«

Vectis schaute zum Baum hoch. Sein Magen krampfte sich zusammen. Julian war auf sich allein gestellt.

Immer mehr Bogenschützen kamen auf die Mauer.

Auf der Rampe begannen Tausende von Soldaten die riesigen römischen Kriegsgeräte zur Mauer hochzuschieben, aber dennoch schien es, als seien die meisten Bogenschützen der Stadt ausschließlich an dem Mann auf dem Baumstamm interessiert. Sie hatten etwas zu verbergen, und Vectis musste unbedingt wissen, worum es sich dabei handelte. Das Leben seines Freundes aber wollte er dafür nicht aufs Spiel setzen.

»Julian!« Vectis wedelte heftig mit den Armen, um ihn zum Abstieg zu bewegen. Dann wandte er sich einem Soldaten zu und befahl mit ruhiger Stimme: »Hol einen Arzt.«

Julian starrte über seinen Schild auf die Stadt. Wie eine Schildkröte zog er den Kopf unter seinen Eisenpanzer ein und brüllte herunter: »Ich weiß …«

Aber seine Worte wurden vom Wind weggetragen.

»Komm runter!«, schrie Vectis.

Julian legte eine Hand um den Mund und rief langsam und deutlich zu Vectis runter: »Ich weiß, was sie vorhaben.«

Im selben Augenblick schlug eine Flut von Pfeilen in Baum, Schild und Julians ungeschütztes Bein ein. Er wurde zur Seite gerissen. Instinktiv griff er nach den Pfeilen in seinem Bein und verlor das Gleichgewicht. Der Schild fiel ihm aus der Hand und schlug auf die Steine, die um den Baumstamm angehäuft waren, auf. Er rutschte ab, schlang aber die Arme sofort wieder um den schwankenden Stamm, den er, das Gesicht an die Rinde gepresst, fest umklammerte, und drehte sich aus der Schusslinie.

Vectis wusste, dass es jetzt nur noch eine Frage der Zeit war. »Abseilen«, rief er. »Sofort!«

Die Soldaten hinter ihren Deckungen starrten zu Julian hinauf, während dieser sich nach dem Seil streckte. Sie hatten es an einen Ast unweit der Spitze gebunden, eine Armlänge vom Stamm entfernt, damit es beim Aufstieg nicht behinderte. Jetzt aber neigte sich der Baum so sehr zur Seite, dass das Seil für Julian unerreichbar war. Vectis winkte einem Soldaten, der das Seil an den Baum zu führen hatte.

Plötzlich wurde es dem Mann aus der Hand gerissen.

Julian hatte das Seil doch noch zu fassen bekommen und hing daran. Die Spitze des Stammes bog sich unter seinem Gewicht. Er bewegte sich langsam, eine Hand nach der anderen, das unverletzte Bein zur Stabilisierung um das Seil geschlungen. Aus seinem linken Oberschenkel ragten zwei Pfeile.

Vectis rang nach Luft.

»Schneller!«, rief Vectis zu Julian hinauf. Doch Julian waren Grenzen gesetzt.

»Wird der Baum halten?«, fragte Vectis den Ingenieur.

»Unten schon, aber der Wind ist jetzt so stark, dass es oben allmählich kritisch wird.«

Auf der Hälfte des Weges nach unten traf Julian plötzlich ein Pfeil in den Rücken. Er rutschte ein paar Fuß nach unten und kam dreißig Fuß über dem Boden zum Halten. Er blieb reglos auf dieser Höhe hängen, als wollte er Kräfte sammeln. Jeder wusste, dass er, wenn er abrutschte, auf den Steinhaufen aufschlagen würde.

Knack!

Vectis' Blick schoss nach oben. Das obere Ende des Stammes war gebogen wie eine Sehne vor dem Schuss und schwankte im Wind.

»Er bricht«, sagte der Ingenieur, »und zwar beim nächsten kräftigen Windstoß.« Er zeigte nach oben auf eine gezackte gelbe Linie in der Rinde.

Vectis brüllte aus vollem Hals zu Julian hinauf, er solle sich endlich herunterlassen, der Baum würde gleich brechen.

Julian öffnete seinen Griff ums Seil und schloss ihn wieder und war vor der nächsten Bö ein paar Fuß weiter unten.

Knack!

Das obere Drittel des Stammes neigte sich langsam und nahm Julian mit. Das Seil rutschte zwanzig Fuß an seinem Ast entlang, bevor es mit einem Ruck an einem Splitter zum Stillstand kam.

Mit letzter Kraft klammerte Julian sich an das rutschende Seil, aber der plötzliche Stopp riss es ihm aus den Händen. Wie ein weggeworfenes Spielzeug flog Julian durch die Luft, bis er auf dem bröckeligen Lehm keinen Fuß von den Steinquadern entfernt landete.

Vectis war sofort an Julians Seite, der reglos dalag, die Augen verdreht, aber seine Lippen formend. »Die Rampe«, sagte er, »sie unterhöhlen die Rampe.«

Knack!

Vectis nahm von der brechenden Spitze keine Notiz. Er packte Julian an den Armen und zog ihn, so schnell er konnte, über die lehmige Erde, raus aus der Gefahrenzone.

»Wo bleibt der Arzt?«, schrie Vectis, der neben Julian kniete.

»Die Rampe«, murmelte Julian noch einmal.

Vectis schaute zur Rampe hinüber. Das gewaltige Kriegsgerät hatte schon den halben Weg nach oben hinter sich.

Tausende von Soldaten bewegten sich scheinbar unaufhaltsam die Rampe hoch.

Und unweit der Stadtmauer war die Rampe unterhöhlt.

26

Brutus liebte die Nacht.

Sie liebte den Sternhimmel und die Dunkelheit vor der Morgendämmerung, die frische Luft und die Stille der ersten Schatten, aber am meisten liebte sie die Einsamkeit der Finsternis. Wenn das letzte Licht des Tages schwand, suchten erschöpfte Reisende Zuflucht in Höhlen oder Wirtshäusern, weil sie wussten, dass räuberische Wesen die Nacht beherrschten. Für Brutus aber war die Dunkelheit ein Freund.

Auf all ihren Reisen hatte sie sich in der Nacht nicht ein einziges Mal bedroht gefühlt. Nicht, dass sie noch nie Dieben und Mördern begegnet wäre; viele Male war ihr das schon passiert. Aber sie führte immer ein zweites Pferd mit sich und konnte ihnen leicht entkommen. Sie kannte die Straßen und Orte, an denen es von Dieben wimmelte. Und wenn sie eine solche Gegend nicht umgehen konnte, versuchte sie, unbemerkt zu bleiben.

Von Anfang an hatte Brutus kleine, trittsichere und besonders ausdauernde Pferde benutzt, die sich mit ihrer Zähigkeit selbst für eine so kalte Provinz wie Dakien eigneten. Sie fühlten sich auf gepflasterten Römerstraßen ebenso wohl wie auf offenem Feld und waren bei Schmugglern sehr beliebt, weil sie auch Säcke über den Hufen anstandslos hinnahmen. Im Lauf der Jahre hatte Brutus ihre eigene Methode entwickelt – schmale Beutel mit weichen Lederkissen, die den Hufschlag ihrer Pferde stark dämpften. So fiel es ihr in der Dunkelheit nicht schwer, an den Dieben vorbeizukommen, bevor diese sie bemerkten.

Bei Sonnenaufgang erreichte Brutus die Grenzstadt Porolissum. Es war der ideale Ort für ihr Vorhaben. Die Stadt verfügte über saubere Straßen, sehr ansprechende Badehäuser und teure Theater, und jenseits ihrer Nordgrenze warteten schon ganze Horden von Germanen und wetzten die Messer. Ja, es war eine gute Stadt für sie, eine geschäftige Stadt, in der Fremde kaum auffielen. Die Einheimischen hatten hier Wichtigeres zu tun, als Fremden hinterherzusehen.

Sie holte ihren Wasserschlauch hervor und trank einen Schluck verdünnten Wein. Die Soldaten bereiteten sich schon auf ihr Tagwerk vor. Sie schauten kaum auf, als sie in ihrer schweren Winterkleidung an ihnen vorbeiritt. Centurionen bellten ihre Befehle, und Soldaten marschierten zu ihrem Einsatzort, wo schwere Arbeit auf sie wartete: Sie ersetzten die Erdwälle ihres Lagers durch eine Mauer aus schweren Steinquadern, holten Unrat aus den Gräben und errichteten eine doppelte Mauer, um die Stadt vor einem Angriff zu schützen.

Brutus brachte ihre Pferde in den Mietstall, bezahlte einen Burschen dafür, dass er sie in den folgenden Wochen fütterte und ihnen Auslauf gab, und mietete ein Zimmer in einem Viertel der Stadt, in dem die Leute sich wenig umeinander kümmerten. Mit mehr als zwanzigtausend Einwohnern und fünftausend Soldaten zählte Porolissum zu den größeren Grenzstädten des Reiches. Brutus war schon in vielen solchen Orten gewesen. Soldaten marschierten ein und aus, Kaufleute kamen und gingen, und auch Prostituierte, Diebe und Scharlatane schlugen hier ihre Zelte auf oder mieteten billige Unterkünfte, um wieder zu verschwinden, wenn sie sich anderswo bessere Verdienstmöglichkeiten erhofften. Hier würde es ihr leicht fallen, sich unauffällig unter die geschäftigen und häufig wechselnden Bewohner zu mischen.

Ihr Körper schmerzte. Wochenlang war sie, meist bei Nacht, über die große nördliche Straße im Osten des Reiches und die große Heerstraße über Sarmizegetusa in den Nordwesten von Dakien gereist, und die Kälte hatte ihr sehr zugesetzt. Sie wusch sich das Gesicht in einer Schüssel mit heißem Wasser, spülte den Mund aus und puderte sich dezent die Wangen. Dann zog sie eine frische Tunika an, setzte eine billige blonde Perücke auf, warf einen Mantel über und machte sich auf den Weg zum größten öffentlichen Badehaus von Porolissum.

In Badehäusern bestand immer ein Bedarf an Frauen, die die Kunst des Massierens beherrschten und dazu auch noch einigermaßen attraktiv waren. Allzu attraktiv durfte Brutus aber auch wieder nicht sein, damit sich später niemand an sie erinnerte; gab sie sich dagegen zu unauffällig, würde sie wohl im Badehaus keine Anstellung finden. Sie musste also einen Mittelweg finden. So entschied sie sich für das weiße Puder und setzte eine gebleichte Perücke auf, um ihr Gesicht kleiner erscheinen zu lassen. Außerdem zog sie eine eng anliegende, farbenprächtige Tunika an, um das Interesse ihrer männlichen Kundschaft zu erwecken. Wohlhabende Bürger, die sich nicht allzu viele Sklaven leisten konnten, waren auf das Personal der örtlichen Badehäuser angewiesen und zogen hübsche, gut ausgebildete Spezialistinnen vor.

Brutus war froh, ihren Auftrag bald zu Ende bringen zu können.

Mehrere Male schon hatte sie damit begonnen, einen Brief an ihre Klienten zu entwerfen, in dem sie ihnen mitteilte, dass sie von ihrem Auftrag der Eliminierung dieses »Partners« Vectis Trebellius zurückträte. Sie hatte sogar schon ausgerechnet, wie hoch die Gebühr sei, die auf die Rückzahlung draufkam – schlussendlich entschied sie sich, den Auftrag zu erledigen. Schließlich war alles nur eine Frage der Disziplin. Wenn sie sich dieses Auftrages entledigte, dann sollte sie ihre Arbeit ganz aufgeben und ihre Zeit fortan ausschließlich der Beaufsichtigung ihrer Landgüter widmen. Aber für ein Leben auf dem Land fühlte sie sich doch noch nicht bereit.

Hinter einer Reihe kahler Buchen erhoben sich die Kuppeldächer des Badehauses und seine leuchtend bemalten Wände. Der Anblick trug aber wenig zu ihrer Aufheiterung bei, denn sie war noch immer verärgert über die Fehler, die sie begangen hatte.

Immerhin hatte sie etwas daraus gelernt: Man durfte sich nie zu sicher fühlen. Jederzeit hatte Brutus geglaubt, die Situation richtig zu beurteilen, letztendlich aber hatte sie den Leibwächter für ihr Opfer gehalten. Sie hatte den Namen auf dem Koffer, Vectis Trebellius Quadratus, seinem Besitzer zugeordnet. Sie hatte sich beim Kutscher, beim Wirt und sogar bei den Männern im Reisewagen versichert, hatte aber den Koffer nicht auf seinen Inhalt überprüft.

Sie hatte Fehler gemacht. Und jetzt war Trebellius auf der Hut.

Noch schlimmer war allerdings, dass sie den »Partner« auch noch sympathisch gefunden hatte. Mehr als sympathisch, wie sie sich eingestehen musste. Er tat ihr in der Seele gut. Er war ein Mann, mit dem sie ein ganzes Leben hätte verbringen können, ohne von ihm je genug zu bekommen. Sie verscheuchte den Gedanken, denn das war pure Dummheit und einer erwachsenen Frau unwürdig. Ihr leeres Leben schlug ihr offensichtlich auf den Verstand. Nach diesem Auftrag, schwor sie sich, würde sie mehr Zeit für die Liebe reservieren, damit dieses schmerzhafte Vakuum in ihrem Leben endlich ausgefüllt würde.

Jetzt aber musste sie sich zusammennehmen und ihre Gefühle hintanstellen. Sie war in Gefahr. Trebellius kannte ihren richtigen Namen und fragte sich bereits, ob womöglich sie die Mörderin war. So konnte am Ende nur einer von beiden am Leben bleiben: er oder sie.

Am Tor des Badehauses blieb Brutus stehen. »›Partner‹ sind keine Menschen«, sagte sie sich. »Sie sind nur Namen, nur Gegenstände, die aus dem Weg zu räumen sind.« Die Tatsache, dass sie Trebellius etwas näher kennen gelernt hatte, war ohne Bedeutung. Auch er war letztlich nur ein Name.

Der Gedanke half ihr, sich auf ihr Ziel zu konzentrieren.

Sie wollte ihre Arbeit so erledigen wie immer.

Außerdem, was wusste sie schon über Vectis Trebellius? Er war schließlich Soldat und hatte zweifellos schon viele Menschen getötet. Ihr Beruf unterschied sich von dem seinen lediglich in den Gründen, aus denen sie anderen das Leben nahmen. Nach außen hin erschien Trebellius zwar als netter Mensch, aber niemand zahlte einen riesigen Betrag in Gold, um einen netten Menschen aus dem Weg zu schaffen. Er hatte etwas zu verbergen, hatte irgendein dunkles Geheimnis. Er war alles andere als unschuldig; keiner ihrer Opfer war das. Der Gedanke beruhigte ihr Gewissen. Bald würde sie auch diesen Mann eliminieren und die ganze Geschichte hinter sich bringen.

Brutus betrat das Badehaus, sprach mit dem Freigelassenen, der für das Personal zuständig war, und konnte ihn überreden, sie als

Arbeiterin einzustellen. Das war ein wichtiger Bestandteil ihres Plans. Sie musste mit ihrem »Partner« allein sein. Sie musste ihn von den Soldaten und den anderen Offizieren trennen, die ständig um ihn herum waren. Und wo konnte das besser gelingen als im Badehaus mit seinen zahlreichen Räumlichkeiten zum Ausruhen und Entspannen.

Sie dachte an Vectis Trebellius und seine Vorliebe für heiße Bäder. Auf ihrer Fahrt durch Italien hatte er bei jeder Gelegenheit die örtlichen Bäder besucht und nach Angaben ihres Kutschers einmal sogar vierzig Sesterze für einen einzigen Abend bezahlt. Sie konnte es Trebellius nicht verübeln. Was war in den kalten Monaten belebender, als sich in dampfendes Wasser zu legen, sich in einem geheizten Raum zu waschen und eine kräftige Massage zu genießen? Die meisten Römer und auch sie selbst liebten die Badehäuser. Allenfalls die Gladiatorenspiele konnten es an Beliebtheit noch mit ihnen aufnehmen.

Trebellius, der jetzt mit der Belagerung einer Stadt in Barbarenland beschäftigt war, würde die Annehmlichkeiten des Reiches mit Sicherheit vermissen. Nach etlichen Monaten in derart trostlosen Verhältnissen freute er sich zweifellos schon auf Porolissum, das auf seine prachtvollen Bäder mit Recht stolz war. Etwas Besseres war in keiner der Provinzen zu finden.

Brutus war geduldig. Sie wollte in aller Ruhe auf ihr Opfer warten. Und wenn Trebellius schließlich auftauchte, dann würde sie ihre Aufgabe meisterhaft erledigen. Sein Tod würde als die bedauernswerte Untat irgendeines gemeinen Diebs betrachtet, und danach würde ihr Leben wieder in geordneten Bahnen verlaufen.

27

Wochenlang reisten Neeve und ihr frisch gebackener Diener Sammonicus durch Gallien Richtung italische Halbinsel. Sie ließ ihn nicht aus den Augen, war aber durchaus zufrieden mit ihm. Er war schon mehrmals in Rom gewesen und kannte tatsächlich, wie er behauptet hatte, die sichersten Gasthäuser und die besten Straßen. Beim Handeln auf dem Markt nahm es kaum einer mit ihm auf, und auch was seine Ehrlichkeit ihr gegenüber anbetraf, hatte sie wenig zu beanstanden. Er bestahl sie nicht mehr, als man es von einem Diener erwarten musste. Ein- oder zweimal sah sie, wie er sich zum örtlichen Militärposten begab. Sie wusste, dass er seiner Mutter Geld schickte.

Nur ein einziges Mal spielte Neeve ernsthaft mit dem Gedanken, Sammonicus zu entlassen. Es war an einem Abend in einer Herberge auf italischem Boden. Sie hatten gerade gegessen – erst Neeve und dann ihr Diener, wie es bei den Römern Brauch war –, als Sammonicus abermals auf ein Problem zu sprechen kam, das ihn immer noch beschäftigte.

»Ihr wärt sicherer, Herrin, wenn ich in Eurem Zimmer auf dem Boden schlafen würde«, begann er.

»Ich habe dir schon einmal erklärt«, erwiderte Neeve, »dass ich sehr wohl in der Lage bin, mit jedem fertig zu werden, der den Fehler begeht, in mein Zimmer einzudringen.«

»Viele Leibdiener schlafen auf der Türschwelle.«

»Du nicht.«

Sie ging hinauf in ihr Zimmer im ersten Stock, und Sammonicus begab sich zum Schlafquartier der Diener in einem Anbau auf der Rückseite des Gasthauses.

Neeve suchte ihr Zimmer nach möglichen Eindringlingen ab, wie sie es immer tat, bevor sie Tür und Fensterläden verriegelte. Sie wusch sich Gesicht und Hände in einer Waschschüssel und zog ihr Nachtgewand an. Sie blies die Öllampe aus und ging zu dem Strohbett, das in der Mitte des Raumes an der Wand stand. In diesem Augenblick hörte sie unter sich auf dem Vordach unter ihrem Fenster einen Ziegel brechen.

Sie griff nach ihrem Dolch auf dem Bett, ging um das Bett herum und drückte sich an die Wand neben dem Fenster. Sie wartete und lauschte in die Dunkelheit. Ihre Augen gewöhnten sich an die Finsternis, bis sie durch die Ritzen in den Läden schauen konnte. Etwas regte sich. Jemand war da draußen und bewegte sich langsam, offensichtlich besorgt ob der lockeren Dachziegel.

Neeve hob den hölzernen Riegel vorsichtig aus seiner Verankerung, warf ihn hinter sich und riss die Läden auf. Der Mann erstarrte vor Schreck. Neeve packte ihn an seiner Tunika und zerrte ihn ins Zimmer. Er kippte über den eisernen Fensterrahmen und landete auf dem Fußboden und stöhnte. Wie eine Katze stürzte Neeve sich auf ihn, packte ihn an den Haaren und hielt ihm das Messer an die Kehle.

»Herrin!«, brachte der Eindringling mit Mühe heraus.

»Sammonicus?« Sie ließ ihn los.

»Herrin, ich wollte …«

»Was hattest du da draußen zu suchen?«

»Ich wollte nur … ich … nun ja, ich habe mir Sorgen gemacht und …«

»Du hast mir nachspioniert!«

»Nein … nein, ich wollte nur nachsehen, ob Eure Läden auch richtig verschlossen sind. Gasthäuser sind berüchtigt für Diebereien … vor drei Jahren erst wurde ich selber in genau diesem Gasthaus hier ausgeraubt … also dachte ich, es wäre besser, die Läden zu überprüfen. Ich würde doch nie …«

»Ich kann meine Läden schon selber sichern.« Sie war noch immer wütend.

»Natürlich könnt Ihr das. Ich wollte ja nur helfen.«

Neeve schob ihn zur Tür. »Wenn ich dich noch einmal dabei erwische, wie du mir hilfst«, warnte sie ihn, »bringe ich dich zum Aesculapiustempel zurück und überlasse dich den Priestern.«

»Das war doch nur ein Missverständnis«, beteuerte er.

Sie entriegelte die Tür und schob ihn hinaus.

»Aber Herrin, Ihr glaubt doch nicht ernsthaft, dass ich …«

Sie schlug ihm die Tür vor der Nase zu.

Am nächsten Morgen kümmerte sich Sammonicus besonders rührend um sie. Ihr Frühstück bestand meist aus Brot, das sie in verdünnten Wein tunkten, aber Sammonicus hatte den Wirt dazu bringen können, einen Kuchen aus Gerstenmehl mit Rosinen, Pinienkernen und Granatapfelkernen zu backen, der ihr zusammen mit süßem Wein serviert wurde. Sammonicus musste den armen Wirt schon Stunden vor Sonnenaufgang geweckt haben, denn ein solches Essen war alles andere als gewöhnlich. Sammonicus hatte zweifellos seine Lektion gelernt und wollte nun seinen Fehler wieder gutmachen. Er hatte außerdem ihr Pferd zum Mietstall gebracht und es für eine geringe Gebühr gegen ein frisches eingetauscht. Er hatte sogar die Kutsche gereinigt und die Räder geputzt.

Als sie bereit für die Weiterfahrt waren, eilte Sammonicus zum Wagen, öffnete ihr die Tür, ohne ihr in die Augen zu schauen, und half ihr hinein und auf ihren Sitz. Neeve konnte zwar gut ohne seine Hilfe einsteigen und hatte ihm das auch schon mehrmals erklärt, aber da er offensichtlich versuchte, ihr ganz besonders gefällig zu sein, ließ sie ihn gewähren.

Sie brachten Meile um Meile hinter sich. Die Reise war lang und anstrengend, aber ohne besondere Vorkommnisse. Sie schliefen in Gasthäusern an der Straße, wechselten alle paar Tage das Pferd. Je weiter sie auf der italischen Halbinsel nach Süden kamen, desto wärmer wurde es, und oft konnte Neeve in den Nachmittagsstunden ihren schweren Umhang ablegen. Auf den Feldern standen Weinstöcke und ganze Reihen von Obstbäumen. Es war Winter, aber wenn sie anhielten, um dem Pferd eine Pause zu gönnen, versammelten sich die Einheimischen um ihren Wagen und erklärten stolz, was auf ihrem Grund wuchs: Pfirsiche, Birnen, Weintrauben, Feigen, Zitronen, Mandeln und vieles mehr. In Britanniens kaltem Klima hatte Neeve nie etwas anderes als Apfel- und wilde Pflaumenbäume gesehen, und noch nie war sie auf einen Bauernhof gestoßen, dessen Bewohner ausschließlich vom Anbau von Früchten lebten.

Mehr als einmal kamen sie an enge, tiefe Flusstäler, die zu überqueren normalerweise einen ganzen Tag gedauert hätte. Römische Ingenieure hatten jedoch atemberaubende Bögen über die Schluchten gespannt, die das Reisen sehr viel einfacher und schneller machten. Auch in Britannien war Neeve schon über römische Brücken gefahren, etwa in Londinium, aber niemals über welche von solch erstaunlicher Höhe und Spannweite. Eines Tages befahl sie Sammonicus, mitten auf einer solchen hohen Brücke anzuhalten. Sie stieg aus der Kutsche, um zu Fuß weiterzugehen. Sammonicus folgte ihr, als er von einem plötzlichen Windstoß erfasst und in Richtung der Backsteinbrüstung gedrückt wurde. Er ging in die Hocke, um nicht das Gleichgewicht zu verlieren.

»Sammonicus?«

»Ja, Herrin.« Er blieb in der Hocke und hielt sich mit den Händen am Geländer fest.

Neeve erkannte, dass er nicht in Gefahr war, fragte vorsichtshalber aber trotzdem nach. »Alles in Ordnung?«

»Habt Ihr das gesehen?«

»Ich habe gesehen, wie der Wind dich erfasst hat.«

»Das hat sich angefühlt, als habe Jupiter sich im Wind versteckt, um mich an den Rand zu drücken«, meinte er.

»Du reizt die Götter eben zu oft«, sagte Neeve. »Das ist die gerechte Strafe für deine Missetaten.«

Er wischte sich den Straßenstaub von den Händen und trat von der Brüstung zurück. »Wie dem auch sei, Ihr solltet dem Rand nicht zu nahe kommen, Herrin.«

Neeve drehte langsam den Kopf, um die ganze Szenerie von einem Ende der Schlucht bis zum anderen zu betrachten. »Das ist so hoch«, sagte sie. »Wie konnten Menschen ein solches Bauwerk schaffen?« Sie suchte auf der Straße nach einem losen Stein, fand einen, ging dann wieder Richtung Kutsche und hinüber zur Brüstung. Mit einer Hand sich an den Backsteinen festhaltend, beugte sie sich vor und warf den Stein übers Geländer, schaute ihm nach, wie er fiel, bis er im Wasser aufkam. Zu hören war er nicht, nur das Aufspritzen des Wassers war zu sehen.

»Herrin! Das ist nach römischem Recht strengstens verboten!«, mahnte Sammonicus.

Neeve runzelte die Stirn, sie war verblüfft. »Was ist verboten?«, fragte sie.

»Steine von Brücken zu werfen.«

»Unsinn.«

»Könnt Ihr Euch vorstellen, was passieren würde, wenn das jeder machen würde?«

Sie wartete.

»Dann gäbe es bald keine Schlucht mehr«, sagte er grinsend.

Neeve antwortete mit einem Lächeln. Die verlegene Distanz, die zu Beginn ihrer Reise zwischen ihnen bestanden hatte, war im Lauf der Wochen immer mehr geschwunden, und erst jetzt erkannte sie, dass sie irgendwann angefangen hatte, sich in Sammonicus' Gegenwart recht wohl zu fühlen. Er erinnerte sie an die halb zahmen Wölfe, die die Fallensteller im Norden für ihre Zwecke nutzten. Sie zogen im Winter ihre Schlitten und boten ihnen einen gewissen Schutz vor anderen Wölfen. Im Gegenzug fütterten und pflegten die Fallensteller sie, doch richtig trauen konnten sie ihnen nie.

Als sie eines Morgens in der italischen Kleinstadt Antipolis anhielten, machte Neeve eine verblüffende Entdeckung. Sie hatte nur ihre Wasserkrüge füllen, ihren Vorrat an Brot und Fleisch ergänzen und dann weiterfahren wollen. Unmittelbar vor dem Verwaltungsgebäude der Stadt aber stieß sie auf eine Statue der Nemetona, der keltischen Göttin des heiligen Hains und des Krieges. Ehrfürchtig trat Neeve an die Statue heran und wagte kaum zu atmen, während sie langsam einen Fuß vor den anderen setzte. Die Statue sah ungewohnt aus, aber um Nemetona handelte es sich ohne jeden Zweifel. Sie rief Sammonicus zu, er solle ihr ihre letzten Speckschwarten bringen. Sie legte sie Nemetona zu Füßen und flüsterte ein Gebet.

Als sie ihre Andacht beendet hatte, hob sie den Kopf und blickte sich um. Sie fragte sich, was wohl eine keltische Göttin in einer römischen Kleinstadt zu suchen hatte. Die Römer, die auf dem Weg zu ihren Werkstätten waren, die Straßen fegten und an allen Ecken Holzkohlenpfannen aufstellten, waren allesamt groß und blond und trugen ausgesprochen keltische Gesichtszüge.

»Diese Leute …« Sie führte ihren Gedanken nicht zu Ende, sondern starrte nur all die Kelten an, die Tuniken trugen und Lateinisch sprachen. Sogar Männer in Togen begegneten ihr. In diesem Augenblick fiel ihr wieder ein, dass Vectis ihr erzählt hatte, dass auch in Italien Kelten lebten. So ganz geglaubt hatte sie ihm das allerdings nie.

Neeve gelang es, einen Mann in einer Toga auf sich aufmerksam zu machen, und sie begrüßte ihn auf Keltisch. Er musterte sie von Kopf bis Fuß, schaute dann Sammonicus an und ging wortlos weiter.

»Die sprechen deine Inselsprache nicht«, erklärte Sammonicus.

»Das merke ich selber, aber …«

»Hier gibt es viele wie dich«, sagte Sammonicus. »Sie leben schon seit Jahrhunderten hier.«

»Aber sie sind doch Kelten«, wandte sie ein.

»Jetzt sind sie Römer.«

Es dauerte nicht lange, bis Neeve merkte, dass es in Dutzenden von Städten eine solche keltisch aussehende Bevölkerung gab. Sie wunderte sich darüber, dass diese Menschen – abgesehen von ein paar keltischen Götterstatuen – ihre Wurzeln vollständig vergessen hatten. Sie waren zu Römern geworden.

Sie fuhren mehrere Tage die Küstenstraße entlang, mit wenigen Gasthäusern und noch weniger Ortschaften. Neeve hatte sich angewöhnt, in den größeren Orten ein Badehaus aufzusuchen oder in einem Fluss zu baden, wenn es kein Badehaus gab. Seit zwei Tagen hatten sie weder Städte noch Flüsse gesehen, dafür meilenlange leere Sandstrände. Die Sonne schien, aber der vom Meer kommende Wind ließ Neeve mit den Zähnen klappern. In Britannien badete kein vernünftiger Mensch im eiskalten Meer, aber Neeve fühlte sich einfach zu schmutzig.

»Halt hier an«, befahl sie.

Sammonicus zog am Zügel, bis das Pferd zum Stehen kam, und öffnete die Truhe mit Neeves persönlichen Habseligkeiten. Er reichte ihr einen Topf mit Seife und Tüchern sowie eine frische Tunika und weiche lederne Unterhosen.

»Ich mache da drüben ein Feuer«, erklärte Sammonicus und zeigte zum Strand.

»Gut«, sagte Neeve, »aber kümmere dich um deine Pflichten.«

»Aber natürlich, Herrin, ich habe viel zu tun.«

Neeve wartete, bis er die Kutsche weiter unten am Strand abstellte, dann entkleidete sie sich. Es machte ihr nichts aus, wenn Sammonicus ihr während seiner Arbeit den einen oder anderen flüchtigen Blick zuwarf, aber sie wollte nicht, dass er sie aus allernächster Nähe anstarrte. Sie hatten nach jener Nacht nie mehr über den Vorfall im Gasthaus gesprochen, aber er hatte verstanden, dass sie sich nicht gern hintergehen ließ. Sie wollte sich nicht wie eine Hure oder wie eine Närrin behandeln lassen. Wenn ein Mann eine Frau anschaute – nun ja. Aber auf Zehenspitzen um Fenster schleichen – so etwas konnte sie nicht dulden.

Neeve biss die Zähne zusammen, damit sie nicht aufeinander schlugen, während sie sich auszog und ihre frischen Sachen auf das Tuch legte. Sie schaute zu Sammonicus hinüber, der damit beschäftigt war, Holz für das nächtliche Feuer zu sammeln. Sie wollten am Strand übernachten, wie sie es schon oft getan hatten. Sie ging langsam auf das Meer zu, durchpflügte den Sand mit ihren Füßen und genoss, wie ihr die Körnchen durch die Zehen rieselten. Es war schon spät am Nachmittag, und der Wind strich kalt über ihre bloße Haut. Sie bekam eine Gänsehaut. Sie watete in den auflaufenden Wellen, bis sie mit den Hüften im Wasser stand. Das Meer war überraschend warm und roch nach Seetang. Sie ließ sich ins Wasser gleiten, wusch sich und tauchte kurz unter, um sich abzuspülen und Schutz vor der kalten Luft zu suchen. Sie hatte gehört, dass sich die Meere sehr langsam erwärmten und ebenso langsam abkühlten, hätte aber nie geglaubt, dass sich die Wärme des Sommers bis so weit in die kühle Jahreszeit hinein halten würde. Sie spülte sich den Mund mit Wasser aus; es schmeckte stark nach Salz.

»Herrin!«

Neeve drehte sich um und sah, wie Sammonicus am Strand entlang auf sie zulief.

»Schildkröten!«, rief er. »Kommt jetzt besser heraus.«

Sie drehte sich blitzartig um und suchte nach den flach gewölbten Panzern im Wasser. Dann sah sie eine mit den Wellen aufs Ufer zurudern. Sie ließ das Waschtuch fallen, tauchte unter, bewegte sich halb schwimmend, halb laufend, so schnell sie konnte, Richtung Ufer. Sie hatte keine Lust, gebissen zu werden, und auch nicht, darauf zu vertrauen, dass die Tiere vielleicht vor ihr mehr Angst hatten als sie vor ihnen.

Sammonicus kam ihr mit einem Tuch zum Abtrocknen entgegen, das Gesicht abgewandt wie ein richtiger Leibdiener, aber nicht ganz so korrekt, dass seine Augen sie überhaupt nicht gestreift hätten, als er ihr das Tuch umlegte.

»Wir müssen unser Nachtlager woanders aufschlagen«, sagte er. »Im Wasser sind Dutzende von Schildkröten, und einige kriechen schon über den Strand.«

»Wollen sie Eier legen?«

Sammonicus' Blicke schnellten über den Strand, als fürchtete er, jeden Augenblick angegriffen zu werden. »Keine Ahnung, warum sie hier sind. Ich dachte immer, Schildkröten legen im Sommer ihre Eier ab ...« Er schluckte und versuchte, wieder zu Atem zu kommen. »Ich weiß nicht das Geringste über Schildkröten. Ich weiß nur, dass wir nicht hier bleiben können.«

»Na schön, dann fahren wir eben eine oder zwei Meilen weiter. Aber ich möchte, dass du eine kleine Schildkröte einfängst. Ich habe gehört, sie sollen ganz gut schmecken.«

Sammonicus murmelte etwas in der Richtung, welche üblen Folgen Schildkrötenbisse haben konnten, machte sich dann aber mannhaft auf den Weg.

Langsam brieten sie das in Stücke geschnittene Fleisch der Schildkröte über dem Feuer. Sie hatten sich eine grasbewachsene Stelle ausgesucht, hundert Schritte vom Strand entfernt und durch ein paar Weiden vor dem Wind geschützt. Neeve drehte den Spieß, während Sammonicus Holz für die Nacht sammelte und sich um das Pferd kümmerte. Sie zog einen Schlauch mit keltischem Bier heraus, goss es in einen Topf aus Bronze und stellte ihn auf die Glut am Rand des Feuers.

Neeve lief das Wasser im Mund zusammen. Gebratenes Fleisch und warmes Bier. Sie nahm ihr Messer und schnitt sich einen langen Streifen von dem dunklen, dampfenden Fleisch ab. Sammonicus tat es ihr gleich. So saßen sie da, tranken das Bier und aßen sich satt.

»Sind ganz schön gefährlich, diese Schildkröten«, sagte Sammonicus. »Aber Ihr hattet ganz Recht, Herrin. Das Risiko hat sich gelohnt.«

Neeve überhörte seine Bemerkung. Er wollte offenbar gelobt werden. »Immerhin haben die keltischen Römer noch nicht verlernt, Bier zu brauen«, sagte sie stattdessen und goss sich noch einen Becher ein. Und dann forderte sie ihn auf: »Erzähl mir von dir.«

»Ich habe Euch schon alles erzählt«, beteuerte er. »Ich komme aus dem Norden Galliens, habe in meinem Leben alle möglichen niederen Arbeiten verrichtet und keine Verwandten mehr.«

»Dann erzähl mir was über deine Herkunft.«

»O nein, das kann ich nicht.«

»Ich will es aber«, sagte sie beharrlich.

»Herrin, ich bin in keiner Weise interessant ...«

Für einen sonst so gesprächigen Menschen war er seltsam zurückhaltend, wenn es darum ging, etwas von sich preiszugeben. Neeve kannte natürlich den Grund. Die römische Gesellschaft war streng ständisch gegliedert, und so war es für ihn unmöglich, mit jemandem von höherem Stand persönliche Dinge zu bereden. Römischen Herren war es gleichgültig, woher ihre Diener stammten. Sie waren redendes Werkzeug, nicht mehr, selbst wenn sie keine Sklaven, sondern angemietet waren. Aber das Bier machte sie gesprächig, und sie war neugierig. »Ich möchte es hören«, wiederholte sie.

Er griff nach seinem Becher, um sich Mut anzutrinken. »Meine Vorfahren kamen aus Nordgallien«, erzählte er, »und davor von der Insel Sizilien an der Südspitze Italiens, und ...«, er holte tief Luft, »vorher irgendwo aus Makedonien. Deshalb gehe ich davon aus, dass ich griechisches Blut in den Adern habe, was mich sehr stolz macht.« Er schüttete noch mehr Bier in sich hinein. »Mein Vater hat mir einmal erzählt, wir stammten aus der Familie des großen Alexander.«

»Eine edle Herkunft, wenn es stimmt.«

»Er sagte mir auch, dass jeder Grieche, den er je getroffen habe, von Alexander oder Platon abstammte.«

Neeve hatte keine Ahnung, wer Platon war, aber da Alexander ein großer Kriegsherr und Eroberer war, nahm sie an, dass Platon auch einer war. Sie trank noch etwas Bier. »Mach weiter«, forderte sie ihn auf.

Er zuckte mit den Achseln. »Von meinem Onkel habe ich das Gerberhandwerk gelernt, aber das hat mir nie besonders gefallen. Das Fett von den Tierhäuten zu kratzen mag ja eine ehrenwerte Arbeit sein, aber ... ja, es ist wohl eine ehrenwerte Arbeit.«

»Aber dir hat sie nicht gefallen.«

»Dieser Gestank, Herrin ... selbst wenn du dich den ganzen

Nachmittag im Badehaus abgeschrubbt hast, sind dir noch die Katzen auf dem Marktplatz hinterhergerannt.«

Neeve spürte, wie sie angewidert das Gesicht verzog.

Er nickte. »Außer der Gerberei habe ich nichts gelernt. Deshalb hoffe ich auf ... nun, auf etwas anderes.«

»Du möchtest ein Diener sein.«

»Ja«, sagte er und starrte in seinen Becher. »Aber jetzt fragt bitte nicht weiter, Herrin. Ich kann nicht weitererzählen.«

»Du bist also schon oft in Rom gewesen«, sagte sie. Das war ein unverfängliches Thema, und sie merkte, wie er sich sichtlich entspannte.

»Viele Male schon«, bestätigte er. »Ich kann ganz hervorragend Preise aushandeln ...«

Neeve hörte zu, wie er sämtliche Möglichkeiten nannte, wie er helfen könnte, ihr Geld zu sparen, wenn sie erst einmal in der römischen Hauptstadt angekommen seien. Er war erleichtert, wieder bei einem ihrer üblichen Themen angelangt zu sein.

Warum sie nach Rom reiste? Um ihren römischen Ehemann zu finden? Er hatte sicher ihren Ring gesehen.

Sie wusste, dass er sich in Bezug auf sie so manche Frage stellte.

Aber selbstverständlich würde er diese Fragen nie aussprechen.

Als sie sich in jener Nacht in die Decke hüllte, schloss sie die Augen und fuhr über ihren Ring. War Vectis tot, wie alle behaupteten? Getötet von ihrem Volk, bevor er Londinium erreichen konnte?

Nein, er war am Leben. Er musste einfach am Leben sein. Aber je näher sie Rom kamen, desto mehr fürchtete sie sich vor der Wahrheit. »In Rom werden sie es schon wissen«, hatte der Soldat im Archiv von Londinium gesagt.

28

Vectis übergab Julian der Obhut eines Feldarztes. Er wollte seinen Freund nicht im Stich lassen, aber eine wichtigere Aufgabe wartete auf ihn. Er wollte nur noch hören, was der Arzt sagte: »Er hat noch einmal Glück gehabt. Der Pfeil ist ins Schultergelenk eingedrungen. Er wird ein paar Tage starke Schmerzen haben, aber er wird es überleben.«

Vectis musste zur Rampe. Die schwerfälligen Belagerungsmaschinen näherten sich schon am oberen Ende der Böschung, und lange Reihen schwer bewaffneter Soldaten trotteten in gleichmäßigem Tempo unter den Schutzdächern nach oben.

»Wo ist Commodus?«, rief Vectis einem Offizier am Fuß der Rampe zu. Er registrierte noch, dass er nicht den richtigen Titel benutzt hatte, aber das war ihm egal.

Der Offizier deutete auf das Zelt der Ingenieure.

»Oberbefehlshaber«, sagte Vectis, als er das Zelt betrat. »Ich muss unverzüglich mit Euch sprechen.«

Commodus war offensichtlich gerade dabei gewesen, seinen Offizieren Befehle zu erteilen. Er zog die Mundwinkel nach unten, als er Vectis sah. »Ich dachte eigentlich, ich hätte mich deutlich genug ausgedrückt«, sagte er. »Ihr kümmert Euch hier ausschließlich um die Logistik. Den Belagerungskrieg führe ich.«

»Wir müssen den Angriff sofort abbrechen. Die Soldaten sind in höchster Gefahr.«

Commodus lächelte. »Wir sprechen uns später. Ihr seid entlassen.«

»Ich muss aber jetzt mit Euch sprechen«, sagte Vectis mit Betonung auf dem Wort »jetzt«.

Die Offiziere erstarrten. Nur ihre Augen bewegten sich leicht hin und her.

Commodus lief vor Wut dunkelrot an, und er wollte gerade den Mund aufmachen, als Vectis ihm zuvorkam.

»Bei allem Respekt, Oberbefehlshaber, ich würde Euch niemals unterbrechen, wenn es sich nicht um einen extremen Notfall handeln würde.«

Als Commodus sich ausreichend erholt hatte, stieß er mit gepresster Stimme hervor: »Ihr vergesst Euch, Tribun.«

»Ich entschuldige mich, Oberbefehlshaber, es ist dringend.«

Commodus gab erst seinen Offizieren das Zeichen, das Zelt zu verlassen, und dann sogar seinen numidischen Leibwächtern. Er wartete mit auf der Brust verschränkten Armen, bis auch der Letzte gegangen war und der Zelteingang sich wieder geschlossen hatte. Dann wandte er sich Vectis zu und knirschte mit den Zähnen wie ein tollwütiger Hund. »Wenn Ihr mich je wieder demütigt«, drohte er, »lasse ich Euch auspeitschen, bis Ihr tot seid. Habt Ihr mich verstanden? Tot!«

»Jawohl, Oberbefehlshaber.«

»Ich habe hier den Oberbefehl, nicht Ihr.« Er schlug mit der Handfläche auf den Tisch, dass seine blonde Perücke einen kleinen Satz machte. »In Britannien habt Ihr mich wie einen Narren behandelt, und ich habe geschwiegen. Ihr habt sogar Euren Centurio geschickt, um mein Kastell zu inspizieren, und ich musste ihm gehorchen. Einem gewöhnlichen Centurio! Ist Euch eigentlich klar, wie sehr mich das gekränkt hat?«

Vectis schwieg, denn er wusste, dass Commodus von ihm Schweigen erwartete.

»Und jetzt ... nachdem ich Euch mit großer Achtung ... behandelt habe, tut Ihr alles, um mich zu demütigen ... lasst in Sichtweite des Feldherrnzeltes einen Baumstamm aufstellen ... und jetzt platzt Ihr auch noch in die Lagebesprechung, geriert Euch, als wärt Ihr der Feldherr. Ihr seid es nicht! Der Feldherr bin ich!«

Vectis wartete, aber er machte sich Sorgen um die Männer auf der Rampe. »Ihr wart wirklich äußerst gütig, Oberbefehlshaber ...«

»Sprecht nicht so von oben herab mit mir! Haltet Ihr mich wegen meiner geringen Körpergröße vielleicht für ein Kind? Julius Cäsar war so groß wie ich!«

Vectis nickte, obwohl ihm klar war, dass das nicht stimmte.

»Die wenigsten wissen, wie groß Cäsar war«, fuhr Commodus fort, als wäre es wichtig. Er zog die Male über seinen Augen hoch, sodass sie sich zu einer durchgängigen schwarzen Linie vereinigten. »Die Leute sehen ihn in Bronze gegossen und in Stein gehauen und glauben dann, diese Statuen würden Cäsars wirkliche Statur wiedergeben.«

»Sie haben die Rampe untergraben.«

»Was?«

»Ich sagte, die Stadtbewohner haben die Rampe unterhöhlt.«
»Unterhöhlt? Lächerlich.«
»Ich fürchte, es ist wahr.«
»Woher wollt Ihr das wissen?«
»Julian Quintillius ...«
»Der Tribun ist auf den Baumstamm gestiegen.«
»Ja, und er hat berichtet ...«
»Was? Was hat er berichtet? Ein Tunnel? Er hat gesehen, wie sie unter meiner Rampe einen Tunnel gegraben haben?«
»Er sagte ...«
»Das glaube ich nicht. Ich glaube kein Wort. Wollt Ihr ernsthaft behaupten, dass sie meine Rampe unterhöhlt haben, und keiner hat sie graben hören? Nein – nein, das ist völlig ausgeschlossen.« Er ging unruhig im Zelt auf und ab. »Wie sollen sie unter einer Rampe aus lockerer Erde und Steinen einen Tunnel gegraben haben? Das Ganze wäre längst eingestürzt. Ja, sie wäre eingestürzt. Sie können lockeres Material nicht unterhöhlen.«
»Wahrscheinlich haben sie Stützbalken verwendet und mit Seilen ...«
»Nein, das glaube ich einfach nicht.« Commodus schüttelte entschieden den Kopf.
»Und jetzt warten sie darauf, die Balken herauszuziehen«, führte Vectis seinen Gedankengang zu Ende. »Wenn wir die meisten Soldaten auf der Rampe haben, ziehen sie an den Seilen.«
»Unmöglich«, erklärte Commodus kopfschüttelnd. »Ich habe noch nie gehört, dass jemand eine Rampe unterhöhlt hat.«
»Das ist aber schon vorgekommen, Oberbefehlshaber.«
»Nicht in meiner Praxis«, entgegnete Commodus und streckte den Hals vor wie ein gerupftes Huhn.
Vectis biss die Zähne zusammen. Der Dummkopf, der da vor ihm stand, war ein politischer Günstling ohne militärische Praxis, aber Vectis wagte nicht, ihn daran zu erinnern.
Commodus fing wieder an, auf und ab zu gehen. Dann fuchtelte er mit dem Zeigefinger in der Luft herum und sagte: »Ihr behauptet also, der Tribun habe gesehen, wie sie einen Tunnel gegraben haben? Ha? Aber wie ist das möglich? Kann er vielleicht un-

ter die Erde schauen? Natürlich nicht. Er kann bestenfalls gesehen haben, wie verzweifelte Stadtbewohner Erde bewegt haben. Mehr kann er gar nicht gesehen haben. Und selbst, wenn sie tatsächlich irgendwo gegraben haben, dann wahrscheinlich, um einen zusätzlichen Erdwall hinter der Mauer zu errichten.«

»Julian Quintillius ist ein sehr erfahrener Soldat. Er würde einen Erdwall erkennen, wenn er einen sähe.«

»Lasst Julian Quintillius auf der Stelle herkommen. Ich will selber mit ihm sprechen.«

»Er ist im Hospital ...«

»Aha, im Hospital. Sehr praktisch. So kann ich ihn nicht befragen. Was darauf hinausläuft, dass die Geschichte von den Stadtbewohnern, die angeblich meine Rampe unterhöhlt haben, ausschließlich von Euren Lippen kommt.« Commodus lachte grimmig vor sich hin. »Jetzt kommen wir der Wahrheit langsam näher, nicht wahr?«

»Das verstehe ich nicht.«

»Ich denke sehr wohl, dass Ihr mich versteht. Hier ist doch was faul, und der Gestank macht mich ganz krank.«

Vectis versuchte, Commodus' Gedankengang zu unterbrechen. »Denkt doch einmal darüber nach«, sagte er. »Nacht für Nacht tanzen die Stadtbewohner auf der Mauer herum und lachen uns aus. Und warum? Weil sie genau wissen, dass wir mit unserer Rampe nicht den gewünschten Erfolg haben werden.«

»Sie tanzen und lachen«, entgegnete Commodus, und die Adern an seinem Hals blähten sich auf, »weil sie genau wissen, welche destruktiven Auswirkungen ihr Verhalten auf unsere Kampfmoral hat.«

»Sie wissen doch gar nichts über den Zustand unserer Truppen ...«

»Sie wissen es. Glaubt mir, sie wissen es.«

»Oberbefehlshaber, hört mich bitte an ...«

»O ja, ich höre Euch an«, sagte Commodus. »Und wisst Ihr auch, was ich da höre? Ich höre den jämmerlichen Versuch eines Mannes, dem man seine Macht genommen hat und der jetzt fest entschlossen ist, mir den Augenblick meines Ruhms zu verderben.« Er hielt inne. »Jetzt ist mir alles klar. Ihr wollt diese Belagerung beenden, damit ich ausgerechnet im Augenblick meines Triumphes die Zelte abbreche.«

»Ihr glaubt doch wohl nicht ernsthaft …«

»Ist Euch eigentlich klar, was ich hier geleistet habe? Aber nein, natürlich nicht. Ein Mann mit Eurem begrenzten Verstand ist für historische Leistungen blind. Ihr trinkt den bitteren Wein des Hasses und der Täuschung.«

»Oberbefehlshaber …«

»Noch in tausend Jahren werden die Menschen, wenn sie an diesen Ort kommen, fragen, wer diese gewaltige Rampe errichtet und diese stolze Stadt eingenommen hat. Und dann hören sie meinen Namen. Meinen Namen! Gaius Commodus hat diese Rampe erbaut und diese Stadt erobert. Von feindseligen Barbaren umgeben, hat er einen glorreichen Sieg errungen. Glorreich wie Julius Cäsar bei Alesia und Flavius Silva bei Masada. Ja, Gaius Commodus ist einer der Unsterblichen!« Er fixierte Vectis mit den Augen. »Versteht Ihr? Mein Triumph wird niemals in Vergessenheit geraten.«

»Oberbefehlshaber, lasst doch wenigstens die Rampe räumen und mit Stangen darin stochern, um zu prüfen, ob …«

»Nein! Ein für alle Mal nein! Ihr wollt mir doch nur meinen Ruhm stehlen. Ihr wollt, dass es heißt, Commodus habe diese Rampe erbaut, sei dann aber weggelaufen, weil er Angst hatte, sie zu benutzen. Ihr wollt …«

Ein Donnerschlag!

Das Zelt erbebte wie von einem gewaltigen Windstoß. Der Tisch vibrierte und Staub rieselte von der Decke.

Und draußen dröhnte die Luft von Schreien und Stöhnen.

Vectis riss die Zeltklappe auf und rannte auf die Rampe zu.

Er blieb wie angewurzelt stehen. Eine braune Staubwolke stieg über einem riesigen Loch in der Rampe auf. Männer schrien und riefen die Götter an, die sie so lange vernachlässigt hatten. In ihrer Hast, von der Rampe zu kommen, stießen sie Kameraden zur Seite, traten sie nieder und stolperten über andere. Ihre Gesichter waren um Mund und Augen geschwärzt, und einige bluteten oder hatten gebrochene Gliedmaßen.

Der obere Abschluss des Belagerungsturmes war noch zu sehen; in einem schiefen Winkel ragte er rund zehn Fuß aus dem Krater. Er erinnerte Vectis an den Mast eines sinkenden Schiffes. Alles andere war verschwunden, verschluckt vom klaffenden Erdloch. Hunderte von Soldaten waren unter Tonnen von Gestein und Erde begraben.

Vectis wandte sich zu Commodus um, der nun mit offenem Mund neben ihm stand. »Wie lautet der Befehl, Oberbefehlshaber?«, fragte er.

»Achtundzwanzig Tote geborgen«, zählte der Centurio sachlich auf. »Neunhundertvierundsechzig Vermisste. Dreihundertzwanzig Verwundete.« Er rollte seine Aufzeichnungen auf Papyrus zusammen und schaute Vectis an. »Die meisten Verletzungen sind eher geringfügig«, fügte er hinzu, um zur Abwechslung mal eine gute Nachricht vorzubringen. »Die Betreffenden dürften also in ein oder zwei Tagen wieder einsatzfähig sein.«

»Ich danke, Erster Centurio«, sagte Vectis. »Verdoppelt heute Nacht die Wachen, alle anderen haben in ihren Zelten zu bleiben. Sie brauchen ihren Schlaf.«

Commodus war geflüchtet. Wenige Minuten nach dem Zusammenbruch der Rampe verließ er mit seinen Leibwächtern das Gelände Richtung Feldherrnzelt, wo er den ganzen Tag verbrachte. Vectis übernahm den Befehl und organisierte die Rettungs- und Aufräumungsarbeiten. Es gab nur noch wenige Soldaten zu retten, nicht viel mehr als zwanzig. Fast tausend lagen für immer unter der Lawine aus Erde und Stein begraben.

Und dann erschienen die Freudenmädchen auf der Mauer. Keine Stunde nach dem Einsturz der Rampe kamen Dutzende von ihnen, um zu tanzen und zu singen und die mit Rettungsarbeiten beschäftigten Soldaten zu verspotten.

Vectis winkte den am nächsten stehenden Centurio zu sich. »Haben wir Skythen unter den Bogenschützen?«

»Vielleicht zehn oder fünfzehn«, antwortete der Centurio.

»Holt sie her«, befahl Vectis. Vor den skythischen Bogenschützen hatte Vectis von jeher den größten Respekt. Rom hatte nie Bogenschützen hervorgebracht, die sich mit denen aus dem Osten messen konnten. Und die besten von allen waren die Skythen. Selbst hoch zu Ross schossen sie besser als jeder andere auf festem Boden. Die besten von ihnen waren fähig, einem Gegner auf hundert Schritt Entfernung ein Auge auszuschießen.

Minuten später meldeten sich zehn feingliedrige Bogenschützen mit langem schwarzem Haar und schmalem Gesicht bei ihm.

»Könnt ihr eine oder zwei von diesen Frauen treffen?«, fragte Vectis.

Der Führer der Skythen schaute zu den tanzenden Frauen hoch, und sein Gesicht verzog sich zu einem Lächeln. «In welche Brust?«, fragte er zurück.

Nun kamen die Schreie von der Mauer. Die Skythen hatten schon mit ihren ersten Schüssen acht oder neun Freudenmädchen von der Mauer geholt; sechs weitere starben, als sie zu der Rampe hasteten, die von der Mauer herunterführte.

Während die Soldaten im Krankenrevier versorgt wurden, konnte Vectis an kaum etwas anderes denken als an die toten und verletzten Männer. Die Soldaten hatten ein Recht darauf, dass ihre Offiziere sie zum Sieg führten, und zwar so, dass möglichst wenige dabei ihr Leben verloren. Er hatte sie im Stich gelassen. Er hatte zugelassen, dass ein politischer Günstling die Strategie bestimmte, obwohl er als Militärtribun einen Weg hätte finden müssen, die Situation unter Kontrolle zu bringen.

Senator Titus Severus hatte gehofft, dass Vectis mit seiner Grenzerfahrung in Britannien und Nordafrika eine Katastrophe hätte abwehren können, doch nun war trotz seiner Anwesenheit das Schlimmste eingetreten. Es war klar, was er nun zu tun hatte. Er musste einen Weg finden, den Schaden in Grenzen zu halten, selbst wenn er dabei die Konfrontation mit Commodus riskierte.

Vectis ließ den jungen Ingenieur kommen, der zwar reichlich seltsam war, aber wenigstens kompetent. Und er hatte keine Angst vor Commodus. Vectis nahm ihn beiseite. »Dir ist doch bestimmt schon aufgefallen, dass diese Stadt an einem ausgetrockneten Flussbett liegt?«, fragte er.

»Klar«, antwortete der Ingenieur. »Jede alte Stadt wurde an einem Fluss erbaut, und oft floss er sogar wie hier mitten hindurch.«

»Und wo genau?«, fragte Vectis.

»Das weiß ich nicht«, räumte der Ingenieur ein. »Die Stadt lebt von ihren Feldern und Schweinen, und die befinden sich außerhalb der Stadtmauer. Deshalb hungern die Bewohner auch.« Er lachte ohne ersichtlichen Grund. »Ich meine nur, dass man den genauen Weg des Flusses nicht mehr feststellen kann, weil er durch jahrelangen Ackerbau zerstört ist.«

»Das dachte ich mir«, sagte Vectis. »Der Oberingenieur hat auch gemeint, dass es wenig Sinn hätte, dich zu fragen.« Er wandte sich zum Gehen.

»Ich sagte, dass ich die genaue Stelle nicht sehen kann, aber ich kann sie berechnen. Ich brauche dazu nur ein wenig Zeit.«

»Du hast noch drei Stunden Tageslicht. Nimm dir eines von den Pferden.« Er deutete auf ein Zelt, neben dem ein Dutzend Pferde angebunden waren. »Und wage es nicht, ohne gute Nachrichten zurückzukehren.«

Schon eine Stunde vor Ablauf der Frist war der Ingenieur wieder da. Sein übliches Grinsen war einer ungewohnt ernsten Miene gewichen. Er schien begriffen zu haben, warum Vectis ihn beauftragt hatte, den alten Flusslauf auszukundschaften. »Ihr wollt unter der Mauer durch, stimmt's?«, fragte er.

Vectis hielt das Pferd des Ingenieurs am Zügel, als dieser absaß. »Hast du die Stelle gefunden, wo der Fluss früher in die Stadt geflossen ist?«, fragte er.

»Ja, war eigentlich ganz einfach. Ich habe zwei Stellen gesehen, die in Frage kommen, aber an einer waren Steinblöcke aufgeschichtet, woraus ich geschlossen habe …«

»Wir haben keine Zeit zu verlieren«, unterbrach Vectis. Die Sonne war bereits ein großer orangefarbener Ball am Horizont. »Kennst du die richtige Stelle?«

»Ja, aber … na ja, es könnte da ein kleines Problem geben.« Er wand sich in seiner Kleidung.

»Sag schon.«

»Die Stelle liegt genau unter einem Wachtturm.«

»Bring mich hin«, befahl Vectis.

Keine Viertelstunde später standen sie im Umkreis des Wachtturms. Vectis ging an dem sieben Fuß tiefen Verteidigungsgraben entlang, den die römischen Soldaten ausgehoben hatten. Der Ingenieur zeigte auf die Steine, die am Fuß der Mauer aufgestapelt waren.

»Wann hat der Fluss seinen Lauf geändert?«, fragte Vectis.

Der Ingenieur schnaubte und kratzte sich im Gesicht. »Vielleicht vor hundert Jahren, aber mindestens vor fünfzig. Das ist eine ziemlich alte Stadt.«

»Und woher holen sie jetzt ihr Wasser?«

»Aus Quellen. Hier entspringen überall Quellen, vor allem in den Bergen. Unser eigenes Wasser kommt von ...«

Vectis verfolgte die Bewegungen seiner Lippen, ohne zuzuhören. Er musste nachdenken. Die meisten Leute in der Stadt wussten wahrscheinlich gar nicht, dass einst ein Fluss in ihren Mauern geflossen war. Wie bei allen mit einer Mauer umwehrten Städten werden auch hier die Erbauer der Ringmauer an der Stelle, wo der Fluss hereinkam, eine Lücke im Mauerwerk gelassen haben, überlegte Vectis. Um Eindringlinge fern zu halten, ohne den Lauf des Wassers zu behindern, hatten sie den Durchfluss vermutlich mit Eisengittern versperrt, die aber bestimmt schon längst durchgerostet waren.

Vectis ließ den Ersten Centurio kommen und befahl ihm, seine besten Soldaten abzustellen. Als sie eintrafen, war die Sonne bereits untergegangen, und die schwarzen Umrisse der Stadtmauer zeichneten sich gegen den Sternhimmel ab. Sie schlichen über ein Stück freies Feld, auf dem es keine Widerhaken oder Fallgruben gab, und erreichten die Mauer unweit des Turms, wo sich nach Überzeugung des Ingenieurs das alte Flussbett befinden musste. Vom Turm drangen die Rufe von rund zwanzig Soldaten zu ihnen herunter, die ihren jeweiligen Sektor beobachteten, aber darüber hinaus hörte Vectis auch zahlreiche Geräusche, die auf Festlichkeiten und übermütiges Feiern in der Stadt schließen ließen. Vectis hatte deshalb nur noch geringe Bedenken, so nah am Wachtturm Steine zu versetzen, was, ohne Geräusche zu machen, nicht ging. Der Lärm in der Stadt war ein Geschenk der Götter.

Vectis nahm die am Fuß der Mauer aufgetürmten Steine in Augenschein. Fast, als freute er sich auf die bevorstehende Arbeit, befeuchtete er sich die Lippen. Selbst bei Nacht zeichnete sich von hier aus die rundliche Masse scharf gegen das ansonsten flache Terrain entlang der Mauer ab. Aus der Ferne war sie nur schwer auszumachen, weil die ersten Bewohner der Stadt vor dem blockierten Flussbett ein Feld aus Steinen angelegt hatten – damals sicher eine kluge Entscheidung, die sich jetzt aber zu Ungunsten der heutigen Bewohner auswirken sollte: Vectis konnte, ohne dass es von oben auffallen würde, Steine von dort wegnehmen.

Vectis und die Soldaten bildeten eine Kette, reichten Stein um Stein weiter, bis sie eine Höhlung acht Fuß unter der Mauer geschaffen hatten. Die Höhle roch nach vermodernden Blättern, und von oben bröckelte Gestein herab, sodass Vectis sich zum Schutz die Tunika über den Kopf zog. Er befürchtete, dass das Mauerwerk plötzlich nachgeben und ihn und die Männer hinter ihm unter sich begraben würde wie die Unglücklichen unter der Rampe. Auf halbem Weg unter der Mauer hindurch glaubte er, Überreste eines alten Eisengitters zu erkennen, aber in der Dunkelheit war er sich nicht sicher. Keinen Zweifel hatte er dagegen bezüglich der Frage, wo die Steinfüllung endete. Er trug Stein für Stein ab, gab ihn weiter und tastete gerade nach dem nächsten lockeren Stein, als plötzlich die Wand brach und Füllmaterial sich polternd in die Stadt ergoss.

Vectis hörte, wie der Soldat kurz hinter ihm fluchte. Es langte, dass die Mauer bröckelte und das Gerumpel im Turm widerhallte; wozu auch noch sich persönlich dadurch ankündigen, dass man auf Lateinisch herausplatzte?

Beinahe selbst überrascht von seinem Erfolg, starrte Vectis durch das Loch in die Stadt. Dann packte er die herausgebrochenen Steine und begann sie wieder hereinzuholen. Er musste das Loch so schnell wie möglich stopfen.

Der Atem stockte ihm, als er zwei Beine auf sich zukommen sah.

Instinktiv griff er nach seinem Dolch. Er zog sich ins Dunkle zurück und wartete. Er hoffte, die Neugier würde den Mann dazu bringen, den Kopf in die Öffnung zu stecken, bevor er Alarm schlug. Der Mann ging geradewegs auf das Loch zu und blieb dann stehen. Vectis zog seinen Dolch. Sein Körper spannte sich an. Er war bereit. Der Mann urinierte stöhnend auf die Steine und in das Loch. Als er fertig war, taumelte er wieder weg, einen Weinschlauch in der Hand haltend.

Vectis drückte sich flach gegen das Mauerwerk im Gang und flüsterte dem Soldaten hinter sich zu: »Kriech an mir vorbei, und verschließ den Tunnel, aber schnell.« Er wischte sich den Urin aus dem Gesicht. Für heute hatte er genug unangenehme Aufgaben erfüllt.

Nachdem er sich in einem Waschzuber gründlich gewaschen hatte, lag Vectis noch lange in seinem Zelt wach und dachte über das Loch in der Stadtmauer nach. Es war so groß, dass vollständig bewaffnete Soldaten hindurchkriechen konnten, aber andererseits nicht so groß, dass es allzu leicht zu entdecken war, sobald sie es getarnt hatten. Vectis beschloss, in der folgenden Nacht alles auf eine Karte zu setzen.

Commodus hatte siebentausend Mann unter seinem Befehl gehabt. Nachdem es nun tausend weniger waren, hatten sie einen nicht unbeträchtlichen Teil ihrer Offensivstärke eingebüßt. Ein Drittel des Heeres musste wie üblich in Reserve bleiben. Vectis plante, auf der anderen Seite vor der Stadt ein Ablenkungsmanöver zu starten. Das bedeutete allerdings, dass weniger als tausend Soldaten übrig blieben, um in die Stadt einzudringen und sie unter ihre Kontrolle zu bringen. Vectis war bereit, das Risiko einzugehen – zumal die einzige Alternative darin bestand, sich in die Niederlage zu fügen und wie ein geprügelter Hund nach Porolissum zurückzuschleichen.

Das größere Risiko allerdings lag in der Frage, wie Commodus auf seine Pläne reagieren würde. Der Mann hatte Vectis klar gemacht, dass er von jeglichen Angriffsplänen die Finger lassen sollte. Für den Fall, dass Commodus sich weiter in seinem Zelt verkroch, überlegte Vectis schon, den Angriff auf eigene Verantwortung durchzuführen. In diesem Fall konnte er allerdings nur einen rein militärischen Sieg erringen. Er brauchte aber mehr, sehr viel mehr sogar, wenn er je nach Rom zurückkehren wollte – und von dort nach Britannien, um Neeve zu suchen.

29

Neeve und Sammonicus trafen zum denkbar ungünstigsten Zeitpunkt in Rom ein. Es war die dritte Stunde nach Sonnenaufgang, und die Straßen, die in die Stadt führten, waren von den Karren der Bauern und Händler verstopft, die ihre Waren auf die Märkte brachten.

Neeve betrachtete das Chaos. Wütende Wagenlenker trieben ihre Maultiere an und herrschten Frauen mit Wasserkrügen an, zur Seite zu treten. Sklaven mit Sänften auf den Schultern, vermutlich trugen sie besonders wichtige Persönlichkeiten, suchten in der Hauptstraße nach dem besten Weg zu ihrem jeweiligen Ziel, und Dutzende von Botenjungen fegten durch die geschäftige Menschenmenge, um ihre Auftraggeber mit ihrem Fleiß und ihrer Geschwindigkeit zu beeindrucken. Überall an der Straße hatten die Händler und Handwerker ihre Läden geöffnet und präsentierten ihre Waren, und Standbesitzer entzündeten auf dem Gehsteig ihre Kohlenpfannen, um Erbsen und Würste zu erhitzen. Selbst ein Barbier hatte, damit er besser zu sehen war, seinen Stuhl hinausgestellt und schor gerade einem jungen Mann das Haar.

Ungeduldig stieß Neeve die Luft aus. Sie wäre lieber schneller vorangekommen.

Vor allem verblüffte sie das Sprachengewirr. Sie verstand zwar die lateinische Sprache, aber es gab sehr unterschiedliche Dialekte, und keiner von ihnen klang so wie das, was sie aus Britannien kannte. Ein- oder zweimal glaubte sie, Keltisch zu hören, aber bei all dem Quietschen von Wagenrädern, den Rufen der Händler und dem Gebrabbel der Arbeiter in ihrer jeweiligen Mundart konnte sie die Sprecher nicht ausfindig machen. Griechisch hörte sie allenthalben, etwa von einem jungen Mann, der irgendwo in einer Wohnung über ihr seine rhetorischen Fähigkeiten übte. Sie sprach zwar selbst kein Griechisch, hatte es aber oft genug gehört, um die melodische Sprache zu erkennen.

Sie näherten sich der Stadtmitte mit ihren prachtvollen Monumenten und Obelisken, ihren gewaltigen Theatern und Badehäusern. Über allem aber ragte ein riesiger Gebäudekomplex auf. »Was ist denn das?«, fragte sie. »Paläste?«

»Nein, Herrin«, sagte Sammonicus. »Das sind Wohnbauten – Mietshäuser, sie heißen Felicula-Häuser, nach ihrem Besitzer, es sind die höchsten, die jemals erbaut wurden.«

Neeve starrte auf die Häuser, die sich über den bläulichen Dunst der Stadt erhoben. Noch nie hatte sie etwas Vergleichbares gesehen. Sie mussten zehn oder zwölf Stockwerke hoch sein und stellten alle Gebäude um sie herum in den Schatten, die selbst auch schon fünf oder sechs Stockwerke hoch waren.

»Und wo sind die Amtsgebäude?« Neeve schaute sich verwirrt um.

»Am Alten Forum an der Nordseite des Palatin.« Er zeigte auf einen Hügel, der ganz von einer weiteren Gruppe hoch aufragender Gebäude eingenommen war, die wie Edelsteine in der Morgensonne glänzten.

»Der Palast des Kaisers.« Der Gedanke, dem Herrscher der Welt so nahe zu sein, ließ Neeve erschaudern. Ihr ganzes Leben lang hatte sie den Kaiser und seine gepanzerten Soldaten gefürchtet. Einige hielten den Kaiser für einen Gott, aber Vectis hatte ihr versichert, dass auch er nur ein gewöhnlicher Sterblicher war und somit ein Mensch wie alle anderen auch. Aber der Kaiser war anders. Wenn er es wollte, hörten ganze Stämme auf zu existieren. Ihre Mutter und ihre Schwester Nes waren auf sein Wort hin gefangen genommen worden. Waren sie nun Sklavinnen irgendwo in seinem Reich? Und in diesem Augenblick befand sich Taranis auf dem Weg nach Rom, um denselben Kaiser zu unterhalten – einen Mann, dessen unstillbarer Blutdurst keine Grenzen kannte.

»Ich bin dem Kaiser schon mal begegnet«, erklärte Sammonicus.

»Tatsächlich?«

»Gewissermaßen. Er war in seiner Kutsche unterwegs, ließ hin und wieder halten, um Münzen unter das Volk werfen zu lassen. Alle schrien und versuchten, ihn auf sich aufmerksam zu machen, aber bei all dem Lärm … nun, es war schlichtweg unmöglich. Also versuchte ich es auf eine andere Art. Ich brachte die Leute um mich herum dazu zu rufen: ›Gebt uns keine Münzen, Herr. Seht uns an.‹ Wir sagten den Spruch wieder und wieder auf.«

»Und was geschah dann?«

Sammonicus lächelte, als erinnerte er sich an einen großen Triumph. »Die kaiserliche Kutsche hielt an, er erhob sich von seinem Platz und rief: ›Alles, was ich habe, stammt von euch. Nehmt also, was euer Eigen ist.‹ Dann ließ er einen Beutel voller Münzen über uns ausschütten.«

»Das war ja ein guter Tag für dich.«

»Ja, weil er ein guter Kaiser ist.« Er ließ an einer Kreuzung einem anderen Wagen die Vorfahrt. »Habt Ihr gewusst, dass der Senat Kaiser Antoninus den Titel ›der Fromme‹ verliehen hat?«

Neeve schwieg.

»Das ist ungewöhnlich«, fuhr Sammonicus fort, »aber Antoninus ist auch ein ungewöhnlich guter Mensch.«

Ein städtischer Soldat trat auf sie zu. »Keine Wagen hinter diesem Punkt«, klärte er Sammonicus auf. »Fahr in diesen Stall da.« Er deutete mit dem Daumen auf ein schmales steinernes Gebäude mit Dutzenden von Standplätzen, wo schon mindestens zehn Kutschen warteten.

»Du bleibst bei der Kutsche«, sagte Neeve. »Ich komme wieder, wenn ich meine Angelegenheit erledigt habe.«

»O nein, Herrin, Ihr solltet nicht ohne Begleitung durch die Straßen gehen.«

»Ich gehe aber gern ohne Begleitung«, konterte sie. »Und du bleibst bei der Kutsche.«

»Aber ...«

Sie warf ihm einen Blick zu, der ihm klar machte, dass er besser schwieg. Dann, die Augen immer auf die Kaiserpaläste auf dem Palatin gerichtet, ging sie die Straße entlang.

Neeve kümmerte sich nicht darum, dass sie gegen die römischen Sitten verstieß, indem sie allein durch die Straßen lief; sie wollte sich nicht von Sammonicus begleiten lassen – jedenfalls nicht dahin, wohin sie unterwegs war. Sie musste die Legionsregistratur finden und wollte ihn nicht dabeihaben, wenn sie ihre Erkundigungen einholte. Aber das war noch nicht alles. In Wahrheit wollte sie Sammonicus nicht wissen lassen, dass sie auf der Suche nach einem römischen Soldaten war. Unzählige Frauen in den Provinzen hatten Kinder von Soldaten; sie lebten in den Siedlungen, die bei römischen Stützpunkten entstanden waren. Zogen die Soldaten ab, blieben sie ohne jede finanzielle Unterstützung zurück. Die verzweifelten Frauen suchten dann die Militärverwaltungen auf, um sich zu erkundigen, ob die Väter ihrer Kinder ihnen nicht wenigstens ein paar Münzen hinterlassen hatten. In den meisten Fällen mussten sie mit leeren Händen wieder abziehen. Neeve wollte nicht, dass Sammonicus sie für eine dieser Frauen hielt.

Eigentlich sollte es ihr egal sein, was Sammonicus dachte: Schließlich war er nur ein Dienstbote. Aber aus irgendeinem Grund war es ihr doch nicht gleichgültig. Stolz war der Grund. Jawohl. Eines Tages würde er sie noch in den Tod treiben.

Die Menschenmenge in der Straße wurde immer dichter, als Neeve sich dem Alten Forum, dem Mittelpunkt der Stadt, näherte. Ihre Augen brannten vom Rauch der Kohlenpfannen, die an allen Ecken standen. Menschen stießen sie an, gingen achtlos weiter. Händler packten sie am Arm, um ihre Aufmerksamkeit zu erregen, Straßendirnen warfen ihr ein wissendes Lächeln zu, und Bettler hielten ihr ihre Schalen vors Gesicht. Auf ihrem kurzen Weg war sie an hundert Geschäften, mindestens drei Badehäusern, einem runden Dutzend Tempeln, an Torbögen, Stadien und zahllosen Gärten vorbeigekommen. Hoch über ihr leiteten Aquädukte Wasser aus den Bergen in die höher gelegenen Teile der Stadt – ein beeindruckendes Beispiel für die römische Ingenieurskunst, wie sie zugeben musste. Wasser aus den Aquädukten wurde in die Badehäuser geleitet, in die Häuser der Reichen und zu den unzähligen Brunnen in den Straßen. Die Abwässer flossen in die Kanalisation unterhalb der Gehsteige oder wurden in Senkgruben gesammelt, und das überfließende Wasser der öffentlichen Brunnen spülte die Straßen und trug so zur Reinigung der Stadt bei.

Neeve kämpfte sich durch die Menschenmenge in den schmalen Gassen, die sich durch die sieben Hügel wanden. Rom war völlig anders, als sie erwartet hatte. Die Stadt war voller Lärm und Rauch und zu Füßen der hohen Gebäude recht dunkel. In den Provinzen hatten römische Ingenieure schnurgerade Straßen entworfen, die nie zu enden schienen, und in ihren Städten bildeten die Straßen ein erstaunliches Gitternetz. Hier dagegen schien keinerlei Ordnung zu herrschen; es war ein wildes Durcheinander von Straßen und Gassen, die zum Teil so eng waren, dass nicht einmal ein Karren durchpasste. Prächtige Gebäude standen neben ärmlichen Mietshäusern. Das erste Stockwerk behielten die Besitzer, meist Angehörige des Ritteradels, für sich oder vermieteten es an ebenso finanzkräftige Aristokraten oder aufgestiegene Plebejer. Wie die weniger vornehmen Mieter in die oberen Stockwerke kamen, war Neeve ein Rätsel. Sie mussten irgendwo Leitern versteckt haben, aber sie bekam nie welche zu Gesicht.

Neeve ging weiter, bis sie eine Kreuzung mit einem dicken Seil quer über die Straße erreichte und mit einem Schild in griechischer und lateinischer Sprache, auf dem zu lesen stand: »Keine Tiere oder Wagen nach der zweiten Stunde. Zuwiderhandeln wird schwer bestraft.«

Sie duckte sich unter dem Seil durch und ging weiter in Richtung der Kaiserforen, die vor dem Alten Forum, dem Mittelpunkt, lagen. Nach der nächsten Ecke hielt sie an. Unmittelbar vor ihr lag ein gepflasterter Platz, an dessen Zugang eine riesige Statue des Julius Cäsar stand. Sie erkannte sie, weil sie in den Provinzen kleinere Versionen davon gesehen hatte. Hinter der Statue erhoben sich majestätische Gebäude aus rosafarbenem und gelbem Marmor, breite Prachtstraßen und Gärten. Hier spiegelte sich die Sonne im Gold der Dachziegel und in den Flügeln von Göttinnen auf hohen Obelisken. Die Mauern erstrahlten in Farben, die Neeve sich nie hätte träumen lassen, in leuchtenden Rot-, Blau- und Grüntönen. Und die Götter … zu Tausenden zierten sie die Wege, Plätze und Gebäude, einige in Marmor gehauen, andere mit einem fleischfarbenen Material verkleidet, das sie fast lebendig aussehen ließ. Und sie sah Asklepios im Herzen Roms über den Bildnissen von Sterblichen thronen, die um seine Gunst buhlten.

Neeve flüsterte ein Gebet, trat aber nicht näher an den griechischen Gott heran. Sie hatte etwas Dringendes zu erledigen und wollte sich davon nicht abhalten lassen, auch nicht von Verpflichtungen gegenüber einer Gottheit. Dafür wollte sie ihm später ihre Ehrerbietung erweisen.

Sie schaute über den Platz und versuchte herauszufinden, wo sich das Archiv befinden mochte. Hunderte von Menschen strömten über den Platz – einige von einem Dutzend Sklaven umgeben umherschlendernd, andere in Sänften und wieder andere allein, den Kopf gesenkt, zielstrebig. Unterwegs waren ebenso viele Frauen wie Männer, und oft standen sie in Gruppen beisammen, lachten oder hielten in vorgetäuschtem Entsetzen die Hand vor den Mund, wenn sie den Klatsch des Tages hörten. Eine Gruppe abgerissener Jungen rannte zwischen den Säulen eines Tempels hindurch und um die Rückfront einer Basilika, verfolgt von zwei städtischen Soldaten.

Neeve beschloss, zwei Priester anzusprechen, die aus einem kleinen Tempel kamen. »Möge das Schicksal euch gewogen sein«, begann sie in der Hoffnung, damit einen ausreichend höflichen Gruß entboten zu haben.

Die Priester musterten Neeve abschätzig und gingen weiter.

»Dürfte ich fragen, wo ich …« Neeve verstummte. Sie beachteten sie nicht einmal und führten ihr Gespräch fort, als sei sie gar nicht vorhanden.

Neeve hatte gute Lust, ihr Messer zu ziehen und einen von ihnen ins Hinterteil zu stechen, um seine Aufmerksamkeit zu erlangen, aber dann siegte doch ihre Vernunft. Sie schaute zu einer Gruppe Frauen hinüber, aber die waren so festlich in lange weiße Gewänder mit edelsteinbesetzten Spangen und farbenprächtige Umhänge gekleidet, dass Neeve befürchtete, sie würden auf eine Frau in langen ledernen Hosen und einer derben und hochgezogenen Tunika nicht unbedingt wohlwollend reagieren. Sie hatte bereits mitbekommen, wie in mehreren römischen Städten sich Frauen über Hosen tragende Geschlechtsgenossinnen aus den Grenzgebieten lustig gemacht hatten.

Sie durchschritt den ganzen Platz, hing ihren Gedanken nach und bemerkte erst jetzt, dass an dieses Forum noch andere angrenzten. Die bloße Größe des gesamten Bezirks überwältigte sie. In welche Richtung sie auch blickte, Hunderte von Gebäuden säumten die Straßen in alle Richtungen. Man hatte ihr gesagt, das Archiv, das sie suchte, befinde sich auf dem Alten Forum, dem Forum Romanum, aber sie hatte keine Ahnung, wo sie mit der Suche beginnen sollte.

Da kam ihr ein Gedanke. Jeder Soldat musste ihr doch sagen können, wo das Amtsgebäude lag, in dem die Legionsregistratur beherbergt war. Sie hielt Ausschau nach städtischen Soldaten. Natürlich, wenn man sie brauchte, waren sie nicht da. Dann entdeckte sie Soldaten, die am Fuß einer Marmortreppe postiert waren, die auf einen mit Bäumen bestandenen Hügel hinaufführte. Sie riss die Augen auf, als ihr klar wurde, dass sie an einem der Zugänge zum Kaiserpalast stand. Über ihr thronten Kuppeln und Balkone und Marmorsäulen von unglaublicher Schönheit.

Neeve atmete einmal tief durch und ging dann auf die Soldaten zu. Als sie näher kam, merkte sie, dass sie völlig anders aussahen als alle, die sie bisher gesehen hatte. Sie trugen scharlachrote Tuniken und silberne Brustharnische, die bei jeder Bewegung aufblitzten. Obgleich sie wie Römer aussahen, waren sie groß und breitschultrig. Ihre Helme mit dem scharlachroten Federbusch ließen sie noch größer erscheinen.

»Möge das Schicksal euch gewogen sein«, sagte Neeve, als sie näher trat.

»Trag dein Anliegen vor«, erwiderte einer der Soldaten barsch.

»Ich wüsste gerne, wo sich die Legionsregistratur befindet«, sagte sie.

»Da bist du hier falsch«, herrschte er sie an. »Und jetzt verschwinde.«

Neeve sah, wie er das Messer an ihrer Hüfte beäugte. Sein Gesicht war so ausdruckslos wie seine Stimme, aber Neeve hatte trotzdem das Gefühl, dass sie besser gehen sollte. Sie trat ein paar Schritte zurück und sah, wie einer der beiden eine Wurflanze fester umgriff. Sie wandte sich um und lief in ihrer Panik auf die Mitte des Platzes zu. Fast spürte sie schon die lange Eisenspitze der Wurflanze ihren Rücken durchbohren. Diese Soldaten – die Leibwache des Kaisers, wie sie vermutete – benahmen sich, als verfügten sie über unumschränkte Macht. Neeves Mund war staubtrocken, aber sie schaffte es, einen Fuß vor den anderen zu setzen. Nach zwanzig Schritten entspannte sie sich allmählich.

Da, endlich! Städtische Soldaten! Zwei von ihnen gingen steif auf der anderen Seite des Platzes. Sie mussten wissen, wo dieses Archiv lag. Sie ging auf sie zu, warf dabei aber unwillkürlich einen Blick über die Schulter auf die hünenhaften Wachtposten in Scharlachrot. Sie standen noch immer an der Marmortreppe, die Augen ständig in Bewegung, und beobachteten das Forum. Erst jetzt bemerkte Neeve, dass trotz des Gedränges auf dem Platz niemand allzu dicht an der Marmortreppe vorbeiging.

»Wo ist die Legionsregistratur?«, fragte Neeve unter Verzicht auf ihre übliche Begrüßung. Nachdem Höflichkeit sich nicht bewährt hatte, wollte sie es jetzt auf die direkte Art versuchen.

»Hinterm Vespasian«, murmelte einer der Soldaten.

»Vespasian?«

»Tempel des Vespasian und Titus«, erklärte er. »Hinter der Rostra.«

»Nein«, berichtigte ihn sein Kamerad. »Die Registratur ist in die Aemilia umgezogen.«

»Stimmt ja, Aemilia«, musste der Erste zugeben, auch wenn er sich zu ärgern schien, dass man ihn korrigiert hatte.

»Und was ist die Aemilia, und wo ist sie?«, fragte Neeve.

»Die Basilika Aemilia!«, rief er, als würde eine laute Stimme allein schon alles erklären. Dann wandte er sich ab und schrie einen Händler an, der seine Ware am falschen Ort feilbieten wollte.

Neeve ging durch die Menschenmenge in die Richtung, in die die Soldaten geblickt hatten. Sie packte einen Jungen am Arm und rief: »Aemilia. Wo ist die Basilika Aemilia?«

Er starrte sie mit weit aufgerissenen Augen an, als sei er von einem Barbaren in den Würgegriff genommen worden.

»Basilika Aemilia?«, wiederholte sie, ohne seinen Arm loszulassen.

»Das große Gebäude neben der Kurie«, sagte er und deutete mit dem freien Arm darauf.

Sie ließ ihn los, und er rannte davon.

Im Gehen betrachtete sie das zweistöckige, lang gestreckte

rechteckige Gebäude. Es war gewaltig mit seinen endlosen Säulen, die ein riesiges, mit bronzenen Ziegeln gedecktes Dach und einen kunstvoll gearbeiteten Fries stützten, der sich über die gesamte Front des Bauwerks erstreckte. Sie stieg eine breite Treppe hoch und betrat das Innere des Bauwerks, einen großen Saal, der von Säulenhallen umgeben war. Sie schluckte. Die Halle musste dreihundert Fuß lang sein, hatte einen Marmorfußboden, der in verschiedenen Farbtönen schimmerte, eine vergoldete, mit Gold- und Silberstreifen ausgeschmückte Decke, Portiken und Gesellschaftsräume sowie Hunderte von Amts- und Wechslerstuben an den Seiten.

Die Menschen, die die Halle bevölkerten, trugen den schmalen purpurnen Streifen des Ritteradels und nicht wenige den breiten purpurnen Streifen der Senatoren. In rascher Folge durchquerten städtische Beamte, Amtsdiener und Botenjungen die Halle, und Bankiers unterhielten sich in gemessenem Ton mit ihren Kunden.

Neeve hielt einen Amtsdiener an und fragte ihn nach der Legionsregistratur. Er begaffte irritiert ihre derbe Kleidung, wies ihr dann aber doch den Weg zu einer Amtsstube am hinteren Ende des Gebäudes.

Neeve trat in einen großen Raum mit Tischen und Raumteilern und endlosen Reihen von Regalen, die mit runden Holzkisten und Büchern gefüllt waren. Sie hielt ein paar Münzen bereit für den Fall, dass ein kleines Bestechungsgeld nötig sein sollte, um einen Staatsdiener zu etwas intensiveren Nachforschungen zu ermuntern. Doch schon in dem Augenblick, als sie den Raum betrat, war ihr klar, dass sie hier mit Bestechung nicht weit kommen würde. Die Registratur war hier in einem zehnmal so großen Raum wie in Britannien untergebracht und beschäftigte über zwanzig Leute. Und Bestechungsgelder funktionierten nur bei Einzelnen, nicht aber bei ganzen Ämtern.

»Kann ich Euch helfen?« Der Mann am Empfang war in den Fünfzigern und trug wie alle seine Kollegen eine Soldatentunika. Er sparte sich die Mühe, sich von seiner Bank zu erheben.

»Ja«, anwortete Neeve. »Ich wollte mich nach meinem Ehemann erkundigen …«

»Papiere?«

Neeve runzelte die Stirn.

Er schnaubte. »Deine Papiere, die die Heirat belegen.«

»Ich habe keine ...«

Hinter einem Regal drang eine Stimme hervor: »Schon wieder so eine, Marcus?«

»Das hört nie auf«, entgegnete der Soldat am Empfang kopfschüttelnd.

»So sind sie eben, unsere Jungs«, sagte die Stimme hinter dem Regal. »Heiraten jede Barbarin, die sie in die Finger kriegen.«

»Hab ich selber ein paar Mal gemacht«, rief ein älterer Mann mit gebrochener Nase und wenigen verbliebenen Zähnen von der anderen Seite des Raums herüber.

Alle lachten. Sie hatten dasselbe grobe Lachen wie die Soldaten im Moor, und es drehte ihr den Magen um.

Neeve kniff die Augen zusammen. »Hier werden doch die Bücher der Legionen aufbewahrt, die Listen?«

»Richtig«, bestätigte der Soldat, ohne sie auch nur anzuschauen.

»Und ihr führt hier Buch über die Bewegungen der einzelnen Legionssoldaten?«

Er atmete aus und sagte: »Machen wir.«

»Dann möchte ich gern wissen, wo im Augenblick ...«

»Ich kann dir nicht helfen«, sagte er.

»Warum? Weil ich keine Papiere habe? Sie sind verbrannt ...«

»Aus welchem Grund du keine Papiere hast, spielt keine Rolle. Aber ohne Papiere geht hier gar nichts.«

»Ich verstehe, aber ...«

»Ist dir eigentlich klar, wie viele Frauen hierher kommen und behaupten, sie seien mit einem Legionssoldaten verheiratet? Du kannst kein Geld oder persönliche Besitztümer fordern ... Du kannst rein gar nichts einfordern, wenn du keine Papiere hast.«

»Ich will auch gar nichts einfordern«, erklärte Neeve wütend. »Ich möchte einfach nur wissen, wo ...«

»Mir scheint, du hörst mir nicht zu«, unterbrach er mit singender Stimme. »Ohne Beweis der Verwandtschaft darf ich dir keine

Auskünfte erteilen. So lautet meine Dienstanweisung.« Dann schob er ein paar Holzkisten auf seinem Tisch herum, bevor er hinter dem Regal verschwand.

»Herrin, Ihr müsst mir erlauben, Euch morgen zu begleiten.«

Neeve schnitt eine Grimasse. »Ich habe lediglich gesagt, dass ich nicht erreicht habe, was ich mir erhofft hatte. Das heißt noch lange nicht, dass du mitgehen sollst.« Sie stieg in die Kutsche.

Sammonicus, der neben dem Trittbrett stand, spitzte die Lippen. »Verzeiht mir«, sagte er, »aber ich wäre ein schlechter Diener ...« Er senkte den Kopf, um ihr zu zeigen, dass er ihr auf keinen Fall auf die Nerven gehen wollte.

»Sag's ruhig.«

»Ich meine ... ein guter Diener hält vor seiner Herrin keine Wahrheit zurück.«

»Ach, du hast mir eine Wahrheit mitzuteilen?«

Sammonicus trat näher heran. »Herrin«, sagte er, »die Wahrheit ist, dass Ihr zwar ganz bezaubernde Tuniken und Umhänge habt, aber vielleicht in einer so modebewussten Stadt wie Rom etwas mehr zum Wechseln braucht.«

»Du findest meine Kleidung also unangemessen?«

»Natürlich nicht. Ich meine nur, dass wir vielleicht etwas mehr Rücksicht auf die Gepflogenheiten der Römer nehmen sollten.«

Neeve runzelte die Stirn.

»Eure Kleidung ist vollkommen passend für die Provinzen, ja sogar beneidenswert, aber Ihr könnt nicht erwarten, in Rom etwas zu erreichen, wenn Ihr – vergebt mir – Stammeskleidung tragt.«

Neeve schaute auf ihren Kittel und ihre Hosen hinunter.

»Ihr seid doch eine so schöne Frau – das meine ich ganz aufrichtig –, dass es geradezu eine Schande wäre, wenn Ihr Euch nicht zu Eurem Vorteil kleiden würdet.«

Neeve versuchte, von ihrem Stolz Abschied zu nehmen. Es fiel ihr noch immer schwer, auf Sammonicus zu hören, selbst wenn er im Recht war. »Es stimmt schon, dass ich einer Menge Leute begegnet bin, die sich mir gegenüber nicht gerade freundlich verhalten haben«, räumte sie ein.

»Und das liegt keinesfalls an Euch«, erklärte Sammonicus. »Die Römer sind berüchtigt für ihre Überheblichkeit.«

»Du meinst also, dass ich wegen meiner Kleidung Probleme habe«, sinnierte Neeve.

»In Rom wird Kleidung ungeheuer wichtig genommen.« Er deutete auf ihre Sachen. »Eure Kleidung hat für die Leute hier etwas Gewöhnliches, und daher nehmen sie sich die Freiheit, Euch von oben herab zu behandeln.«

»Vielleicht hast du ja Recht.«

Ihre Einsicht ließ Sammonicus etwas mutiger werden. »Ihr seid in der Tat eine schöne Frau, aber zweifellos auch ziemlich groß. Deshalb seht Ihr in ledernen Stiefeln und Hosen und mit einem Messer, mit dem man einen Bären töten könnte, eher aus wie eine Kriegerin der Barbaren als …«

»Das reicht. Ich gebe mich geschlagen. Ich werde also neue Kleider kaufen, um die Augen der Römer nicht weiter zu belästigen.«

»Das ist eine kluge Entscheidung.«

»Aber ich warne dich …«

»Ja, Herrin?«

»Du weißt genau, was ich meine. Für meinen Geschmack hat dir dieses Gespräch zu viel Spaß gemacht. Sieh zu, dass dir das nicht noch einmal passiert.«

»Aber natürlich, Herrin«, sagte er, verbeugte sich, ging und zog sich zum Kutschbock hoch.

Und obwohl Neeve nur Sammonicus' Hinterkopf sehen konnte, war sie ganz sicher, dass er lächelte.

»O Herrin«, sprudelte es aus Sammonicus heraus, während er um Neeve herumscharwenzelte und wie ein aufgeregter Kameltreiber mit den Händen wedelte. »Ihr seid ja so unglaublich viel schöner, als ich je gedacht hätte!«

Der Inhaber des Ladens wollte hinter diesem Lob nicht zurückstehen: »Noch nie habe ich eine Stola an einer Frau so elegant fallen sehen. Alles, was Ihr anlegt, wirkt an Euch, als hätten die Götter höchstpersönlich die Fäden dafür gesponnen.«

Neeve kam sich reichlich dumm dabei vor, sich mitten im Laden derart lächerliche Komplimente anhören zu müssen. Sie weigerte sich, wie die eitlen römischen Ehefrauen auf dem Alten Forum auszusehen, die ihr halbes Leben damit verbrachten, die Falten ihrer Gewänder zurechtzuzupfen und Lockenprachten auf ihren Köpfen aufzutürmen. Sie wusste aber auch, dass sie sich anpassen musste, wenn sie Vectis finden wollte. Und wenn sie ehrlich war, sie hatte sich schon einmal wie eine vornehme römische Matrone gekleidet – damals, als sie in Londinium gelebt hatte. Sie brauchte es nur zu wiederholen – auch wenn es gegen ihren Stolz ging.

Sie hatte sie gehasst, die Ehefrauen der Provinzbeamten in Londinium. Sie sahen aus wie angemalte Puppen und gaben sich die allergrößte Mühe, sich angemessen zu verhalten. Sie waren zurückhaltend, ohne je zu schweigen, und zugleich gesellig, ohne sich je mit ihrer Meinung aufzudrängen. In der Öffentlichkeit scharwenzelten sie um ihre Männer herum, aber zu Hause ließen sie für mitternächtliche Liebhaber die Fensterläden offen. Nichts bedeutete ihnen mehr als ein attraktives Erscheinungsbild: kunstvoll gestaltete Frisuren, verschwenderische Kleidung, gefärbte Wangen und Lippen. Als geradezu skandalös galt es, wenn eine Frau sich ungeschminkt und mit aufgelöstem Haar auf den Markt begab. Anständige Frauen puderten ihr Gesicht mit Kreide und brachten ihr Haar mit Pomade in Form. Ja, anständige Frauen taten all diese anständigen Dinge.

Und nach allem, was sie auf dem Alten Forum gesehen hatte, schloss Neeve, dass die Römerinnen zumindest ähnliche, wenn nicht gar noch schlimmere Einstellungen pflegten als ihre Geschlechtsgenossinnen in Londinium.

Neugierig betrachtete sie sich im silbernen Spiegel des Ladenbesitzers. Das Tuch der Palla war für ihren Geschmack zu grell gefärbt, die Schuhe saßen zu knapp. Trotzdem war sie von dem, was sie da sah, recht angetan. Inzwischen war sie froh, auf Sammonicus gehört zu haben. Ohne Zweifel würden die Leute in Rom sie ernster nehmen, wenn sie sich wie eine vornehme römische Matrone kleidete.

»Möchtet Ihr Euer Haar in Löckchen?«, fragte Sammonicus. »Oder hoch aufgetürmt …«

»Nein«, entgegnete Neeve.

»Ihr habt schon so viel erreicht«, schmeichelte Sammonicus. »Da wäre es doch geradezu tragisch, wenn eine einzige Kleinigkeit den Gesamteindruck beeinträchtigen würde.« Und händeringend fügte er hinzu: »Als echte römische Matrone müsst Ihr Euch um Euer Haar kümmern.«

»Ich hasse Flechten, Schleifen und dieses römische Fett in meinem Haar«, erklärte Neeve trotzig. »Ich habe es schon einmal eingeölt und parfümiert und mir hoch und heilig geschworen, dieses Zeug nie mehr zu verwenden.«

»Wenn Ihr Euer Haar vielleicht zurückstecken möchtet«, schlug der Ladeninhaber vor und hob es hoch, »hätte ich da ein paar wunderschöne Haarnadeln.«

Bevor sie den Laden verließen, stopfte Sammonicus Neeves Reisekleider mitsamt den beiden Messern in eine Tasche. Neeve fühlte sich ohne Waffen nicht recht wohl, aber in der römischen Gesellschaft würde sie andere Waffen benötigen als Messer. Und zum ersten Schritt gehörte eben auch akzeptable Kleidung. Sie trug nun eine knöchellange gelbe, um die Hüften und unter den Brüsten geraffte Tunika mit roten Stickereien, einen in Rot und Blau gehaltenen Mantel, ein Wolltuch über die linke Schulter drapiert, goldene Ohrringe und eine goldene Halskette mit Halbedelsteinen sowie weiche, zehenfreie Lederschuhe, die sie permanent daran erinnerten, dass es selbst im warmen Rom kühle Tage gab.

Sie hatte mehr Geld ausgegeben als geplant – und das für Kleider, die sie ihrer Meinung nach gar nicht brauchte. Für Sammonicus kaufte sie noch mehrere modische Tuniken und schickte ihn zum Friseur und in die Thermen. Ihr Versuch, sich an die römische Gesellschaft anzupassen, wäre wohl zum Scheitern verurteilt gewesen, solange ihr Diener aussah wie ein barbarischer Totengräber. Die Nacht verbrachte sie in einem Gasthaus am Stadtrand, und am nächsten Morgen war sie wieder auf dem Forum Romanum – diesmal allerdings in Begleitung von Sammonicus, der in seiner neuen Aufmachung und mit seinem kurzen römischen Haarschnitt nicht wiederzuerkennen war.

Die ganze Nacht über hatte sich Neeve mit der Registratur und ihrem Besuch dort beschäftigt. Vielleicht war es doch besser, eine Woche zu warten oder dem Registrator am Empfang zumindest ein paar Tage Zeit zu geben, bis er ihr Gesicht und vor allem ihren britannischen Akzent vergessen hatte. Aber der Mann hatte ohnehin keinerlei Interesse an ihr gezeigt, und außerdem wollte sie unbedingt Vectis finden. Mit ihren neuen Kleidern und einem Diener, der an ihrer Stelle redete, war sie deshalb recht zuversichtlich.

»Zur Legionsregistratur?« Erstaunen spiegelte sich auf Sammonicus' Gesicht. »Was haben wir denn da zu suchen?«

Sein fragender Blick irritierte sie. Es war wohl unvermeidlich, ihn zumindest teilweise in ihr Vorhaben einzuweihen. »Du sagst einfach, ich möchte mich nach meinem Bruder Vectis Trebellius Quadratus erkundigen, Militärtribun in Britannien.«

»Euer Bruder?« Sein Blick fiel auf ihren römischen Ehering.

»Ja, mein Bruder«, sagte Neeve. Sie hätte ihn am liebsten geohrfeigt. »Und mein Name ist Sabina Trebellius Quadratus. Kannst du dir das alles merken?«

Aus seinen großen braunen Augen sprach die Neugier, aber er enthielt sich weiterer Fragen. Wahrscheinlich zweifelte er, ob sie diesen römischen Soldaten wirklich geheiratet hatte, denn er kannte ihren Hang zur Unabhängigkeit und ihre Neigung zu allem, was kaledonisch war. Vermutlich konnte er sich nicht vorstellen, dass sie überhaupt verheiratet war. Und noch viel weniger hätte er sich vorstellen können, dass, falls der Kaiser seinen Lieblingsfeldherrn Julius Verus tatsächlich einen Triumphzug ausrichten ließ, ihr Bruder Taranis im Mittelpunkt des Spektakels stehen sollte.

»Eine echte Römerin stellt sich nie selber vor«, hatte Sammonicus ihr erklärt, und so hielt Neeve sich im Hintergrund, als ihr Diener das Amt betrat. »Sabina Trebellius Quadratus«, meldete er, »Tochter des verstorbenen Gaius Trebellius Quadratus, Erster Centurio von Rom.«

Neeve wandte den Kopf ein Stück weit um und nickte dem Soldaten am Empfang zu.

Der Soldat sprang sofort auf und lächelte sie an wie einen Vorgesetzten. Was das Äußere doch ausmacht, dachte sie. Sie war sehr zufrieden mit Sammonicus. Er hatte sich alles gemerkt, was sie ihm erklärt hatte, und strahlte sogar eine gewisse Autorität aus, die im Umgang mit Soldaten unverzichtbar war. Seine Erfahrung im Lügen hatte doch auch eine gute Seite, dachte sie. Dadurch wirkte er entschieden authentischer.

»Meine Herrin erkundigt sich nach ihrem Bruder Vectis Trebellius Quadratus, Militärtribun in Britannien.«

»Wir benötigen leider einen Beweis der Verwandtschaft«, erklärte der Soldat in fast schon entschuldigendem Ton.

»Beweis? Macht Euch doch nicht lächerlich!«, erwiderte Sammonicus indigniert. »In Rom steht ein halbes Dutzend Statuen vom Vater meiner Herrin. Warum fragt Ihr nicht gleich nach einem Beweis dafür, dass Antoninus Pius Kaiser ist? Warum fragt Ihr nicht ...«

»Das reicht, Sammonicus«, unterbrach Neeve und versuchte dabei, den Akzent einer Römerin nachzuahmen. »Er tut doch nur seine Pflicht, und das bewundere ich bei einem Mann.« Sie ließ ihre Augen nicht von ihm.

Er lächelte verlegen.

Sammonicus verbeugte sich und sagte: »Vergebt mir, Herrin.«

Neeve fixierte den Mann weiter: »Wenn Ihr mir jetzt behilflich sein könntet ... der Name meines Bruders lautet Vectis Trebellius Quadratus, und er wurde zuletzt in Britannien gesehen.«

Der Mann zögerte noch immer.

Neeve verzog die Mundwinkel zu einem viel sagenden Lächeln. »Ich wüsste es wirklich sehr zu schätzen«, erklärte sie.

»Aber natürlich«, versicherte er und eilte eine Regalreihe voller Holzkisten entlang. Wenige Sekunden später war er auch schon zurück. Der ältere Mann mit den abgebrochenen Zähnen hatte zugehört und die Unterlagen aus Britannien bereits hervorgeholt. »Welches Kastell?«, fragte der Soldat.

»Grenzposten Faustina.«

»Ah ja, Faustina.« Er ging einen Stapel Bücher durch, zog eines der untersten heraus und begann still zu lesen. »Faustina?« Er schaute auf. »Seid Ihr Euch da ganz sicher?«

»Ja«, erklärte Neeve.

Der Mann zeigte das Schriftstück dem Mann mit den kaputten Zähnen. Der beugte sich so weit hinab, dass seine Nase fast das Blatt berührte. »Das sieht aber gar nicht gut aus«, murmelte er.

»Ich weiß selber, dass Faustina zerstört wurde«, sagte Neeve, »aber ich habe mich gefragt, ob Ihr vielleicht noch mehr Informationen habt. Ich möchte gerne wissen, wohin Vectis Trebellius versetzt worden ist, nachdem er aus Faustina abgezogen wurde.«

Der Soldat nickte, die Augen weiter auf das Buch geheftet. »Hier sind zwei Reihen mit Namen«, erklärte er schließlich, »dreißig bis vierzig Mann, schätze ich, alle von den Briganten getötet, als sie versucht haben, sich zum Kastell Trimontium durchzuschlagen, dem Hauptquartier von *legio XX, Valeria victrix* genannt.«

»Ist der Name meines Bruders ...« Sie hielt inne, unfähig weiterzusprechen.

Der Registrator schaute den Älteren vom Empfang an. »Ich muss Euch leider mitteilen, dass Euer Bruder, Präfekt Vectis Trebellius Quadratus, hier unter den Toten aufgelistet ist.« Er schaute zu ihr auf. »Mein Beileid.«

Neeve trat zwei Schritte zurück, als wollte sie sich von dieser Nachricht distanzieren. Es fiel ihr schwer, sich mit der schrecklichen Wahrheit abzufinden. »Aber einige müssen doch entkommen sein«, stieß sie hervor. »Es gibt doch immer Soldaten, die entkommen.«

Die beiden Männer tauschten viel sagende Blicke aus und begannen gleichzeitig zu reden.

»Das kommt immer wieder mal vor«, bestätigte der eine.

»Genau«, pflichtete der andere ihm bei.

»Manchmal schleicht sich ja ein Fehler in die Listen ein.«

»Oder sie sind unvollständig.«

»Genau, unvollständig.«

»Das erleben wir des Öfteren.«

»Ja, des Öfteren.«

Aber Neeve sah das Mitleid in ihren Augen. Sie wussten, dass die Aufzeichnungen im höchsten Grad zuverlässig waren. Wie im Rausch verließ sie das Büro.

Drei Tage lang schloss sich Neeve in ihrem Zimmer im Gasthaus ein. Sie verließ es nur, um sich waschen zu gehen und zu essen. Sammonicus versuchte, ihr Interesse an einer Liste von Veranstaltungen zu wecken, die, wie er versprach, sie aufheitern würden wie kaum etwas anderes – Dinge, die noch nie ein Mensch zu Gesicht bekommen habe, nicht einmal in Rom.

Neeve aber war in Gedanken verloren. Sie war wieder in Britannien, hielt Vectis in den Armen, liebte ihn, schaute ihm tief in die Augen und dankte den Göttern, dass sie ihr so viel Glück geschenkt hatten. Sie erinnerte sich, wie sie Vectis bei den alten Göttern geschworen hatte, dass sie auch in dunkelsten Zeiten nie aufhören würde, ihn zu lieben. Und nun hatte die schwärzeste Finsternis sie fest im Griff. Die Götter hatten sie verlassen, und Neeve fühlte sich unendlich einsam.

Vor dem Gasthaus brannten wieder die Fackeln. Es war jetzt schon die dritte Nacht, und noch immer wollte sie nur eines: schlafen. Ihre Blicke wanderten in dem winzigen, von einer einzigen Kerze erhellten Zimmer umher, und sie blies die Flamme aus und rollte sich auf ihrem Bett zusammen.

Die Stunden vergingen unerträglich langsam. Immer wieder wachte Neeve auf, und sie war froh, als es endlich hell wurde. Sie setzte sich auf.

Es regnete.

Sie hörte das Prasseln auf den Dachziegeln und das gelegentliche Grollen des Donners. Das alles passte zu ihrer Stimmung. Sie öffnete die Läden. Regentropfen prallten vom Fensterbrett ab und sprangen ihr ins Gesicht. Sie zog sich zurück. Draußen verschmolz der graue Himmel mit den nicht weniger grauen Gebäuden, und die vornübergebeugten Gestalten, die sich zu ihrer Arbeit schleppten, sahen aus wie Sklaven auf ihrem Weg ins Bergwerk. Ein Tag ist wie der andere, dachte sie. Das hört wohl nie auf.

Und dann zwitscherte ein Sperling.

Irgendwo inmitten all der Häuser hatte der Sperling angefangen zu singen. Neeve suchte auf den Dächern nach ihm, aber vergeblich. Dann auf den Bäumen in der Nähe. Wieder nichts. Und dann sah sie ihn – ein kleines braunes Ding auf einem hölzernen Zaun zwischen zwei Manufakturen. Etwa jede Minute einmal plusterte er sich auf, um das Wasser abzuschütteln und sich warm zu halten. Und er zwitscherte. Er zwitscherte oft und drehte den Kopf, als suche er Gesellschaft. Selbst in diesem trostlosen Regen weigerte sich der Vogel, sich entmutigen zu lassen. Er zwitscherte einfach weiter.

Neeve schloss die Fensterläden. Sie hatte sich lange genug ihrem Selbstmitleid hingegeben. Taranis war auf dem Weg nach Rom, und er brauchte Hilfe. Vielleicht hatte sie Vectis verloren, aber wie der Sperling musste sie sich aufplustern, lähmende Gedanken abschütteln und eine Möglichkeit finden, ihrem Bruder zu helfen. Und sie hatte auch schon eine Idee.

Später am Morgen, der Regen hatte aufgehört, waren Neeve und Sammonicus südlich von Rom auf der Via Appia, die zu den großen Landgütern in den bewaldeten Hügeln führte. An der Straße lagen Hunderte von Gräbern, einige waren mit Statuen geschmückt, andere sahen aus wie Häuser mit weit geöffneten Türen, um die Lebenden zu gemahnen, dass die Tore des Todes immer offen standen.

»Halt!«, rief Neeve. Sie sprang aus der Kutsche und über den Bordstein. Vor ihr stand die acht Fuß hohe Marmorstatue eines Centurios mit einer silbernen Urne in der Hand, in der sich zweifellos seine Asche befand. Sie las die Worte auf dem Sockel: Gaius Trebellius Quadratus, Erster Centurio von Rom.

»Er hat tatsächlich eine eigene Statue«, stellte Sammonicus erstaunt fest.

»Zwar kein halbes Dutzend«, sagte Neeve, »aber eine Statue hat er, und noch dazu eine sehr schöne.« Vergeblich suchte sie in dem marmornen Gesicht, das auf die Straße hinausblickte, nach Ähnlichkeiten mit Vectis. Sie starrte auf den Boden und fragte sich, wie oft Vectis wohl an derselben Stelle gestanden hatte. Sie bückte sich zur feuchten Erde hinab und berührte sie mit den Fingern. Dann ging sie energischen Schrittes zur Kutsche und stieg ein.

»Wem gehört dieses Landgut?«, rief Sammonicus nach hinten. Sie fuhren eine Einfahrt hinauf, die von einem blauen See und endlos scheinenden Feldern gesäumt war.

»Senator Titus Severus«, antwortete Neeve.

»Einem Senator!« Sammonicus zupfte seine kurze geschürzte Tunika zurecht und nahm eine aufrechte Haltung an. »Ihr kennt einen Senator?«

»Still!« Neeve wollte nachdenken. Senator Severus hatte sie zwar eingeladen, aber sie war sich auf einmal nicht mehr sicher, wie ernst diese Einladung gemeint war. »Vielleicht möchtest du mich ja mal auf meinem Landgut in Rom besuchen«, hatte er gesagt. Aber die Römer luden oft Zufallsbekanntschaften in ihr Haus ein, ohne zu erwarten, dass sie jemals wirklich bei ihnen auftauchten. Andererseits hatte der Senator den Priestern des Aesculapius sehr viel Gold gegeben. Hätte er das auch getan, wenn sie ihm nichts bedeutet hätte?

Der Gedanke tröstete sie, und als sie an der weitläufigen Villa ankamen, stieg sie voller Selbstvertrauen aus der Kutsche, bekleidet mit ihrer teuersten Stola und ihrer schönsten Palla.

Ein Mann in einer exquisit geschneiderten Tunika kam auf sie zu. »Willkommen«, sagte er und verbeugte sich. »Wen darf ich melden?«

Neeve befeuchtete sich die Lippen. »Es ist mir ein wenig unangenehm«, sagte sie, »aber der Senator hat mich eingeladen, ihn zu besuchen, als er seine Besitzungen in Gallien inspizierte. Mein Name ist Neeve Kartenmacherin, aber der Senator hat gemeint, ich sollte einfach sagen, dass ich ein Bildnis von ihm gezeichnet und er mich eingeladen habe. Er sagte …«

»Ja, ja, natürlich. Ihr seid sehr herzlich willkommen.« Er winkte einem Sklaven und befahl: »Hol den Herrn!«

Und während sie sich dem Eingang näherte, trat ein Mann aus der Tür und hieß sie ebenfalls willkommen. »Tretet ein! Mein Vater hat mir schon viel von Euch erzählt.«

Neeve stand mit offenem Mund da. Es war der blinde Tribun, der in Britannien versucht hatte, ihr Pferd zu stehlen; nur war er nicht mehr blind.

30

Taranis saß im Stroh, im Schneidersitz. Man hatte den Gefangenen Stroh in den Käfig geworfen. Es wurde nie gewechselt. Die Soldaten warfen einfach nur neues hinein, wenn es nass und schmutzig war. Er starrte geistesabwesend auf die Bäume und Felsen, während der Wagen über die Römerstraße rollte. Wie lange waren er und die anderen Häuptlinge schon unterwegs? Acht Wochen? Zehn? Er wusste es nicht. Er wusste nur, dass die Landschaft überall gleich aussah.

Der befehlshabende Offizier Manius Nepos Falco ritt an der Spitze des Zuges, und sein plumper Körper wirkte im Sattel wie ein Klumpen Lehm. Ununterbrochen redete er von seinem älteren Bruder Mamercus Nepos Falco, der im Kastell Faustina getötet worden war. Taranis hatte keine Ahnung, wer der Mann gewesen sein könnte, und es war ihm auch egal. Wenn er auch nur im Geringsten Manius Nepos ähnelte, war das Grab der ideale Ort für ihn.

Er dachte über Neeve und Cronn nach. Er dachte oft an sie und betete sogar zu den Göttern, die beiden zu verschonen. Er hatte schon immer eine besondere Beziehung zu seiner Schwester Neeve gehabt. Wie viele Male hatte sie als Kind wohl »Warte auf mich, Taranis, warte doch auf mich!« gerufen, und wie oft hatte er sie allein zurückgelassen … Und nun würde er sie nie wiedersehen.

Aber sie war in Sicherheit, wie er fest glaubte, und das machte seinen Transport nach Rom für ihn erträglich. Wenn Cronn einen Auftrag bekam, dann führte er ihn auch aus. Er war entkommen und hatte Neeve gefunden, und zusammen waren sie auf dem Weg nach Norden in die Berge des Hochlands, wohin kein Römer sich je wagen würde. Manchmal träumte Taranis, dass Neeve sich mit Cronn in ihrer alten kaledonischen Heimat niedergelassen und ihren römischen Offizier vergessen hätte. Sie hatte ihm manchmal anvertraut, dass sie mit dem Gedanken spielte, nach Rom zu fahren, um den Tribun zu suchen, aber aus Taranis' Sicht war dies eine dumme Idee gewesen. Cronn hätte für sie doch einen viel besseren

Mann abgegeben; er war größer, er war stärker, und er war Kaledonier.

Der Wagen kam zum Stehen.

Wieder hatte der nachgeordnete Offizier eine Diskussion mit Nepos. Er stellte sich oft gegen seinen Vorgesetzten, aber nur, wenn er glaubte, dass niemand zuhörte. Heute aber war es anders, denn er wirkte sehr viel eindringlicher als sonst. Taranis versuchte, sie zu verstehen, aber seine Kenntnisse des Lateinischen waren noch immer sehr dürftig, und so fiel es ihm schwer, ihre Worte zu entschlüsseln. Worum es ging, war ihm aber klar: Es ging wie immer um die Behandlung der Gefangenen.

Nach dem Vorfall mit den Bienen hatte Nepos sein Versprechen gehalten, sie so grausam wie nur möglich zu behandeln, ohne dass sie starben. Oft stand er vor dem Käfig und malträtierte sie mit angespitzten Stöcken oder zog ihnen die Gerte über den Rücken, bis sie zusammenbrachen. Manchmal gab er ihnen tagelang kaum etwas zu trinken und stellte dann ihren Wagen neben einem Bach ab. Ihr Essen wälzte er regelmäßig im Dreck oder in Pferdeäpfeln, und nachts platzierte er ihren Wagen so, dass der Rauch vom Feuer genau zu ihnen zog. Einmal bewarf er sie sogar mit glühenden Kohlen, bis das Stroh in Brand geriet.

»Worüber streiten die denn?«, fragte ein Krieger.

Taranis schüttelte den Kopf. »Es geht anscheinend um den Fluss da vorn«, erwiderte er.

Nepos saß ab und kam, gefolgt von seinem Übersetzer, zurück zum Wagen. »Morgen sind wir in Rom«, verkündete Nepos. »Aber bevor wir in die Stadt einfahren, bin ich verpflichtet, Euch von diesem Barbarengestank zu befreien.«

Sein Stellvertreter übersetzte und wandte sich dann demonstrativ ab. Er gehorchte seinem Vorgesetzten immer, aber er ließ auch immer durchblicken, wenn er anderer Meinung war.

Die Soldaten spannten die Pferde aus und zogen den Wagen von der Straße weg zu einem schlammigen Abhang, der zum Fluss hinunterführte.

Die Kaledonier umklammerten die Eisenstäbe, um nicht durch den Wagen geschleudert zu werden. Taranis atmete schnell und versuchte möglichst viel Luft in seine Lungen zu pumpen. Er sah, was Nepos vorhatte. Der Wagen kam ins Rollen. Taranis atmete noch immer ein und aus, obwohl ihm schon fast schwindlig wurde. Immer schneller rumpelte der Wagen den Hang hinunter. Als er schon fast unten war, blieb ein Rad an einem Erdhaufen hängen. Der Wagen kippte, überschlug sich.

Taranis umklammerte mit aller Kraft die Eisenstäbe und machte sich auf den Aufprall ins Wasser gefasst. Der Wagen klatschte in den Fluss, schwankte und sank. Die Krieger im Käfig drängten gegen die vorderen Gitterstäbe und krochen an ihnen hoch, steckten ihre Gesichter zwischen die Stangen, versuchten noch einmal Luft zu holen, bevor der Wagen sank. Taranis dagegen regte sich nicht. Er hielt den Atem an und schloss die Augen, als das eiskalte Wasser über ihm zusammenschlug. Immer wieder machte er sich klar, dass Nepos sie am Leben lassen musste. Er hatte schließlich Befehl von Julius Verus, die Kaledonier lebendig abzuliefern, damit sie bei seinem Triumphzug mitgeführt werden konnten. Dies war offenbar nur eine weitere seiner Quälereien.

Zuckend schlugen die Kaledonier um sich, als ihre Lungen sich mit Wasser füllten. Mehr als einmal traf ein Fuß oder ein Knie Taranis am Kopf, aber er hielt die Stangen weiter fest umklammert und versuchte, sein wild pochendes Herz zu beruhigen. Die Zeit verging. Jetzt muss es jeden Augenblick passieren, sagte er sich. Jeden Augenblick.

Seine Lungen brannten.

Er konnte den Atem nicht mehr anhalten.

Er brauchte Luft!

Dann spürte er einen Zug. Sie zogen den Karren aus dem Wasser. Er war verzweifelt. Sie mussten stärker ziehen! Seine Arme und Beine zuckten. Er musste atmen! Sofort!

Er tauchte auf und schnappte nach Luft. Ein weiterer Kaledonier tauchte auf, hustete und übergab sich. Die Übrigen trieben im Wasser wie tote Fische. Taranis sog begierig die Luft ein und ließ sich von den Bewegungen des Karrens tragen.

Rufe. Die Römer eilten herbei, um die Ertrunkenen wieder ins Leben zurückzuholen. Sie öffneten den Käfig und zerrten alle ans

Ufer mit Ausnahme des Mannes, der sich im Karren noch immer übergab. Sie legten die Männer so hin, dass sie mit dem Kopf tiefer lagen als mit den Füßen. Dann machten sich je zwei Römer an einem Kaledonier zu schaffen, drückten auf seinen Rücken und bewegten seine Arme. Einem nach dem anderen pumpten sie so das Wasser aus den Lungen. Die Kaledonier husteten noch immer krampfartig, als die Soldaten sie wieder zum Käfig zogen und hineinwarfen.

»Siehst du, ich hab dir doch gleich gesagt, dass sie alle überleben.« Es war Nepos' Stimme.

»Zwei sind noch nicht über den Berg«, entgegnete der Übersetzer, »und einer von beiden ist Taranis.«

Bei Taranis verstärkten die Soldaten ihre Bemühungen, drückten fester und ließen seine Arme in größeren Kreisen rotieren.

Taranis aber blieb reglos liegen und hörte Nepos reden, als dieser sich ihm näherte.

»Legt die Füße höher! Weiter unten drücken!«

Taranis wartete.

Nepos stand jetzt neben ihm.

»Aus dem Weg!«, sagte er und stieß einem Soldaten die Faust in den Rücken. Er kniete sich hin und drückte mit den Handflächen mehrmals auf Taranis' Rücken.

Taranis öffnete die Augen einen Spaltbreit. Die Soldaten standen in einem Kreis um sie herum, aber zu weit entfernt, um eingreifen zu können. Plötzlich schnellte er herum und versetzte Nepos einen solchen Schlag, dass dieser auf den Rücken fiel. Taranis sprang auf den dicken Offizier und entriss ihm seinen Dolch. Die Soldaten überwanden allmählich ihre Verblüffung und stürmten auf ihn zu, aber Taranis hielt Nepos bereits den Dolch an die Kehle.

»Übersetzer!«, schrie Taranis. »Sag ihnen, sie sollen stehen bleiben.«

Der Übersetzer sagte etwas in lateinischer Sprache, und die Soldaten traten zurück.

Taranis hörte Nepos wimmern. »Übersetzer«, sagte Taranis, »ich will eure Waffen und eure Pferde. Wenn ich sie nicht kriege, schneide ich eurem Befehlshaber den Kopf ab.«

»Das kannst du nicht«, erklärte der Übersetzer.

Nepos bekam kaum Luft. Er sagte zum Übersetzer etwas, von dem Taranis annahm, dass es sich um den Befehl handelte, auf Taranis' Bedingungen einzugehen, weil der Übersetzer anschließend den Kopf schüttelte und ihm harsche Worte entgegenschleuderte.

»Entscheide dich«, forderte Taranis ihn auf.

»Ich habe mich schon entschieden«, erklärte der Übersetzer. »Der Verlust eines Offiziers ist zwar bedauerlich, aber ich werde mich mit dieser Einheit nicht ergeben. Wenn du den Befehlshaber tötest, werden diese Soldaten dich töten, und dann werden auch alle deine Krieger sterben. Verstehst du? Wie viele waren auf diesen Schiffen? Tausend? Legat Julius Verus hat versprochen, sie nach dem Triumph als freie Männer in die Hilfstruppen einzugliedern. Aber wenn du stirbst …«

»Wenn ich sterbe, muss Verus auf seinen Triumphzug verzichten«, sagte Taranis, auch wenn er wusste, dass seine Anmerkung wenig Sinn hatte.

»Er wird seinen Triumph bekommen«, widersprach der Übersetzer und zeigte auf die anderen Häuptlinge der Kaledonier im Käfig. »Er hat ja noch die da und tausend Krieger … und er wird sie bis auf den letzten Mann töten. Willst du das wirklich?«

Taranis ließ den Dolch sinken. Seine Wut auf Nepos hatte ihn blind gemacht. Er konnte nicht zulassen, dass seine Krieger starben.

Der Übersetzer sagte etwas zu Nepos, das diesem einen hörbaren Seufzer entlockte. Dann forderte er Taranis auf: »Den Dolch auf den Boden.«

Grinsend stand Nepos auf.

Taranis blickte den Übersetzer an und erklärte: »Ich werde ihn am Leben lassen.« Dann riss er Nepos wieder zu Boden und stieß ihm den Dolch in sein fettes Hinterteil.

Balbinus lächelte zufrieden. Der Tag war wunderbar gewesen. Er und Calpurnia hatten eine Nachricht von Brutus erhalten, der erklärte, er habe seinen »Partner« ausfindig gemacht und ein Treffen mit ihm arrangiert und er werde seinen Auftrag bald erfüllt haben.

Balbinus sehnte sich nach dem Ende dieses verdammten Trebellius wie nach dem Ende eines langen, schweren Arbeitstages. Er hatte es satt, Senator Coelius keinen Erfolg melden zu können; das musste ja aussehen, als könnte er mit einer schwierigen Situation nicht umgehen. Aber jetzt bahnte sich ein befriedigender Abschluss der leidigen Angelegenheit an, und darüber war er froh.

»Hast du ein Boot gemietet?«, fragte Calpurnia. Sie standen am Ufer des Tiber im Schatten des riesigen Marcellustheaters.

»Drei, genau genommen«, antwortete Balbinus. »Für deine Leibsklavinnen und meine Sklaven ... damit sie uns möglichst wenig stören.«

»Aufmerksam wie immer«, lobte sie.

»Das hier ist ja auch nicht nur ein x-beliebiger Ausflug«, erklärte Balbinus. »Heute muss ich dir etwas ganz Besonderes zeigen.«

»Etwas Besonderes«, wunderte sich Calpurnia. »Hmm, was kann das denn sein?« Sie musterte die flachen Boote. »Es muss flussaufwärts sein«, riet sie, »sonst bräuchten wir nicht so viele Ruderer.«

»Richtig«, bestätigte Balbinus.

»Und dann ist da noch dieser große Korb ... Essen und Wein für den ganzen Tag, wie es aussieht. Also fahren wir bestimmt nicht nur zu den Gärten auf dem Campus Martius. Ja ... irgendetwas nördlich der Stadt ... aber nicht allzu weit weg, weil wir Senator Saufeius Ahala zugesagt haben und nicht wagen würden, eines seiner Feste zu versäumen.«

»Schon wieder richtig«, sagte Balbinus. »Du bist so aufgeweckt wie immer, aber hinter meine Überraschung kommst du nicht, weil so etwas in Rom nicht einmal alle zehn Jahre geschieht.«

»Nicht einmal alle zehn Jahre.« Calpurnia schaute ihn mit ihren blauen Augen an, bevor sie spöttisch lächelnd fragte: »Welchen Klatsch habe ich wohl auf den letzten Festen verpasst?«

»Gar nichts hast du verpasst«, sagte Balbinus stolz, »denn was ich weiß, wissen nur die wenigsten in Rom.«

»In der Tat.« Sie drückte seinen Arm. »Aber einen kleinen Hinweis musst du mir schon geben. Ist es ein besonderer Garten? Eine Statue? Eine außergewöhnliche Aufführung?«

»Nichts dergleichen«, sagte er. »Es ist etwas Lebendiges.«

Sie legte die Stirn in Falten und fragte: »Ein farbenprächtiger Vogel oder ein Papagei – ja, ein sprechender Papagei aus einem finsteren Urwald.«

Er schüttelte den Kopf.

»Dann muss es ein anderes exotisches Tier sein«, riet sie weiter. »Vielleicht aus dem Gebiet jenseits des Partherreichs? Oder einer dieser Menschen fressenden Fische, von denen wir gehört haben?«

»Exotisch ist es, das steht fest. So etwas findest du in Rom kein zweites Mal.«

»Kein Fisch, kein Säugetier, kein Vogel, aber lebendig ... dann muss es ein ganz seltsamer Mensch sein.«

Balbinus klatschte in die Hände. »Gut geraten. Aber du musst dir meine Überraschung unbedingt ansehen. Es ist ein ganz besonderer Mensch für einen ganz besonderen Tag.«

Sie ruderten über eine Stunde lang den Tiber hinauf, bis sie eine ehemalige Gladiatorenschule erreichten, die aus irgendeinem nicht erkennbaren Grund schwer bewacht zu sein schien. Hunderte von Soldaten bewegten sich energisch auf dem Gelände hin und her, und noch mehr waren damit beschäftigt, die gelben, stuckverzierten Gebäude zu renovieren. Balbinus half Calpurnia aus dem Boot, und gemeinsam gingen sie auf das Gelände zu, während ihre Sklaven in respektvoller Entfernung folgten.

»Hier soll deine Überraschung sein?«, fragte Calpurnia.

Er nickte, obwohl er merkte, dass die heruntergekommenen Gebäude sie nicht sonderlich beeindruckten. »Was ich dir zeigen will«, sagte er und rieb sich die Hände wie ein Händler auf dem Markt, »wird in den nächsten Tagen in Rom Stadtgespräch sein. Ich habe es zufällig gestern in den Thermen erfahren. Senator Publius Coelius ist in letzter Zeit sehr freundlich zu mir gewesen – sei es, weil er mich als potenziellen Verbündeten sieht oder weil er und ich ein ähnliches Interesse in Bezug auf Trebellius haben. Jedenfalls hat er mir etwas erzählt, was nur dem Kaiser und ein paar Senatoren bekannt ist.« Er schaute sie an, gespannt auf ihre Reaktion.

»Die Mächtigen dieser Welt sind dir offensichtlich gewogen«, bemerkte Calpurnia.

Er nickte zufrieden, denn er hatte schon denselben Gedanken gehegt. Er drang immer weiter in den innersten Zirkel der Macht vor. Sie vertrauten ihm, verließen sich auf ihn. Er leckte sich die Lippen und erklärte mit stolzgeschwellter Brust: »Noch in diesem Sommer wird es einen Triumphzug geben.«

»Einen Triumphzug? Das ist ja wunderbar!«

»Kaiser Antoninus hat Legat Julius Verus im Monat des Augustus einen Triumphzug gewährt. Julius Verus! Er ist der größte Feldherr des Kaisers und wird den Sommer über in Rom sein.«

»Ich habe schon von ihm gehört«, sagte Calpurnia. »Er war eine Zeit lang in Germanien.«

»Er war schon überall«, erklärte Balbinus, »gerade jetzt erst wieder in Britannien. Und trotzdem habe ich den Mann noch nie kennen gelernt.«

»Er hat dich noch nie kennen gelernt«, berichtigte ihn Calpurnia. »An deiner Stelle würde ich mich nicht so klein machen. Gaius Balbinus ist ein Mann mit unbeschränkten Möglichkeiten. Er speist mit den bedeutendsten Persönlichkeiten, und eines Tages wird er selbst eine bedeutende Persönlichkeit sein.« Sie tätschelte seinen Arm. »Vergiss nie, dass manchen Menschen die Macht schon in die Wiege gelegt wurde, während andere sie sich erst erkämpfen müssen. Der Senat ist für dich in Reichweite; du musst ganz einfach daran glauben. In nicht allzu ferner Zukunft wirst du mit einem breiten purpurnen Streifen und den roten, perlenbestickten Schuhen über das Forum schreiten.«

Calpurnias Worte ließen ihm einen wohligen Schauder über den Rücken laufen. Er küsste sie auf die Wange. Wenn sie bei ihm war, hatte er immer das Gefühl, als könnte er die Höhen von Tivoli erklimmen und den Tiber der Länge nach durchschwimmen. »Du musst dir neue Kleider kaufen«, sagte er, »und natürlich Schmuck ... Ringe, Broschen, Halsketten, was auch immer du für den Triumphzug benötigst. Eine so schöne Frau wie du verdient es, wie eine Patrizierin gekleidet zu sein.«

»Du bist ja so großzügig«, schmeichelte sie und schmiegte sich an ihn, »aber ich habe schon passende Sachen für den Sommer. Ich könnte höchstens noch ein paar Kleinigkeiten brauchen ...«

»Was immer du für nötig hältst«, sagte er, denn er wollte sie nie wie eine Geliebte behandeln, die sich mit einer bestimmten Summe zufrieden geben muss. »Meine Freude wächst mit deinem Glück ... und glaub mir, wenn ich dir sage, dieser Sommer wird wie kein anderer, voller Feiern, Festmähler und Umzüge. Es wird eine Zeit großer Freude werden.«

Mit Genugtuung registrierte er, wie ihre Augen leuchteten. »Ich weiß doch, dass du noch Fragen hast«, sagte er.

»Stimmt«, bestätigte sie. »Wer ist dieser ganz besondere Mensch, dessentwegen wir den Tiber hinauffahren mussten? Lass mich raten. Man hat diesen berühmten Feldherrn Julius Verus in einer dieser Hütten wie eine Ziege an einen Pfahl gebunden?«

»Nicht Julius Verus«, sagte er, »aber jemanden, der kaum weniger faszinierend ist.«

Sie runzelte neugierig die Stirn.

Als sie sich den Gebäuden näherten, nahm die Anzahl der Soldaten ebenso zu wie ihre Neugierde. Balbinus war sehr mit sich zufrieden. »Senator Coelius hat mir erzählt, dass beim Triumphzug tausend kaledonische Krieger und zahlreiche Häuptlinge mitgeführt werden. Die Krieger sollen irgendwann im nächsten Monat hier eintreffen – deshalb renovieren die Soldaten die Gebäude. Aber die Häuptlinge sind bereits da.« Er ließ den Blick über die Gebäude schweifen, fand dasjenige, das er gesucht hatte, und forderte sie auf, ihm zu folgen.

Balbinus zeigte der Wache ein Schreiben von Coelius, das mit dem Senatssiegel versehen war. Sie nickten und öffneten die Tür. Drinnen fanden Calpurnia und Balbinus ein gutes Dutzend Soldaten vor und einen Verschlag mit acht hünenhaften Kaledoniern. Sie trugen lediglich lange Hosen und Stiefel und hatten lange, muskulöse Arme und einen breiten Brustkorb.

»Die sehen ja wie Gladiatoren aus«, staunte Calpurnia.

»Sie sind so groß wie die Germanen«, bestätigte Balbinus. Er beugte sich näher zu ihr. »Und jetzt verrate ich dir ein Geheimnis. Verus hat die Absicht, die Barbaren mit den dunkleren Haaren blond zu färben, damit sie für die Menge noch wilder aussehen – mehr wie Germanen eben.« Er lachte. »Das hat auch schon Julius

Cäsar getan, als er Vercingetorix und seine Krieger durch die Straßen Roms führte.«

»Das sind die Führer ... Häuptlinge, Stammesführer, aus Britannien?«

»Ja.« Balbinus fiel es sichtlich schwer, seine Aufregung in Zaum zu halten.

»Und vor uns war noch keiner hier?«

»Ein paar Leute schon, aber nur ganz wenige. Wir werden heute Abend den Mittelpunkt aller Gespräche bilden, das garantiere ich dir.«

Calpurnia nickte zustimmend. »Heute Abend kannst du unseren Ausflug zu deinem Vorteil nutzen«, pflichtete sie ihm bei. »Es kann deinem Ruf nur gut tun, wenn Patrizier und Ritter sich um dich versammeln und um Informationen betteln.«

Die Aussicht gefiel ihm, und er lachte leise vor sich hin.

»Du solltest das, was du weißt, aber nur häppchenweise herausgeben«, schlug sie vor, »und nicht einer einzelnen Person zu viel verraten. Auf diese Weise behältst du alles unter Kontrolle.«

»Ein kluger Rat«, stimmte er zu.

»Und an der einen oder anderen Stelle kannst du ja auch die Rolle von Senator Coelius bei diesem Abenteuer mit einflechten. So wirkst du stark, denn nur starke Menschen bringen es über sich, andere zu loben.« Sie wischte einen Fleck von seiner Tunika.

»Ich sollte einer Wache ein paar Fragen über die Gefangenen stellen«, meinte er. »Vielleicht erfahre ich von ihnen ja faszinierende Einzelheiten.«

»Eine hervorragende Idee«, pflichtete Calpurnia ihm bei.

»Ein paar Informationen habe ich bereits«, sagte er. »Hauptfigur von Verus' Triumphzug ist der ganz besondere Mensch, von dem ich dir erzählt habe, ein gewisser Taranis, auch wenn ich nicht weiß, welcher von denen das sein soll.«

»Taranis?«

»Sein Name ist anscheinend vom alten keltischen Himmelsgott abgeleitet, aber unsere Soldaten haben ihn den Blutgott genannt, weil er immer ohne Vorwarnung angegriffen und nie jemanden am Leben gelassen hat.«

Calpurnia musste sich an einem der Stützpfeiler des Daches festhalten.

»Geht es dir nicht gut?«, fragte Balbinus.

»Doch, doch«, wehrte sie ab. Mit zusammengekniffenen Augen musterte sie das Gelände und lächelte dann. »Das war wirklich eine wunderbare Überraschung. Aber wenn wir rechtzeitig zum Essen zurück sein wollen, sollten wir uns allmählich auf den Weg machen.«

»Aber ich habe dir doch noch gar nicht ...«

»Verzeih«, entschuldigte sie sich, »aber ich fühle mich irgendwie nicht gut. Vielleicht war die Sonne ja zu viel für mich.« Sie fasste sich mit der Hand an die Stirn.

»Wir gehen gleich«, erklärte Balbinus. »Aber vorher möchte ich schnell noch herausfinden, welcher dieser Krieger Taranis ist.« Er eilte zu einer der Wachen hinüber und wechselte ein paar Worte mit dem Mann.

Calpurnia wandte sich zum Ausgang.

Balbinus lief ihr nach und sagte: »Wir gehen ja gleich, aber schau doch mal, siehst du diesen großen Krieger da mit dem langen gelben Haar?« Er zeigte auf einen der Gefangen. »Das ist Taranis, der am meisten gefürchtete Krieger in ganz Britannien. Der Wächter hat gesagt, er hätte alles getötet, was lebendig war – verwundete Soldaten, Frauen, Kinder und sogar das Vieh. Er machte da keine Unterschiede. Wenn etwas römisch war, musste es sterben. Die Soldaten zitterten wie Espenlaub, wenn sie hörten, dass Taranis und seine Krieger im Anmarsch waren.«

Calpurnia nickte.

»Tut mir Leid, dass dir nicht wohl ist«, bedauerte er, »aber heute sind wir Zeugen der Geschichte geworden.« Er zeigte wieder auf den hoch gewachsenen Krieger: »Dort steht Taranis, der dem Reich ebenso große Schwierigkeiten bereitet hat wie einst Vercingetorix und Boudicca. Und wir durften ihn mit eigenen Augen sehen.«

»Eine wunderbare Überraschung«, wiederholte Calpurnia.

»Heute Abend werden wir ...« Balbinus hielt inne. Taranis starrte ihn an. Sein schulterlanges flachsblondes Haar schwang hin und her, als er ans Gitter trat.

Calpurnia stellte sich hinter Balbinus.

»Du zitterst ja«, sagte er besorgt. Es war das erste Mal, dass sie von ihm getröstet werden musste, und er beschloss, sich der Aufgabe gewachsen zu zeigen. Er legte den Arm um sie und wollte gehen.

Eine keltische Stimme ließ die Gitterstäbe erzittern.

Balbinus schaute zurück. Die leuchtend blauen Augen des Blutgotts funkelten, als er eine Geste in ihre Richtung machte, die Balbinus zusammenzucken ließ. Immer wieder sagte er dieselben Worte, auch wenn seine Stimme mittlerweile sanfter klang.

Calpurnia vergrub ihr Gesicht in Balbinus' Tunika und zog ihn zur Tür. Und obwohl Balbinus kein sonderlich tapferer Mann war, wurde er wütend auf den Barbaren, weil er Calpurnia Angst gemacht hatte. Sie war die einzige Liebe seines Lebens. »Fürchte dich nicht«, beruhigte er Calpurnia, bevor er Taranis anstarrte und hinzufügte: »Der schreckliche Blutgott ist jetzt in einem Käfig eingesperrt.« Der Gedanke machte ihn mutiger, und so fragte er einen der Wächter: »Was will er mir denn sagen?«

»Der Übersetzer ist nicht da«, erklärte der Wächter, »aber ich glaube, er spricht mit Eurer Begleitung und nicht mit Euch.«

»Balbinus, bitte«, flehte Calpurnia und zerrte ihn von dem Verschlag weg und hinaus.

Der Barbar aber redete noch immer und winkte Calpurnia zu sich. Balbinus war mit seinem Auftritt zufrieden. Im Angesicht eines gewalttätigen Kriegers, der Calpurnia bedrohte, hatte er seinen Mann gestanden. Er hatte die Situation unter Kontrolle gehabt und seinen Mut unter Beweis gestellt.

»Die frische Luft tut mir gut«, erklärte Calpurnia, als sie wieder draußen waren.

»In meiner Obhut bist du sicher«, sagte Balbinus, um sie an seine Tapferkeit zu erinnern.

»Das bin ich in der Tat«, bestätigte sie.

»Jetzt haben wir aber eine unterhaltsame Geschichte für heute Abend«, fand Balbinus. »Das heißt, falls du dich überhaupt wohl genug fühlst, um mitzukommen.«

»Die Luft tut mir gut.«

»Ist das denn zu fassen? Taranis, der mörderische Blutgott

höchstpersönlich, versucht, dich zu sich zu locken, damit er vor seinem Tod schnell noch eine Römerin erwürgen kann. Das ist doch wirklich eine erzählenswerte Geschichte, findest du nicht auch?«

»Allerdings.«

»Aber hab keine Angst, ich werde unser Wissen häppchenweise preisgeben, wie ein Kindermädchen, das löffelweise Honig verteilt, den ganzen Abend lang.«

31

Neeve und Sammonicus folgten dem Tribun in das größte Atrium, das sie je gesehen hatte. Die Empfangsräume der meisten Villen waren recht spartanische Angelegenheiten, klein, mit wenigen Liegen und Tischen, einer Dachöffnung und Wänden aus Stein – kein Ort, an dem man es sich in den kalten Wintermonaten gemütlich machen konnte. Als Neeve den Raum betrat, fiel ihr eine seiner Besonderheiten sofort ins Auge. Das Atrium hatte die übliche quadratische Öffnung im geneigten Dach, von dem der Regen abfloss, aber statt eines einfachen Beckens im Boden, in dem das Regenwasser aufgefangen wurde, stand da eine Nymphe aus einem schimmernden gelben Stein mit einer goldenen Schale in den Händen. Man hätte glauben können, durch den Stein hindurchschauen zu können. Voller Bewunderung trat Neeve an die Figur heran. Sie wollte schon die Flügel der Nymphe berühren, zog die Hand aber schnell wieder zurück, um sich nicht möglicherweise unangemessen zu verhalten.

»Tut Euch keinen Zwang an«, forderte der Tribun sie mit einer einladenden Geste auf. »Ich verstehe zwar nicht viel von Bildhauerei, aber ich weiß, dass es den Griechen offenbar irgendwie gelingt, ihren Statuen Leben einzuhauchen, wie wir Römer es wohl nie fertig bringen. Die hier wurde vor dreihundert Jahren in Attika, auf dem griechischen Festland, geschaffen.«

»Sie ist wunderschön«, murmelte Neeve und ließ die Finger

über die hauchdünnen Flügel gleiten. Dann trat sie zurück und sah sich im Atrium um. Mindestens ein Dutzend Liegen stand an den Wänden, die mit Freskogemälden geschmückt waren. Durch ihre dünnen Schuhe spürte Neeve die vom Mosaikboden abstrahlende Wärme, und auch die Wände fühlten sich warm an.

»Das Haus Severus fühlt sich durch Euren Besuch geehrt«, erklärte der Tribun.

»Ich danke.« Neeve holte tief Luft, um ihre ganze Kraft zusammenzunehmen. Sie fühlte sich unwohl, war aber zugleich fest entschlossen, den eingeschlagenen Weg zu Ende zu gehen. Wer, wenn nicht ein Senator, konnte ihr helfen, Taranis zu retten? Dennoch plagte sie das Gewissen, so schamlos in das Haus des Senators eingedrungen zu sein. Er hatte sie selbstlos von der Straße geholt und ihr das Leben gerettet, sie dagegen hatte seinem Sohn hundert Aurei aus der Tasche gezogen.

Sie senkte den Blick. Derselbe Tribun, der nun seine Sklaven anwies, Essen und den besten Wein aufzutragen, würde bald merken, dass er eine barbarische Keltin vor sich hatte. Was sollte sie dann sagen?

Neeve brannte ein wenig Weihrauch im Becken vor dem Lararium in der Ecke des Atriums ab. Sie war lange genug in römischen Häusern gewesen, um den Laren, den Hausgöttern, beim Eintreten ihre Ehrerbietung zu erweisen. Merkwürdigerweise schloss sich der Tribun ihr dabei nicht an, sondern wartete nur, bis sie fertig war.

»Bitte setzt Euch doch«, forderte er sie mit einer entsprechenden Geste auf.

Neeve entschied sich für eine bankartige, nicht zu weiche Liege und reichte Sammonicus ihren Mantel. Er legte die Palla säuberlich auf einer anderen Liege zusammen und wartete dann in angemessener Entfernung.

Sie hob die Augen und richtete den Blick auf den Tribun ihr gegenüber. Sie sah ihn noch immer mit dem Schwert in der Hand vor sich, wie er in die Dunkelheit blinzelte und versuchte, mit seinen verletzten Augen etwas zu erkennen. Hier, in dieser Umgebung und Kleidung, sah er gleich viel weniger bedrohlich aus, dachte sie. Als er nichts gesehen hatte, hatte Neeve das Gefühl gehabt, ihn in der Hand zu haben; erst jetzt bemerkte sie seinen athletischen Körperbau. Sie hatte es offenbar nur dem Willen der Götter zu verdanken, dass sie mit dem Leben davongekommen war. Die Wunden in seinem Gesicht waren, wie sie sehen konnte, fast vollständig verheilt, von zwei kleinen Brandmalen über dem rechten Auge einmal abgesehen.

»Mein Name ist Marcellus«, stellte er sich vor. »Mein Vater hat so oft von Euch erzählt, dass ich schon fast das Gefühl hatte, Euch persönlich zu kennen.«

Neeve brachte nur ein gezwungenes Lächeln zustande. Sie versuchte, sich zu entspannen. Es fiel ihr schwer. Sie hatte dem Mann eine gewaltige Summe Gold abgeluchst und fragte sich nun, wie er wohl reagieren würde, wenn er die Wahrheit erfuhr. Dann aber schüttelte sie ihre dunklen Gedanken ab und sagte sich, dass sie ihm schließlich das Leben gerettet hatte. Und das musste ihr ja wohl zugute kommen. Dennoch – der Stolz eines römischen Patriziers kannte keine Grenzen, das wusste sie. Sie hatte ihm nicht nur das Leben gerettet, sie hatte ihn auch zum Narren gemacht, ihm das Gold abgenommen und damit sein patrizisches Überlegenheitsgefühl verletzt.

Wie oft hatte sie Römer von der Arroganz des Julius Cäsar erzählen hören, die ihn schon als Zwanzigjährigen auszeichnete. Als ihn Piraten auf dem Mittelmeer gefangen nahmen und als Lösegeld zwanzig goldene Talente verlangten, protestierte Cäsar und forderte sie auf, fünfzig zu verlangen, was sie schließlich auch taten. Als die Piraten ihre fünfzig Talente erhielten, behandelte Cäsar sie zunächst fast wie gute Freunde: Er aß und trank mit ihnen, spielte mit ihnen und las ihnen sogar Gedichte vor. Scherzend erklärte er ihnen auch, er werde sie allesamt töten lassen. Obwohl sie ihn am Leben gelassen hatten, jagte er sie später so lange, bis er sie gefunden hatte, und schlug sie alle ans Kreuz, wo sie unter der sengenden Mittelmeersonne jämmerlich verendeten.

So gingen römische Patrizier mit den Barbaren um – kalt lächelnd rächten sie jede Schmach, die den Namen ihrer Familie besudelt hatte.

Neugierig beäugte Neeve ihren Gastgeber. Wie würde dieser Patrizier wohl reagieren, wenn er entdeckte, dass sie die Keltin aus Britannien war?

Freundlich erklärte er: »Ich muss gestehen, dass es mir etwas unangenehm ist ... mein Vater hat zwar nur das Beste über Euch gesagt, aber leider konnte er sich nicht mehr an Euren Namen erinnern.«

»Neeve«, sagte sie, »mein Name ist Neeve.« Erst jetzt wurde ihr klar, dass sie sich hätte vorstellen sollen, nachdem er seinen Namen genannt hatte, aber ihr Verstand funktionierte nur eingeschränkt. Immerhin war sie noch geistesgegenwärtig genug, sich nicht als Kartenmacherin vorzustellen; das hätte sicherlich sein Interesse erregt, und dafür war sie noch nicht bereit.

»Mein Vater hat Euch recht freundlich beschrieben«, erklärte er und reichte ihr einen Pokal mit Wein, »aber das Alter muss seine Sehfähigkeit wohl ein wenig getrübt haben. Er sagte, dass Ihr goldenes Haar habt, nett anzusehen seid, die Kleidung einer Barbarin tragt und eine Haltung habt, als würdet Ihr zum Kreis der angesehensten Frauen des Reiches gehören.« Er lachte und schüttelte den Kopf. »Ohne Euch zu nahe treten zu wollen ... Ihr seid noch viel mehr als das, und ich heiße Euch in unserem Haus sehr herzlich willkommen.«

Neeve nickte dankend. »Euer Vater ist ein guter Mensch«, sagte sie.

»Eure Zeichnung hat in seiner Bibliothek einen Ehrenplatz bekommen. Ich zeige sie Euch später. Ich finde es übrigens ganz erstaunlich, wie gut Ihr ihn getroffen habt.«

Sie bedankte sich für das Kompliment und fragte sich, wie lange es noch dauern würde, bis ihre Stimme und ihre Art zu sprechen sie verrieten. Nicht lange, fürchtete sie, obgleich sie versuchte, einen gallischen Akzent zu imitieren. Am sichersten war es wohl, unter vier Augen mit dem Senator zu reden und sich bei ihm für Taranis einzusetzen. Sie empfand es zwar als reichlich dreist, den Senator um Hilfe zu bitten, wo er doch schon so viel für sie getan hatte, aber sie wusste nicht, an wen sie sich sonst hätte wenden sollen. »Wann erwartet Ihr den Senator?«, fragte sie.

»Vielleicht heute Abend noch, vielleicht aber auch erst morgen«, erklärte er. »Er hat noch etwas im Senat zu erledigen.«

Neeve nippte an ihrem Wein und probierte den Ziegenkäse auf warmem Brot. Senator Severus war nicht zu Hause, und sie saß hier fest mit jemandem, der ihre Pläne zunichte machen konnte. Aber sie konnte nicht einfach aufstehen und verkünden, dass sie jetzt gehen müsse, denn das wäre äußerst unhöflich gewesen. Sie musste zumindest eine angemessene Zeit lang bleiben und Konversation machen. Also lächelte sie und deutete mit einer Kopfbewegung auf den Käse. »Sehr gut«, sagte sie.

»Seid Ihr keltischer Abstammung?«, fragte er.

»Ja, keltisch«, antwortete sie bewusst knapp.

»Meine Familie stammt aus Latium«, erklärte er. »Nicht besonders interessant. Meine Vorfahren lassen sich in der Gegend tausend Jahre zurückverfolgen, und manche behaupten, wir stammten von der Familie des Serranus ab. Aber natürlich gibt es auch missgünstige Stimmen, die unsere latinischen Wurzeln in Abrede stellen. Sie meinen, wir kämen aus Dalmatien jenseits des Adriatischen Meeres … aber warum langweile ich Euch eigentlich mit solchen Trivialitäten?«

»Ihr langweilt mich nicht«, beteuerte sie.

»Doch, tue ich, aber es ist trotzdem freundlich von Euch, mir zu widersprechen.« Er trank einen Schluck Wein. »Ihr habt einen angenehmen Akzent. Britannisch, nicht wahr?«

»Ja«, bestätigte sie, und schon hatte sie mit ihrem Versuch, sich als Gallierin auszugeben, Schiffbruch erlitten.

»Ich war einmal als Tribun in Britannien stationiert.«

»Tatsächlich?«

»Dabei war ich auch einige Zeit im Norden Kaledoniens.«

»Oh, im Norden.«

»Ich dachte damals, es hört nie wieder auf zu regnen«, sagte er lachend.

Sie lachte ebenfalls.

»In Südbritannien habe ich einen Steinkreis gesehen«, erzählte er. »Die Einheimischen dort glauben, die Götter hätten die Steine dorthin getragen, und fast glaube ich es auch schon. Diese Monolithen sind gewaltiger als alles, was ich hier im Reich gesehen habe.« Er hielt inne und schaute sie an. »Kennt Ihr diesen Platz?«

»Nein.«

»Wo habt Ihr in Britannien gelebt?«, fragte er.

»Londinium«, log sie. Obwohl sie ihre Antworten schon so knapp wie möglich hielt, machte sie sich Sorgen.

Marcellus lächelte. »Es ist merkwürdig, aber ... Eure Art zu sprechen ... kommt mir irgendwie bekannt vor. Ich habe lange nicht mehr an Britannien gedacht, aber jetzt kommen die Erinnerungen zurück. Ihr klingt so sehr wie die Stämme dort im Norden.«

»Ja, die Stämme klingen alle sehr ähnlich«, erklärte sie.

Er fuhr sich mit den Fingern durch sein dichtes Haar und ließ nachdenklich den Blick durch das Atrium schweifen. »Schon merkwürdig, wie das Gedächtnis funktioniert«, sinnierte er.

»Ja, wie die Erinnerung an die Kindheit«, pflichtete sie ihm bei, dabei darauf bedacht, die Antwort möglichst knapp zu halten. Sie warf einen verstohlenen Blick zur Tür. Sie musste weg, und zwar bald. Es wäre natürlich schrecklich unhöflich gewesen, sich das Brot in den Mund zu stopfen, um dann gleich wieder zu verschwinden, aber was sollte sie tun? Wenn sie noch ein Wort sagte ...

»Ihr erinnert mich an jemanden ... das ist jetzt wirklich unheimlich«, sagte er. »Ihr erinnert mich an eine Frau, die ich in Britannien kennen gelernt habe. Sie hat auch Bilder gezeichnet. Sie sagte, sie sei Kartenmacherin.«

»Kartenmacherin?«, fragte Neeve. »Ein ungewöhnlicher Beruf.« Sie stellte ihren Pokal auf ein Tischchen und erklärte: »Ich danke für die Gastfreundschaft. Mit Eurer Erlaubnis würde ich gern gehen und morgen wiederkommen, um den Senator zu begrüßen.« Sie schaute zu Sammonicus hinüber, der aschfahl geworden war.

»Ich habe ihr damals vorgeschlagen, irgendwann ein Bildnis von mir zu zeichnen«, fuhr er unbeirrt fort. »Aber kurze Zeit später trennten sich unsere Wege, und ich habe sie nie wieder gesehen.« Er zuckte mit den Schultern. »Genau genommen habe ich sie überhaupt nie gesehen, weil ich im Krieg geblendet worden war.« Er zeigte auf die Brandmale über seinem einen Auge. »Sie hat mich in ein Kastell gebracht … mein Augenlicht gerettet … mir das Leben gerettet.«

In Neeves Kopf drehte sich alles. »Eine faszinierende Geschichte«, flüsterte sie.

»Aber ich war nicht blind«, erklärte er. »Ich konnte immerhin noch Schemen erkennen. Die Frau war groß und trug ihr langes Haar offen, genau wir Ihr.«

Neeve lehnte sich auf ihrer Liege zurück. Sie ließ ihren Blick über ihr elegantes römisches Kleid und ihre Schuhe gleiten. Sie hatte sich sogar ein goldenes Band ins Haar geflochten. Aber er erkannte sie wieder – an ihrer Stimme. Er hatte sie wiedererkannt, als sie ihre ersten Worte gesprochen hatte, und hatte sich auch von einem anderen Akzent nicht ablenken lassen.

Es war Zeit für die Wahrheit. »Ich vermute, ihr Haar war blond oder rot wie das der meisten Kelten«, sagte sie jetzt mit ihrem britannischen Akzent.

»Flachsblond, glaube ich«, erwiderte er fast unhörbar, aber ihm war anzusehen, dass er nachdachte.

»Und ihre Stimme klang meiner sehr ähnlich.«

»Genau.«

»Ich freue mich, dass du wieder sehen kannst«, sagte sie. »Ich wusste doch gleich, dass die Götter dir gnädig sein würden.«

Er starrte sie an, neigte ein wenig den Kopf, ließ ihr Gesicht dabei aber nicht aus den Augen. Er konnte noch nicht recht glauben, was er als wahr erkannt hatte.

»Du hast gesagt, wenn wir uns je wiedersehen würden, könnte nur ich dich wiedererkennen. Das waren deine Worte, aber sie haben sich nicht bewahrheitet.«

»Du bist es!«, rief er und hielt sich an seiner Liege fest.

Sie hob ihren Blick, antwortete aber nicht.

Er wollte etwas sagen, ließ es dann aber, so verwirrt war er. »Du … du bist die kaledonische Keltin«, brachte er schließlich hervor. »Du bist zurückgegangen …« Seine Augen starrten sie verständnislos an. »Wie bist du … mein Vater hat dich sterbend auf der Straße gefunden … du warst in Gallien.«

»Ich bin mit dem Schiff über die Meerenge«, erklärte sie.

»Nach der Schlacht gegen Julius Verus«, ergänzte er.

»Ja«, gestand sie. »Du hast Recht behalten, was deinen Feldherrn aus Germanien anging. Seine drei Legionen haben unser Heer vernichtet, die Überlebenden versklavt.«

Er nickte.

Sie starrte auf den Mosaikboden und wusste nicht mehr, was sie noch sagen sollte.

»Ich weiß, warum du nach Rom gekommen bist«, nahm er den Faden wieder auf.

Sie blickte hoch.

»Um deinen Offizier von Faustina zu suchen ... Vectis Trebellius Quadratus. Ich habe mir seinen Namen gemerkt.« Er zeigte auf ihren Ring. »Dein Ehemann, nehme ich an.«

»Die Briganten haben ihn getötet«, erklärte sie ruhig.

»Ich weiß«, bestätigte er. »Ich dachte, wenn er in Rom wäre, könnte ich mich mit ihm treffen und ihm von unserem kleinen gemeinsamen Abenteuer erzählen. Ich habe jemanden zur Legionsregistratur geschickt ... es tut mir Leid.«

Sie äußerte sich nicht dazu. Die Wunde war zu frisch. Sie versuchte, sich Vectis vorzustellen, wie er sie anlächelte, aber sie sah nur die düsteren Grabdenkmäler an der Via Appia vor sich.« Ich muss jetzt gehen«, erklärte sie abrupt. Sie stand auf und versuchte, eine gewisse Würde zu wahren, indem sie wartete, bis Sammonicus ihr den Überwurf angelegt hatte.

»Der Nachmittag ist praktisch vorüber«, sagte Marcellus, »und selbst die Via Appia kann bei Nacht gefährlich sein. Das Abendessen für dich ist bereits in Vorbereitung.«

Sie rang sich ein Lächeln ab. »Gerade du solltest eigentlich wissen, dass mir eine finstere Straße nicht fremd ist.«

»Das ist richtig«, räumte er ein, »aber ich bitte dich trotzdem, die Nacht über hier zu bleiben, und sei es nur um des Senators willen. Er wird untröstlich sein, dich verpasst zu haben, und sich Sorgen machen, wenn er hört, dass du dich nachts auf die Straße gewagt hast – vor allem, wo du doch genauso gut hättest hier bleiben können.«

Sie überlegte.

Dadurch ermutigt, fügte er noch hinzu: »Glaub mir, deine Anwesenheit wird ihm gut tun.«

Sie machte sich Vorwürfe. In ihrem Selbstmitleid hatte sie keinen Augenblick daran gedacht, wie der alte Senator sich fühlen mochte. Und Taranis? Wäre es nicht auch für ihn letztlich besser, wenn sie sich an die römischen Gepflogenheiten hielt? Sie würde bleiben, und morgen wollte sie dann ihren ganzen Mut zusammennehmen und an Senator Severus herantreten.

Senator Severus traf ein, als Neeve sich zu Bett begeben wollte. Es klopfte, und man meldete ihr, dass Senator Severus sie willkommen heiße und sich freue, sie am nächsten Morgen begrüßen zu dürfen.

Neeve hatte mit Marcellus zu Abend gegessen, und danach hatten sie einen Rundgang durch das Anwesen gemacht. Ihr Mahl war einfach, aber äußerst schmackhaft gewesen: frischer Fisch mit einer scharfen Soße, die Neeve noch nie gekostet hatte, mit Käse überbackenes weißes Brot, roher Kohl, Rettiche, Bohnen und Kürbisse sowie Honigkuchen. Es gab dunkles Bier statt Wein, und statt zu liegen, saßen sie auf weich gepolsterten Stühlen. Neeve vermutete, dass Marcellus ihr zuliebe eine mehr keltisch anmutende Atmosphäre hatte schaffen wollen.

Die Villa war, wie Neeve feststellte, eher ein Bauernhaus als ein Bürgerhaus. Das Landgut produzierte Getreide, Feigen und Oliven, hauptsächlich aber Wein. Als sie in das Gewölbelabyrinth fünfzehn Fuß unter der Erde hinunterstieg, wo der Wein in Holzfässern gelagert wurde, kam sie aus dem Staunen nicht heraus. Dort unten war es kühl und trocken, und Marcellus erklärte ihr, dass das ganze Jahr über eine gleich bleibende Temperatur herrsche.

Neeve hatte das Glück, an einem Tag angekommen zu sein, an dem der Senator seinen Sohn hatte besuchen wollen. Der Hauptwohnsitz der Familie lag im Herzen Roms, und von dort aus ging der Senator ohnehin seinen Amtspflichten nach, während Marcellus sich um die Landgüter der Familie kümmerte.

Am nächsten Morgen geleitete ein Sklave Neeve in einen Gartenhof, wo man sie in angewärmte Decken hüllte und ihr dampfenden Kräutertee sowie heißen Haferbrei mit konservierten Pfirsichen und Trauben servierte. Auch Sammonicus wurde wie ein Gast behandelt. Er erhielt seine eigene Liege am Rand des Gartenhofes zugewiesen und Sklaven, die sich um ihn kümmerten. Die Form verlangte im Fall von Fremden oder Neuankömmlingen, dass der Leibdiener sich immer in der Nähe seines Herrn aufhielt, damit er ihn im Notfall verteidigen konnte. Als ob Sammonicus jemanden hätte verteidigen können, dachte Neeve belustigt.

Sie hörte Schritte, wandte sich um und sah Senator Severus und Marcellus Arm in Arm auf sie zukommen. Sie wollte sich erheben, aber man winkte ab.

»Marcellus hat gemeint, du seist ganz anders, als ich dich beschrieben habe, aber er hat sich geirrt. Du bist genau so, wie ich dich in Erinnerung habe, eine Schönheit mit strahlenden Augen.«

Neeve lächelte geschmeichelt. »Als Ihr mich das letzte Mal gesehen habt, Herr, war ich wohl eher totenblass.«

»Ja, ich erinnere mich.«

»Aber Ihr habt mich gerettet, Herr, Ihr und der große Gott Aesculapius, dessen Name gelobt sei.«

»Gelobt sei sein Name«, wiederholte der Senator. Er drückte ihr warmherzig die Hände und lächelte sie an. Dann nahm er seine angewärmten Decken entgegen und sagte: »Was habe ich da gehört? Du hast meinen Sohn in Britannien vor dem sicheren Tod bewahrt?«

»Euer Sohn übertreibt«, erklärte sie, »aber wenn ich zu seiner Rettung meinen bescheidenen Teil beitragen durfte, so war das der Wille der Schicksalsgöttinnen, wie es in Rom heißt.«

»In der Tat«, räumte der Senator ein.

Neeve nippte an ihrem Tee. Sie vermied es, die hundert Aurei zu erwähnen, die sie Marcellus abgeknöpft hatte. Der Senator war zweifellos ein guter Mensch, aber eben auch ein Römer, und Neeve hatte gelernt, Römern gegenüber vorsichtig zu sein.

»Ihr, du und dein Begleiter, bleibt den Sommer über hier«, erklärte der Senator und nickte, als seien sie sich einig. »Oder länger, wenn du willst«, fügte er gleich hinzu.

»O nein, Herr«, wehrte Neeve erschrocken ab. »Ich wollte Euch doch nur einen kurzen Besuch abstatten.« Ihr fiel es immer noch schwer, in der römischen Gesellschaft zwischen formeller Höflichkeit und einer ernst gemeinten Einladung zu unterscheiden.

Der Senator runzelte die Stirn. »Marcellus hat mir erzählt, er habe seine ganze Überredungskunst einsetzen müssen, um zu verhindern, dass du mitten in der Nacht auf die Straße wolltest. Ist das wahr?«

»Ja, Herr.«

»Wie soll ich meine Einladung formulieren, dass du bleibst? Vielleicht, indem ich erkläre, dass es uns eine große Ehre wäre, dich als unseren Gast aufnehmen zu dürfen?«

»Eure Einladung ehrt mich sehr«, sagte Neeve, »aber ich möchte Euch nicht zur Last fallen.« Sie wollte nicht schon wieder eine Freundlichkeit annehmen. Wie sollte sie wegen Taranis an ihn herantreten, wenn sie tief in seiner Schuld stand? Die Gründe für ihre gegenseitige Dankbarkeit sollten halbwegs ausgewogen bleiben. Der Senator hatte ihr das Leben gerettet und sie seinem Sohn.

»Deine Gegenwart ist keine Last«, betonte der Senator. »Auf diesem Landgut könnte man eine Kohorte Prätorianer unterbringen, ohne dass sie auffallen würde.«

Neeve lächelte, unsicher, wie sie sich entscheiden sollte.

»Oder hast du andere Verpflichtungen?«, fragte Severus.

»Nichts Besonderes, aber ...«

»Dann ist es also abgemacht«, sagte er mit einem gütigen Lächeln. »Ich bin ein alter und angesehener Senator, und einer der Vorteile einer so herausgehobenen Stellung ist, dass ich stets meinen Willen bekomme.«

»Dann habe ich wohl keine andere Wahl«, erklärte Neeve. »Ich nehme Eure Einladung an, aber was die Dauer anbelangt, so möchte ich diese den Göttern überlassen.«

»Trinken wir auf die Götter«, pflichtete der Senator ihr bei und hob seine Teetasse.

»Auf die Götter«, sagte auch Neeve.

»Ich trinke lieber auf unseren Gast«, erklärte Marcellus.

32

Commodus' Adjutant schüttelte bereits den Kopf, als Vectis das Zelt betrat. »Halt!«, schrie er und trat ihm entgegen. »Der Oberbefehlshaber darf nicht gestört werden.«

Vectis ging an dem Adjutanten vorbei, als wäre er gar nicht vorhanden, strebte auf Commodus' Privaträumlichkeiten zu, während der Adjutant nicht von seiner Seite wich. Vectis wusste, dass er mit dem Leben spielte, aber die Sache war das Risiko wert. Commodus war seit dem Zusammenbruch der Rampe am Vortag nicht mehr gesehen worden, und wenn Vectis angreifen wollte, musste er es so schnell wie möglich tun. Offiziell hieß es, Commodus habe sich den ganzen Tag über mit seinen Offizieren beraten, welche Schritte nun als Nächstes einzuleiten seien. Um welche Offiziere es sich dabei handeln sollte, war Vectis unklar, aber er musste Commodus sprechen, und zwar sofort.

Zwei numidische Leibwächter gingen in Stellung, als er sich dem Eingang des Privatissimums näherte.

»Tribun Vectis Trebellius wünscht den Oberbefehlshaber zu sprechen«, meldete er.

»Seid Ihr gekommen, um mir Eure Schadenfreude unter die Nase zu reiben?«, kam Commodus' Antwort aus dem Zelt. »Lasst ihn eintreten. Ich will das Urteil persönlich über ihn sprechen.«

Die Numider packten Vectis an den Armen, zerrten ihn fast vor Commodus, der bis zum Hals im Wasser seiner Badewanne saß, ohne Perücke, und seine Kopfhaut glänzte wie die eines gerösteten Schweins.

»Glänzend amüsiert, Tribun? Und die Offiziere?« Er setzte sich im dampfenden Wasser so hoch auf, wie er nur konnte. »Es haben sich wohl alle über mein Scheitern gefreut, was?«

»Wir haben den Verlust so vieler guter Männer betrauert«, erklärte Vectis.

»Ihr glaubt wohl, ich hätte keine Ahnung, was Ihr hinter meinem Rücken treibt? Oh, ich weiß es. Bei den Göttern, ich weiß es.« Seine Augen leuchteten auf, als sei er in sämtliche Geheimnisse dieser Welt eingeweiht. »Ich weiß doch genau, was Ihr Militärs tut, wenn einer von außen zu euch stößt. Ihr könnt es einfach nicht ertragen, wenn ein von den Politikern Ernannter Erfolg hat, nicht wahr? Ihr tut immer schön gehorsam und nennt mich Oberbefehlshaber, aber hinter meinem Rücken missachtet Ihr alle meine Befehle. Diese Rampe wäre stabil gewesen, wenn sie in der von mir vorgegebenen Zeit erbaut worden wäre. Aber jetzt wird man mich für den Misserfolg verantwortlich machen.«

»Oberbefehlshaber ...«

»Ruhe!«, brüllte er. Dann sprang er aus der Wanne, dass das Wasser auf den Teppich schwappte. Wie ein Tier kauerte er vor Vectis. Er bebte vor Wut, und Dampf stieg von seiner rosafarbenen Haut auf. »Mich wird man verantwortlich machen«, sagte er, »aber Ihr werdet die schlimmere Strafe erleiden.«

Vectis konnte nicht umhin festzustellen, dass Commodus von Kopf bis Fuß kein einziges Haar besaß.

»Ich hoffe, der Anblick meiner Nacktheit hat Euch Befriedigung verschafft.« Verächtlich kräuselte Commodus die Lippen und sagte, an seine Leibwächter gewandt: »Dieser Mann hat meine Befehle missachtet. Peitscht ihn aus, bis sich seine Haut vom Körper löst, und hängt ihn dann als Vogelfutter an seinen durchgebrochenen Baumstamm.«

»Ich stehe unter dem Schutz von Senator Titus Severus«, erklärte Vectis. «Das solltet Ihr wissen.«

Commodus aber wandte ihm den Rücken zu. Der Stolz trübte sein Urteilsvermögen, wie Vectis befürchtet hatte.

»Ich habe eine Möglichkeit gefunden, die Stadt zu zerstören«, rief Vectis ihm nach.

Die Numider waren mit Vectis schon am Ausgang.

»Jeder wird sagen, die Rampe sei nur angelegt worden, um von unserem eigentlichen Angriff abzulenken«, fügte Vectis hinzu.

Commodus befahl seinen Leibwächtern mit einem Handzeichen, stehen zu bleiben. »Wie lautet Euer Plan?«, fragte er.

Vectis strich seine Tunika glatt. »Morgen um diese Zeit werdet Ihr in der Stadt speisen.« Vectis war mehr daran interessiert, Commodus' Neugier zu wecken, als seine Frage zu beantworten.

»Wenn ich Unrecht haben sollte«, fügte er hinzu, »begebe ich mich aus freien Stücken zu dem Baumstamm.«

Commodus winkte seine Leibwachen weg. Plötzlich wurde ihm bewusst, dass er nackt war, und er schnappte sein Gewand von einer Liege, um seine Blöße zu bedecken. »Erklärt mir Euren Plan«, wiederholte er.

»Ihr habt mit mir in Britannien gedient«, begann Vectis, »und kennt meine Fähigkeiten. Wenn ich sage, ich kann die Stadt in einem Tag einnehmen, dann kann ich es.« Vectis erkannte, dass er nun am gefährlichsten Punkt seines Plans angekommen war. Er musste Commodus überzeugen, ohne dessen Ego allzu sehr zu beschädigen.

»Fahrt fort«, sagte Commodus.

»Ich brauche Eure Zusicherung …«

»Ich gebe keine Zusicherung«, herrschte Commodus ihn an.

»Ihr seid der Oberbefehlshaber, und ich der Befehlshaber, das akzeptiere ich. Aber Ihr müsst verstehen, in welcher Lage Ihr Euch befindet. Ihr belagert jetzt schon ein Jahr lang eine unbedeutende Stadt der Kostobokoi … und das auch noch ohne Erfolg. Ihr könnt jetzt natürlich versuchen, das alles mir oder einem anderen Offizier anzulasten, aber wenn Ihr in Rom vor den Senat treten müsst, werden sie Euch nur eine Frage stellen: Wo sind die Köpfe der Oberpriester und der Stadtoberhäupter? Und die werdet Ihr nicht bekommen, solange Ihr mir nicht alle nötigen Freiheiten gebt, um den Angriff durchzuführen.«

»Alle nötigen Freiheiten. Was heißt das?«, fragte Commodus. Er hatte offenbar jeglichen Widerstand aufgegeben und schien neue Hoffnung zu schöpfen.

»Ihr werdet wegen eines plötzlichen Unwohlseins im Zelt bleiben, aber den Befehl erlassen, dass ich als Euer Tribun den Angriff leiten werde.«

»Und wenn wir die Stadt erobert haben?«

Vectis wusste, welche Frage ihm auf der Zunge lag. Die Senatoren Tertullus und Coelius hatten Commodus diesen Befehl anvertraut, um ihn für sein Stillschweigen bezüglich ihrer Verbindungen zu dem aufständischen Senator Atilius Titianus zu belohnen.

Heerführer, die eine Stadt belagerten, hatten das Recht, sich aus der Stadtschatulle zu bereichern, solange sie eine angemessene Summe für die römische Staatskasse übrig ließen. »Sobald wir die Stadt unter unserer Kontrolle haben, werdet natürlich Ihr wieder den Befehl übernehmen«, sicherte Vectis ihm zu.

»Und Ihr seid wirklich sicher, dass Ihr die Stadt im Handstreich nehmen könnt?«

»Das bin ich. Und ich werde allen erzählen, ich habe lediglich Euren Plan ausgeführt und für Euch einen glorreichen Sieg errungen.«

Über Commodus' Gesicht legte sich ein Ausdruck von Zufriedenheit.

»Aber ich brauche gewisse Zusicherungen«, sagte Vectis.

Commodus kniff misstrauisch die Augen zusammen.

»Erstens werdet Ihr nicht jeden Bewohner der Stadt töten, sondern nur die Anführer.«

»Ich verstehe nicht, warum ...«

»Ich möchte den Bewohnern die Gelegenheit geben, sich zu ergeben«, erklärte Vectis. »Ich würde die Stadtbewohner lieber in die Arme nehmen, als durch ihr Blut – und das unsere – zu waten.«

»Was noch?«

Vectis zog ein Pergament hervor und schaute Commodus fest in die Augen: »Ich will, dass Ihr dies hier unterzeichnet.«

»Gebt her.« Commodus riss Vectis das Blatt aus der Hand.

»Hier heißt es, dass während Eurer Zeit in Britannien der frühere Senator Atilius Titianus Euch den Befehl gegeben hat, Euch hinter den Antoninuswall zurückzuziehen.«

»Ein solches Dokument werde ich niemals unterzeichnen!«

»Das ist kein Eingeständnis eines Versagens«, erklärte Vectis. »Das heißt lediglich, dass Ihr Befehl vom Senat hattet, Euch zurückzuziehen, und diesen Befehl befolgt habt.«

»Trotzdem werde ich das nicht ...«

»Ihr seid hier in größten Schwierigkeiten«, mahnte Vectis. »Ihr habt versagt, was bedeutet, dass diejenigen, die Euch hierher entsandt haben – die Senatoren Tertullus und Coelius –, an Eurer Schande teilhaben. Sie werden sich deshalb von Euch abwenden und sogar jemanden dingen, um Euch zu eliminieren.« Er beugte sich näher zu Commodus. »Wer möchte schon ständig mit einer lebenden Erinnerung an die eigenen Fehler konfrontiert sein?«

»Aber dieses Dokument stempelt mich doch zum Feigling ab«, jammerte Commodus.

»Keineswegs. Soweit Ihr wusstet, hatten alle Präfekten der Vorposten dieselben Befehle erhalten.«

In Commodus' Augen flackerte ein Hoffnungsschimmer auf. »Genau davon bin ich ja auch ausgegangen.« Er war schon auf dem besten Weg, seine eigene Geschichte neu zu erfinden. »Ich hätte doch nie meinen Posten verlassen, wenn ich hätte annehmen müssen, dass ich damit die Sicherheit der anderen Kastelle aufs Spiel setzen würde.« Nachdenklich schritt er auf und ab. Dann schaute er Vectis bestürzt an. »Das Problem ist nur, dass ich dem Senat bereits erklärt habe ... das heißt ... sie haben meine Aussage so konstruiert, als hätte ich gesagt, dass der Befehl zum Rückzug hinter den Wall von Euch gekommen ist.«

Vectis dachte an all die Männer, die wegen Commodus' Feigheit hatten sterben müssen, schob den Gedanken aber beiseite. »Der Senat hat Euch eben missverstanden«, versuchte er, Commodus einen Ausweg anzubieten. »Und Ihr wolltet dieses Schriftstück unterzeichnen, um das Missverständnis aufzuklären. Eine kleine Revision in der Aussage wird niemanden stören ... vor allem, wenn Ihr siegreich von der Grenze zu Germanien zurückkehrt. Erfolg lässt jede Kritik verstummen.«

Commodus wischte sich den Mund, als genieße er schon seinen neuen Status als Kriegsheld und Eroberer. Nach einer kurzen Pause fragte er Vectis ein zweites Mal: »Seid Ihr auch ganz sicher, dass Ihr diese Stadt einnehmen könnt?«

»Ich brauche dazu nicht mehr als vier Stunden«, versicherte Vectis mit einer Gewissheit, von der er in Wahrheit weit entfernt war.

Commodus nickte und griff nach seinem Tintenfass.

33

Die Wochen vergingen, ohne dass Neeve Gelegenheit bekommen hätte, mit Senator Severus über Taranis zu sprechen. Er hatte in Rom viel zu tun, und bei den zwei oder drei Besuchen auf seinem Landgut schien nie der richtige Zeitpunkt, um die Lage ihres Bruders zu erörtern.

Neeve verbrachte die Vormittage damit, Marcellus zu begleiten und damit Einblick in die Leitung eines Gutes zu bekommen. Senator Severus hatte drei Landgüter in der Nähe Roms und zahlreiche weitere Besitzungen, von denen die meisten in Gallien lagen. Sie war dabei, wenn Marcellus die täglich anfallenden Arbeiten verteilte und beaufsichtigte, wenn er mit ortsansässigen Weinhändlern Preise aushandelte und mit Bankiers sprach, wann immer er Geld von einem Ort an einen anderen zu transferieren hatte. Als Senator, sagte Marcellus, konnte sein Vater sich schließlich nicht mit so vulgären Dingen wie Geld abgeben, und so überließ er diese Aspekte des Geschäfts den Aufsehern und Marcellus.

Neeve genoss es, ständig beschäftigt zu sein; das lenkte sie von den Gedanken an Vectis ab und lehrte sie viel über die inneren Abläufe der römischen Wirtschaft. Bald schon lernte sie Marcellus' Fähigkeiten als Geschäftsmann schätzen. Mit seiner Energie und seinem Urteilsvermögen hatte er aus einem nur mäßig lukrativen Landgut drei florierende Unternehmen gemacht.

Zudem fühlte sie sich in Gesellschaft von Marcellus ausgesprochen wohl. Sein liebenswürdiges Lächeln gefiel ihr, und sie freute sich jedes Mal aufs Neue auf die gemeinsamen Ausfahrten. Doch trotz seiner Freundlichkeit und Umgänglichkeit hatte er etwas Befremdendes – vor allem, wenn es um die Verehrung der Götter ging.

Die meisten gebildeten Leute in Rom, erfuhr Neeve, glaubten längst nicht mehr an die Götter des Pantheon – oder zumindest nicht so, wie sie es tat. Geschichten über Jupiter oder Venus waren für diese Römer lediglich Märchen für Kinder oder ungebildete Provinzler. Die Patrizier riefen zwar öffentlich die Götter um Beistand an, hielten ihre Tempel in Ordnung und brachten ihnen Opfer dar, aber sie glaubten nicht wirklich an sie. Sie bevorzugten Philosophien wie den Stoizismus, geheimnisvolle Religionen aus dem Osten oder einen Heilkult wie den des Aesculapius. Dennoch erwiesen sie den Göttern Roms noch immer ihre Ehrerbietung, weil sie sie einfach als unverzichtbaren Bestandteil der alten Staatsreligion ansahen.

Neeve fand die Einstellung der Römer ausgesprochen verwirrend. Wozu die Götter verehren, wenn man gar nicht an ihre Existenz glaubte? Sie nahm an, dass dies geschah, weil die Götter das Glück symbolisierten. Behandelte man die Götter mit dem gebührenden Respekt, galt es wohl als wahrscheinlicher, dass man Glück hatte. Außerdem war aus der Sicht der römischen Machthaber die Ehrfurcht vor den Göttern mit der Ehrfurcht vor dem Staat gleichzusetzen, und nichts forderte Rom nachdrücklicher als bedingungslose Treue zum Staat.

Marcellus allerdings schien gar nichts zu glauben. Nie verbrannte er Weihrauch vor dem Hausaltar, er enthielt sich der üblichen Lobpreisungen und betrat auf all ihren gemeinsamen Wegen niemals einen Tempel. Neeve konnte sich nicht erinnern, jemals jemanden gekannt zu haben, der überhaupt nicht gläubig war. Sie mochte Marcellus, hatte aber zugleich Angst, irgendein Gott könnte sein Benehmen anstößig finden und ihn dafür mit Krankheit oder sonstigem Unglück bestrafen. Missachtest du die Götter wissentlich, so bringt das Unheil … Neeve jedenfalls glaubte fest daran. Deshalb erwähnte sie auch immer, wenn sie die Götter anrief, Marcellus' Namen, damit sie nicht merkten, wie wenig er von ihnen hielt.

Das Thema Goldmünzen, das Neeve so viel Kopfzerbrechen bereitet hatte, kam nicht ein einziges Mal zur Sprache, und so nahm sie an, dass Marcellus lieber Gras darüber wachsen lassen wollte. Als sie dann eines Tages im Keller Wein verkosteten, sagte er: »Ich habe bei meinem Bankier neunundneunzig Aurei für dich hinterlegt, über die du frei verfügen kannst. Vielleicht brauchst du ja Geld für Kleidung und andere persönliche Bedürfnisse.«

»Ich habe keine Bedürfnisse«, erklärte sie.

»Jeder hat Bedürfnisse.« Er reichte ihr einen Becher Wein aus einem der Fässer.

Sie ließ einen kleinen Schluck davon im Mund kreisen und verzog das Gesicht. »Sauer«, sagte sie.

Er probierte selber. »Stimmt«, pflichtete er ihr bei und markierte das entsprechende Fass mit Kreide.

»Sammonicus und ich haben freie Kost und Übernachtung«, erklärte sie. »Was sollte ich darüber hinaus noch brauchen?«

»Egal«, sagte er, »die Aurei gehören jedenfalls dir. Ich möchte nicht mehr darüber reden. Ich weiß doch, wie stur du sein kannst.«

»Stur?«

»Stur, unabhängig – wie auch immer du das nennen würdest, was du in Kaledonien gelernt hast. Schick es deiner Familie, falls du es nicht behalten möchtest, aber jedenfalls gehört es dir.«

Neeve sagte dazu nichts. Von ihrer Familie war ihr allein Taranis geblieben. Falls ihre Mutter oder Nes noch am Leben waren, hatte sie keine Möglichkeit, sie zu finden. Sie brauchte tatsächlich Geld, und es half nichts, sich darüber hinwegzutäuschen. Ihr Stolz riet ihr, die Aurei abzulehnen, aber die Kleiderkäufe für sie und Sammonicus hatten ihre Geldvorräte schwinden lassen. Sie hatte nicht viel zum Wechseln und deshalb alle Hände voll zu tun, immer eine saubere Tunika bereit zu haben. Und die Hauptstadt des Reiches war teuer. Sie musste vorsichtig mit ihrem Geld umgehen. Ihr einziger Besitz waren ein Pferd und eine Kutsche. Und sie wusste, was es bedeutete, auf der Straße Zeichnungen verkaufen zu müssen.

Neeve dankte Marcellus für seine Großzügigkeit, aber ihre Verlegenheit war ihr anzusehen. Sie war froh, dass der Keller nur von Fackeln beleuchtet war. Wie beschämend war es doch, die Unabhängige zu spielen, wenn man alles andere als unabhängig war. Erst am Vortag hatte sie ihre Münzen gezählt und festgestellt, dass nur noch zweiundzwanzig Sesterze übrig waren – selbst bei äußerster Sparsamkeit kaum genug für den Rest der Woche.

»Ich nehme an, du wunderst dich über den unrunden Betrag von neunundneunzig Aurei«, sagte Marcellus lächelnd.

»Für gewöhnlich pflege ich den Leuten hundert abzuknöpfen.« Trotz ihres scherzhaften Tons war sie sich nicht sicher, ob es klug war, ihn an ihre gemeinsamen Erfahrungen in Kaledonien zu erinnern.

Zu ihrer großen Erleichterung lachte er. »Ich habe neunundneunzig Aurei hinterlegt, um dir klar zu machen, dass niemand mir etwas abknöpft. Ich freue mich doch, wenn ich dir helfen kann.« Nach einer kurzen Pause fuhr er fort: »Ich muss schon zugeben, dass mich deine Forderung damals verblüfft hatte. Und mir war klar, dass du keine gewöhnliche Kaledonierin warst. Und als du dann trotz meiner Warnungen ins Kriegsgebiet zurückgegangen bist ... na ja ... da habe ich mir eben Sorgen um dich gemacht. Obwohl ich nie dein Gesicht gesehen hatte, fühlte ich mich zu dir hingezogen.«

Neeve holte tief Luft. Seit vielen Wochen waren sie nun schon zusammen, und die ganze Zeit über war er immer nur ein Freund für sie gewesen – vielleicht auch eine Art Lehrer, aber mehr nicht. In seiner Nähe fühlte sie sich so wohl, dass sie Sammonicus nur selten zu ihren Ausflügen mitnahm. Aber nun hatte er zum ersten Mal angedeutet, dass ihre Beziehung sich verändern könnte, und sie war sprachlos. Sie musste an Vectis denken. Sie wusste, dass sie ihn eines Tages vergessen musste, aber noch war es dafür zu früh.

»Mir war auch klar, dass du kein gewöhnlicher Römer bist«, erklärte sie, um vom Thema abzulenken, »vor allem, nachdem du dich von meinen Fesseln befreit hattest. Wie hast du das eigentlich geschafft?«

»Ach ja, die Stricke«, sagte er. Ihm war nicht entgangen, dass sie ablenken wollte. »Wenn du möchtest, zeige ich dir das heute Abend beim Frühlingsfest.«

Sie warf ihm einen überraschten Blick zu.

»Habe ich das Fest nicht erwähnt?«, fragte er.

»Nein«, antwortete sie.

»Eine kleine Festlichkeit«, erklärte er. »Fünfzig bis sechzig Gäste. Deshalb auch die Aktivitäten im Garten. Dafür die Fackeln und Tische.«

Der Gedanke, sich in der römischen Gesellschaft bewegen zu

müssen, bereitete ihr Unbehagen. »Ich bleibe heute Abend lieber auf meinem Zimmer«, sagte sie. »Ich habe noch ein paar Sachen zu erledigen.«

»Du hast schon vergangenen Monat die Einladung von Senator Ahala ausgeschlagen«, erinnerte er sie.

»Ich weiß.«

»Dann weißt du sicher auch noch, dass du mir versprochen hast, mich bei der nächsten Gelegenheit zu begleiten?«

»Ich dachte nicht, dass diese Gelegenheit schon so bald kommen würde.«

»In Rom wird viel gefeiert.«

»Ich fühle mich dafür noch nicht bereit.«

»Unsinn«, sagte er. »Ich wüsste nicht, wann du jemals mehr bereit sein könntest als heute.« Sie verkosteten einen anderen Wein und stuften ihn einstimmig als hervorragend ein.

Sie versuchte es noch einmal. »Ich will dich nicht kränken, aber ich passe nicht dazu, und …«

»Ich auch nicht«, erklärte er. »Und weißt du auch, warum? Weil ich viele von ihnen nicht mag, und du wirst sie ebenso wenig mögen wie ich. Wir können ja Buch darüber führen, welche wir am wenigsten leiden können.«

Sie lächelte. »Ich werde da sein«, willigte sie ein. »Aber nur unter der Bedingung, dass ich mich jederzeit zurückziehen darf.«

Nach dem Mittagsmahl begab sich Neeve wie gewöhnlich ins Dampfbad des Landgutes. Sie dachte über das Fest nach, das am späten Nachmittag beginnen sollte. Sie wusste, dass Marcellus und der Senator wünschten, dass sie sich unterhielt, aber für Neeve bedeuteten römische Feste keine Unterhaltung. Aber wenn sie etwas tun konnte, um Taranis zu retten, dann wollte sie das tun, und dazu gehörte, dass sie sich anpasste und lächelte.

Neeve band ihr Haar mit einem goldenen Zierband zusammen, legte die goldenen Ohrringe und die Halskette mit Halbedelsteinen an und schlüpfte in ihre weichen Lederschuhe. Seit ihrem ersten Treffen mit Marcellus und dem Senator hatte sie nur Tuniken getragen, aber nun zog sie ihre beste Stola an und legte eine rosafarbene Palla über. Als sie sich betrachtete, musste sie lächeln; sie fühlte sich bereit für das abendliche Fest.

»Ja, ich freue mich auch, Euch kennen zu lernen«, übte sie die Worte ein, die sie bald im Atrium würde sagen müssen, und: »Nein, ich glaube nicht, dass ich je in diesem Teil Italiens gewesen bin.«

»Neeve?« Marcellus' Stimme drang von der anderen Seite der mit einem kunstvoll gefalteten Vorhang verschlossenen Türöffnung zu ihr.

»Ja, ich komme«, antwortete sie.

»Störe ich?« Seine Stimme klang, als wollte er sie necken.

»Nein, überhaupt nicht«, sagte sie und kam sich ein wenig dumm dabei vor. »Ich ... äh ... ich bereite mich nur innerlich auf das Fest vor.«

Er lachte. »Ich hoffe, du bist innerlich vorbereitet, die meisten Gäste sind nämlich schon da.«

Sie zog den Vorhang beiseite.

Marcellus starrte sie an. »Du ... du siehst wunderschön aus«, sagte er, »geradezu unglaublich schön.« Er bot ihr seinen Arm. »Ich bin stolz, dich begleiten zu dürfen.« Sie nahm seinen Arm, und gemeinsam gingen sie durch den Flur auf das immer lauter werdende Stimmengewirr zu.

Die meisten Gäste hatten sich um zwei lange Tische versammelt, auf denen der erste Gang angerichtet war. Die Männer waren ähnlich gekleidet wie die, die sie in der Basilika Aemilia gesehen hatte. Sie trugen rote, perlenbesetzte Schuhe und strahlend weiße Togen über ihren Tuniken, Purpurborte und Purpurstreifen waren gut sichtbar. Die Frauen dagegen sahen ganz anders aus, als Neeve erwartet hatte. Ihre Stolen erstrahlten in einem Weiß, als spiegelten sie die Strahlen der Sonne wider. Jede einzelne Falte, jede Lage war mit Perlen oder Smaragden oder anderen glitzernden Edelsteinen bestickt, die Neeve noch nie zuvor gesehen hatte. Einige trugen derart dünne Gewänder, dass ihre weiß gepuderten Körper – sehr zur Freude der anwesenden Männer – provozierend hindurchschimmerten. Manche von ihnen schienen nur gekommen zu sein, um mit ihrem Reichtum zu beeindrucken. Ihre Frisuren schmückten Goldstaub oder Perlen, und die Säume ihrer Kleider waren mit aufwändigen Goldstickereien verziert.

Neeve legte in den warmen Räumen ihre Palla ab, straffte ihre Schultern, sie wollte unter all den kleineren römischen Frauen möglichst selbstbewusst wirken. Sie mied die mit der spitzen Zunge und dem Dauerlächeln.

»Ihr müsst Marcellus' neueste Freundin sein«, sagte eine Frau mit roten Lippen und einem Turm von Haaren auf dem Kopf. Die Frau neben ihr wirkte nicht weniger imposant.

»Ja«, bestätigte Neeve, ohne weiter darauf einzugehen.

»Ihr seid eine wahrhaft stattliche Erscheinung.«

»Ich danke Euch.«

»Ihr seid schlicht, aber äußerst geschmackvoll gekleidet«, meinte die Frau mit einem Lächeln.

Neeve lächelte zurück.

»Wolle, nehme ich an.«

»Genau.«

»Hübsch. Milesische Wolle ist zurzeit beliebt. Ich finde sowieso, dass nicht jeder mit Seide umgehen kann. Milesische Wolle ist vollkommen akzeptabel.« Sie hielt inne. »Das ist doch milesische Wolle ... oder etwa nicht?« Sie spitzte besorgt die Lippen.

»Jedenfalls stammt sie von einem Schaf«, erklärte Neeve und rang sich ein Lächeln ab.

»Praktisch ist das Gewand ja, und ich finde, es steht Euch ganz ausgezeichnet.«

»Danke.«

Sie bedachte die anderen Frauen mit einem viel sagenden Blick und fügte hinzu: »Marcellus hat wirklich ein Talent, sich die schönsten Blumen zu pflücken.«

»Auch wenn die meisten recht schnell verwelken«, kommentierte eine kleine dunkelhaarige Frau mit einer riesigen Perle im Ohr.

»Allerdings«, pflichtete die Frau mit dem hoch aufgetürmten Haar ihr bei. »Aber du willst damit doch wohl nicht sagen ...«

»Aber nein, natürlich nicht«, erklärte die Dunkelhaarige, bevor sie Neeve musterte und hinzufügte: »Ihr seid vollkommen anders als all die anderen.«

»O ja«, bekräftigte die mit dem Haarturm, »vollkommen anders.«

»Ihr habt so etwas Frisches und ... nun ja, wie soll ich sagen ... so etwas Natürliches an Euch, das manche Männer ganz offensichtlich attraktiv finden.«

»Wie wahr. Viele Frauen leiden Höllenqualen unter batavischen Beizmitteln, um ihr Haar so hell zu bekommen wie das Eure.« Sie berührte das aufgetürmte Haar auf ihrem Kopf und fügte hinzu: »Ihr dürft Euch also glücklich schätzen.«

»Ja, Euer Haar hat so etwas urtümlich Keltisches an sich«, erklärte die Dunkelhaarige. »Ihr seid doch Keltin, nicht wahr?«

Neeve nickte und schwieg. Sie war Gast des Senators Severus, und ihr Verhalten fiel auf ihren Gastgeber zurück. Zorn stieg in ihr auf.

»Ja, Ihr habt ganz sicher etwas Keltisches an Euch«, meinte die Dunkelhaarige, während sie Neeves Gesichtszüge musterte.

»In Norditalien gibt es ja eine ganze Menge Mischlinge«, ergänzte die mit dem Haarturm.

»In der Tat, ich bin eine Keltin aus der Provinz«, erklärte Neeve, »und kein Mischling. Wir waschen uns in den kalten Bergbächen, um dieses frische Aussehen zu erhalten.« Sie wandte sich zum Gehen, täuschte ein Lächeln vor und sagte noch: »Übrigens, die Barbaren nennen mich Neeve.«

Die Hochfrisur schlug die Hände vor die Brust. »Oh, ich habe Euch gekränkt.« Sie drehte sich zu den anderen um und fragte: »Was habe ich denn gesagt? Habe ich vielleicht etwas Falsches gesagt? Wenn ja, dann ...«

Neeve war bereits auf der gegenüberliegenden Seite des Raums, als ihr eine andere Frau auf die Schulter tippte und sagte: »Calpurnia?«

Neeve wandte sich um.

»Ich bin überrascht, dich hier zu sehen«, erklärte die Frau. »Du bist ja heute ziemlich spartanisch gekleidet ... und was hast du nur mit deinem Haar gemacht?«

»Ich fürchte, Ihr habt mich mit jemandem verwechselt«, sagte Neeve.

»Du bist nicht Calpurnia?«

»Nein, das bin ich nicht, ich bin eine Freundin des Hauses«, erklärte sie, »mein Name ist Neeve.«

»Verzeihung«, entschuldigte sich die Frau und legte die Stirn in Falten. Dann ging sie zu einem Getränke servierenden Sklaven, um sich nachschenken zu lassen, schaute aber weiterhin über die Schulter in Neeves Richtung.

Obwohl es noch früh am Abend war, fielen Neeve mehrere Männer auf, die sich ihre Becher offenbar zu häufig hatten nachfüllen lassen. Die meisten saßen ruhig auf den Liegen und riefen nach mehr Wein, andere unterhielten sich lautstark. Einer rempelte sie an und hielt sich an ihr fest, um nicht hinzufallen, und er drückte ihr seine fleischige Hand auf die Brust.

»Du bist eine Göttin«, murmelte er mit leuchtenden Augen und ließ seine Hände weiterwandern.

Neeve packte seine Hände, verdrehte dabei ganz bewusst einen seiner Finger, und zu ihrer größten Befriedigung jaulte er auf wie ein Hund.

Der Betrunkenen ebenso überdrüssig wie der aufgeblasenen Frauen, schaute sich Neeve nach Marcellus um. Als sie ihn entdeckte, begab sie sich geradewegs hinüber zu ihm. Sie hatte das Gefühl, sich bei ihm für ihr Verhalten den Frauen gegenüber entschuldigen zu müssen. Wenn sie sich nicht zügelte, war dies nur zum Schaden von Taranis. Denn wer außer Senator Severus konnte ihm helfen? Sie musste sich mehr Mühe geben, und genau das nahm sie sich für die Zukunft fest vor.

»Entschuldige, aber ich hatte anderweitig zu tun«, sagte Marcellus. »Bleib an meiner Seite, ich möchte dich ein paar Leuten vorstellen.«

»Ein paar habe ich schon kennen gelernt.« Mit dem Kopf deutete Neeve auf die schnatternden Frauen am anderen Ende des Raumes.

»Und das hast du überlebt? Das zeugt wahrhaftig von einer guten Vorbereitung.«

»Nicht gut genug«, gestand sie. »Ich fürchte, ich muss mich entschuldigen.«

»Wirklich?«

»Ich glaube, ich habe jemanden beleidigt.«

Er schaute zu den Frauen hinüber. »Die haben nichts Besseres verdient«, erklärte er. »Ich hoffe, du hast ihnen klar gemacht, dass sie zuviel Unsinn reden.«

»Ich werde mich bemühen, mich für den Rest des Abend perfekt zu benehmen«, versprach Neeve.

»Du bist schon perfekt.«

Neeve lächelte. Sie betrachtete die Speisen auf dem Tisch. In Kaledonien feierte man bei Gerstenbrei, Schweinefleisch und Bier. Hier aber waren Speisen serviert, die sie noch nicht einmal vom Ansehen kannte. Und Marcellus erklärte: Lattich sei ebenso verdauungsfördernd wie die in Schalen angerichteten zarten Schösslinge von Lauchstangen. Daneben gab es auch eingelegten jungen Tunfisch, garniert mit Eiern, Blättern der Gartenraute und Käse. Als Marcellus die Nachfrage eines Gastes beantworten musste, teilte er ihm vertraulich mit, sämtliche Käsesorten kämen aus Velabrum, dem großen Geschäftsviertel am Tiber, und die Oliven aus den Hügeln von Picenum. Der Gast nickte zustimmend und ging zufrieden von dannen. Neeve gestand, nie von Velabrum oder Picenum gehört zu haben. Lachend erwiderte Marcellus, bei einem Vergleich zweier nebeneinander liegender Käse schmecke immer der von den Händlern in Velabrum besser. Dasselbe, so vermutete er, gelte wohl auch für die Oliven aus den Hügeln von Picenum.

Die Sklaven schlängelten sich durch die Menschentrauben und füllten die Weinkrüge auf den Tischen und im Garten nach, wo die wenigen wetterfesten Gäste in der kühlen Luft aushielten. Mehr als einmal bekam Neeve mit, wie jemand seinen Becher leerte und sich über die Qualität dieses oder jenes Weines äußerte, bis Marcellus ihr ins Ohr flüsterte: »Die meisten verstehen vom Wein so viel wie vom Käse, aber je mehr sie trinken, desto lauter und bestimmter werden ihre Urteile.«

Wie eine Mitverschwörerin schaute Neeve ihn an und fragte: »Serviert ihr etwa den sauren Wein, wenn ihr Gaumen es nicht mehr merkt?«

»Wir haben keinen sauren Wein«, entgegnete er grinsend. »Aber wir haben natürlich noch andere Fässer, und ich habe angewiesen, sie zu holen, wenn der Abend weit genug fortgeschritten ist.«

Nach dem Hauptgang – Saumagen, in dünne Scheiben Antilopen- und Gazellenfleisch gewickeltes Wildschwein, Streifen vom Fasan und saftige Flamingobrüste – begann der unterhaltsame Teil des Abends. Zu den Klängen von Flöte und Lyra vergnügten einige sich beim Tanz, während andere Gedichte vortrugen und wieder andere den Klatsch der Woche austauschten. Marcellus nutzte die Gelegenheit, Neeve wie versprochen zu zeigen, wie er sich in Kaledonien von seinen Fesseln hatte befreien können.

»Erst haltet ihr die Hände so«, erklärte er einer kleinen Gruppe interessierter Zuhörer und Zuschauer. »Und dann lasst ihr euch vom Feind fesseln.« Ein junger Mann trat vor und band ihm die Handgelenke zusammen. »Und dann macht ihr einfach so …« Er drehte sich um und wand sich, wobei er seine Arme ganz fürchterlich verrenkte, bis er sich, den gelösten Strick in der Hand, wieder der Gruppe zuwandte. Alle standen mit offenem Mund da, und einige ließen sich ebenfalls Fesseln anlegen, ohne sich aber von ihnen befreien zu können.

»Ich verstehe immer noch nicht, wie man das macht«, gestand Neeve.

»Ich übe das schon seit meiner Kindheit«, erklärte Marcellus. Er bog seinen Daumen bis auf den Handrücken zurück. »Wie du siehst, sind meine Gelenke besonders biegsam.«

Später am Abend nahm Neeve die Gelegenheit wahr, Senator Severus darum zu bitten, mit ihm eine wichtige Angelegenheit besprechen zu dürfen. Er versprach ihr, in der kommenden Woche Zeit für sie zu haben. »Du weißt ja hoffentlich«, fügte er mit seinem wärmsten Lächeln hinzu, »dass ich allem, was du willst, immer aufgeschlossen gegenüberstehe, was es auch sein mag.«

In der folgenden Stunde wechselte Neeve von einem Gesprächspartner zum anderen. Selbst die scharfzüngigen Matronen konnten ihre Euphorie nicht bremsen. Ihr war zwar klar, dass auch der Senator möglicherweise nicht in der Lage war, Taranis freizubekommen, aber zumindest hatte sie einen mächtigen Verbündeten im Senat, der sich für ihren Bruder einsetzen würde. Sie nahm einen Becher Wein mit auf einen der Balkone, von dem man einen schönen Blick auf den Garten hatte. Sie war froh, der Menge für einen Moment entkommen zu sein. Sie fröstelte und wünschte, sie hätte ihre Palla mitgenommen.

»Da bist du ja«, lallte jemand.

Neeve stellte ihren Becher ab und sah den Betrunkenen, der sie unten belästigt hatte, in der Tür stehen.

»Ich muss mal mit dir reden«, sagte er und griff nach ihr.

Sie trat ein paar Schritte zurück.

Er ging auf sie zu und griff nach der Schulterspange.

»Lass mich in Ruhe!«, zischte sie und wich ihm aus.

Er erhaschte ihr Gewand und zog sie zu sich heran.

»Aufhören!«, sagte sie und schlug seine Hand weg.

Er lief dunkelrot an, ballte die Faust und rammte sie ihr in den Brustkorb.

Neeve rang nach Luft.

Er schob seine Hand in das Oberteil ihrer Stola. Sie riss sich los. Er sprang nach vorn. Neeve trat zur Seite und schlug ihm mit beiden Händen auf den Rücken. Er taumelte auf die Balkonbrüstung zu, fiel über das Geländer und stürzte hinunter in den Garten.

Neeve hörte den Aufschrei einer Frau. Sie lugte über das Geländer und sah den Betrunkenen zusammengekrümmt auf einer Marmortreppe liegen. Zwei Männer und eine Frau beugten sich über ihn. Ein Mann kontrollierte seinen Herzschlag. Dann stand er auf und verkündete: »Orestes ist tot.«

»Was ist hier passiert?«, hörte sie Marcellus unten im Garten fragen.

»Jemand hat Junius Orestes vom Balkon gestoßen«, sagte eine Frau.

Der Menschenauflauf an den Marmorstufen wurde immer größer, und alle schauten nach oben.

»Neeve? Bist du das?«, fragte Marcellus nach oben.

»Ja«, antwortete Neeve benommen.

Marcellus starrte sie an, sagte aber nichts.

34

Den ganzen Tag vor dem Angriff taten die Römer so, als bereiteten sie ihren Rückzug vor. Vectis hatte ihnen befohlen, die Zelte abzubrechen, die Maultiere vor die Wagen zu spannen und die unbeschädigten Katapulte abzuziehen.

Johlend und jubilierend standen die Stadtbewohner auf den Mauern. Sie tranken Unmengen von Wein und brüllten zu den besiegten Römern hinunter, bis sie ganz heiser waren. Schließlich hatten sie einen Grund zum Feiern; nach einjähriger Belagerung zogen die verhassten Römer endlich ab.

Bis Sonnenuntergang waren die meisten Zelte abgebaut. Nur das Feldherrenzelt und das Krankenrevier in der Mitte des Hauptlagers standen noch. Die Soldaten waren mit den letzten Vorbereitungen für ihren Rückmarsch nach Porolissum südlich der Grenze beschäftigt, und niemand aus der Stadt schien zu merken, dass zwei Kohorten sich auf der anderen Seite der Stadt versteckt hatten.

Vectis hatte Siccius, den Ersten Centurio, gebeten, die tausend besten Soldaten für den Überraschungsangriff auszusuchen. Von ihnen wählte Siccius fünfzig aus, von denen vierzig durch den Gang unter der Mauer in die Stadt einfallen sollten, und zehn, die besten der fünfzig, sollten mit Vectis den Wachtturm nehmen. Außerdem stellte er zehn skythische Bogenschützen und drei Soldaten, die die Sprache der Kostoboken beherrschten, ab.

Eine Stunde nach Einbruch der Dunkelheit führte Vectis fünfzig Fußsoldaten, zehn Bogenschützen und drei Übersetzer über das freie Feld zum Wachtturm neben dem alten Flussbett. Sie entfernten die Steine, und dann verschwanden die voll bewaffneten Fußsoldaten einer nach dem anderen in dem Gang. Aus Sorge davor, entdeckt zu werden, und weil es schon so spät war, begann Vectis seinen Einsatz bereits, als erst dreißig Mann unter der Mauer Richtung Stadt waren. Er gab den verbliebenen Männern ein Zeichen, sich im Halbkreis aufzustellen und den Zugang zum Turm abzuschneiden. Dann stiegen er und »seine« zehn Männer die Treppe zum Wachtturm hinauf.

Vor den Mauern wartete der Erste Centurio mit dem Rest der Kohorte auf Vectis' Erstürmung des Turms. Der Plan war einfach: Vectis und seine Männer sollten den Turm und die Wehrgänge auf der Mauer einnehmen. Der Centurio und seine Soldaten sollten auf mit Haken versehenen Leitern die genommenen Mauern erklimmen, und von dort aus sollten sich die tausend Mann zum Stadttor durchkämpfen, vor dem die Hauptstreitmacht schon auf sie wartete.

Alles hing vom Überraschungseffekt ab und davon, wie viel Wein die Bewohner der Stadt getrunken hatten.

Das Treppenhaus des Turms war dunkel und eng und roch schimmelig. Die Soldaten bewegten sich vorsichtig, aber ihre Schritte erzeugten einen Widerhall, von dem Vectis befürchtete, dass er oben auf den Zinnen gehört würde.

Als Vectis den Ausgang zur Plattform erreichte, blieb er wie angewurzelt stehen. Schnarchen. Er konnte es kaum glauben. Da schnarchte jemand auf dem Mauerturm. Er bewegte sich vorsichtig auf die Bogentür zu. Es stank nach Wein. Er lächelte. Er hatte zwar gehofft, dass der Anblick von Römern, die ihre Zelte abbrachen, Anlass zum Feiern geben würde, aber ein Wachtturm mit schnarchenden Soldaten übertraf selbst seine kühnsten Hoffnungen. Kein Zweifel – die Stadtoberen hatten ihre Weinvorräte angezapft, um den Abzug der Römer gebührend zu feiern. Und am ausgiebigsten gefeiert hatten offenbar diese Wachtposten.

Als Vectis den Kopf um die Ecke streckte, sah er fünf Männer neben ihren Weinschläuchen auf dem Boden liegen. Vier weitere saßen mit dem Rücken gegen die steinerne Brustwehr gelehnt, den Kopf auf die Brust gesenkt. Er ging durch den Eingang und sah fünf oder sechs weitere Wachen, die mit dem Rücken zu ihm auf die römischen Linien starrten. Auch sie hatten getrunken. Einige standen auf unsicheren Beinen da, der Rest hing über der Brustwehr, sich an den Zinnen festhaltend.

Vectis spielte schon mit dem Gedanken weiterzugehen, um nachzusehen, wo die anderen sechs oder sieben Wachen waren, entschied sich dann aber dagegen. Vermutlich befanden sie sich gerade irgendwo auf dem Wehrgang. Er schlich zurück zur Treppe und gab den anderen mit einem Nicken zu verstehen, dass alles wie geplant lief. Dann zog er seinen Dolch für den bevorstehenden Nahkampf. Eine zehn Zoll lange Klinge war schnell und tödlich. Die Soldaten im Treppenhaus steckten ihre Schwerter wieder in die Scheide, zogen ihre Dolche und drängten hinauf zum Ausgang.

Plötzlich kam ein Wachtposten von der Mauer auf den Turm, traktierte die am Boden Liegenden mit Fußtritten und rief ihnen etwas zu. Vectis fluchte. Er hätte früher zuschlagen sollen. Er war allzu vorsichtig gewesen, indem er versucht hatte, vor dem Angriff jeden einzelnen Posten zu lokalisieren.

Die Soldaten auf dem Boden murmelten etwas, das wie Fluchen klang. Der Wächter von der Mauer lachte und schlurfte zurück auf seinen Posten.

Vectis konzentrierte sich auf die Tür. Er hörte leise Stimmen. Er wartete, bis sie verklungen waren, schaute zu seinen Soldaten zurück, schloss die Hand fester um den Dolch und stürmte den Turm.

Zuerst machten sie die Wachen nieder, die über die Brustwehr starrten, dann die, die sich, völlig verwirrt, aufrappelten. Zum Schluss kamen die Betrunkenen auf dem Boden an die Reihe, die, kaum hochgekommen, in ihr Blut zurücksanken. In Sekundenschnelle war der Wachtturm genommen.

Vectis riss den Kopf herum und ließ den Blick über den Wehrgang schweifen. Niemand hatte das Gemetzel auf dem Turm bemerkt – niemand außer einem Wachtposten, der durch einen Nebel aus Alkohol in ihre Richtung starrte. »Los!«, sagte Vectis und deutete auf den Wehrgang. »Schnappt ihn euch, bevor er aufwacht. Dann blockiert den Wehrgang so weit hinten wie nur irgend möglich. Los!«

Sofort teilten sich die Soldaten in zwei Gruppen auf, schwärmten aus, fünf nach rechts, fünf nach links. Der Wachsoldat blinzelte in Richtung der römischen Soldaten und wischte sich mit dem Ärmel über den Mund, als könne ihm das helfen, klarer zu sehen. Erst in letzter Sekunde erkannte er die Gefahr, stieß einen Schrei aus und taumelte rückwärts. Ein Dolch schoss auf seinen Hals zu.

Er griff nach seinem Schwert. Zu spät. Seine Beine gaben nach, und er sackte lautlos zusammen.

Vectis zog ein weißes Tuch aus seiner Tunika und gab sowohl dem wartenden Ersten Centurio ein Zeichen, als auch den Männern, die unten um den Turmeingang postiert waren. Sie und drei Skythen rannten zur Verstärkung die Treppe hoch. Über das freie Feld vor der Stadt bewegten sich die Soldaten des Ersten Centurios. Sie waren zu laut. Als Hilfstruppen waren sie zu schlecht ausgebildet, und so hallte das Stampfen von Füßen und das Klirren von Metall über die Ebene. Vectis stöhnte. Dieses dilettantische Heranrücken musste selbst den betrunkensten Stadtbewohner aus dem Schlaf reißen.

Von den Türmen entlang der Mauer erklangen Rufe.

Und Hörner.

Vectis sprang auf den Wehrgang und trieb die Soldaten zur Eile an. Da die Feinde bereits die Hörner bliesen, mussten sie sich nicht mehr leise und ruhig verhalten. »Schneller! Schneller!«, brüllte er den Soldaten vor der Stadtmauer zu. Endlich kamen sie an der Mauer an, warfen ihre Haken über die Brüstung und kletterten die Leitern hoch.

Es hagelte Pfeilgeschosse. Vectis duckte sich hinter die Brustwehr. Rund zwanzig Bogenschützen vom Turm am anderen Ende waren über den Wehrgang gerannt, um ihren Kameraden zu Hilfe zu eilen. Auch wenn sie nicht zielgenau treffen konnten, so wusste ihr Offizier, warum er den Befehl zum Beschuss gegeben hatte; unter einem solchen Pfeilhagel war es für die römischen Soldaten schwierig, die Stadtmauer zu erklimmen. Schon über ein Dutzend von ihnen waren getroffen worden, und die am Fuß der Leitern zögerten bereits.

»Centurio!«, schrie Vectis hinunter. »Die Leitern hoch!«

Die Morgendämmerung brach an, und der gegnerische Befehlshaber konnte nun abschätzen, wie viele Römer dabei waren, die Mauern zu erklimmen. Vectis ließ den Blick über die Straßen der Stadt schweifen. Abgesehen von einem Exerzierplatz in der Nähe des nächsten Turms war alles leer. Dort formierten sich Soldaten zur Verteidigung. Der Mann, der den Befehl über den nächsten Turm übernommen hatte, schien als Einziger die Gefahr richtig einzuschätzen. Seit fünf Minuten stießen seine Bläser nun schon in die Hörner, aber nur wenige ihrer Kameraden hatten ihnen geantwortet. Offenbar hatten sich die meisten bis zur Besinnungslosigkeit betrunken oder sich irgendwo versteckt. Da Römer nicht für ihre Kriegslist bekannt waren, sondern für ihre zahlenmäßige Überlegenheit, mussten die Stadtbewohner annehmen, dass Tausende römischer Soldaten in die Stadt eingedrungen waren.

Es sah gut aus für die Invasoren.

Nun aber stand Vectis vor der Aufgabe, seine Soldaten in die Stadt zu bringen. Sie waren es nicht gewohnt, sich schnell zu bewegen, hatten keine Ahnung, wie wichtig Schnelligkeit im Kampf sein konnte. Vectis sah ihnen zähneknirschend zu. Dieser Dummkopf Commodus hätte seinem Ersten Centurio die Freiheit geben sollen, seine Leute zu drillen. Die Soldaten kletterten über die Mauer wie alte Männer, die sich über den Rand einer Badewanne quälten. Ein guter Soldat wusste, dass es wichtig war, so schnell wie möglich die Leiter hinaufzuklettern und über die Mauer zu kommen, aber diese Männer stiegen gemächlich auf und hielten sich dabei auch noch die Schilde vor den Körper.

Vectis schnaubte verärgert. Betrunken oder nicht – früher oder später würde der Feind sich neu organisieren und einen Gegenangriff starten.

Und dann sah er die leeren Leitern.

Er beugte sich über die Mauer und suchte nach der Ursache für das Problem.

Die Soldaten versammelten sich um gefallene Kameraden, statt die Mauern zu erklimmen. Andere waren auf dem Weg zu den Leitern, die weiter vom Schussfeld der Bogenschützen entfernt waren. »Centurio!«, brüllte Vectis. »Bring die Männer hoch!«

Aber der Centurio gab längst seine Befehle. Die Männer hörten einfach nicht auf ihn. Commodus hatte seinem Centurio so oft widersprochen, dass sie die feindlichen Pfeile mehr fürchteten als seinen Zorn. Vectis setzte an, um weitere Befehle herauszuschreien, erkannte dann aber, dass es keinen Sinn hatte. Er riss den Kopf herum und hielt nach einem Skythen Ausschau. »Du da«, rief er. »Mir nach.«

Mit dem Skythen im Schlepptau rannte Vectis auf die leeren Leitern zu. Er brüllte zu den Soldaten hinunter, die sich aneinander drängten und die Schilde über den Kopf hielten. »Hoch mit euch!«, schrie er, aber sie schienen ihn nicht zu hören.

Er rief noch einmal.

Sie schauten hoch.

»Auf die Leitern!«

Sie zögerten.

Vectis wandte sich dem Skythen zu und zeigte auf einen Mann am Rand der Gruppe. »Nimm den da«, befahl er.

Die schwarzen Augen des Skythen schnellten zu dem Mann und dann zurück zu Vectis.

»Wenn du nicht sofort schießt, werden wir alle sterben«, sagte Vectis.

Der Skythe schwang seinen Bogen herum und feuerte den Pfeil ab. Er traf den Mann in der Kehle. Die Soldaten starrten ihren gefallenen Kameraden fassungslos an.

»Wenn das hier vorbei ist«, rief Vectis, »werde ich jeden von euch köpfen lassen …«

Er musste den Satz nicht zu Ende führen. Die gesamte Gruppe stürzte auf die Leitern zu.

Weiter hinten hörte Vectis, wie der Centurio einen Soldaten antrieb hochzusteigen. »Rauf mit dir!«, bellte er. »Die anderen sind schon in der Stadt!« Der Mann aber weigerte sich weiterzuklettern. Da zog der Centurio sein Schwert, kletterte zu ihm und stieß es dem Mann in den Rücken.

Es dauerte nicht lange, bis sich auf sämtlichen Leitern Soldaten mit halbwegs akzeptabler Geschwindigkeit nach oben bewegten. Vectis lief über den Wehrgang, ohne auf die Pfeile zu achten, die ihm um die Ohren sirrten. Für Vorsicht war keine Zeit. Er packte so viele Soldaten, wie er nur konnte, und zog sie über die Mauer. Einige stellte er zur Bewachung des Wehrgangs ab, die Übrigen schickte er nach unten, wo sie die Rechteckformation bilden sollten.

»Eure Befehle, Tribun?« Der Erste Centurio war auf dem Wachtturm angekommen.

»Formation bilden«, sagte Vectis. »Wir müssen das Stadttor einnehmen, sofort.«

Der Centurio hastete nach unten. Vectis nahm sich einen Moment Zeit, die schmalen Gassen zu inspizieren, die zum Stadttor führten. Der gegnerische Befehlshaber hatte Vectis' Absicht erraten. Seine Soldaten blockierten die Straßen mit allem, was sie aus den Häusern zerren konnten. Sie rissen Dächer und Mauern ab und hängten Türen aus, um mit all dem Schutt gewaltige Sperren zu errichten. Dann schütteten sie Teer darauf und steckten alles in Brand. Wolken von schwarzem Ruß stiegen auf und versperrten Vectis die Sicht.

Eine Straße aber blieb offen. Vectis blinzelte in den Rauch, gab jedoch schnell auf. Wozu ließ der Gegner eine einzige Straße offen? Aus Versehen? Vectis hastete die Stufen hinunter.

Unten kam schon der Centurio auf ihn zu. »Kundschafter berichten, dass eine Hauptstraße zum Stadttor noch frei ist. Wollt Ihr vorrücken?«

»Ich habe sie gesehen, bevor der Rauch dichter wurde«, erklärte Vectis. »Aber die Sache gefällt mir nicht.«

»Eine Falle?«, fragte der Centurio.

»Ich glaube, ihr Befehlshaber will, dass wir genau durch diese Straße marschieren«, meinte Vectis.

Der Centurio schnitt eine Grimasse. »Wenn es eine Falle ist, wird er seine Bogenschützen in ebenerdigen Gebäuden aufstellen, in den höheren Stockwerken versperrt der Rauch ihnen die Sicht. Aber wo sie auch sind – eine Schildkröten-Formation können sie nicht aufhalten.« Er schaute zu den Soldaten, die auf der Straße unweit vom Turm Aufstellung genommen hatten. »Selbst diese Hilfstruppen können eine Schildkröte bilden.«

»Ich habe da noch etwas gesehen«, erklärte Vectis. »Es sah aus, als befänden sich auf den Dächern der Häuser Männer. Bogenschützen können es nicht sein, weil ihnen der Rauch, wie Ihr ja schon gesagt habt, die Sicht versperren würde.«

»Was machen die da oben?«

»Sie wirkten sehr beschäftigt.«

Der Centurio nickte. Er hatte verstanden. »Das sind alte Häuser«, sagte er. »Sie lockern Steine auf dem Dach, und wenn wir dann durchmarschieren, werfen sie sie auf uns. Wir würden weder sie noch die Steine sehen.«

»Und in dem Chaos, das dann entsteht, können ihre Bogenschützen auf dem Boden uns in aller Ruhe fertig machen«, ergänzte Vectis.

»Gar nicht so dumm, dieser Mann«, nickte der Centurio.

»Ja, der kennt die römische Strategie und weiß, dass wir nichts lieber tun würden, als in Schildkröten-Formation durch die Straße zu marschieren.«

»Ihr wollt an den Feuern vorbei?«, fragte der Centurio.

»Nein«, sagte Vectis. »Wir tun etwas, das er nicht erwartet. Wir wenden eine List an wie die Barbaren. Ich nehme ein Drittel der Männer, umgehe die Feuer und stoße von der anderen Seite auf das Stadttor vor. Das braucht zwar seine Zeit, aber ich denke, ich kann es schaffen, den gegnerischen Truppen in den Rücken zu fallen.«

»Tribun, auf unsere Leute ist kein Verlass. Ihr habt sie doch gesehen ...«

»Ich nehme die Skythen mit und die fünfzig, die mit mir unter der Mauer durchgekrochen sind. Die sind gar nicht so schlecht. Und der Rest wird seine Pflicht tun, dafür garantiere ich.«

Der Centurio nickte. »Ich werde den Feind davon überzeugen, dass wir in seine Falle tappen«, sagte er. »Aber ich bitte Euch, Euch schnell zu bewegen.«

Vectis führte seine Leute im Laufschritt durch die raucherfüllten Straßen. Ihre Lungen brannten vom Ruß, aber sie liefen weiter. Vectis schickte Kundschafter voraus, die einen Weg um die Feuer herum finden sollten, was sich aber als schwierig erwies. Abseits der Hauptstraßen verirrte man sich allzu leicht in den engen Gassen, die meist noch weiter vom Stadttor wegführten. Der Rauch wurde weniger, aber jetzt stanken die Straßen nach Abfall und Verwesung. Vectis nahm an, dass die Stadtbewohner in bestimmten Häusern ihre Toten aufbewahrten. Der Gestank jedenfalls war grauenhaft; Rauch und Ruß waren erträglicher gewesen.

Alle ein oder zwei Häuserblocks wurden von der Seite oder von hinten Pfeile auf sie abgefeuert. Verwundete Soldaten, die nicht mehr Schritt halten konnten, hinkten hinterher wie kranke Schafe. Jeder hörte ihre Schreie, und die Männer drängten sich dichter aneinander.

Die Zeit wurde knapp. Sie mussten einen Weg zum Stadttor finden, und zwar bald. Sie brauchten über eine Viertelstunde, bevor sie eine Hauptstraße erreichten, die zum Stadttor führte. Aber immerhin hatten sie es geschafft, den organisierten Widerstand zu umgehen.

Immer öfter liefen ihnen Gruppen führerloser Soldaten über den Weg. Auf Vectis' Befehl riefen die Übersetzer in der Sprache der Kostoboken: »Fünftausend römische Soldaten sind in eurer Stadt. Legt die Waffen nieder. Rom wird alle verschonen mit Ausnahme der Anführer.«

Bald gaben die Kostoboken selbst die Nachricht weiter, und es wurde immer schwieriger, all die Menschen zur Seite zu drängen, die sich ergeben wollten. Vectis wusste, dass er rasch zum Stadttor kommen musste, und so wies er die Übersetzer an zu rufen: »Legt die Waffen nieder, und ergebt euch den Soldaten, die nach uns kommen. Nur die Anführer werden bestraft.«

Die Soldaten der Kostoboken legten die Waffen nieder und hielten angestrengt Ausschau nach den römischen Soldaten, die angeblich folgen sollten.

Vectis und seine Männer aber beschleunigten ihre Schritte, bis die Straße nach einer Kurve plötzlich in einen großen Platz mündete. Vor ihnen lag das gewaltige Torhaus – und auf dem Platz bewegten sich über tausend Soldaten der Kostoboken.

Die winzige römische Streitmacht kam abrupt zum Stehen.

Die feindlichen Soldaten starrten die Römer an.

Vectis atmete einmal tief durch. Dann gab er den Übersetzern ein Zeichen, und die riefen: »Fünftausend römische Soldaten sind in eurer Stadt. Legt die Waffen nieder. Rom wird alle verschonen mit Ausnahme der Anführer.«

Die gegnerischen Soldaten blieben, wo sie waren, fassungslos.

Oben vom Torhaus rief jemand in einem weißen Gewand den Soldaten etwas zu. Er war offenbar ein wichtiger Mann, und da er vor den Gedärmen einer Ziege stand, nahm Vectis an, dass es sich um den Hohepriester handelte. Vectis gab den Skythen ein Signal. Die Krieger spannten in einer einzigen geschmeidigen Bewegung ihre Bogen, und der Priester stürzte zu Boden, die Brust von Pfeilen durchbohrt.

»Legt die Waffen nieder«, wiederholten die Übersetzer. »Und ergebt euch den römischen Soldaten, die nach uns kommen. Nur die Anführer werden bestraft.«

Niemand rührte sich.

»Legt eure Waffen nieder«, riefen die Übersetzer noch einmal. »Nur die Anführer werden bestraft.«

Ein Schwert fiel zu Boden.

Weitere folgten.

Bald darauf hallte auf dem Platz das Klirren von Schwertern wider, die auf das Pflaster trafen.

Vectis marschierte mit einem Teil seiner Männer entschlossen auf das Tor zu, während er die anderen am Rand des Platzes verteilte. »Mit dem Gesicht nach unten hinlegen«, riefen die Übersetzer.

Vectis' Soldaten hoben den Riegelbalken und öffneten das Tor.

Ein gewaltiges Gebrüll erfüllte den Platz, als sich Tausende Römer in die Stadt ergossen. Wer von den Kostoboken noch nicht auf dem Boden lag, warf sich schleunigst hin und ließ Messer und Schwert fallen. Vectis wies die Offiziere an, die Waffen einzusammeln und die Stadt zu sichern. Dann machte er sich mit zwei Kohorten auf den Weg zu dem listigen Befehlshaber der Stadt.

Auf halbem Weg schloss sich ihm der Erste Centurio an.

»Der Befehlshaber hat sich mit seinen Soldaten in einem Wachtturm verschanzt«, erklärte der Centurio. »Er weiß, dass das Stadttor offen ist.«

Als sie den Turm erreichten, musste Vectis feststellen, dass der Aufgang mit Steinen versperrt war. Der einzige Weg zu ihm führte über die Stadtmauer.

»Wir können ihn von den Seiten in die Zange nehmen«, meinte der Centurio, »aber das wird Blut kosten.«

»Holt die Übersetzer«, befahl Vectis.

Die Übersetzer riefen: »Das römische Heer kontrolliert eure

Stadt. Ihr sitzt in der Falle. Ergebt euch, nur die Anführer werden bestraft.«

Die Verteidiger auf dem Turm und entlang der Mauer aber riefen zurück: »Wir sind Soldaten. Wir kämpfen für unseren Anführer.«

Vectis stellte sich neben einen Übersetzer und sagte: »Wenn ihr unbedingt sterben wollt, könnt ihr das. Aber ich werde nicht das Leben eines einzigen Römers auf euch verschwenden.« Er blickte auf die hölzernen Gebäude um sich herum. »Ich werde eure Häuser abreißen, das Holz an eurem Turm und eurer Mauer aufstapeln und dann alles anzünden.«

Die Soldaten auf dem Turm begannen alle auf einmal zu rufen. Es war offensichtlich, dass sie sich nicht ergeben würden. Ihre Treue zu ihrem Befehlshaber war unerschütterlich.

»Ihr habt eine Minute, um euch zu entscheiden«, erklärte Vectis.

Der Anführer erschien auf der Mauer. »Wenn ich mich ergebe, werdet ihr dann diese Männer am Leben lassen?«

»Das sagte ich bereits«, antwortete Vectis.

Die Soldaten auf der Mauer scharten sich um ihren Anführer und flehten ihn an, sich nicht zu ergeben. Er aber ignorierte sie, schnallte seinen Schwertgürtel ab und warf die Waffe über die Brustwehr.

Die Römer versammelten sich auf dem großen Platz gegenüber vom Torhaus. Vectis war es gelungen, die Plünderungen und Vergewaltigungen auf ein Minimum zu beschränken, indem er den Offizieren erklärte, er würde sie für die Ausschreitungen ihrer Soldaten verantwortlich machen. In einem Abschnitt der Stadt kam es dennoch zu Exzessen. Dutzende von Männern wurden allein aus dem Grund ermordet, weil sie sich schützend vor ihre Frauen stellten. Aus disziplinarischen Gründen ließ Vectis den verantwortlichen Offizier vor der Stadtmauer auspeitschen.

Dann wurde die zwanzigköpfige Stadtregierung Vectis vorgeführt. Die Männer waren vornehm gekleidet, ihre Hände schmückten Ringe mit Edelsteinen, und ihre Augen waren blutunterlaufen. Offenbar hatten sie ein wenig zu früh mit dem Feiern angefangen. Alle waren in den vornehmsten Häusern der Stadt aufgegriffen worden, wo sie sich versteckt hatten – einige mit Frauen, andere mit Knaben, wieder andere allein. Vectis ordnete an, sie auszuziehen und nackt an der Stadtmauer aufzuhängen.

Dann kam der Befehlshaber der Wachen mit seinen Offizieren. Bis auf einen waren alle, die Vectis' Ansturm überlebt hatten, im Vollrausch aufgefunden worden. Vectis wollte gerade das Urteil über sie sprechen, als eine Prozession von Pferden unter lautem Hufgetrappel durchs Tor kam. Der Oberbefehlshaber ritt in die Stadt ein. Hochherrschaftlich saß er auf seinem Schimmel, flankiert von seinen numidischen Leibwächtern auf ihren rabenschwarzen Hengsten.

Vectis packte die Wut.

Commodus hatte versprochen, in seinem Zelt zu bleiben, bis die Stadt eingenommen und Recht gesprochen war. Aber nun war er hier, das Schwert gezogen und mit wütend zusammengekniffenem Mund, und seine blonde Perücke hüpfte mit jeder Bewegung seiner Stute auf und ab.

Als er die nackten Leichen an der Stadtmauer erblickte, nickte er zustimmend. Er deutete mit einer weichen, rosafarbenen Hand auf die Gehenkten: »Da hätten wir ja die Kerle, die mich verspottet haben. Ich bedauere nur, ihre Gesichter nicht im Augenblick des Todes gesehen zu haben. Aber wo sind ihre Frauen und Kinder? Ich will, dass sie alle hängen.« Er kniff die Augen zusammen und überflog die Schar der Stadtbewohner. »Übersetzer! Wo ist ein Übersetzer? Ich habe viel zu sagen.«

Vectis trat vor. »Oberbefehlshaber, ich muss mit Euch sprechen.«

»Ja, ja«, sagte Commodus, während er weiter nach einem Übersetzer Ausschau hielt.

»Und zwar sofort, Oberbefehlshaber. Es ist dringend.«

»Bei Euch ist immer alles dringend«, zischte Commodus.

Vectis gab einem der Numider ein Zeichen und sagte: »Hilf dem Oberbefehlshaber absitzen.«

»Ich kann auch allein absitzen«, erklärte Commodus wütend.

Kaum hatten Commodus' Füße den Boden berührt, drehte sich Vectis auch schon um und ging auf das Torhaus zu. »Wir können in der Wachstube miteinander reden«, sagte er über die Schulter.

Der Trick war alt, aber er funktionierte. Wenn man erst einmal in Bewegung ist, folgen einem die Leute automatisch.

Vectis wartete in der Wachstube.

Als Commodus hereinkam, schimpfte er in seiner irritierend hohen Stimme vor sich hin. »… und jetzt unterbrecht Ihr mich auch noch, wo ich gerade dabei war …«

Vectis schlug die Tür hinter Commodus zu und schaute ihn fest an. »Ihr solltet jetzt eigentlich in Eurem Zelt sein«, sagte er durch die Zähne. »Ich habe mit diesen Leuten bestimmte Vereinbarungen getroffen und beabsichtige, diese auch einzuhalten.«

Commodus trat einen Schritt zurück und entgegnete: »Ihr vergesst Euch, Tribun. Ich werde Euch von einem Felsen stoßen lassen …«

»Die Zeiten sind vorbei«, erklärte Vectis. »Jeder Soldat da draußen weiß, dass ich diese Stadt in einer einzigen Nacht eingenommen habe, während Ihr ein Jahr lang nur ratlos herumgestanden habt. Das Heer würde Euer Vorgehen als pure Eifersucht auffassen und Euch als Mörder zur Verantwortung ziehen … ich nehme an, dass man Euch mit Ruten zu Tode peitschen wird.«

»Ich … ich bin der Befehlshaber von …«

»Ihr habt die Wahl«, sagte Vectis. »Entweder Ihr haltet den Mund, wenn wir wieder rausgehen; dann lobe ich Euch für Eure brillante Planung, und alle Menschen von hier bis nach Rom werden Euch als großen Feldherrn und Eroberer behandeln … oder Ihr tobt Eure Verrücktheit aus und schlachtet die halbe Stadt ab.« Vectis fixierte Commodus mit den Augen. »Aber wenn Ihr hier ein Blutbad anrichtet, werde ich dafür sorgen, dass jedes Kind in Rom erfährt, dass Ihr Euch in Eurem Zelt verkrochen habt, während ich damit beschäftigt war, wieder in Ordnung zu bringen, was Ihr an Chaos angerichtet habt.«

»Diese Leute haben sich über mich lustig gemacht«, klagte Commodus. »Warum kümmert Euch, was ich mit ihnen mache?«

»Es kümmert mich, weil ich ihnen mein Wort als römischer Offizier gegeben habe, alle bis auf die Anführer am Leben zu lassen.«

»Aber ich bin …«

»Entscheidet Euch«, sagte Vectis und ging hinaus.

Kurz darauf schritt der Oberbefehlshaber aus der Tür, ging zu seinem Pferd. Er setzte den Fuß auf den Rücken eines seiner numidischen Leibwächter, hielt seine Perücke fest und saß auf. »Der Tribun … äh … machte sich Sorgen über einen Bericht, in dem von Truppenbewegungen der germanischen Stämme nördlich von hier die Rede war«, erklärte Commodus in gespielt nachdenklichem Ton. »Aber ich empfange täglich Kuriere … und ich habe ihm versichert – und ich kann auch euch versichern –, dass wir keinen Angriff von Seiten der Germanen zu befürchten haben.« Dann wandte er sich zu Vectis um und sagte: »Tribun, Ihr könnt weitermachen.«

Vectis dankte dem aufgeblasenen Esel für seine beruhigende Nachricht und gab das Zeichen, den Befehlshaber der städtischen Wache und seine Offiziere an die Wand zu stellen und mit dem Schwert zu richten. Sie hatten ihre Posten verlassen und sich betrunken, aber sie waren trotz allem Soldaten und verdienten einen ehrenvollen Tod.

»Gut gemacht«, sagte Commodus, als sie die getöteten Soldaten wegschleppten. Er schaute Vectis an, zog die Mundwinkel herunter und nickte zustimmend.

Vectis biss sich auf die Zunge. Die Hingerichteten waren Feinde gewesen und hatten als Soldaten ihre Pflicht vernachlässigt, aber immerhin waren sie gefasst in den Tod gegangen. Commodus dagegen war, wie er da mit einer vorgetäuschten Kriegsverletzung wichtigtuerisch auf seinem Pferd saß, eine Beleidigung für alle Soldaten, ob feindlich oder nicht. Vectis fragte sich, wie Commodus wohl reagieren würde, wenn er selbst gezwungen wäre, sich ins Schlachtgetümmel zu stürzen. Aber er kannte natürlich die Antwort und wandte sich angewidert ab.

»Bringt mir den Befehlshaber vom Turm«, befahl er.

Zwei Soldaten zerrten einen an den Händen gefesselten Mann vor ihn. Er war kräftiger und größer als Vectis, hatte kurzes Haar und ein knochiges Gesicht, das den Ausdruck eines Soldaten hatte, der sich mit dem Tod bereits abgefunden hat.

»Name und Rang?«, ließ Vectis den Übersetzer fragen.

»Thrasylos Stoboi, Befehlshaber einer Wachabteilung.«

»Du hast mir viel Ärger bereitet«, sagte Vectis.

»Nicht annähernd genug«, erwiderte der Mann.

»Weißt du, warum ich mir deine Person bis zuletzt aufgehoben habe?«

Er schnaubte verächtlich.

»Weißt du es?«

»Ihr wollt ein Exempel statuieren«, antwortete der Soldat. »Das machen die Römer doch gern mit Leuten, die sich ihnen widersetzen. Tut also, was Ihr nicht lassen könnt. Ich habe keine Angst.« Er wandte sich der Menschenmenge zu und wiederholte laut: »Hört ihr mich? Ich habe keine Angst.«

»Hast du Angst vor dem Leben?«, fragte Vectis, als das Gemurmel nachließ.

Der Mann schaute den Übersetzer an, als habe er Vectis nicht richtig verstanden.

»Du bist ein würdiger Gegner«, erklärte Vectis, »und ein erstklassiger Offizier. Das weiß ich, weil deine Männer bereit sind, für dich in den Tod zu gehen.«

»Meine Soldaten?«, erwiderte der andere mit einer Spur Bitterkeit in der Stimme. »Ich habe meine Männer im Stich gelassen.«

»Es gab keinen Ausweg für dich«, sagte Vectis. »Deine Vorgesetzten haben dich im Stich gelassen. Das ist das Üble am Krieg. Immer müssen die Tapfersten dran glauben.«

Der Mann wusste nicht, was er sagen sollte.

»Du sagst, du fürchtest dich nicht vor dem Tod. Aber willst du sterben?«

»Leben ist besser als sterben«, sagte er, um sogleich hinzuzufügen: »Außer, wenn es ein Leben ohne Ehre ist.«

»Wir brauchen befreundete Städte jenseits unserer Nordostgrenze«, erklärte Vectis. »Städte, die Tribut zahlen und uns Römer willkommen heißen. Aber wir brauchen auch starke Männer, die diese Städte führen.«

»Abhängige Städte.«

»Neutrale Städte«, korrigierte ihn Vectis. »Wir erheben keinen Anspruch auf dieses Territorium oder auf euren Einflussbereich. Aber wir können an unseren Grenzen keine Städte dulden, die dem

Römischen Reich feindselig gegenüberstehen. Deshalb frage ich Euch: Habt Ihr Angst zu leben?«

»Ich habe keine Angst zu leben, wenn diese Stadt wirkliche Freiheit genießt«, sagte er.

»Rom will, dass die Überfälle auf unsere Vorposten aufhören. Sicherst du zu, in eurer Stadt keine Plünderer und Diebe, Räuber und Aufständische zu dulden?«

»Von dieser Stadt werden keine Überfälle ausgehen«, erklärte er. »Das sichere ich zu.«

Vectis zückte seinen Dolch und schnitt die Fesseln an den Handgelenken des anderen durch. In der Menge brach großer Jubel aus.

Commodus rutschte nervös auf seinem Pferd hin und her, sagte aber nichts.

Der Erste Centurio trat an Vectis heran. »Wir haben die Freudenmädchen zusammengetrieben, die auf der Mauer getanzt haben«, sagte er. »So viele, wie wir finden konnten.«

»Bringt sie her«, befahl Vectis.

Neun Frauen in abgerissenen Kleidern schlurften auf ihn zu. Sie murmelten ununterbrochen etwas in der Sprache der Kostobokoi, ohne auch nur einmal den Blick zu Vectis zu heben.

»Was sagen sie da?«, fragte Vectis.

»Sie beten immer wieder ›Herr, hab Erbarmen mit uns‹«, erklärte der Übersetzer.

Vectis schaute zu Commodus hinüber, der rot anlief, als er die Freudenmädchen erblickte. Dann sagte Vectis zum Übersetzer: »Wiederhole laut und deutlich, was ich jetzt sage. Ich will, dass es alle hören.«

Der Übersetzer nickte.

»Der große Gaius Commodus«, rief Vectis, »Oberbefehlshaber von Roms kaiserlichen Truppen jenseits der dakischen Grenze … ist schrecklich und gnadenvoll zugleich.« Er wartete, bis der Übersetzer fertig war. »Von ihm stammt der Plan zur Einnahme dieser Stadt. Ich diente lediglich als sein Werkzeug.«

Commodus straffte die Schultern und ließ den Blick über die Bewohner der Stadt schweifen. Er tat sein Bestes, um so Furcht erregend wie nur irgend möglich zu wirken.

»Als Tribut wird der Oberbefehlshaber die Stadtkasse sowie ein Zehntel der Besitztümer der Wohlhabenden beanspruchen.«

Die Menge blieb ruhig. Die Menschen hatten befürchtet, weit mehr zu verlieren.

»Aber unser großer Heerführer ist großzügig. Ihr seid nun Freunde Roms. Um unsere Freundschaft zu besiegeln, hat der Oberbefehlshaber beschlossen, dass eure heiligen Tempel nicht angetastet werden sollen. Sämtliche heiligen Gegenstände sollen an ihrem angestammten Platz bleiben.«

Ausgelassener Jubel erfüllte den Platz.

Commodus riss den Kopf herum. Seine Perücke rutschte zur Seite.

Vectis wandte sich wieder den Freudenmädchen zu. Sie hielten die Köpfe noch immer gesenkt, waren aber ebenso wie die Menge verblüfft über die wohlwollende Behandlung durch ihre Eroberer und schöpften wieder Hoffnung. Lauter als vorher murmelten sie: »Herr, hab Erbarmen mit uns, Herr, hab Erbarmen mit uns.«

»Der Oberbefehlshaber hat wenig übrig für jene, die Rom verspotten«, erklärte Vectis streng. »Aber als starker Mann hat er Respekt vor starken Menschen, auch wenn es sich nur um Frauen handelt. Er begnadigt euch.«

Einen Augenblick lang standen die Frauen wie erstarrt da, als könnten sie ihr Glück kaum fassen. Einige weinten, andere falteten die Hände und stöhnten, wieder andere warfen sich Vectis voller Dankbarkeit zu Füßen.

»Nein, nein«, sagte Vectis. »Dankt dem Oberbefehlshaber. Er ist euer Wohltäter.«

Die Freudenmädchen gehorchten auf der Stelle, rannten auf den noch immer auf seinem Pferd thronenden Commodus zu und bedeckten seine Füße mit Küssen. Der Anblick von Commodus, der verzweifelt versuchte, sich der Frauen zu erwehren, war der vergnüglichste Moment, den Vectis seit seiner Abreise aus Italien erlebte. Er wünschte, Julian hätte die Szene miterleben können.

Dann hatte Vectis noch eine Idee, wie er Commodus ärgern könnte. Er drehte sich zum Centurio um und sagte: »Die Ratsmitglieder werden ihre Gewänder nicht mehr brauchen. Gebt jeder von diesen Frauen eines davon und lasst an jedem Gewand ein paar Spangen. Sagt ihnen, der Oberbefehlshaber sei großzügig in seiner Gnade.«

Stunden später, als die Sonne schon tief am Himmel stand, dachte Vectis an Neeve. Alles, was ihm von ihr geblieben war, war die Erinnerung an sie. Er wusste, welche Verwüstungen der Krieg in Britannien angerichtet hatte, und fürchtete um ihr Leben. Er wollte nach Rom zurück und den Senat bitten, ihn wieder nach Britannien zu schicken. Ja, er wollte in Britannien nach ihr suchen.

Er wusste sehr wohl, dass Neeve sich nie ganz mit der Vorstellung versöhnt hatte, mit einem römischen Offizier verheiratet zu sein, geschweige denn mit der aggressiven Natur des Römischen Reichs. »Ich bin Soldat«, hatte er ihr vor langer Zeit erklärt. »Aber ich versuche immer gnädig zu sein, wenn ich meine Pflicht tue. Ich bin kein Schlächter.«

Er schaute hoch zu den Männern, die von der Stadtmauer herunterhingen, und fragte sich, was Neeve nun wohl von ihm denken würde. »Schneidet sie ab«, befahl er dem Centurio. »Und gebt die Leichname ihren Frauen und Familien zurück.«

35

Sammonicus riss die Augen auf. »Ein Unfall? Wie kann jemand auf einer Gesellschaft ums Leben kommen?«

Neeve schüttelte den Kopf. Sie war noch viel zu deprimiert, um zu antworten. Sie schloss die Augen und versuchte, langsam und kontrolliert zu atmen. Sie genoss die Gastfreundschaft des mächtigen Senators Titus Severus, und dann brachte sie es fertig, einen seiner Gäste umzubringen. Warum war sie nicht einfach weggegangen? Oder weggerannt oder hatte jemanden zu Hilfe gerufen? Ja, genau das hätte sie tun sollen – um Hilfe rufen. Aber nein, sie war wie immer zu stolz gewesen. Sie hatte ihr Problem selbst lösen wollen. Und jetzt war ein Mensch tot, und sie konnte in ernsthafte Schwierigkeiten geraten. Sie hatte alles getan, um Taranis zu helfen, und nun das.

»Herrin?«

»Ich möchte nicht darüber reden«, erklärte Neeve. »Mach dich fertig. Ich werde beim Frühstück mit dem Senator reden, und dann werden wir mit seiner Erlaubnis dieses Haus verlassen.«

»Und wohin fahren wir?«, fragte Sammonicus.

»Uns wird schon was einfallen.«

Am nächsten Morgen blieb Neeve am Eingang zum Speisezimmer stehen. Sie hatte Sammonicus zwar erklärt, sie würden nach dem Frühstück abreisen, aber sie machte sich große Sorgen darüber, wie die römischen Behörden die Situation sahen. Schließlich hatte sie einen Bürger Roms in den Tod gestoßen.

»Was für ein schöner Tag«, sagte Marcellus, als sie auf ihrer Liege Platz nahm.

»Du weißt genau, dass das nicht stimmt«, widersprach Neeve. Sie hatte beschlossen, den Vorfall direkt anzusprechen. »Ich habe Schande über euren Namen und dieses Haus gebracht.« Ihr Herz pochte laut. »Wenn der Senator eintrifft, werde ich ihm dasselbe sagen und dann auf der Stelle abreisen.«

»Ich fürchte, du bist dir über die Sache nicht ganz im Klaren«, sagte er.

Neeve schluckte. Sie war in Schwierigkeiten. Wenn in Britannien ein Stammesangehöriger einen römischen Bürger tötete, kamen die Soldaten und schleppten ihn vor das Stadtgericht. Die Botschaft für alle Nicht-Römer war eindeutig: Rom schützt seine Bürger. »Ich bin bereit, vor den Magistraten auszusagen«, erklärte sie. »Ich werde ihnen erzählen …«

»Neeve …«

»Ich werde ihnen erzählen, dass es ein Unfall war. Ja, genau, das sage ich ihnen … dass es einfach nur ein Unfall war. Ich hatte ja keine Ahnung, dass er …«

»Jetzt hör mir doch mal zu«, unterbrach Marcellus sie. »Mehrere Magistrate waren gestern Abend hier. Verstehst du? Orestes – so hieß der Mann – Orestes war berüchtigt für sein Verhalten, wenn er betrunken war. Erst letztes Jahr hat er sich an die Tochter eines Quästors herangemacht ... sie in die Quartiere der Sklaven gezerrt ... das war ein ziemlicher Skandal. Du hast also nichts zu befürchten.«

Neeve nippte an ihrem Apfelsaft. Sie war auf das Schlimmste gefasst gewesen und wusste jetzt nicht, was sie sagen sollte. Die Römer beschützten ihre Bürger doch sonst so konsequent. »Bist du dir da sicher?«, fragte sie.

»Ja. Mein Vater und ich sprachen gestern Abend noch mit den drei Magistraten, und für die ist die Angelegenheit erledigt. Ihrer Ansicht nach hat Orestes die gerechte Strafe für seine Ausschweifungen bekommen.«

Neeve hatte das Gefühl, dass die Welt sich allmählich wieder normal drehte. »Und was hat der Senator dazu gesagt?«

»Genau dasselbe. Es war ihm äußerst peinlich, dich einer solchen Situation ausgesetzt zu haben. Du bist schließlich unser Gast, und er meint, er hätte seine Gäste umsichtiger auswählen müssen ... es sei seine Schuld. Er hätte diesen Mann nie in sein Haus lassen dürfen.«

»Das ist sehr gütig vom Senator«, sagte Neeve.

»Mein Vater mochte den Mann nie. Mehr als einmal hat er sich darüber beklagt, dass Orestes sich mit saurem Wein abfüllt, bevor er zu uns kommt, und dann in unseren guten Wein sabbert, als sei er Schweinetrank. Und letzte Nacht hat er den Magistraten erklärt, wenn er Junius Orestes dabei erwischt hätte, wie er dir nachstellte, dann hätte er einem Wächter befohlen, ihn auf der Stelle zu erdolchen.«

»Unglaublich.« Neeve konnte nur staunen.

»Mehr als ein Dutzend Gäste hat gesehen, was auf dem Balkon passiert ist. Alle haben gesagt, dass Orestes sich derartig wild auf dich gestürzt hat, dass sie um dein Leben fürchteten.«

»Und was ist mit dir? Bist du nicht aufgebracht?«

»Aufgebracht? Wenn ich auf dem Balkon gewesen wäre, hätte ich ihn höchstpersönlich runtergestoßen, und das habe ich den Magistraten auch gesagt.«

»Ich weiß nicht, was ich sagen soll.«

»Sag am besten gar nichts. Iss dein Frühstück, und vergiss dein Gerede vom Abreisen.«

»Vielleicht wäre es trotzdem besser, wenn ich abreisen würde«, wandte sie ein.

»Das wäre unpassend. Wenn du uns jetzt verlässt, kann man auf den Gedanken kommen, dein Handeln sei für uns nicht akzeptabel. Aber so ist es nicht. Du siehst also, dass es hier um unsere Integrität geht.« Er grinste. »Du kannst nicht weg, jedenfalls nicht den Sommer über. Alles andere würde uns schaden.«

»Bist du sicher?«, fragte sie.

»Das bin ich.«

»Aber du warst in den letzten Wochen viel unterwegs ...«

»Ja, ich war ziemlich beschäftigt«, räumte er ein.

»Du hast so viele Pflichten«, sagte sie. »Ich muss gestehen, ich habe manchmal das Gefühl, dass meine Gegenwart eine Belastung für dich ist.«

Er berührte ihren Arm. »Bitte glaub mir, du bist keine Belastung.« Er sah sie mit seinen dunklen Augen einen Moment lang eindringlich an, um seine Worte zu unterstreichen. Dann lehnte er sich zurück und fügte hinzu: »Nicht Pflichten haben mich beschäftigt. Es gibt auch noch andere Dinge ... äh ... nun ja, ich war mehr als üblich unterwegs, wegen gewisser Zusammenkünfte ... mal hier, mal dort. Aber das hat nichts mit dir zu tun. Diese Treffen helfen mir ... sie helfen mir zu erkennen, wer ich bin, denke ich.«

Sie blickte ihn verwirrt an.

Er zuckte mit den Schultern. »Jeder Mensch hat grundlegende Fragen, die beantwortet sein wollen, und ich bin da keine Ausnahme. Seit meiner Rückkehr nach Rom bin ich auf der Suche. Diese Zusammenkünfte verschaffen mir ein gewisses Maß an innerem Frieden.«

»Das verstehe ich nicht«, gestand Neeve.

»Ich bin mir selber nicht sicher, ob ich es verstehe«, erklärte Marcellus. »Das ist eine persönliche Suche. Manchmal berauscht es mich, und manchmal macht es mich nachdenklich.« Er schaute zu den Fresken am anderen Ende des Raumes hinüber. »Manchmal frage ich mich, warum ich so anders bin als die anderen Römer. Warum bewegen mich solche Fragen? Andere treten einfach in die Fußstapfen ihres Vaters und freuen sich an ihrem Erbe, aber ich … ich empfinde diese Dinge nur als Qual, und es zieht mich zu etwas hin, das sehr gefährlich für mich werden kann.«

»Entschuldige bitte«, sagte Neeve und schüttelte den Kopf, »aber das alles verwirrt mich …«

»Natürlich«, stimmte er ihr zu. »Ich fasele wie ein geistig verwirrtes Orakel.« Er änderte seine Position auf der Liege, als wollte er damit einen Themenwechsel einleiten. Sein unbekümmertes Lächeln kehrte zurück. »Ich war zwar in letzter Zeit sehr beschäftigt«, erklärte er, »aber nichtsdestoweniger bin ich hocherfreut darüber, dass Neeve Kartenmacherin in unserem Haus bleibt.«

»Und Neeve Kartenmacherin dankt für die gütige Einladung«, erwiderte Neeve artig und verbeugte sich. Von sich in der dritten Person zu sprechen und sich förmlich zu verneigen schien ihr in dieser Situation angemessen, um einem Gespräch aus dem Weg zu gehen, das sie nur in Verlegenheit gebracht hätte. Sie hatte schon bei früheren Gelegenheiten klargestellt, dass sie noch häufig mit ihren Gedanken bei Vectis war, und sie trug auch noch immer ihren Ehering.

Keineswegs entmutigt, erkärte Marcellus: »Ich habe einen Geheimplan. Willst du wissen, wie der aussieht?«

»Neugier war schon immer eine meiner Schwächen«, gestand Neeve.

»Mein Plan besteht darin, Neeve Kartenmacherin lange genug hier zu behalten, sodass ich ihr mit der Zeit gefalle.«

»Ist das ein feststehender Plan?«

»Nein, zu zeitaufwändig«, scherzte er. »Aber unter besonderen Umständen halte ich mich daran.«

»Und jetzt ist ein besonderer Umstand?«

»Ein ganz besonderer.«

»In den Weingärten entwickeln sich manche Triebe gut, während andere beschnitten werden müssen. Wie kann man gutes Wachstum vorhersagen?«

»Oh, das ist der beste Teil meines Plans«, sagte er. »Ich schränke einfach ihre Kontakte zu anderen Männern ein. Auf diese Wei-

se werde ich begehrenswert.« Er lehnte sich auf seiner Liege zurück. »Und dann ist ein gesundes Wachstum vorhersehbar.«

»Ein kluger Plan.«

»Ja, ich glaube schon.«

Neeve lächelte, auch wenn sie wünschte, sie hätte dem Gespräch eine andere Richtung gegeben.

Calpurnia wartete am Tiber auf Balbinus. Sie war unter den großen Portiken des Kapitols einkaufen gewesen. Hinter ihr stand in angemessener Entfernung ein Dutzend Sklaven mit Paketen.

Als Balbinus schließlich eintraf, entschuldigte er sich zunächst ausgiebigst für seine Verspätung, obwohl er vom neuesten Klatsch in der Stadt noch ganz aufgewühlt war. Er stieg aus seiner Sänfte und schickte die Sklaven mit einer Geste fort. Calpurnia musste lächeln. Er liebte es, Macht auszuüben. Für ihn war das Gefühl von Autorität neu, und er genoss bei jeder sich bietenden Gelegenheit in vollen Zügen seine privilegierte Stellung. Sie beobachtete ihn, wie er den Weg zu ihr herunterlief, gefolgt von einer ganzen Schar von Sklaven.

»Calpurnia!«, rief er, als er an ihre Seite eilte, »du bist so gütig, und ich bin so egoistisch. Wirst du mir je verzeihen, dass ich immer zu spät komme?«

»Ich gestehe, dass mir das nicht gelingen will. Du hast Strafe verdient. Vielleicht sollte ich deinen nackten Hintern in unserem Badehaus mit frischen Weidenzweigen peitschen?«

»Das wäre zweifellos eine angemessene Strafe«, räumte er ein. »Ich werde jeden einzelnen Hieb mit Fassung ertragen.«

»Wir werden ja sehen«, sagte sie und küsste ihn.

»Aber wenn du den Grund für meine Verspätung hörst, wirst du mir bestimmt vergeben.«

Sie nahm seinen Arm, und gemeinsam schlenderten sie den breiten Weg am Tiber entlang.

»Ich habe mich verspätet«, erklärte er, »weil in der Stadt faszinierende Neuigkeiten umgehen.«

»Tatsächlich?«

»Hast du noch nichts vom Severus-Skandal gehört?«

Calpurnia schüttete den Kopf.

»Wie es scheint, hat der Senator eine britannische Keltin bei sich aufgenommen«, sagte Balbinus. »Und bei ihrem Frühlingsfest hat die Frau dann Junius Orestes getötet … hat ihn buchstäblich von einem Balkon geworfen.«

»Das meinst du doch nicht ernst.«

»Doch. Anscheinend ist sie so eine Art Kriegerin von der britannischen Insel … groß und kräftig … von einem dieser mörderischen Stämme nördlich des Antoninuswalls, wie es heißt. Kein Mensch weiß, warum sie in Rom ist, aber sie ist Tag und Nacht mit Marcellus Severus zusammen … eine Venus gleiche Schönheit, heißt es.« Er lachte. »Wer könnte dem Jungen von Severus sein Interesse auch verdenken? Schließlich hat jeder schon von diesen Frauen und ihren sexuellen Gelüsten gehört.«

»Das muss am kalten Wetter liegen«, meinte Calpurnia.

»Alles Warme erregt sie«, pflichtete Balbinus bei. »Jedenfalls scheint Orestes Lust auf die Barbarin bekommen zu haben, hat versucht, sie anzufassen oder so ähnlich. Ein paar Worte fielen, und sie schlug seinen Kopf auf das steinerne Geländer. Dann soll sie ihn hoch über den Kopf gehoben und vom Balkon geschleudert haben. Dabei hat er sich wohl das Genick gebrochen.«

»Erstaunlich«, sagte Calpurnia.

»Allerdings. Als ich es zum ersten Mal gehört habe, hatte ich noch die Hoffnung, die kleine Episode würde Senator Severus ein wenig von seiner Untersuchung ablenken, die er so leidenschaftlich verfolgt. Aber er und sein Sohn zeigten sich der Situation gewachsen. Ich habe keine Ahnung, wie viel sie das gekostet hat … jedenfalls muss es eine ganze Menge gewesen sein, weil die Sache schon aus der Welt geschafft war, bevor die Gäste ihren Wein ausgetrunken hatten.«

»Das überrascht mich«, sagte Calpurnia. »Der Senator hat doch mächtige Feinde, dachte ich?«

»Die hat er«, räumte Balbinus ein. »Vor allem die Senatoren Coelius und Tertullus. Aber wie gesagt, der alte und der junge Severus konnten noch in derselben Nacht alles wieder geradebiegen.«

»So ein Pech.«

»Allerdings. Aber da ist noch etwas, was dich interessieren könnte.« Er zog die Brauen hoch, um es noch spannender zu machen.

»Und was?«, fragte Calpurnia.

»Wenn ich dir das erzähle, glaubst du wahrscheinlich, ich hätte den ganzen Morgen Wein getrunken.«

»Mir kommst du nüchtern vor. Jetzt sag schon.«

»Offenbar hat diese Frau von der Insel eine gewisse Ähnlichkeit mit dir.« Er befeuchtete seine dicken Lippen. »Das heißt, mehr als nur eine gewisse Ähnlichkeit ... wie es heißt, gleicht ihr euch beide wie ein Ei dem anderen.«

»Das kann ich einfach nicht glauben«, erklärte Calpurnia.

»Also gut, sie ist größer, sagt man, und ihr Haar hängt herunter wie das einer Barbarin, aber ansonsten ist sie dir wie aus dem Gesicht geschnitten. Und genau wie du hat sie leuchtend blaue Augen.«

»Für euch Römer sehen immer alle Ausländer gleich aus«, meinte Calpurnia. »Aber es stimmt schon, dass Kelten, egal aus welcher Ecke des Reiches, einander stark ähneln.« Sie hob einen Stein auf und schleuderte ihn in das schnell fließende Wasser. Das ganze Gespräch beunruhigte sie. Eine Frau aus Britannien, die ihr angeblich glich wie ein Ei dem anderen. Was ging da vor? Erst sah sie diesen Barbarenhäuptling Taranis, und er schrie sie in seiner keltischen Sprache an. Und obwohl ihre Kenntnisse des Keltischen minimal waren, hätte sie schwören können, dass er sie »Schwester« genannt hatte. Und jetzt auch noch Balbinus. Er hatte weder getrunken noch irgendwelchen dummen Klatsch wiedergegeben. Sie selbst hatte dieselbe Geschichte an diesem Morgen schon einmal gehört, als eine Bekannte auf dem Alten Forum auf sie zugekommen war und ihr atemlos alles Mögliche über die Barbarin auf dem Fest von Severus erzählt hatte.

Calpurnia erschauderte.

Waren diese Barbaren womöglich ihre verlorene Familie?

Sie stammte aus Britannien, so wie diese Kelten. Die Geschichte ihrer Herkunft aus einer vornehmen Familie in Germanien war reine Erfindung. Die römische Aristokratie bevorzugte ihresgleichen, selbst wenn man aus den Provinzen kam. Sie hatte Balbinus erzählt, Kriege hätten ihr gesamtes Vermögen vernichtet. Das war eine gute Geschichte, denn sie erfüllte ihren Zweck; in Wahrheit aber war Calpurnia noch nie in Germanien gewesen, und adelig war sie auch nicht.

Eine Sklavin war sie gewesen, seit ihrer Kindheit – zuerst zu Diensten in den Mannschaftsbaracken, und dann wurde sie von Offizier zu Offizier weitergereicht. Ihre Schönheit und ihr scharfer Verstand hatten sie gerettet. Offiziere begehrten sie und überschütteten sie mit Geschenken. Es dauerte nicht lange, bis sie nur für die hochrangigsten zu haben war. Sie gaben ein Vermögen aus, um sie zu kaufen, und selbst, wenn sie sie schon besaßen, geizte Calpurnia noch mit ihrer Zuneigung. Aber wenn sie ihren Erwartungen entsprachen, schenkte sie ihnen unvorstellbare Freuden. Bald schon wurde ihnen klar, dass sie mehr war als eine Sklavin. Sie war eine außergewöhnliche Frau.

Sie suchten ihre Zustimmung, vielleicht ihre Liebe, aber sie geizte mit beidem. Sie verlangte Lehrer für Lateinisch, Philosophie und Umgangsformen. Und je kultivierter sie wurde, desto mehr begehrten ihre Liebhaber sie. Ihr Glück hatte fünf Jahre zuvor begonnen, als ein älterer Offizier sie freiließ. Sie hatte ihm erklärt, dass nur der ihre tiefste Zuneigung erlangen könne, der sie so sehr liebte, dass er sie freiließ. Am Tag ihrer Freilassung verließ sie ihn.

Taranis, die Frau von der Insel … wer waren sie?

Sie erinnerte sich verschwommen an zwei Brüder und eine Schwester.

Bruchstückhafte Erinnerungen an ihre Kindheit schwirrten ihr durch den Kopf. Sie erinnerte sich daran, wie die Römer kamen … wie ihre Mutter sie hochnahm und mit ihr über ein Feld lief, aber von den Soldaten eingefangen wurde. Sie zerrten ihre Mutter an den Armen. Sie wehrte sich. Sie schlugen sie, bis sie sich nicht mehr widersetzte. Calpurnia hörte sie schreien. Dann fielen sie über ihre Mutter her, einer nach dem anderen, eine ganze Gruppe. Ihre letzte Erinnerung war, wie sie auf einen römischen Wagen geworfen wurde und ihre Mutter reglos in einem Graben liegen sah.

Calpurnia wusste, was sie zu tun hatte. Sie musste diese Frau aus Britannien kennen lernen. Sie war zu Gast im Hause Severus, und ein Treffen mit ihr könnte die Möglichkeit eröffnen, ein paar nützliche Informationen zu erhalten. Aber sie musste vorsichtig sein. Vielleicht ein zufälliges Zusammentreffen. Ja, eine Zufallsbegegnung, bei der zwei Frauen sich über ihren jeweiligen Haushalt unterhalten konnten. Sie wollte einen Boten zur Villa Severus schicken.

»Calpurnia?« Balbinus starrte sie an.

»Ja, mein Liebster?« Geistesabwesend blickte sie zu ihm hin.

»Du scheinst in Gedanken versunken.«

»Ja, das war ich.«

»Darf ich fragen, worüber du nachgedacht hast?«

Sie nahm seine Hand. »Über dich, mein Liebster. Über dich.«

»Über mich?«

»Ja ... und darüber, wie wahnsinnig stolz ich bin, in der Öffentlichkeit an deiner Seite gesehen zu werden.«

Ein beglücktes Lächeln huschte über sein Gesicht.

36

Neeve verbrachte über zwei Stunden in demselben Geschäft, in dem sie sich schon zuvor eingekleidet hatte. Die Kleidungsstücke, die sie erstand, waren einigermaßen preiswert und gut verarbeitet, wenn auch nicht aus milesischer Wolle.

Sie verließ den Laden mit Sammonicus im Schlepptau. Es war ein schöner Tag, und sie spielte mit dem Gedanken, einen kleinen Spaziergang am Circus Maximus zu machen. Sie war neugierig, welche Art von Pferden dort in den großen Ställen zu sehen war. Sie blieb stehen. Eine unglaublich schöne Frau, umgeben von einem ganzen Tross Sklaven, kam direkt auf sie zu. Die Frau schaute Neeve kurz an, schenkte ihr ein kurzes Lächeln und wandte sich dann wieder der Sklavin zu.

Neeve ertappte sich, wie sie die vornehme Frau mit offenem

Mund anstarrte. Sie war groß, wenn auch nicht so groß wie sie, hatte flachsblondes Haar, das geschmackvoll gekräuselt, aufgesteckt und hinten zu Zöpfen gedreht war, und leuchtend blaue Augen.

»Sammonicus«, sagte sie, den Blick noch immer auf die Frau geheftet, »du wartest hier. Ich muss mit jemandem sprechen.«

»Herrin«, sagte Sammonicus, »Ich sollte Euch besser vorstellen ...«

Neeve aber hörte nicht auf ihn und ging schnurstracks auf die Frau zu. Sie blieb vor ihr stehen und stieß hervor: »Entschuldigt mich bitte, aber ich muss mit Euch sprechen.«

Die Frau schaute sich um, als suchte sie irgendwo auf der Straße eine Erklärung für Neeves Aufdringlichkeit. »Kennen wir uns?«, fragte sie irritiert.

»Nein ... nein, ich bin eine Fremde«, erklärte Neeve. Dann merkte sie, wie dumm das klingen musste, und fügte hinzu: »Ihr seht mir sehr ähnlich. Ist Euch das auch schon aufgefallen?«

Die andere trat ein paar Schritte zurück und sagte: »Ja, schon möglich. Ihr seid keltischer Abstammung, nehme ich an.«

»Ja, ich stamme aus Britannien.«

»Faszinierend.« Die Fremde wandte sich zum Gehen. »Dann wünsche ich noch einen schönen Tag.«

»Bitte«, flehte Neeve, »könnten wir nicht unter vier Augen miteinander reden?«

Die Frau wirkte verunsichert.

»Ich möchte Eure Zeit nicht über Gebühr in Anspruch nehmen«, versicherte Neeve, »nur einen Augenblick.«

»Aber natürlich.« Die Frau flüsterte einem Sklaven etwas zu und begab sich dann zum Schutz vor der Sonne zu einem Portikus. Ihre Haut war hell und im Gegensatz zu Neeves von Wind und Sonne gegerbtem Gesicht und ihren gebräunten Armen offenbar nie den Elementen ausgesetzt gewesen.

»Ich hatte mal eine Schwester«, erklärte Neeve verlegen, »aber ich habe sie schon vor langer Zeit verloren.«

»Das tut mir wirklich Leid.«

»Ich danke Euch«, sagte Neeve. »Ich hätte nie gedacht, dass ich sie jemals wiedersehen würde, aber heute ... na ja, Ihr seht mir so ähnlich, dass ich ...« Sie verstummte.

Die Frau lächelte. »Und jetzt glaubt Ihr, ich könnte Eure Schwester sein?«

Neeve kam sich auf einmal furchtbar dumm dabei vor, vor einer so kultivierten Römerin zu stehen und sie zu fragen, ob sie vielleicht als kleines Mädchen von Legionären im fernen Britannien geraubt worden war. Sie wollte sich schon entschuldigen, als sie in die leuchtend blauen Augen der anderen blickte. Ein Schauder lief ihr über den Rücken: Die Frau hatte Taranis' Augen. »Was wisst Ihr über Eure Herkunft?«, fragte Neeve.

»Eine Familie in Germanien hat mich aufgezogen«, erklärte die andere. »Sie waren nicht meine leiblichen Eltern, aber sie liebten mich trotzdem.«

»Nicht Eure leiblichen Eltern?«

»Nein, man hat mir nie verraten, von wem ich abstamme. Meine Adoptiveltern meinten, es sei vollkommen ausreichend, in einer vornehmen Familie aufzuwachsen.«

»Dann könntet Ihr also auch aus Britannien stammen?«, fragte Neeve.

»Ehrlich gesagt bezweifle ich das, aber im Prinzip ist natürlich alles möglich«, erklärte die Frau.

Neeve stockte der Atem. Konnte diese Römerin ihre Schwester sein? Der Gedanke ließ sie nicht mehr los. Ihre kleine Schwester Nes. Die süße kleine Nes. Hier, mitten im Herzen des Reiches. Sie suchte das Gesicht der Frau nach der feinen weißen Narbe ab, die Nes vom Sturz von dem Granitfelsen am Rand des Moors zurückbehalten hatte, fand aber keine. Die Frau hatte sich das Gesicht gepudert.

»Ich sehe, dass Ihr ein aufrichtiger Mensch seid«, erklärte die Römerin, »und ich hoffe, dass Ihr Eure Schwester findet. Das muss wirklich schwer für Euch sein.«

»Habt Ihr eine Narbe auf der Stirn?«, fragte Neeve geradeheraus.

»Eine Narbe?«

»Ja, auf Eurer Stirn.«

Die Frau berührte eine Stelle am Haaransatz und schluckte nervös. »Ja«, gestand sie. »Ich habe hier tatsächlich eine kleine Narbe. Ich bin gestürzt … als Kind.« Sie schloss die Augen und versuchte nachzudenken. »Ich kann mich kaum mehr daran erinnern, aber ich glaube, ich bin von einem Felsen gefallen.«

»Von einem Felsen?«

»Ja, beim Klettern.«

»Und Eure Schwester hat für Euch die Geister angerufen.« Neeve packte sie am Handgelenk.

Die Frau zog nervös den Arm zurück. Einer ihrer Leibwächter trat auf sie zu, aber sie winkte ab. »Ich muss jetzt wirklich gehen«, erklärte sie.

»Versucht Euch zu erinnern«, drängte Neeve. »Ihr seid beim Klettern von einem Felsen gestürzt, und bei Euch war eine Schwester. Könnt Ihr Euch daran erinnern? Sie hat das Blut abgewischt und …«

»Eine Schwester … ja … ja … ich erinnere mich, dass jemand bei mir war, ja, eine Schwester.«

»Ich weiß auch, was Ihr auf der Fußsohle habt«, erklärte Neeve, die noch immer nicht glauben konnte, dass sie ihre kleine Schwester gefunden hatte.

»Was?« Ihre Augen wirkten wie erstarrt.

»Ein Brandmal«, sagte Neeve.

»Das Brandmal … Ihr … Ihr wisst, dass ich …«

»Es sieht so aus wie dieses hier«, sagte Neeve, zog einen Schuh aus und zeigte ihr die Fußsohle.

Die Frau hielt sich die Hände vors Gesicht.

Neeve zog ihren Schuh wieder an. »Könnt Ihr Euch noch daran erinnern, wie Ihr Euch verbrannt habt?«, fragte sie.

»Ich … ich weiß nur noch, dass ich unter einem Baum stand«, sagte sie, »und mir auf dem Gras die Füße verbrannt habe. Ein seltsamer Traum aus meiner Kindheit, den ich nie recht verstanden habe.«

»Ja, Ihr wart unter einem Baum«, bestätigte Neeve, »aber Ihr habt auf einem glühenden Stück Kohle gestanden, das ich aus dem Feuer geholt hatte.«

»O ja! Ja!«, rief sie. »Jetzt erinnere ich mich.«

Neeve fing die Frau auf, als sie nach vorn taumelte. Sie schien kurz davor, in Ohnmacht zu fallen.

»Jetzt fällt es mir wieder ein«, stieß sie hervor, »der Baum, die glühende Kohle, die anderen …«

Neeve hielt die Frau fest. »Es gibt einen Grund für diese Verbrennung«, erklärte sie. »Und der hat mit den anderen Menschen zu tun, an die Ihr Euch erinnert.«

Die Frau brachte kein Wort mehr heraus und starrte Neeve einfach nur an.

»Eure beiden Brüder, Taranis und Eston, und Eure Schwester Neeve stellten sich nacheinander auf ein glühendes Stück Kohle. Sie schworen … niemals auseinander zu gehen. Sie wollten einander immer beschützen und notfalls einander suchen.« Sie schaute der Frau in die Augen und sagte: »Auch du hast auf dieser Kohle gestanden, Nes. Ich bin deine Schwester Neeve.«

Nes' Lippen bebten, und Tränen schossen ihr in die Augen. »Nes?«, flüsterte sie. »Ich heiße Nes?«

Neeve lächelte sie durch ihre eigenen Tränen an.

Nes starrte Neeve einige Sekunden lang an und studierte ihr Gesicht. Schließlich schlang sie die Arme um sie und küsste sie auf den Nacken. »Meine Schwester Neeve«, flüsterte sie wieder und wieder.

Neeve ließ ihren Tränen freien Lauf. Die süße kleine Nes klammerte sich fest an sie und wollte sie gar nicht mehr loslassen. Und Neeve hatte das Gefühl, als würde sie vor Freude bersten.

Nes schrie fast vor Lachen. »Und ich dachte schon, du wärst irgend so eine Geistesgestörte aus den Provinzen«, sagte sie und fasste sich an die Stirn. Sie hatten auf Liegen unter dem Segel einer der zahlreichen Speisegaststätten im Freien Platz genommen. Nes rief nach einer Sklavin, legte ihre Schuhe ab und ließ Decken bringen. Neeve tat es ihr gleich, und bald lachten sie miteinander und schlürften Calda – einen verdünnten, mit Kräutern und Gewürzen versetzten heißen Wein.

Nes fuhr fort: »Ich hatte schon Angst, du würdest mich schlagen, wenn ich eine falsche Antwort gäbe … deshalb habe ich meine Leibwächter angewiesen, in der Nähe zu bleiben.«

»Hattest du schon etwas gehört … über eine Keltin?«, fragte Neeve gespannt.

Nes riss die Augen auf. »Du warst das?«

Neeve nickte.

»Ich habe nur gehört, dass Junius Orestes wieder mal zu viel getrunken hatte und in der Villa des Severus versuchte, eine hoch gewachsene keltische Frau zu belästigen.« Sie zog eine Grimasse. »Ich muss zugeben, dass ich daran gedacht habe, als du auf mich zugetreten bist.«

Neeve schüttelte den Kopf und sagte leise: »Es war schrecklich.«

»Kein Mensch macht dir deswegen Vorwürfe«, erklärte Nes. »Jeder weiß doch, wie Orestes war. Früher oder später hätte sich sowieso jemand an ihm gerächt. Nur schade, dass du dadurch in eine so unangenehme Lage gekommen bist.« Nes tätschelte das Bein ihrer Schwester. »Reden wir nicht mehr von ihm«, schlug sie vor. »Unterhalten wir uns lieber über uns beide … das ist viel interessanter.« Sie lachte. »Ich kann mir vorstellen, wie schwer es dir gefallen sein muss, eine Fremde auf der Straße anzusprechen.«

»Ja, das war furchtbar«, gestand Neeve. »Mein Diener hat mir hundertmal erklärt, dass eine römische Dame vorgestellt werden muss, aber manchmal habe ich eben meinen eigenen Kopf. Als ich dich sah, musste ich einfach mit dir reden.«

»Ich bin froh, dass du es getan hast.«

»Aber einer so eleganten Erscheinung wie dir zu erklären, dass wir einander ähnlich sehen, war wirklich nicht so einfach. Ich hatte schon Angst, du würdest antworten, in deiner Verwandtschaft gäb's keine Ziegen, und mich dann einfach stehen lassen.«

»Aber nein«, wehrte Nes ab. »Dich anzusehen ist, wie in den Spiegel zu blicken. Eine andere Frisur, andere Kleider … ein bisschen weißes Puder im Gesicht, und niemand könnte dich von mir unterscheiden.«

»Ich bin immer noch sprachlos«, bekannte Neeve.

Sie machten es sich auf den Liegen gemütlich und unterhielten sich stundenlang. Nes bestellte stärkere Getränke und meinte, eine Keltin bräuchte etwas mit mehr Biss. Der Wirt verneigte sich und machte ihre Calda von Becher zu Becher stärker, bis Neeve sich leicht benommen fühlte. Aber es war ein ungemein angenehmes Gefühl, fast euphorisch. Sie erzählte Nes von ihrer Familie und dass Taranis auf dem Weg nach Rom sei, um beim Triumphzug im Sommer mitgeführt zu werden. Nes gab sich erstaunt. Sie habe schon gehört, dass ein Triumphzug veranstaltet werden solle, wisse ansonsten aber nichts darüber. Sie interessiere sich nicht allzu sehr für Politik, erklärte sie.

»Du hast es zu etwas gebracht«, sagte Neeve. »Wir hatten befürchtet, man hätte dich als Sklavin verkauft.«

»Die Götter waren gut zu mir«, erwiderte Nes.

»Und wie geht es dir jetzt?«, fragte Neeve.

»Ich bin die Geliebte eines reichen Plebejers mit Namen Gaius Balbinus.«

»Das ist ja wunderbar«, sagte Neeve. »Und, bist du glücklich?«

»O ja … Balbinus ist ein guter Mann, wenn auch ein bisschen dick.« Dann musste sie selber lachen. »Ziemlich dick sogar, um ehrlich zu sein, aber dafür ist er sehr reich.«

Neeve kicherte, wie sie es seit ihrer Kindheit nicht mehr getan hatte, so wohl fühlte sie sich. Sie trank noch einen Becher heißen Würzwein, und es ging ihr immer besser.

»Falls meine Schwester also irgendetwas brauchen sollte«, sagte Nes und schob Neeve einen weiteren Becher zu, »egal, was es ist, dann kann sie jederzeit zu mir kommen … denn ich habe einen reichen, dicken Geliebten, der mir jeden Wunsch erfüllt.«

Sie kicherten gemeinsam.

»Du musst unbedingt bei uns wohnen«, sagte Nes.

»Ich komme euch mal besuchen«, antwortete Neeve, »denn ich fühle mich sehr wohl da, wo ich bin.«

»Und wo ist das?«

»Auf dem Landgut von Senator Titus Severus«, erklärte Neeve.

»Senator Titus Severus!« Nes war beeindruckt. »Ich hatte ja keine Ahnung. Dass du auf ihrem Frühlingsfest warst, weiß ich ja, aber dass du bei ihnen wohnst!« Nes tat erstaunt. »Wir sind geradezu arm im Vergleich zu Senator Severus und seinem attraktiven Sohn … wie heißt er noch gleich?«

»Marcellus«, sagte Neeve.

»Genau, Marcellus. Ich wäre glatt in Versuchung, selber mal aufs Land zu fahren, wenn ich nicht so sehr an Balbinus hängen würde.«

»Marcellus ist wirklich ein gut aussehender Mann«, bestätigte Neeve.

»Ich war noch nie in einer der Villen des Severus«, sagte Nes. »Erzähl.«

Neeve erzählte ihr von den Weingärten, den langen Kellergewölben mit den zahllosen Weinfässern, den Badehäusern und den vielen Empfangs- und Speisezimmern. Sie sprach auch über den Senator und seine Güte sowie über Marcellus, dessen Geschäftstüchtigkeit und seine mitunter etwas merkwürdige Art.

»Merkwürdig?«, fragte Nes.

»Nichts Wichtiges.«

Aber Nes war äußerst interessiert. »Isst er Kröten? Oder badet er im Urin von Nilpferden?«

Neeve fing wieder an zu kichern. »Nichts dergleichen«, wehrte sie ab.

»Was dann? Du musst mir alles erzählen.«

»Du bist ja klatschsüchtig, Schwesterchen«, mahnte Neeve mit erhobenem Zeigefinger.

»Aber nicht doch«, verwahrte sich Nes lächelnd. »Ich erzähle ja nicht weiter, was ich höre. Ich will nur alles wissen.«

»Eine gute Unterscheidung«, erklärte Neeve, »aber ich weiß nicht, ob das ausreicht, dir diesen Vorwurf zu ersparen.«

»Du hast vollkommen Recht, Schwesterherz. Ich bin klatschsüchtig. Am besten erzählst du mir gar nichts.« Sie hielt inne und lächelte Neeve spitzbübisch an. »Außerdem kenne ich das Geheimnis von Marcellus Severus schon – er frisst kleine Kinder, in Stücke gehackt auf seinem Salat.«

»Aber nein«, sagte Neeve. »Marcellus ist völlig normal. Er geht lediglich zu irgendwelchen Versammlungen, das ist alles. Nichts Aufregendes oder Merkwürdiges.«

»Du bist ein Spaßvogel«, sagte Nes. »Erst tust du so, als hättest du fantastische neue Geschichten für mich, und dann erzählst du mir, dass Marcellus nur zu ein paar langweiligen Versammlungen geht. Balbinus verbringt sein halbes Leben auf Versammlungen.«

Neeve trank noch mehr Calda und nickte zustimmend. »Jeder bedeutende Mann nimmt an irgendwelchen Versammlungen teil. Aber du weißt ja, wie die Diener sind ... nur, weil seine Versammlungen manchmal nachts stattfinden, glauben sie, er könnte ein heimlicher Druide sein, der irgendwelchen Zauber veranstaltet oder Ähnliches.«

»Ein Druide?«

»Ich bin unter Druiden aufgewachsen«, erklärte Neeve und winkte ab. »Glaub mir, ein Druide ist er nicht. Er ist einfach nur anders als die meisten Römer. Er denkt viel über philosophische Fragen nach und sucht nach den entsprechenden Antworten.«

»Ist ja auch egal«, sagte Nes. »Jedenfalls ist er ein ausnehmend gut aussehender Mann, und nur das zählt.« Sie lehnte sich zurück und fragte beiläufig: »Verbrennt er eigentlich Weihrauch für die Hausgötter?«

»Vor dem Lararium?«

»Ja.«

»Nein, das tut er nicht«, sagte Neeve. »Das ist auch eine seiner Eigenheiten. Er scheint immer viel zu beschäftigt dafür. Er erwähnt die Götter nicht einmal – ganz so, als existierten sie gar nicht.«

»Für mich ist das ganz normal«, meinte Nes. »Balbinus erwähnt die Götter auch so gut wie nie – außer, er stößt sich irgendwo den Zeh an.« Sie beugte sich zu Neeve vor. »Aber jetzt erzähl mir, was ihr beide tut, wenn er nicht auf einer seiner nächtlichen Versammlungen ist?« Sie warf Neeve einen viel sagenden Blick zu und fügte hinzu: »Ich verwette meinen Schmuck darauf, dass es ihm nicht schwer fällt, eine Frau seine merkwürdige Art vergessen zu machen.«

»Nachts schlafen wir«, antwortete Neeve lächelnd. »Und weil du sonst keine Ruhe gibst, sage ich dir gleich, dass wir bisher immer in getrennten Betten geschlafen haben.«

»Jetzt lügst du deine eigene Schwester an, und das finde ich gar nicht nett.«

»Es ist aber wahr«, entgegnete Neeve.

»Nein so was«, seufzte Nes. »Was für eine Verschwendung.«

Neeve schaute Nes an und erklärte: »Ich fühle mich zu Marcellus hingezogen, und vielleicht könnten wir irgendwann … aber ich muss mein Ziel im Auge behalten. Verstehst du? Was ich gerne möchte, ist nicht wichtig. Taranis braucht mich. Er wird bald in Rom eintreffen, und ich muss unbedingt einen Weg finden, ihm zu helfen, wenn das überhaupt möglich ist.«

»Verzeihung«, sagte Nes. »Natürlich bewegt dich Wichtigeres als ein Liebesabenteuer … ich werde mit Balbinus reden. Vielleicht könnten wir behilflich sein, obwohl ich fürchte, dass dies nicht in unserer Macht steht.«

»Da ist noch etwas anderes … eine tiefe Traurigkeit in mir … eine Traurigkeit, über die mich nichts hinwegtrösten kann.«

»Du zitterst ja«, bemerkte Nes.

»Das muss der Wein sein«, sagte Neeve. »Ich fürchte, er hat meinen Verstand benebelt und meine Gefühle auch. Tut mir Leid.«

Nes setzte sich auf Neeves Speisesofa und legte einen Arm um ihre Schwester. »Manchmal macht uns der Wein nur offener«, erklärte Nes. »Ich bin doch deine Schwester. Mir gegenüber musst du nicht die Starke spielen.«

Neeve versuchte zu lächeln, konnte ihren Schmerz aber nicht verbergen. »Ich hatte einmal eine Liebe«, gestand sie, »die große, wahre Liebe … aber er ist tot, und ich kann mich nicht damit abfinden.« Sie kuschelte sich an Nes' Brust und ließ sich in ihren Armen trösten.

Nes strich ihr übers Haar und küsste sie auf die Stirn. »War er aus Britannien?«, fragte sie.

»Aus Rom«, klärte Neeve sie auf. »Kannst du dir das vorstellen? Er war aus dieser Stadt. Vectis Trebellius Quadratus, ein römischer Militärtribun und der attraktivste Mann, den die Götter je erschaffen haben.«

»Trebellius«, sagte Nes langsam. »Und du sagst, er sei gestorben?«

»Getötet von keltischen Kriegern«, erklärte Neeve. »Vor über einem Jahr.«

»Wie traurig«, sagte Nes. »Wie unsäglich traurig.«

37

Brutus setzte ihre blonde Perücke auf, puderte sich das Gesicht und schnallte sich zwei ihrer Stichwaffen auf den Rücken. Sie zog sich eine Tunika über den Kopf und übte mehrere Male das Ziehen der Dolche. Zufrieden machte sie sich auf den Weg ins Badehaus. Die Zeit des Wartens war vorüber. Trebellius war nur noch wenige Stunden von Porolissum entfernt. Am Nachmittag würde sie ihn – ihren »Partner« – treffen, ihren Auftrag zu Ende führen und nach Hause fahren.

Ihr Informant war soeben aus der Stadt der Kostoboken eingetroffen. Er hatte Trebellius wochenlang während der Belagerung beobachtet und war ihm gefolgt, als er die Stadt verließ. Der Informant hatte nur noch dafür sorgen müssen, vor Trebellius in Porolissum anzukommen.

Brutus hatte ihm einen Teil seines Lohns ausgezahlt. Den Rest sollte er bekommen, wenn sie sich in sechs Tagen in Apulum, dem Standort der *legio XIII gemina,* wieder trafen. Sie gab dem Mann auch Geld mit, um einen Kurier zu bezahlen, der die Pferdewechselstationen an der Straße nach Apulum anwies, zwei Pferde – möglichst die von ihr bevorzugten kleinwüchsigen – für sie bereitzuhalten. Nach jedem erledigten Auftrag ergriff sie dieselben Vorsichtsmaßnahmen. Falls etwas schief lief, musste sie mögliche Verfolger abhängen können.

Brutus betrat Porolissums großes öffentliches Badehaus zur selben Stunde wie immer, aber diesmal gab sie dem Freigelassenen, der die Angestellten beaufsichtigte, fünf Sesterze, damit er dafür sorgte, dass der Tribun Vectis Trebellius, wenn die Zeit für seine Massage gekommen war, in ihren Massageraum geleitet wurde. Da Angestellte oft versuchten, ganz bestimmte Badegäste zu betreuen, fiel ihre Bitte nicht weiter auf.

Zu guter Letzt überprüfte sie noch, ob der Mietstall die bestellten beiden Pferde zum Hinterausgang des Badehauses geliefert hatte. Sie ging die Strecke ab, die sie gehen wollte, nachdem sie mit Trebellius fertig war – den Flur entlang und über den offenen Hof, wo im Augenblick niemand spielte oder trainierte, zum hinteren Gittertor. Sie tastete nach dem Schlüssel in ihrem Gürtel, als sie durch das Gitter blickte. Die Tiere waren da. Das eine an einem Pfosten angebunden, das zweite am ersten. Auf dem ersten waren eine Stoßlanze, wie von der Reiterei gebraucht, und ein Bogen festgebunden. Noch nie war sie gezwungen gewesen, diese Waffen zu benutzen, aber sie führte sie trotzdem immer mit sich. Brutus wollte auf alle Eventualitäten vorbereitet sein.

Sie hatte auch einen einheimischen Hufschmied angeheuert, der auf ihre beiden kleinen Pferde aufpassen sollte. Um seine eventuelle Neugierde zu befriedigen, lieferte sie ihm auch gleich eine passende Geschichte. Sie wusste schon seit langem, dass es das Beste war, sein Eigentum von Einheimischen bewachen zu lassen, denn die wussten, auf welche Leute sie ein Auge haben mussten. Und stellte ein Fremder Erkundigungen an, so waren ihre Antworten am ehesten glaubwürdig.

Brutus schloss die Augen, zwang sich zur Ruhe und stellte sich das Kommende vor. Die zwiespältigen Gefühle hinsichtlich der Ermordung eines guten Menschen waren verschwunden. Sie war eine professionelle Mörderin und er ein »Partner«, sonst nichts. Sie malte sich eine ganze Reihe von Möglichkeiten aus, wie sich die Dinge entwickeln könnten, und ging jede durch, bis zu dem Augenblick, wo sie außerhalb des Stadttors und in Sicherheit war. Es würde ein ganz ausgezeichneter Tag werden – ein Triumph des Willens über die Gefühle. Die Augen geschlossen, flüsterte sie: »Komm her, Vectis Trebellius, mein ›Partner‹. Komm, lass uns zusammen tanzen.«

Vectis erhaschte den ersten Blick auf Porolissum am späten Nachmittag, als sie einen lang gezogenen Hügel überquerten. Irgendwie fröstelte ihn beim Anblick der Stadt, und er zog sich seinen Umhang fester um die Schultern. Er war müde und schmutzig, fühlte sich ansonsten aber ausgesprochen wohl. Er war auf dem Weg nach Rom. Er wollte Senator Severus um seine Versetzung nach Britannien bitten und in der Inselprovinz nach seiner geliebten Neeve suchen.

»Ich habe Porolissum schon beim letzten Anstieg gesehen«, meinte Julian. Er hatte sich im Wagen, den Vectis lenkte, aufgesetzt.

»Leg dich sofort wieder hin«, mahnte Vectis. »Die Ärzte haben gesagt, du sollst schlafen.«

»Ich habe es satt, immer nur zu schlafen«, erklärte Julian.

»Dann leg dich auf die Seite, und ruh dich aus.«

»Das habe ich genauso satt«, sagte er. »Außerdem machen die Kissen die Fahrt auch nicht angenehmer. Und erleichtern muss ich mich auch mal.«

»Soll ich anhalten?«

»Nein, mir tut jede Bewegung weh.« Er stöhnte. »Meine Schulter schmerzt, mein Bein schmerzt, und ich friere mich zu Tode in dieser Wildnis, die sie als Provinz bezeichnen. Und außerdem bist du ein schrecklicher Kutscher.«

»Wenn du schon wieder meckern kannst, geht es dir anscheinend schon besser«, scherzte Vectis. »Trink noch ein bisschen Wein, das betäubt den Schmerz.«

Julian murmelte etwas und rollte sich auf die Seite.

Vectis gab einem der Soldaten ihrer Eskorte ein Zeichen, worauf dieser in den Wagen griff und eine Decke über Julian zog. Vectis war froh, nach Porolissum zu kommen. Die Grenzstadt hatte so ziemlich die besten Bäder von allen Provinzen. Heißer Dampf war genau das, was Julian jetzt brauchte – heißer Dampf, noch mehr Wein und eine sanfte Massage gegen seine Schmerzen.

Vectis dachte an Commodus, wie er hoch zu Ross den Blick über die besiegten Stadtbewohner hatte schweifen lassen, als sei er Alexander der Große. Diesen kleinen Narren Oberbefehlshaber zu nennen war wirklich das Lächerlichste, was er je getan hatte. Commodus zeigte eine vollkommen falsche Einstellung zum Krieg. Er nahm alles viel zu persönlich, vor allem Hohn und Spott der Feinde. Jedem halbwegs denkenden Führer war klar, dass der Feind sich damit lediglich selbst Mut machen wollte. Commodus dagegen wollte das Blut der Kostoboken durch die Straßen fließen sehen. Aber wer würde sich jemals wieder einem römischen Heer ergeben, wenn er wüsste, dass zur Belohnung ein Blutbad auf ihn wartete?

Ein Soldat musste Rebellen hart bestrafen, um weiteren Aufständen vorzubeugen, aber er musste auch in der Lage sein, Gnade vor Recht ergehen zu lassen. Die Nicht-Römer sollten schließlich zu der Überzeugung gelangen, dass eine Zusammenarbeit mit dem Reich ihnen nur Vorteile brachte und eine friedliche Zukunft garantierte.

Vectis schaute zu den Soldaten seiner Eskorte hinüber. Sie sollten ihn bis zum Adriatischen Meer begleiten, und das war gut so. Er hatte großen Respekt vor dem Mörder mit dem nadeldünnen Dolch. Der Mann mischte sich wie ein Phantom unter die Einheimischen und hinterließ – abgesehen von seinen Opfern – keine Spur. Um ein Haar hätte Vectis die Färbemittelhändlerin Tiberia Baebius Orestes der Tat verdächtigt, dann aber hatte er Briefe bekommen, die ihre Identität bestätigten. Wie dumm musste er sich angehört haben. Er konnte sich gut vorstellen, wie sie überall die Geschichte von einem verängstigten Tribun erzählte, der sie verdächtigte, Prinzen und Soldaten zu meucheln. Schon der Gedanke an diese Situation ließ ihm das Blut ins Gesicht schießen. Es war einfach zu peinlich, und er war dankbar dafür, dass er der Färbemittelhändlerin wohl nie wieder begegnen würde.

Vectis schickte die Soldaten voraus, um sie beim Prokurator Tiberius Quintilianus zu melden, damit dieser ihnen eine Unterkunft besorgen konnte. Dann – schließlich hatte er seine Lektion gelernt – nahm er ein halbes Dutzend Männer zum Schutz mit und machte sich mit Julian auf den Weg ins Badehaus.

Vectis ließ Julian am Eingang zurück. Ein Soldat half dem verwundeten Tribun aus dem Wagen und stützte ihn, als er die Treppe hinaufhumpelte.

»Ich bin dann im Hof und hebe Steinkugeln«, scherzte Julian, »oder ich übe mich im Springen.«

»Und ich dachte, du möchtest vielleicht ein paar einheimische Ringer herausfordern«, konterte Vectis.

Lächelnd verschwand Julian durch die Tür.

Vectis lenkte den Wagen auf die Rückseite der gewaltigen Anlage. Er legte seinen verschlissenen Regenmantel auf den Sitz und half einem seiner Leibwächter dabei, das Maultier an einen Pfosten zu binden, an dem schon zwei kleinwüchsige Pferde angebunden waren. Vectis sah sich die Tiere genauer an. Das eine war am anderen festgemacht, als bereitete sich der Besitzer auf eine lange Reise vor und wolle unterwegs das Reittier wechseln. Die Einzigen, die auf diese Weise ritten, waren Boten des Heeres, die eilige Nachrichten über feindliche Truppenbewegungen weiterleiteten. Vectis inspizierte die Tiere genauer. Eine kleine Tasche. Seltsam, dachte er, wer ließ Bogen, Stoßlanze und eine Kleidertasche zurück, wo doch überall Diebe lauerten. Ein paar Kissen und einen abgewetzten Regenmantel in einem Wagen zu lassen war eine Sache, aber Waffen und eine Tasche ... Er öffnete die Tasche und begutachtete den Inhalt. Die dunkle Tunika einer Frau, lederne lange Hosen und Stiefel.

Er schaute die Pferde an, überlegte.

»Tribun, stimmt etwas nicht?«, erkundigte sich einer der Soldaten.

»Schon gut, alles in Ordnung«, beruhigte ihn Vectis.

Er ließ den Blick über die gewölbten Dächer des Badehauses schweifen, über die in einem fröhlichen Farbton gestrichenen verputzten Wände und die in gleichmäßigen Abständen gesetzten schmalen Fenster. Dann schaute er die Straße hinauf und hinunter. Vielleicht wartete er auf einen Geistesblitz, aber der kam nicht.

»Herr?«

Als Vectis sich umdrehte, stand ein riesiger Hufschmied hinter ihm, seinen Hammer in der Hand.

»Ich soll hier auf diese Pferde aufpassen«, sagte er respektvoll. »Ich sehe ja, dass Ihr ein ehrenwerter Mann seid, aber ich wurde bezahlt, um dafür zu sorgen, dass niemand sich an ihnen zu schaffen macht.«

»Und wer hat Euch bezahlt?«, fragte Vectis.

»Eine wohlhabende Frau aus unserer Stadt.«

»Eine dunkelhaarige Frau?«

»Blond«, antwortete der Mann.

»Gleich zwei Pferde«, sinnierte Vectis. »Plant sie eine längere Reise?«

Der Schmied lachte. »Nur ans andere Ende der Stadt«, erklärte er. »Ihr kleines Mädchen reitet hinter ihr. Sie meint, es wäre sicherer, wenn die Pferde aneinander gebunden sind.«

Vectis dankte ihm für die Auskunft und ging.

Die Vorstellung von einer Mörderin faszinierte ihn schon seit dem Mord an dem ägyptischen Prinzen, aber jetzt dachte er schon jedes Mal, wenn er etwas Ungewöhnliches sah, gleich an Mord – vor allem, wenn eine Frau im Spiel war. Er musste diese fixe Idee unbedingt loswerden. Aber sosehr er es auch versuchte – er konnte den Gedanken nicht verscheuchen.

Dann betrat er das Badehaus.

»Sind heute viele Frauen hier?«, fragte Vectis den Freigelassenen, der für den Betrieb verantwortlich war. Auch wenn ihm klar war, dass er von seiner fixen Idee wie besessen war, musste er die Frage einfach stellen.

»Nein«, kam die Antwort. »Diese Stunden sind ausschließlich für Männer reserviert.«

»Es sind keine Frauen im Gebäude?«

»Aber natürlich sind Frauen da«, räumte der Mann verwirrt ein. »Wir haben Frauen, die putzen, massieren, Speisen und Getränke servieren und ... oh, jetzt verstehe ich, Herr. Ihr wollt eine junge Frau in Euren Ruheraum geliefert bekommen. Das ist doch kein Problem ...«

»Nein, nein, ich ... ich habe mich nur gefragt, ob Ihr vielleicht in jüngster Zeit neue Frauen eingestellt habt. Ich ... äh ... ich suche nach meiner Schwester.«

»Aber gewiss doch, Herr.« Der Freigelassene glaubte Vectis offensichtlich kein Wort. »Alle Badedienerinnen arbeiten schon seit geraumer Zeit für uns.«

»Seid bedankt.« Vectis kam sich noch dümmer vor als nach der Begegnung mit dem Schmied, aber zumindest war er nun beruhigt.

Wenig später fand er Julian im Dampfbad vor.

»Wo sind deine Leibwächter?«, fragte Julian.

»Draußen vor der Tür«, erklärte Vectis. »Ich habe ihnen vorgeschlagen, selber die Bäder zu genießen. Sie werden sich abwechseln, sodass immer ein paar von ihnen in der Nähe sind.«

Mit einem Seufzer des Wohlbehagens ließ sich Vectis gegenüber von Julian nieder. Nach den Wochen in der nördlichen Wildnis fühlte sich die Wärme unglaublich gut an. Er lehnte sich an einen

Pfosten aus Zedernholz, und bald schon rann ihm der Schweiß aus allen Poren. »Kann es etwas Schöneres geben?«, sinnierte er, während er sich mit einem Schabeisen den Schmutz der vergangenen Wochen von den Beinen abstreifte.

»Ich kann dich kaum sehen«, sagte Julian. »Wenn jemand das Bad hier betritt, müssen wir wohl sein Badetuch untersuchen.«

»Mir ist das alles unangenehm«, erklärte Vectis. »Ich habe eine Leibwache vor der Tür, die mich wahrscheinlich für einen überängstlichen Villenbewohner hält, der hinter jedem Strauch einen Feind vermutet.«

»Kopf hoch«, sagte Julian. »Ich glaube eher, dass sie meinen, du seist schon wie Commodus.«

»Commodus?«

»Ja – ein Mann, der so eitel ist, dass er Leibwächter anheuert, um sich wichtig zu machen.«

»Vielen Dank«, sagte Vectis. »Das ist wirklich sehr ermutigend.«

»Das hier ist der perfekte Ort für einen Mord.« Julian versuchte, mit einer Hand den Dampf vor seinem Gesicht wegzuwedeln. »Wenn unser Meuchelmörder sich an den Wachen vorbeischleicht …«

»Wenn er das tut«, unterbrach ihn Vectis, »wird er eine ziemlich grausame Überraschung erleben.« Er öffnete ein zusammengefaltetes Tuch und holte einen funkelnden Dolch heraus.

Julian lachte, um gleich vor Schmerz aufzustöhnen. »Glaub mir«, sagte er, »ein Pfeil im Rücken ist eindeutig schlimmer als zehn im Bein.«

»Du hast niemals zehn im Bein gehabt«, sagte Vectis. »Vielleicht sollten wir das erst mal ausprobieren.«

»Gute Idee, aber nur, wenn du dich für das Experiment zur Verfügung stellst.«

Vectis lächelte und legte das Tuch wieder über den Dolch.

Julian wechselte die Sitzposition und fragte: »Glaubst du vielleicht, unser mörderischer Freund könnte aufgegeben haben?«

»Ich glaube nicht«, sagte Vectis. »Er liebt Herausforderungen. Den ägyptischen Prinzen hat er in aller Öffentlichkeit ermordet.«

»Du meinst, wir müssten uns sogar hier draußen im hintersten Dakien Sorgen machen?«

»Wahrscheinlich nicht«, meinte Vectis. »Aber er hat mich damals auch in diesem üblen Wirtshaus im Aternustal gefunden. Er ist ziemlich hartnäckig, so viel ist sicher.«

»Hartnäckig und geschickt«, sagte Julian. »Eine tödliche Kombination.«

Sie gingen ins Warmbad, dann ins Laubad und anschließend ins Kaltbad.

Brutus lächelte freundlich und drückte der Sklavin eine Münze in die Hand. »Das sind besonders wichtige Kunden«, erklärte sie, »und großzügig sind sie auch; deshalb musst du dich genau an meine Anweisungen halten.«

Das Mädchen nickte eifrig.

»Wenn der Aufseher die Tribunen zur Massage bringt«, sagte Brutus, »bringst du sie in getrennte Räume und hüllst sie in angewärmte Tücher. Sie werden durstig sein, also bietest du ihnen zur Entspannung Wein an.«

»Ja, Herrin.«

»Der Wein ist ziemlich stark«, erklärte Brutus und zeigte auf einen Krug, der auf einem steinernen Sockel stand. »Deshalb wundere dich nicht, wenn die beiden schläfrig werden. Hilf ihnen einfach auf den Massagetisch, und hüll sie in angewärmte Tücher. Kurz danach komme ich rein, und du gehst raus. Hast du mich verstanden?«

»Ja, Herrin.«

»Sie werden durstig sein«, wiederholte Brutus, »also denk daran, ihnen Wein anzubieten.«

»Ich werde daran denken, Herrin.«

»Diener!«, rief Julian. »Bring mir noch Wein.« Er schaute Vectis fragend an: »Bist du nicht durstig?«

»Doch«, erklärte Vectis, »aber ich warte noch, bis wir in den Erholungsräumen sind.«

Julian war schon beim vierten Becher Wein. »Der ist zwar verdünnt«, sagte er, »aber gegen den Schmerz brauche ich alles, was ich kriegen kann.«

»Du bräuchtest eines dieser Getränke aus Getreide, wie etwa Sabaium«, meinte Vectis.

»Genau«, sagte Julian.

Sie folgten dem Aufseher in die Massageräume. Die Wachen warteten wieder draußen, während ein junges Mädchen Vectis und Julian in zwei getrennte Räume geleitete und ihnen angewärmte Tücher umlegte.

»Möchtet Ihr Wein?«, fragte das Mädchen.

»Ich denke, ich warte noch damit«, sagte Vectis.

»Das ist aber ein ganz besonders köstlicher Wein.«

Vectis warf einen Blilck auf den Krug, zuckte mit den Achseln und sagte: »Was soll's, ich habe Durst.«

Sie reichte ihm einen Becher Wein. Er nippte daran, fand ihn wirklich gut. Er schlürfte ihn mit Behagen, bat um einen zweiten. Sie schenkte ihm nach und half ihm auf den breiten Massagetisch. Er trank den Becher halb leer und stellte ihn an den Rand des Tisches. Dann wurde er auf einmal sehr müde, fiel nach hinten, und sie hüllte ihn in angewärmte Tücher. Irgendwo im Hintergrund des Bewusstseins realisierte er, dass er seinen Dolch auf der Bank hatte liegen lassen.

Vectis schlief ein … oder träumte, er wäre eingeschlafen. Er öffnete die Augen. Die Welt drehte sich um ihn. Er versuchte, sich auf die Frau zu konzentrieren, die sich gerade über ihn beugte. Sie war schön wie ein himmlisches Wesen, und ihr blondes Haar fiel ihr lose auf die Schultern.

»Neeve?«, fragte er, streckte die Hand aus und stieß den Weinbecher auf den Boden.

Sie zog die dicken Tücher von seiner Brust zurück.

Er blinzelte und konzentrierte sich auf ihr Gesicht. Das war nicht Neeve. Es war jemand anders. Sie hatte ein langes Schilfrohr in der Hand. Nein, kein Schilfrohr.

Ein Messer.

Ein langes dünnes Messer.

Ein nadelgleiches Messer.

Er versuchte, sich aufzusetzen, konnte sich lediglich aufstützen. Der Raum drehte sich um ihn, das Gesicht der Frau aber blieb immer im Zentrum. Es war die Färbemittelhändlerin. Sie hatte jetzt blondes Haar. Vielleicht eine Perücke. Und sie hielt ein nadeldünnes Messer in der Hand.

»Du bist wirklich gut«, brachte er gerade noch heraus.

Brutus schaute auf ihren »Partner« hinunter. Er kämpfte gegen die Droge an und versuchte zu verstehen, was mit ihm geschah.

»Ich hatte Recht«, sagte er, »ich hatte Recht.«

Sie befingerte ihren schlanken Dolch.

Für einen kurzen Moment schaffte er es, den Blick auf sie zu richten. Dann lächelte er. »Der beste Meuchelmörder der Reiches«, sagte er.

Sie lächelte wehmütig.

Er fiel wieder nach hinten.

Brutus stellte sich in die richtige Position.

Seine Augen bewegten sich unruhig hin und her. Er wusste, was passierte, konnte aber nichts tun. Reglos lag er da und wartete.

Sie atmete einmal tief durch.

Dann noch einmal.

Was war nur los mit ihr?

Sie umklammerte das lederne Heft ihres Dolches. Erinnerungen wurden wach – sie erinnerte sich, wie er der Mutter mit den zwei kleinen Kindern half … erinnerte sich, wie er den Griechen vor den betrunkenen Bergbewohnern beschützte … wie er seinen alten Wachstuchmantel auszog, damit sie nicht fror. Und sie erinnerte sich daran, wie er über seine eigene Dummheit lachte, weil er einer Frau vertraute, die ihn betrog.

Sie betrachtete sein Gesicht. Er schien immer noch zu lächeln. Ihr Atem ging flacher. Sie streckte die Hand aus, berührte sein dunkles Haar und strich ihm über die Wange. Eine tiefe Traurigkeit ergriff sie, eine innere Leere und Verzweiflung, denn auf einmal begriff sie, dass sie jegliche Verbindung zu ihrer Seele verloren hatte. Was auch immer an Mitgefühl einst in ihr gewesen war, es war gestorben, ausgelöscht von den Jahren eiserner Selbstdisziplin.

Brutus wurde ganz ruhig.

Ihre Hand entspannte sich.

Sie konzentrierte sich auf seine Brust, führte die Hand ein kleines Stück zurück und stieß die Klinge nach unten.

Im selben Augenblick schien ihr der Kopf zu explodieren. Sie sackte zusammen und blieb stöhnend liegen. Tonscherben bedeckten ihren Körper und den Boden um sie herum. Ihre weiße Tunika war durchfeuchtet von Wein. Sie rieb sich das Gesicht, um wieder zu Sinnen zu kommen. Jemand hatte sie mit einem Weinkrug niedergeschlagen. Sie blickte hoch. Der verwundete Tribun stand über ihr, den Griff eines Kruges in der Hand. Benommen von der Droge, lehnte er sich gegen den Massagetisch.

Getrampel auf dem Flur.

Soldaten, erkannte Brutus. Sie riss den Kopf herum. Ihr Dolch lag an der Tür. Sie rollte sich hinüber, packte den Dolch, schnellte in die Hocke. Der Vorhang wurde zurückgezogen, und ein Soldat schaute herein. Sie sprang auf ihn zu und stieß ihm den Dolch in den Bauch. Er stöhnte, sackte auf ihre Schulter. Brutus schob ihn zur Seite und zog ihr Messer heraus. Der zweite Soldat starrte sie mit großen Augen an, während er nach seinem Schwert griff. Sie sprang auf ihn zu und stieß den Dolch von unten nach oben, um ihn irgendwie zu treffen. Die Klinge drang durch seinen rechten Arm. Er fluchte. Sie ließ den Dolch los, und er ließ sein Schwert fallen.

Sie starrten einander an.

Er zog seinen Dolch. Brutus hielt ihm ihre leeren Hände vors Gesicht, als wolle sie sich ergeben. Er kräuselte die Lippen, packte sie am Haar und riss sie zu Boden. Die Perücke löste sich. Er schaute auf die blonden Haare in seiner Hand und wieder hoch. Das war ein Fehler. Sie hatte schon ihre zweite Klinge in der Hand. Er stieß mit dem Dolch nach ihr, aber sie war schneller, stieß von unten die Klinge unter den Rippen hindurch in seinen Brustkorb. Er knickte über ihr ein, sank mit ihr zu Boden, und sein Messer schnitt ihr in den Rücken.

Brutus kroch unter seinem massigen Körper hervor. Die Tunika klebte an ihrer Haut. Sie griff nach hinten. Begutachtete ihre

Hand. Sie war voller Blut. Sie atmete tief durch, um festzustellen, ob ihre Lungen in Ordnung waren. Sie waren es. Der Dolch hatte die ledernen Scheiden auf ihrem Rücken getroffen und ihr die Haut aufgeschlitzt. Die Wunde war nicht lebensgefährlich, aber sie musste sie trotzdem verbinden.

»Bleib ... wo du bist.«

Brutus wandte sich dem verwundeten Tribun zu. Er hatte sich vom Tisch abgestoßen. Aus irgendeinem Grund hatte die Droge bei ihm nicht so gut gewirkt wie bei Trebellius. Er stellte sich zwischen sie und seinen Freund. Er riskierte sein Leben für Trebellius.

Sie beachtete ihn nicht. Seine Lider waren halb geschlossen, und nur auf den Tisch gestützt konnte er sich überhaupt auf den Beinen halten. Sie öffnete ihren Gürtel, zog ihre blutbefleckte Tunika aus und schnallte die Dolchscheiden ab. Dann nahm sie eine der Tuniken von dem Stapel im Regal und schnitt sie in Streifen. Sie verband sich, zog eine saubere Tunika über und legte ihren Gürtel wieder um.

Der Tribun hatte sich zur Bank geschleppt, hielt die Augen geschlossen und umklammerte ein Tuch.

»Bist du wach?«, fragte Brutus, als sie über eine Leiche stieg.

Er nickte, den Kopf noch immer auf die Brust gesenkt.

»Sag Trebellius, er soll sein Leben genießen«, meinte sie jetzt. »Er hat es verdient.«

Der Tribun antwortete nicht.

Brutus setzte sich neben ihn auf die Bank und schlug ihm mit der flachen Hand ins Gesicht. »Hörst du mir zu?«, fragte sie. »Sag Trebellius ...«

Brutus sah, wie ihm das Tuch aus dem Schoß glitt, der Dolch aufblitzte, und spürte Metall in ihren Bauch dringen.

»O nein«, stieß sie aus. »Nein, nein, nein ...«

Sie erhob sich taumelnd. Der Dolch steckte in ihrem Bauch und brannte wie ein heißer Feuerhaken. Sie schaute auf den Tribun hinunter, aber der schien fest zu schlafen. Sie schnaubte, lachte fast, als sie verstand. Er hatte noch genug Willenskraft in sich gehabt, um das zu tun, und jetzt ... und jetzt ... Sie stützte sich auf die Tischkante. Sie musste nachdenken ... ganz ruhig ... und den

Dolch herausziehen. Ja, sie würde ihn herausziehen. Sie berührte den Griff. Ein heftiger Schmerz durchzuckte sie.

Sie musste es tun.

Sie atmete tief ein, biss die Zähne zusammen und riss die Klinge heraus. Ein Schwall Blut ergoss sich aus ihrem Bauch, lief die Beine hinunter. Sie krümmte sich, stand lange so da, wagte nicht, sich zu bewegen.

Ein Arzt, dachte sie. Ein Militärarzt. Er konnte die Wunde reinigen und nähen. Eiskalter Schweiß stand ihr auf dem Gesicht. Sie wischte sich über die Stirn, beschmierte dabei nur das Gesicht mit Blut. Sie spürte einen kupferartigen Geschmack im Mund. Trebellius stöhnte. Sie blickte zu der schlafenden Gestalt hinüber. Und das alles nur wegen dir, dachte sie.

Brutus taumelte durch den Vorhang vor der Türöffnung auf den Flur, eine Blutspur hinter sich herziehend. Als die kleine Sklavin sie sah, schrie sie auf. Brutus schleppte sich über den offenen Hof, die eine Hand am Bauch, die andere drohend mit dem Dolch herumfuchtelnd. Die Männer, die dort trainierten, wichen vor ihr zurück wie vor einer Aussätzigen.

Sie wankte die Treppe hinauf zum Ausgang. Kalte Schauder jagten ihr über den Rücken. Sie stürzte, rappelte sich aber wieder hoch, hielt sich an den Eisenstäben des Torgitters fest, um nicht wieder hinzufallen. Konzentrier dich, sagte sie sich, konzentrier dich … du kannst es schaffen. Aber ihr Sehvermögen schien sie im Stich zu lassen. Ihr Kopf fühlte sich leicht an, und Farben tanzten ihr vor den Augen. Sie fingerte an ihrem Gürtel herum und zog den Schlüssel heraus. Ihr Atem ging stoßweise, und ihre Finger waren glitschig vom Blut.

»Konzentration«, flüsterte sie.

Sie knirschte mit den Zähnen und konzentrierte sich darauf, das Tor zu öffnen. Ihre Hand zitterte, und sie presste sich die Finger an die Brust, um das Zittern zu stoppen. Dann atmete sie kurz ein, schob den Messingschlüssel ins Schlüsselloch und wollte ihn drehen, aber er entglitt ihr. Sie säuberte die Hand an der Tunika und fasste den Schlüssel, so fest sie konnte, aber wieder entglitt er ihr. Das Blut war glitschig wie Öl. Brutus schloss die Augen, versuchte, ihre ganze Kraft zusammenzunehmen. Dann ergriff sie den Saum ihrer Tunika, umfasste mit ihm den Schlüssel, drehte ihn im Schloss. Das Tor öffnete sich.

Brutus hielt sich an dem eisernen Rahmen fest. Dann holte sie tief Luft, wollte hindurchgehen, aber ihre Beine gehorchten ihr nicht, wurden schwer, fühlten sich an, als seien sie aus Lehm. Sie versuchte, sie über die steinerne Schwelle zu heben, aber die Anstrengung raubte ihr fast das Bewusstsein. Dunkle Flecken wirbelten um sie herum und drohten, sie zu überwältigen.

»Nein!«, ermahnte sie sich. Sie schleppte sich über die Schwelle und über die Pflastersteine zu ihren Pferden. Sie ergriff die Sattelknäufe, konnte sich aber nicht hochziehen. Sie versuchte es noch einmal, schaffte es diesmal unter größten Schmerzen, die ihr fast das Bewusstsein raubten.

Konzentration …

Hilfe suchend klammerte Brutus sich an ihrem Pferd fest. Ihr Kopf sank ihr auf die Brust, sie zwang ihn in die Höhe, ihr Atem kam stoßweise. Sie kniff die Augen zusammen, um den Nebel um sie herum zu durchdringen. Ein Wagen … da war ein Wagen hinter ihren Pferden … der Sitz war schön niedrig … sie konnte das Maultier zum Wundarzt treiben …

Sie rutschte aus dem Sattel, taumelte zum Wagen, band das Maultier los und zog sich auf den Kutschbock hoch.

Müdigkeit überkam sie. Sie tastete nach den Zügeln, konnte sie aber in dem Nebel vor ihren Augen nicht finden. Sie spürte, wie ihre Entschlossenheit nachließ, und rollte sich auf die Seite. Es fühlte sich gut an. Sie wollte nur noch schlafen. Sie lag auf einem alten Wachstuchregenmantel. Sie versuchte, genau hinzusehen, und dann lachte sie ungläubig. Trebellius' Regenmantel. Sie lag auf Trebellius' Regenmantel. Sie kuschelte sich tiefer hinein und schloss die Augen.

»Vectis Trebellius«, hauchte sie. »Ich habe mein Leben gegen deines ausgetauscht … und du wirst es nie erfahren.«

Noch einmal berührte sie sein dunkles Haar und ließ ihre Finger über seine Wange gleiten.

Ein Nebelschleier zog an seinem Gesicht vorbei.

Sie streckte die Hand nach ihm aus, doch er war fort.

Der Nebel wurde dichter.

Die Dunkelheit wurde undurchdringlich.

Sie spürte sich fallen und die Schatten auf sie herniedersinken.

38

Calpurnia kam zeitig an der mächtigen Basilika Julia an. Balbinus wartete schon am Fuß der Treppe auf sie.

Sie blickte ihn aus den Augenwinkeln an und scherzte: »Jetzt weiß ich endlich, wie ich es schaffen kann, dass du pünktlich bist – ich muss dir nur eine Überraschung versprechen.«

»Unsinn«, protestierte er, und seine rosigen Wangen glühten. »Aber du hast erklärt, du hättest eine Überraschung, die mein Leben verändern würde – und das hat mir natürlich Beine gemacht.«

Sie ergriff seinen Arm, und gemeinsam gingen sie hinauf und betraten den großen, von zweigeschossigen Pfeilerhallen umgebenen Saal in der Basilika. Sie überquerten den Marmorfußboden und stiegen die breite Treppe hinauf, die zum ersten Stock führte.

Oben angekommen, rang er nach Luft und stöhnte: »Tod durch Erschöpfung, das würde mein Leben ganz sicher verändern.«

»Du wirst nicht sterben, mein Liebster«, erklärte sie, »jedenfalls nicht, bevor du meine Überraschung gesehen hast. Du bist doch viel zu neugierig, um das zuzulassen.«

»Gehen wir schneller«, sagte er und schritt auf einen Raum zu, wo bereits zwei seiner Diener warteten. »Ich werde sonst noch schwach.«

Die Diener verbeugten sich und öffneten die Tür.

Balbinus blinzelte in die Dunkelheit. Fragend schaute er Calpurnia an. Die Fensterläden waren geschlossen, und der Raum war dunkel und leer, von zwei auf dem Boden flackernden Kerzen abgesehen. »Was ist … in dem Raum ist ja gar nichts«, sagte er schließlich.

»O doch«, widersprach sie. »Sieh doch mal genauer hin.«

Sie traten ein, und die Diener schlossen die Tür hinter ihnen, wodurch der Raum noch dunkler wurde. Er wartete, bis seine Augen sich an die Dunkelheit gewöhnt hatten. »Ich sehe gar nichts«, erklärte er.

»Hab Geduld«, mahnte sie. »Du wirst schon sehen, es lohnt sich.«

»Moment mal!«, rief er. »Da ist etwas auf dem Boden zwischen den Kerzen.«

»Und was?«

»Ein Tuch, ein schwarzes Tuch«, sagte er.

»Meine Überraschung befindet sich unter dem Tuch«, erklärte sie. »Aber zuerst musst du ein Rätsel lösen.«

»Das Lösen von Rätseln ist nicht meine Stärke.«

»Ich werde dir helfen«, versicherte sie. »Hör zu. Was isst in der Dunkelheit, versteckt sich in der Dunkelheit und wird gefressen im Licht?«

»Eine Maus«, riet er.

»Nein.«

»Ein Kaninchen?«

»Nein.«

»Ein Tier, das unter der Erde lebt?«, fragte er.

»Es handelt sich nicht um ein Tier«, verriet sie.

»O Calpurnia, du weißt doch, wie schlecht ich im Raten bin. Du musst es mir sagen.«

Sie küsste ihn und erklärte: »Ich gebe dir einen Tipp, aber erraten musst du es schon selber.«

Er nickte.

In verschwörerischem Ton fragte sie: »Was isst ein heiliges Mahl in der Dunkelheit, nimmt an heimlichen Zusammenkünften in der Dunkelheit teil und wird im hellen Licht des Tages von den wilden Tieren im Circus Maximus gefressen?«

Er kaute auf seinen dicken Wangen herum. »Du meinst doch nicht etwa diese verfluchten Bluttrinker, oder?«

»Doch, mein Süßer, ich meine diese verfluchten Bluttrinker.«

Er runzelte die Stirn. »War das deine Überraschung?«

»Nein, das nicht«, antwortete sie. »Aber das macht meine Überraschung erst möglich.«

Er stand in der Mitte des verdunkelten Raumes und verstand kein Wort.

»Möchtest du meine Überraschung gern sehen?«, fragte sie.

»Spann mich nicht länger auf die Folter«, bat er.

»Dann sollst du sie sehen«, sagte Calpurnia und öffnete die Fensterläden.

Das helle Licht des Morgens erfüllte den Raum. Balbinus musste die Hand vor die Augen halten, als er den Blick über das Forum schweifen ließ. Das Fenster lag genau gegenüber der bronzenen Flügeltür des Senats.

»Du hast mich einmal eine Träumerin genannt«, sagte sie, »als ich dir versprochen habe, dich eines Tages zum Senator zu machen«, den Blick auf das Senatsgebäude geheftet. »Erinnerst du dich noch daran, mein Herr und Gebieter?«, fragte sie mit tiefer, rauchiger Stimme.

Sein Blick schnellte zu ihr hinüber. »Was willst du damit sagen? Werde endlich deutlich. Ich halte es nicht mehr länger aus. Bitte sprich.«

Calpurnia ging in die Mitte des Raums zurück, wo die Kerzen noch immer brannten. Sie kniete sich nieder, spitzte den Mund und blies die Kerzen aus. Dann ließ sie die Finger unter das schwarze Tuch gleiten und langsam, ganz langsam faltete sie es auseinander.

»Calpurnia!«, rief er. »Was ... was ist das?«

»Eine Tunika«, sagte sie ruhig. »Und der breite Purpurstreifen steht für den Rang eines Senators.«

»Das weiß ich, aber ich ... ich kann eine solche Tunika nicht tragen«, entgegnete er.

»Noch nicht«, sagte sie, »aber zu den Sommerfesten wirst du mit Sicherheit genau diese Tunika anlegen.«

»Aber wie ... wie soll das möglich sein?«

Sie schmiegte sich an ihn, legte die Arme um ihn. »Du hast doch immer davon geträumt, Senator zu sein«, sagte sie. »Und heute erkläre ich dir, wie Träume in Erfüllung gehen können.« Dann flüsterte sie ihm ins Ohr: »Was würdest du mir geben, liebster Balbinus, wenn diese Träumerin deinen Traum wahr werden ließe?«

»Wenn du meinen Traum wahr werden ließest«, sagte er, den Blick gierig auf die Tür des Senatsgebäudes gerichtet, »würde ich dir kaufen, was immer du begehrst ... ich würde dir Edelsteine schenken, bis du unter ihrem Gewicht zusammenbrichst ... ich würde dir zu Füßen fallen und dich anbeten.«

Sie berührte sein Ohr mit ihren Lippen. »Ich will aber nichts dergleichen«, erklärte sie.

»Was willst du dann?«, fragte er mit stockendem Atem. »Nenn mir deine Wünsche, und ich werde sie dir erfüllen.«

»Ich will einfach nur dich«, hauchte sie und knabberte an seinem Ohrläppchen.

»Aber du hast mich doch schon«, sagte er.

»Ich bin deine Geliebte«, erwiderte sie. »Ich will aber einen dauerhaften Anteil am Reichtum Roms. Mein Preis ist die Eheschließung – bei getrenntem Vermögen.«

»In den meisten Ehen ist das doch so«, sagte er.

»Ja, aber ich hätte gern eine schriftliche Vereinbarung, die mir die Hälfte deines Vermögens sichert.«

Für einen Augenblick erstarrte er, war verwirrt. Dann aber sagte er: »Mein Vermögen gehört dir. Seit geraumer Zeit schon betrachte ich dich nicht als Geliebte, sondern als meine Gefährtin.«

Calpurnia wusste zwar den Ausdruck »Gefährtin« zu schätzen, zog aber das Wort »Ehefrau« trotzdem vor. Sie schaute Balbinus geradewegs in die Augen: »Dann sind wir uns also einig.«

»Ja ... ja, natürlich.«

Sie küsste ihn auf die Lippen und schob ihre Zunge dazwischen. »Meinst du, ich würde eine halbwegs passable Ehefrau abgeben?«

»Du machst andere Männer krank vor Neid«, erwiderte er, »und mich vor Erschöpfung.« Dann wurde er ernst. »Du bekommst deinen Preis«, erklärte er, »wenn du mich wirklich zum Senator machst.«

»Ich glaube, Fortuna meint es gut mit uns«, sagte sie. Dann sprach sie von Senator Severus und seiner Macht im Senat, seinen Untersuchungen bezüglich des von Atilius Titianus versuchten

Sturzes des Kaisers und der möglichen Verwicklung der Senatoren Tertullus und Coelius in die Verschwörung des Titianus.

»Ja, ja, das ist mir alles bekannt«, sagte Balbinus.

»Dann frage ich dich jetzt: Wer hasst Senator Severus noch mehr als die Senatoren Tertullus und Coelius?«

»Ich vielleicht«, erklärte Balbinus.

»Genau, weil du viel zu verlieren hast, wenn Severus so weitermacht. Tertullus und Coelius nicht minder.«

»Natürlich.«

»Wäre es da nicht für alle vorteilhaft, Severus an der Fortsetzung seiner Arbeit zu hindern, bevor er herausfindet, wer für die Rebellion verantwortlich war?«

»Äußerst vorteilhaft sogar.«

»Und was würden die Senatoren Tertullus und Coelius dafür geben.«

»Ihr Erstgeborenes«, sagte Balbinus.

»Wie wäre es mit einer Erhebung des ihnen in Treue ergebenen Gaius Balbinus in den Senatorenstand?«

Balbinus begann wieder, an seiner Backe zu kauen. »Senator Severus ist ein sehr entschlossener Mann«, wandte er ein. »Ich kann mir nichts, aber auch absolut gar nichts vorstellen, was ihn von seinen Untersuchungen abbringen könnte.«

Lächelnd fragte Calpurnia: »Glaubst du vielleicht, dass er auch dann noch weitermachen würde, wenn sein einziger Sohn in Gefahr wäre, wegen der Beteiligung an einem verbotenen Kult hingerichtet zu werden?«

»Ein verbotener Kult? Welchen meinst du?«

Sie lächelte weiter.

»Nein. Nein, das kann nicht sein … die Bluttrinker? Er ist ein Bluttrinker? Das glaube ich nicht.«

»Es ist wahr«, versicherte sie ihm. Dann erzählte sie ihm von ihrer Begegnung mit der Barbarenfrau im Haus des Severus. »Sie hat mir erzählt, dass die Sklaven Marcellus Severus für einen Atheisten halten … dass er niemals die Götter auch nur erwähnt.«

»Ein Atheist«, sagte Balbinus kopfschüttelnd.

»Er verbrennt auch nie Weihrauch für die Hausgötter«, fügte sie hinzu.

»Nie?«

»Anscheinend nicht. Und was noch seltsamer ist – er schleicht sich zu irgendwelchen geheimen nächtlichen Versammlungen. Und welche Versammlungen könnten das sein, außer den verdammenswürdigen Ritualen der Bluttrinker, die kleine Kinder opfern?«

Balbinus starrte sie an. Sollte das möglich sein? Er dachte angestrengt nach, und sein Blick irrte ziellos umher. »Ein Bluttrinker ... Marcellus Severus ... wer hätte das gedacht?«

»Ich glaube nicht, dass der alte Severus davon weiß«, sagte sie, »und deshalb dürfte es ein ziemlicher Schlag für ihn sein, wenn Tertullus und Coelius seinen Sohn anklagen, einer subversiven Kultgemeinschaft anzugehören.«

Balbinus rieb sich triumphierend die Hände. »Dann wäre Severus handlungsunfähig, und Tertullus und Coelius würden mich mit dem größten Vergnügen zum Senator machen.« Er packte Calpurnia und küsste sie. Dann warf er den Kopf zurück und heulte. Heulte wie ein Wolf vor Freude. »Für diese Nachricht würde ich dich zehnmal zu meiner Ehefrau machen«, erklärte er. »Du bist wahrlich ein Geschenk der Götter – die beste Frau, die ein Mann nur haben kann.«

Calpurnia lächelte triumphierend. Sie hatte allen Grund, stolz zu sein. Aus dem Elend der Sklaverei war sie bis zum Gipfel der Zivilisation aufgestiegen. Männer hatten sie gekauft und verkauft, sie für ihre persönliche Befriedigung missbraucht, sie auf ihren Festen vorgeführt, sie gedemütigt ... und ihr hin und wieder ein paar läppische Münzen in die Hand gedrückt. Kaum einer hatte auch nur geahnt, welcher Ehrgeiz in ihr brannte. Sie lächelte und lachte und tat ihr Bestes, um ihnen zu gefallen, aber die ganze Zeit über benutzte sie sie, um sich – Stück für Stück – aus dem Sumpf zu ziehen, hochzuarbeiten.

Und jetzt würde sie die Ehefrau eines Senators sein.

Es war nicht leicht gewesen, von dieser Barbarin namens Neeve Informationen zu bekommen. Sie war nicht dumm und äußerst vorsichtig. Calpurnia musste es so einrichten, dass die Barbarin ihre Bekanntschaft suchte. Ja, Calpurnia hatte allen Grund, stolz zu sein. Innerhalb von nur wenigen Stunden war es ihr gelungen, einer wildfremden Frau Informationen zu entlocken, die die Grundfesten des Reiches erschüttern konnten.

Wie es schien, war die Frau wirklich eine Blutsverwandte; jedenfalls sprach die täuschende Ähnlichkeit ebenso dafür wie die körperlichen Zeichen, die Brandmale und die Narbe auf ihrer Stirn. Aber was spielte Blut schon für eine Rolle? Diese Frau und ihr Bruder bedeuteten ihr nichts. Dennoch, das Ganze war ein unglaublicher Glücksfall. Trotz all ihrer Stärken war Neeve letztlich doch nur ein primitives Mädchen von einer Insel mit naiven Vorstellungen von Familie und Vertrauen. Sie hatte sie sogar Nes genannt – ein absurder Name, der besser zu einem Huhn passte als zu einem Menschen.

Calpurnia war Marcellus Severus schon mehrmals begegnet. Er war ein gut aussehender Mann mit einem scharfen Verstand und einem entwaffnenden Lächeln. Sie fand es beinahe schade, dass er zu einem Mittel für sie wurde, aber letztlich berührte sie sein Schicksal nicht. Wenn ihn die Tiere zerrissen, war das sein eigenes Werk. Trug sie Verantwortung dafür, dass er sich von einem widerlichen Kult wie dem der Bluttrinker einfangen ließ? Sie hatte kein Mitgefühl für ihn. Und Neeve würde ihn nicht beschützen, wenn sie wüsste, was diese Leute in ihren finsteren Löchern trieben.

Bedauerlicherweise hatte Neeve sich in Vectis Trebellius verliebt. Bald, sehr bald, würde Brutus ihn eliminiert haben. Auch das war ihr so gut wie egal, Neeve hielt ihn sowieso schon für tot. Was Balbinus anging, so wollte sie ihm nichts von Neeves Verbindung zu Trebellius erzählen. Er hatte schon genug am Hals.

Mitunter wünschte Calpurnia, die Welt wäre anders, als sie war. Es überlebten nur die Starken; diese Lektion hatte sie gründlich gelernt. Sie war stolz darauf, wie sie ihr Leben gemeistert hatte. Sie hatte getan, was sie tun musste. Ihre Schwester war freundlich, aber einfältig. Bald würde sie erfahren, was es hieß, Fremden zu vertrauen.

Trotz allem hatte die Begegnung sie unversehens mit Gefühlen konfrontiert, die sie über eine so lange Zeit hinweg unterdrückt hatte. Auch wenn Calpurnia wusste, dass Überleben alles war, hatte sie gegen etwas tief in ihrem Inneren Verborgenes ankämpfen müssen, als sie ihre Schwester an sich gedrückt, ihr über das Haar gestrichen und ihre Stirn geküsst hatte. Das waren scheinbar unwichtige Dinge, aber diese Dinge hatten sie völlig unvorbereitet getroffen. In Zukunft wollte sie sich deshalb gegen Gefühle wappnen, die ihr letztlich nur schaden konnten.

39

Senator Titus Severus saß auf einem Sofa mit geradem Rückenteil vor dem Audienzsaal, in dem Kaiser Antoninus Pius für gewöhnlich die ausländischen Würdenträger empfing. Severus wartete schon eine geschlagene Stunde auf den Kaiser, und von Minute zu Minute wuchs seine Unruhe. Er spielte mit seinem Spazierstock. Sein Bein schmerzte bei jedem Wetterwechsel – ein Andenken an eine Kriegsverletzung aus jungen Jahren. Aber die Schmerzen waren nicht das Problem. Solange er den Kaiser kannte, hatte er noch nie wie ein Fremder auf einer Besucherbank Platz nehmen müssen. Titus Severus machte sich Sorgen.

Die kunstvoll verzierten Flügel öffneten sich. Ein junger Edelknabe trat vor den Senator und erklärte: »Der Kaiser wird Euch jetzt empfangen.«

Severus erhob sich und humpelte an sechs Prätorianern vorbei. Er betrat einen Saal, der von Oberlichtern aus Buntglas erhellt wurde. Kaiser Antoninus, der auf einem Sofa saß, war allein im Raum. Er erhob sich bei Severus' Eintritt und ging ihm entgegen. »Titus«, sagte er formlos. »Ich bin ja so froh, dass du kommen konntest.«

»Antoninus Pius«, sagte Severus lächelnd.

»Mach mich nicht verlegen«, wehrte der Kaiser ab. »Antoninus reicht. Wir sind hier schließlich unter uns ... zwei alte Freunde, die schon bessere Tage gesehen haben.«

Severus rieb sich das Bein. »Das rührt sich immer zum falschen

Zeitpunkt«, erklärte er. »Bald wird man mich wie meinen Großvater auf einer Sänfte überallhin tragen müssen.«

»Ceionius Severus«, sagte Antoninus. »Ich erinnere mich gut an ihn. Ein großartiger Mann. Bei ihm wusste ich nie, ob er mich nun loben oder mir eins auf den Hintern geben würde.«

»Da warst du nicht der Einzige«, lachte Severus. »Wie schnell die Zeit doch vergeht.«

Antoninus wies auf ein breites Speisesofa. »Nimm Platz, alter Freund.« Er bot ihm Wein an und Brot, das mit verschiedenen Arten von Fleisch und Käse gefüllt war.

Severus nahm den Wein gern an, lehnte den üppigen Imbiss aber ab.

»Wie lange sind wir jetzt schon befreundet?«, fragte Antoninus. »Fünfzig Jahre? Ich weiß gar nicht mehr ... jedenfalls schon ewig.«

»Ja, schon ewig«, pflichtete Severus ihm bei.

Antoninus runzelte die Stirn. »Ich wollte nie Kaiser werden. Aber der göttliche Hadrian hat so lange auf mich eingeredet, bis ich mich widerwillig damit einverstanden erklärt habe. Und weißt du, warum ich nicht wollte? Weil ich genau wusste, dass mich die Politik davon abhalten würde, meinem Herzen zu folgen. Auf dem Kaiserthron kann ich nicht frei handeln.« Er stieß einen tiefen Seufzer aus. »Ich wusste, dass ich meine besten Freunde würde verletzen müssen, weil die Staatsinteressen Vorrang vor den privaten Interessen haben.«

Severus sah ihn an, schwieg aber. Er war nicht erpicht darauf zu erfahren, welches Staatsinteresse seinem Interesse entgegenstand.

»Ich habe dich warten lassen ... was unverzeihlich ist. Wie sollte ich dir ins Gesicht sehen und dir meine Entscheidung mitteilen.«

»Bitte«, sagte Severus, »sag, was du zu sagen hast. Die Götter verleihen großen Männern die Macht, und die einen werden zu Tyrannen, die andere erfüllen ihren Willen. Du hast immer den Willen des Himmels erfüllt. Du bist ein seltener Juwel, Antoninus, und ich vertraue dir uneingeschränkt und akzeptiere, was auch immer du entscheidest.«

»Das weiß ich«, sagte Antoninus, »und das macht es für mich noch unerträglicher.«

Severus spürte, wie sich sein Magen verkrampfte.

»Weißt du, warum der Senat mich den Frommen nannte? Manche glauben, das hätte mit meinem Verhalten gegenüber meinem alten Schwiegervater zu tun, mit meiner Neigung zu milden Urteilen oder damit, dass ich für Darlehen nur vier Prozent Zinsen nehme ... aber nichts dergleichen stimmt. Sie nannten mich den Frommen, weil ich damals Hadrians Exekutionsbefehle widerrufen habe. In den letzten Monaten seiner Herrschaft hatte Hadrian die Hinrichtung Dutzender von Menschen, darunter auch Senatoren, befohlen. Ich habe diesen Befehl aufgehoben.«

»Ich erinnere mich«, sagte Severus. »Eine noble Tat.«

»Nobel oder nicht, es war gerecht«, erklärte Antoninus. »Aber ich habe dem Senat damals auch versprochen, mich nicht seinem Urteil zu widersetzen. Wenn er ein Gesetz mit meiner Billigung erließ, dann würde ich es später nicht ändern, nur weil es meinen Wünschen zuwiderliefe.«

»Ja, das hast du immer wieder betont«, bestätigte Severus.

»Aber jetzt werde ich zum Opfer meiner eigenen Erlasse.« Er schaute dem Senator in die Augen. »Du weißt, dass ich mich immer für Waisenhäuser eingesetzt habe ... das Leiden der Kinder ... wahrscheinlich, weil mein Vater starb, als ich noch ein Kind war.«

»Ja, ich weiß.«

»Und du weißt, dass ich keinerlei Verständnis habe für jegliche Art von Kulten, bei denen Kinder gequält und geopfert werden und ihr Blut getrunken wird im Streben nach Unsterblichkeit.« Er hielt inne. »Und du hast immer meine Bemühungen unterstützt, die Gesellschaft von solchen Leuten zu befreien.«

Severus wusste, dass dies der Wahrheit entsprach, aber unter den gegenwärtigen Umständen zögerte er, das so zu bestätigen. »Das habe ich«, sagte er, »aber ich habe mir auch oft Sorgen gemacht, dass der eine oder andere zu Unrecht der Mitgliedschaft in einer verbotenen Gruppe bezichtigt werden könnte.«

Der Kaiser lächelte und tätschelte Severus' Arm. »Hab keine Angst, alter Freund. Ich will dir aus deinen eigenen Worten keinen Strick drehen. Ich stimme dir zu ... manche sind zu Unrecht beschuldigt worden, und ich würde sogar noch weiter gehen – nicht alle verbotenen Gruppen sind so schlimm, wie gemeinhin angenommen wird. Na schön, die Druiden opfern Menschen. Wir haben es selbst gesehen. Aber andere wie die Bluttrinker … wer weiß schon, was wahr ist und was nicht? So mancher gute Mann soll ein Bluttrinker gewesen sein … sogar ein Konsul von Rom war darunter, wenn ich mich recht erinnere.«

»Flavius Clemens«, bestätigte Severus.

»Ja, Clemens und seine Frau Domitilla unter der Herrschaft von Domitian.«

»Clemens war einer der besten von Roms Konsuln«, sagte Severus. »Ich kann mir einfach nicht vorstellen, dass er das Blut von Kindern getrunken haben soll – selbst dann nicht, wenn er diesem so genannten Bluttrinkerkult angehört haben sollte.«

»Ich stimme dir zu«, pflichtete Antoninus ihm bei.

»Ein anderes Mitglied der Bluttrinker war Sergius Paulus«, fuhr Severus fort. »Er war unter Nero Statthalter von Zypern und soll ein feiner Mensch gewesen sein.«

»Das habe ich auch gehört … aber Nero!« Antoninus spitzte voller Abscheu die Lippen. »Der hat diesen ganzen Hass gegen die Bluttrinker erst erzeugt, als er ihnen die große Feuersbrunst zur Last legte.«

»Er brauchte eben Land für sein extravagantes Goldenes Haus.«

»Genau. Und seit Nero sind die Kaiser wegen ihrer Exzesse verhasst.«

»Einige Kaiser«, berichtigte Severus.

»Richtig.« Antoninus schüttelte den Kopf. »Nero war der Schlimmste von allen.«

»In der Tat.«

Antoninus nahm sich ein Stück Käsebrot und lehnte sich auf seiner Liege zurück. »Ich muss gestehen, Titus«, erklärte er, »dass ich selber nicht mit Sicherheit weiß, ob das Gerede, dass diese Leute das Blut von Kindern trinken, überhaupt den Tatsachen entspricht. Wer weiß … vielleicht trinken sie Stierblut wie so viele, oder sie bespritzen sich mit Schweineblut wie auf den Eleusinien.«

»War nicht Hadrian ein Eingeweihter, wie sie sagen?«

»Stimmt, auch Augustus ließ sich in die Eleusinischen Mysterien einweihen. Und das ist der Punkt. Diese Geheimreligionen laden zu verzerrten Darstellungen ein. Hadrian hat mir einmal erzählt, die Leute glaubten, er und die anderen Anhänger der Eleusinischen Mysterien würden immer zu Vollmond Schweineblut trinken.«

»Da wünscht man sich fast schon Wolken herbei«, kommentierte Severus.

»Wahrlich.« Antoninus lachte. Dann wurde sein Gesicht ernst. »Ich weiß nicht recht, was ich von diesen Geheimkulten halten soll. Ich habe keine Ahnung, was sie wirklich tun, wenn die Sonne untergegangen ist. Aber da ich nicht alle Gerüchte für bare Münze nehmen kann, habe ich es immer gehalten wie Trajan und Hadrian und habe den Bluttrinkern sowie allen, die irgendeine Art von schwarzer Magie praktizieren, die Chance gegeben, sich von solchen Praktiken abzuwenden. Erst, wenn sie sich weigern, kommen sie um die Höchststrafe nicht herum.« Er blickte Severus an. »Wir können doch fanatischen Priestern nicht erlauben, Kinder und Unschuldige zu opfern – falls sie das wirklich tun.«

Severus stimmte ihm zu, war aber besorgt über die Richtung, die ihr Gespräch nahm. »Ich habe mich immer gegen Menschenopfer ausgesprochen«, erklärte er. »Aber abgesehen von den Druiden wissen wir wenig über das, was diese Gruppen praktizieren.«

»Ja, Gerüchte allein sind nicht die beste Grundlage für Gerichtsurteile und Todesstrafen«, pflichtete Antoninus ihm bei. »Aber Kulte, die die alten Götter verleugnen, sind selbst dann gefährlich, wenn ihre einzelnen Mitglieder keine Bedrohung darstellen.« Er goss sich etwas Wein ein, als müsste er sich stärken. »Nehmen wir beispielsweise die Bluttrinker. Sie weigern sich, die Götter unserer Väter zu ehren – so viel wissen wir. Und das schwächt unseren gemeinsamen Glauben an die Macht der römischen Götter über unsere Feinde. Die Soldaten verlieren ihr Selbstvertrauen, und das könnte bei den ständigen Bedrohungen unserer Grenzen zur Folge haben, dass unser Überleben auf dem Spiel steht.«

Severus nickte, schwieg.

»Ein einziger Bluttrinker«, fuhr Antoninus fort, »könnte ein guter Mensch sein und in vieler Hinsicht ein loyaler Römer; er könnte uns nicht schaden. Seine persönlichen Glaubensvorstellungen könnten uns egal sein. Aber gemeinsam«, mahnte er mit erhobenem Zeigefinger, »sind er und Mitanhänger wie ein Dolch, der auf das Herz der römischen Zivilisation gerichtet ist.«

»Mein lieber Antoninus, du sprichst über einen Einzelnen, ohne ihn beim Namen zu nennen. Falls du Vorbehalte gegen mich hast …«

»Nein«, sagte Antoninus traurig, »um dich geht es nicht. Wenn dem so wäre, würde mich das nicht so aufwühlen. Wir könnten miteinander reden, das Problem lösen …«

»Ihr meint doch nicht etwa meinen Sohn, Marcellus …«

Der Kaiser trank noch einmal von seinem Wein. »Weißt du noch, wie ich meine Tochter verloren habe? Für mich brach eine Welt zusammen. Ich hätte liebend gern mein eigenes Leben für das ihre gegeben … aber mitunter können wir nicht einmal unsere Liebsten schützen.«

»Was hat Marcellus denn getan?«

Antoninus schaute seinen Freund an und sagte leise: »Er wird beschuldigt, der Kultgemeinschaft der Bluttrinker anzugehören.«

»Das ist reine Fantasie!«

»Das hoffe ich von ganzem Herzen«, beteuerte Antoninus, »denn wenn er etwas mit dem verbotenen Kult zu tun haben sollte, dann werde auch ich dir nicht helfen können.«

»Das stammt doch von Coelius und Tertullus, nicht wahr? Die schrecken vor nichts zurück, um deine Untersuchungen im Senat zu verhindern.«

»Ich habe mich auch schon gefragt, ob du wegen dieser Untersuchungen das Ziel von Verleumdungen geworden bist … deshalb habe ich beschlossen, dir die Verantwortung für diese Untersuchung …«

»Nein«, erklärte Severus, »ich lasse mich nicht einschüchtern von …«

Der Kaiser hob die Hand. »Fürs Erste werde ich verkünden, dass du dich aus familiären Gründen von deiner Aufgabe zurückgezogen hast. Vielleicht lassen sie dann Marcellus in Ruhe.«

»Aber eine solche Erpressung …«

»Ja, ja, du hast ja Recht«, erklärte Antoninus. »Aber ohne meine Untersuchungen und deine Bereitschaft, sie zu leiten, wäre diese schreckliche Situation gar nicht erst entstanden. Erlaube mir also, mein Gewissen zu erleichtern. Ich weiß, welchen Schmerz du erleidest.«

»Aber vor Coelius und Tertullus zu kapitulieren ...«

»Wenn es nur Coelius und Tertullus wären«, sagte Antoninus, »könnte ich die Sache noch bereinigen. Aber leider haben sie eine nicht unbeträchtliche Zahl von Senatoren hinter sich. Viele sind genau wie du für ihre ablehnende Haltung gegenüber den Bluttrinkern bekannt – so wie ich –, und ich kann nicht einfach sagen, dieser oder jener Bluttrinker ist von der Strafverfolgung ausgenommen.«

»Ich verstehe«, sagte Severus, »aber Marcellus ist kein Bluttrinker. Er würde nie einem Kind etwas zuleide tun, geschweige denn sein Blut trinken.«

»Das weiß ich doch«, sagte Antoninus.

»Und wenn er irgendwie mit ihnen zu tun haben sollte – was ich mir nicht vorstellen kann –, dann haben wir völlig falsche Vorstellungen von diesem Kult.«

»Das mag ja sein«, räumte Antoninus ein. »Aber vergiss nicht, dass ich keinen Einfluss darauf habe, was die römischen Bürger glauben, und dass ich nicht ändern kann, was der Senat verboten hat – nicht einmal dir zuliebe. Deshalb solltest du mit ihm reden.«

»Das werde ich«, sagte Severus und erhob sich. »Aber vorher möchte ich noch gern wissen, wie Coelius und Tertullus an diese angeblichen Informationen über Marcellus gekommen sind.«

»Sie meinten, ein Gast von dir aus den Provinzen ... eine Frau namens Neeve, glaube ich ...«

»Neeve?«

Der Kaiser nickte. »Anscheinend hat sie die Information, Marcellus sei tief in diesen verbotenen Kult verwickelt, den beiden geliefert. Als Beweise führen sie an, dass er sich weigert, den Göttern zu huldigen, und an geheimen nächtlichen Ritualen in unterirdischen Grabstätten teilnimmt.«

Severus verspürte einen dumpfen Schmerz im Nacken. In seinem

Kopf schwirrten bruchstückhafte Bilder von Marcellus herum, wie er achtlos am Altar der Hausgötter vorbeiging, aber er verdrängte sie. Er weigerte sich zu glauben, dass sein Sohn sich mit diesen Bluttrinkern eingelassen haben könnte. Es war einfach nicht möglich. Tief in seinem Herzen aber machte sich der Senator Sorgen.

Der Kaiser erhob sich. »Wir wollen nicht zu früh verzweifeln«, sagte er. »Verbotene Früchte führen junge Menschen oft in Versuchung. Meist ist das nur ein Ausdruck ihrer Neugier.« Er umarmte Severus. »Aber eines kann ich auf jeden Fall tun: Ich kann diejenigen im Senat zurückhalten, die diese Kultanhänger so rasch wie möglich verhaften lassen möchten. Und wenn du mir versichern kannst, dass dein Sohn noch an die alten Götter glaubt, lassen wir die Sache auf sich beruhen.«

Als der Senator den Saal verließ, rieb er sich das Bein. Es schmerzte mehr als gewöhnlich.

Am nächsten Morgen fuhr der Senator auf sein Landgut im Süden von Rom. Er ging auf kürzestem Weg zum Aufseher des Guts und fragte nach Marcellus.

»Er ist auf den westlichen Feldern, Herr«, antwortete der Mann. »In den Olivenhainen.«

»Bring mir einen Wagen«, sagte Severus. »Ich fahre selber hin.«

»Ihr wollt selber fahren?« Der Aufseher zögerte angesichts dieser merkwürdigen Bitte, aber nur für einen Moment. Kurz darauf trieb der Senator das Kutschpferd unter Einsatz der Peitsche Richtung Westen. Eine halbe Meile vor seinem Ziel hielt er an. Er musste sich beruhigen. Es würde niemandem helfen, am wenigsten Marcellus, wenn er mit Forderungen auf den Lippen über die Felder gestürmt käme. Marcellus war erwachsen und in der Lage, seine eigenen Entscheidungen zu treffen. Der Senator hatte ihm längst die Freiheit eingeräumt, seinen eigenen Weg zu gehen, und dies war nun wirklich kein günstiger Zeitpunkt, um den herrischen Vater herauszukehren.

Die Situation erforderte ein vernünftiges Vorgehen. Er wollte seinem Sohn keinerlei Vorwürfe machen, sondern ihm lediglich erklären, wie gefährlich der von ihm eingeschlagene Kurs war, und sein Sohn würde so reagieren wie immer – mit Intelligenz und gesundem Menschenverstand. Er atmete mehrmals tief durch, zupfte seine Tunika zurecht und schnalzte mit den Zügeln.

»Vater?« Marcellus ließ Neeve und den für die Oliven verantwortlichen Aufseher namens Labienus stehen und ging auf Severus zu. Er hatte mit Labienus über das Problem der Entwässerung des tiefer gelegenen Geländes gesprochen, das alljährlich im späten Frühjahr auftrat. »Ist etwas passiert?«, fragte Marcellus.

»Natürlich nicht«, beruhigte ihn der Senator lächelnd. »Bin ich in deinen Augen etwa zu alt, um selbst zu fahren?«

»Du bist nicht zu alt, Vater«, sagte Marcellus.

Ein frischer Wind wehte über den nassen Boden, und Feuchtigkeit hing in der Luft. Der Senator stieg vom Kutschbock und küsste seinen Sohn. »Immer noch das alte Problem mit dem Wasser?«, fragte er.

»Noch ein letzter Entwässerungsgraben, und wir haben es gelöst.« Marcellus lachte. »Habe ich dir das nicht schon letztes Jahr versprochen?«

»Ich glaube schon«, sagte sein Vater. An einem Ende des Geländes hatte sich ein kleiner See gebildet. »Aber es ist schon längst nicht mehr so schlimm wie früher«, tröstete er seinen Sohn. Dann drehte er sich wieder zu ihm um: »Falls du ein bisschen Zeit hast, würde ich gern mit dir reden.«

»Aber natürlich.« Marcellus schaute erst Neeve und dann seinen Vater an. »Ist es persönlich? Oder …«

»Nicht unbedingt persönlich, aber eine dieser Familienangelegenheiten … du weißt schon«, antwortete der Senator so beiläufig wie möglich, aber mit einem ersten Anflug von Verlegenheit.

»Labienus kann mich ja zur Villa bringen«, bot Neeve fröhlich an.

»Wunderbar«, entgegnete der Senator und sagte zu Labienus: »Gib uns einen Augenblick Zeit, und dann komm mit der Kutsche zurück.«

Labienus nickte und half Neeve in den Wagen.

Als die Kutsche außer Hörweite war, schaute Marcellus seinem Vater in die Augen und fragte: »Ist es etwas Ernstes?«

»Das hoffe ich nicht«, antwortete der Senator. »Aber du weißt, dass ich im Senat Feinde habe, die jede Gelegenheit nutzen, um mir zu schaden.«

Marcellus wartete.

»Da ich selbst keine Angriffsfläche biete, verbreiten sie neuerdings Gerüchte über dich in der Hoffnung, mich auf diese Weise schwächen zu können.«

»Und was sind das für Gerüchte?«, fragte Marcellus.

»Senator Coelius, Tertullus und andere beschuldigen dich, dem Kult der Bluttrinker anzugehören.« Er schaute seinem Sohn in die Augen und fügte hinzu: »Bitte sag mir, dass das nicht wahr ist.«

Marcellus atmete tief durch und erklärte: »Ich bin kein Mitglied dieser Kultgemeinschaft ...«

»Den Göttern sei Dank.« Der Senator seufzte erleichtert.

»Aber ...« Marcellus zögerte. »In den vergangenen Monaten habe ich an einigen ihrer Zusammenkünfte teilgenommen.«

»Aha.«

»Sie treffen sich meist bei Nacht, und ich war neugierig.«

»Ich verstehe«, sagte der Senator und hob die Hand. »Als ich noch jung war, habe ich mich auch für alles Mögliche interessiert. Eine Zeit lang habe ich sogar versucht, Mitglieder des Dionysos-Kults zu finden, nachdem ich von ihren ausgelassenen sexuellen Aktivitäten gehört hatte.« Er lächelte beim Gedanken an seine Narreteien. »Wahrscheinlich habe ich mich damals gefragt, wie eine in den geheimen griechischen Künsten ausgebildete Priesterin sich wohl in ihrem Schlafzimmer verhalten würde.« Er spürte, wie er rot wurde. Mit einem Sohn über solche Dinge zu reden war ihm unangenehm. Er räusperte sich. »Aber das ist das Vorrecht der Jugend – neugierig, experimentierfreudig, unvernünftig zu sein.«

Marcellus ging nicht darauf ein.

»Gegen Experimente ist nichts einzuwenden«, fuhr der Senator fort, nach einem Übergang zu seinem eigentlichen Thema suchend. »Und Neugier ist ganz in Ordnung, solange du dem Gesetz des Landes gehorchst.«

Keine Antwort.

Der Senator hoffte, dass sein Sohn nur schwieg, weil er sich seine Worte durch den Kopf gehen ließ. »Also, fassen wir zusammen. Du hast … äh … ein paar dieser Versammlungen besucht, weil … äh … weil du auf diese Leute neugierig warst.« Er zuckte mit den Achseln. »Das ist doch vollkommen verständlich. Auch wenn ich persönlich eine schöne Priesterin immer noch interessanter finde als Leute, die Blut trinken.« Er lächelte. »Aber wenn du deine Neugierde befriedigt hast und bereit bist, mit diesen Dingen Schluss zu machen, gehe ich davon aus, dass wir keine Probleme mit dem Senat bekommen werden.«

»Vater, du verstehst mich nicht«, erwiderte Marcellus. »Mein Interesse an dem, was diese Leute lehren, ist mehr als nur eine vorübergehende Neugier.«

»Mir ist egal, wofür du dich interessierst«, erklärte der Senator entschieden. »Du wirst dem Bluttrinkerkult abschwören und nie wieder an einer Versammlung teilnehmen. Hast du mich verstanden?«

»Das habe ich, aber bei allem Respekt, Vater, ich kann dir nicht gehorchen.«

»Du … was? Du kannst nicht gehorchen?«

»Es tut mir Leid, Vater.«

»Du ziehst Fremde deinem Vater vor?«

»Ich ziehe niemanden dir vor. Aber du bittest mich zu verleugnen, was ich für richtig halte.«

»Du weigerst dich also tatsächlich, mir zu gehorchen?«

»Das ist keine Frage von Gehorsam …«

»Doch, genau das ist es«, unterbrach der Senator. »Ich sage dir jetzt Folgendes, Marcellus. Du wirst gehorchen, oder … oder ich enterbe dich.« Er blickte seinem Sohn fest in die Augen. »Hörst du mir eigentlich zu? Alles, was wir besitzen, gehört mir, und ich kann darüber verfügen, wie es mir gefällt.«

Marcellus nickte. »Du kannst mein Erbteil haben«, erklärte er. »Und du sollst wissen, dass ich dich auch dann noch lieben und respektieren werde, wenn du mir alles wegnimmst. Aber was du von mir verlangst, kann ich nicht tun.«

Der Senator schloss die Augen. »Ich will dir dein Erbe gar nicht nehmen«, sagte er ruhig. »Was ich habe, gehört dir. Das war immer so, und das wird immer so sein. Aber du kannst doch nicht allen Ernstes diese widerwärtigen Leute in Schutz nehmen. Nicht, nachdem ich dich dazu erzogen habe, unschuldiges Leben zu respektieren.«

»Diese Menschen respektieren unschuldiges Leben«, erklärte Marcellus, »und sie sind ganz und gar nicht widerwärtig, sondern genau das Gegenteil.«

»Ich kann einfach nicht glauben, dass mein Sohn so mit mir spricht«, sagte der Senator. Mit seiner Ruhe, die er so sorgsam zu wahren versucht hatte, war es nun vorbei. »Wenn deine Mutter noch leben würde ...«

»Lass bitte Mutter aus dem Spiel.«

Der Senator biss wütend die Zähne zusammen. Er wusste, dass er seine verstorbene Frau nicht hätte erwähnen sollen, aber es war ihm einfach so herausgerutscht. Er wandte sich ab, um etwas Abstand zu gewinnen. Die ganze Situation war zu viel für ihn.

»Vater, du verstehst das alles ganz falsch ...«

Noch immer seinem Sohn den Rücken zuwendend, erklärte der Senator: »Ich weigere mich zu glauben, dass du ein Atheist geworden bist und die römische Gesellschaft hasst. Kann es wirklich sein, dass mein eigenes Fleisch und Blut Kinder opfert und ihr Blut trinkt, um seinen Durst nach Unsterblichkeit zu stillen?«

»Kein Mensch tötet Kinder«, erklärte Marcellus entschieden.

»Über solche Praktiken möchte ich mit dir nicht einmal diskutieren«, erwiderte sein Vater. »Habe ich dir denn gar nichts beigebracht?«

Marcellus schwieg für ein paar Sekunden, die dem alten Senator wie Stunden vorkamen. Dann erklärte er ruhig: »Wie ich schon sagte, habe ich an Versammlungen teilgenommen, aber ich habe nie erlebt, wie Menschen geopfert wurden, geschweige denn Kinder.« Er hielt inne. »Sie opfern ja nicht einmal Tiere.«

»Aber wo kommt dann das ganze Gerede von dem Bluttrinken her?«, fragte der Senator und schaute seinen Sohn an. »Kein Rauch ohne Feuer. Gerüchte haben immer eine faktische Grundlage.«

»Ich weiß nur, dass die *Menschen des Weges* – so nennen sie sich selbst – bei ihren Versammlungen eine gemeinsame Mahlzeit einnehmen und gesegneten Wein trinken, um an den Tod ihres Herrn, Christus, zu erinnern. Sie nennen den Wein das Blut Christi, aber in Wahrheit ist es nichts anderes als der Wein in unseren Kellern. Ich habe sogar selbst einmal ein Fass von uns für den *Weg* mitgebracht. Glaub mir, sie trinken kein Blut und führen auch keinerlei Art von Opferung durch.«

»Vielleicht haben sie ja ihre grausamen Zeremonien nicht durchgeführt, wenn du da warst«, gab der Senator zu bedenken. »Sie tun es heimlich. Diese Kulte handeln im Verborgenen.«

»Das ist nicht wahr«, entgegnete Marcellus.

»Es ist wahr. Diese Leute sind krank. Sie töten Kinder ... trinken Blut ... und geben sich sexuellen Perversionen hin«, unterstellte der Senator mit wissendem Blick. »O ja, ich habe alles darüber gehört«, erklärte er. »Diese Bluttrinker graben Gänge unter den Grabmälern, und wenn es dunkel wird, versammeln sie sich um die Knochen früherer Mitglieder, um ihre finsteren Rituale durchzuführen.«

»Das ist nicht wahr«, wiederholte Marcellus.

»Sie halten Knochen in die Höhe und singen über die Toten«, fuhr der Senator fort. »Und manchmal essen sie auch ihr verwesendes Fleisch ...«

»Nein ...«

»Und dann kommen die Bräute dieses Scharlatans Christus ... und diese Frauen geben sich seinen Priestern als Sklavinnen der Liebe hin, und das alles tun sie in ihren ekelhaften, dunklen unterirdischen Gängen. Später zünden sie dann Lichter an und stimmen Gesänge über das ewige Leben an. Sie schlitzen einem unschuldigen Kind die Kehle auf und trinken sein Blut, weil sie glauben, dass es ihnen Unsterblichkeit verleiht. Und wenn sie dann gehen, löschen sie ihre Fackeln mit Hundeblut.« Er schüttelte angewidert den Kopf. »Die Exzesse des Kybele-Kults sind nichts gegen das, was diese kranken Hirne veranstalten.«

»Das sind doch nur dümmliche Verleumdungen«, erklärte Marcellus.

»Dann hat also halb Rom Unrecht, und nur du allein hast Recht?«

»Ich war schließlich dabei.«

»Sie führen dich hinters Licht«, sagte der Senator. »Diese Kulte … die verraten Neulingen doch niemals alles. Warte nur ab, dann wirst du ihre widerlichen Praktiken schon noch erleben.«

»Das glaube ich nicht.«

»Jeder weiß doch, wie diese Leute sind. Oder kannst du etwa bestreiten, dass sie die alten römischen Götter hassen?«

»Natürlich bestreite ich das«, entgegnete Marcellus. »Sie hassen die Götter nicht. Sie sagen lediglich, dass die Geschichten über die Götter genau das sind, was sie sind – Geschichten. Und du weißt ebenso gut wie ich, dass die meisten gebildeten Menschen in Rom genau derselben Ansicht sind. Wenn sie dem Pantheon der Götter noch huldigen, dann sind das nichts als Lippenbekenntnisse, aber keiner von ihnen glaubt doch noch daran, dass Jupiter und Mars am Himmel herumspazieren und sich für uns einsetzen.«

»Atheisten«, sagte der Senator. »Bluttrinker sind Atheisten.«

»Nein, sie sind keine Atheisten. Sie glauben an einen einzigen Gott, genau wie die Juden.«

»Die Juden! Juden sind doch wie Sterndeuter oder Magier. Alle fünfzig Jahre müssen wir Rom von ihnen säubern. Du willst dich doch wohl nicht mit diesen Unruhestiftern einlassen!«

»Ich habe lediglich erklärt, dass die Juden an einen einzigen Gott glauben und die Existenz der übrigen Götter bestreiten, und dasselbe gilt für die *Menschen des Weges*. Sie sind keine Atheisten.«

»Marcellus, hör mich an«, sagte der Senator. »Wir können uns meinetwegen den ganzen Tag lang über philosophische Dinge unterhalten, aber das römische Volk wird trotzdem bei seiner Meinung über diese Bluttrinker bleiben. Reden ändert auch nichts daran, dass auf die Zugehörigkeit zu diesem Kult die Todesstrafe steht. Deshalb flehe ich dich noch einmal an, nicht mehr zu diesen Versammlungen zu gehen.«

»Das kann ich nicht«, erklärte Marcellus.

»Weißt du, was du da sagst?«

»Ich glaube schon.«

»Der Senat hat bereits deinen Namen … und früher oder später werden sie dich einsperren und den wilden Tieren zum Faß vorwerfen. So werden Bluttrinker bestraft. Ich kann dich nicht schützen. Verstehst du? Das ist kein Spiel.«

»Das ist mir klar«, sagte Marcellus. »Aber ich glaube, dass diese Menschen den wahren Weg zu Gott gefunden haben. Noch nie habe ich einen solchen inneren Frieden …«

»Sei vernünftig«, mahnte der Senator. »Wenn du inneren Frieden suchst, dann zieh meinetwegen ein Jahr lang über die griechischen Inseln oder wandere an den endlosen Stränden Galliens entlang – mach, was du willst, aber dich weiter auf diese Bluttrinker einzulassen ist ein Tanz auf dem Vulkan. In wenigen Monaten wird es sie nicht mehr geben. Diese *Menschen des Weges,* wie du sie nennst, werden untergepflügt wie das Unkraut auf den Feldern.«

»Die Wahrheit lässt sich nicht zerstören«, erklärte Marcellus.

»Red doch keinen Unsinn«, sagte der Senator. »Jedes Reich, das andere Gebiete erobert, zerstört Religionen und ihre so genannten Wahrheiten. Wir haben das schon mehrfach getan, und vor uns die Griechen, und vor den Griechen die Perser. Manche Religionen werden verboten, wie die der Druiden und der Bluttrinker, andere fristen im Angesicht überlegener Glaubensvorstellungen ein kümmerliches Dasein, und wieder andere verschmelzen mit anderen Religionen und verlieren dabei ihren eigenständigen Charakter. Aber nichts bleibt so, wie es ist. In tausend Jahren wird von den Druiden und den Bluttrinkern nichts mehr übrig sein. Rom aber wird überdauern, weil wir unser Reich auf einer soliden Grundlage errichtet haben. Vielleicht sind wir nicht ewig, wie es so schön heißt, aber wir kommen diesem Ideal am nächsten. Und was ist mit diesen Bluttrinkern? Sie haben auf Sand gebaut und werden noch zu deinen Lebzeiten vom Angesicht der Erde verschwinden.« Der Senator legte eine kurze Pause ein. »Halte dich an das Dauerhafte«, mahnte er dann, »und nicht an irgendeinen verrückten Glauben, der bald in Vergessenheit geraten wird.«

»Dieser Glaube *ist* ewig«, widersprach Marcellus.

»Woher nimmst du diese Sicherheit?«, fragte der Senator. »Woher willst du wissen, dass sie die Wahrheit lehren?«

»Ich glaube, dass es die Wahrheit ist«, sagte Marcellus. »So, wie ich glaube, dass meine Mutter mich geliebt hat, glaube ich auch daran, dass das, was sie lehren, die Wahrheit ist.«

»Also gut.« Fieberhaft suchte der Senator nach den rechten Worten, um seinem Sohn seinen Irrtum zu verdeutlichen. »Ich verlange nicht von dir, dass du diesem Gott abschwörst. Nein, du brauchst deinen Gott nicht zu verleugnen. Ich bitte dich lediglich, auch den anderen Göttern zu huldigen ... damit du ... äh ... nicht die Staatsgottheiten beleidigst und damit auch den Senat und unseren Kaiser, den Pontifex Maximus. Aber in deinem Innern, du verstehst schon, in den geheimsten Tiefen deines Herzens, kannst du vor allem deinen eigenen Gott ehren. Jede vernünftige Gottheit hätte dafür Verständnis.« Er schaute seinen Sohn voller Hoffnung an. »Ist das nicht ein praktikable Lösung?«, fragte er.

»Das ist ...«

»Große Strafexpeditionen stehen bevor, Säuberungen«, erklärte der Senator. »Die Pläne sind schon weit gediehen. Während der Festlichkeiten zu Julius Verus' Triumph werden die Bluttrinker im Circus Maximus hingerichtet. Gegen Ende des Sommers wird ihr Kult, wie so viele andere Kulte, nur noch Vergangenheit sein. Alles, was ich von dir verlange, ist, dass du dich vor den Staatsgottheiten verneigst. Das wirst du doch wohl schaffen.«

Marcellus schaute nachdenklich zu Boden. »Die *Menschen des Weges* lehren, dass, wer andere Götter ehrt, damit den einen wahren Gott verleugnet. Sie sagen, wir seien aufgerufen, Zeugnis dieser Wahrheit abzulegen, auch wenn es unseren Tod bedeutet.«

»Und was glaubst du?«

»Ich weiß es nicht.«

»Ein Nicken würde mir schon genügen«, wiederholte der Senator.

Marcellus schaute seinen Vater an.

Der Senator wusste nicht mehr, was er noch hätte sagen können, um seinen Sohn zu überzeugen. Er hielt es für besser, Marcellus erst einmal mit ein paar Denkanstößen allein zu lassen und darauf zu vertrauen, dass sein gesunder Menschenverstand ihn schon zur richtigen Entscheidung führen würde. Er versuchte, eine aufrechte

Haltung anzunehmen, denn er war sich bewusst, wie niedergeschlagen er wirken musste, aber er brachte dazu nicht mehr die Kraft auf. Das Leben hatte seinen Sinn verloren, und er verspürte nur noch Verzweiflung. Sein Blick streifte über die Hügel und die zahllosen knorrigen Olivenbäume. »Viele dieser Bäume hat schon mein Urgroßvater gepflanzt«, sagte er. »Oliven, Feigen, Trauben – sie waren mir immer wichtig. Aber ohne dich sind sie nicht mehr wert als trockenes Gras.«

Er legte seinem Sohn die Hand auf die Schulter in der Hoffnung, dass ihm dies etwas bedeuten möge.

Marcellus atmete schwer.

Der Senator fuhr fort. »Von dem großen Baum da links bist du mal heruntergefallen, als du sechs warst. Du hast dir dabei das Knie aufgeschürft. Weißt du noch, was ich dir damals gesagt habe?«

Marcellus nickte. »Du hast gesagt, du würdest mich so sehr lieben, dass du mir die Schmerzen abnehmen würdest, wenn es denn möglich wäre, um sie von mir fern zu halten.«

»Und weißt du auch noch, was du geantwortet hast?«

»Ich habe geweint«, erinnerte sich Marcellus, »weil mir plötzlich bewusst wurde, dass ich niemals bereit gewesen wäre, für dich Schmerzen auf mich zu nehmen.«

Der Senator lächelte. »Und so sollte es auch sein. Väter sollten immer versuchen, einen Weg zu finden, um ihren Kindern Schmerzen abzunehmen, und nicht umgekehrt.« Er fuhr mit dem Schuh durch die Erde. »Es bekümmert mich, Marcellus. Ich kann dir den Schmerz nicht abnehmen. Und der Schmerz wird kommen. Glaub mir, er wird kommen, wenn du weiter diesen Weg gehst … und ohne dich und deine Mutter wird mein Leben wie ein leeres Haus sein.«

Marcellus sah ihn an.

»Ich gehe davon aus, dass dein Gott ein gütiger Gott ist«, sagte der Senator, »und kein eifersüchtiger oder nachtragender Gott. Er würde sicher verstehen, wenn du die Hand deines Vaters halten und den Göttern der Stadt zunicken würdest.« Er legte eine Pause ein und suchte den Blick seines Sohnes. »Willst du das nicht für mich tun? Willst du denn nicht einmal dieses kleine Ofper bringen, damit unsere Feinde endlich Ruhe geben?«

Marcellus öffnete schon den Mund, als der Senator die Hand hob.

»Du musst nicht gleich antworten. Vorerst möchte ich dich nur bitten, dir das, was ich gesagt habe, durch den Kopf gehen zu lassen. Versprichst du mir das?«

»Natürlich«, sagte Marcellus.

»Du bist alles, was ich habe«, sagte der Senator und küsste seinen Sohn. »Alles, was ich habe.« Dann wandte er sich um, hielt Ausschau nach Labienus und der Kutsche.

40

Als Neeve mit Labienus zur Villa zurückfuhr, beschlich sie das Unbehagen, das sie so oft in der Gegenwart von Römern verspürte. Senator Severus war ein guter Mensch, daran bestand für sie kein Zweifel. Seine Güte machte es ihr leicht, ihre Vorbehalte gegenüber den Römern zu zerstreuen, aber diese Menschen waren, das durfte sie nicht vergessen, die Herren der Welt. Und römische Herren scheuten nie davor zurück, ihre Autorität geltend zu machen – insbesondere, wenn sich die Dinge nicht in ihrem Sinne entwickelten.

Irgendetwas Schreckliches musste passiert sein, das hatte Neeve schon der Stimme des Senators entnommen. Er lächelte, küsste seinen Sohn und fragte nach dem Wasser auf den Feldern, aber die Art und Weise, wie er das tat, verhieß nichts Gutes. Und sie hatte er keines Blickes gewürdigt. Für einen Mann, der sie sonst immer mit einer Umarmung begrüßt oder ihr wenigstens kurz die Hand auf den Arm gelegt hatte, war sein heutiges Benehmen äußerst ungewöhnlich.

Neeve versuchte, die Situation ganz ruhig zu analysieren. Vielleicht war ein Verwandter gestorben oder ein finanzielles Problem aufgetaucht, oder auf dem Landgut war etwas nicht in Ordnung. Tausend Möglichkeiten kamen ihr in den Sinn, aber sie wurde das quälende Gefühl nicht los, dass etwas passiert war, was der Senator ihr zur Last legte.

In der Villa angekommen, schickte Neeve gleich einen Sklaven auf die Suche nach Sammonicus und ging dann auf dem kürzesten Weg in ihr Zimmer. Die Begegnung der beiden Männer im Olivenhain ging ihr nicht aus dem Kopf, und sie glaubte zu wissen, was den Senator bewegte. Er war hinter ihr Geheimnis gekommen. Irgendwie musste er von Taranis erfahren haben. Er hatte herausgefunden, dass der kaledonische Häuptling und Kriegsherr, der auf dem Triumphzug mitgeführt werden sollte, ihr Bruder war. Sie wünschte, sie hätte mittlerweile den Mut aufgebracht, den Senator zu informieren. Und jetzt war es zu spät.

»Wir reisen ab?«, fragte Sammonicus mit einem enttäuschten Blick. »Warum?«

Neeve funkelte ihn an. »Ich habe nicht gesagt, dass wir sofort abreisen«, erklärte sie. »Ich habe dich lediglich gebeten, das Pferd zu tränken und zu füttern, die Kutsche fertig zu machen und deine Sachen zu packen. Tu, was ich dir gesagt habe«, zischte sie. »Es wird Zeit, dass du dir deiner Stellung wieder bewusst wirst, du hast hier wie ein Patrizier gelebt und deine Pflichten von den Sklaven der Familie des Severus erledigen lassen. Nicht nur das. Du hast Ausfahrten mit Sklavinnen gemacht, warst mit ihnen im Bad, wenn ihr Herr speiste.«

»Herrin, ich habe nicht ein einziges Mal …«

»Halt den Mund.« Sie trat auf ihn zu. »Von nun an erwarte ich, dass du meine Anweisungen befolgst, bevor ich meinen Satz zu Ende gesprochen habe.«

»Ja, Herrin.« Sammonicus versuchte, ihrem Blick auszuweichen. »Ich werde in einer Stunde fertig sein.« Dann verbeugte er sich und verschwand.

Neeve blickte sich im Raum um. Sie hatte angefangen, ihre Sachen zu packen, als es klopfte.

»Der Senator erwartet Euch in der Bibliothek«, sagte der Diener.

»Ich komme sofort«, antwortete sie, schloss den kunstvoll gefalteten Vorhang, versuchte, sich zu sammeln. Der Senator musste von Taranis gehört haben. Worum konnte es sonst gehen?

Neeve wusch sich das Gesicht, zog ihre beste Tunika an. Vor der Bibliothek erwarteten sie zwei Diener. Sie öffneten ihr, und einer geleitete sie in den rechteckigen Raum, der voller Bücher war. Die Stirnwand schmückten Paneele und mit kostbaren Stoffen bezogene Wandfelder. Ein Holzbild stellte eine umfriedete Stadt dar, vor deren Toren Bauern auf den Feldern arbeiteten. Aus dem mittleren Wandfeld ragte eine rautenförmige Platte aus Walnussholz etwa sechs Zoll in den Raum hinein. Und hier, an diesem besonders hervorgehobenen Platz, hing Neeves Bild des Senators.

»Ich will dich nicht zu lange aufhalten«, begrüßte sie der Senator. Er stand neben einer lebensgroßen Statue, deren Zügen seinen sehr ähnlich sahen, die aber, wie Neeve annahm, wohl einen Ahn von ihm darstellte. Die Bibliothek enthielt zehn solcher Statuen und ein halbes Dutzend Büsten, die meisten davon Darstellungen von Frauen. »Während wir uns hier unterhalten«, begann er ohne Umschweife, »planen meine Feinde im Senat, meinen Sohn Marcellus zu vernichten. Weißt du etwas davon?«

Neeve runzelte die Stirn. »Nein«, erklärte sie. »Davon weiß ich nichts.«

»Also hast du nicht mit irgendwelchen Senatoren oder ihren Gehilfen gesprochen?«

Sie schüttelte den Kopf.

»Ich bin jetzt schon fast vierzig Jahre im Amt«, sagte er. »Meinst du vielleicht, ich erkenne nicht, wenn jemand mich anlügt? Kelten sind die geborenen Lügner, das weiß doch jeder. So seid ihr eben. Und ich habe dummerweise geglaubt, du wärst anders. Ich habe dich gut behandelt, nicht wie einen Sklaven oder eine Barbarin.«

»Senator, ich …«

»Was haben sie dir dafür gegeben? Silber? Hast du meinen einzigen Sohn für Silber verraten?«

»Ich verstehe nicht, Herr.«

»O doch, du verstehst mich genau«, sagte der Senator mit tonloser Stimme. »Jemand ist an dich herangetreten und hat dir eine hohe Summe geboten, damit du mich und Marcellus ausspionierst. ›Du musst etwas finden‹, haben sie gesagt, ›egal was.‹ Also hast du hier herumgeschnüffelt und herausgefunden, dass Marcellus an ein paar Versammlungen dieser Bluttrinker teilgenommen hat.«

»Nein, ich habe mit niemandem gesprochen.«

»Du bist zu deinen abscheulichen Freunden gelaufen und hast deinen Beutel voll Silber abgeholt. Zweifellos hast du es schon zu einem Bankier gebracht. Aber hast du auch daran gedacht, was aus meinem Sohn wird?« Er schaute sie mit müdem Blick an. »Nein, vermutlich nicht. Wer von Gier besessen ist, denkt nur an sich selbst.«

Neeve spürte, wie ihr Atem flacher wurde, als er ihre Zeichnung von der Wand nahm. Er hatte sie in hellem Nussbaumholz gerahmt, das sich gut von dem dunklen Hintergrund abhob. »Ich war zu beschäftigt, sonst hätte ich dir das schon früher gezeigt«, erklärte er. »Jetzt scheint alles so nutzlos.« Er stieß die Hand durch die Zeichnung und zerdrückte das Pergament.

»Senator«, beteuerte sie, »Ihr müsst mir glauben ...«

»Das kann ich nicht«, erklärte er. »Der Kaiser selbst hat dich als diejenige benannt, die Marcellus verraten hat.«

»Der Kaiser?«

»Was im Geheimen geschieht«, sagte er, »pfeifen die Spatzen oft von den Dächern. Nimm deine Zeichnung, und verlass dieses Haus. Deine Gegenwart bereitet mir großen Schmerz.« Er ließ das zerstörte Bild auf den Mosaikboden fallen und ging durch eine Seitentür hinaus.

Neeve blickte sich in der Bibliothek um. Nun, da sie allein war, kam sie ihr dunkel und kalt vor. Sie bückte sich, hob ihre zerfetzte Zeichnung auf und machte sich auf die Suche nach Sammonicus.

Mehrere Tage hatte Neeve versucht, ihre Schwester ausfindig zu machen. Nes hatte aufs Landgut hinausfahren wollen, um sie zu besuchen. Sie musste sie vorher finden. Zuerst ging Neeve zur Basilika Julia, der Gerichtsbasilika, um herauszufinden, wo Balbinus wohnte. Dort sagte man ihr, dass Balbinus geschäftlich in Süditalien unterwegs sei und Nes sich in ihre Villa auf dem Esquilin zurückgezogen habe.

Während sie von einem Ort zum anderen fuhren, fragte Neeve

Sammonicus über die Bluttrinker aus. Er wusste wenig über sie. Er hatte lediglich gehört, dass es sich um Anhänger eines Kults aus dem Osten handelte, die Menschenblut tranken, war sich aber nicht sicher, warum sie das taten. Jemand hatte ihm erklärt, die Leute hielten frisches Blut für das Geheimnis ewigen Lebens und glaubten, bei regelmäßigem Genuss für immer auf Erden zu wandeln. Niemand wisse allzu viel über sie, sagte Sammonicus, weil sie sich heimlich in dunkler Nacht auf Friedhöfen träfen. Wie die meisten Geheimreligionen des Ostens behielten sie ihre Praktiken für sich. Besonders merkwürdig an den Bluttrinkern, erklärte er weiter, sei ihre Weigerung, die Götter anzurufen. Durch diese Weigerung würden sie überführt. Man fahndete nicht nach ihnen, ging nur Anzeigen nach, und wenn sie sich dann weigerten, vor Bildnissen der Götter Weihrauch zu verbrennen, wurden sie mit dem Tode bestraft.

In Britannien hatte Neeve nichts von den Bluttrinkern gehört, aber ihr war klar, dass die Römer diese Gesetzlosen ebenso hassten wie die Druiden. In den Festlandprovinzen hatten sie schon fast alle Priester umgebracht, und in Britannien waren sie auf dem besten Weg dazu. Und jetzt wollten sie die Welt anscheinend auch von den Bluttrinkern befreien.

In der Regel waren die Römer recht tolerant gegenüber den Religionen in den eroberten Gebieten, aber Menschenopfer duldeten sie um keinen Preis. Vielleicht war das auch nur vorgeschoben. Neeve vermutete allerdings, dass mehr dahinter steckte. In Britannien waren die Druiden eine die Stämme einigende, politische Kraft und deshalb Rom gefährlich. Und die Bluttrinker wurden wahrscheinlich als Bedrohung angesehen, weil sie sich nicht nur weigerten, die Götter anzurufen, sondern weil sie sich nicht vor dem Kaiser verneigten.

Mit wem hatte sie über ihre Gastgeber je gesprochen? Mit Nes – ihrer Schwester, und der konnte sie vertrauen. Ja, sie hatten über Marcellus gesprochen, aber Nes würde so etwas ganz bestimmt für sich behalten.

Aber der Kaiser hatte Neeve als Informantin genannt. Oder hatte Nes mit Balbinus gesprochen und jemand ihr Gespräch belauscht? Ihre Kutsche hielt. Sie waren an Nes' Villa angekommen. Sie freute sich. Nes würde sie jetzt aufheitern und womöglich sogar eine Lösung für das ganze Durcheinander finden.

»Wen darf ich melden?«, fragte der Pförtner.

»Neeve Kartenmacherin. Ich bin die Schwester deiner Herrin.«

Minuten später wurde Neeve von einem Diener in ein kunstvoll ausgeschmücktes Speisezimmer geführt, das zwar kleiner war als das im Landhaus des Severus, aber mit ähnlich schönen Fresken und Bodenmosaiken ausgestattet. Neeve nahm Platz. Sammonicus wartete im Atrium.

»Das ist ja eine Überraschung«, rief Nes beim Eintreten. »Ich hoffe, es geht dir gut.«

Neeve stand auf und küsste ihre Schwester. »Körperlich schon«, erklärte sie, »aber innerlich schlecht.«

»Was ist?«

»Die Ereignisse der letzten Tage haben mir schwer zugesetzt.«

»Das tut mir aber Leid«, sagte Nes. »Es ist doch hoffentlich nichts Ernstes?«

»Schrecklich ernst sogar«, bekannte Neeve. Dann sprudelte alles aus ihr heraus: die furchtbare Geschichte über Marcellus, die Anschuldigungen des Senators Severus und der Hass des Senats auf die Bluttrinker.

»Natürlich hassen sie die Bluttrinker«, sagte Nes. »Solche Leute haben den Tod verdient.«

Neeve zog die Stirn in Falten. Nes' Worte kamen ihr kalt vor. »Hast du denn kein Mitleid mit Marcellus?«

»Du tust mir mehr Leid als er«, erklärte Nes.

»Ich?«

»Weil du unter Marcellus' dummen Entscheidungen leidest«, sagte Nes. »Er hätte es besser wissen müssen. Geheimnisse kann man nicht für immer für sich behalten – besonders, wenn andere davon profitieren, dass sie publik werden.«

Neeve nahm eine Tasse Kräutertee dankend an, aber Nes' Worte gefielen ihr ebenso wenig wie ihr gleichgültiger Ton. Das letzte Mal, als sie zusammen gewesen waren, hatte sie Nes als warmherzig und liebevoll erlebt, aber jetzt erschien sie ihr distanziert, als empfände sie Neeves Besuch als Belästigung. »Es stimmt schon, dass Geheimnisse nicht ewig geheim bleiben«, räumte sie ein, »aber ich fühle mich verantwortlich.«

Nes winkte ab. »Hast du etwa Lügen über Marcellus erzählt? Hast du ihn gezwungen, an verbotenen Versammlungen teilzunehmen? Nein. Du hast die Wahrheit gesagt, und er hat genau das getan, was er tun wollte. Aus welchem Grund solltest du dich also verantwortlich fühlen? Was Marcellus getan hat, hat ganz allein er selbst zu verantworten.«

»Ich hätte nicht darüber reden dürfen«, meinte Neeve.

Nes zuckte mit den Achseln. Es schien ihr gleichgültig zu sein.

»Senator Severus war sehr erregt«, sagte Neeve beinahe zu sich selbst.

»Ist doch klar. Er ist ja auch der Vater eines Verräters.«

Neeve runzelte die Stirn. »Wie kannst du das nur sagen? Marcellus ist kein Verräter.«

»Nenn es, wie du willst. Er ist jedenfalls ein Römer, der sich mit den Feinden Roms einlässt und sich weigert, die Götter des Staates anzurufen. Wie würdest du ihn denn nennen? Irregeleitet? Ich nenne ihn einen Verräter.«

»Du bist hart im Urteil.«

»Auch nicht härter als der Staat«, erwiderte Nes.

»Du hast wahrscheinlich Recht«, räumte Neeve ein. »Mich betrübt, dass ich für Senator Severus, der mir sein Vertrauen geschenkt hat, jetzt nur noch eine Verräterin bin, die ihn und seinen Sohn für ein paar Münzen verkauft hat.« Sie schaute Nes an und fügte hinzu: »Es war nicht sein Zorn, der mich so beschämt hat. Nein, nicht sein Zorn ... es war die Verzweiflung in seinen Augen. Seine Angst. Er fürchtet um seinen Sohn und weiß nicht, wie er ihn schützen kann.«

»Und was kümmert dich das alles?«, fragte Nes unwirsch.

Neeve schaute ihre Schwester entsetzt an. »Du bist so ...«

»Ich frage mich nur, warum du dir solche Sorgen machst.«

»Sie sind mir eben nicht gleichgültig«, gestand Neeve.

»Sie haben es selbst zu verantworten«, meinte Nes.

»Du scheinst dich ja fast darüber zu freuen, dass ...«

»Ich freue mich auch«, gab Nes zu. »Es wird allerhöchste Zeit, dass Senator Severus am eigenen Leib erfährt, wie es ist, das zu erleiden, was er anderen antut.«

»Antut?«

»Senator Severus ist ständig mit irgendwelchen Untersuchungen beschäftigt«, erklärte Nes. »Ihm ist es doch völlig egal, ob er bei seiner angeblichen Suche nach der Wahrheit Unschuldigen schadet. Ich wünsche niemandem etwas Schlechtes, aber für so einen Mann kann ich beim besten Willen kein Mitleid aufbringen.«

»Ich weiß wenig über Untersuchungen des Senats«, räumte Neeve ein. »Aber mir ist er immer als ein sehr rücksichtsvoller und gütiger Mensch erschienen.«

Nes sagte dazu nichts.

»Mir gegenüber war er ganz besonders freundlich.«

Nes nickte.

»Und jetzt bin ich ratlos.«

»Eine schwierige Situation.«

»Wahrhaftig.«

»Ich denke, darüber können wir uns auch ein andermal unterhalten«, sagte Nes mit einem künstlichen Lächeln.

»Ja, da hast du wohl Recht.«

Nes blickte sich um, als wartete sie darauf, dass Neeve endlich ging.

Die Geste irritierte Neeve. »Ich habe noch eine Frage an dich«, sagte sie.

Nes wandte sich wieder Neeve zu.

»Ich habe nur dir von Marcellus erzählt«, begann Neeve, »du musst mit jemandem gesprochen haben ...«

»Ich wüsste nicht, mit wem.«

»Auch nicht mit Balbinus?«

Nes nahm einen Keks aus einer Schale und antwortete: »Wir haben uns in den letzten Tagen kaum gesehen. Auf jeden Fall haben wir miteinander nicht über Marcellus Severus gesprochen.«

»Du hast von unseren Gesprächen niemandem etwas erzählt?«

Nes schüttelte langsam den Kopf und runzelte die Stirn, als versuchte sie, sich an eine Situation zu erinnern, die ihr vielleicht entfallen war. »Ich habe mit niemandem geredet«, versicherte sie und tunkte den Keks in den Tee.

Neeve glaubte ihr nicht.

»Abgesehen davon«, sagte Nes mit derselben nachdenklichen Miene, »wäre es mir nicht einmal in den Sinn gekommen, dass Marcellus zu den Bluttrinkern gehören könnte. Wo das doch so ein verdammenswertes Pack ist und er auf mich immer einen so guten Eindruck gemacht hat.«

Neeve beäugte ihre Schwester. »Ich habe mit niemandem über Marcellus gesprochen außer mit dir«, wiederholte sie.

Nes nippte an ihrem Tee. »Geheimnisse kommen eben irgendwann ans Licht«, sagte sie. »Wahrscheinlich sind ein gutes Dutzend Leute Zeugen von Marcellus' seltsamem Benehmen geworden. Römer sind in solchen Dingen sehr aufmerksam.«

»Ja, scheint so«, räumte Neeve ein. »Und du hast ja selber gesagt, dass manche Leute davon profitieren, Geheimnisse an die Öffentlichkeit zu tragen.«

»Traurig, aber wahr«, sagte Nes.

Neeve schob ihren Tee weg. Sie versuchte, sich an ihr Gespräch mit Nes in dem Lokal zu erinnern. Nes hatte den Würzwein immer stärker machen lassen mit der Begründung, keltische Frauen bräuchten etwas mit mehr Biss. Sie hatte gelacht und gescherzt und Neeve das Gefühl vermittelt, als spräche sie mit einer Freundin, der sie vertrauen konnte. Aber Nes war nicht zu trauen. Sie hatte das Gespräch von der ersten Sekunde an in die gewünschte Richtung gelenkt und war zweifellos noch am selben Nachmittag zu jemandem gegangen, der dann Marcellus an den Senat verraten hatte.

»Das war wirklich ein schöner Besuch«, sagte Nes und stand auf.

Neeve aber blieb sitzen. »Ich mache mir so meine Gedanken, weil ich keinem Menschen außer dir von Marcellus erzählt habe und du sagst, du hättest niemandem …«

Nes stieß verärgert die Luft aus. »Ich habe dir doch schon erklärt, dass in der römischen Gesellschaft die Leute eine Menge Zeit damit zubringen, einander zu beobachten. Sie nutzen jedes Mittel, um sich Vorteile zu verschaffen. Als mächtiger Mann hat der Senator natürlich viele Feinde. Offensichtlich hat jemand Marcellus beobachtet und ihn angezeigt. Das kommt doch alle Tage vor.«

»Kommt es auch alle Tage vor, dass der Kaiser den Namen des angeblichen Denunzianten nennt?«

»Das verstehe ich nicht«, sagte Nes.

»Der Kaiser hat mich als Zeugin für Marcellus' ungewöhnliches Verhalten genannt.«

»Verstehe.«

»Wirklich? Wie kann der Kaiser etwas wissen, was ich nur dir erzählt habe!«

»Klatsch verbreitet sich wie ein Lauffeuer«, meinte Nes.

»Warum lügst du mich an?«

Nes' Miene versteinerte. »Ich lüge nicht«, erklärte sie.

»O doch, und wir beide wissen es.«

Nes ging zur Tür. »Auch Schwestern benehmen sich manchmal nicht gut«, sagte sie. »Vielleicht sollten wir unser Gespräch ein andermal fortführen.«

»Ich gehe nicht, bevor ich nicht meine Antworten habe.«

»Ich habe keine Antworten für dich«, erklärte Nes, und ihr Lächeln beschränkte sich auf ihren Mund.

»Ist dir eigentlich klar, was du da angerichtet hast?« Neeve konnte ihren Zorn nicht mehr im Zaum halten. »Senator Severus war der Einzige, den ich wegen Taranis um Hilfe bitten konnte. Und jetzt will der Senator nichts mehr mit mir zu tun haben, und das alles nur deinetwegen. Verstehst du? Taranis trifft bald hier ein und …«

»Du hast ja keine Ahnung!«, unterbrach Nes. »Taranis ist schon seit Wochen hier.«

Neeve erstarrte.

»Ganz genau. Während wir uns hier unterhalten, sitzt dein geliebter Barbarenbruder nördlich von Rom in einem Gefängnis. Ich habe ihn am Tag seiner Ankunft gesprochen.«

»Du hast mit Taranis gesprochen?«, Neeve wurde die Kehle eng. »Was … ich meine, wie geht es …?«

»Ihm geht's gut«, erklärte Nes. »Er möchte in Ruhe gelassen werden … in den Händen der Götter ruhen, wie er es formuliert hat. Und du solltest nach Britannien zurückgehen.«

»Du lügst!« Neeve schoss von ihrer Liege hoch.

»Ich sage die Wahrheit«, beteuerte Nes. »Er weiß selber, dass an seiner Situation nichts zu ändern ist, und er will, dass du abreist.«

»Warum hast du mir verschwiegen, dass du Taranis getroffen hast?«

»Ich fand es nicht so wichtig.«

»Du nimmst Taranis, deinen eigenen Bruder, nicht wichtig?« Neeve konnte die Wut, die in ihr hochstieg, kaum mehr bändigen.

»Für mich ist Taranis nur ein Name«, sagte Nes. »Ich habe zwar ein paar Erinnerungen an ihn … und an dich auch, aber sie sind verschwommen und bedeuten mir nichts. Warum sollte ich mir um einen von euch Gedanken machen?«

»Ist das dein Ernst?«

»Mein voller Ernst.«

»Dann bist du also auch nur einer von diesen selbstsüchtigen Menschen …«

»Was erlaubst du dir eigentlich?« Nes wurde laut.

»Erklär mir, warum du mein Vertrauen missbraucht und Marcellus verraten hast. Für Silber? Oder Gold? Warum? Warum?«

»Ich werde dir nichts erklären.«

»Weil du dich schämst.«

»Ich wüsste nicht, wofür ich mich schämen sollte.«

»Dann sag es mir.«

»Du bist eine solche Provinznärrin.« Nes spitzte den Mund. »Du hast keine Ahnung, wie die Dinge hier laufen.«

»Also willst du es mir nicht sagen.« Neeve war fest entschlossen, nicht lockerzulassen. »Für ein paar Münzen würdest du deine eigene Familie verraten.«

»Willst du es wissen? Willst du es wirklich wissen?« Nes' Augen funkelten vor Zorn. Dann hielt sie inne, und ihr kühler Blick kehrte zurück. »Wenn ich je die Information, die du mir in deiner kindlichen Einfalt gegeben hast, verwendet hätte – was ich nicht habe –, aber wenn ich sie verwendet hätte, dann hätte ich das ganz sicher gewinnbringender getan. Ich hätte mein Wissen nicht gegen eine Hand voll Münzen eingetauscht, wie du mir unterstellst, sondern gegen etwas Großes – wie gegen einen Senatssitz für Balbinus.« Ihre Augen bohrten sich in Neeve. »Hast du mich verstanden? Gegen etwas Großes, wie einen Sitz im Senat von Rom!«

»Du bist widerlich«, sagte Neeve. »Genauso widerlich wie die verhassten Bluttrinker.«

»Deine Überheblichkeit ekelt mich an«, erklärte Nes. »Weißt du, was ich hinter mir habe? Weißt du das? Ich wurde gefangen genommen, und du bist entkommen. Hast du das vergessen? Ich musste zusehen, wie sie Mutter geschlagen und zu Tode vergewaltigt haben ...«

»Mutter?«

»Ganz genau ... Mutter«, sagte Nes. Sie biss sich auf die Lippen, als versuchte sie, die Fassung zu bewahren.

»Das tut mir Leid ...«

»Aber natürlich«, erwiderte Nes kalt. »Nach Mutters Tod kam ich in einem Käfig in ein Militärlager. Weißt du, wie es dort ist? Weißt du, wie viele überleben? Kannst du dir vorstellen, wie es ist, wenn du Tag für Tag zwanzig oder dreißig Soldaten zu Diensten sein musst? Tag für Tag.« Sie schlug mit dem Handrücken eine Vase weg. »Nein, natürlich hast du keine Ahnung, weil du ein behütetes Leben und eine Familie gehabt hast. Und jetzt kommst du auf deinem hohen Ross nach Rom geritten und lässt dich auch noch von einem der mächtigsten Senatoren aushalten. Und wenn dann was schief läuft in deinem netten kleinen Leben, kommst du zu mir gerannt und beklagst dich darüber, wie eigennützig ich bin.«

»Du hast sicher ein schweres Leben gehabt«, entgegnete Neeve, »und wenn ich es ungeschehen machen könnte, wüde ich es tun. Aber das gibt dir nicht das Recht, andere zu vernichten um deiner Selbstsucht willen.«

»Doch, das gibt mir jedes Recht«, widersprach Nes.

»Nein. Das tut es nicht. Deine Selbstsucht hat Marcellus vernichtet ...«

»Unsinn«, erwiderte Nes. »Ich bestreite jede deiner Behauptungen.«

»Bestreite, was du willst, aber du hast jede Aussicht zunichte gemacht, die Taranis vielleicht gehabt hätte, seinem Todesurteil zu entgehen.«

»Ich habe es satt, mich mit dir zu unterhalten«, erklärte Nes. »Dir ist es viel zu lange viel zu gut gegangen. Eines Tages wirst auch du begreifen, dass der einzige Mensch, auf den du dich verlassen kannst, du selbst bist. Und dann machst auch du das Beste aus dem, was sich dir anbietet, oder der Wind bläst dich fort wie Spreu auf dem Dreschboden.«

»Dann soll mich der Wind fortblasen«, sagte Neeve, »Lieber das, als ein Leben, das auf Täuschung und Verrat aufbaut.«

»Wachen!«, rief Nes. Zwei Bewaffnete betraten das Speisezimmer. »Meine Schwester möchte zu ihrer Kutsche gebracht werden.«

»Sag mir wenigstens, wo sie Taranis gefangen halten.«

»Warum sollte ich?«

»Weil deine Mutter es so gewollt hätte.«

Nes senkte den Blick. Dann zwang sie sich zu einem Lächeln und sagte: »Warum nicht? Dann kannst du deinem Bruder selbst erzählen, dass dein verantwortungsloses, gutgläubiges Wesen ihn das Leben kostet.« Achselzuckend ging sie zur Tür hinaus und fügte hinzu: »Du findest ihn eine Stunde nördlich von Rom in einer ehemaligen Gladiatorenschule. Drück den Wachen ein paar Münzen in die Hand, und du kannst den ganzen Tag mit ihm plaudern.« Dann drehte sie sich um und ging in ihre Villa zurück.

41

Geduldig wartete Marcellus auf dem Aventin an der Einfahrt von Roms größtem Mietstall. Sklaven hatten zwar frisches Stroh über den schlammigen Boden gestreut, aber nachdem er nun schon fast den ganzen Vormittag in der Feuchtigkeit gestanden hatte, fühlten sich seine Beine an wie Eisklumpen. Er stand hier und beobachtete eine Kutsche in der Hoffnung, dass ihr Besitzer zurückkam.

Von Marcellus in seiner hochgezogenen derben Tunika des Bauern nahm kaum jemand Notiz. Er sah aus wie ein Diener, der auf seinen Herrn wartete. Stunden vergingen. Dutzende von Pferden und Maultieren wurden hinein- und herausgeführt, aber niemand suchte die Kutsche auf dem vierten Stellplatz auf. Das Licht des Nachmittags verblasste, und es wurde kälter. Marcellus fragte sich schon, ob der Besitzer seine Kutsche an diesem Tag überhaupt noch benutzen würde, als ein Sklave, der einen libyschen Grauge-scheckten am Halfter führte, neben dem Stellplatz stehen blieb. Er spannte den Grauen vor die Kutsche und fuhr die Einfahrt hinunter auf die Straße.

Marcellus folgte ihm. Wegen des nachmittäglichen Betriebs in den Straßen war es ein Leichtes, mit der Kutsche Schritt zu halten, die auf die Villen auf der Nordseite des Aventin zufuhr. Nach einer Viertelstunde hielt der Sklave vor einem hölzernen Tor an. Er öffnete eine kleine Klappe in der Mauer und rief etwas hinein. Knarrend ging das Tor auf, und der Sklave lenkte die Kutsche auf das Anwesen.

Marcellus ging hinter der Kutsche her, als sei er ein weiterer Sklave. Auf dem halben Weg zum Eingang des Peristylhauses hielt ihn ein Diener auf.

»Ich möchte deinen Herrn sprechen«, sagte Marcellus.

Der Diener runzelte die Stirn. Er schaute sich im Hof um, schien sich zu vergewissern, dass er allein war.

»Er erwartet mich«, fügte Marcellus hinzu.

Dass jemand ohne Einladung ein Grundstück betrat, war unüblich, und so war der Diener auf der Hut. Und wenn jemand den Namen des Hausherrn nicht nannte und noch dazu so ärmlich gekleidet war, verhieß das nichts Gutes. Der Diener rief deshalb nach Verstärkung.

»Dein Herr hat mich gebeten, ihn heute aufzusuchen«, sagte Marcellus mit lauter Stimme, um zu zeigen, dass er nicht von niederem Stand war.

»Bleib, wo du bist«, sagte der Diener. Dann gab er jemandem ein Zeichen, den Herrn zu holen.

Die Tür des Hauses öffnete sich. Es war der Herr des Hauses. »Wer bist du?«

Marcellus musterte den Mann in der Tür. Das Haar stand ihm wirr um den Kopf, und er hatte kräftige Arme, einen kugelrunden

Bauch und kirschrote Flecken auf Hals und Nacken. Aus seinem Blick schloss Marcellus, dass er geschlafen haben musste. »Es tut mir Leid, wenn ich gestört habe«, entschuldigte sich Marcellus, »aber ich habe mich gefragt, ob ...«

»Wer bist du?«, wiederholte der Hausherr.

»Ein Freund«, sagte Marcellus und versuchte, in höflichem Ton zu sprechen. Dass der Mann sich verärgert zeigte, irritierte ihn. »Wir sind uns schon ein paar Mal begegnet«, erklärte Marcellus. »Wenn du mir vielleicht ein paar Minuten deiner Zeit zugestehen würdest ...«

Der Mann strich sein Haar glatt und trat auf Marcellus zu. Seine buschigen Augenbrauen zogen sich zusammen. Er war wirklich zornig. »An deiner Stelle«, drohte er, »würde ich schnellstens meine Frage beantworten.«

Marcellus warf einen Blick auf die Diener. »Könnte ich vielleicht unter vier Augen mit dir sprechen?«

»Ich habe keine Zeit für solche wie dich«, zischte der Hausherr. Dann wandte er sich an seine Sklaven, die mit weit aufgerissenen Augen die Szene beobachteten, und befahl: »Zehn Peitschenhiebe, und dann werft ihn auf die Straße. Dieser Schurke hat eine Lektion verdient.«

»Ich gehe zu nächtlichen Versammlungen«, sagte Marcellus leise. Die Behandlung, die ihm zuteil wurde, hatte er nicht erwartet. »Ich denke, du solltest mir ein paar Minuten geben.«

Der Hausherr fuhr sich mit der Zungenspitze über die Lippen. Sein Blick schweifte über die Sklaven auf dem Hof und blieb dann an Marcellus hängen. »Zurück an eure Arbeit«, brummte er. »Ich werde mit dem Mann reden.«

Marcellus folgte dem Hausherrn in den Garten des Hauses. Der Mann setzte sich herrschaftlich auf eine mit Kissen gepolsterte Bank, ließ Marcellus aber ostentativ stehen. »Was ist jetzt«, sagte er mit ausgestrecktem Finger wie ein Richter, »wer bist du, und weshalb bist du hier?«

»Wir haben nie miteinander gesprochen«, erklärte Marcellus, »aber ich kenne dich von den Versammlungen.«

»Du kennst mich?«

»Du bist Rubellius Anicus Faustus«, sagte Marcellus, »Gruppenleiter.«

Faustus kratzte sich die Flecken an seinem Nacken. Er schien zu überlegen, was er von Marcellus' Antwort halten sollte. »Wie hast du mich ausfindig gemacht?«, fragte er schließlich.

»Ich habe das Rad deiner Kutsche markiert«, sagte Marcellus, »und dann die Mietställe abgesucht. Dann bin ich deiner Kutsche bis hierher gefolgt.«

»Und mein Name?«, fragte er angespannt. »Woher kennst du meinen Namen?«

Marcellus zögerte, war einen Augenblick lang versucht, die Antwort zu verweigern. Auf den Zusammenkünften tat sich Faustus – vor allem, wenn er seine Ansichten äußerte – durch eine gewisse Selbstgefälligkeit hervor, aber seine unfreundliche, schroffe Art hatten Marcellus überrascht. Faustus behandelte ihn wie einen seiner Sklaven. Es lag an der Kleidung. Es musste an der Kleidung liegen. Marcellus trug die Kleidung eines Armen, und Faustus konnte nichts anderes sehen. Er konnte Marcellus nicht als Bruder umarmen, weil sie dem Anschein nach von unterschiedlichem Stand waren. Marcellus atmete einmal tief durch und ignorierte Faustus' Dünkel. »Dein Name ist auf den Säulen am Tor eingemeißelt«, sagte er.

Faustus drehte den Kopf in die Richtung, wo der Eingang seines Anwesens lag, als müsse er die Information erst verdauen. »Und jetzt glaubst du wohl, du hättest eine großartige und vor allem Gewinn bringende Entdeckung gemacht«, sagte er und schnaubte verächtlich.

»Aber nein, ich …«

»Und was nun?« Faustus' Augen verengten sich zu schmalen Schlitzen. »Du willst Gold, oder du zeigst mich an?«

»Du missverstehst mich. Ich kam, um …«

»Zu deiner Information: Ich stehe unter dem Schutz bedeutender Aristokraten – Magistrate, Juristen, Richter –, viele von ihnen haben sich bei Senatoren für mich verwendet.«

»Nein. Nein«, widersprach Marcellus, »ich bin nicht hier, um dich in Schwierigkeiten zu bringen. Ich bin ein Gläubiger wie du.

Ich habe nur ein paar Fragen … und da du der Leiter der Zelle bist, wollte ich gern mal mit dir reden.«

Faustus ließ sich erleichtert in seine Kissen zurückfallen. »Du verstößt gegen unsere Regeln. Wir benutzen keine Namen und erkennen uns in der Öffentlichkeit nicht. Und was am wichtigsten ist: Keiner von uns besucht jemals den anderen in seinem Haus.« Den letzten Satz betonte er ganz besonders.

»Ich verstehe, aber …«

»Gar nichts verstehst du.« Faustus' rosiges Gesicht bebte vor Zorn. »Du redest von geheimen Versammlungen, und das vor den Augen meiner Sklaven! Wie kannst du es wagen, hierher zu kommen.«

»Ich entschuldige mich«, räumte Marcellus ein. »Ich wollte dich nicht in Gefahr bringen.«

»Gefahr? Glaubst du vielleicht, ich fürchte mich vor der Gefahr? Mein Leben bedeutet mir nichts. Wie viel Zeit mir vergönnt ist, liegt ganz in Gottes Hand. Ich sorge mich nur um die Schafe, die mir anvertraut sind. Was wird aus ihnen, wenn man mich den wilden Tieren vorwirft? Wer gibt ihnen Kunde vom Reich Gottes? Du?« Er grinste höhnisch und bedachte Marcellus mit einer wegwerfenden Geste. »Wer sollte mich ersetzen, bei meiner Ausbildung und meinem Wissen? Daran hast du wohl nicht gedacht, was? Du kommst einfach her – in mein Haus –, bringst meine Diener durcheinander und murmelst etwas von geheimen Versammlungen und denkst dabei nur an dich!«

»Verzeih«, sagte Marcellus, »aber ich habe schon mehrere Male versucht, mit dir zu sprechen. Du bist nach der Versammlung immer sofort weg …«

»Stimmt«, bestätigte Faustus. »Mein Leben kümmert mich nicht, aber als Führer einer Gruppe habe ich die Verpflichtung, es für die anderen zu schützen.« Er drückte eine Pustel an seinem Nacken aus und fügte hinzu: »Also, was ist so wichtig, dass du mich deswegen stören musst?«

»Große Strafexpeditionen stehen bevor, Säuberungen«, sagte Marcellus. »Die *Menschen des Weges* werden im Circus Maximus während der Feste zu Julius Verus' Triumph hingerichtet.«

»Diese Maßnahmen kommen und gehen«, sagte Faustus mit feierlicher Stimme. »Wir, der Weizen Gottes, sind dazu bestimmt, zwischen den Zähnen wilder Tiere zermalmt zu werden, damit wir unbefleckt in seinem Reich wieder auferstehen können.«

Marcellus fehlten die Worte. Faustus klang wie bei einer seiner nächtlichen Predigten. »Sollten wir nicht die anderen warnen?«, fragte Marcellus schließlich.

»Das Blut der Märtyrer bringt neue Gläubige hervor«, erklärte Faustus. »Wir wollen nicht sterben, aber wir gehen bereitwillig für die, die nach uns kommen, in den Tod.«

»Je mehr von uns sterben, desto besser ist es für die *Menschen des Weges*?«

»Eine harte Wahrheit, aber eine, die wir mit Mut und Demut ertragen müssen«, sagte Faustus.

»Das ist in der Tat eine harte Wahrheit.«

»Getauft im Feuer, der Herrlichkeit geweiht«, intonierte Faustus. »Unsere verstreuten Knochen werden zu Samen der Kirche.«

Marcellus nickte. »Auch ich kam zum Glauben, nachdem ich Gläubige so tapfer habe sterben sehen.«

»Wird eine Blume zertreten, sprießt eine neue«, sang Faustus, als rezitierte er ein Gedicht. »Gepflanzt und gewässert in Blut.«

Marcellus musste an seinen Vater denken und an die Trauer, die ihn überkommen würde, wenn er seinen einzigen Sohn verlor.

»Ja, dem *Weg* zu folgen ist schwer«, fuhr Faustus fort. »Jeder von uns hat seine eigene Berufung, die einen zum Lehren, die anderen zum Dienen, und andere sind auserwählt, der Knorpel zu sein, an dem sich der Teufel vor dem johlenden Pöbel Roms die Zähne ausbeißt. Ich bin zur Führerschaft berufen ... aber wie glorreich, zum Märtyrertod auserwählt zu sein.« Er nickte. »Die eigene Bestimmung mit Blut zu besiegeln ... welch ein Privileg.« Dann heftete er seinen Blick auf Marcellus und sagte: »Oh, hätte mich doch der Herr des Himmels für solch eine Ehrung auserwählt!«

Marcellus, der vor dem sitzenden Zellenführer stand, schaute auf ihn hinunter, auf den kahl werdenden Kopf, den wabbeligen Körper und das selbstgefällige Gesicht. Und ihm kamen Zweifel, ob Faustus wirklich wünschte, zum Märtyrertum auserwählt zu werden.

»Du hast Angst«, sagte Faustus. »Ich sehe es. Aber du musst deine Ängste in einen Schrank sperren. So mache ich es. Denke immer an die Gläubigen, die uns vorausgegangen sind, und sei stark. Diejenigen, welche bis zum bitteren Ende ausharren, werden den ewigen Sabbat erleben.«

Marcellus nickte. Er mochte den Mann nicht. Auch wenn Faustus ein Gläubiger war, so war er doch wichtigtuerisch und unehrlich. Und dennoch – seit Marcellus die Versammlungen besuchte, war er zu der Überzeugung gelangt, dass Christus, wie die Römer ihn nannten, von den Toten auferstanden war und mitten unter ihnen lebte. Marcellus hatte immer wieder versucht, es zu leugnen, hatte sich abgewandt und die Ohren verschlossen, aber in den Mußestunden, wenn er allein war, schien es ihm, als ob Christus ihn riefe. Seltsam, dass ausgerechnet er ein solches inneres Drängen verspürte. Er kannte niemanden, abgesehen von den Leuten auf den Versammlungen, der sich so zu Christus und dem *Weg* hingezogen fühlte. Wenn er den Bekenntnissen der anderen Gläubigen lauschte, entdeckte er Gemeinsamkeiten. Sie konnten nicht erklären, warum diese Religion des Christus ihre inneren Bedürfnisse befriedigte, wussten aber, dass es so war. Was bedeutete es da schon, wenn ein paar wie Faustus unaufrichtig waren? Er glaubte nicht an Faustus, sondern an Christus.

»Ich hoffe, meine Worte haben dir Kraft verliehen«, sagte Faustus, um ihr Gespräch zu beenden.

»Eine Frage hätte ich noch«, sagte Marcellus.

Mit einer Geste erklärte Faustus sein Einverständnis.

»Mein Vater wird alt, und es wäre mehr als schmerzlich für ihn, wenn ich in der Arena zu Tode gebracht würde. Er hat mich angefleht, Rom seine Ehrerbietung zu erweisen, Gehorsam zu zeigen, vielleicht ein Weihrauchkörnchen zu verbrennen. Ich würde es für meinen Vater tun, nicht, um mein Leben zu retten oder Gott im Himmel zu verleugnen. Ich habe mich deshalb gefragt …«

»Du wärst ein übler Gestank in Gottes Nase«, erklärte Faustus. »Er würde dich ausspucken wie schmutziges Wasser.«

»Stimmen die Führer der anderen Zellen mit dir in diesem Punkt überein?«, fragte Marcellus.

»Alle«, erklärte Faustus. »Verleugnest du Christus vor den Menschen, verleugnet er dich vor Gott im Himmel.«

»Selbst dann, wenn ich die Weihrauchkörner nur vor dem Kaiser oder ausgewählten Senatoren verbrenne?«

»Ob im kleinen Kreis oder vor aller Öffentlichkeit – es ist alles dasselbe. Entscheidend ist, was Gott im Himmel sieht.«

Marcellus dachte an seinen Vater.

»Besiege deine Angst«, unterbrach Faustus seine Gedanken. »Nicht alle werden in die Arena gezerrt. Antoninus der Fromme mag ein Heide sein, aber er hat großen Respekt vor dem Leben. Er ist nicht Nero. Er wird es nicht zulassen, dass Hunderte zu Tode gebracht werden. Es werden ein paar sein. Und wenn sie dich beim Verhör zwingen wollen, die heidnischen Götter anzurufen, musst du standhaft bleiben. Aber am Ende, denke ich, wird die Maßnahme an dir vorübergehen.«

»Ich denke nicht«, sagte Marcellus zu sich selbst.

»Wenn du durchs Feuer gehst, wird es dich nicht verbrennen«, rezitierte Faustus, »und die Flammen werden dich nicht verzehren.« Er lächelte, offenkundig zufrieden mit der Auswahl seiner Zitate. Dann wiederholte er: »Die Maßnahme wird an dir vorübergehen. Habe Mut.«

Marcellus antwortete nicht, in Gedanken bei seinem Vater.

»Du bist anderer Meinung?«

»In diesem Fall, ja.«

»Na ja«, sagte Faustus, »du tust ja gerade so, als würdest du im Mittelpunkt dieser Verfolgung stehen. Jemand deines Standes kann doch nicht eine derart überhöhte Meinung von sich haben, oder doch?«

»Ich habe keine überhöhte Meinung von mir«, beteuerte Marcellus, der das Gespräch nicht weiter in die Länge ziehen wollte. Er hatte Faustus vor der bevorstehenden Verfolgung gewarnt und seine Antwort auf die Frage erhalten, was es bedeuten würde, wenn er im kleinen Kreis Weihrauch verbrannte. Jetzt wollte er gehen. »Sei bedankt für die Zeit, die du mir geopfert hast«, sagte er.

»Du bist doch aus niedrigem Stand, oder nicht?«

»Wie du viele Male betont hast«, sagte Marcellus, »sind vor Gott alle gleich.« Er wollte vermeiden, die Frage zu beantworten.

»Für jemanden aus der Unterschicht redest du außergewöhnlich gut.«

»Schon möglich«, sagte Marcellus.

»Jetzt, wo ich darüber nachdenke, fällt mir auf, dass deine Art zu sprechen in der Tat merkwürdig ist. Wie ist es möglich, dass jemand aus der Unterschicht für den Staat eine Bedrohung sein soll?«

Marcellus zögerte. Faustus' ständige Fragerei irritierte ihn.

»Ich verlange eine Antwort«, setzte Faustus nach. »Warum solltest du eine Bedrohung für den Staat sein?«

»Aus demselben Grund, aus dem man mir die Möglichkeit einräumen würde, Weihrauch unter Ausschluss der Öffentlichkeit vor den Augen des Kaisers zu verbrennen«, erklärte Marcellus, noch immer irritiert.

Faustus rutschte auf seinen Kissen hin und her. »Das verstehe ich nicht.«

Marcellus winkte ab. »Es ist nicht wichtig«, erklärte er.

Faustus beugte sich fasziniert vor. »Wer bist du?«, fragte er.

»Ich bin ein Gläubiger ... und zufällig der Sohn eines Senators.«

»Eines Senators! Aber ... deine Kleidung ...«

»Die trage ich – wie auf den nächtlichen Versammlungen –, um meine Anonymität zu wahren.«

»Und du bist ganz allein hergekommen, ohne Diener oder Leibwächter?«

Marcellus nickte.

»Ich dachte mir gleich, dass du von höherem Stand bist, als es den Anschein hat«, heuchelte Faustus, »aber der Sohn eines Senators!« Er sah reichlich lächerlich aus, wie er sich mit offenem Mund nach vorn beugte. Dann wurde ihm plötzlich bewusst, dass er saß, während ein Patrizier stand. Er sprang auf. »Aber bitte«, sagte er und zeigte auf eine Liege, »bitte.«

»Sei bedankt«, winkte Marcellus ab, »aber ich muss jetzt gehen.«

»Der Senator … er macht sich Sorgen?«, fragte Faustus, wollte Marcellus einen Namen entlocken.

»Ja, das tut er«, antwortete Marcellus. »Seine Feinde im Senat sind ganz begierig, ihm zu schaden, und jetzt haben sie etwas, worauf sie sich stürzen können – meine Verbindung zu den *Menschen des Weges.*«

»Der Sohn eines Senators«, sagte Faustus, und es klang, als ob ihm etwas durch den Kopf ging. »Ich hatte keine Ahnung. Du könntest für unsere Bewegung von großem Nutzen sein.«

»Mich wird es bald nicht mehr geben«, entgegnete Marcellus.

Faustus klopfte sich nachdenklich ans Kinn. »Vielleicht könnte ich dir ja helfen.«

»Und wie?«

»Ich sagte doch, dass ich viele aristokratische Freunde habe … zwar keine Senatoren oder Patrizier deiner Güte, aber trotz alledem wichtige Männer, Ritteradel. Wenn ich mit ihnen reden würde, könnten wir möglicherweise zu einer Lösung gelangen. Das würde natürlich eine gewisse Summe Goldes kosten …«

»Ich bin sicher, dass mein Vater in den kommenden Wochen Gold und Silber verteilen wird, aber ich bezweifle, dass das seine Feinde davon abhalten wird, von mir zu verlangen, den römischen Göttern zu huldigen.«

»Ja … ich verstehe … aber da ist noch etwas, dessen du dir vielleicht nicht ganz bewusst bist. Bei den jüngsten Verfolgungen hat man die Führung unserer Gemeinde ungestraft gelassen. Der Kaiser und die Senatoren haben häufig die Augen zugedrückt bei Führern, die kein Problem für den Staat darstellten, weil Rom an Stabilität interessiert ist, selbst in verbotenen Gruppen wie der unseren. Nehmen wir einmal an, sie würden mich den wilden Tieren vorwerfen – wer weiß, welcher weitaus radikalere Führer dann an meine Stelle treten würde? Verstehst du? Die römischen Beamten wissen Vorhersehbarkeit zu schätzen, und ich versuche, sie ihnen zu liefern. Ich lehre die Mitglieder meiner Gruppe treu und ergeben die Wahrheit Christi, und ich stärke sie in ihrem Glauben, aber ansonsten halte ich mich zurück.«

»Zurückhalten?«

»Nun ja, ich tue mein Bestes, um nicht den Zorn des Staates auf mich zu ziehen. Er hat vor allem etwas gegen die Eiferer – also meide ich solche Aktivitäten. Das ist das einzig Richtige.«

»Aber wir sind berufen, die frohe Botschaft unseres Herrn Christus zu verbreiten, nicht unser Licht unter den Scheffel zu stellen!«

»Schon, aber es gibt unterschiedliche Berufungen, wie ich schon sagte. Glaub mir, an Eiferern haben wir keinen Mangel. Der *Weg* ist voll von ihnen. Wenn so jemand in den Circus Maximus kommt, ist das kein großer Verlust. Aber ein Lehrer ... das ist etwas ganz anderes. Lehrer, wie ich einer bin, sind rar. Es dauert Jahre, bis man die heiligen Schriften beherrscht. Das Wichtigste ist, zu erkennen, wofür man berufen ist. Wie ich schon sagte, manche sind auserwählt zu lehren, manche zu predigen, und manche sind einfach zur Mitläufer. Ich lehre.«

Marcellus schwieg.

»Ich tue auch mein Möglichstes, um die Vertreter des römischen Staates zu loben, und betone immer, dass der *Weg* keine Gefahr für das Reich darstellt, genau wie Lukas der Arzt es in seinen zwei Briefen an den *Weg* getan hat. Hast du jemals diese Briefe gelesen?«

Marcellus schüttelte den Kopf.

»Sie wurden vor hundert Jahren in einem komplizierten Griechisch geschrieben und nicht in lateinischer Alltagssprache, sodass nur ein Gelehrter wie ich oder ein gebildeter Römer aus gutem Hause wie du sie verstehen können.« Er runzelte die Stirn. »Verstehst du mehr Griechisch als das, was auf dem Marktplatz gesprochen wird?«

»Ja, und ich nehme an«, sagte Marcellus, obwohl er Faustus allmählich ermüdend fand, »du hast die Briefe gelesen?«

»O ja, viele Male sogar, es ist eine ausgezeichnete Lektüre. Interessanterweise gibt sich Lukas allergrößte Mühe, alle möglichen römischen Offiziellen zu loben. Wie du siehst, versuchte auch er schon, den Römern die Angst vor uns zu nehmen.« Er machte eine Geste mit der Hand und fuhr fort: »Und genau das versuche ich auch. Viele bei uns sind da anderer Ansicht. Sie meinen, wir sollten in unseren Predigten und unserer Lehre ganz konsequent sein, ohne Rücksicht auf die Folgen.«

»Und du bist nicht dieser Meinung.«

»Sieh dir doch an, wohin sie damit kommen«, sagte Faustus. »In die Arena des Circus Maximus. Natürlich sollten wir am Tag der Prüfung Christus niemals verleugnen, aber es wäre doch dumm, unser Leben wegzuwerfen, wenn wir lebendig der Gemeinde besser dienen können.«

»Ich glaube, ich habe dich verstanden«, erklärte Marcellus.

»Mein Standpunkt ist, dass viele römische Amtsinhaber Führern wie mir, die keine Unruhe stiften, wohlgesinnt sind. Und da du ein Patrizier bist und gebildet, könnte ich doch sagen, dass du meine hoch geschätzte rechte Hand wärst. Dann würde man von dir nicht mehr als Bedrohung sprechen und beschließen, dich nicht weiter zu verfolgen.«

»Und wie könnte ich diese Gefälligkeit wieder gutmachen?«, fragte Marcellus.

»Ich selbst habe keinerlei Bedürfnisse«, beteuerte Faustus, »aber wir haben Witwen und Waisen unter uns, die in Not sind. Ich versuche zu helfen, wo ich kann, aber meine Mittel sind begrenzt. Einige unserer Anhänger haben Geld bei Bankiers hinterlegt und mich als Bevollmächtigten eingesetzt. Dasselbe könntest du auch tun.«

»Ich werde darüber nachdenken«, sagte Marcellus und bedeutete Faustus, dass er gehen wollte.

»Natürlich«, sagte Faustus mit einem breiten Grinsen. Er konnte seine Erregung kaum verbergen.

Der Pförtner öffnete das hölzerne Tor.

»Soll ich zu dir Kontakt aufnehmen?«, fragte Faustus.

»Nein, ich komme auf dich zu.«

»Auf der Versammlung unserer Zelle?«

»Ich habe die Absicht, die Gruppe zu wechseln.«

»Aber wie soll ich dann ...?«

Marcellus trat durch das Tor und war verschwunden.

42

ZWEI MONATE SPÄTER

Vectis war des Reisens müde. Es war eine lange Reise gewesen von Dakien, und die Hitze des Sommers lag über der Stadt, als er und Julian in Rom eintrafen. Julians Wunden waren restlos verheilt, und er brannte darauf, in der Hauptstadt alte Freunde wiederzusehen. Vectis wollte Senator Titus Severus besuchen und versuchen, einen Posten in Britannien zu bekommen. Er hatte die Hoffnung nicht aufgegeben, Neeve dort zu finden.

Es war ein gutes Gefühl, wieder in Rom zu sein. Die Ereignisse in Dakien hatten etwas Unwirkliches an sich gehabt, als wären sie Teil eines weit zurückliegenden Traumes. Schlussendlich hatte sich die dunkelhaarige Schöne als der gedungene Mörder entpuppt. Vectis war sich so gut wie sicher, dass sie auch den ägyptischen Prinzen auf dem Gewissen hatte. Dass das Betäubungsmittel bei Julian weniger Wirkung gezeigt hatte, war auf seinen ausgiebigen Konsum an verdünntem Wein an jenem Tag zurückzuführen, aber auch seine Erinnerungen waren äußerst lückenhaft. Er wusste nur noch, dass er Vectis zu Hilfe geeilt war, als er einen Becher auf dem Boden hatte zerspringen hören, und er die Angreiferin mit einem Weinkrug niedergestreckt hatte.

Die Soldaten der Eskorte glaubten, sie hätten Vectis und Julian das Leben gerettet. Zwei von ihnen waren tot am Boden liegend aufgefunden worden. Allem Anschein nach hatten sie der Meuchelmörderin eine tödliche Verwundung zugefügt und sie vertrieben.

Vectis' Erinnerungen waren andere. Sie waren zwar bruchstückhaft und wirr, aber dennoch glaubte er, dass die Mörderin in letzter Sekunde von ihm abgelassen hatte. Er erinnerte sich an eine Frau mit blonder Perücke, die sich mit einem nadeldünnen Dolch in der Hand über ihn gebeugt und Zeit genug gehabt hatte, ihn zu töten. Sie fanden sie am Badehaus in Vectis' Wagen, eingehüllt in seinen Regenumhang. Ersten Berichten zufolge war sie tot, aber Vectis war sich da nicht so sicher. Der Hufschmied hatte sie ins

Garnisonshospital in Porolissum gebracht, und Vectis war nach Rom aufgebrochen, bevor er Endgültiges erfahren hatte. Und falls sie überlebt hatte, hatten die Soldaten sie zweifellos wegen der Morde im Badehaus hingerichtet.

Nachdem Vectis mehrere Tage in seiner Villa auf dem Land vor den Toren Roms verbracht hatte, war er nun auf dem Weg zum Senat. Er hatte ein Treffen mit Senator Severus vereinbart, um mit ihm über seine Versetzung nach Britannien zu sprechen. Er hatte keine Ahnung, ob er im Archivmaterial der ehemaligen Vorposten noch Briefe finden würde, die für die Untersuchungen des Senators hilfreich sein konnten, aber er wollte es versuchen – vor allem wenn es bedeutete, nach Britannien zurückgehen zu können.

Vectis bahnte sich seinen Weg durch die frühmorgendliche Menschenmenge auf dem Alten Forum. Der Geschäftsbetrieb hatte noch nicht begonnen, aber die Gehsteige waren bereits voller Menschen – Schaulustige, die meisten von ihnen Besucher aus den Provinzen. Jeder, so schien es, wollte bei den Sommerfesten dabei sein. Sogar die Sklaven sangen, als sie ihre Werkzeuge nach einer langen Arbeitsnacht einpackten, in der sie Wände gereinigt, bronzene Türen poliert und Hinweistafeln auf den großen Triumphzug des Legaten Julius Verus aufgestellt hatten. Ja, die Jahreszeit der Feste hatte begonnen.

»Tribun?«

Am Fuß der Treppe, die zum Senat hinaufführte, stand ein junger Amtsdiener.

»Vectis Trebellius?«

Vectis bejahte und folgte dem Diener hinüber in die Basilika Aemilia. In einem Empfangsraum erwartete ihn Senator Severus. Der Senator erhob sich, als Vectis eintrat – eine verbindliche Geste, da er der gesellschaftlich Höherstehende war. »Ah, Vectis Trebellius«, sagte er. »Ich freue mich, Euch wiederzusehen.«

»Seid bedankt, dass Ihr Euch Zeit für mich genommen habt.«

Der Senator nickte freundlich. Er wirkte erschöpft, war schmal und gebrechlich, das Gesicht hager, die Haltung gebückt. Langsam ging er zu seiner Liege und ließ sich fast auf die Polster fallen. Dann bedeutete er Vectis, Platz zu nehmen.

»Der Senat ist sehr beeindruckt von Eurer Leistung«, erklärte Severus, »und als Euer Förderer platze ich fast vor Stolz. Ihr habt nicht nur einen Schweinestall ausgemistet, sondern es dabei auch noch geschafft, die Würde eines Offiziers zu wahren. Allen Respekt.«

»Ich danke Euch, Senator.« Vectis hatte angenommen, Severus würde von den Ereignissen in Dakien nur das wissen, was in Commodus' prahlerischen Berichten stand.

Severus lächelte. »O ja, wir wissen alles über Eure Probleme mit Gaius Commodus. Wir bekamen zahlreiche Depeschen über die regulären Dienstwege hinaus – von Priscus, dem Präfekten der XIII. Legion, von Quintilianus aus Porolissum und sogar von der kaiserlichen Familie. Und alle voll des Lobes.«

Was die kaiserliche Familie anging, ließ der Senator es bei der offenen Formulierung, aber Vectis vermutete, dass der junge Ingenieur nach Hause geschrieben hatte.

»Ihr habt in Dakien nicht nur Rom ehrenvoll gedient, auch mir persönlich«, erklärte Severus.

»Ich bin stolz darauf, dem Reich gedient zu haben«, erwiderte Vectis, wie es sich gehörte.

»Entschuldigt, dass ich Euch bitte, zur Sache zu kommen«, sagte Severus, »aber ich habe einen schwierigen Tag vor mir. Ich nehme an, Ihr habt eine Bitte an mich.«

»Ja, sie betrifft Eure Untersuchung …«

»Sie ist eingestellt.« Severus unterbrach ihn.

»Eingestellt?«

»Ich habe mit zwei der involvierten Senatoren einen Kompromiss geschlossen«, erklärte Severus. »Ich habe mich einverstanden erklärt, die Untersuchung nicht weiterzuverfolgen, wenn sie … wie soll ich sagen, wenn sie ihrerseits über gewisse Dinge hinwegsehen, die für mich von Bedeutung sind.«

»Verstehe.« Vectis überreichte ihm das von Commodus unterzeichnete Pergament.

»Ah«, sagte Severus. »Dieses Dokument entlastet Euch. Ich habe es doch die ganze Zeit gewusst.« Er blickte auf. »Ich werde dafür sorgen, dass die entsprechenden Senatoren es zu Gesicht bekommen.« Dann, nach einer kurzen Pause, fragte er: »Abgesehen von Eurer Rehabilitierung … gibt es noch einen anderen Grund, aus dem Ihr an dieser Untersuchung interessiert seid?«

Vectis kratzte sich nervös am Kinn. Er beschloss, ehrlich zu sein. »Ich dachte, ich könnte am besten zu Eurer Untersuchung beitragen, wenn der Senat mich nach Britannien versetzen würde.«

»Wie ich schon sagte, habe ich diese Untersuchung eingestellt.«

»Ich habe verstanden«, sagte Vectis als guter Soldat, auch wenn es ihm schwer fiel.

Severus musterte ihn. »Habt Ihr persönliche Interessen in Britannien?«

»Ja.«

Severus holte tief Luft und stieß sie wieder aus. »Verzeiht mir«, sagte er, »aber auch ich habe persönliche Interessen, und ich fürchte, sie bringen mich noch um. Es fällt mir immer schwerer, an etwas anderes zu denken als an meine eigenen Sorgen. Aber ich nehme an, Ihr hättet gerne eine Versetzung nach Britannien?«

»Ja, aber …«

»Nein, kein Aber«, wehrte Severus ab. »Ihr habt Euch das Recht, darum zu bitten, verdient. Aber diesmal werdet Ihr im Auftrag des Kaisers entsandt, nicht vom Senat. Jüngste Ereignisse haben die Arbeit im Senat erschwert, und da ich heute Nachmittag einen Termin bei Kaiser Antoninus habe, werde ich ihn bitten, Euch als Militärtribun in den Stab nach Londinium zu entsenden.«

Vectis dankte ihm und verließ die Basilika in gehobener Stimmung. Er würde bald nach Britannien aufbrechen, und das auch noch in kaiserlichem Auftrag. Das war viel mehr, als er erwartet hatte. Mit dem Kaiser als Gönner würde er mehr Freiheiten haben, um in der Provinz nach Neeve zu suchen.

Neeve klammerte sich fest an Marcellus' Arm, als sie sich durch die morgendlichen Menschenmassen kämpften. Nachdem sie die Villa Severus hatten verlassen müssen, hatten sie und Sammonicus ein paar kleine Zimmer im Herzen der Stadt gemietet. Seit jenem Tag in der Bibliothek hatte sie Senator Severus nicht mehr gesehen,

Marcellus aber besuchte sie häufig. Mit Erleichterung hatte Neeve vernommen, dass Marcellus mit seinem Vater gesprochen, die Sache aufgeklärt und ihm versichert hatte, dass sie weder den Senator noch seinen Sohn verraten hatte. Als der alte Senator die Wahrheit erfuhr, schickte er Neeve einen Brief, in dem er sich für seine impulsiven Anschuldigungen entschuldigte. Er hoffte, sie später am selben Tag noch zu sehen. Aber wenn sich die Ereignisse des Tages so entwickelten, wie sie befürchtete, war Neeve nicht sicher, ob sie überhaupt in der Lage sein würde, sich mit irgendjemandem zu treffen.

Ein geschäftiges Summen stieg vom Forum auf. Auf dem Weg zur Basilika Aemilia zog Neeve Marcellus hinüber zur marmornen Mauer der Rostra, der berühmten Rednertribüne, von der aus der Kaiser seine Ansprachen an das Volk von Rom hielt.

»Das kannst du nicht tun«, drängte sie.

Marcellus warf seinen Dienern einen Blick zu, und sie zogen sich respektvoll zurück. Dann wandte er sich wieder Neeve zu. »Es ist zu schwer für dich«, sagte er. »Du hättest nicht mitkommen sollen.«

»Zwei kleine Wörter. Das ist alles, was du sagen musst. Zwei Wörter! Was ist so schwer daran?«

»Weil sie bedeuten ›Ich verfluche Christus‹, und das werde ich niemals sagen.«

»Es sind doch nur Worte«, sagte sie. »Nichts als Worte. Du verbrennst etwas Weihrauch, sagst die Worte, und die Sache ist ausgestanden. Du gehst nach Hause, dein Vater ist glücklich ... und du kannst deinen Geschäften weiter nachgehen. Du kannst selbst zu den Versammlungen gehen, wenn du möchtest.« Neeve schaute ihn verwirrt an. »Verstehst du nicht? Es interessiert niemanden, was du wirklich glaubst. Aber jetzt ist der Bogen überspannt. Waren das nicht deine Worte? Der ganze Senat weiß von deinen Verbindungen zu den Anhängern des *Weges*. Du musst sie zufrieden stellen ... sag ein paar Worte, verbrenn etwas Weihrauch ... du kannst es ... spiel den Senatoren etwas vor, und dann hat diese furchtbare Sache ein Ende.« Sie schmiegte sich an ihn und schaute ihm tief in die Augen. »Du musst das für deinen Vater tun«, sagte sie, »... und für mich.«

»Für dich?«

»Ja, für mich. Du hattest Geduld mit mir, als mein Herz nur für Vectis schlug. Aber jetzt habe ich mich entschieden. Vectis ist nur eine Erinnerung. Ich weiß es. Er wird nie zurückkommen … und ich … ich glaube, ich liebe dich, Marcellus. Ich will, dass du lebst, um deines Vaters willen, aber auch um meinetwillen.« Sie wusste, dass sie ihn nie würde lieben können, wie sie Vectis geliebt hatte, aber sie war aufrichtig.

Er zog sie an sich und küsste sie. »Oh, du wunderbare Barbarin«, sagte er lächelnd. »Ich habe so lange auf diese Worte gewartet. Ich wünschte nur, die Umstände wären andere.«

»Sie könnten anders sein«, sagte sie und küsste ihn auf die Wangen, »sie könnten ganz anders sein, wenn du nur …«

»Meine Welt hat sich im vergangenen Jahr verändert«, sagte Marcellus. »Gott im Himmel hat meine Füße auf einen neuen Pfad gesetzt, auf einen Weg, der mich direkt zu ihm führt.«

Neeve ließ ihn los. »Du hattest doch schon einmal Zweifel«, sagte sie. »So hast du es mir jedenfalls erzählt. Wie kannst du dir jetzt so sicher sein? Wie kannst du sagen, der *Weg* sei der einzige Pfad zur Wahrheit?«

»Ich spüre es mit allen Fasern meines Seins. Es ist, als hätte die Wahrheit von mir Besitz ergriffen.« Er deutete auf eine Statue des Julius Cäsar an der Ecke der Rostra. »Der große Cäsar ist tausendmal über diese Platten gegangen. Versuche dir vorzustellen, er hätte dieses Forum nie betreten … hätte nie von der Rostra gesprochen. Du kannst es nicht. Ich auch nicht. Cäsar war hier, er war sogar in Britannien, und wir beide wissen es. Wenn wir etwas glauben, können wir nicht einfach die Augen schließen und sagen ›Jetzt glaube ich es nicht mehr‹. Nein, woran wir glauben, gehört zu unserem Wesen.« Er hielt inne. »Ich glaube, dass Christus der Weg zum ewigen Leben ist. Ich glaube es, und ich kann es nicht leugnen.«

»Aber du hattest Zweifel.« Neeve blieb hartnäckig.

»Ja, anfänglich hatte ich Zweifel … ich rang mit mir selbst … aber jetzt, selbst, wenn ich versuchte, nicht zu glauben, ich bliebe ein Gläubiger. Kannst du das verstehen?«

»Und was ist mit uns?«, fragte Neeve. Sie war fest entschlossen, zu ihm durchzudringen. »Willst du wirklich alles wegwerfen, weil du an Christus glaubst? Will dieser Gott das? Will er, dass du stirbst? Will er, dass dein Vater trauert, deine Feinde triumphieren und ich noch einmal den Verlust eines Geliebten beweinen muss?« Sie biss sich auf die Lippen, bis sie bluteten. Sie musste sich beherrschen. Sie hatte Vectis verloren, ihr war sogar ein einziger Besuch bei Taranis versagt worden – »Du kannst ihn beim Triumphzug sehen«, hatten die Soldaten gesagt –, und jetzt Marcellus. Sie schaute ihn an und fragte: »Kann dieser Christus wirklich so gleichgültig sein?«

»Christus ist nicht gleichgültig«, erklärte Marcellus. »Aber ich gestehe, dass ich keine Ahnung habe, warum ich solch einen bitteren Kelch bis zur Neige leeren muss. Ich finde Trost im Wissen, dass seine Wege erhabener sind als meine.«

»Liebst du mich?«, fragte Neeve.

»Das weißt du doch«, antwortete er. »Ich habe es dir viele Male gesagt und sage es dir noch einmal ... Ich liebe dich mehr als alles andere auf der Welt.«

»Und du willst, dass wir zusammen sind?«

»Ich will es, ich will es wahrhaftig ... und ich liebe das Leben ... aber ich kann Gott nicht verfluchen.«

»Doch, Marcellus, du kannst es.«

»Verzeih, aber ich kann es nicht. Ich will es nicht.«

Neeve warf einen kurzen Blick hinüber zur Kurie. »Uns bleibt so wenig Zeit«, sagte sie.

Er nickte.

Beide schwiegen. Sie hörte ihn atmen, hörte ihre eigenen unregelmäßigen Atemzüge, aber keiner von ihnen sprach ein Wort. Sie drehte sich um, betrachtete die gesichtslosen Männer und Frauen, die kreuz und quer über das Forum liefen. Die Menschen begannen vor ihren Augen zu verschwimmen, und nur mühsam konnte sie ihre Tränen zurückhalten. »Herr«, rief ein Diener noch im Laufen, »die Senatoren erwarten Euch.« Neeve nahm Marcellus' Hand und redete voller Verzweiflung auf ihn ein. »Wenn du diese Worte nicht sagen kannst, dann lass uns von hier fortgehen. Lass uns sofort gehen.«

»Neeve …«

»Wir gehen nach Britannien … oder ans andere Ende der Welt, wenn du möchtest … nach Parthien. Mir ist das egal. Aber lass uns zusammen gehen und unser Leben leben. Kannst du das nicht für mich tun?« Sie schlang ihre Arme um seinen Hals. »Für mich«, flüsterte sie ihm eindringlich ins Ohr, »tu es für mich, und ich diene deinem Gott für den Rest meines Lebens.«

Er sagte nichts.

Sie ließ ihn los, um ihm in die Augen zu schauen. Aber seine Augen waren geschlossen.

Er sagte sanft: »Ich liebe dich«, und ging hinüber zur Kurie, ohne sich auch nur einmal umzuschauen.

Neeve drückte ihre Wange an den kalten Marmor der Rostra und sah zu, wie er die Stufen zum Senat hinaufschritt und in seinem Eingang verschwand.

43

Aufgeregt lief Vectis die Stufen der Basilika Aemilia zum Forum hinunter. Senator Severus hatte ihm die Versetzung nach Britannien zugesagt. Der alte Senator hatte trotz seiner eigenen Schwierigkeiten Vectis' Bitten entsprochen. Bald schon würde Vectis den Befehl für Britannien erhalten und dort mit seiner Suche nach Neeve beginnen.

Er dachte an Julian und seine Bemerkung, Neeve sei zweifellos während des Aufstands ums Leben gekommen. Julian hatte vermutlich Recht, aber er konnte nicht zur Ruhe kommen, bevor er keine Gewissheit hatte. Er dachte an ihre letzte Begegnung, als die Kaledonier seinen Vorposten im Norden Britanniens überrannt hatten, und wie sie am Ende der Reihe der kaledonischen Häuptlinge auf ihrem Pferd gesessen hatte. Ihr Haar war zusammengebunden wie das einer römischen Ehefrau. Sie wollte ihm damit sagen, dass sie für immer seine Neeve sein würde. Und jetzt war sie in der wilden Provinz Britannien … oder lag irgendwo unter der

Erde. Aber was auch immer mit ihr geschehen war – er war fest entschlossen, es herauszufinden.

Vectis hatte Gerüchte gehört, denen zufolge Feldherr Verus Neeves Bruder Taranis gefangen genommen hatte und ihn bei seinem Triumph den Massen präsentieren wollte. Er hoffte, dass Verus Taranis schnell und auf würdevolle Weise töten würde. Der kaledonische Heerführer hatte Vectis einst verschont, und so hielt er eine Demütigung in Rom für eine große Ungerechtigkeit. Vectis beschloss, sich bei Verus, seinem ehemaligen Vorgesetzten in Britannien, für Taranis einzusetzen. Ein tapferer Feind wie Taranis hatte einen ehrenvollen Tod verdient.

In Gedanken noch immer bei seiner Reise in Roms fernste Provinz, wollte Vectis gerade seinen Fuß auf die marmornen Platten des Forums setzen, als ihn etwas innehalten ließ. Er glaubte Neeve unter der Rostra stehen zu sehen. Er ließ den Blick über das alte Podium mit seinen zahlreichen Statuen und den vergoldeten Schiffsschnäbeln wandern, den Beutestücken aus einem historischen Seesieg Roms. Am Fuß der Marmorwand der Tribüne stand eine Frau und starrte ihn an. Ihre Augen waren eindeutig auf ihn gerichtet. Er schluckte. Neeve? Er rang nach Luft. Konnte das Neeve sein? Er trat ein Stück zur Seite, um einen besseren Blick zu haben.

Vier große gallische Sklaven mit einer Sänfte schoben sich nun in Vectis' Blickfeld und blieben dann stehen. Der Mann in der Sänfte hatte offenbar beschlossen, dass es Zeit für einen Plausch auf dem Forum war, denn er winkte einen Freund herbei. Enttäuscht schob Vectis sich an mehreren Leuten vorbei, bis er wieder freien Blick auf die Rostra hatte. Neeve war verschwunden. Er warf den Kopf herum. Er hatte sie aus den Augen verloren! Hastig suchte er die Stelle ab, wo er glaubte, sie gesehen zu haben. Nichts. Hatte er sich vielleicht getäuscht? Dann sah er flachsfarbenes Haar aufblitzen, schaute genauer hin – es war Neeve! Genau vor der Rostra stand seine schöne Neeve. Sie trug exquisite römische Kleidung und sprach mit einem Mann, es gab keinen Zweifel, es war Neeve, hoch gewachsen, kräftig, mit ihrem flachsblonden Haar und ihren leuchtend blauen Augen. Neeve war in Rom!

Vectis stolperte auf sie zu und stieß erschrockene Menschen zur Seite. Er riss die Hand hoch, um sie auf ihn aufmerksam zu machen, aber sie hatte sich umgedreht. Sie schaute jetzt in eine andere Richtung. »Neeve!«, schrie er, und noch einmal: »Neeve!«, aber seine Stimme ging im Straßenlärm unter. Er ließ sie nicht aus den Augen, während er sich an sie herankämpfte. Dann zögerte er. Etwas stimmte nicht. Sie trocknete ihre Augen. Sie weinte. Ihre Augen waren voller Tränen. Jetzt sah Vectis den Mann neben ihr genauer. Er wirkte wie ein Patrizier, war aber jung und muskulös wie ein Soldat.

Ein Diener winkte und rief dem Patrizier etwas zu, der mit einer Geste zu verstehen gab, dass er ihn bemerkt hatte. Neeve packte die Hand des Mannes und redete auf ihn ein. Sie zerrte an seinem Arm. Er protestierte, aber sie ließ nicht von ihm ab und flehte ihn an. Vectis musste ein- oder zweimal zwinkern, als Neeve ihre Arme um seinen Hals schlang. Jetzt küsste sie ihn, drückte ihm kleine Küsse auf die Wangen. Und jetzt flüsterte sie ihm etwas ins Ohr … und der Mann schien etwas zu erwidern. Dann löste er sich von ihr und ging entschlossen Richtung Kurie.

Vectis starrte Neeve durch die sich drängende Menge an. Er war wie gelähmt. Er versuchte, seine Gedanken zu ordnen, aber alles, was er sah, war, wie seine geliebte Neeve am Hals eines Mannes hing. Jetzt weinte sie, ihre Wange an den Marmor der Rostra gepresst. Was ging hier vor? Da stand seine geliebte Neeve, und sie weinte wegen eines anderen Mannes. Er wollte auf sie zugehen, blieb dann aber doch stehen. Sosehr er auch mit ihr reden, sie berühren, sie in den Armen halten wollte – er wusste, er konnte es nicht. Hier war irgendetwas nicht so, wie es sein sollte.

Eine Stunde später stand Neeve noch immer im Schatten der Rostra, den Blick starr auf das Senatsgebäude gerichtet. Vectis hatte sich zu den Läden zwischen Kurie und Basilika Aemilia begeben, wo er unter all den Feilschenden nicht weiter auffiel.

Die Flügeltür der Kurie öffnete sich, und Prätorianer schritten, den Patrizier in der Mitte, heraus. Seine Hände waren gefesselt. Neeve rührte sich nicht vom Fleck. Sie sah die Prozession entschlossen über das Forum marschieren und in die Straße einbiegen, die zum Kerker in der Nähe des Circus Maximus führte.

Bald kamen auch die Senatoren heraus. Die meisten redeten miteinander, und einige waren offenbar in hitzige Gespräche vertieft. Auch Senator Severus war unter ihnen. Obwohl er sich inmitten der Senatoren befand, konnte Vectis sehen, dass er allein war. Andere Senatoren warfen verstohlene Blicke in seine Richtung, aber niemand gesellte sich zu ihm. Er schleppte sich die Stufen hinunter, schwer auf seinen Spazierstock gestützt. Auf dem Forum angekommen, blieb er stehen und ließ den Blick über den alten Marktplatz schweifen, als hielte er nach jemandem Ausschau. Aber wen auch immer er suchte, er fand ihn nicht. Er winkte einer Gruppe von Dienern, die daraufhin ausschwärmten. Anscheinend sollten sie nach jemandem suchen. Der alte Senator schien fest entschlossen, die Person zu finden.

Vectis blickte zu Neeve hinüber, die sich in eine der zahlreichen Nischen der Rostrawand zurückgezogen hatte. Dann schaute er wieder zum Senator, wieder zu Neeve und dann zu den Dienern, die allmählich in ihre Nähe kamen. Senator Severus suchte ganz offensichtlich nach Neeve. Es dauerte nicht lange, und einer der Diener hatte sie entdeckt und brachte sie zum wartenden Senator.

Vectis' Neugier war geweckt. Neeve war nach Rom gereist und stand nun keine fünfzig Schritt von ihm entfernt … und Senator Titus Severus und sie begrüßten sich wie alte Freunde. Vectis bahnte sich einen Weg durch die Buden hinüber zu denen, die den Stufen zum Senat am nächsten lagen. Hören konnte er die beiden nicht, aber vielleicht von den Lippen lesen, wenn er ihre Gesichter sah. Er schielte um die Ecke eines Ladens mit Lederwaren. Neeve erklärte dem Senator etwas, und der alte Mann nickte, aber er wirkte, als hätte er soeben einen schmerzlichen Verlust erlitten. Vectis fragte sich, ob seine privaten Probleme vielleicht etwas mit dem jungen Patrizier zu tun hatten, der kurz zuvor abgeführt worden war.

Vor dem Senatsgebäude fuhr ein Wagen vor. Eifrige Diener halfen Neeve und dem Senator in die geschlossene Kutsche, und bald schon waren sie außer Sichtweite am anderen Ende des Forums.

Vectis ging auf einen der Diener zu, die noch an den Stufen standen, und sagte: »Senator Severus hatte heute einen schweren Tag.«

»Ihr kennt den Herrn?«, fragte der Diener.

»Tribun Vectis Trebellius ... dein Herr war heute Morgen mit mir verabredet«, erklärte Vectis. »Der Senator hat mir von dem Problem berichtet.« Er hoffte, weitere Informationen aus dem Diener herauszukitzeln.

»Das bricht einem das Herz«, sagte der Mann.

»Allerdings«, stimmte Vectis zu. »Was soll jetzt werden?«

»Der Herr Marcellus Severus soll morgen in den Circus gebracht werden«, sagte der Diener, »und der Senator kann nichts dagegen tun.«

»Der Senat hat sein endgültiges Urteil gefällt?«, fragte Vectis.

Der Mann nickte. »Mit Bluttrinkern haben sie keine Nachsicht.«

»Ein Bluttrinker? Marcellus Severus soll ein Bluttrinker sein?«

»Ich kann es ja auch nicht glauben«, erklärte der Diener. »Aber der junge Herr hat sich geweigert, den Gottheiten der Stadt zu huldigen. Wahrhaftig ein tragischer Tag.«

»In der Tat«, pflichtete Vectis ihm bei. Er schaute in die Richtung, in die die Kutsche verschwunden war. »Fährt die junge Herrin mit dem Senator in seine Villa?«, fragte er.

»Ja, in die Stadtvilla des Herrn.«

Senator Severus ließ die Kutsche am Palatin anhalten. Er war immer stolz darauf gewesen, seine Gefühle unter Kontrolle zu haben und den Tatsachen ins Auge zu blicken, so schlimm sie auch sein mochten. Aber jetzt zitterten seine Lippen, als er zu sprechen versuchte. »Ich danke dir dafür, dass du einem alten Mann vergibst«, sagte er. »Ich habe dir furchtbar Unrecht getan. Ich hätte wissen müssen, dass du mich nie verraten würdest.«

»Es war mein Fehler«, räumte Neeve ein. »Es war dumm von mir, meiner Schwester zu vertrauen. Aber Euch oder Marcellus würde ich nie anzeigen.«

»Das weiß ich«, sagte der Senator. Er ließ sich aus der Kutsche helfen und rief nach einer Sänfte, um sich auf den Palatin tragen zu lassen. »Das waren schwierige Monate«, klagte er. »Marcellus ist mein einziger Sohn, und ich ... ich fürchte, dass ...« Er wandte sich ab, um die Fassung wiederzuerlangen. Dann räusperte er sich.

»Wenn er im Krieg gefallen wäre«, sagte er, »oder von einem Fieber dahingerafft worden wäre ... könnte ich das noch eher akzeptieren ... aber sein Leben auf diese Weise wegzuwerfen ... diese Dummheit ...« Er hielt sich die Hand vor den Mund. Es half. Dann wandte er sich wieder Neeve zu und sagte mit fester Stimme. »Du darfst natürlich morgen neben mir sitzen, aber ich empfehle es dir nicht.«

»Ich werde da sein«, erklärte Neeve. »Bis zur letzten Minute werde ich da sein.«

Er hatte nicht mehr die Kraft, ihrer Entscheidung zu widersprechen.

»Vielleicht findet der Kaiser noch eine Lösung«, sagte sie voller Hoffnung.

Er tätschelte ihre Hand. »Ja, kann schon sein«, sagte er. »Aber ich fürchte das Schlimmste. Ich werde versuchen ...« Er konnte nicht weiterreden. Er spürte, wie ihm die Augen brannten. »Ich muss jetzt gehen«, sagte er. Dann stieg er in die Sänfte und wandte sich ab.

»Wie ich gehört habe, ist es heute Morgen schlecht gelaufen«, sagte Kaiser Antoninus.

»Schlecht? Ja ... ja, es ist schlecht gelaufen.« Severus schaute dem Kaiser fest in die Augen. Er hatte beschlossen, sich stark und gefasst zu geben. »Ich habe kein Recht, hier zu sein«, erklärte er, »aber ich habe gehofft, dass Euch vielleicht noch etwas eingefallen ist.«

»Du hast jedes Recht, alter Freund«, sagte Antoninus, »aber ich muss schon zugeben, dass das eine schwierige Situation ist.« Er schnaubte ärgerlich. »Ich dachte, die Senatoren Tertullus und Coelius hätten zugesagt, die Sache nicht weiterzuverfolgen.«

»Sie haben sich auch an unsere Abmachung gehalten«, erklärte Severus, »aber solche Geschichten lassen sich nicht geheim halten. Sie breiten sich aus wie ein Lauffeuer ... und so kam es, dass andere Senatoren eine gründliche Untersuchung des Falls gefordert haben.«

»Sie haben deinen Sohn angeklagt, obwohl sie wussten, dass ich dafür war ...«

»Nein, nein, sie waren sehr vorsichtig. Sie taten so, als seien sie entsetzt darüber, dass jemand die Unverfrorenheit besitzt, dem Sohn eines Senators derart abwegige Dinge zu unterstellen. Dann haben sie Marcellus kommen lassen, um, wie sie beteuerten, meinen guten Namen reinzuwaschen.« Severus sprach ganz ruhig und sachlich. »Es lief alles vollkommen korrekt ab.«

»Aber Marcellus hat sich geweigert, die Götter der Stadt anzurufen.«

»Ja, und jetzt sitzt er in einem Käfig unter dem Circus.«

Der Kaiser starrte Severus an. »Ich wüsste nicht, was ich da noch tun könnte«, erklärte er. »Der Senat hat sein Urteil nach den von mir aufgestellten Regeln gefällt. Ich kann ihn nicht einmal in die Verbannung schicken.«

»Ich weiß«, sagte Severus niedergeschlagen. »Glaub mir, ich weiß es.« Er deutete an, dass er gehen wollte. »Ich bin nur gekommen, weil du mich eingeladen hast und weil ich gehofft hatte, dass vielleicht doch noch etwas ... aber wie ich sehe, nimmt das Schicksal unaufhaltsam seinen Lauf.«

»Die Schicksalsgöttinnen können mitunter sehr grausam sein«, räumte Antoninus ein.

»Dann hätte ich noch eine geschäftliche Angelegenheit.« Severus war froh, das Thema wechseln zu können. »Vectis Trebellius, der Tribun unter Commodus ... die Belagerung in Dakien ...«

»Ja, das ist ein großartiger Offizier«, sagte Antoninus, »der Sohn des großen Ersten Centurio Gaius Trebellius.«

»Genau. Er bittet um eine Versetzung durch den Kaiser nach Britannien ...«

»Genehmigt«, sagte der Kaiser. »Ich werde einen meiner persönlichen Berater zu ihm schicken, um mit ihm abzuklären, wie und wann er seinen Dienst antreten will.«

Severus nickte ihm dankend zu.

»Wirst du hingehen?«, fragte Antoninus.

»In den Circus? Wie könnte ich nicht dabei sein!«

»Dann möchte ich, dass du in meiner Loge sitzt. Ich weigere mich, diesem Schauspiel beizuwohnen – zum einen aus Respekt vor dir und zum anderen, um jenen Senatoren, die für dieses Urteil verantwortlich sind, klar zu machen, dass ich es nicht gutheißen kann. Wenn sie sehen, dass du auf meinem Platz sitzt, werden sie verstehen, wie verärgert ich bin.«

»Du gewährst mir zu viel«, sagte Severus. »Das kann ich nicht annehmen.«

»Ich schäme mich, nicht mehr für dich tun zu können«, erwiderte Antoninus, »und deshalb bitte ich dich, noch einmal über mein Angebot nachzudenken. Ich möchte, dass du in meiner Loge sitzt, und das nicht nur, um dich meines Mitgefühls zu versichern. Ich habe da so eine Idee ... nur eine Idee, wie gesagt, aber vielleicht funktioniert sie ja.«

Severus wartete.

»Manchmal, wenn der Tod uns an der Gurgel packt, sind wir plötzlich vom süßen Atem des Lebens überwältigt und sehen gewisse Dinge auf einmal ganz anders.« Er zupfte sich am Bart. »Im Pulvinar, auf meinem Platz, kann Marcellus dich leichter sehen. Das Band zwischen einem Vater und seinem Sohn ist stark. Vielleicht ändert er ja im letzten Augenblick seine Meinung ... und wenn er das tut ... wenn er nur eine Fingerspitze verbrennt ...«

»Du willst in der Arena einen Altar und Dreifuß aufstellen lassen?«

»Ja, und ich werde meine Sekretäre hinschicken, damit sie ihm sagen, dass, wenn er nur einen Schritt zum Altar hin tut, hundert Soldaten ihn aus den Fängen der wilden Tiere retten werden.«

Ein kaum hörbarer Seufzer kam Severus über die Lippen.

»Aber er muss schon den Altar berühren«, warnte Antoninus. »Tut er es nicht, muss er sterben.«

44

Marcellus stand mit dem Rücken zur Mauer des Gelasses im Circus Maximus. Die große Bluttrinkerverfolgung, von der sein Vater gesprochen hatte, hatte nicht stattgefunden. Kaiser Antoninus hatte lediglich zugelassen, dass einige wenige dem Staat ins Netz gingen – eine symbolische Zahl von Mitgliedern der Kultgemeinschaft, um diejenigen zu beschwichtigen, welche Christus und den *Weg* hassten. Faustus hatte Recht behalten: Antoninus weigerte sich, es Nero gleichzutun, der jedes Mitglied des *Weges* hatte ermorden lassen, dessen er habhaft geworden war, der sie von Hunden hatte zerreißen lassen und sie sogar als Fackeln zur Beleuchtung seines Gartens benutzt hatte.

Die Soldaten hatten mehr als dreißig Menschen in ein Gelass gepfercht, in dem normalerweise Tiere gehalten wurden. Marcellus konnte sich bewegen, aber nicht ohne andere fast zu erdrücken. Fünf oder sechs Kinder waren dabei, die vor Hunger und Angst weinten. Die Gruppe hatte sich darauf verständigt, eine Ecke des Raums für die Verrichtung ihrer Notdurft zu benutzen, was aber die Situation kaum verbesserte, denn der Boden war ohnehin bereits klebrig-feucht von tierischen Exkrementen, und es stank bestialisch.

Er hörte das Gebrüll und Gelächter der Menge über ihnen, die sich allmählich im Circus einfand. Sie kamen wegen der nachmittäglichen Wagenrennen, trugen die Farben des Rennstalls, den sie favorisierten: Rot, Weiß, Blau, Grün, Purpur oder Gold. Bis die Rennen begannen, wurden sie mit humoristischen Darbietungen unterhalten: Spaßmacher spießten wild umherflatternde Hühner auf und steckten sie in ihre Beutel, Pygmäen aus Afrika rangen mit unglaublich fetten Frauen um eine Standarte auf einem künstlichen Hügel, und dann gab es natürlich noch die Exekutionen. Bei einigen handelte es sich lediglich um schlichte Enthauptungen römischer Bürger, die gegen das Gesetz verstoßen hatten; andere waren kunstvoll inszenierte Hinrichtungen von Fremden, die römische Bürger bestohlen hatten. Ein Lieblingsspektakel in Rom war der Axtkampf. Zwei Männer mit verbundenen Augen und einer Axt mussten die Arena nach Verbrechern absuchen, die an Händen und Füßen gefesselt waren. Derjenige, der die meisten von ihnen tötete, gewann einen Preis.

Ein breites, mit einem Riegel verschlossenes eisernes Gittertor, das in die Arena hinausging, bot allen, die Wert darauf legten, einen guten Blick. Die meisten wandten die Augen ab.

Faustus war auch da. Er schien Marcellus gar nicht zu bemerken, so sehr war er damit beschäftigt, sich mit den gelangweilten Wächtern im Gang vor dem Tierkäfig zu unterhalten.

»Ihr müsst Kontakt zu Magistrat Oppius Pipinna aufnehmen«, sagte Faustus durch das vergitterte Guckloch in der Eichentür. »Mein Name ist Rubellius Anicus Faustus …«

Eine Schüssel mit Suppe oder Ähnlichem – Marcellus konnte es nicht erkennen – landete am Gitter, ergoss sich über Faustus' Gesicht.

»Ruhe da drinnen!«, brüllte ein Wächter.

»Nehmt zu Magistrat Pipinna Kontakt auf«, wiederholte Faustus. »Das ist alles, worum ich euch bitte.«

Marcellus sah Faustus zu, wie er sich das Gesicht und den kahl werdenden Kopf abwischte. Ein Mann neben ihm flüsterte ihm ermutigende Worte zu, und Marcellus hörte, wie Faustus bestritt, dass er in seinem Glauben wankte. »Ganz im Gegenteil«, sagte er, »ich bin begierig darauf, der Wein zu sein, der Roms Gewissen befleckt.«

»Dann hör doch bitte auf, nach deinem Freund, dem Magistrat, zu rufen«, bat eine Frau. »Wir alle haben Angst, aber wer jetzt zu entrinnen versucht, lässt unser aller Tod sinnlos erscheinen.«

»Das ist wahr«, fügte ein hagerer Mann vom anderen Ende des Käfigs hinzu. »Wir müssen gefasst und tapfer sterben, damit andere es sehen und zum Glauben an Christus bekehrt werden. Lasst die Druiden ihre Flüche ausstoßen. Wir werden in Frieden sterben, weil wir wissen, dass unsere Augen, wenn sie sich im Tod schließen, sich in der Ewigkeit wieder öffnen.«

Zustimmendes Gemurmel erhob sich.

»Ihr habt mich missverstanden«, protestierte Faustus. »Wie ihr hatte auch ich die Möglichkeit, Christus zu verleugnen, aber ich habe es nicht getan. Ich wollte nur mit dem Magistrat sprechen, weil … weil er mir versichert hat, dass nur Druiden vor dem Pöbel im Circus geopfert werden sollten. Ich mache mir Sorgen um uns alle, vor allem um die Kinder. Falls es da einen Fehler gegeben hat … ihr wisst schon … ich dachte, vielleicht … falls jemand einen Fehler gemacht hat …« Er wischte sich erneut über seine weiche Kopfhaut, als könne er damit sein Gestammel verständlicher machen.

Mehrere Männer drückten Faustus aufmunternd den Arm, aber Marcellus wusste, dass sie seine Beteuerungen durchschauten.

Wieder weinten die Kinder. Wahrscheinlich hatten sie schon lange weder Wasser noch Essen bekommen. Marcellus trat ans Gitterloch und sagte: »Ich habe Wertsachen für dich.«

Kurz darauf stand der ranghöchste Wachsoldat auch schon vor dem Gitterfenster. »Schieb sie unten durch«, sagte er.

»Ich will dafür Wein und Suppe für die Kinder«, erklärte Marcellus.

»Was hast du für Wertsachen?«

»Kilikische Schuhe«, sagte Marcellus, »aus Kalbsleder, sehr weich, sehr teuer. Die sind mehr wert, als du in einer Woche verdienst.« Er zog sie aus und wedelte mit ihnen vor dem Gitter herum. Der Boden war kalt und glitschig.

»Schieb sie durch.«

»Wein und Suppe«, sagte Marcellus.

»Wozu? Bevor es Mittag wird, seid ihr alle tot.«

Marcellus sagte nichts.

»Ich könnte dir die Schuhe wegnehmen«, sagte der Wächter.

»Ich kenne deine Befehle«, erwiderte Marcellus. Er zeigte über die Schulter zum Eisengittertor auf der gegenüberliegenden Seite der Arena. »Das da ist die einzige Tür, die zu öffnen dir erlaubt ist.«

»Suppe ist keine mehr da«, sagte der Wächter. »Aber Wein habe ich noch und ein bisschen Brot.« Er ging in seine Wachstube und kam gleich wieder zurück. Sekunden später rollten ein paar Brotstückchen unter der ein Stück hochgezogenen Tür hindurch, und dann folgte eine Schale mit verdünntem Wein. »Die Schuhe«, sagte er.

Marcellus wartete, bis die Frauen das Brot eingesammelt und den Wein an sich genommen hatten, und schob dann seine Schuhe durch.

Dann, nach endlos erscheinender Zeit, tat sich in der Wachstube etwas. Irgendeine wichtige Person schien gekommen zu sein.

Faustus kämpfte sich zum Guckloch durch und rief erleichtert: »Der Magistrat Oppius Pipinna! Wie froh ich bin, Euch zu sehen.«

Das Gelass wurde geöffnet.

Ein halbes Dutzend Soldaten stand mit gezückten Schwertern im Gang, während der Magistrat hinter ihnen wartete.

Faustus machte Anstalten, auf Oppius Pipinna zuzugehen.

»Marcellus Equitius Severus«, rief ein Wachsoldat. »Vortreten.«

»Magistrat?« Faustus streckte die Arme aus, als wollte er einen guten Freund begrüßen. »Lasst Euch bitte erklären ...«

»Bringt ihn zum Schweigen«, sagte der Magistrat.

Augenblicklich schlug ein Soldat Faustus mit der Breitseite seines Schwerts gegen den Kopf. Faustus kippte rückwärts gegen zwei Männer und wäre gefallen, wenn Platz in dem Käfig gewesen wäre.

»Marcellus Equitius Severus«, wiederholte der Wächter. »Wer von euch ist das?«

»Ich bin Severus«, sagte Marcellus.

Der Magistrat bedeutete ihm herauszukommen. In der Wachstube erklärte der Magistrat Marcellus, dass ihm eine weitere Gelegenheit gewährt sei, die Götter der Stadt anzurufen. Als Marcellus ablehnte, teilte der Magistrat ihm mit, dass Kaiser Antoninus in der Arena einen Altar aufstellen lassen werde. Er bräuchte lediglich ein Weihrauchkörnchen für das römische Pantheon zu verbrennen, und sein Martyrium wäre beendet. Und er freigelassen.

Marcellus nickte.

Der Magistrat erklärte Marcellus auch, dass sein Vater während der Unterhaltungseinlage vor dem Rennen im Pulvinar, in der Kaiserloge, sitzen werde.

Marcellus lächelte. Selbst in diesem Augenblick fand er es spaßig, dass jemand die blutigen Spektakel in der Arena so leicht als »Unterhaltung« bezeichnete.

Als er in den Käfig zurückkehrte, gesellte sich Faustus sofort zu ihm. »Du kennst Magistrat Pipinna?«, fragte er.

»Nein«, antwortete Marcellus.

Faustus rieb sich die Beule, die der Soldat ihm mit dem Schwert verpasst hatte. »Hat der Magistrat etwas über mich gesagt?«, fragte er.

»Nein«, sagte Marcellus. Aus Faustus' Augen sprach die pure Verzweiflung. Wie oft hatte Marcellus diesen Blick schon auf dem Schlachtfeld gesehen – im Angesicht des Todes wurde auch der tüchtigste Soldat schwach.

»Ich verstehe das nicht«, murmelte Faustus. »Man hat mir gesagt ... sie haben mir versichert, dass jemand kommen würde und ...« Er führte seinen Gedankengang nicht zu Ende, sondern stand einfach nur da und starrte auf seine Füße.

Die Menschen begannen jetzt zu beten, flehten Christus an, ihnen Mut für die bevorstehende Prüfung zu verleihen. Jeder nahm einen anderen bei der Hand, und diese Berührung spendete allen Trost. Frauen sangen geistliche Lieder. Danach gab der hagere Mann mit den gütigen Augen Anweisungen, wie man sich in der Arena verhalten sollte. Sie wollten schweigend beieinander stehen und auf die Tiere warten. Sie dürften ruhig schreien, wenn die Bestien sie anfielen, meinte der Mann, denn selbst der Tapferste verspüre Schmerz. Auch sollten die Frauen sich nicht schämen, wenn ihnen die Kleider vom Leib gerissen würden. Schämen müsse sich an diesem Tag lediglich der römische Pöbel.

Lächelnd blickte er jedem Einzelnen ins Gesicht. »Ich weiß, dass es schwer wird«, sagte er. »Für mich ist es auch schwer. Aber ihr dürft nie vergessen, dass unsere Qualen bald ein Ende haben.« Er verlagerte das Gewicht von einem Fuß auf den anderen und sah aus, als müsste er sich entschuldigen. »Ich weiß ja auch nicht, ob es stimmt ... aber es heißt immer, dass der Tod umso schneller kommt, je weniger man sich zur Wehr setzt. Ich wünschte, ich könnte euch mehr Trost spenden, aber ich kann dazu nichts weiter sagen. Ich weiß nur, dass wir für den Rest der Ewigkeit froh darüber sein werden, dass wir auserwählt worden sind, an diesem Tag zu sterben.«

Er hatte kaum geendet, als sechzehn Druiden in einer Reihe hintereinander in die Arena gezerrt wurden. Die Massen brachen in wildes Geschrei aus, als die in schwarze Gewänder gehüllten Priester sie verfluchten. Die Druiden, jeder von zwei Wachsoldaten flankiert, schrien, traten wild um sich auf ihrem Weg zu den Pfählen. Einige konnten sich losreißen und mussten von den Bewachern wieder eingefangen und unter gewaltigem Aufwand an ihren Platz gebracht werden. Natürlich hätte man die Druiden fesseln können, aber so boten sie den Massen ein unterhaltsameres Schauspiel. Die dunklen Gewänder ließen sie noch düsterer und gefährlicher erscheinen. Die Anhänger der Druiden in Rom wurden selten in ihren rituellen Gewändern ertappt, aber man fand gelegentlich einen ihrer Kultgegenstände – ein magisches Ei oder ein Amulett.

An jeden Pfahl wurden zwei Druiden gekettet. Sie konnten ihre Arme frei bewegen, damit sie die Massen mit ihren Gebärden vergnügen konnten. Dann wurde über jeden von ihnen ein Kübel mit einer Mischung aus Teer und Harz geschüttet. Wenn sie versuchten, sich das Gesicht abzuwischen – ein unmögliches Unterfangen – kreischte die Menge vor Begeisterung. Ein Tor ging auf. Heraus kam, angeführt von einem einzelnen Trommler, ein Maultier, das einen Karren mit Stroh zog. Im Stroh spielten Kinder, die einander kichernd mit den Halmen bewarfen. Die Menge brüllte vor Lachen.

Der Trommler führte den Karren zum ersten Pfahl. Als die Kinder die Druiden erblickten, schreckten sie in gespieltem Entsetzen zurück.

Die Massen pfiffen.

Die Kinder warfen den Druiden büschelweise Stroh ins Gesicht.

Die Menge johlte.

Die Druiden kämpften, das Stroh blieb an ihren Körpern kleben, und aus der Ferne sahen beide bald wie Strohpuppen mit vier um sich schlagenden Tentakeln aus. Der Karren fuhr von Pfahl zu Pfahl, bis alle Druiden lebenden Strohhaufen glichen.

Eine Trompetenfanfare ertönte, dann die Stimme des Ansagers. »Die Druiden lieben das Feuer, also sollen sie welches bekommen.«

Drei Zwerge in Druidengewändern mit hässlichen Masken vor dem Gesicht kamen mit brennenden Fackeln in den Händen über den Sand gestürmt. Kreischend und heulend, sich windend und wilde Sprünge vollführend – eine Parodie der rituellen Tänze der Druiden vor einer Schlacht – rannten sie dreimal um die Priester herum. Als die angeketteten Druiden in ihren Knurr- und Fauchlauten antworteten, brach die Menge in schallendes Gelächter aus. Plötzlich blieben die Zwerge stehen. Sie gingen auf einen der Strohhaufen zu, um herauszufinden, was sich in ihm verbarg. Wiederholt sprangen sie in die Höhe, um die verschmierten Gesichter zu sehen, aber ohne Erfolg. Sie waren einfach zu klein. Dann hatten sie eine Idee. Die Zwerge kletterten aufeinander, bildeten einen Turm, und in dieser Formation rückten sie auf die gefesselten Priester vor. Der so gewachsene erste Zwerg streckte einem der Druiden den Kopf entgegen, und wie nicht anders zu erwarten, versetzte der Druide dem Zwerg eine so heftige Ohrfeige, dass er von den Schultern seines Untermanns stürzte.

Die Menge heulte vor Vergnügen.

Wütend rappelte sich der Zwerg wieder hoch und staubte sein schwarzes Gewand ab. Dann nahm er seine Fackeln, trat auf den ersten Strohhaufen zu und stecke ihn in Brand. Ihm folgten die anderen beiden, und zusammen zündeten sie alle Strohhaufen der Reihe nach an.

Die Massen jubelten und stampften mit den Füßen, bis die Schreie der Druiden im allgemeinen Lärm untergingen.

Marcellus wandte sich ab. In Windeseile war die Luft vom Geruch nach Teer und Harz und verbranntem Fleisch erfüllt.

Die qualmenden Überreste der Druiden wurden auf einen Karren geworfen und aus der Arena geschafft. Effizient, wie die Römer waren, wurden die Leichen als Viehfutter verwendet.

Klopf! Klopf! Klopf!

»Ihr seid die Nächsten«, rief ein Wachsoldat durch das Gitter.

Marcellus' Blick schweifte durch das Gelass zum Gittertor, das nach draußen ging. Sklaven hatten den verschmutzten Sand weggeräumt und streuten frischen aus. Anschließend verteilten Knaben mit hölzernen Rechen den Sand so gleichmäßig, dass nichts an das vorausgegangene Spektakel erinnerte. Als sie mit ihrer Arbeit fertig waren, warfen sie ihre Werkzeuge in Karren und verschwanden aus Marcellus' Blickfeld.

Lanzenträger marschierten über den Sand auf das Eisengatter zu.

Das Tor öffnete sich.

»Raus!«, riefen die Wächter.

Die *Menschen des Weges* gingen durch einen kurzen Gang hinauf zum Tor. Marcellus sprach ein Gebet und trat in die Arena des Circus Maximus hinaus.

Brüllend erwachte die Menge zu neuem Leben.

45

Senator Severus und Neeve betraten den Circus Maximus, als die Druiden verbrannt wurden.

Neeve hatte die Faszination, die für die Römer vom Tod ausging, nie verstehen können. Im gesamten Reich hatten sie ihre Amphitheater errichtet, und nun verbrachten sie ihre Tage damit zuzusehen, wie Menschen um ihr Leben kämpften. Selbst in Stadien, die eigentlich für Wagenrennen errichtet worden waren, wie in dem gewaltigen Circus Maximus, ergänzte man die dortige Hauptattraktion durch Exekutionen, grausame Spiele und Ekel erregende, tödlich endende Kämpfe zwischen Menschen und Raubtieren wie das Spektakel, das nun bevorstand.

Sammonicus durfte sich zu den Dienern des Senators gesellen und nahm mehrere Reihen hinter ihnen Platz. Neeve sah, dass er versuchte, die Rolle eines selbstsicheren Dieners eines hohen Herrn zu spielen, aber seine Ehrfurcht war von seinem Gesicht ablesbar. Schließlich saß er in der Kaiserloge. Neeve dagegen fühlte sich schuldig nicht nur wegen ihres Ehrenplatzes, sondern weil sie überhaupt zuschaute, denn hieß das nicht, die tödlichen Unterhaltungsveranstaltungen der Römer zu billigen? Sie sah die heulende Menge hinter den Rängen der Senatoren, sah, wie die Leute aufsprangen, Münzen hochhielten und lautstark miteinander wetteten, welches Druidenpaar als Erstes sterben oder am lautesten schreien würde. Das alles machte sie wütend, zumal sie wusste, dass dieselben Menschen bald ihr Geld auf Marcellus und seinen grausamen Tod setzen würden.

Neeve ließ die Blicke über das riesige, zweitausend Fuß lange, die Arena und Stufen eingerechnet, und sechshundert Fuß breite Gebäude schweifen, das Platz für über dreihunderttausend Zuschauer bot. Es schien, als wäre ganz Rom anwesend. Sie und der Senator saßen bequem im Pulvinar, der großen Kaiserloge, am nördlichen Ende des Stadions. Unmittelbar unter ihnen brüllten die Druiden in den Flammen, wanden sich und warfen die Arme hin und her. Am östlichen Ende fand gerade irgendein Gladiatorenkampf statt, der Neeve aber nicht interessierte. Sie suchte die zahlreichen Tore, die auf die Arena gingen, ab und fragte sich, hinter welchem wohl Marcellus und die *Menschen des Weges* warteten.

Ein Tor ging auf, und mehrere Gruppen von Männern kamen mit Karren heraus. Sie nahmen die rauchenden Druiden von ihren Pfählen und warfen sie in einen der Karren. Ein Druide schien noch am Leben zu sein und ein Arbeiter gab ein Handzeichen. Plötzlich erschien eine groteske Gestalt mit einem Hammer und der Maske von Charon, dem Fährmann des Totenreichs. Der Mann hob den Hammer über den Kopf des Druiden und schlug mehrmals zu. Dann rammte er ihm einen Haken in den Körper und schleifte ihn über den Sand durch ein offenes Tor hinaus. Die Menge johlte. Anschließend türmten die Arbeiter die verkohlten Pfähle, das noch immer schwelende Stroh und den schmutzigen Sand zu Haufen auf und schaufelten alles in Lastkarren und zogen sie auf das Tor zu. Andere brachten frischen Sand aus, und hinter ihnen glätteten etwa zehnjährige Jungen die Oberfläche. In erstaunlich kurzer Zeit war alles wieder so sauber, als wäre nichts geschehen.

Der Sand unter Marcellus' nackten Füßen fühlte sich kühl und feucht an, aber als er ins Sonnenlicht trat, war er plötzlich heiß wie an einem sonnigen Strand. Er erinnerte ihn an Reisen zu den griechischen Inseln während seiner Kindheit.

Die Wachsoldaten ließen sie zur Mitte des Circus laufen. »Schneller!«, schrien sie, während sie ihre Lanzen denjenigen ins Hinterteil stießen, die sich zu langsam bewegten.

Der Anblick der Bluttrinker, die wie aufgescheuchte Hühner

über den Sand rannten, riss die Menge zu Lachsalven hin. Der römische Pöbel mochte die Bluttrinker nicht. Sie waren schlechte Unterhaltung, weil sie starben wie die Schafe. Sie standen einfach nur zusammen da und warteten auf die wilden Tiere. Sie versuchten weder wegzurennen noch zu kämpfen, sondern verhielten sich, als wäre ihr Leid der Eintrittspreis ins Reich der ewigen Freude, in das sie unmittelbar nach Beendigung ihres Martyriums eingingen. Marcellus hatte das alles schon einmal gehört, denn genau aus diesem Grund war er vor vielen Monaten in den Circus gekommen, um sie sterben zu sehen. Und genau aus diesem Grund hatte er beschlossen, heute selber tapfer in den Tod zu gehen. Welche Bühne wäre besser geeignet gewesen, die Wahrheit seines Herrn Christus zu verkünden? Und wie hätte er diese Wahrheit eindringlicher verkünden können als damit, dass er sie mit seinem eigenen Blut besiegelte? Aber er musste stark sein, denn schon fingen seine Handflächen an zu schwitzen, und sein Atem begann zu stocken.

Etwa auf halber Strecke zwischen dem Nordende des Stadions und der Spina, einer erhöhten, langen gemauerten Strebe, um die die Wagen herumrasten, blieben sie stehen. Die Soldaten zwangen sie, sich der kaiserlichen Loge zuzuwenden. »Verbeugt euch!«, brüllte ein Offizier. »Zeigt euren Respekt vor Rom.«

Niemand verbeugte sich.

Der Offizier ließ den Blick über die Gruppe schweifen und schüttelte den Kopf. Ein Wächter reichte ihm einen Beutel mit billigen Schwertern. »Wer möchte sich verteidigen?«, fragte er.

Schweigen.

»Wer einen Löwen tötet«, sagte der Offizier, »gewinnt seine Freiheit.«

Noch immer Schweigen.

»Seid ihr denn alle Schafe?« Er betrachtete die Gruppe zusammengekauerter Menschen. »Vielleicht haben ja die Frauen unter euch mehr Mut«, sagte er grinsend. »Will eine der Frauen vielleicht ein Schwert?«

Niemand antwortete. Dann bekannte der hagere Mann: »Wir sind hier, um für Christus zu sterben.«

Der Offizier spuckte ihn an und erwiderte: »Dann sterbt, wenn ihr unbedingt wollt. Mir tut keiner von euch Leid. Aber wenn ihr euch einbildet, für irgendeine edle Sache zu sterben, irrt ihr. Das interessiert niemanden. Nicht die da ...« Er zeigte auf die Menschenmenge. »Und mich auch nicht. Ihr trinkt das Blut von Menschen, und jetzt werden die wilden Tiere das eure aus dem Sand lecken.« Mit diesen Worten marschierte er mit seinem Beutel Schwerter und seinen Soldaten davon.

Die Menge verstummte und wartete darauf, das die Tiere losgelassen wurden.

»Versucht, ruhig zu bleiben«, sagte der hagere Mann. »Christus erwartet uns an der Himmelspforte.«

Marcellus erhob den Blick zur Menge. In gewisser Hinsicht war es schon eine faszinierende Perspektive, die Menschenmassen von der Arena des Circus aus zu betrachten. Kein Wunder, dass die Gladiatoren und Wagenlenker wie berauscht waren von den Anfeuerungsrufen; es war, als blicke ganz Rom auf sie herab. Er schaute zum Pulvinar mit seiner Tempelfassade und weitläufigen Terrasse hinauf, von wo aus man den besten Blick über den Circus hatte. Er fragte sich, ob Kaiser Antoninus wohl anwesend war. Die Entsendung des Magistraten war eine gnädige Geste der Kaisers gewesen, aber Marcellus wusste, dass sein Vater daran mitgewirkt hatte.

Marcellus erstarrte. »Vater!«, sagte er, ohne es selbst zu merken. Er konnte ihn jetzt sehen, wie er da stand und auf den Altar zeigte, der unter der Kaiserloge in der Arena aufgebaut war. Marcellus biss sich so heftig auf die Lippen, dass sie bluteten. Er starrte seinen Vater an. Er würde nie erreichen, dass sein Vater ihn verstand ... ganz egal, was er sagte oder tat. »Warum sollte Christus nicht einer deiner Götter sein?«, hatte sein Vater ihn wiederholt gefragt. Aber heidnische Götter in seine Glaubensvorstellungen aufzunehmen hätte geheißen, Christus auszuschließen, und das verstand sein Vater eben nicht.

Marcellus klopfte sich mehrmals auf die Schulter. Er hatte das als Kind von seinem Vater gelernt. Es bedeutete »Ich liebe dich«.

Sein Vater hielt sich verzweifelt die Arme vor die Brust.

Marcellus klopfte sich noch einmal auf die Schulter und wandte sein Gesicht ab.

»Kopf hoch«, sagte der hagere Mann. »Jetzt dauert es nicht mehr lange.«

Ein übler Geruch zog durch den Circus. Fünf oder sechs Löwen waren bereits aus ihren unterirdischen Käfigen nach oben gebracht worden. Immer mehr kamen von allen Seiten der Rennbahn, bis über vierzig von ihnen am nördlichen Rand des langen Ovals entlangschlichen und ins helle Licht blinzelten. Ihre Schwänze schlugen hin und her, während sie der zusammengedrängten Gruppe immer näher kamen.

Plötzlich brach aus ihrer Gruppe ein Mann aus, rannte auf den Altar unter der Kaiserloge zu. Es war Faustus.

Neeve half Senator Severus die Stufen der kaiserlichen Loge hinauf zum Ausgang. »Ich kann es nicht mit ansehen«, sagte er und taumelte. »Ich kann es einfach nicht.« Sofort liefen zwei Diener herbei und kümmerten sich um ihren Herrn. Neeve kehrte auf ihren Platz zurück. Übelkeit stieg in ihr hoch. Sie hatte beschlossen, bei Marcellus zu sein – bis zu seinem Ende. Aber welchen Sinn hatte das, fragte sie sich, wenn er von ihrer Gegenwart nicht einmal etwas wusste? Sie rutschte näher an den erhöhten Stuhl heran, auf dem der Senator gesessen hatte.

Neeve heftete den Blick auf die Arena. Jemand rannte auf den Altar zu. Sie schöpfte neue Hoffnung. Sie riss den Kopf herum, um zu sehen, ob der Senator noch in der Nähe war, aber er hatte die Loge bereits verlassen. Sie drehte sich wieder um. Marcellus war also endlich einsichtig. Sie blinzelte, sah aber nur einen Mann mittleren Alters mit Halbglatze, der den Altar mit seinen Armen umschlang.

»*Anathema Christus!*«, schrie er mit Blick auf die kaiserliche Loge. »*Anathema Christus*. Ich verfluche Christus! Ich verfluche den Tag, an dem ich seinen Namen gehört habe! *Anathema Christus!*« Er blickte sich nach allen Seiten um auf der Suche nach jemandem, der ihn vor den Löwen rettete.

Neeve schaute zu den Soldaten hinüber, die hinter schützenden

Mauern hervorkamen. Der Präfekt der Stadt, der Vertreter des Kaisers, der am Rand der kaiserlichen Loge saß, stand auf und winkte die Soldaten zurück auf ihre Positionen. Gnade sollte heute nur dem Sohn eines Senators zuteil werden, und auch das nur für den Fall, dass er sich Altar und Dreifuß näherte.

Der Mann wischte sich den Schweiß von seinem kahl werdenden Kopf und griff gierig nach dem Weihrauch, hielt ihn in die Flammen der Fackel und dann in die Höhe. »Ich diene nur Jupiter und den Göttern Roms«, rief er. »Gesegnet sei Antoninus Pius, Gott von Rom, Gott der Welt. *Anathema Christus!* Ich verfluche Christus! Möge er für immer in seinem Grab verrotten.«

Im selben Augenblick sprang ihn eine Löwin von hinten mit einer solchen Wucht an, dass er ebenso durch die Luft wirbelte wie Altar und Dreifuß. Ein weiteres Tier schoss über den Sand, rammte ihn und schlug ihm seine Pranken in den Nacken, um ihn wütend hin und her zu schütteln. Die erste Löwin biss in ein Bein; ein drittes Tier kam herbei, diesmal ein Männchen. Es stürzte sich auf Faustus' weichen Bauch und riss größere Fleischstücke heraus.

Die Zuschauer sprangen auf, um keine Bewegung der Bestien zu verpassen.

Neeve kämpfte gegen die Übelkeit an. Sie suchte Marcellus.

Marcellus sah entsetzt zu, wie Faustus von den Löwen zerrissen wurde. Das Bein des Mannes zuckte noch, aber er war bereits tot, sein Martyrium vorüber. Zweifellos stand er in diesem Augenblick vor Christus, dachte Marcellus, und fragte sich, warum er seine Angst nicht noch eine Weile länger hatte ertragen können. Aber der Gott des Himmels war ein gnädiger Gott. Er hatte Verständnis für die Unzulänglichkeiten seiner Geschöpfe. Faustus hatte seiner schwachen Natur nachgegeben, aber dennoch würde er an der Gnade Gottes teilhaben. Zumindest hatte er bis hierher durchgehalten, während so manche, die sich als Gläubige bezeichneten, andere Wege beschritten hatten.

Marcellus blickte hinauf zum Pulvinar, suchte nach seinem Vater, der Sessel des Kaisers war leer, er war fort. Marcellus' Blick wanderte zu den Tribünen und wieder zurück. Zwischen den Säulen blieb sein Blick hängen. Neeve! Sie saß in einem Sessel neben dem des Kaisers. Unwillkürlich musste er lächeln. Sie lächelte zurück, wenn auch nur schwach.

Jemand packte ihn am Arm.

»Bitte«, sagte die Frau neben ihm. »Mein Mann kann nicht ... er kann nicht helfen ...« Sie zeigte auf ihren etwa acht Jahre alten Sohn, und Marcellus verstand. Die Männer hatten eine Übereinkunft: Sie wollten den Kindern diesen Tod ersparen und ihr Leben im letzten Augenblick selbst beenden. Niemand konnte voraussehen, wer als Erster von einer der Bestien angegriffen wurde, und der Gedanke, dass ein Kind solche Qualen erleiden sollte, entsetzte die Menschen. Die Tiere zogen immer engere Kreise. Jeden Augenblick würden die Aggressiveren unter ihnen die ersten am Rand der Gruppe Stehenden packen.

Marcellus legte dem Jungen die Hände auf die Schultern und schaute den Vater an. Er war totenbleich, nickte. Dann küsste Marcellus den Jungen auf den Kopf und brach ihm das Genick. Die Mutter weinte, und Marcellus legte den Leichnam sanft in die ausgestreckten Arme des Vaters.

Andere Männer taten es Marcellus gleich, vollzogen den Akt der Gnade.

»Ich sehe schon die Engel«, sagte eine Stimme. »Gehen wir ihnen entgegen.« Es war der hagere Mann. »Ich zeige euch, wie.« Langsam ging er auf die ausgehungerten Löwen zu, deren beißender Geruch nach Wildkatze und Verwesung, der von ihren Geschwüren ausging, durch die Arena wehte. Der Mann wiegte sich sanft, summte leise vor sich hin.

Ein Löwe mit zottiger Mähne machte einen Satz, verbiss sich im Nacken des Mannes. Seine Beine gaben nach, und er sank lautlos in den Sand. Die Menge tobte. Das Löwenrudel stürzte sich auf den Sterbenden, zerfetzte ihn.

Ein weiterer Mann löste sich aus dem Häuflein Christusgläubiger und ging auf die Bestien zu. Er wurde von ihnen schon in Stücke gerissen, bevor er zu Boden fiel.

Die Menschen drängten sich aneinander, als ob sie sich so vor dem Angriff der Löwen schützen könnten.

Marcellus befeuchtete sich die Lippen. Sein Herz pochte wild.

Er versuchte, an Christus zu denken, aber alles, was seinen Kopf beherrschte, waren der blutgetränkte Sand und die zermalmten Knochen.

Plötzlich sprang eine riesige Löwin auf die Gruppe zu, gefolgt von über einem Dutzend anderer Katzen. Der Sand der Arena wirbelte auf. Marcellus spürte ihre harten Leiber, konnte sich noch halten. Menschen fielen wie gefällte Bäume, wurden durch den Staub geschleift, und die Massen tobten.

Marcellus wischte sich den Sand aus dem Mund. Nur noch vier oder fünf Christusgläubige standen neben ihm. Eine Frau packte ihn am Arm, schrie: »Ich fürchte mich!« Aber bevor er ihr in die Augen blicken konnte, hatte ein Löwe sie angefallen, und Marcellus sah nur noch, wie ihr schlanker Körper zerfetzt wurde. Er sog durch zusammengebissene Zähne die Luft ein und blickte sich um. Jetzt waren sie nur noch zu dritt, er, ein Mann und eine Frau. Sie schwankten, standen vornübergebeugt. Marcellus bemerkte, dass auch er diese Haltung eingenommen hatte. Er versuchte zwar, aufrecht zu stehen wie ein Mann, ein römischer Soldat, aber tapfer in den Tod zu gehen kostete die ganze Kraft eines Menschen.

Er dachte an Neeve in der Kaiserloge, schaute über die Schulter. Er glaubte, sie gesehen zu haben, und lächelte, besann sich dann aber anders. Er wollte sie nur wissen lassen, dass er bis zum Ende stark gewesen war und dass der *Weg* ihm die Erlösung von allem Schmerz bringen würde. Die Wahrheit war es wert, zu sterben.

Er spürte etwas Schweres gegen seinen Rücken prallen. Marcellus taumelte zur Seite, versuchte Luft zu bekommen, spürte einen höllischen Schmerz im Bein. Eine Löwin hatte sich unterhalb des Knies in sein Bein verbissen und schüttelte es mit aller Kraft. Marcellus taumelte, fiel. Das Schütteln hörte auf. Sein Bein war abgerissen. Ihm war übel, er musste würgen, aber er erbrach nichts; er hatte seit zwei Tagen nichts mehr gegessen. Er lag ausgeliefert im Sand.

In seinem Blickfeld stand der größte der Löwen. Er sprang aus über zehn Fuß Entfernung ab und begrub ihn unter seinem Körper. Marcellus spürte seine Rippen brechen. Er konnte nicht mehr atmen. Erstarrte. Der Löwe nahm seinen Kopf zwischen die Kiefer, schleuderte ihn durch die Luft wie eine Lumpenpuppe. Der Schmerz im Beinstumpf wich dem Schmerz im Kopf. Er wollte schreien, aber er blieb stumm. Seine Augen traten hervor. Und plötzlich löste sich der Druck und strahlendes Licht erfüllte seine Sinne. Sein ganzer Körper fühlte sich auf einmal warm an, und ihm war, als schwebte er … als würde er von jemandem auf Händen getragen.

Starr, marmorgleich, saß Neeve in der Kaiserloge, beide Hände vor Mund und Nase haltend, als der größte der Löwen Marcellus – seinen Kopf zwischen den gewaltigen Kiefern – beutelte und über den Sand schleifte. Eine Löwin hatte seinen Unterschenkel im Maul. Sie schloss die Augen. Mehr wollte sie nicht sehen. Sie war bis zu seinem Ende bei ihm gewesen, wie sie es dem Senator versprochen hatte, aber jetzt wollte sie nichts mehr sehen.

Neeve atmete tief ein und langsam wieder aus. Die Menge hatte sich beruhigt. Sie wartete auf die nächste Einlage. Neeve verließ den Circus wie betäubt von dem, was sie gesehen hatte. Diese Menschen des *Weges* … wie konnten sie nur so fest an ein Leben nach dem Tod glauben? Wer, wenn nicht Geistesgestörte, würde sich willentlich wilden Tieren zum Fraß vorwerfen lassen?

Aber sie hatte Marcellus gekannt, und der war alles andere als geistesgestört gewesen. Er liebte das Leben und hatte einst wie jeder andere an die römischen Götter geglaubt. Dann aber hatte er sich verändert. Zu einem gewissen Teil verstand sie ihn sogar. In Gallien hatte sie Aesculapius nach ihrer Heilung als dem größten aller Götter gehuldigt. Der Unterschied war nur, dass die *Menschen des Weges* glaubten, dass Christus lebendig und der einzige Weg zum Gott des Himmels war, und mit Ausnahme des Glatzkopfes waren sie alle willens gewesen, für ihn zu sterben. Sie würde nie für Aesculapius sterben.

Eine tiefe Traurigkeit erfüllte ihr Herz. Marcellus war tot. Er könnte leben, war aber lieber gestorben, als seinen Gott Christus zu verleugnen. Konnte Christus der einzige, wahre Gott sein? Mucia, der Hohepriester, behauptete, Aesculapius sei der höchste aller Götter, und er war ausgesprochen überzeugend. Aber diese Leute …

Neeve taumelte hinaus auf den Platz und sank auf einer steinernen Bank in einer Wandelhalle zusammen. Sie fühlte sich sehr müde. Später, mit mehr Abstand, wollte sie versuchen zu verstehen, was sie gesehen hatte. Aber nicht jetzt. Nicht jetzt.

46

Vectis starrte hinunter auf das, was von Marcellus Severus übrig geblieben war. Die kräftigeren Löwen hatten sich den größten Teil des Fleisches gesichert und ihren kranken Artgenossen, die sich nun unterwürfig geduckt näherten, lediglich magere Reste gelassen. Ein Dutzend Soldaten mit schimmernden Lanzen ging im Eilschritt über den Sand auf den Leichnam des jungen Severus zu und scheuchte die Löwen weg. Sie hatten den Auftrag, ihn für ein Begräbnis zu bewahren – oder zumindest das, was von ihm noch übrig war. Manchmal zahlten Verwandte von Hingerichteten für den zusätzlichen Dienst, aber billig war das nicht.

Vectis sah zu, wie sie einen Haken in Severus' zerfetzten Brustkorb stießen und den Leichnam zu einem offenen Tor zerrten. Er verzog das Gesicht. Er kannte Marcellus von früher, hatte einen guten Eindruck von ihm gehabt, aber auf der Straße hatte er ihn nicht wiedererkannt. Er hatte sich nie vorstellen können, dass er, der Sohn eines Senators, diesem perversen Kult frönte. Nach allem, was er gehört hatte, trafen sich die Mitglieder dieser Kultgemeinschaft heimlich in den unterirdischen Begräbnisanlagen, den Katakomben, um Menschenblut zu trinken, weil sie glaubten, dadurch Unsterblichkeit, das ewige Leben zu erlangen.

Sein Blick wanderte über die Leichenteile und die Löwen, die noch immer um ihre Beute kämpften. Er schüttelte den Kopf. Was für ein sinnloser Tod! Die Bluttrinker waren tapfere Leute, das musste er ihnen lassen, aber sie hatten sich offenbar den falschen Gott ausgesucht. Nur ein Narr konnte sich für einen so grausamen und fordernden Gott entscheiden. Unter allen Göttern des Pantheons war keiner, der so etwas verlangte. War Christus so gleichgültig, dass er lieber zusah, wie seine Anhänger von wilden Tieren verschlungen wurden, als zu dulden, dass sie nebenbei auch einem anderen Gott ein klein wenig huldigten? Konnte er derart eifersüchtig sein?

Immer mehr Soldaten marschierten auf. Sie drängten die Löwen mit Lanzen und brennenden Fackeln zurück in ihre Käfige. Aus dem Unterbau des Stadions kamen Arbeiter mit Karren und ein Dutzend Wagenlenker, um die Arena zu säubern. Die Massen warteten bereits auf das nächste Ereignis. Die Kadaver der Bluttrinker würden, klein gehackt, an die Löwen verfüttert werden wie die Druiden. Vectis sah zu, wie sie Teile eines kleinen Jungen auf einen Karren warfen und dann die Überreste einer Frau, deren Gesicht auf merkwürdige Weise unversehrt geblieben war. Nein, sagte er sich, dieser Christus war kein Gott, der es verdient hatte, angerufen zu werden.

Auf den Tribünen streckten sich die Leute, sammelten ihre Wettgewinne ein oder verzehrten ihr mitgebrachtes Essen. Diese Bluttrinker waren ein langweiliger Haufen; sie gingen demütig in den Tod. Aber zumindest hatte die Menge heute ein Spektakel erlebt: Ein Mann hatte Christus abgeschworen und ihn sogar verflucht, und war trotzdem von den Löwen zerrissen worden. Wenigstens diese Episode hatte Unterhaltungswert.

Vectis war Neeve und Senator Severus in den Circus gefolgt, hatte sie aber in der drängenden Menge verloren. Er hatte sich dann zu den Plätzen der Senatoren begeben, weil er den Senator und Neeve dort anzutreffen glaubte, hatte sich dafür verflucht, Neeve nicht schon früher angesprochen zu haben. Während er mit sich gehadert hatte, war sein Blick wie zufällig auf die Kaiserloge gefallen. Und dort hatte er Senator Severus im Sessel des Kaisers sitzen sehen und neben ihm eine Frau, die wie Neeve aussah.

Vectis' Platz war so weit weg, dass er die einzelnen Gesichter in der Loge kaum hatte erkennen können. Den Senator kannte er, und Neeve hatte ihn begleitet, also war sie es, die im Sessel neben dem Senator gesessen hatte.

Die Unruhe auf den Tribünen legte sich. Ein Mann mit karmesinroter Perücke und tiefer Stimme verkündete, welche Wagen an diesem Tag das Rennen bestreiten würden.

Vectis stapfte zu einem Treppenabsatz hinunter, um näher an die kaiserliche Loge zu gelangen. Leer. Das ganze Pulvinar war leer. Sein Blick wanderte über die angrenzenden, für Roms Nobilität reservierten Bereiche. Vielleicht saßen sie mit Freunden zusammen. Obwohl er sich nicht vorstellen konnte, dass dem Senator an diesem Tag an Gesellschaft gelegen war. Vectis warf einen letzten Blick in die Runde und begab sich dann zum Ausgang.

Auf dem Platz vor dem Stadion waren nur wenige Menschen. Roms Bürger befanden sich im Circus Maximus. Vectis lief den Platz hinunter zu den Eingängen, die für die Nobilität reserviert waren, und zu den Stallungen, wo sie ihre Kutschen abstellten. Er hoffte, Neeve zu finden, bevor sie mit Senator Severus wegfuhr.

Er blieb stehen. In der Mitte des Platzes in einem langen Portikus, einer gedeckten Wandelhalle, die Schutz vor der Nachmittagssonne bot, saß Neeve ganz allein auf einer Steinbank und starrte auf den Boden. Alles Leben schien aus ihrem Körper gewichen zu sein. Hinter der Bank stand in angemessener Entfernung ein Leibwächter.

Vectis lehnte an einer der zahlreichen Statuen berühmter Wagenlenker, die den Platz um den Circus Maximus säumten. Er rieb sich das Gesicht und versuchte nachzudenken. Er wusste, dass er nicht einfach in Neeves Leben platzen konnte, und schon gar nicht jetzt, da sie so offensichtlich um Marcellus Severus trauerte. Vectis hatte keine Vorstellung, welche Beziehung zwischen ihr und Marcellus bestanden haben könnte, vermutete aber, dass sie sehr eng gewesen war. Der Gedanke, dass Neeve in den Armen eines anderen gelegen haben könnte, verletzte ihn tief, aber er versuchte, realistisch zu bleiben. Wie konnte er ihr Vorwürfe machen, dass sie nach zwei Jahren jemand anderen gefunden hatte? Beim Aufstand in Britannien waren so viele Römer ums Leben gekommen, dass man offiziell vom Verlust ganzer Truppenverbände ausging, solange man keine anders lautenden Nachrichten erhielt.

Nun verstand er Neeves Erregung an der Rostra. Marcellus hatte sich dem Kult der Bluttrinker verschworen und beschlossen, seinen Treueschwur nicht zu brechen. Neeve hatte offenbar versucht, ihn davon abzubringen, aber die wenigsten Bluttrinker schworen ihrem Glauben ab.

Neeve strich sich geistesabwesend das Haar glatt. Ihre Augen suchten noch immer den Boden ab, als könnte sie dort Trost finden. Vectis sah auf ihre Hände. Sein Ring! Sie trug noch immer seinen Ehering an der linken Hand. Das hatte etwas zu bedeuten, dachte er.

»Herrin«, sagte der Mann hinter ihr.

»Jetzt nicht«, wehrte Neeve ab.

Vectis sah, dass der Mann die Hand an seinen Dolch gelegt hatte. Mit einem Mal wurde ihm klar, dass er Neeve so intensiv angestarrt hatte, dass ihr Leibwächter nervös geworden war. Vectis wandte den Blick ab. Es war ein Fehler gewesen, Neeve nur wenige Minuten nach Marcellus' Tod aufsuchen zu wollen. Sie musste jetzt allein sein, um wieder zu sich zu finden, egal wie ihre Beziehung gewesen war. Er wandte sich um und wollte gehen.

Plötzlich verließ der Leibwächter seinen Platz und redete hastig auf seine Herrin ein.

Neeve blickte hoch.

Vectis war unsicher.

Sie sprang auf und öffnete den Mund, als wollte sie etwas sagen, aber kein Laut kam ihr über die Lippen. Sie stand einfach nur stumm da, mit gerunzelter Stirn, den Mund leicht geöffnet.

Vectis ging langsam auf sie zu.

Sie lächelte und tat ebenfalls zögernd ein paar Schritte auf ihn zu. Der Leibwächter zerrte an ihrem Arm und sagte etwas zu ihr, aber sie ignorierte ihn. Sie kam noch ein Stück näher und blieb stehen. Ihr Lächeln schwand, und ein verwirrter Ausdruck trat an seine Stelle. Ihr Blick wanderte über den Platz und kehrte dann zu ihm zurück. Von Gefühlen überwältigt, spürte sie ihre Augen feucht werden. Sie schluckte und fasste sich wieder. Ihr Lächeln kehrte zurück, und sie schüttelte ungläubig den Kopf. Dann lief sie auf ihn zu, fiel ihm um den Hals und drückte ihre Lippen an sein Ohr.

»Ich dachte, du wärst … o Vectis, sie haben mir gesagt, du seist tot«, flüsterte sie.

»Ich hatte auch um dich Angst«, sagte er, schloss die Augen und genoss das Gefühl, Neeve endlich wieder nahe zu sein.

Er spürte, wie ihre Hände seine Arme und seine Schultern betasteten, als müsste sie sich vergewissern, dass er kein Geist war. Dann rückte sie von ihm ab und ließ den Blick über sein Gesicht wandern. »Lass dich ansehen«, sagte sie.

Vectis schaute ihr in die Augen. Das war es, was er nie hätte vergessen können – Neeves Augen, die so unglaublich blau waren wie ein sonnenbeschienener Ozean. Ihr Gesicht kam näher, bis er nur noch ihre Augen sehen konnte und ihren sanften Atem auf seinen Lippen spürte. Dann küssten sie sich. Es war ein langer, genussvoller Kuss, der Vectis völlig vergessen ließ, dass er mitten auf dem Platz vor dem Circus Maximus stand.

Am späten Nachmittag trafen Neeve und Vectis auf dem Landgut seiner Familie vor den Toren Roms ein. Während der Kutschfahrt sprach Neeve kaum ein Wort, es kam ihr alles so unwirklich vor. Dass sie Vectis vor dem Circus wiederfand, erschien ihr wie ein Traum, und dass sie Marcellus hatte sterben sehen, lastete auf ihr. Vectis schien zu verstehen, dass sie etwas quälte, fragte aber nicht ein einziges Mal nach, fragte nichts. Er drückte lediglich seine Verwunderung darüber aus, sie in Rom angetroffen zu haben, und sie schaffte es, eine fröhliche Miene aufzusetzen, als sie meinte, dass ein römischer Offizier sie nicht heiraten und sich dann einfach aus dem Staub machen könne.

Vectis bestritt das Gespräch fast allein. Seine Geschichten über Commodus und die Belagerung in Dakien brachten sie zum Lachen, aber sie fühlte einen Stachel in ihrem Herzen. Marcellus war für seinen Glauben in den Tod gegangen, und sie lachte nur wenige Stunden später über irgendwelche Episoden. Wie oberflächlich war sie eigentlich? Als Vectis dann zum ernsteren Teil seines Reiseberichts kam, von Julians schwerer Kriegsverletzung berichtete, davon, dass er selbst um ein Haar Opfer einer gedungenen Mörderin geworden wäre, erschrak Neeve. Ihr wurde bewusst, dass sie ihn tatsächlich beinahe verloren hätte und wie leer ihr Leben ohne Vectis doch gewesen wäre.

Sammonicus lenkte die Kutsche, was es Neeve nicht gerade leichter machte, frei zu reden. Sie wusste genau, dass er sich anstrengte, jedes kleinste Wort mitzubekommen. Zweifellos hatte er schon bemerkt, dass sie es vermied, Senator Severus und Marcellus zu erwähnen. Neeve rang mit sich, ob sie Vectis von Marcellus erzählen sollte, beschloss dann aber, es doch besser zu lassen. Was konnte es schon nützen, fragte sie sich, über einen Toten zu reden? Sie hatte Marcellus sehr gemocht, aber ihre Liebe zu Vectis hatte darunter nie gelitten. Wenn er sie eines Tages direkt fragte, warum sie am Circus Maximus gewesen war oder warum sie einen so niedergeschlagenen Eindruck gemacht hatte, würde sie ihm vielleicht die Wahrheit sagen. Im Augenblick aber, beschloss sie, würde sie ihnen beiden den Schmerz ersparen.

»Das ist unser Haus«, sagte Vectis, als sie durch das Tor fuhren.

Neeve stieg aus, ließ ihren Blick schweifen. »Wunderhübsch«, meinte sie, »genau, wie ich es mir vorgestellt habe.« Sie hatte die Anspannung in seinem Gesicht gesehen, als sie sich der Villa näherten. Er fragte sich zweifellos, ob es ihr hier gefallen würde, und sie beschloss, ihn zu beruhigen.

»Groß ist das alles ja nicht gerade«, sagte er, »aber immerhin gibt es einen Brunnen, fruchtbares Ackerland und ein Badehaus hinter dem Westflügel der Villa.« Er zeigte auf die Bäume in der Ferne und erklärte stolz: »Du kannst es zwar von hier aus nicht sehen, aber dort drüben verläuft ein unterirdischer Aquädukt, der den Esquilin in der Stadt mit Wasser versorgt ... und über eine Rohrleitung auch diese Villa.«

»Ich freue mich ja so«, sagte sie und betrachtete die Blumen und die kunstvoll beschnittenen Hecken, die die Umfassungsmauer säumten. Verglichen mit Nes' Villa auf dem Esquilin war das Anwesen winzig, und mit dem riesigen Landhaus des Senators Severus war es ohnehin nicht zu vergleichen, aber das störte sie nicht. Vectis war Soldat und kein Großgrundbesitzer, und sie freute sich, auf dem Grund und Boden zu stehen, auf dem er aufgewachsen war. Sie schmiegte sich an ihn und sagte: »Das ist unser Zuhause.«

Ein alter Mann mit gebeugtem Rücken, weißem Haar und einem breiten Grinsen auf dem Gesicht schlurfte auf sie zu. »Der Herr Vectis«, sagte er, aber seine Augen waren auf Neeve gerichtet.

Vectis umarmte den Diener und sagte: »Der Freigelassene meines Vaters ... Pudens«, stellte er vor. »Er sieht zwar ganz freundlich aus, aber lass dich nicht täuschen. Er hat mir oft genug den Hintern versohlt.«

»Wie Ihr seht, hat es ihm nicht geschadet«, meinte Pudens, die Augen noch immer auf Neeve gerichtet.

»Schrecklich neugierig ist er auch noch«, sagte Vectis. Und dann, an seinen Diener gewandt: »Pudens ... meine Frau Neeve.«

»Ich fühle mich geehrt, Herrin.« Pudens verbeugte sich und musterte sie genauestens.

»Na, was meinst du?«, fragte Vectis lächelnd.

»Viel zu hübsch für dich«, sagte Pudens und schlurfte zurück zur Villa.

»Ich habe ihm alles über dich erzählt«, erklärte Vectis, »aber ich hätte nie gedacht, dass ihr beide euch je kennen lernen würdet.«

»Ich bin glücklich, dass wir es können«, sagte Neeve.

»Wir haben nur vier Diener«, fuhr Vectis fort, »alle sind Freigelassene. Pudens bekam seine Freiheit am Tag meiner Geburt geschenkt, als Gabe an die Götter. Die anderen habe ich freigelassen, als mein Vater gestorben war. Keiner von ihnen ist ein Leibdiener, und eine Frau ist nicht dabei, aber ich hoffe ...«

»Kaledonier kommen allein zurecht«, beruhigte Neeve ihn. Sie zeigte Richtung Kutsche und erklärte: »Abgesehen davon ist Sammonicus in manchen Dingen sehr gut. Einen besseren persönlichen Diener kann ich mir gar nicht vorstellen.«

Vectis schaute zu Sammonicus hinüber, der jetzt wie ein Wirbelwind herumsauste.

Neeve musste lächeln. Er hatte zugehört. Er hatte jedes einzelne Wort mitbekommen.

Es war Nacht geworden. Neeve und Vectis hatten ihr Bad genommen und zu Abend gegessen, und die Diener hatten sich schlafen gelegt. Die ganze Zeit über hatte Neeve gegen die Bilder ankämpfen müssen, die immer wieder in ihr hochkamen – von Löwen, die Marcellus anfielen, von seinem Versuch, ihr zu vermitteln, dass er die Wahrheit gefunden hatte und sie ihm nicht nachtrauern sollte. Aber immer wieder die Bilder von Marcellus in den Fängen der Raubkatzen.

Sie waren jetzt im Schlafzimmer. Wie sie in den Raum gekommen war, wusste sie schon nicht mehr. Vectis hatte mehrere Lampen angezündet, einige in den Zimmerecken, andere am Fußende des Betts. Er machte alles richtig, aber sie war mit ihren Gedanken immer noch im Circus Maximus.

»Ich kann warten«, sagte er.

Sie schaute ihn im Schein des flackernden Lichts an.

»Ja«, sagte er, »du bist meine Frau und nicht irgendeine ...«

»Shhh.« Sie legte ihm ihre Finger auf die Lippen, betrachtete liebevoll sein stilles Gesicht und bedauerte, wie sie seine Freude an diesem Tag gedämpft, sich in sich selbst zurückgezogen und die Leidenschaft in seinen Augen zum Erlöschen gebracht hatte. »Ich bin nicht immer einen geraden Weg gegangen«, erklärte sie, »aber ich habe dich nie vergessen.«

»Du bist mir auch nie aus dem Sinn gegangen«, sagte er.

Sie wünschte, sie könnte lachen und ihn necken, die Last des Tages einfach abschütteln und sich wie ein wilder Falke in die Luft erheben. Ihre dunklen Erinnerungen aber fesselten sie an den Boden, und sosehr sie sich auch bemühte, sie konnte sich nicht befreien.

»Möchtest du mir etwas sagen?«, fragte er.

Neeve schüttelte den Kopf und bemühte sich, freundlich dreinzuschauen. Sie stöhnte innerlich. Was hatte es schon für einen Zweck? Sie würde Vectis ohnehin nicht täuschen können. Er schaute sie jetzt an, als wartete er darauf, dass sie etwas sagte. Aber sie konnte einfach nicht über Marcellus reden – nicht heute Nacht und vielleicht sogar nie.

»Ich war heute im großen Circus«, erklärte sie ruhig, »um die Wagenrennen zu sehen, aber stattdessen ... habe ich gesehen, wie Druiden verbrannt und Bluttrinker von wilden Tieren gefressen wurden.« Sie musste sich zwingen zu atmen, weil sie fürchtete, dass sie es sonst vergessen und irgendwann verzweifelt nach Luft ringen würde. »Ich war auf so viel Grausamkeit nicht gefasst«, fügte sie hinzu, »und … nun, ich habe das einfach nicht für möglich gehalten.«

Er nahm sie in die Arme.

Sie schmiegte sich an seine warme Brust, froh, ihm nahe zu sein, froh, ihm davon erzählt zu haben, auch wenn es nur die halbe Wahrheit war. Es half. Er küsste sie auf die Wange, und von dort wanderten seine Lippen langsam zu den ihren. Sie drehte den Kopf ein wenig, um ihm entgegenzukommen, und spürte seinen Mund. Sie öffnete die Lippen und presste sich an ihn. Sie spürte seine harte Männlichkeit und presste sich noch fester an ihn. Sie schloss die Augen und überließ sich ganz dem Spiel ihrer Münder und der Leidenschaft, die in ihr aufloderte.

Es war schön zu leben. Unendlich schön. Sie hatte die ganze Zeit über nur an Marcellus denken müssen und das Wunder dieses Tages kaum wahrgenommen. Sie hatte Vectis für tot gehalten, aber nun war er dem Leben wiedergeschenkt. Die Geister dieser Welt nahmen oft, gaben aber auch, und Neeve war fest entschlossen, ihre Gaben zu genießen, so lange sie konnte.

Seine Hände glitten von ihren Schultern über ihren Rücken, ihren Leib und zwischen ihre Beine. Ihr Herz pochte. Sie wollte etwas sagen, aber es klang eher wie ein Stöhnen.

Eine nie gekannte Erregung brandete in ihr auf und spülte all das Schreckliche dieses Tages fort. Sie versuchte nicht länger, ihrem Ehemann Genuss zu bereiten, jetzt war sie gierig, sich selbst Genuss zu bereiten. Sie packte ihn, umklammerte ihn und stieß ihm die Zunge tief in den Mund. Ihr Atem ging stoßweise, und ihre Beine drohten nachzugeben.

Sie legte den Kopf zurück und schaute ihm tief in die Augen. »Du kannst vielleicht warten«, sagte sie, »aber ich kann es nicht … keine Minute länger.«

Später, als er in ihr war, war Neeve verloren für die Welt. Er senkte sich auf sie herab, und sie fühlte sich beschützt, während sie sich liebten. Nur einmal sah sie Marcellus, sein Lächeln, das sie so mochte. Dann verblasste das Bild.

47

Neeve erwachte im fahlen Licht der Morgendämmerung. Die Vögel zwitscherten, und eine frische Brise wehte durch das offene Fenster über ihr Federbett. Sie drehte sich zu Vectis um. Er schlief noch. Sie küsste ihn und strich ihm zärtlich über den Körper, bis er die Augen aufschlug.

»Oh!«, sagte er. »Die Sonne scheint.«

»Ja«, sagte sie, »ein neuer Tag.«

Er wollte aufstehen, aber sie zog ihn zurück.

Er lächelte. »Ich wäre Euch ja gern zu Diensten, Frau Trebellius«, meinte er, »aber ich habe gewisse Pflichten …«

»Dann erzähl mir von deinen Pflichten«, forderte sie, und ihre Hände glitten zu interessanteren Stellen.

»Na schön«, sagte er, »ich habe Pudens versprochen, mit ihm bei Sonnenaufgang … äh … wir wollten eigentlich …«

»Was ist?«, fragte sie.

»Ich kann mich irgendwie nicht richtig konzentrieren«, erklärte er.

»Du kannst dich nicht konzentrieren?«, fragte sie und rollte sich auf ihn.

»Es fällt mir schwer«, bestätigte er.

»Und warum?«, fragte sie und presste die Hüften gegen ihn.

»Ich weiß auch nicht«, erwiderte er. »Mach einfach weiter so, und ich überlege mir inzwischen eine Antwort.«

Sie machte weiter, und er zog ihr das Nachthemd über den Kopf, und sie schienen in einem vollkommenen Rhythmus miteinander zu verschmelzen.

Als Vectis noch am Vormittag von seinen Pflichten zurückkam, fand er Neeves Diener im Stall vor, wo er die Pferde fütterte.

»Sammonicus, nicht wahr?«, fragte Vectis beiläufig.

»Jawohl, Herr.« Sammonicus trat aus dem Stall.

»Du hast deine Herrin begleitet, seit ihr Gallien verlassen habt?«

»Jawohl, Herr.«

»Dann weißt du sicher auch, wie sie den Senator Severus kennen gelernt hat«, forschte Vectis.

Sammonicus nickte und erzählte ihm, wie der Senator Neeve zum Tempel des Aesculapius gebracht und ihr die finanziellen Mittel für ihre Reise nach Rom zur Verfügung gestellt hatte.

Dann fragte Vectis nach dem Grund für das Missverständnis zwischen dem Senator und Neeve, das unter anderem dazu geführt hatte, dass sie die Villa von Severus verlassen musste.

Sammonicus blickte sich nervös im Stall um. »Wenn Ihr vielleicht die Herrin selber fragen würdet …«

»Ich frage aber dich«, erklärte Vectis.

»Ja, gewiss, Herr, aber ich habe der Herrin schwören müssen, nicht über Dinge zu reden, die ich zufällig mitbekommen würde.«

»Das ist eine sehr lobenswerte Einstellung«, sagte Vectis. »Ich weiß von ihrem Bruder Taranis und auch von Marcellus«, fuhr er fort und drückte ihm zwei Denare in die Hand. »Somit würdest du nicht deinen Schwur brechen, weil ich den größten Teil der Geschichte sowieso schon kenne.«

»Das stimmt schon, Herr«, meinte Sammonicus, die dunklen Augen auf die Münzen gerichtet. »Aber meine Herrin kann schrecklich streng sein, wenn sie wütend wird. Wenn sie herausfinden würde …«

»Sie wird es nie erfahren«, erklärte Vectis. »Selbstverständlich würde ich alles, was du mir erzählst, vertraulich behandeln.«

»Ich weiß schon so einiges, Herr«, gestand Sammonicus, während er die Münzen in seine Geldbörse im Gürtel gleiten ließ, »aber ich pflege bei persönlichen Gesprächen grundsätzlich nicht zu lauschen …«

»Natürlich nicht«, sagte Vectis. »Also … warum hat die Herrin die Villa des Senators verlassen?«

Sammonicus zögerte.

»Wie ich schon sagte, ich werde deiner Herrin nie verraten, was du mir heute erzählst, aber wenn du dich weigern solltest, mir die fehlenden Informationen zu liefern …«

Sammonicus fuhr sich mit den Fingern durch sein dichtes Haar und blickte sich nervös um.

Vectis trat näher an ihn heran. »Was würde deine Herrin wohl tun, wenn sie erfahren würde, dass du mir von ihrem Verhältnis zu Marcellus Severus erzählt hast, von ihrem Besuch im Circus mit dem Senator, von Marcellus' tragischem Tod …«

»Aber davon habe ich doch gar nichts …«

»Deine Herrin kann schrecklich streng sein, wenn sie wütend wird«, erinnerte ihn Vectis.

Sammonicus starrte auf das Stroh auf dem Stallboden. »Ich habe geschworen, nichts zu sagen … aber wo Ihr ja sowieso schon alles wisst … Die Herrin hat in Rom eine Schwester namens Calpurnia, die Geliebte von Gaius Balbinus, einem reichen Plebejer.«

»Eine Schwester?«

»Ja, Herr. Manchmal benutzt sie auch ihren keltischen Namen Nes. Anscheinend hat meine Herrin der Herrin Calpurnia erzählt, dass Marcellus Beziehungen zu den Bluttrinkern hatte.«

»Verstehe.«

»Aber meine Herrin traf überhaupt keine Schuld«, fügte Sammonicus hinzu. »Sie maß ihren Beobachtungen keinerlei Bedeutung zu, aber … äh … die Herrin Calpurnia erkannte den politischen Nutzen der Informationen, wie man sie gegen Senator Titus Severus …«

»Und nutzte die Informationen«, unterbrach Vectis ihn.

Sammonicus nickte.

»Und deshalb war der Senator zornig und hat euch aufgefordert, sein Haus zu verlassen«, sagte Vectis zu sich selbst, »aber jetzt kennt er die Wahrheit …«

»Er weiß, dass meine Herrin niemals etwas gegen den Herrn Marcellus gesagt hätte. Sie hat ihn sehr geliebt und … äh … und natürlich hat sie den Senator noch mehr geliebt«, fügte er verlegen hinzu, »und schon deshalb hätte sie den beiden nie etwas zuleide getan.«

Vectis musterte Sammonicus, der sich den Nacken rieb und offenbar hoffte, dass seine Wortwahl Vectis nicht weiter aufgefallen war. »Die Freundschaft zwischen Marcellus und deiner Herrin interessiert mich nicht«, erklärte Vectis. Er wählte bewusst den Begriff »Freundschaft«, um Sammonicus zu beruhigen. Neeve hatte angenommen, dass er tot war, und selbst, wenn sie sich in Marcellus verliebt hätte … nun, er könnte damit leben und so tun, als sei es lediglich Freundschaft gewesen. Er zog es vor, nicht weiter zu bohren. Sie trug seinen Ring, und das allein war von Bedeutung.

»Ihr seid ein weiser Mann, Herr«, sagte Sammonicus, »und wenn Ihr erlaubt … ein Mann, dem das Glück hold ist. Die Herrin hat alles riskiert, um Euch zu finden.« Er hielt inne und schüttelte verwundert den Kopf. »Aus Roms fernster Provinz ist sie gekommen, um Euch zu suchen.«

Vectis klopfte Sammonicus auf die Schulter. Er hatte Recht. Neeve hatte viel riskiert. Und jetzt war sie verzweifelt, nicht nur wegen Marcellus, sondern auch, weil sie damit rechnen musste, dass ihr Bruder beim Triumph von Feldherr Julius Verus sterben würde. Vectis hatte zwar keine Ahnung, wie er dem kaledonischen Häuptling helfen konnte, aber er wollte so viel wie möglich über Neeve und den einflussreichen Sentor Titus Severus herausfinden für den Fall, dass er doch noch eine Idee haben sollte. Als er den Namen Balbinus hörte, wuchs die Hoffnung, dass vielleicht noch etwas zu machen war.

»Das ist wirklich außergewöhnlich, Herr …« Sammonicus redete immer weiter, um zu unterstreichen, was er hatte sagen wollen.

»Was ist?«

»Wie viel die Herrin durchgemacht hat, um Euch zu finden … Krieg, Schiffbruch, Hunger, Krankheit …«

»Sammonicus …«

»Von Räubern überfallen …«

»Sammonicus.«

»Ja, Herr.«

»Deine Herrin hat Recht. Es gibt keinen besseren persönlichen Diener als dich.«

»Ich danke, Herr.«

In der folgenden Woche blieb Neeve in der Villa, während Vectis in Rom zu tun hatte. Sie war noch nicht bereit, das Leben einer römischen Ehefrau zu führen, vor allem, wenn es bedeutete, das hohle Geschnatter anderer römischer Ehefrauen mit einem freundlichen

Lächeln zu quittieren. Jeden Tag musste sie an Marcellus denken, und jeden Tag kämpfte sie gegen ihre Traurigkeit an, aber sie hatte beschlossen, das Geschenk des Lebens zu genießen – und vielleicht eines Tages selbst Leben zu schenken. Denn nichts von all dem, was geschehen war, sollte umsonst gewesen sein. All die Toten sollten weiterleben – in der Erinnerung. Das würde ihr Vermächtnis sein.

Neeve dachte auch die ganze Zeit über an Taranis, und in den Tagen nach ihrem Besuch bei Nes hatte sie zweimal versucht, ihn zu sehen. Sie bot den Soldaten Hände voll Münzen an, aber sie hatten den strikten Befehl des Feldherrn Verus, niemanden ohne sein Einverständnis zu Taranis zu lassen.

Marcellus' Tod hatte Senator Severus schwer erschüttert, und obwohl sie verzweifelt war, wusste Neeve, dass sie ihn nicht um Hilfe angehen durfte. Der Triumph stand bevor, und nichts – nicht einmal die Überredungskünste von Senator Severus – konnte Taranis noch retten. Man würde ihren Bruder durch die Straßen Roms führen und ihn dann vor den Augen der tobenden Massen hinrichten. So war sie eben, die römische Gerechtigkeit.

48

»Er weiß es!«, rief Balbinus. »Vectis Trebellius weiß alles!«

Calpurnia starrte in den Gartenhof und nippte an ihrem Wein.

»Er hat überall herumgeschnüffelt und mit Leuten geredet … wer weiß, was er dabei alles herausgefunden hat!«

Calpurnia nippte noch einmal an ihrem Wein.

»Dieser Brutus war doch angeblich der Beste auf seinem Gebiet«, sagte Balbinus, während er unruhig auf und ab ging. »Er hätte Trebellius eliminieren sollen, bevor er übersetzte, und dann hätte er Trebellius in Dakien erledigen sollen. Weißt du noch, wie es in dem Brief hieß? ›Alles läuft wie geplant.‹ Genau das hat unser wunderbarer Mörder geschrieben.« Balbinus blieb stehen: »Und jetzt frage ich dich: Was habe ich für mein ganzes Gold bekommen?«

»Manchmal läuft es eben doch nicht wie geplant«, sagte Calpurnia.

»Das kann man wohl sagen«, pflichtete Balbinus ihr bei und lachte, als sei er nicht ganz bei Sinnen. »Brutus tot und Trebellius noch am Leben … Trebellius, der eigentlich längst in seinem Grab verwesen sollte!« Die letzten Worte schrie er Calpurnia ins Gesicht.

Calpurnia antwortete nicht.

»Schweigen. Wenn ich dich brauche, stoße ich nur auf Schweigen.«

»Ich denke nach«, erwiderte Calpurnia.

»So, du denkst nach … nun, wenn du schon dabei bist, kannst du ja auch gleich darüber nachdenken, was wir tun sollen, wenn Trebellius hier ankommt. Er hat geschrieben, dass er uns zur sechsten Stunde einen Besuch abstatten will, und bis dahin ist es nicht mehr lange.«

Calpurnia wandte sich vom Fenster ab. »Als Erstes musst du deine Wachen in ihr Quartier zurückschicken. Die würden ihn nur misstrauisch machen.«

»Misstrauisch! Trebellius weiß alles, glaub mir. Er kommt hierher, um mich umzubringen.«

Calpurnia schüttelte den Kopf. »Über Brutus kann er gar nichts wissen. Selbst wir wissen nicht viel mehr, als dass der Meuchelmörder Brutus eine Frau gewesen sein könnte …«

»Ich glaube kein Wort von diesen Berichten«, warf Balbinus ein.

»Berichte werden manchmal im Verlauf der Weitergabe verzerrt«, räumte Calpurnia ein, »aber genau das meine ich ja. Wenn sogar wir schon kaum etwas über Brutus wissen, weiß Trebellius mit Sicherheit noch weniger. Glaub mir, du hast nichts zu befürchten. Trebellius weiß lediglich, das irgendjemand einen Mörder gedungen hat, um ihn zu töten, und das könnten alle möglichen Leute getan haben, Coelius eingeschlossen.«

»Und warum kommt Trebellius dann zu uns?«

»Kümmere dich zuerst um die Wachen«, mahnte Calpurnia.

Balbinus machte kehrt und ging zur Tür des Atriums hinaus. Am Ende des großzügigen Flurs rief er dem Befehlshaber seiner

Leibwache neue Anweisungen zu. Er stöhnte innerlich. Wenn seine Leibwächter in ihrem Quartier waren, würde er Trebellius auf Gedeih und Verderb ausgeliefert sein. Und noch bevor der Tag zu Ende ging, würde er mit einem Dolch im Hals auf dem Fußboden verbluten. Er spürte schon die Nähe der Schicksalsgöttinnen, und ihr Nahen verhieß nichts Gutes.

Balbinus eilte gerade rechtzeitig zurück ins Atrium, um noch zu sehen, wie Calpurnia sich ein Messer in ihr Kleid steckte. »Du hast also doch Angst vor Trebellius!«, rief er mit bebenden Lippen. »Du meinst also auch, dass er kommt, um eine Blutschuld zu begleichen.«

»Unsinn«, entgegnete Calpurnia. »Wer jemanden umbringen will, kündigt seinen Besuch nicht schriftlich an.« Sie befestigte das Messer unter ihrem breiten Gürtel. »Aber wer klug ist, rüstet sich für alle Fälle. Man kann nie wissen, was geschieht.«

»Oh, warum habe ich nur auf Coelius gehört und einen Mörder gedungen?« Balbinus ließ sich auf eine Liege neben dem Tisch mit dem Wein sinken. Er legte seine dicken Finger um den Weinkrug und goss sich einen großen Becher voll, schüttete ihn in sich hinein und schenkte sich nach. »Und jetzt kommt Trebellius, um mich zu töten.«

Calpurnia nahm ein Tuch vom Tisch und tupfte Weinspritzer von Balbinus' Tunika. »Wir müssen Ruhe bewahren«, mahnte sie. »Trebellius hat andere Gründe für seinen Besuch …«

»Was für Gründe? Warum sollte Trebellius mich denn besuchen wollen?«

»Das, mein Lieber, weiß ich leider auch nicht«, gestand Calpurnia.

Balbinus trank noch mehr Wein. »Vielleicht will er ja herausfinden, wer den Mörder gedungen hat?«

»Schon möglich«, meinte Calpurnia, »aber das glaube ich nicht. Als Soldat blickt Trebellius dem Tod jeden Tag ins Auge. Ist eine Gefahr erst einmal vorbei, sucht seinesgleichen normalerweise nicht nach dem politischen Hintergrund. Der kümmert sich nur um Bedrohungen, mit denen er unmittelbar konfrontiert ist.«

Ein Diener trat herein. »Eine Kutsche«, meldete er.

Calpurnia schaute durch die Gitter der Fensterläden hinaus. »Drei Kutschen«, sagte sie. »Geschäftsleute – Bankiers, würde ich sagen.«

»Bankiers?«

»Mach dir keine Sorgen«, sagte Calpurnia. »Was auch immer Trebellius vorhat – mit Mord hat es jedenfalls nichts zu tun.«

Balbinus stand auf, wischte sich den Wein vom Mund und wartete auf seine Gäste.

»Vectis Trebellius«, sagte Balbinus lächelnd, »wie schön, dass Ihr mich besucht.«

»Gaius Balbinus«, entgegnete Vectis ruhig und sachlich und mit einem Blick, der keine Missverständnisse aufkommen ließ. Balbinus sollte merken, dass es sich nicht um einen Höflichkeitsbesuch handelte. Als Vectis sich der Frau am Fenster zuwandte, blieb ihm fast der Mund offen stehen. Er versuchte zwar, seine Verblüffung zu verbergen, aber es wollte ihm nicht gelingen.

Sie lächelte kurz und begrüßte ihn mit einem Nicken. »Ja«, sagte sie, »ich sehe meiner Schwester sehr ähnlich.«

In einer anderen Situation hätte Vectis zweifellos eine entsprechende Bemerkung auf den Lippen gehabt. Er hätte sich nie vorstellen können, dass es eine Frau gab, die Neeve auch nur im Entferntesten ähneln könnte, aber nun stand eine solche Frau vor ihm – eine Frau, die ebenso schön war wie Neeve und die denselben durchdringenden Blick hatte … und, wie es schien, dieselbe innere Stärke.

»Etwas Wein?«, fragte Balbinus.

Vectis schüttelte den Kopf. Es fiel ihm schwer, den Blick von Calpurnia abzuwenden.

»Aber bitte, setzt Euch.« Balbinus wies auf eine Liege. »Auch über ernste Themen kann man schließlich wie unter zivilisierten …«

»Ich bleibe lieber stehen«, unterbrach ihn Vectis.

Balbinus griff nach seinem Becher.

»Ich bin Soldat«, erklärte Vectis, »und kein Diplomat. Kommen wir also gleich zur Sache.«

»Ja, natürlich«, sagte Balbinus.

»Marcellus Severus musste sterben, weil Ihr es für richtig hieltet, bestimmte Mitglieder des Senats über seine Verbindung zu den Bluttrinkern zu informieren. Senator Titus Severus ist mehr als zornig, und er hat mich geschickt, um Vergeltung zu üben.«

Balbinus blickte Vectis fassungslos an und sagte: »Ich … ich verstehe nicht, was Ihr …«

»Spart Euch Eure Lügen auf für Leute, die dumm genug sind, sie zu glauben«, fuhr Vectis dazwischen. »Der Senator verfügt über großen Reichtum und somit auch über genügend Macht, um Euch beide in seinem Garten aufhängen zu lassen … aber weil Calpurnia die Schwester meiner Frau ist, konnte ich ihn überreden, sich mit einer weniger harten Form der Vergeltung zufrieden zu geben.«

»Wir haben doch gar nichts getan … ich verstehe wirklich nicht …«

Vectis beachtete Balbinus' Gestammel nicht weiter.

»Und wie soll diese Vergeltung aussehen?«, fragte Calpurnia.

»Er will Euren gesamten Besitz«, erklärte Vectis. »Ihr habt dem Senator alles genommen, und jetzt wird er Euch alles nehmen – Eure Villa hier, das Anwesen auf dem Esquilin, Euer Gold auf der Bank … alles.«

»Das ist doch lächerlich«, sagte Calpurnia.

»Lächerlich oder nicht«, entgegnete Vectis, »so lauten die Forderungen von Senator Severus.«

»Und wenn wir Euch mit leeren Händen wegschicken?«, fragte Calpurnia.

»Dann bekommt Ihr den Zorn des Senators zu spüren. Wenn nötig, dingt er tausend Meuchelmörder. Er hat keine andere Verwendung mehr für seinen Reichtum – nun, da ihm sein Sohn genommen wurde.«

»Der Senator hat mein Mitleid«, sagte Calpurnia. »Es ist tragisch, einen Sohn zu verlieren, aber Balbinus hat ganz Recht: Wir hatten nichts zu tun mit …«

»Ihr könnt leugnen, so viel Ihr wollt, Senator Severus bleibt bei seiner Haltung«, unterbrach Vectis.

Calpurnia trat näher an ihn heran. »Balbinus hat viele Freunde im Senat«, sagte sie, »darunter auch den Ersten Konsul Servius Sulpicus Tertullus, den Senator Publius Coelius und …«

»Euch ist wohl entgangen, wie ruhig die Senatoren in letzter Zeit waren?«, fragte Vectis. »Der Kaiser neigt zurzeit dazu, sein Versprechen, Senatoren nicht mehr hinrichten zu lassen, zu brechen. Selbst ein so gütiger Mann wie Antoninus ist nicht bereit, alles hinzunehmen. Deshalb bekam Senator Severus die Erlaubnis, sich in seinen Sessel im Pulvinar zu setzen; er wollte damit zeigen, wie verärgert er ist.«

»Aber das kann man mir doch nicht antun«, jammerte Balbinus. »Mein ganzes Leben lang habe ich anderen gedient, und jetzt will man mir alles nehmen …«

»Dieser ganze Vorgang ist eine billige Posse!«, unterbrach Calpurnia ihn mit erhobener Stimme. Aber Vectis wusste, dass sie sich nur künstlich erregte.

»Ich glaube, jetzt nehme ich doch etwas Wein«, sage Vectis. Er goss sich ein, zwei Schluck in einen Becher. »Ihr habt nur so lange Zeit, bis ich ausgetrunken habe. Entscheidet Euch.«

Calpurnia und Balbinus flüsterten miteinander, und die Eindringlichkeit verriet Vectis, dass sie seine Drohungen ernst nahmen. Er hatte in Wirklichkeit gar nicht mit Senator Severus gesprochen, nahm aber an, dass das keine Rolle spielte. Balbinus und Calpurnia würden bestimmt nicht Kontakt zum Senator aufnehmen.

»Wir haben uns entschieden«, sagte Calpurnia. »Wir haben nichts Unrechtes getan und werden deshalb auch nicht bezahlen.«

Vectis stellte seinen Wein auf ein Tischchen und ging wortlos zur Tür. Als er in seine Kutsche steigen wollte, hielt eine Stimme ihn zurück.

»Reden wir unter vier Augen«, bat Calpurnia. Sie trat näher an ihn heran – näher, als es sich für eine Frau der römischen Gesellschaft in der Öffentlichkeit schickte. Vectis roch ihr zartes Parfüm, als sie sich zu ihm beugte. Ihre Augen ließen ihn nicht los, als sie ihm ins Ohr flüsterte: »Ich weiß doch, dass es Euch kein Vergnügen bereitet, mir wehzutun. Zu der Sorte Mann gehört Ihr nicht.

Aber ich sehe ein, dass ich Unrecht getan habe.« Sie spielte mit dem Ärmel seiner Tunika. »Ich bitte Euch nur um Eure Gnade ... lasst mir meine Villa auf dem Esquilin und vielleicht ein bisschen Geld. Ich wäre wirklich sehr, sehr dankbar dafür.« Dann streichelte sie seinen Arm und fügte hinzu: »Wir kennen uns nicht, du und ich, aber wir könnten doch Freunde werden ... da bin ich mir ganz sicher.«

Vectis zog den Arm weg. »Senator Severus verlangt, dass Ihr alles auf ihn überschreibt«, erklärte er. Dabei vermied er es, sie anzusehen, so sehr spürte er ihre Gegenwart.

»Aber Vectis«, sagte sie, »du willst doch ganz bestimmt nicht ...«

»Kutscher!«, rief Vectis.

»Ihr habt gewonnen«, erklärte Calpurnia. »Kommt herein, und wir besprechen die Sache.«

»Es gibt nichts mehr zu besprechen«, entgegnete Vectis. »Wenn ich gehe, gibt es keinen Ausweg mehr für Euch.«

Calpurnia zögerte.

Vectis gab dem Kutscher ein Zeichen.

»Ruft die Bankiers des Senators herein«, sagte Calpurnia.

In Gegenwart von Severus' Bankiers überschrieben Balbinus und Calpurnia ihren gesamten Besitz – ihre Anwesen, das Inventar ihrer Villen, ihre Sklaven und ihr gesamtes Gold auf der Bank – auf den Senator. Die Bankiers brachten ihr Siegel auf und erklärten den beiden, sie müssten die Villen innerhalb von drei Stunden räumen. Dann gingen sie – aber nicht, ohne zwei Gerichtsvollzieher damit beauftragt zu haben, dafür zu sorgen, dass ihre Anweisungen ausgeführt wurden.

»Wir haben nichts mehr«, stöhnte Balbinus, »absolut nichts.«

»Ihr habt Euer Leben«, widersprach Vectis, »und das ist mehr, als Marcellus hat.«

»Ich kann immer noch nicht glauben, dass meine Schwester mir das antut«, erklärte Calpurnia emotionslos. »Sie muss dem Senator erzählt haben, ich hätte Marcellus angezeigt, obwohl ich nichts dergleichen getan habe. Und jetzt, wo ich völlig verarmt bin, macht sie sich wie ein Aasgeier über meine Knochen her.« Sie funkelte Vectis wütend an und fragte: »Welchen Gewinn zieht meine Schwester Neeve aus all dem?«

»Gewinn?«

»Ja, Gewinn«, wiederholte Calpurnia wütend. »Der Senator wird ihr doch sicher etwas dafür geben, dass sie dieses üble Komplott gegen uns eingefädelt hat.«

»Streng genommen«, sagte Vectis und musste dabei unwillkürlich lächeln, »hat Senator Severus mit dem hier gar nichts zu tun.«

Calpurnia starrte ihn an.

»Habt Ihr nicht bemerkt, dass Euer gesamter Besitz gerade auf ein Bankkonto von Severus gegangen ist, auf das Neeve Zugriff hat?«

Balbinus und Calpurnia tauschten entsetzte Blicke.

»Ja, das stimmt«, sagte Vectis. »Jetzt gehört alles Neeve.«

»Meine Schwester ... sie ... sie ...«

»Die Schicksalsgöttinnen«, sagte Vectis, »haben doch immer wieder eine Überraschung für uns parat, nicht wahr?«

Calpurnias Gesicht wurde aschfahl, und sie wankte zitternd zu einer Liege. »Neeve gehört meine Villa«, sagte sie, »... und Balbinus' Villa ... alles gehört ihr?«

»Ja, Neeve besitzt jetzt alles, was einmal Euch gehört hat«, bestätigte Vectis. »Aber keine Angst, sie ist eine großzügige Frau. Ihr dürft ein Pferd und eine Kutsche behalten ... nein, sagen wir zwei Pferde ... und so viele Besitztümer, wie in die Kutsche passen. Schmuck natürlich ausgenommen.«

Vectis sah, wie Calpurnia nach etwas in ihrem Gürtel suchte. Er nahm an, dass es ein kleines Messer war und sie nun auf dumme Gedanken kam. Er legte die Hand an seinen zehn Zoll langen Militärdolch und sagte: »Euch bleibt nicht mehr viel Zeit. An Eurer Stelle würde ich allmählich mit dem Packen anfangen.«

Calpurnia zog ihre Hand zurück. Sie verstand Vectis' Geste. Dann senkte sie den Blick und stieß verbittert hervor: »Jetzt weiß ich auch, warum diese Hure in meine Villa auf den Esquilin gekommen ist ... sie wollte sich meinen Besitz anschauen, weil sie schon damals vorhatte, ihn mir zu stehlen ...«

»Ich finde es immer schade, wenn Geschwister miteinander

streiten«, unterbrach Vectis. »Aber wenn es Euch beruhigt, dann lasst Euch sagen, dass Neeve nicht weiß, dass ich hier bin.« Er legte eine kleine Kunstpause ein und zog dann die Brauen hoch. »So ist es – sie weiß von nichts. Aber wenn sie von ihrem Glück erfährt, wird sie ihr neu erworbenes Vermögen zweifellos für eine gute Sache verwenden.«

»Was für eine gute Sache?«, fragte Calpurnia, die Lippen zu einem spöttischen Grinsen verzogen.

»Eines Tages werdet Ihr darauf eine Antwort bekommen«, sagte Vectis. »Aber fürs Erste müsst Ihr Euch wohl mit der Gewissheit begnügen, dass aus Euren Missetaten doch noch Gutes erwachsen wird.«

49

Der große Tag des Triumphs war gekommen.

Ganz Rom war auf den Beinen, um den Legaten und Feldherrn Julius Verus, wie ein Gott mit Lorbeer bekränzt, in seinem vergoldeten Wagen zu sehen. Begleitet wurde er von Hunderten von Tänzern und Sängern, Flötenspielern und Kindern, die Safran und Blütenblätter in die Luft warfen. Vor ihm gingen in Ketten tausend kaledonische Krieger. Die Dunkelhaarigen unter ihnen hatte man blond gefärbt, damit sie den als besonders wild geltenden Germanen an Roms Ostgrenze ähnelten. Hinter Verus ritten seine Offiziere, denen wiederum dreitausend kampferprobte Legionäre folgten – die besten Männer der II., VI. und XX. Legion, die die keltischen Stämme Britanniens besiegt hatten.

Mit einem Strick um den Hals ging Taranis, der Blutgott und Oberhäuptling des kaledonischen Volkes, hinter dem Wagen des Feldherrn her. Verus hatte dafür gesorgt, den hünenhaften Krieger nicht auf eine Art und Weise zu fesseln, die seine gefährliche Erscheinung schmälerte. In einfachen Ketten und mit einem Strick um den Hals wirkte er am besten. Verus hatte eine kluge Entscheidung getroffen. Dem Volk, den Massen, die den Weg des Triumphzugs säumten, verschlug es den Atem, als der hoch gewachsene, muskulöse Krieger, dessen langes flachsblondes Haar ihm bis auf die Schultern fiel und dessen leuchtend blaue Augen die Zuschauer fesselten, vorüberging.

Der Festzug hatte auf dem Marsfeld begonnen, bewegte sich dann um den Circus Maximus, am Palatin vorbei zur Ostseite des Forums und durch den Titusbogen, bog ein in die Via Sacra, die Heilige Straße, auf der der Zug das Forum durchquerte. Tausende in Togen gekleidete Bürger kämpften auf den Straßen um die besten Plätze, reckten ihre Hälse, um keine Bewegung des Zuges zu verpassen. Die Tänzer und Sänger gaben ihr Bestes, und die Menge quittierte es mit Beifall und Pfiffen. Bürger winkten von den Balkonen, ließen Blumen auf die Prozession herabregnen. Die unzähligen Kolonnaden entlang der Straße waren mit farbenprächtigen Girlanden aus Wildblumen geschmückt, und der Rauch aus Hunderten von Weihrauchbecken zog gemächlich gen Himmel, spendete allen, die den heiligen Duft atmeten, den Segen der Götter.

Neeve und Vectis standen in der Nähe der Rostra inmitten ausgelassener Menschen, die von einer doppelten Reihe städtischer Soldaten in Schranken gehalten wurden. Auf dem Platz vor der Rostra hatte sich eine Kohorte der Prätorianer formiert. Sie boten ein beeindruckendes Bild in ihren scharlachroten Tuniken, mit Federbüschen auf den Helmen und silbernen, in der Sonne glänzenden Brustpanzern.

Als der Wagen des Feldherrn sich der Rostra näherte, strömten aus der Basilika Aemilia, festlich gewandet und Palmwedel schwenkend, die Magistrate, die Beamten und Richter der Stadt. Dann öffnete sich die gewaltige Bronzetür der Kurie, und die bedeutenden Patrizier Roms kamen heraus, um auf den Stufen den Sieger zu empfangen. Das Volk von Rom jubelte, das Forum bebte, als der Wagen des Legaten Julius Verus die Rostra erreichte. Weiterer Jubel erscholl, als Antoninus Pius, der Pontifex Maximus und Kaiser von Rom, die geschichtsträchtige Rednertribüne betrat.

Die Massen johlten.

Offiziere der Prätorianergarde geleiteten jetzt den Feldherrn hinauf auf das Podium.

Die Menge drängte nach vorn.

Neeve spürte den Druck Hunderter von Körpern, als die Menschen sich nach vorne schoben, drängten, um bessere Sicht zu haben. Sie applaudierten, versuchten, den Reden der verschiedenen Würdenträger zu lauschen, die den Kaiser und den in seiner Gunst stehenden Feldherrn Julius Verus priesen, aber Neeve konnte nur an Taranis denken. Hin und wieder erhaschte sie durch das Meer von Köpfen einen Blick auf ihn, fürchtete, dass ihr Bruder getötet würde – unabhängig davon, welche Abmachung Vectis mit dem Feldherrn Verus getroffen hatte.

»Vergangene Nacht hatte ich wieder Hoffnung«, schrie sie in Vectis' Ohr, »aber heute habe ich nur noch Angst.«

»Ich muss gestehen, ich auch«, schrie Vectis zurück. »Aber Verus sehnt sich schon seit langem nach Land und Reichtum – sein einziges echtes Laster. Deshalb bin ich zu ihm gegangen. Ich wusste, wie er sich entscheiden würde, wenn man ihn vor die Wahl stellen würde zwischen dauerhaftem Reichtum und der momentanen Befriedigung, einen Barbaren zu töten.«

»Wir haben alles, was Balbinus und Nes gehört hat, ihm überschrieben«, sagte Neeve. »Jetzt kann er machen, was er will.«

»Allerdings«, erwiderte Vectis, »ein Risiko, aber die einzige Option.«

»Ob er sich wohl an die Abmachung halten wird?«

»Ich habe keine Ahnung«, sagte Vectis. »Aber eines weiß ich: Als ich unter seinem Befehl in Britannien diente, war er zwar für seine Eitelkeit und seinen Jähzorn berüchtigt, aber ansonsten immer ein ehrenwerter Mann.«

Neeve hatte Probleme, Vectis inmitten des allgemeinen Jubels zu verstehen. Sie fragte sich, wie diese Menschen auch nur ein Wort von der Rostra mitbekamen. »Früher oder später wird der römische Pöbel Blut sehen wollen«, gab sie zu bedenken.

»Mit Sicherheit«, räumte Vectis ein, »aber ich hoffe trotzdem, dass Verus etwas anderes einfällt, was die Menge zufrieden stellt.«

»Zufrieden stellen, wie?«

»Ich habe Verus einen Grund geliefert, Taranis am Leben zu lassen. Ich habe ihm erzählt, dass dein Bruder das Leben von Römern im Vorposten Faustina verschont und deswegen Gnade verdient hat. Und ich habe ihm erklärt, dass die Massen sicher positiv reagieren würden, wenn er Taranis für zehn Jahre zu den Hilfstruppen schickt.«

»Und was hat Verus geantwortet?«

»Die Idee gefiel ihm. Er wusste von Taranis' Gnadenakt in Faustina und meinte auch, zehn Jahre bei den Hilfstruppen seien angemessen. Er sagte, die Legionen bräuchten immer aggressive Krieger, die ihre Hilfstruppen anführten, und wer wäre besser geeignet, Roms Feinde anzugreifen, als der große Blutgott höchstpersönlich?«

Neeve hasste es, wenn die Römer Taranis als Blutgott bezeichneten, aber sie schwieg. Wenn Verus ihn Blutgott nennen wollte oder wie auch immer, sollte er es tun. Das Einzige, was zählte, war Taranis' Leben.

Plötzliche Tubastöße ließen die Massen aufhorchen. Vier Prätorianer führten Taranis zur Rostra. Den Strick um den Hals hatte man ihm abgenommen, ihm aber dafür die Hände hinter dem Rücken gefesselt, vorbereitet für die Hinrichtung. Am Fuß der Treppe, die auf die Tribüne führte, blieben sie stehen, warteten.

Ein massiger Mann mit volltönender Stimme – ein ausgebildeter Redner – erhob das Wort. Er erzählte die Geschichte des Legaten und Feldherrn Julius Verus, wie er in Britannien ankam und die Provinz im Chaos vorfand, überrannt von den wilden keltischen Stämmen. Überall liefen römische Soldaten um ihr Leben. Der große Feldherr Verus aber unterwarf rasch die Stämme der Briganten im Süden, im Norden jedoch vernichtete das mächtige kaledonische Volk jedes Heer, das das Reich gegen sie schickte. Die fünf Vorposten nördlich des Walls des Antoninus waren nur noch rauchende Trümmer wie die Kastelle entlang des Walls.

Und dann marschierte Verus nach Norden.

Die römischen Soldaten hatten große Angst vor den Kaledoniern – aber nicht etwa, weil sie einen ganzen Kopf größer waren oder ihre Schwerter den Schild eines Legionärs entzweischlagen konnten. Sie fürchteten die Kaledonier, erklärte der Redner mit dröhnender Stimme, wegen ihres Führers ... Taranis, des Blutgotts.

Dies war das Stichwort für die Prätorianer. Sie führten den hoch gewachsenen, blonden Barbaren die Treppe hinauf.

Der Redner fuhr fort mit dem Bericht, wie der Feldherr Verus die *legio XX* rettete, wie brillant er seine Truppen führte und wie es ihm schließlich gelang, den gefürchteten Blutgott gefangen zu nehmen. Dann legte er eine Kunstpause ein, gestikulierte zu dem Mann hinter ihm und schrie: »Vor euch steht Roms größter lebender Soldat: der Legat und Feldherr Gnaeus Julius Verus!«

Ein ohrenbetäubender Lärm erhob sich über dem Forum, als Verus an die marmorne Balustrade trat. Er dankte dem Kaiser, den Senatoren, seinen unvergleichlichen Legionären, den Göttern und allen, die ihm sonst noch einfielen ... und zu guter Letzt dankte er dem Volk von Rom, dessen Kraft ihn immer in die Schlacht begleitet habe. Dann verglich er seinen Krieg gegen »Taranis den Blutgott« mit dem Krieg Julius Cäsars gegen »Vercingetorix den Unbesiegbaren«.

Neeve konnte Verus' selbstherrliche Rede kaum ertragen, aber die Menschen auf dem Forum hingen an seinen Lippen. Roms größter lebender Feldherr hatte ihr Reich vor den Barbaren gerettet.

Schließlich wurde Taranis, an jedem Arm von zwei Prätorianern gehalten, der Menge vorgestellt. Auf der Tribüne sah er noch größer aus, und der Feldherr wirkte gegen ihn geradezu wie ein Zwerg, als er auf Taranis zuschritt. Selbst die Männer von der Prätorianergarde sahen im Vergleich aus wie Miniatursoldaten.

Plötzlich kehrte über dem altehrwürdigen Platz Ruhe ein. General Verus zog sein Schwert aus der Scheide. Die Prätorianer rissen Taranis' Arme nach hinten, um seine Brust zu entblößen. Verus hob sein Schwert zum Stoß. Die Menge hielt den Atem an.

Neeve schloss die Augen.

Der Feldherr hielt inne.

Er wandte sich der Menge zu und erklärte laut: »Ich bin der Arm Roms, ein Diener des Volks von Rom. Ich töte diesen Mann nicht zu meinem persönlichen Vergnügen, sondern zur Freude des römischen Volkes.«

Die Massen jubelten.

»Aber wenn ich ihn jetzt töte, währt die Freude des Volkes nur kurz. Schicke ich ihn hingegen ins Amphitheater, was viele von mir erbeten haben, so kann sich das Volk für Monate an ihm ergötzen, bis er schließlich in den blutgetränkten Sand stürzt, wie er es verdient hat.«

Ein Gewirr von Stimmen stieg über dem Alten Forum auf. Schreiend versuchten die Menschen, die Umstehenden in ihrem Sinne zu beeinflussen.

»Wofür entscheidet ihr euch? Für die Rostra oder für die Arena?«

»Arena«, brüllten die Menschen, »Arena.«

Neeve wandte sich Vectis zu. »Was hat das zu bedeuten?«

Vectis stieß angeekelt die Luft aus. »Verus entlässt deinen Bruder nicht zu den Hilfstruppen«, erklärte er. »Er übergibt ihn an die Gladiatorenschule.«

»Taranis ... soll Gladiator werden? Aber Verus hat doch versprochen, ihn zu den Hilfstruppen zu schicken. Er ... er bricht sein Wort!«

»Er lässt ihn am Leben«, sagte Vectis.

»Lässt ihn am Leben? Gladiatoren überleben selten länger als einen Monat!«

»Ich weiß«, sagte Vectis und legte den Arm um sie. »Ich weiß.«

50

Am Tag darauf besuchten Vectis und Neeve Taranis in einem überwölbten Stand gegenüber dem Flavischen Amphitheater. Verus hatte die kaledonischen Häuptlinge noch nicht zur Gladiatorenschule überführt, wollte dies aber noch am selben Abend tun.

Neeve rümpfte die Nase, als sie das riesige Gebäude betraten. Vectis konnte es ihr nicht verdenken. Die einzelnen Stände dienten den unterschiedlichsten Zwecken, und in den meisten waren Ziegen untergebracht. Die Gänge waren eng und dunkel, hatten hin und wieder eine Öffnung im Dach, durch die etwas Licht hereinkam. Abgesehen von den Ziegen schien das Gebäude leer zu sein.

»Hier herüber«, sagte Vectis und zeigte auf einen Korridor, der in einen Bereich mit etwas mehr Licht mündete und aus dem unüberhörbarer Lärm drang wie in einem Wettbüro.

»Ich will, dass du den Namen meines Bruders aussprichst«, ertönte jetzt eine Stimme. »Dann wirst du vor mir niederknien und mich um Vergebung bitten. Du wirst zu mir gekrochen kommen. Erst dann hören die Peitschenhiebe auf.«

Weitere Stimmen – zwischen Gelächter und Stöhnen –, die Wächter schlossen ihre Wetten ab. Sie wetteten um die Zahl der Hiebe, die der Gefangene noch aushalten würde, bevor er um Vergebung bettelte.

Vectis sah einen Offizier vor dem Stand stehen, aus einem der vergitterten Fenster in den Hof hinausstarren, ohne sich um die pöbelhaften Soldaten zu kümmern.

»Seid Ihr hier der verantwortliche Offizier?«, fragte Vectis.

Der Soldat schüttelte den Kopf. »Ich bin Zweiter Offizier und Übersetzer«, erklärte er. »Der Erste Offizier ist im Stand, übt seine Macht aus.« Seine Stimme hatte einen sarkastischen Beiklang, und er wirkte reichlich angewidert.

Vectis hörte einen Peitschenhieb.

»Mamercus Nepos Falco«, schrie die Stimme. »Ich will, dass du den Namen meines Bruders nennst.«

Noch ein Hieb.

»Mamercus Nepos Falco«, die Stimme überschlug sich. »Sag es endlich!«

Vectis bahnte sich seinen Weg durch die Umstehenden. Der Offizier war weder kräftig noch übermäßig dick, hatte aber einen kugelförmigen Bauch. Der kaledonische Krieger, den er auspeitschte, war Taranis. Es war Taranis, Neeves Bruder.

»Nepos!«, hörte Vectis Neeve sagen.

Vectis hatte sie klar und deutlich über den Lärm vernommen. Er warf Neeve einen warnenden Blick zu. Sie durfte jetzt nicht wütend werden. Sie hatte sich an Nepos vom Vorposten Faustina erinnert, der unter Vectis' Befehl gestanden hatte.

»Seid Ihr Offizier Nepos?«, fragte Vectis.

»Rangältester Offizier Manius Nepos Falco«, antwortete der Mann und wischte sich den Schweiß von der Stirn.

»Vectis Trebellius Quadratus«, stellte Vectis sich förmlich vor. »Ehemaliger Militärtribun im Stab von Legat Julius Verus in Londinium.«

Nepos schien beeindruckt. »Ihr kommt gerade rechtzeitig«, sagte er. »Das hier ist der Blutgott persönlich …«

»Das sehe ich«, sagte Vectis.

»Dieser Barbar hat meinen Bruder in Britannien ermordet, und jetzt räche ich mich, solange er noch meinem Befehl untersteht.«

»Ich verstehe«, erklärte Vectis. Er warf einen Blick in die Nachbarstände, in die die anderen kaledonischen Heerführer eingepfercht waren. »Aber wenn ich Euch einen guten Rat geben darf, dann geht mit ihm sorgsam um. Julius Verus hat viel in den Mann investiert. Er möchte unbedingt, dass er gesund und kräftig ist, wenn er im Amphitheater auftritt, und es würde ihm nicht gefallen, wenn jemand versehentlich seinen Siegespreis beschädigte.« Grinsend füge Vectis hinzu: »Ein Taranis, der im Amphitheater Angst und Schrecken verbreitet, unterstreicht den guten Ruf des Feldherrn, falls Ihr versteht, was ich meine.«

»Verstehe«, sagte Nepos, »und danke für die Warnung.« Er zeigte auf seine Peitsche. »Keine Eisenspitzen, nur Leder. Das erzeugt dieselben Schmerzen, verletzt den Siegespreis des Feldherrn aber nicht ernsthaft.«

»Kluge Entscheidung«, nickte Vectis. Er wandte sich zum Gehen, hielt dann aber inne. »Ihr sagtet, Euer Bruder hätte in Britannien gedient? Ich denke, ich habe ihn gekannt. Ich war Präfekt der fünf Lager jenseits des Antoninuswalls und lag in Faustina.«

»Faustina?« Nepos war verblüfft. »Der Standort meines Bruders … sein Name war Mamercus Nepos Falco … habt Ihr …«

»Ja, stimmt … Mamercus Nepos … ja, ich erinnere mich gut an ihn. Er war mein Nachschuboffizier. Unglücklicher Todesfall. Ich war dabei, als er gestorben ist.«

»Ihr wart …«

»Tragische Sache«, sagte Vectis. »Ich nehme an, Ihr habt das auch schon erlebt … Männer, die im Angesicht des Feindes davonlaufen … nicht ungewöhnlich. Euer Bruder ist mit dreißig anderen zusammen desertiert. Er wollte sein Leben retten. Die Kaledonier haben von ihnen nichts übrig gelassen.«

»Nein!«, schrie Nepos. »Mein Bruder fiel ehrenhaft …«

»Ich muss bedauern«, sagte Vectis. »Zahlreiche Offiziere sind Zeugen dieses … nun, ich will es nicht feige nennen …. Als Soldaten wissen wir, wie schwierig unser Beruf zuweilen ist. Faustina stand unmittelbar vor der Zerstörung, und jeder Soldat da draußen hatte mit seinem Leben bereits abgeschlossen … Ich gestehe, auch ich hatte kaum Hoffnung.«

»Nein.« Nepos' Blicke schossen von einem seiner Soldaten zum anderen. »Mein Bruder war … ich weigere mich, das zu glauben.«

»Mamercus Nepos war ein guter Soldat«, sagte Vectis. »Eine feige Handlung trübt kein ganzes Leben.«

Nepos starrte einen Moment lang auf den rauen Holzboden des Standes, ließ dann die Schultern hängen, und die Peitsche glitt ihm aus der Hand. Ohne ein Wort und ohne aufzublicken ging Offizier Manius Nepos Falco zum Ausgang.

In der Stunde bevor die Wachen aus der Gladiatorenschule anrückten, durfte Neeve mit ihrem Bruder sprechen. Taranis hockte in einem Stand mit Eisengittertür. Neeve redete durch die Gitterstäbe mit ihm unter Bewachung des Zweiten Offiziers. Die beiden unterhielten sich auf Keltisch.

Vectis hielt sich im Hintergrund. Neeve schien Taranis von ihrer Reise nach Rom zu berichten, und irgendwann vernahm er einen keltischen Männernamen: Cronn. Neeve traten die Tränen in die Augen, als sie den Namen aussprach. Vectis hörte noch andere Namen wie Balbinus und Nes und mehrere Male seinen eigenen. An einer Stelle warf ihm der hühnenhafte Kaledonier einen Blick zu, einen Blick, den Vectis bei Neeve kannte, und nickte. Er bedankte sich augenscheinlich für etwas.

Als sie schließlich das Gebäude verließen, war Neeve erleichtert.

»Trotz Offizier Nepos macht dein Bruder einen gesunden Eindruck«, meinte Vectis und versuchte, möglichst positiv zu klingen.

»Er ist auch gesund«, sagte Neeve. »Und er ist zufrieden.«

Vectis schaute sie fragend an.

»Er hat keine Angst«, sagte sie. »Er sorgt sich nur um die einfachen Soldaten, sie sollen, so hat Verus ihm versichert, nach dem Triumphzug zu den Hilfstruppen eingezogen werden.«

»Versteht dein Bruder, was es bedeutet, auf eine Gladiatorenschule zu kommen?«, fragte Vectis.

»O ja, aber nachdem er in der alten Gladiatorenschule gefangen gehalten wurde und viel beobachten konnte, ist Taranis zuversichtlich, innerhalb eines Jahres seine Freiheit erkämpfen zu können. Er hat die römischen Gladiatoren als ›Grashüpfer‹ bezeichnet.«

»Grashüpfer?«

»Ein kaledonisches Schimpfwort«, erklärte Neeve.

Vectis gab Sammonicus, der mit der Kutsche am Straßenrand wartete, ein Zeichen. »Ich bange um die armen Gladiatoren.«

Neeve stieg in die Kutsche. »Vielleicht sollten wir uns jetzt um unser eigenes Leben kümmern.«

Vectis blickte sie fragend an.

Sie erwiderte seinen Blick.

»Frau Trebellius«, sagte Vectis lächelnd. »Könnte es sein, dass du über Kinder redest?«

Sammonicus drehte sich zu ihnen um, wandte aber sofort den Blick ab, als seine Herrin es bemerkte.

Neeve klopfte auf den Sitz neben sich. »Setz dich, Vectis«, sagte sie. »Das besprechen wir auf dem Weg nach Hause.«

51

Balbinus gab den Maultieren die Peitsche, aber die dummen Tiere machten, was sie wollten. »Trebellius hat gesagt, wir würden Pferde bekommen«, klagte er, »und was haben die Gerichtsvollzieher uns gegeben? Zwei verdammte Maultiere!«

»Wir tauschen sie bei nächster Gelegenheit aus«, meinte Calpurnia.

»Wir haben alles verloren«, jammerte Balbinus. »Wir haben gerade genug Geld für eine Woche oder zwei. Was sollen wir nur machen?«

»Du klagst«, sagte Calpurnia, »das habe ich auch getan, aber jetzt müssen wir nach vorn blicken. Rückschläge sind das Schicksal der Großen. Glaubst du vielleicht, dass Alexander geklagt hat, als sein Vater starb? Nein, er sah darin eine Möglichkeit, Größeres zu erreichen, als sein Vater je zu träumen gewagt hätte.«

»Alexander hatte das Heer seines Vaters«, warf Balbinus ein. »Ich habe nichts als diese Kutsche.«

»Du hast mich«, widersprach Calpurnia.

Balbinus schaute sie an und schüttelte den Kopf. »Warum solltest du mich noch mögen, wenn ich arm bin? Ich bin doch kein Idiot. In einem Tag oder spätestens in einer Woche bist du auf und davon.«

»Du unterschätzt dich«, sagte sie und zupfte sich eine Haarsträhne aus den Augen. »Ein Senator hat etwas, dem ich einfach nicht widerstehen kann.«

Balbinus dachte an seine weiße Toga mit dem breiten purpurnen Randbesatz und schnaubte verächtlich. »Ich hatte einmal einen Traum«, sagte er, »aber jetzt habe ich nur noch zwei Maultiere und eine Kutsche.«

Calpurnia rückte näher an ihn heran. »Ich wollte es dir eigentlich erst später sagen«, meinte sie, »aber ich denke, jetzt ist der richtige Zeitpunkt gekommen.«

»Was sagen?«

»Du hältst mich für eine Verschwenderin«, sagte sie, »aber es gibt da eine Villa in Nordafrika, besser gesagt ein stattliches Landgut mit Sklaven und Weingärten und Ackerland, und es gehört einem gewissen Gaius Balbinus.«

»Ich habe ein Landgut?«

»Auf dem Papier ist der Senator Gaius Balbinus der Eigentümer«, erklärte sie. »Verkäufer gewähren Senatoren leichter einen Kredit, also habe ich dich befördert. Ich habe das Anwesen vor ein paar Monaten gekauft, es ist fast abbezahlt.« Sie lächelte. »Wenn wir in Nordafrika ankommen, werden wir in die höchsten Kreise aufgenommen. Du weißt, wie einfach es für einen ehemaligen Senator ist, von Provinzbankiers Kredite für alles, was er gerade braucht, zu bekommen. Nordafrika ist zwar eine reichlich abgelegene Provinz, aber ich denke, im Lauf der Zeit werden wir einen gewaltigen Reichtum anhäufen.«

»Aber ich bin kein Senator«, gab er zu bedenken.

»Woher sollen sie das wissen!«, entgegnete sie und küsste ihn sanft auf die Lippen.

Er runzelte die Stirn. »Wenn du das alles geregelt hast – warum verlässt du mich dann nicht und genießt das alles allein?«

»Weil, mein Geliebter, ich dir schon vor längerer Zeit gesagt habe, dass die Sterne unser Schicksal lenken – und die Sterne haben mich zu dir geführt.« Sie küsste ihn noch einmal, diesmal mit mehr Leidenschaft. »Und außerdem«, fügte sie hinzu, »würden die Bankiers niemals zulassen, dass ich deinen Besitz auf meinen Namen übertrage.«